D1718252

Der Preis eines bemerkenswerten Schicksals

Leben und spiritueller Weg von
Edward Salim Michael

Französischer Titel: Le Prix d'un Destin Remarquable
Copyright © 2012 Guy Trédaniel Editeur

Copyright © 2016 für die deutsche Ausgabe
Michèle Michael, Frankreich

www.meditation-presence.com

ISBN-13: 978-1530665006
ISBN: 1530665000

Gedruckt in Deutschland von
Amazon Distribution GmbH, Leipzig

INHALTSVERZEICHNIS

5

9

Unserer Tochter Vidji gewidmet

Einführung

Das Schicksal wartete in Paris auf mich, als ich an jenem Dezembertag 1974 an die Tür eines kleinen Dienstbotenzimmers im Parterre eines prunkvollen Gebäudes im sechzehnten Stadtbezirk klopfte. Hier wohnte der „Hatha-Yogalehrer", den mir eine Freundin empfohlen hatte.

Ich hatte eine Vorahnung, dass etwas Wichtiges auf mich wartete. Der Mann, der mich empfing, war an die fünfzig, sein Blick tief und durchdringend und seine ganze Erscheinung strahlte Vornehmheit, Ernst und Milde aus. So lernte ich den kennen, der mir eine spirituelle Tür öffnen und mir erlauben sollte, durch direkte persönliche Erfahrung den Sinn des Lebens zu finden. Wir sollten unseren Weg zusammen weitergehen, bis zu seinem Weggang aus dieser Welt, Ende November 2006.

Etwa fünf Jahre, nachdem ich seine Schülerin geworden war, nahm Salim auf meine eindringliche Bitte hin das Schreiben seines ersten Buches in Angriff, das er auf Englisch verfasste. Da er nie Gelegenheit gehabt hatte, zur Schule zu gehen, war das eine echte Herausforderung für ihn und wir arbeiteten vier Jahre zusammen an diesem Buch, bis es schließlich in England erschien. Gleichzeitig übernahm ich die Übersetzung ins Französische und half Salim später bei der Ausarbeitung seiner anderen Bücher, die er diesmal gleich auf Französisch schrieb.

Als Salim im Laufe der Jahre Elemente aus seinem vergangenen Leben schilderte, ahnte ich einen außergewöhnlichen Verlauf. Es gelang mir, ihn zu überzeugen, mich seine Biographie niederschreiben zu lassen, die 1994 unter dem Titel: „Le jeu d'un étrange destin" erschien. Diese unvollständige und naturgemäß auf Tatsachen beruhende Biographie ließ jedoch seinen spirituellen Weg außer Acht, der sich in seinen Büchern indirekt beschrieben findet. Tatsächlich hat Salim stets spezifiziert, dass seine Bücher die Frucht seiner eigenen Suche waren und dass die Übungen und die Erfahrungen, die darin vorkommen, seine eigenen sind.

Die Quelle dieser ergänzten und bereicherten Biographie ist zweifach, einerseits Salims Erinnerungen und Reflexionen, die ich von ihm gesammelt habe, sowie ein Bericht der Geschehnisse, die wir bis zum Ende seines Lebens gemeinsam erlebt haben, und andererseits Auszüge aus seinen Werken, die seinen spirituellen Weg, die Übungen, die er praktiziert hat, die inneren Erfahrungen, die er gemacht hat, und das Verständnis, das er daraus gewonnen und mit seinen eigenen Worten ausgedrückt hat, zurückverfolgen lassen. Einige Passagen stammen aus Lehrvideos, die am Ende seines Lebens aufgenommen wurden.

Erst nach langem Zögern und vielen Vorbehalten akzeptierte er, mir seine Erinnerungen anzuvertrauen; er stimmte nur wegen meiner Hartnäckigkeit zu, denn ich glaubte, sein Schicksal und seine Erfahrungen könnten Menschen bei ihrer Suche helfen und sie inspirieren. Wenn er akzeptierte, meine Fragen zu beantworten, dann nur, weil sein Leben und seine Lehre so innig miteinander verflochten waren, dass sie sich gegenseitig erhellen.

Wie könnte ein vollständiges Leben auf einige hundert Seiten verdichtet werden? Wie die Intensität der oft dramatischen Ereignisse in Worte gefasst werden? Nichts wurde beschönigt oder übertrieben, im Gegenteil. Tatsächlich liegt dieser Bericht sogar unter der Wirklichkeit und viele der Prüfungen, durch die Salim ging, erscheinen hier nicht. Er hatte manchmal Schwierigkeiten, eine genaue zeitliche Abfolge bestimmter Ereignisse herzustellen; daher sind die Zeitangaben nur als Anhaltspunkte gegeben. Alle Überlegungen, die sich auf Musik, Spiritualität oder das Dasein im Allgemeinen beziehen, sind der Ausdruck seiner Gedanken, selbst wenn sie ihm aus schriftstellerischen Gründen nicht immer direkt zugeschrieben werden.

* * *

Wir leben, wegen der hektischen Getriebenheit, die durch die Schnelligkeit der Kommunikationsmittel erzeugt wird, in einer hyperaktiven Welt – erst recht in der heutigen Zeit –, aber man sieht nicht, dass man innerlich passiv ist. Es gibt kein inneres Leben und keine innere Stille, von daher besteht angesichts der Schwierigkeiten des Daseins eine extreme Verletzlichkeit. Wenn nämlich unser Blick ausschließlich auf das Äußere gerichtet ist, das unsere ganze Aufmerksamkeit auf sich zieht, sind wir ohnmächtig dem Sturm ausgesetzt.

Das Leben Salims ist eine Demonstration des Gegenteils. Nicht weil er sich etwa in eine Einsiedelei oder in ein Kloster zurückgezogen hätte, sondern weil er ein inneres Kloster fand und seiner inneren Praxis mitten in den Turbulenzen des äußeren Lebens mit unerschütterlicher Hartnäckigkeit nachging.

Weil sein innerer Weg Priorität hatte, konnte er den äußeren Stürmen widerstehen: er konnte selten erkundete Gipfel besteigen und sich ein beneidenswertes spirituelles Wissen aneignen.

Dieser Weg ist es, den wir mit ihm in dieser Biographie durchlaufen werden und bei dem das innere Verständnis immer wichtiger sein wird als die äußeren Fakten. Die Intensität seiner Praxis führte ihn über die abgesteckten Wege hinaus: dort befand er sich alleine, ohne äußeren Meister.

Sein Leben lang folgte Salim immer zuerst dem inneren Ruf, ohne die Anerkennung oder die Bewunderung der anderen zu suchen. Angesichts der Schwierigkeiten aller Art, auf die er traf, suchte er, verzweifelte er, kämpfte er, verlor er, wie er sagte, viel Zeit, musste er einen Weg finden, die Widerstände in sich zu überwinden, mit einem Wort, er war, wie er gerne wiederholte, „tragisch menschlich". Die Anstrengungen, deren grundlegende Bedeutung er in seinen Büchern immer wieder betont, machte er alleine, ohne Führer, beharrlich und entschlossen.

Sein Leben war das Feld der Erfahrungen, aus denen er sein Verständnis und seine Lehre zog. Er las so gut wie nie, hingegen meditierte er und praktizierte er ununterbrochene Wachsamkeit; es gelang ihm, mit dem, was er den HÖHEREN ASPEKT seiner Natur nannte, in einem Maß verbunden zu sein, „dass es ihm ebenso schwer gefallen wäre, diesen zu vergessen, wie es ihm am Anfang schwer fiel, sich an ihn zu erinnern."

Edward Salim Michael wurde nie in einer Religion erzogen: seine Eltern lasen oder zitierten nie heilige Texte, seine Mutter war selbst Analphabetin und Ausländerin, und wie man weiß, ist es vor allem die Mutter, von der ein Kind seine religiöse Prägung erhält, die es mit der Gesellschaft verbindet, in der es lebt. Dieses Fehlen religiöser Eltern trieb ihn an, in sich selbst seinen eigenen Weg zu finden, jenseits von Dogmen und ohne kulturellen Bezug, einen Weg, den er trotzdem mit größter Strenge beschritt, auf alleinige direkte

Erfahrung gegründet, ohne Glauben; tatsächlich ist es das, was dessen Wert in dieser modernen Welt ausmacht, die gleichzeitig entkulturalisiert und für alle Fanatismen anfällig ist.

Diese Kulturlosigkeit war vielleicht notwendig, um ihm zu erlauben, die allgemeinen spirituellen Gesetze der verschiedenen Religionen selbst wiederzufinden, nicht durch eine Kompilation aus Büchern, sondern durch direkte Erfahrung, ohne kulturellen oder historischen Bezug.

Die Praxis eines Suchers, sagte er, solle darauf abzielen, ihm zu erlauben, durch unmittelbare Erfahrung den URGRUND, die URSPRÜNGLICHE QUELLE, in sich zu erkennen, die immer da ist, daher akausal, zeitlos und raumlos, und die man als HIMMELREICH bezeichnet. GOTT, die BUDDHA-NATUR, BRAHMAN, das ABSOLUTE, die UNENDLICHKEIT, sind ein und dasselbe. Und wenn diese QUELLE erkannt wurde, muss der Sucher darum kämpfen, diese Erfahrung zu vertiefen und dauerhaft zu machen, nur so wird er die Befreiung, das Nirvana, die spirituelle Hochzeit, die Unio Mystica, das Heil erreichen, die alle dieselbe Sache bezeichnen: das letzte Ziel einer Suche.

Salim hegte eine besonders große Verehrung für CHRISTUS, den er als ein unerreichtes Wesen betrachtete, jedoch war er kein Christ in dem Sinne, den man diesem Wort für gewöhnlich beilegt. BUDDHA war für ihn derjenige, der der Welt das rigoroseste und wirkungsvollste spirituelle Wissen gebracht hatte, um das Ziel einer Praxis zu erreichen, jedoch war er kein strikter Buddhist. Er betrachtete die Bhagavad-Gîta als das heilige Buch, das die höchsten spirituellen Wahrheiten enthielt, und Indien als die Wiege der Spiritualität der Welt; trotzdem sah er sich nicht als Hindu. Salim sagte gerne, dass er weder Christ, noch Buddhist, noch Hindu sei, sondern Christ, Buddhist und Hindu zugleich, denn er wollte kein Etikett, das einen sofort in ein mentales Schema sperrt.

Das auf der Schulbank erworbene Wissen ist eine Weitervermittlung menschlicher Erfahrung, die sich in Zeit und Raum entfaltet. Gelehrtheit bezieht sich auf das Gedächtnis; wissenschaftliches Wissen appelliert an die diskursive Intelligenz, es handelt sich um ein Wissen, das durch „Ausweitung" von Wissen erworben wird. Wenn jemand Mathematik oder Physik studiert, folgt er dem intellektuellen Weg, der zu großen wissenschaftlichen

14

Entdeckungen führt. In eine mathematische Sprache übersetzt, können diese Entdeckungen verstanden und an andere weitervermittelt werden.

Bei spirituellem Wissen funktioniert das anders, dieses wird in diskontinuierlichen Stufen erworben, in Sprüngen, nicht durch eine Anhäufung von Gegebenem, sondern durch eine Erfahrungsqualität. Der Weg kann angedeutet sein, die Mittel gegeben, aber das Wissen kann nur durch eine persönliche innere Erfahrung ergriffen werden, die sich auf anderen Bewusstseinsebenen abspielt. Aufgrund der Tatsache, dass dieses Wissen unabhängig von den Sinnen ist, ist es unabhängig von jeder intellektuellen Gelehrsamkeit zugänglich; deshalb konnte Salim, ohne je zur Schule gegangen zu sein oder eine Kultur des Lesens entwickelt zu haben, Zugang dazu bekommen. Es erfordert individuelle Aufrichtigkeit und Intuition und kann nur bis zu einem bestimmten Punkt durch Worte mit anderen geteilt werden; es zu erreichen, erfordert eine persönliche Bemühung, die nicht durch jemand anders gemacht werden kann.

In Asien hat man oft die Anschauung, ein glückliches Schicksal, eine gute Gesundheit, materiellen Erfolg, einen guten Ruf oder Erfolg bei seinen Unterfangen zu haben, sei das Ergebnis „guten Karmas". Jedoch, sind nicht eher die äußeren und inneren Prüfungen Quellen des Erwachens und der Reifung, als ein Dasein, in dem alles leicht und unbeschwert, dem Anschein nach förderlich ist?

Salims Schicksal war extrem schwierig und seine spirituellen Verwirklichungen waren außergewöhnlich. Reife, die aus Leid resultiert – Salim besaß sie bereits mit 25 Jahren. Er litt seit seiner Kindheit körperlich und seelisch, körperlich, weil er Armut, Hunger und Kälte kannte, und vor allem, weil er fast sein ganzes Leben lang krank war, seelisch, weil er in seiner Kindheit ständiger Angst, endlosen Streitereien seiner Eltern, mit 19 Jahren fünf Jahre lang dem Trauma des Krieges und später den Angriffen auf seine Musik, der Zerstörung derselben und der Einsamkeit auf dem spirituellen Weg ausgesetzt war. Die Tatsache, dass er während seines ganzen Daseins überall als Fremder angesehen wurde, dass er nicht zur Schule gegangen war und sich in der äußeren Welt nicht zu helfen wusste, machte sein Leben besonders hart und brachte ihm die Verachtung von Personen aus seiner, manchmal sehr nahen, Umgebung ein. All das erlebte und überwand Salim dank kraftvoller spiritueller Erfahrungen, die seinen Weg markierten.

In seinen Werken macht er auf die Notwendigkeit für den Aspiranten aufmerksam, auf dem PFAD ein extremes Wesen zu werden; man wird sehen, wie sehr er selbst eines war. Im Besitz der seltenen Fähigkeit, sich allem, was er tat, mit der Leidenschaft eines großen Künstlers hinzugeben, konnte er die Worte Gustav Mahlers zu den seinen machen: „Ich liebe nur die Menschen, die übertreiben. Die, die untertreiben, interessieren mich nicht."[1] Er war ein leidenschaftlicher Mensch, der sich mit seinem ganzen Selbst dem hingab, was er tat – dem Komponieren, Violinespielen, Dirigieren, Schreiben, Unterrichten und natürlich auch seiner Meditation. Alles diente ihm als Grundlage, als Gelegenheit zum Üben und für spirituelle Erfahrungen.

Salim war der lebende Beweis, dass es möglich ist, emotional nicht gebunden zu sein, gleichzeitig aber warmherzig und aufmerksam zu sein – warmherzig und aufmerksam, weil in der Gegenwart verfügbar. Es war ihm gelungen, sein hochsensibles und äußerst emotionales künstlerisches Temperament zu kanalisieren und zu meistern und dadurch die Geburt eines intensiv ehrfürchtigen Empfindens für das HEILIGE und eines unendlichen Mitgefühls für seine Mitmenschen in sich zuzulassen. Der Wunsch, anderen zu helfen, war zu einem festen Bestandteil seiner Natur geworden. Wenn man jemanden ertrinken sieht, hält man ihm eindringlich einen Rettungsring hin und genau das war es, was Salim tat, um zu versuchen, die Sucher aus ihrem Tagschlaf aufzuwecken, in den sie versunken sind. Er bemühte sich, die Dringlichkeit des Weges und den Ernst, den ein solches Vorgehen beinhaltet, mit ihnen zu teilen.

Diese Vorherrschaft des inneren Lebens über das äußere Leben gab ihm ein solches Wissen über den Menschen, dass es ihm genügte, jemanden einen Moment zu sehen, um seine spirituellen Möglichkeiten zu kennen. Dagegen fehlte es ihm an praktischem Wissen über die materielle Welt in einem Maß, wie es nur schwer vorstellbar ist. Da er sich in der äußeren Welt nicht zu helfen wusste, war er angesichts der Notwendigkeiten des Lebens wehrlos, verletzlich, und zwar nicht nur in unserer modernen Gesellschaft,

---

[1] Alma Mahler-Werfel: Erinnerungen an Gustav Mahler, Propyläen Verlag, 1972.

sondern auch im Orient. Daher bewunderte er an Anderen freimütig ihre normalen Fähigkeiten, mit der äußeren Welt zurechtzukommen.

Warum widerfuhr Edward Salim Michael ein so schwieriges Schicksal? Musste er leiden, wie er litt, um zu erkennen und zu verstehen, was er erkannte und verstand? Das ist eine Frage, die dem Leser nach der Lektüre dieses so geprüften Lebens natürlich in den Sinn kommt. Hier seine Antwort auf die Frage nach den Prüfungen, die er in seinem Leben durchgemacht hat:

„In der Vergangenheit kam es vor, dass Leute zu mir sagten, „das ist dein Karma", mit anderen Worten, ich hätte in der Vergangenheit Dummheiten begangen und sei darum mit den Leiden bestraft worden, die ich in diesem Leben erdulden muss.

„Man versteht das Wort Karma nicht, hat Christus in einem früheren Leben Dummheiten begangen, um gekreuzigt zu werden? War das sein Karma? Kann man so sagen? Und wie viele große Mystiker hatten ein derart schweres Leben?

„Nein, das sind Dinge, die man für gewöhnlich nicht versteht. Manchmal findet man sich vor der Geburt vor einer Weggabelung: entweder hat man ein normales Leben mit normalen Schwierigkeiten und die Evolution wird langsamer sein oder man erfährt große Schwierigkeiten, die diese spezielle Evolution, die das einzige ist, was zählt, enorm beschleunigen werden. Und es gibt Leute, die in sich etwas haben, das sagt: Ja, ich bin zu allem bereit, ich bin zu allem bereit für DAS, und ohne sich dessen bewusst zu sein, wählen sie, wie ein ungestümes Pferd, den zweiten Weg."

Bei der Beschäftigung mit dem Leben Buddhas (der sagte: „Ich habe das Ziel nach so großen Anstrengungen erreicht"), Milarepas (dessen Meditationskissen nicht abkühlte), Ramana Maharshis (der von herkulischen Anstrengungen sprach, um den Drang nach äußerem Ausdruck zu bemeistern), Madame Guyons (deren ganzer Weg darin bestand, die Vernichtung des Ich zu praktizieren) und dem anderer großer Mystiker, ist man gezwungen zuzugeben, dass, spirituelle Gipfel zu erreichen, keine leichte Sache ist und außergewöhnliche Entschlossenheit und Selbstlosigkeit erfordert.

Salim war von dem Sinn für das Geheimnisvolle erfüllt, durch eine fragende Haltung, die er bis zum letzten Tag in sich lebendig hielt, durch ein Gefühl des Schwindels vor dem Unermesslichen, durch eine tiefe ehrfürchtige Achtung und eine absolute Aufrichtigkeit. Vielleicht lässt sein Schicksal die Leser und Leserinnen spüren, dass das Leben unendlich geheimnisvoller ist, als sie dachten.

– Michèle Michael

Der Anfang des Weges

London – Dezember 1949

Sein Gastgeber ließ ihn in ein kleines Zimmer eintreten, in dem eine prachtvolle Buddha-Statue in Meditationshaltung über einen Meter hoch aufragte. Der Schein einer geschickt angeordneten Beleuchtung fiel auf deren Haupt, das nach indischer Mode mit kleinen Steinen in funkelnden Farben verziert und dadurch wie von einem geheimnisvollen Glanz umflutet war. Ihr Antlitz, dessen Augen geschlossen waren, strahlte Heiterkeit und unsagbaren Frieden aus.

Dieser Anblick beeindruckte Salim tief; er verharrte wie versteinert vor der Statue, während Herr Adie, dem die lebhafte Gefühlsbewegung seines Begleiters nicht entgangen war, lange Zeit schweigend neben ihm stehen blieb. Als er nach Hause zurückkehrte, verspürte Salim das unwiderstehliche Bedürfnis, sich in die gleiche Stellung wie die des BUDDHA zu begeben, eine Stellung, die er ohne Schwierigkeit einnahm. Mit geschlossenen Augen begann er, sich auf einen Ton zu konzentrieren, den er im Inneren seiner Ohren und seines Kopfes vernahm, ohne überhaupt zu wissen, dass sich das, was er tat, Meditation nannte.

Er ahnte, dass sich eine andere Welt für ihn aufgetan hatte. Seit seiner Kindheit in Bagdad hatte er brennende innere Fragen in sich getragen, die bis dahin ohne Antwort geblieben waren.

Jahre später, sich an den starken Einfluss erinnernd, den diese Statue auf ihn ausgeübt hatte, sagte Salim: „Ohne Zweifel war eine schweigende Erinnerung ohne Worte oder Bilder, die aus einer in einem früheren Leben durchgeführten spirituellen Praxis stammte, in mir erwacht und hatte mich unwiderstehlich gedrängt, mich hinzusetzen, und mich angeleitet, als Stütze für die Konzentration vor allem einen inneren Ton zu verwenden, von dem ich erst viel später entdeckte, dass er in Indien unter dem Namen Nada (Nada-Yoga) bekannt war."

KAPITEL 1

Kindheit und Jugend im Orient: 1921 – 1940

Meine Lieblingsgeschichte

„Bitte erzähle mir noch einmal meine Lieblingsgeschichte, du weißt schon, welche ich meine…" drängte der kleine Junge seine Großmutter. Diese erwiderte: „Ich habe sie dir doch schon erzählt, was kann ich dir noch sagen?"

Zu ihren Füßen sitzend, ergriff der kleine Junge ihre Hand, hob seinen Kopf zu ihr empor und wiederholte seine Bitte: „Das macht nichts, Großmama; erzähle sie bitte noch einmal, ich möchte sie wieder hören!" Es endete immer damit, dass sie nachgab und ein weiteres Mal begann, die Geschichte dieses außergewöhnlichen Mannes, der sein Urgroßonkel war, zu erzählen, der zu lauschen der kleine Junge nicht müde wurde.

Dieser war offenbar ein großer Mystiker, unermesslich reich, der seine Tage in der Meditation verbrachte. Er war überaus gütig und sehr großzügig; seine Diener liebten ihn abgöttisch. Zweimal in der Woche mietete er Köche und bewirtete alle Bettler Bagdads, die den ganzen Tag in einer endlosen Prozession an ihm vorbeizogen. Wenn einer von ihnen starb, machte er sich persönlich auf, um den Leichnam abzuholen; er wusch ihn, kleidete ihn für das Begräbnis an und begrub ihn mit eigenen Händen.

Für gewöhnlich hielt er sich in einem kleinen Zimmer im oberen Teil seines weitläufigen Hauses auf. Dort schloss er sich stundenlang ein, mit der Anordnung, ihn unter keinen Umständen zu stören und vor dem Eintreten unbedingt anzuklopfen. Eines Tages öffnete eine Dienerin, die die Weisung vergessen hatte, aus Versehen die Tür und fand das ganze Zimmer in ein übernatürliches Licht getaucht, was sie so erschreckte, dass sie ohnmächtig wurde! Das arme verängstigte Mädchen wollte sich daraufhin nie wieder diesem Teil des Hauses nähern.

Als der Urgroßonkel, der sein hundertstes Jahr erreicht hatte, sein Ende nahen fühlte, ließ er alle seine Nachkommen zusammenrufen, einschließlich derer, die in weit entfernten

Gegenden wohnten. Wenn man in jener Zeit einen Verwandten erreichen wollte, der weit entfernt wohnte, gab es kein anderes Mittel, als Boten zu senden, die relativ langsam reisten. Es dauerte neun Monate, bis die ganze Familie beisammen war. Die Zusammenkunft fand im inneren Garten statt, der mit erfrischenden Springbrunnen versehen war, die die reich ausgestatteten Häuser des Orients zieren. Als sich alle aufmerksam um ihn geschart hatten, diktierte dieser außergewöhnliche Mann ruhig seinen Letzten Willen, wobei er jedem in Anwesenheit aller anderen gerecht einen Teil seines immensen Vermögens zuteilte. Er vergaß niemanden, die Diener eingeschlossen, denen er eine Summe in einer Höhe hinterließ, dass bis zum Ende ihres Lebens für ihren Unterhalt gesorgt war. Als er endlich alle seine Güter vermacht hatte, bat er seine Frau, sich neben ihn auf den Diwan zu setzen, wo er sich nun vor der verdutzten Versammlung, die sein Verhalten nicht verstand, ausstreckte. Er legte den Kopf auf die Knie seiner Frau, schloss seine Augen und hauchte mit einem eigentümlichen Lächeln auf den Lippen friedlich sein Leben aus. Sein Antlitz spiegelte eine solche Heiterkeit wider, dass sie alle verwunderte, die kamen, um ihm die letzte Ehre zu erweisen.

Die ganze Stadt kannte seinen Ruf der Heiligkeit und defilierte bei seiner Beerdigung vorbei, wobei sich Menschen der verschiedensten religiösen Konfessionen miteinander vermischten. Man kann sich die Bestürzung und die Trauer all derer vorstellen – in Bagdad so reich vertreten –, die vom Leben benachteiligt waren und die so viele Jahre von der unendlichen Güte dieser außergewöhnlichen Persönlichkeit profitiert hatten.

Diese Geschichte faszinierte Salim über die Maßen. Er entfernte sich anschließend, um sich in einem geheimen Winkel zu verstecken und von dem seltsamen Schicksal dieses bewundernswerten Mannes und vom Geheimnis des spirituellen Rufs zu träumen.

Begegnung der Eltern im Irak. Salims Geburt in England.

Nach der Zerschlagung des Osmanischen Reichs am Ende des Ersten Weltkrieges befand sich der Irak unter britischem Mandat. Indien war immer noch das Juwel des Imperiums. Gandhi hatte schon von sich reden gemacht, aber Europa wollte weiter an den Fortbestand seiner kolonialen Eroberungen glauben. Zu jener Zeit lebte in Bagdad eine kosmopolitische Kolonie, eine Mischung aus

Orientalen und Abendländern verschiedener Nationalitäten. In dieser besonderen Atmosphäre begegneten sich Salims Eltern.

Seine Mutter Flora war das vorletzte von dreizehn Kindern; sie gehörte einer wohlhabenden, ursprünglich in Bombay beheimateten Familie indoeuropäischer Kaufleute an, die sich in Bagdad niedergelassen hatten. (Ihre Mutter stammte aus Poona, einer Stadt, die ungefähr hundert Kilometer von Bombay[2] entfernt liegt und in der Salim später selbst einige Jahre verbringen sollte.) Flora war ein junges Mädchen von großer Schönheit, sehr verträumt und ahnungslos,

Salims Eltern in England, 1921

was die Lebensnotwendigkeiten betraf. Damals erhielt ein Mädchen nur eine geringe oder gar keine Ausbildung. Sie träumte daher von ihrer Heirat, vertrieb sich mit ihren Schwestern die Zeit und lernte beim Umgang mit Freunden gelegentlich etwas Französisch. Sie führte damals ein angenehmes Leben und konnte sich nicht vorstellen, was für Schwierigkeiten auf sie warteten. Sie verliebte sich in einen mittellosen jungen Mann, der noch dazu das Pech hatte zu hinken. Die Familie widersetzte sich heftig einer Verbindung und zog ihm einen viel älteren, wohlhabenden Freier von stattlichem Aussehen vor, der kultiviert war und mehrere Sprachen sprach. Das junge Mädchen fügte sich und heiratete den Mann, den man für sie ausersehen hatte.

Salims Vater, vierzig Jahre alt, war viel gereist und hatte sich lange im Westen aufgehalten, vor allem in Frankreich. Er arbeitete in

---

[2] Die Stadt Bombay wurde 1995 in Mumbai umbenannt.

Bagdad, als er, da die Jahre verrannen und ihn die grazile Schönheit dieses jungen, fünfzehnjährigen Mädchens bezauberte, beschloss, eine Familie zu gründen.

Das frisch vermählte Paar ließ sich in der irakischen Hauptstadt nieder. Die junge Frau war bald in anderen Umständen. Im Irak, besonders in Bagdad, waren die hygienischen Bedingungen fürchterlich. Der Müll, der nie eingesammelt wurde, häufte sich in den Straßen und ein Heer von Ratten konnte sich davon ernähren. Die engen Gässchen der Altstadt sahen praktisch nie das Sonnenlicht. Mit Ausnahme der großen Alleen floss das Abwasser an der freien Luft in Abflussgräben, die zu beiden Seiten der Straßen gezogen waren. Es verströmte in der Sommerhitze einen ekelerregenden Geruch und zog Fliegen und rote Schaben an, die sich zwangsläufig auch in den Wohnbereichen ausbreiteten. Außerdem gab es damals in dieser Gegend (wie Salim später von seiner Mutter hörte) keine Krankenhäuser. Entsetzt von der Vorstellung, unter solchen Bedingungen zu entbinden, bat die zukünftige Mutter ihren Mann, sie nach England zu bringen, wo seine Brüder und seine Schwester lebten und wo die hygienischen Verhältnisse, wie sie wusste, viel besser waren. Sie machten sich daher auf, um sich bei der Schwester ihres Mannes in Großbritannien niederzulassen.

Die kleine Orientalin von sechzehn Jahren fühlte sich in dieser Familie mit sehr britischen Manieren schrecklich verloren und verunsichert. Die Familie verstand sie nicht und da sie an ihrem Mangel an Umgangsformen Anstoß nahm, zeigte sie sich Flora gegenüber übermäßig hart und kalt. Tief deprimiert und einsam verbrachte diese die meiste Zeit der Schwangerschaft weinend in ihrem Zimmer. Sie empfand grausam die Abwesenheit ihrer eigenen Mutter in einer so kritischen Zeit.

Salim wurde am 30. November 1921 in Manchester geboren. Die Entbindung erwies sich als äußerst schwierig, so als ob das Kind nicht zur Welt kommen wollte, weil es die schmerzhaften Prüfungen voraussah, die in dem Leben, das es erwartete, sein Los sein sollten. Die Mutter kam viel später als normal nieder, erst nach zehn Monaten Schwangerschaft. Sie war jung und schmal, das Baby sehr groß. Nach stundenlangem Leiden von Mutter und Kind, machte das Baby ganz den Anschein, nicht mehr am Leben zu sein. Es wurde daher in Erwägung gezogen, es zu opfern, um die arme Frau zu retten, die gefährlich schwächer wurde. Der Arzt entschied sich jedoch, einen letzten Versuch zu wagen und das Kind wurde wiederbelebt. Das war der unfreiwillige und erzwungene Anfang von Edward Salim Michaels Dasein. Seine Mutter rief ihn mit seinem zweiten Vornamen, der bedeutet: „Der heil und unversehrt Hervorgekommene", den er sich vorbehalten sollte, um später seine Bücher damit zu signieren, während seine musikalischen Werke unter dem Namen Edward Michael veröffentlicht werden sollten, seinem ersten Vornamen, den der Vater für ihn ausgewählt hatte.

Ein zweiter Sohn, Victor, kam drei Jahre später auf die Welt. Das Elternpaar blieb während dieser Zeit in Großbritannien, in deren Verlauf Salims Vater leichtsinnig alles Geld ausgab, das er sich im Irak verdient hatte. Nachdem er seine Ersparnisse verschleudert hatte, musste er wieder eine Arbeit finden; er glaubte, dass ihm das in Bagdad leichter gelingen würde, wo er Beziehungen hatte. Seine Frau war hocherfreut bei dem Gedanken, in den Orient zurückzukehren. Dort lebte ihre Familie, und England hatte sich ihr gegenüber nicht sehr gastfreundlich gezeigt. Sie schifften sich ohne Bedauern nach dem Nahen Osten ein.

Rückkehr nach Bagdad. Armut.

Indessen entwickelten sich die Dinge nicht so, wie sich Salims Vater das vorgestellt hatte. Da er den Kontakt mit seinen alten Geschäftspartnern verloren hatte, erwies es sich als viel schwieriger als gedacht, eine Anstellung zu bekommen. Schließlich fand er eine schlecht bezahlte Stelle in einem Hotel. Die Familie lernte nun eine Periode bitterer Armut kennen. Sie lebten in schäbigen Unterkünften und konnten sich praktisch nie satt essen. Das tägliche Essen beschränkte sich manchmal über Monate auf einen Teller Reis mit Zucchini, mittags wie abends.

Zu Hause gab es häufige Auseinandersetzungen; die Mutter erinnerte sich voll Bitterkeit an die glücklichen Tage ihrer Jugend und während sie an den dachte, den sie nicht hatte heiraten dürfen, warf sie verzweifelt dem aufgezwungenen Ehemann die dramatische Lage vor, in die er sie und die beiden Kinder gebracht hatte.

Letztere waren Zeugen des Mangels an Mitgefühl, der in einem Paar entstehen kann, besonders wenn eine Trennung nicht in Frage kommt. Ihre Mutter hätte in einem Land wie dem Irak alleine nicht zurechtkommen können; was hätte sie tun sollen? In diesen Regionen gab es weder eine Familienbeihilfe noch irgendeine andere Unterstützung. Sich als Gefangene wissend, fühlte sie eine furchtbare Verbitterung, die ihr eigenes Leben, wie das der übrigen Familienmitglieder, noch unerträglicher machte.

Diese Periode erweckte in Salim die Erinnerung an eine beunruhigende Nacht, in der sein Vater ihn an der Hand hielt, gefolgt von seiner Mutter und seinem Bruder. Sie liefen durch die Straßen von Bagdad, ohne zu wissen, wo sie schlafen sollten. Seine Mutter weinte und beschimpfte ihren Mann; die beiden verängstigten Kinder schwiegen. Schließlich näherten sie sich einem Kommissariat und fragten dort, ob sie sich in der Nähe des Eingangs niederlassen dürften, um während des Schlafes nicht überfallen zu werden.

Faszination der Sterne

So verlief Salims Leben unter Entbehrungen und Angst, gleichzeitig aber reich an tiefen und malerischen Eindrücken, während es ihm hier und da merkwürdige Vorahnungen brachte, die in ihm, er wusste nicht welche, geheimnisvolle ferne Erinnerungen weckten. Morgens, wenn die Sonne aufging und sich rosa Wölkchen bildeten, die sich rasch wieder verflüchtigten, oder in der Abenddämmerung, wenn sich der Himmel in eine brennende Glut verwandelte, hatte der Junge angesichts der Schönheit des unendlichen Raumes seltsame und beunruhigende Empfindungen, die er nicht hätte beschreiben können.

Im Orient hatten die Häuser damals der Hitze wegen Flachdächer, auf denen man im Sommer zu schlafen pflegte, trotz der Mücken, die sich ohne Pause an ihrem Festmahl gütlich taten. Vor dem Einschlafen betrachtete Salim die Sterne, die sanft über seinem Kopf erglänzten, und fühlte sich von einer nicht näher bestimmbaren Gemütsbewegung ergriffen. Fasziniert blickte er in die unergründliche Tiefe der Dunkelheit und auf die funkelnde Klarheit der Gestirne, die ihm eine Botschaft zu überbringen schienen, die nur er alleine zu verstehen glaubte.

Obwohl seine Eltern keinen religiösen Ritus ausübten, war er doch in eine Atmosphäre gehüllt, in der der Bezug zu GOTT allgegenwärtig war. Fünfmal am Tag rief der Muezzin die Gläubigen auf, sich ALLAH, dem ALL-MITFÜHLENDEN, zuzuwenden. Jede Begrüßung unter Nachbarn oder selbst unter einfachen Bekannten begann unweigerlich mit einer langen Anrufung des HIMMLISCHEN SEGENS für die verschiedenen Familienmitglieder. Die Wirklichkeit der GÖTTLICHEN GEGENWART war daher für alle selbstverständlich.

Da er von Natur aus ein hingebungsvolles Gemüt hatte, setzte sich Salim jeden Abend, nachdem er sich mit einem kurzen Blick auf die anderen Mitglieder der Hausgemeinschaft vergewissert hatte, dass sie eingeschlummert waren, auf sein Bett, berührte mit seinen Fingerspitzen leicht seine Lippen und schickte GOTT zarte Küsse. Dieses ungewöhnliche Ritual setzte er viele Minuten fort, manchmal eine Stunde lang, bis er endlich fühlte, dass der Kuss diesmal echt sei, so, wie er sein sollte, *mit seinem ganzen Sein geschickt.* Zufrieden, getan zu haben, was er tun musste, legte er sich wieder hin und schlief ein.

Eine Kindheit unter dem Zeichen von Angst und Tod

Bagdad war eine faszinierende, aber auch beängstigende Stadt. Jeden Augenblick geriet man in Gefahren aller Art, die sich als verhängnisvoll erweisen konnten.

Im Laufe der Jahre, die die Familie in dieser Stadt verbrachte, zog sie oft um. Dabei mietete sie stets für eine gewisse Zeit eines dieser kleinen orientalischen Häuser mit Flachdach. Indessen, die Schönheit der jungen Frau erregte zu sehr die Begierde der Männer aus der Nachbarschaft. Weil sie keine Muslimin war, trug sie keinen Schleier, und da ihr Mann tagsüber nicht zu Hause war, lief sie ständig Gefahr, überfallen zu werden. Die arme Frau lebte in ständigem Schrecken. Fing sie an, sich zu sehr bedroht zu fühlen, nachdem sie sich eine bestimmte Zeit an einem Ort aufgehalten hatten, verließen sie die Gegend, um sich in einem anderen Viertel niederzulassen.

Diese Angst, von der sie ständig erfüllt war, hatte sie nicht nur um sich selbst, sondern auch um ihre Kinder. Es passierte tatsächlich einmal, dass die Familie umziehen musste, um zu verhindern, dass Viktor, der damals fünf Jahre alt war, das Opfer eines Nachbarn wurde, der schon versucht hatte, ihn zu vergewaltigen. Die Eltern erstatteten keine Anzeige gegen ihn, denn sie riskierten, dass der Mann aus Rache die ganze Familie umbrachte. Wenn es sich nicht gerade um wichtige Personen handelte, kümmerte sich die Polizei nicht um die Verfolgung Krimineller, die sich infolgedessen der Straffreiheit versichert fühlten, besonders wenn sie ethnische oder religiöse Minderheiten angriffen.

Daher hatte eine Bande von jugendlichen Strolchen einen armenischen Jungen von ungefähr zehn Jahren in einen Hinterhalt gelockt und abscheulich misshandelt und vergewaltigt, ohne sich die geringsten Gewissensbisse zu machen. Nach diesem Verbrechen, dessen animalische Kraft alle, die ihnen begegneten, in Angst versetzte, schlenderten diese Taugenichtse ganz unverfroren weiter in der Gegend herum.

Vor dem Hintergrund ständiger Gefahren war es wichtig, dass die Kinder nicht für Fremde gehalten wurden. Damit sie im Falle eines Angriffs eine bessere Chance zur Verteidigung hatten, besonders wenn sie alleine waren, sprach man zu Hause nur den örtlichen Dialekt, mit der Folge, dass keiner der beiden Söhne je von den Sprachkenntnissen des Vaters profitierte.

Einmal ging Salims Bruder Victor, damals vier Jahre alt, in den Souks verloren. Es war selten, dass man ein Kind, das sich verlaufen hatte, wiederfand. Die Eltern, in einen Zustand tiefster Verzweiflung gestürzt, bezahlten Ausrufer, die von einem Ende des Marktes zum anderen gingen und nach dem Jungen riefen. Der drei Jahre ältere Salim, der die Angst seiner Mutter und seines Vaters teilte, zitterte bei dem Gedanken, seinen Bruder nie wiederzusehen. Wie durch ein Wunder wurde er wiedergefunden. Dieses Ereignis hinterließ tiefe Spuren in Salim und prägte ihm eine unauslöschliche Angst gegenüber den Gefahren der äußeren Welt ein.

Trauer auf orientalisch. Ein gefährliches Spiel. Öffentliche Hinrichtung.

Im Gegensatz zu den im Abendland herrschenden Sitten versteckte sich der Tod nicht, sondern war allgegenwärtig. Eines Nachts wurde die Familie durch gellende und entsetzte Schreie aus dem Schlaf gerissen, die aus einer Nachbarwohnung drangen, in der christliche Armenier lebten. Eine Frau war gestorben, und die anderen

Hausbewohner drückten ihre Verzweiflung auf orientalische Weise aus, das heißt, sie weinten laut und rauften sich die Haare. Diese äußerst intensiven Gefühlsäußerungen zogen sich bis nach dem Begräbnis hin. Bei einer Beerdigung, die wegen des Klimas im allgemeinen einige Stunden nach dem Ableben stattfand, hörte man aufgrund der lauten Wehklagen der Trauernden, die sich über den Sarg warfen, den Begräbniszug gewöhnlich schon von weitem. Manche wollten sich sogar umbringen, und man musste sie mit Gewalt davon abhalten. Um zu verhindern, dass die Kinder Zeugen dieses schmerzlichen Gefühlsausbruchs wurden, nahm ihre Mutter sie mit, um mit ihnen den nächsten Tag bei Freunden zu verbringen, die in einem anderen Viertel wohnten.

Eines Tages, als er sich in dem engen Gässchen, in dem sie damals wohnten, die Zeit vertrieb, fand Salim eine lange, hölzerne Kiste, die ganz neu und nicht weit von ihrer Wohnung abgestellt war. Er machte sich ein Spiel daraus, mit Schwung auf diese zu springen, als seine Mutter ihn bemerkte und ihn anschrie: „Unglückseliger, das ist doch ein Sarg! Es liegt schon ein Toter darin! Wenn dich jemand sieht, wird er dich in Stücke reißen!" Das Kind war vor Schreck so gelähmt, dass es unfähig war, von dem Sarg herunterzusteigen. Mit einem Satz stürzte seine Mutter zu ihm, nahm es in die Arme und rannte ins Haus. Durch ein unerhörtes Glück hatte niemand die beiden bemerkt. Im Übrigen war diese Wohnung so baufällig, dass die Familie sie kurze Zeit darauf verließ; sie brach drei Monate später über den neuen Bewohnern zusammen.

Eines Tages, als Salim, der kaum sechs Jahre alt war, neben seinem Vater die Straße entlang ging, versuchte dieser plötzlich, seine Aufmerksamkeit auf sich zu ziehen. Weil er fühlte, dass dieses Verhalten ihn daran hindern sollte, etwas Bestimmtes zu sehen, wurde der Junge umso neugieriger und als er den Kopf umwandte, bot sich ihm der Anblick dreier Leichen, die am Ende eines Seils baumelten. Die drei Männer waren nach englischer Sitte gehenkt worden, und die Leichen wurden seit sechsunddreißig Stunden als warnendes Beispiel zur Schau gestellt. Da das Henken durch das plötzliche Öffnen einer Falltür unter ihnen erfolgt war, waren ihre Halswirbel gebrochen, ihr Kopf hing in einem bizarren Winkel zur Seite, ihre Augen waren verdreht und ihr Hals war zu einem unheimlich langen Band von mindestens zwanzig Zentimetern gedehnt. Das Kind wurde von dem Bild der drei Gehenkten verfolgt, deren Körper leicht hin und her pendelten und sich von Zeit zu Zeit im Winde drehten. Dieser Anblick prägte ihm ein Gefühl des Grauens ein, das, wenn er sich später mit der gleichen, erschreckenden Szene konfrontiert sah, immer wieder auflebte.

So verlief seine Kindheit in einer düsteren Atmosphäre, wo das Unerwartete meistens eine Quelle der Furcht war.

Der Tigris. Eine engelhafte Erscheinung. Der ermordete Liebhaber.

Der junge Salim hatte ein ruhiges, in sich gekehrtes Wesen. Da seine Familie eine Zeitlang in der Nähe des Stromes Tigris lebte, gewöhnte er sich an, seine Tage am Rand des Wassers zu verbringen und unermüdlich das endlose Schauspiel zu beobachten, das sich dort abspielte: das Kommen und Gehen der Kähne, die von einem Ufer zum anderen fuhren, die großen Segelschiffe, die von Gruppen von Arabern und Schwarzen im Takt eingeholt wurden, die Tiere, die bei Sonnenuntergang zum Trinken kamen und in einem malerischen Zug von Kamelen, Kühen, Eseln und Schafen einander folgten, drängelnd und sich gegenseitig schubsend. Der Fluss führte manchmal verwesende Körper mit sich, die das Wasser infizierten, und ohne es zu merken, erhielt Salim damals eine Lektion über die Unbeständigkeit des Daseins und aller lebenden Geschöpfe.

Oft, wenn er stundenlang dem Wiegen der Palmen im sanften Wind oder der Bewegung des schillernden Wassers zusah, dessen kleine Wellen sich an der grasbewachsenen Uferböschung brachen, erfüllte eine rätselhafte Stille sein Wesen, die in ihm den eigentümlichen Eindruck erweckte, hinter seinem Rücken befinde sich ein Engel, der ihn mit unendlicher Güte ansah. Er war von der Gegenwart dieser himmlischen Wesenheit überzeugt, zu der er, wie er fühlte, eine besondere Beziehung hatte, die er nicht erklären konnte. Er sah sie im Geiste vor sich, mit einem fließenden Gewand von zartem Himmelblau bekleidet und mit Flügeln der gleichen Farbe versehen.

Zweifellos war es die Erinnerung an diese Stunden, in denen er dem Plätschern des Flusswassers lauschte, die ihn zu einer der zwölf spirituellen Erzählungen in seinem letzten Buch „Du Fond des Brumes" inspirierte.

Während sein Bruder kleine Spielkameraden gefunden hatte, blieb Salim gerne alleine in der Nähe des Flusses und versteckte sich sogar, wenn seine Mutter ihn zum Mittagessen rief. Diese, dessen überdrüssig, keine Antwort zu erhalten, nahm es schließlich hin, ihn erst in der Abenddämmerung zurückkehren zu sehen, was sie aber nicht hinderte, sich Sorgen um ihn zu machen, und man muss sagen, mit Recht. Als Salim, sieben Jahre alt, eines Tages sorglos mit seinem kleinen Bruder am Ufer entlang schlenderte, zog plötzlich ein Individuum von etwa dreißig Jahren, das sah, dass sie von den anderen abgesondert waren, ein Messer unter seiner Djellabah hervor, das den beiden Jungen riesig vorkam. Sie verdankten ihre Rettung nur dem unverhofften Eintreffen freundlicher, arabischer Nachbarn, denen sie entgegenstürzten.

Ein andermal, als sie in Begleitung ihrer Mutter in der glühenden Hitze am Flussufer entlang wanderten, klagten sie hartnäckig über Durst, wie das Kinder so machen. Nachdem sie vergeblich versucht hatte, ihnen gut zuzureden, entschloss sich die Mutter widerwillig, einen Ortsbewohner, der auf seiner Türschwelle stand, um etwas Wasser zu bitten. Dieser begann sofort, sie zu beschimpfen, und Salim spürte damals mit einem Schock die Angst, die sich seiner Mutter bemächtigte. Sie fasste beide an den Händen und entfernte sich eilends, wohlwissend, dass der Mann sie ins Wasser werfen oder erdolchen konnte, ohne dass ihr auch nur ein Passant zu Hilfe käme.

Mit voranschreitendem Sommer sank der Wasserspiegel des Flusses und kleine Inseln tauchten auf. Manchmal gaben reiche Araber dort Feste. Sie begaben sich in einer Guffa dorthin, einer Art kleinem, geteertem, rundem Korbboot, das mit einem Bootshaken gelenkt wird. Sie ließen Essen, Musiker und Tänzerinnen dorthin schaffen. Die Diener fingen zu diesem Anlass dicke Süßwasserfische, genannt „Shabbout", die sie in zwei Teile zerlegten und über einem Holzfeuer grillten. Nachts sah man den Feuerschein und die Schatten der Tänzerinnen; der heiße Wind führte berauschende Düfte und die Klänge durchdringender Akkorde orientalischer Musik heran, denen Salim fasziniert zuhörte.

Eines Tages, als Salim wie gewöhnlich in den Anblick des Flusses vertieft war, hörte er Gejohle vom anderen Ufer. Ein junger Mann hatte das Pech gehabt, sich in ein junges Mädchen zu verlieben, das einer anderen Sippe angehörte, und sich auf deren

Gebiet gewagt, um seine Liebste zu sehen, die auch für ihn entflammt war. Der arme Kerl wurde überrascht, und die Männer der Sippe des jungen Mädchens verfolgten ihn wutentbrannt. Er warf sich hastig ins Wasser, um ihnen zu entkommen; da nahmen sich die Verfolger eine Guffa und beeilten sich, mit ihrem Boot auf gleiche Höhe mit ihm zu kommen. Nachdem sie ihn eingeholt hatten, schlugen sie gnadenlos mit Brettern auf ihn ein, bis er das Bewusstsein verlor und unterging. Unterdessen stießen die Frauen, die an der Uferböschung standen und fieberhaft dem Ablauf des Dramas gefolgt waren, ein gellendes „Juh, juh!" aus, um ihrer Freude darüber Ausdruck zu verleihen, den jungen Mann ertränkt zu wissen. Wie versteinert und mit zugeschnürter Kehle wohnte Salim diesem Drama bei.

Tod eines Hundes. Künstlerische Interessen. Heirat eines kleinen Mädchens.

Da sich Salims Mutter erneut durch die Begierde der Männer aus der Nachbarschaft bedroht fühlte, zog die Familie vom Fluss weg, und die Eskapaden des Kindes fanden ein Ende. Er blieb von nun an daheim und verbrachte seine Tage in seinem Zimmer, auf dem Fensterbrett sitzend. Eines Tages bemerkte er einen dieser armen streunenden und ausgemergelten Hunde, denen man im Orient häufig begegnet. Keiner kümmert sich um ihr Schicksal; im Gegenteil, man bewirft sie mit Steinen, sobald man sie sieht. Der kleine Junge schloss Freundschaft mit dem Tier und gab ihm hinter dem Rücken seiner Mutter sein karges Mahl, bis zu dem Tag, als ein örtlicher Polizeibeamter, der den regelmäßigen Aufenthalt des Hundes in dieser Gegend bemerkt hatte, ein Gewehr hervorholte und ihn vor den Augen des entsetzten Jungen erschoss. Das arme Tier lag ungefähr zehn, schier endlose Minuten im Todeskampf, während seine Pfoten krampfartig zuckten. Der Polizeibeamte, stolz auf sich und seine Arbeit, stellte einen Fuß auf den noch warmen Körper, während sich bewundernde Schaulustige um ihn scharten. Salim sah mit vor Kummer gebrochenem Herzen auf die leblosen Überreste seines Freundes. Sein Leben lang trug er das Bild dieses armen, zum Skelett abgemagerten Tieres in sich, das winselnd im Staub lag, bevor es sein Leben aushauchte.

Sein künstlerisches Temperament drängte Salim zum Zeichnen, das er innig liebte. Da er kein Material zur Verfügung hatte, entdeckte er, dass das Zerreiben kleiner tiefroter Karotten, die in diesen Gegenden wuchsen, ihm erlaubte, auf den Mauern Spuren zu ziehen. Er begann nun heimlich, seiner Mutter diese Gemüse zu stibitzen und seine Kunst überall auszuüben, einschließlich an den Mauern ihres Hauses. Sein Vater setzte der ungebräuchlichen Verwendung der Familienvorräte rasch ein Ende, und der Gemüsekünstler musste sich damit zufrieden geben, mit den Hilfsmitteln, die er finden konnte, auf den staubigen Boden zu zeichnen.

Die Familie zog wieder einmal um. Ein Fenster der neuen Wohnung zeigte auf den Hof eines anderen, von Arabern bewohnten Hauses. Salim sah, wie sich die Frauen dort den ganzen Tag zankten und ängstlich schwiegen, wenn der Ehemann heimkam. Sie lebten in panischer Angst, jeden Moment verstoßen und mit ihren Kindern auf die Straße gesetzt zu werden, ohne jegliche Mittel, um ihren Lebensunterhalt zu bestreiten, während ihr Herr und Meister eine jüngere Frau heiratete.

Eine Heirat dieser Art fand in der Nachbarschaft zwischen einem Greis von über sechzig Jahren und einem Mädchen von acht Jahren statt. Salim, der die Schreie und das Weinen des armen Kindes während der Hochzeitsnacht hörte, konnte ihren verstörten Blick nicht vergessen, den er sah, als er ihr einige Zeit später begegnete.

Die Chaikhanas. Bettler von Bagdad.

Nach Jahren der Mühe wurden Salims Vater im Hotel neue Aufgaben übertragen und er hatte ein besseres Auskommen. Die Lebensumstände wurden für seine Familie weniger schwierig. Manchmal nahm er abwechselnd eines der beiden Kinder mit ins Restaurant oder in die Chaikhana, eine Art arabisches Café, wo er sie stolz seinen Bekannten zeigte.

Es war für Salim stets ein Fest, wenn sein Vater ihn mit sich nahm. Er liebte besonders eine Chaikhana, die am Strand des Tigris lag. Es war für ihn eine reine Freude, das Kommen und Gehen der Kellner, die Gäste, die friedlich ihren „Kahwa" (Kaffee) schlürften, sowie die malerische lärmende Menge, die sich durch die benachbarte

33

Straße drängte, zu beobachten; außerdem wurde dort arabische Musik gespielt, die Salim immer mit Begeisterung hörte.

Wenn sein Vater ihn mit sich nahm, benutzte er für gewöhnlich einen Wagen, vor den zwei Pferde gespannt waren, zu dieser Zeit das gebräuchliche Transportmittel in Bagdad. Die Fahrgäste wurden durch einen Baldachin vor der Sonnenhitze geschützt. Nicht so die armen Tiere, die unter der sengenden Sonne manchmal stundenlang geduldig auf Kunden warten mussten, ohne dass ihnen der Eigentümer auch nur einen Tropfen Wasser zu trinken gab. Die unglücklichen Tiere, die meistens bis aufs Skelett abgemagert waren, befanden sich in einem erbärmlichen Zustand. Wenn sie nach dem Dafürhalten ihres Herrn nicht schnell genug vorankamen, geriet dieser in Wut und begann, sie hart zu peitschen, um sie in schnelleren Trab zu versetzen. Salim, der diese Grausamkeit nicht ertragen konnte, bat zaghaft seinen Vater einzugreifen, damit der Kutscher seine Pferde etwas sanfter behandle. Aber dieser Bitte folgte meistens nur ein Schwall von Beleidigungen vonseiten des Kutschers, während er die Schläge auf die Flanken seiner erschöpften Tiere verdoppelte.

Die Araber schätzten die Gesellschaft von Salims Vater sehr. In ihrer Gegenwart zeigte er ein Wesen, das den kleinen Jungen in Bann schlug. Er plauderte und scherzte in einer Weise mit ihnen, die sie bezauberte, wobei er ein Verhalten zeigte, welches das Kind zu Hause, einem Ort ständiger Streitigkeiten, niemals an ihm sah.

Im Nahen Osten will es der Brauch, dass man den Eltern den Namen ihres ältesten Sohnes anfügt. So nannten die Araber Salims Vater „Abu Salim" und seine Mutter „Umm Salim", eine Sitte, die sich auf die Seele der anderen Söhne verheerend auswirkt, ganz zu schweigen von den Töchtern, deren Existenz sozusagen nicht anerkannt wird.

Salim war von diesen Ausfahrten begeistert, auf denen er andere Eindrücke als im Familienalltag empfing. Er hielt sich ganz ruhig an der Seite dieses eleganten und leutseligen Mannes, fasziniert zu sehen, wie er lachte, sich amüsierte, sich an verschiedenen Geldspielen beteiligte und Geschichten erzählte, denen seine arabischen Freunde voll Bewunderung zuhörten; sie begannen ihrerseits mit typisch orientalischem Redetalent, alle Arten von bildreichen Anekdoten zu erzählen.

Das Leben in Bagdad war hart und unerbittlich; zahlreiche Notleidende liefen durch die Straßen und appellierten an die Barmherzigkeit der Passanten. Bei einem dieser Anlässe, als der Vater Salim zum Mittagessen mitnahm, stürzten vor dem Eingang des für seine Küche berühmten Restaurants zwei kleine, hungrige Bettler auf sie zu, der eine etwa in Salims Alter, der andere kaum älter. Der jüngere, der an allen Gliedern zitterte, ergriff Salims Arm. Mit einem flehenden Blick baten sie inständig und mitleiderregend, dass man ihnen etwas zu essen gebe. Nicht wissend, was er tun oder sagen solle, blieb Salim wie versteinert stehen, als der Eigentümer des Lokals über die Schwelle trat und die beiden brutal davonjagte. Da Salim wie gelähmt verharrte, zog ihn sein Vater ins Haus. Unfähig zu verstehen, warum er das Essen, das auf seinem Teller lag, nicht mit ihnen teilen durfte, und immer noch die Berührung der zitternden Kinderhand auf seinem Arm spürend, würgte er mit Mühe ein paar Bissen herunter, während sein Vater, der seinen Gefühlsaufruhr nicht bemerkte, ihn eindringlich einlud, das leckere Mahl zu genießen, das für ihn aufgetragen war!

Salims Vater, der sich oft sehnsüchtig an den Prunk der Jahre vor seiner Heirat erinnerte, träumte davon, den Wohlstand wiederzufinden, den er einst besessen hatte. In der Hoffnung, diesen Lebensstandard wiederzugewinnen, wurde er von der Spielleidenschaft erfasst. Schließlich geriet er in Versuchung, drei reinblütige Rennpferde zu kaufen, für deren Erwerb er beträchtliche Geldsummen verschwendete. An einem regnerischen Tag, nach einem Gewitter, das die Straßen in Gießbäche aus Schlamm verwandelt hatte, glitt eines der Pferde aus und brach sich das Becken. Es wurde alles Menschenmögliche getan, um es zu retten, aber schließlich musste es doch erschossen werden. Wieder einmal fand sich Salim mit Leid und Tod konfrontiert, die in ihm tiefgründige Fragen auslösten, die niemand in seiner Umgebung beantworten zu können schien.

Die mütterliche Großmutter. Eine akute Blinddarmentzündung.

Salims Großmutter mütterlicherseits, die dreizehn Kinder getragen hatte, von denen mehr als die Hälfte im frühen Kindesalter gestorben war, lebte von ihrem Mann getrennt; Letzterer, obwohl sehr wohlhabend, gewährte ihr keinerlei finanzielle Unterstützung. Da sie in äußerster Armut lebte, versuchte Salims Mutter, sie im Rahmen des Möglichen zu unterstützen. Als sich die berufliche Situation von Salims Vater verbesserte und sie in weniger engen Unterkünften wohnten, nahmen sie die Mutter zu sich. Salim liebte sie sehr; sie war sehr sanft und bescheiden, wie das die indischen Frauen von Natur aus sind; von schweigsamem Wesen, sprach sie wenig, von Zeit zu Zeit traurig und sehnsüchtig Erinnerungen an Bombay und ihre Kindheit in Indien heraufbeschwörend.

Salim und sein Bruder wurden oft krank; sie bekamen unter anderem die Ruhr, eine in diesen Ländern, wo das Wasser infiziert ist und praktisch keine Hygiene existiert, übliche und oft tödliche Erkrankung. Wenn ihre Mutter sie so krank sah, winkte sie einen armen Passanten herbei, der, überglücklich, kleine bezahlte Dienste leisten zu dürfen, die Kinder auf seinen Schultern zu dem einzigen Arzt trug, den sie in Bagdad kannte, ein Armenier, der ein rechtschaffener Mann war. Man musste immer stundenlang bei ihm warten, da sich eine Menge Leute zu seinen Sprechstunden drängte. Die Patienten hatten die Angewohnheit, mit einem Wortschwall und einem Überschwang an Gefühlen, so typisch für die Orientalen, ihre Leiden, die sie dorthin geführt hatten, in allen Einzelheiten zum Nutzen der anderen Ratsuchenden zu erörtern; so nahm jeder an der Angst und den Sorgen aller teil.

Dieser Doktor brachte der Mutter bei, die Durchfälle mit einer Diät aus Joghurt und weißem Reis zu behandeln, was sich als ziemlich wirksam erwies. Wie es in diesen heißen Ländern häufig vorkommt, fingen sich beide Kinder regelmäßig Darmparasiten ein, die ihre Mutter drastisch mit einem abführenden Öl und mit einer Kur aus Zwiebelsuppe und Salz behandelte. Außer diesen verhältnismäßig harmlosen Übeln bekam Salim auch schwere Krankheiten wie Diphtherie und Typhus.

Eines Tages klagte der kleine Junge über heftige Bauchschmerzen. Er hatte sehr hohes Fieber und fantasierte im Fieberwahn. Der Arzt diagnostizierte sofort eine akute Blinddarmentzündung. Damals gab es keinen einzigen Chirurgen in Bagdad; um einen aufzutreiben, hätte man sich nach Syrien begeben müssen, was damals eine Reise von mindestens vierzig Stunden bedeutet hätte. Der Doktor gestand dem Vater, dass das Kind nicht so lange durchhalten könne. Die Zeit drängte dramatisch. Der

36

Apotheker, ein Freund der Familie, der gerade zugegen war, sagte zu den völlig aufgelösten Eltern: „Hört zu, ich habe noch nie jemanden operiert, aber ich habe ausführlich Anatomie studiert und hege eine Leidenschaft für die Chirurgie. Wenn man euer Kind nicht operiert, wird es unweigerlich sterben, lasst es mich versuchen!" Da sie keinen anderen Ausweg wussten, hatten sie keine andere Wahl, als in höchster Angst ihre Einwilligung zu geben. Und durch ein unglaubliches Wunder gelang der Eingriff. Nach der Operation litt Salim an schwerem Erbrechen. Seine Mutter saß Tag und Nacht an seinem Bett, während er mit vor Durst aufgesprungenen Lippen fantasierte und vergebens nach etwas zu trinken verlangte.

Anfang und Ende des Schulunterrichts. Eine Dienerin. Märchenerzähler der Straße.

Zur damaligen Zeit gab es für Kinder kein Spielzeug zu kaufen. Sie waren daher auf ihre Fantasie angewiesen. Victor, Salims jüngerer Bruder, zeigte sich auf diesem Gebiet äußerst erfinderisch und fertigte alle möglichen Dinge an, mit denen sich die beiden Jungen vergnügten. Auch zeigte er sich in allem, was mit Mechanik zu tun hatte, als sehr talentiert. Einmal zerlegte er alle Vorhängeschlösser des Hauses, um den Mechanismus zu untersuchen und seine Funktion zu verstehen. Er handelte sich eine heftige Schelte ein, aber zum Erstaunen aller gelang es ihm in kurzer Zeit, alle Schlösser wieder vollständig zusammenzusetzen.

Obwohl Salims und Victors Vater sehr gebildet war, nahm er sich nicht die Zeit, seine Söhne in irgendetwas zu unterrichten. Er war zu sehr beschäftigt mit der Notwendigkeit, seinen Lebensunterhalt zu verdienen, und mit den ständigen Streitigkeiten, die sein Heim in ein Schlachtfeld verwandelten. Manchmal, wenn er alleine mit ihnen war, lehrte er sie, einige arabische Worte zu schreiben oder zu lesen, aber die beiden Kinder konnten sich nie ausreichende Kenntnisse aneignen, um Bücher lesen zu können.

Abgesehen von den Koranschulen der Moscheen gab es keine schulischen Einrichtungen. Trotzdem fand ihr Vater eine ganz kleine, von orthodoxen Nonnen geführte Schule. Tatsächlich beschränkte sich diese auf einen einzigen Raum, in dem höchstens ein Dutzend Kinder aus christlichen Familien der Umgebung die Anfangsgründe des Lesens, Schreibens und Rechnens lernte. Salim war begeistert und die Nonnen liebten ihn; er war von Natur aus klug und wissbegierig. Einige Wochen nach seiner Ankunft in dieser Klasse kam ein bärtiger Mann mit einem hohen, schwarzen Hut und mit einem ebenso schwarzen Talar bekleidet, um die Örtlichkeiten zu besichtigen. Salim sah ihn mit einer der Schwestern sprechen und auf ihn zeigen. Er blickte ihn nahezu feindselig an. Kurz darauf kam die Schwester auf Salim zu und sagte verlegen zu ihm, dass sie mit seinem Vater sprechen müsse. Zum großen Kummer der ganzen Familie mussten die beiden Jungen schon am nächsten Tag die Schule verlassen. Das war die erste und einzige Gelegenheit, die sich Salim und seinem Bruder bot, eine Schule zu besuchen.

Die Ungleichheit der Bedingungen zwischen den Reichen, die im Luxus lebten, und den armen Leuten, die nicht einmal genug hatten, um ihre Kinder zu ernähren, war sehr groß. Von Zeit zu Zeit klopfte eine arme Frau, begleitet von einem jungen Mädchen von vielleicht zwölf Jahren, manchmal sogar noch viel jünger, an die Haustüre der Familie und fragte, ob man ihr Kind gegen etwas Essen und ein Dach über dem Kopf einstellen könne. Die Löhne zu jener Zeit waren lächerlich; die Diener waren schon glücklich, bloß Kost und Logis zu bekommen. Was ihren mageren Lohn betraf, falls sie einen bekamen, so überließen sie diesen ganz ihren Familien, um diese zu unterstützen.

Eines Tages bat eine mittellose jüdische Frau Salims Eltern, ihre etwa siebzehnjährige Tochter in Dienst zu nehmen. Salims Mutter hatte selbst nur zu gut die Armut gekannt, um nicht Mitleid mit diesem heranwachsenden Mädchen zu fühlen. Da sich die Situation ihres Mannes genügend verbessert hatte, willigte sie ein, sie zu sich zu nehmen. Sie wusste, dass die Unglückliche ohne Anstellung, und sei sie noch so bescheiden, bald keine andere Lösung als die Prostitution gehabt hätte, um leben zu können. Die beiden Jungen fassten schnell Zuneigung zu der kleinen Dienerin, die sehr freundlich zu ihnen war und ihrer Mutter eifrig und bereitwillig bei den Aufgaben des Haushaltes half. Nach nur drei Monaten wurde sie plötzlich krank, nachdem sie ein paar Tage bei ihrer eigenen Familie verbracht hatte, und starb innerhalb von wenigen Stunden, ohne dass man je die Ursache herausfand. Salim und Victor, die sie liebgewonnen hatten, waren über ihren Tod sehr bestürzt.

In Bagdad waren damals die einzige Möglichkeit, dem Alltag zu entfliehen, die Abende, an denen professionelle Erzähler ihre Geschichten spannen. Die Zuhörer waren fasziniert von den endlosen Märchen aus Tausendundeine Nacht und den zahllosen Geschichten von Mullah Nasrudin, dem berühmten Weisen und Narren des gesamten Mittleren Ostens. Salim liebte es, diesen Erzählern zuzuhören. Er verließ heimlich das Haus und glitt lautlos in den Kreis der Zuhörer, wo er mit aufgesperrten Ohren dem Repertoire an moralischen, schelmischen, absurden und manchmal auch sehr spirituellen Geschichten lauschte, mit denen er später seine Schüler ergötzte.

England. Der Louvre. Rückkehr nach Bagdad. Saint-Saëns.

Nach Salims Operation wollte seine Mutter, die geglaubt hatte, ihn zu verlieren, von Bagdad in ein ruhigeres Land umsiedeln, das in Bezug auf gesundheitliche Belange besser ausgerüstet war. Sie besaß einige Juwelen, die sie hatte kaufen können, weil sie heimlich gespart hatte. Diese holte sie eines Tages hervor und bat ihren Mann, sie zu verkaufen, um ihre Reise nach England (damals per Schiff und Zug) zu finanzieren, wo ihre Söhne, wie sie glaubte, zur Schule gehen und Englisch lernen konnten. Salim war damals ungefähr acht Jahre alt.

Ihr Weg führte über Paris, wo der Vater die Kinder in den Louvre mitnahm. Halle auf Halle durchquerend, kamen sie schließlich zu einem Raum, dessen Wände mit den Darstellungen eines Mannes bedeckt waren, der an ein Kreuz genagelt war. Von seinem Kopf und seinen Händen sowie aus seiner Seite strömte Blut. Salim fühlte sich von einem unsäglichen Schrecken erfasst und fragte sich: „Wie kann man das jemand antun?" Er bewahrte in sich eine entsetzliche Erinnerung an diesen Moment; sein Vater war sich absolut nicht im Klaren über die Wirkung, die dieser Anblick auf ihn hatte.

In London angekommen, fanden sie eine Wohnung im oberen Stockwerk eines Hauses, dessen Erdgeschoß von einem Paar bewohnt wurde, das ebenfalls zwei Kinder hatte. Letztere schlossen schnell Freundschaft mit Salim und Victor. Ab und zu gingen die beiden Brüder zu ihren Freunden, die ein Klavier besaßen, um mit ihnen zu spielen. Salim war fasziniert von diesem Instrument sowie von dem Grammophon, auf dem er einige klassische Musikstücke hören durfte, die in Schellackplatten graviert waren.

Salims Gedächtnis war in allem, was die Musik anging, bemerkenswert. Mehr als sechzig Jahre später hörte er zufällig im Radio ein Musikstück, das er zu seinem Erstaunen sofort als eines derjenigen erkannte, die er bei seinen Londoner Nachbarn gehört hatte, damals, als er nur acht Jahre alt war. Er kannte den Namen nicht, denn es handelte sich um ein Werk, das nur selten gespielt wird; der Ansager der Sendung kündigte es als „Ballet Égyptien" von Alexander Luigini an, der offenbar ein brillanter Schüler von Massenet war, jetzt aber praktisch in Vergessenheit geraten ist.

Die englische Episode sollte von kurzer Dauer sein, denn nach einigen Monaten sah sich die Familie gezwungen, nach Bagdad zurückzukehren. Der Vater, der sein ganzes Geld verspielt hatte, dachte, dort leichter als in England Arbeit zu finden. Er erhielt tatsächlich durch Zufall eine Anstellung in einer englischen Reisebusgesellschaft, The Nairn Transport Company, die die Verbindung Bagdad–Damaskus sicherstellte. Die gut ausgestatteten und für die damalige Zeit luxuriösen Fahrzeuge konnten ein Dutzend Fahrgäste mit Gepäck transportieren, vor allem Engländer oder andere Abendländer. Manchmal passierte es, dass jemand, erschöpft nach einer langen Fahrt in einer erdrückenden Hitze, aus dem Auto stieg und einige Sachen vergaß. Die Gesellschaft bewahrte die Gegenstände ein Jahr lang auf; nach dieser Frist verlosten die Angestellten sie untereinander. So brachte sein Vater eines Tages ein Grammophon mit einer Kurbel mit, dazu Schellackplatten mit klassischer Musik und Nadeln, die jedes Mal ausgewechselt werden mussten. Zu seiner Verwunderung hörte Salim aus dem magischen Apparat eine schmetternde Stimme kommen. Es handelte sich um eine berühmte Arie aus der Oper „Samson und Dalila" von Saint-Saëns, aus der Passage, in deren Verlauf Dalila versucht, Samson mit Worten der Liebe zu betören, um ihm das Geheimnis seiner Kraft zu entreißen. Ohne ersichtlichen Grund begann Salim zu schluchzen, als er die Musik hörte; er konnte einfach nicht anders, als sie wieder und wieder hören zu wollen. Später erfuhr er, dass es genau dieses Stück gewesen war, das seine Mutter in der Zeit, als sie ihn in sich trug, viele Male gehört hatte, damals, als sie in England so unglücklich war.

Unter den Schallplatten befanden sich mehrere Werke für Violine, die Salim unablässig abspielte. Er wurde vom Klang dieses Instrumentes unmittelbar angezogen und bezaubert. Die Interpreten, alle berühmte Virtuosen dieser Zeit, hatten Namen wie Kreisler, Heifetz und Yehudi Menuhin, der mit vierzehn Jahren ein Konzert von Max Bruch für Violine und Orchester gespielt hatte. Als Salim diese Musik hörte, versetzte er sich an die Stelle des Violinisten, und begann, die Bewegungen nachzuahmen, als ob er selbst spiele. Schließlich sagte sein Vater: „Vielleicht wird der Junge eines Tages Violinist!"

Massaker unter Armeniern. Verlassen des Irak.

Salims Vater, der hart arbeitete, wurde von dem Engländer, dem die Gesellschaft gehörte, sehr geschätzt. Er musste Abfahrt und Ankunft jedes Reisebusses überwachen. Die Verbindung Bagdad-Damaskus bestand zweimal die Woche. Die Abfahrt fand um sechs Uhr morgens statt, was mit sich brachte, dass er das Haus bereits um vier Uhr verließ, wenn es noch Nacht war. Er musste eine Strecke von ungefähr vierzig Minuten zu Fuß zurücklegen, in Straßen, die meist nur wenig oder gar nicht beleuchtet waren, mit den entsprechenden Risiken in einem Land, in dem Meuchelmorde gang und gäbe waren. Auch musste er an zwei Abenden in der Woche auf die Rückkehr des Autos warten und kehrte folglich sehr spät heim. Die ganze Familie, einschließlich der Großmutter mütterlicherseits (die nun bei ihnen wohnte), wartete voller Angst. Salims Mutter spähte furchtsam aus dem Fenster, um die Kleidung und den Gang ihres Gatten ganz sicher zu erkennen und zu vermeiden, einem Eindringling zu öffnen. Eine Nachbarin hatte eines Tages das Pech gehabt, einem Landstreicher, der die Stimme ihres Mannes und seine Art, an die Türe zu klopfen, nachgeahmt hatte, voreilig die Tür zu öffnen. Die arme Frau hatte ihren Fehler teuer bezahlt; sie wurde vergewaltigt, bevor ihr und ihren Kindern die Kehle durchschnitten wurde. Neben all diesen Gefahren fand man nicht selten Skorpione (deren Stich sehr gefährlich war) und manchmal sogar Schlangen in den Wohnungen.

Wieder einmal kaufte Salims Vater ein Pferd und gab viel Geld beim Spielen aus. Glücklicherweise verdiente er nun genügend zum Leben und seine Frau, die künftige Schwierigkeiten voraussah, legte, wenn es ihr möglich war, stillschweigend etwas Geld zur Seite. Von Zeit zu Zeit nahm der Vater seinen älteren Sohn zu den Rennen mit, wenn sein Pferd daran teilnahm. Der Rennplatz war eine vornehme Stelle, die hauptsächlich von Engländern frequentiert wurde. Eine Gruppe von Blechbläsern, dirigiert von einem englischen Orchesterleiter, spielte Ouvertüren berühmter Opern, und während der Vater fieberhaft das Rennen verfolgte, hörte das faszinierte Kind der Musik zu.

Der Irak stand seit 1920 unter britischem Mandat. Faisal I. wurde 1921 König. 1932 erlangte das Land seine Unabhängigkeit. Zur gleichen Zeit wurde der Souverän krank und verließ das Land, um in England ärztlich behandelt zu werden. Dort starb er 1933. Sein Sohn Ghazi, der den Briten gegenüber feindlich gesinnt und ein eifriger Unterstützer des arabischen Nationalismus war, wurde sein Nachfolger. Bald wurden im Norden Iraks schreckliche Massaker unter den Armeniern verübt, bei denen Männer, Frauen und Kinder umgebracht wurden. In Bagdad verfolgten wutentbrannte und blutrünstige Horden alle, die wie Armenier, Juden oder einfach wie Ausländer aussahen, ob Abendländer oder nicht. Ein Mitglied einer indischen Nachbarsfamilie wurde auf offener Straße erstochen. Salim und die Seinen, außer sich vor Angst, verdankten ihre Rettung einzig und allein einigen arabischen Freunden. Sie zitterten noch im Nachhinein, als sie in den folgenden Tagen den Anblick des Grauens entdeckten, den manche Stadtviertel boten. Salims Mutter, die ihre kargen Ersparnisse herausrückte, sagte damals zu ihrem Mann: „Diesmal sind wir noch davongekommen, aber wir riskieren, jeden Augenblick umgebracht zu werden. Lass uns dieses Land, das nicht mehr unter englischem Mandat steht, verlassen, bevor es zu spät ist." Das benachbarte Syrien, immer noch unter französischer Verwaltung, schien sicherer zu sein. Die ganze Familie, einschließlich der Großmutter, durchquerte also die Wüste in einem kleinen Mietwagen, in dem sie, zwischen ihr Gepäck gepfercht, saß.

Damaskus, Alexandria, Palästina, Libanon.

In Damaskus entdeckte Salim staunend eine üppige Vegetation, die sich sehr von der in Bagdad unterschied. Die Schönheit der Berggipfel, die sich vom Horizont abhoben, blieb in sein Gedächtnis eingegraben. Trotz aller Bemühungen konnte sein Vater in Syrien keine Arbeit finden; er beschloss daher, sein Glück in Ägypten zu versuchen. Die Familie machte sich also nach Alexandria auf und begab sich von da aus nach Kairo. An manchen Abenden nahm Salims Vater ihn mit in die Chaikhanas, wo er mit Arabern diskutierte und stundenlang spielte, während sein Sohn ihn mit den Augen verschlang und vorbehaltlos bewunderte, wie er mit seinen ägyptischen Freunden scherzte, die er so rasch und mit solcher Leichtigkeit gewinnen konnte. Er bewegte sich mit einer so natürlichen und sicheren Gewandtheit, dass er nicht verfehlte, die Blicke der Passanten auf sich zu ziehen. Salim fühlte sich daher sehr stolz, an seiner Seite zu sein.

Sein Vater hatte sich mit einem Ägypter angefreundet, der ihm vorschlug, mit ihm ein kleines Geschäft in Palästina zu eröffnen. Seine Frau, die immer um ihre Sicherheit besorgt war, drängte ihn, dieses Angebot anzunehmen, das eine Gelegenheit bot, sich in einer Gegend niederzulassen, die immer noch unter britischem Mandat stand und vermutlich sicherer war. Während ihres ganzen Aufenthalts in Palästina zogen sie ständig um, von Haïfa nach Jaffa oder nach Tel Aviv.

Auf dem Gipfel des Berges Karmel, der Haïfa überragte, erhob sich der prächtige Tempel der „Baha'i", der heilige Ort dieser Religion, die aus dem Islam hervorgegangen war. Die Gründer waren zwei iranische Schiiten des neunzehnten Jahrhunderts. Die Baha'i erklären in ihren Lehren, dass die religiöse Wahrheit nicht absolut sei, sondern relativ, dass alle großen Religionen göttlichen Ursprungs seien und ihr Ziel identisch sei. Dieser Glaube, der in vielen Ländern Fuß gefasst hat, wird vom Islam als ketzerisch angesehen. Von seiner Entstehung an wurden Zehntausende von Gläubigen im Iran hingerichtet, wo sie bis heute verfolgt werden.

Haïfa war damals nur ein kleines Städtchen, das im Wesentlichen aus zwei großen Straßen bestand, die an die Bergflanke geschmiegt waren, umgeben von zahlreichen Olivenbaumpflanzungen. Die Sicherheit, die die Familie dort finden konnte, erwies sich als relativ, bis sich Salim eines Tages – er war etwa zwölf Jahre alt – weit genug vom Haus entfernte, um sich an einem abgelegenen Ort wiederzufinden, wo drei Araber damit beschäftigt waren, die Grube für die Fundamente eines Wohnhauses auszuheben. In einem Moment der Unachtsamkeit stolperte er und fiel in die Grube, in der die drei Männer arbeiteten. Augenblicklich stürzte sich einer von ihnen auf ihn und erhob seine Kreuzhacke, um ihm den Schädel einzuschlagen. Er sah ihn mit eiskalten Augen an, die von einem unbeschreiblichen Hass erfüllt waren, während einer der beiden anderen Arbeiter hastig rief: „Der Arme, lass ihn, lass ihn!" Sein potentielles Opfer immer noch mit einem unerbittlichen Blick fixierend, senkte der Mann langsam seinen Arm. Salim verstand nicht, welche Kraft die mörderische Hand dieses Individuums angehalten hatte, das ihn an diesem verlassenen Ort so leicht hätte erschlagen und verscharren können, ohne dass je jemand gewusst hätte, was aus ihm geworden war. Dieser dramatische Vorfall und der eisige Blick seines Angreifers gruben sich ihm unauslöschlich ein.

Der kleine verträumte und derart empfindsame Junge wuchs so in einer von Angst geprägten Atmosphäre auf, deren Spuren er sein Leben lang in sich bewahrte, sogar im Westen, wo die Bedingungen des täglichen Daseins doch erheblich anders sind.

Die Musik gab ihm ab und zu ein Zeichen und rief ihn insgeheim. In Haïfa hatte ein Nachbar Salims Faszination für diese Kunst bemerkt, und wenn es ihm gelang, im Radio die Sendung einer Symphonie oder einer Oper aus Europa zu empfangen, drehte er die Lautstärke seines Apparates auf. Während die Familie schlief, brachte Salim Stunden auf dem Balkon zu, manchmal bis spät in die Nacht, um dieser Musik zu lauschen, die so erhabene und aufwühlende Gefühle in ihm weckte.

Im Stadtviertel hatten einige Musikliebhaber ein kleines klassisches Amateurorchester gebildet, und zum ersten Mal in seinem Leben sah und hörte Salim ein echtes Ensemble vor sich spielen. Er war von dem Universum, das sich vor ihm auftat, fasziniert und entdeckte staunend die verschiedenen Instrumente, vor allem die Oboe, die ihn besonders bewegte, vielleicht aufgrund ihrer orientalischen Klangfarbe.

Anlässlich einer öffentlichen Versteigerung kaufte Salims Vater ihm eines Tages ganz billig eine alte Geige, auf der der Junge vergeblich alleine zu üben versuchte. Seine Eltern baten einen Geiger aus der Nachbarschaft, der in den Cafés spielte, ihm Unterricht zu geben. Aber die Lehrzeit war von kurzer Dauer, da die Familie erneut umziehen musste.

Die Mehrzahl der Juden, die damals in Palästina lebten, bestand aus Flüchtlingen, die hauptsächlich aus Europa gekommen waren. Die meisten waren sehr gebildet, mussten aber, um leben zu können, bereit sein, mit ihren Händen zu arbeiten, z. B. als Maurer, Straßenarbeiter oder Landwirte. Unter ihnen fanden sich viele Wissenschaftler, Künstler, Ärzte, Musiker und Dichter. Aufgrund der politischen Situation dieser Zeit wurden Fremde mit Argwohn betrachtet und Salims Familie wurde davon nicht ausgenommen; es war ihr daher nicht möglich, sich einzugliedern.

Nachdem er mit seinen Geschäften ganz und gar nicht den erhofften Erfolg hatte, beschloss Salims Vater nach ungefähr zwei Jahren, sein Glück im Libanon zu versuchen. Er verstand viel von Teppichen und beschloss, damit Handel zu treiben, aber wieder einmal erwies sich das Unternehmen als wenig einträglich. Die Familie zog wieder nach Jordanien, dann nach Ägypten und erneut nach Palästina. Jeder Umzug an einen anderen Ort erforderte, schnell den lokalen Dialekt zu erlernen und sich an die Bräuche und die Lebensweise der Umgebung zu gewöhnen. Salim konnte daher nicht umhin, mit aller Schärfe die Unsicherheit und die Vergänglichkeit ihres Daseins zu fühlen.

Innere Konflikte

Als er sich diese Periode des Übergangs von der Kindheit zur Jugend ins Gedächtnis zurückrief, gestand er, dass sie für ihn stürmisch und innerlich nur schwer zu ertragen war. Die ständigen Streitigkeiten zwischen seinen Eltern sowie die grauenhaften Geschichten, die er unaufhörlich um sich herum erzählen hörte, deprimierten ihn zusehends.

Die Nachricht, dass eine junge, außergewöhnlich schöne und zierliche Frau, die Salim kannte, vergewaltigt worden war, machte einen entsetzlichen Eindruck auf ihn. Infolge dieses dramatischen Ereignisses verlor das Opfer seinen Verstand und musste in einer psychiatrischen Anstalt untergebracht werden. Die Frau war verheiratet und Mutter von zwei Kindern; es war traurig, den tiefen Kummer mitzuerleben, der die ganze Familie befiel.

Salim mit 17 Jahren

Die Einrichtungen für geistig Kranke, die es damals in diesem Teil der Welt gab, waren sehr schmutzig und schlecht geführt, ganz zu schweigen von der Atmosphäre, die dort herrschen musste.

Alle die Geschichten über Entführungen und Vergewaltigungen, von denen Salim seit seiner Kindheit unaufhörlich gehört hatte, hatten schließlich ein bedrückendes Gefühl in ihm hinterlassen. Er kam selbst in das Alter, in dem die Sexualität erwacht. Die dramatischen Berichte sowie die Einweisung dieser jungen Frau in eine Anstalt lösten in ihm einen inneren Konflikt aus. Er stellte diesen Aspekt der Natur in Frage, der ihm unbegreiflich erschien, einerseits durch die Heftigkeit seines Verlangens, andererseits durch die Weise, in der manche ihm Folge leisteten, ohne sich im geringsten um die Folgen ihrer Handlungen für ihre Opfer zu kümmern.

Abgesehen von diesen Fragen und schmerzlichen Ereignissen herrschte zu jener Zeit in dieser ganzen unruhigen Region eine beklemmende Stimmung ständiger Bedrohung, die zu dem unaufhörlich wachsenden, depressiven Zustand beitrug, der sich seiner bemächtigte.

Ständig erhoben sich Fragen in ihm, auf die er keine Antworten erhielt. Er fragte sich eindringlich, ob er schon vor seiner Geburt existiert habe und woher er in diesem Fall ursprünglich gekommen sei. Er dachte über den Sinn der physischen Existenz nach, die immerzu unerwarteten Katastrophen und dem Tod ausgeliefert ist, und über die Tatsache, dass trotz des Mitgefühls und der Nächstenliebe, von denen die Religionen sprechen, Gräueltaten ohne Ende um ihn herum begangen wurden. Und er konnte nicht anders, als sich zu fragen: „Existiert GOTT wirklich?"

Zweifel peinigten ihn trotz der unerklärlichen Gefühle spiritueller Erhebung, die ihn zuweilen in einem Maß ergriffen, dass sie ihn erstaunten. Woher stammten diese Empfindungen? Warum wallten, trotz der Unsicherheiten, die dauernd in ihm auftauchten und ihn beunruhigten, ehrfürchtige Gefühle in ihm auf? Er wusste, dass es sinnlos war, mit seinen Eltern über viele der Fragen zu sprechen, die in ihm entstanden und ihn verwirrten. Sie schienen nicht in der Lage, darauf zu antworten, oder, vielmehr, hatte ihn die Art der Antworten, die sie ihm in der Vergangenheit geliefert hatten, ratloser denn je zurückgelassen.

Zu einem Jugendlichen herangewachsen, blieb Salim nach wie vor zurückhaltend. Nachdem sich seine Gesundheit im Laufe der Jahre wesentlich gebessert hatte, war er körperlich erstaunlich kräftig geworden. Bei dem ständigen Nomadenleben fand er hier und da ein paar Kameraden, die sich wunderten, dass sie diesen schüchternen Jungen, der breitbeinig dastand und über seine eigene Stärke überrascht war, zu dritt oder zu viert nicht umwerfen konnten.

Da die Geschäfte immer noch sehr schlecht liefen, gab seine Mutter, die einige Juwelen[3] gekauft hatte, sobald es ihr gelungen war, etwas Geld zu sparen, erneut ihre mageren Ersparnisse heraus, damit die Familie nach England reisen konnte. Ihre eigene Mutter, die bisher alle familiären Ortsveränderungen mitgemacht hatte, wollte nicht in den Westen mitkommen, wo sie sich, wie sie wusste, nur noch verlorener fühlen würde. Sie entschloss sich, bei einer ihrer anderen Töchter zu bleiben.

Salims Vater, der nicht mehr ganz jung war, hatte Schwierig-keiten, Arbeit zu finden, denn Europa machte damals eine schwere wirtschaftliche Krise durch. Nachdem er vergeblich nach einer Beschäftigung in Großbritannien gesucht hatte, musste er sich entschließen, seine Frau und seine Kinder dort zurückzulassen und alleine in den Nahen Osten zurückzukehren. Es gelang ihm, ihnen ab und zu etwas Geld zu schicken, was ihnen erlaubte, sich einige Monate über Wasser zu halten, bis zu dem Moment, wo er sich ihnen kurz vor Kriegsausbruch wieder anschloss.

---

[3] Juwelen spielten im Orient eine Rolle, die über ihre bloße Funktion als Schmuck hinausging. Sie wurden als Mittel angesehen, die Ersparnisse griffbereit zu haben, und stellten eine Art Versicherung für heikle Situationen dar, und zwar vor allem bei den Bevölkerungsschichten, die sich nicht an Banken wandten.

Salim wurde achtzehn; er fühlte sich tief entwurzelt in einem Land, wo er weder die Sprache noch die Reserviertheit der Einwohner verstand. Die Weise der Abendländer zu denken und zu argumentieren, war ihm völlig fremd. Das Klima, die Bräuche und die Atmosphäre waren ganz anders als im Orient, einer faszinierenden und erschreckenden Welt, in der er seine ganze Kindheit verbracht hatte. Ohne lesen und schreiben zu können – was ihn bis dahin kaum gekümmert hatte –, wie sollte er da von den Engländern wahrgenommen werden, er, der noch dazu indisches Blut hatte?

KAPITEL 2

England: 1940 – 1949

Der Schock der Armee: 1940-1945

Trotz der Armut, die im Orient so oft das Los seiner Familie gewesen war und obwohl er mehrmals dem Tod entronnen war, war Salim nicht auf den Schock gefasst, den er erleiden sollte, als er sich Ende 1940, gerade 19 Jahre alt, als englischer Untertan zum Bodenpersonal der englischen Luftwaffe eingezogen sah.

Erst wenige Monate in Großbritannien, sprach er noch sehr schlecht englisch. Als er sich am ersten Tag in seiner Unterkunft meldete, verstand er die Äußerungen des Feldwebels nicht, der ohne ersichtlichen Grund alle Neuankömmlinge barsch anfuhr. Anschließend musste Salim eine medizinische Untersuchung über sich ergehen lassen, die in einer solchen Intimität mit den anderen stattfand, dass es ihm peinlich war. Er musste sofort seine Kennnummer auswendig lernen. Man verlangte von ihm, Formulare zu unterzeichnen, und zu seiner Schande musste er gestehen, dass er nicht schreiben konnte.

Als er sich am ersten Abend in seiner Stube wiederfand, umgeben von rund dreißig Soldaten, die Witze rissen und für ihn unverständliche Worte von sich gaben, wurde Salim, der sich vollkommen verloren fühlte, von Angst ergriffen; er hatte das Gefühl, in eine unbegreifliche und erschreckende Welt einzutreten. Als schließlich der Befehl gegeben wurde, sich schlafen zu legen, und das Licht gelöscht wurde, konnte er sich gehen lassen und schluchzte unter seinen Decken vor Verzweiflung.

Nach drei Monaten intensiven Trainings wurde er zu einem Stützpunkt geschickt, an dem er die ersten drei Kriegsjahre blieb – eine geschlossene Welt, die sich aus den Verwaltungsgebäuden, einem Krankenhaus und vier Seitentrakten zusammensetzte, von denen jeder etwa 2000 Soldaten beherbergte. Außer dem Barackenlager für die Männer der Truppe gab es noch das Offiziersquartier. Die Soldaten konnten sich jeden Abend in der

Kantine betrinken. Der Tag war dem Exerzieren, der Wartung der Waffen und den lästigen Arbeiten gewidmet.

Die Wehrpflichtigen, die Salim umgaben, waren zum großen Teil einfache, derbe und brutale Männer. Als sich seine Englischkenntnisse verbesserten, merkte er, dass sich ihr einziges Gesprächsthema auf die Sexualität und alles, was damit zu tun hatte, beschränkte. Manche von ihnen schilderten, wie sie bei ihrem letzten Urlaub eine Geschlechtskrankheit an eine Frau weitergegeben hatten, sie „initiiert" hatten, wie sie es nannten. Die meisten sprachen „Cockney", den Slang der Vorstädte von London. Salim spürte intuitiv, dass ihre Weise, die Silben zur Hälfte zu verschlucken, auf eine Art geistiger Trägheit schließen ließ, die er um jeden Preis vermeiden musste.

Er fühlte sich entsetzlich einsam und entwurzelt, gefühllosen Männern ausgeliefert, die ihm oft voll Verachtung entgegenschleuderten: „You are not one of us" („Du bist keiner von uns"). Manchmal spielten sie ihm grausame Streiche, die er stillschweigend über sich ergehen lassen musste. Seine Arglosigkeit missbrauchend, gaben sie vor, Befehle von Unteroffizieren an ihn weiterzugeben, die sie völlig frei erfunden hatten. Einmal passierte es ihm, dass er, als er erschöpft von einer Nachtwache zurückkam, eine tote Ratte in seinem Bett fand. Manche hatten eine perverse Freude daran, nachts ihre Notdurft in seine Schuhe zu verrichten und darauf zu lauern, was er für ein Gesicht machte, wenn er morgens hineinschlüpfte.

Außer der Aggressivität der Männer der Truppe musste Salim auch die gewisser Unteroffiziere ertragen. Da er mit dem sensiblen Ohr des zukünftigen Musikers schnell gelernt hatte, die paar Worte, die ihm von den Feldwebeln wütend entgegengeschleudert wurden, wiederzuerkennen, merkte er, dass die Befehle meistens in Beleidigungen und Obszönitäten verpackt waren. Diese Berufsunteroffiziere fanden im Krieg endlich ein Ventil für ihre Verdrängungen; die armseligsten unter ihnen waren ganz offen sadistisch. Es passierte sogar, dass ein besonders sensibler Soldat, den man pausenlos gemobbt hatte, Selbstmord beging, indem er sich eine Kugel in den Mund schoss; andere verloren schließlich den Verstand.

Militärische Brutalität

Salim erinnerte sich besonders schmerzlich an einen Stabsfeldwebel, mit dem er Auseinandersetzungen hatte und der unglaublich brutal war. Er war von kleinem Wuchs und um einen offensichtlichen Komplex zu kompensieren, beschuldigte er gerne Soldaten, die das Pech hatten, größer als der Durchschnitt zu sein. Jeden Morgen beim Appell schritt er die Reihe der aufgestellten Männer ab. Diese mussten während der gesamten Dauer der Inspektion, die er mit manischer Gründlichkeit durchführte, in Habachtstellung bleiben, manchmal bei einer Eiseskälte, während er verschiedene Strafen über sie verhängte, weil ihre Jackenknöpfe nicht genügend blankpoliert waren oder ihre Schuhe nicht wie Spiegel glänzten.

Eines Tages hatte er es auf einen besonders großen Soldaten abgesehen, einen wahren Hünen, dessen Körpergröße er zweifellos als persönliche Beleidigung empfinden musste. Er begann, den armen Mann auf jede nur denkbare Weise zu beschimpfen und anzuschreien, als jener plötzlich anfing, seine Hose aufzuknöpfen. Alle verfolgten neugierig die Szene, ohne sein seltsames Verhalten zu verstehen. Bald sahen sie ihn sich auf den kleinen Unteroffizier stürzen, der weiter seine Beleidigungen hervorstieß, ihn hochheben, ihm die Hose um den Hals wickeln und mit aller Kraft zuziehen. Die Augen des Unteroffiziers verdrehten sich und die Zunge kam aus seinem Mund, als ein Offizier hastig den Befehl gab, ihm zu Hilfe zu kommen. Es brauchte nicht weniger als ein Dutzend Männer, um mit dem Rasenden fertig zu werden, der sich nicht mehr unter Kontrolle hatte und schließlich in eine psychiatrische Klinik eingeliefert wurde. Aber selbst nach diesem Zwischenfall, der für ihn um ein Haar verhängnisvoll ausgegangen wäre, änderte der Unteroffizier sein Verhalten nicht.

Zwischen den Demütigungen durch die Männer der Truppe und durch die Unteroffiziere gefangen, lebte Salim in der Angst, einen Befehl nicht richtig verstanden oder nicht korrekt ausgeführt zu haben. Außerdem musste er immer auf der Hut sein, um den Soldaten zu entgehen, die versuchten, ihre Langeweile zu vertreiben, indem sie ihn quälten. Viele Jahre später, als er sich wieder an diese Ereignisse erinnerte, konnte er nicht umhin sich zu fragen, wie er dem Selbstmord oder dem Wahnsinn hatte entgehen können.

Die Armee war ein derartiger Schock, dass Salims Gesundheit sich rapide zu verschlechtern begann. Er litt an schweren Darmproblemen, die sich in ständigen akuten Durchfällen äußerten. Schließlich wurde er so krank, dass er mehrmals in die Klinik eingeliefert werden musste. In diesen Kriegszeiten musste ein Soldat wirklich ernstlich krank sein, damit die Militärärzte bereit waren, ihn in die Klinik aufzunehmen. Aber trotz der Behandlungen blieben Salims gesundheitliche Probleme bestehen, ohne dass die Ärzte die Ursache dafür verstanden. Sobald er eine leichte Besserung verspürte, wurde er in sein Quartier zurückgeschickt.

Die Kälte machte ihm ständig zu schaffen. Übrigens kam ihm seit seiner Ankunft in England alles eisig vor – das Klima, die Sprache, die Atmosphäre, die Art der Menschen zu sein und zu denken – und er beklagte die Eintönigkeit des westlichen Lebens, im Vergleich zum Orient. Er suchte ein wenig Wärme in der Kantine, wo er Tee trank, während die anderen Soldaten sich mit Bier betranken.

Die Bedienungen wurden W.A.A.F. (Women Auxiliary Air Force) genannt; es waren Frauen, die sich freiwillig verpflichtet hatten. Sie waren sehr freundlich zu Salim und eine von ihnen gab ihm sogar zu verstehen, dass sie zartere Gefühle für ihn empfinde. Aber für Salim, der von Natur aus eine große Achtung vor den Frauen im Allgemeinen hatte, kam es nicht in Frage, sich einer von ihnen zu nähern, wenn er nicht die Absicht hatte, sich ernsthaft zu binden. Da er nicht zählen konnte, holte er, wenn er seine Rechnung begleichen sollte, die Handvoll Münzen hervor, die seinen Wochenlohn ausmachten, und hielt sie der Kellnerin hin. Später wurde ihm klar, dass sie oft nur eine Kleinigkeit nahm, ja sie steckte ihm sogar noch ein paar Süßigkeiten zu, nach denen er ein großes Bedürfnis hatte, um seine Einsamkeit zu kompensieren.

Eine von der Vorsehung bestimmte Begegnung: Kommandant Strover

Die Armee, eine unerbittliche Welt der Härte und der Gewalt, sollte Salim paradoxerweise erlauben, jemand zu begegnen, der einen entscheidenden Einfluss auf sein Schicksal hatte. Eines Tages, kurz nach seiner Ankunft, als ihn mehrere Soldaten umringten und sich einen Spaß daraus machten, ihn zu Boden zu werfen und mit den Füßen von einem zum anderen zu schubsen, ging ein Offizier an der

Menschenansammlung vorbei. Entrüstet über das Verhalten dieser Männer, fragte er sie streng, warum sie so handelten. Ganz überrascht murmelte einer der Soldaten: „He´s a bloody foreigner" („Er ist ein verdammter Ausländer"); ein anderer, in dem Glauben, den Offizier zu erheitern, fügte hinzu: „Er kann nicht lesen, er ist ein Idiot!" Der Offizier, der einen hohen Dienstgrad innehatte, war etwa fünfundsechzig und, wie sich herausstellte, Militärgeistlicher. Er wies die Soldaten scharf zurecht und sagte zu ihnen: „Wenn ich euch je wieder dabei erwische, dass ihr diesen Jungen quält, bekommt ihr es mit mir zu tun. Schluss jetzt!" Sie salutierten verlegen und entfernten sich mit einem finsteren Blick auf ihr Opfer.

Sich wieder Salim zuwendend, der noch ganz benommen auf dem Boden lag, richtete der Offizier diesen behutsam auf und forderte ihn auf, ihm zu seinem Büro zu folgen. Er befragte ihn, und als er feststellte, dass er nicht gut englisch sprach und tatsächlich weder lesen noch schreiben konnte, erwirkte er für seinen neuen Schützling unverzüglich die Erlaubnis, jeden Tag zwei Stunden bei ihm zu verbringen. Als erstes lehrte er ihn, seinen Namen zu schreiben, dann, die einzelnen Buchstaben des Alphabets zu erkennen; auch brachte er ihm die vier Grundrechenarten bei. Nach zwei Monaten, in denen Salim rasche Fortschritte gemacht hatte, ließ er ihn alleine arbeiten.

Der Mensch durchläuft den wesentlichen Teil seiner intellektuellen Ausbildung vor dem elften oder zwölften Lebensjahr; nach diesem Alter besitzt er nicht mehr die gleiche Schnelligkeit und Geschmeidigkeit des Geistes. Nachdem er sich in den ersten Schuljahren die unerlässlichen Grundlagen erworben hat, ist es ihm möglich weiter zu lernen, weil sein Intellekt seit seiner Kindheit mit einer gewissen Regelmäßigkeit gearbeitet hat. Dies war bei Salim nicht der Fall. Sein Intellekt war in den ersten achtzehn Lebensjahren nie stimuliert worden, und nachdem er die Hürde der Grundkenntnisse, die er sich schnell angeeignet hatte, überwunden hatte, traf er auf große Schwierigkeiten, einer intellektuellen Arbeit dieser Art nachzugehen. Es ist verständlich, dass er auf diesem Gebiet nie die Leichtigkeit und den Automatismus derer erwerben konnte, die seit ihrer frühesten Kindheit die Schule besucht hatten.

Von der ersten Begegnung an empfand der Militärpfarrer, der den Grad eines Kommandanten innehatte und Padre Strover genannt wurde, ein Gefühl der Freundschaft für Salim. Er war Berufsoffizier, sehr distinguiert und kultiviert, wie die meisten der hohen englischen Dienstgrade. Während des ersten Weltkrieges war er Flieger gewesen. Seine Maschine war abgeschossen worden, und obwohl die Piloten damals keine Fallschirme hatten, war er wie durch ein Wunder lebend davongekommen. Auf dieses Ereignis hin war er tief gläubig geworden und hatte beschlossen, Militärpfarrer zu werden, während er in der Armee blieb.

Salims Einsamkeit fühlend, lud er ihn ein, ihn zu besuchen, wann immer er ein paar Stunden frei hatte. Das war für den jungen Mann eine unverhoffte Gelegenheit, Menschen von seltener Qualität zu begegnen, die nichts mit den vulgären Soldaten gemein hatten, die ihn umgaben.

Salim begegnet der Musik: eine Leidenschaft offenbart sich. Anfänge des Komponisten.

Kommandant Strover wohnte mit seiner Frau (anglikanische Pfarrer dürfen heiraten), die viel jünger war als er, und mit seinen drei Söhnen von zehn, zwölf und vierzehn Jahren in einem kleinen Haus, das in der Nähe des Stützpunktes lag. Frau Strover war Musikerin, sie spielte Bratsche. Oft versammelte sie andere Instrumentalisten bei sich (Violinisten, Cellisten und Pianisten), um Streichquartette, Quintette mit Klavier, Trios mit Streichern oder Klavier, Sonaten, etc. vorzutragen. Ihr Repertoire enthielt Werke von Komponisten wie Mozart, Beethoven, Brahms oder Schubert. Bei diesen musikalischen Zusammenkünften, an denen er begeistert teilnahm, lernte Salim Dr. Padel kennen, der Amateurcellist war, sowie seine Frau, eine Klarinettistin; sie wurden schnell treue Freunde.

Alle diese Musiker wunderten sich über das erstaunliche Gedächtnis, das Salim an den Tag legte, wenn es um Musik ging. Er war imstande, eine Melodie, die er nur ein einziges Mal gehört hatte, und manchmal sogar ganze Sätze eines Instrumentes, das im Hintergrund spielte, zu summen. Frau Strover, beeindruckt, sagte sich, es sei doch zu schade, dass jemand, der so begabt sei, seine Fähigkeiten nicht entwickelte. Sie beschloss daher, ihn selbst in Musiktheorie zu unterrichten.

Salim zeigte auf diesem Gebiet eine außerordentliche Geschicklichkeit und machte mit verblüffender Schnelligkeit Fortschritte. Er verstand gleich die Prinzipien der Notenschrift und begann fast sofort, selbst kleine Stücke zu schreiben. Frau Strover besorgte sich ein Büchlein von Stuart Macpherson über die Formen der Musikkomposition und der Harmonie, das sie Salim vorlas, wobei sie ihm den Inhalt erklärte. Sie zeigte ihm am Klavier den Unterschied zwischen einer großen und einer kleinen Terz, zwischen einem vollkommenen (harmonischen) und einem unvollkommenen (oder dissonanten) Akkord. Sie lehrte ihn die Gesetze der Harmonie und hob die Bedeutung der Modulationen hervor. Sie fand dann ein kleines Buch von Gordon Jacob über Orchestrierung und las es ihm auf die gleiche Weise vor, wobei sie ihm die Möglichkeiten und die Grenzen jedes Instruments sowie dessen Platz im Orchester aufzeigte.

All das kam Salim merkwürdig leicht vor; er besaß ein hochsensibles Gehör und verarbeitete dieses Wissen blitzschnell, so als ob er es schon kannte und sich auf geheimnisvolle Weise nur daran zu erinnern brauchte. Anfangs hatte er Schwierigkeiten mit den transponierenden Instrumenten, wie den Klarinetten, Hörnern, Trompeten etc., bei denen die in der Partitur geschriebenen Noten nicht mit den gehörten übereinstimmen. Er lernte jedoch sehr schnell, immer komplexere Partituren für Orchester zu lesen.

Während für die meisten Menschen das Hören unerlässlich ist, um ein musikalisches Werk kennenzulernen, da die Notenschrift sogar für viele Musiker erst dann einen Sinn annimmt, wenn das Stück einmal auf einem Instrument gespielt wurde, genügte Salim Michael das alleinige Lesen der Partitur, um innerlich die Musik zu hören. Wenn es sich um ein symphonisches Werk handelte, hörte er alle Instrumente sowie den musikalischen Ablauf gleichzeitig, was nur sehr wenigen Komponisten vorbehalten ist, selbst unter den berühmtesten. Musiker wie Chopin, Wagner oder Ravel brauchten immer ein Klavier, um komponieren zu können.

Nachdem sich Salim die Grundlagen der musikalischen Struktur angeeignet hatte, machte er sich an das Schreiben von symphonischen Stücken. Madame Strover, die voller Stolz die Frucht ihrer Bemühungen wachsen sah, versorgte ihn laufend mit Notenpapier. Dank ihr hatte Salim eine Zuflucht gefunden, weit weg von der soldatischen Brutalität. Jeder freie Augenblick war dem Komponieren gewidmet. Er fand seine Inspiration hauptsächlich im Himmel, in den Sternen und im Geheimnis des unendlichen Raumes.

Wie man als Soldat komponiert. Ein Wachdienst, der schlecht endet.

Der militärisch durchorganisierte Tag ließ ihm oft nur wenig Freizeit. Außerdem war es schwierig für ihn, sich von den anderen zurückzuziehen. Zum Erstaunen seiner Stubenkameraden nahm er die Gewohnheit an, einmal in der Woche den Nachtdienst zu übernehmen, der darin bestand, das Feuer des Kohleofens in der Küche zu unterhalten. Hier war es ruhig, er war alleine, hatte es warm und konnte seine Musik schreiben. Nach einer Nacht ohne Schlaf war ein Soldat deswegen aber nicht von den Pflichten des nächsten Tages entbunden; trotzdem zog Salim es vor, seinen Schlaf dem Komponieren zu opfern.

Tagsüber hatte Padre Strover für ihn eine Beschäftigung als Kellner in der Offizierskantine gefunden. Hier war er vor den anderen unangenehmen Arbeiten und den Launen der Unteroffiziere relativ geschützt. Allerdings war er dem Jähzorn der betrunkenen Offiziere ausgesetzt, die ihn grundlos beschuldigten. Er wurde auch für die Kommunikation zwischen verschiedenen Flügeln des Lagers eingesetzt und beförderte Botschaften oder Briefe zwischen den Gebäuden.

Trotzdem musste er wie die anderen Soldaten Wache halten. Nun litt er, seit er in die Armee eingetreten war, ständig an akuten Darmproblemen; dennoch musste er um jeden Preis die Zeit seiner Wachrunde einhalten, die vierundzwanzig Stunden am Stück dauerte. Alle zwei Stunden hatte er das Recht, etwas Heißes zu trinken. Im Winter war er zusätzlich zu seiner Müdigkeit noch dem Schnee und der Eiseskälte ausgesetzt. Diese Kälte, an die er sich nie gewöhnte, durchdrang ihn bis auf die Knochen.

Eines Nachts passierte es, dass Salim, von der langen Wache erschöpft, nicht den automatischen Reflex besaß, vor einem Offizier zu salutieren, der an ihm vorbeiging, und er wurde umgehend schwer bestraft. Die Strafmaßnahme bestand darin, sich nach vierundzwanzig Stunden Wache, ohne geschlafen zu haben, mit seinem ganzen Gepäck beladen über das Trainingsgelände zu traben, während ihm ein Feldwebel folgte, der ihn erbarmungslos zwang, ein gleichmäßiges Tempo einzuhalten. Als ihm erlaubt wurde, in seine Stube zurückzukehren, war er dermaßen erschöpft, dass er nicht mehr fähig war, sich auszuziehen, und er fiel wie ein Klotz auf sein Bett. Dieses eine Mal hatten seine Kameraden Mitleid mit ihm, und als er einige Stunden später aufwachte, sah er, dass man ihm die Schuhe ausgezogen und ihn zugedeckt hatte. Da aber die Strafe hier nicht endete, schaltete sich Padre Strover bei der Behörde ein, der sein Schützling unterstand, damit diesem der Rest der Strafe erlassen würde.

An einem der nächsten Tage lief Salim, der gerade mit einem Brief unterwegs war, dem Offizier über den Weg, der ihm die Strafe verpasst hatte. Erstaunt, ihn zu treffen, obwohl er ihn im Arrest wähnte, forderte er ihn streng auf, ihn zu seinem Büro zu begleiten; voller Unruhe folgte ihm Salim. Der Offizier fragte ihn barsch, wer die Strafmaßnahme aufgehoben habe. In dem naiven Glauben, sein Wohltäter könne seinerseits gerügt und bestraft werden, wollte Salim ihn um keinen Preis in die Sache verwickeln; er weigerte sich daher zu antworten. Wütend schlug der Offizier einen lauteren Ton an, aber obwohl Salim am ganzen Leib zitterte, tat er seinen Mund nicht auf. Schließlich schickte ihn sein Vernehmer unter Drohungen zurück, entschlossen herauszufinden, wer es gewagt hatte, seinen Befehlen zuwiderzuhandeln. Er zog zweifellos Erkundigungen ein, konnte aber gar nichts gegen einen Militärgeistlichen unternehmen, zumal dieser den Grad eines Kommandanten innehatte.

Urlaube in London

Salim hatte das Recht auf einen Urlaub, der meistens zwei Tage lang war. Das Lager war sehr weit von London entfernt; heimzufahren bedeutete, praktisch die ganze Freizeit in Transportmitteln zu verbringen und nur wenige Stunden zu Hause zu sein. Dennoch hatte er es eilig, zu seiner Familie zurückzukehren. Als er jedoch das erste Mal nach Hause kam, schien es ihm beim Wiedersehen mit den Seinen, als lande er in einem merkwürdig fernen Universum. Konnte es sein, dass sich in wenigen Monaten so vieles ereignet hatte? Er war nicht mehr derselbe.

Sein Bruder Victor hatte angefangen, vom Staat finanzierte Abendkurse zur Alphabetisierung zu besuchen. Es war ihm

57

außerdem gelungen, tagsüber eine Stelle als Lehrling in einer Fabrik für Rundfunkgeräte zu bekommen. Seine Eltern stritten noch heftiger als früher. Sein Vater hatte am Anfang des Krieges hier und da gearbeitet, war nun aber über sechzig und fand keine Anstellung mehr. Seine Mutter hatte selbst nach einem Broterwerb suchen müssen. Sie wurde als Putzfrau in einem Hotel angestellt und blieb dort bis nach dem Krieg.

Salims Familie lebte ärmlich in einem einzigen Zimmer mit einer angrenzenden Küche, in der eine Badewanne stand. Die Toiletten, die sich im Parterre befanden, wurden von allen Mietern geteilt. Bei seiner Familie fand Salim die Ruhe und die Zurückgezogenheit, die er so dringend brauchte, genauso wenig wie in der Kaserne. Da die Reise nach London sehr ermüdend war und fast die gesamte Zeit seines Urlaubs beanspruchte, fuhr er nur noch dorthin, wenn er Anspruch auf sieben durchgehende Urlaubstage hatte, was selten genug vorkam.

Die Hauptstadt wurde während des größten Teils des Krieges pausenlos bombardiert. Da seine Mutter sich eigensinnig weigerte, in den Schutzraum hinunterzugehen, blieb Salim, wenn er auf Urlaub war, bei ihr in der Wohnung. Eines Nachts, als er gerade bei seinen Eltern war und die Bombardierung wesentlich heftiger war als gewöhnlich, stieg er beunruhigt auf das Dach des Hauses, um die Folgen abzuschätzen. Ohne sich um die Granatsplitter der Flugabwehr zu kümmern, die gefährlich um ihn herum niederfielen, entdeckte er verblüfft ein unglaubliches, rötliches Licht, das sich von einem Ende des Horizonts zum anderen erstreckte und die Nacht erleuchtete. Man sah fast wie am helllichten Tag! London brannte, besonders die Docks, die vom Feuer verwüstet wurden. Die Wohnung der Familie war zu weit entfernt, um die Flammen unterscheiden zu können, aber der flackernde und immer wiederauflebende Schein war beredt genug. Er dachte damals sogar, die ganze Stadt sei zerstört.

Noch später wurden die Bombardierungen durch Angriffe mit der V1 ersetzt, fliegende Bomben ohne Pilot. Zuerst hörte man das Dröhnen des Motors näherkommen, dann eine Stille, die die bevorstehende Explosion ankündigte. Bei einem Urlaub, den er im Anschluss an einen Krankenhausaufenthalt erhalten hatte, hielt sich Salim bei seinen Eltern auf, als eine V1 auf das Ende der Straße fiel.

Ungefähr zehn Sekunden lang schaukelte ihr Haus wie ein Schiff. Seine zu Tode erschreckte Mutter schrie vor Angst; er hatte die größte Mühe, sie wieder zur Besinnung zu bringen.

Später erfolgte die Erprobung der V2. Es handelte sich um die ersten Raketen. Sie zogen wie gigantische Sternschnuppen über den Himmel, ohne dass irgendein Geräusch sie ankündigte, und verursachten entsetzliche Verwüstungen.

Die Urlaube gewährten Salim nicht wirklich eine Atempause und boten ihm keine Möglichkeit, seine Kräfte wieder aufzutanken. Allein die Musik half ihm, der Welt des Militärs zu entkommen, in der zu leben er gezwungen war.

Eine unverhoffte Ermutigung

Ende 1942, nach zwei Jahren musikalischer Arbeit, zeigte Salim eines Tages eines seiner Werke Madame Strover, wie er das bisher getan hatte. Diese erfasste den erstaunlichen Fortschritt, den er in so kurzer Zeit gemacht hatte, und reichte die Partitur bei einem in London ausgeschriebenen Wettbewerb ein, ohne ihm etwas davon zu sagen. Drei Monate später konnte sie ihm voller Freude verkünden, dass er einen Preis gewonnen hatte, und dass seine Komposition, ein zwölfminütiges Scherzo für Orchester mit dem Titel „Les Dionysies", in der Albert Hall vom „Philharmonic Orchestra" gespielt werden würde.

Dank Padre Strover bekam er zu diesem Anlass Urlaub, und mit dem Gefühl, sich in einem Traum zu befinden, nahm er den Zug in die Hauptstadt. Die Werke der drei Preisträger, die ausgewählt worden waren, wurden von Michael Tipett vorgestellt, selbst ein anerkannter Komponist. Salims Arbeit war weniger modern als die der beiden anderen. Nach der Aufführung der drei Stücke wandte sich der Orchesterleiter, John Hollingsworth, an die Zuhörerschaft und fragte, welches sie noch einmal hören wollte. Zur großen Überraschung und Bewegung Salims wurde seine Komposition gewählt. Er saß vorne, in seiner Militäruniform, und der Orchesterleiter zeigte ihn dem Publikum, das lange applaudierte. Für jemanden mit einundzwanzig Jahren war es ein einzigartiges Ereignis und eine enorme Ermutigung, seine Musik in dieser Weise vor dem Londoner Publikum gespielt zu hören. Von diesem Tag an komponierte er mit einem Feuereifer, der ständig zunahm; es war ohne Zweifel diese Leidenschaft, die ihn vor der Militärmaschinerie sowie vor dem Kulturschock rettete, den er seit seiner Ankunft in England erlitt.

Viele außergewöhnliche Musiker, Komponisten wie Saint Saëns, César Franck und natürlich auch Mozart oder Interpreten wie Evgeny Kissin, Clara Haskil, Herbert von Karajan und andere zeigten schon in frühester Kindheit ein außergewöhnliches Talent – unverständlich, wenn man nicht eine schon in früheren Leben geleistete Arbeit in Betracht zieht. Die Fähigkeiten Salims auf dem Gebiet der Musik zeigten sich aufgrund der Umstände erst spät, aber, nur zwei Jahre, nachdem er begonnen hatte, die Musik zu erlernen, mit seinem ersten Orchesterwerk einen Preis zu erringen und vom London Philharmonic Orchestra gespielt zu werden, grenzt an ein Wunder.

Nach diesem bedeutsamen Ereignis lernte er einen Biologen kennen, der im Krankenhaus des Stützpunktes arbeitete. Er war ein liebenswerter junger Mann, verheiratet und Vater von zwei Kindern. Salim freundete sich mit ihm an und flüchtete sich, so oft er konnte, in dessen Labor, um dort in Ruhe seine Musik zu schreiben. Er brauchte allerdings einen Vorwand, um sich dort aufhalten zu dürfen. Wenn gelegentlich ein Offiziersarzt hereinkam, gab er vor, Reagenzgläser zu waschen, und der Biologe erklärte, dass er die Hilfe eines Soldaten angefordert habe, der für ihn diese lästigen Arbeiten erledigen sollte. Diese sympathische Komplizenschaft dauerte leider nicht lange. Eines Tages wurde sein Freund an einen entfernten Ort versetzt, weil er sich geweigert hatte, einen Arzt bei einem Diagnosefehler zu unterstützen, der einen Soldaten das Leben gekostet hatte. Wenig später erfuhr Salim vom Tod seines Freundes.

Salim verlässt das Lager. Ein düsteres Jahr.

Nachdem sich Salim beinahe drei Jahre an diesem ersten Stützpunkt aufgehalten hatte, wurde er zu seinem großen Kummer einem anderen Lager zugeteilt, weit entfernt von Padre Strover und seiner Frau, von dem aus er einige Monate später, nach der Landung der

Alliierten in der Normandie im Juni 1944, auf den Kontinent geschickt wurde.

Der Schrecken des Krieges traf ihn mit voller Wucht. Dieser Teil seines Lebens, das schon schwierig genug war, wurde zur schwärzesten Periode; er wollte nie darüber sprechen. Indessen vertraute er mir einmal mit einem Blick voll tiefer Traurigkeit an, er habe wiederholt feststellen können, wie leicht die Kriegsumstände die abscheulichsten Triebe des Menschen zum Vorschein bringen können!

Angesichts des Verhaltens gewisser Individuen ist Salim zu dem Schluss gekommen, dass manche Menschen, obwohl sie einen menschlichen Körper besitzen, noch nicht zur Menschenwelt gehören. Diese nicht-menschlichen Wesen, die in allen Ländern und unter allen Volksgruppen anzutreffen sind, erweisen sich als fähig, kaltblütig die schlimmsten Grausamkeiten zu begehen, ohne die geringsten Gewissensbisse zu zeigen. Es ist, als ob in ihnen gewisse Funktionen und bestimmte psychische Organe fehlten, was sie daran hindert, das menschliche Stadium zu erreichen. Dagegen gibt es auch Wesen – nur unendlich seltener –, die das menschliche Stadium überschritten haben und die, wie CHRISTUS oder BUDDHA, gewählt haben, sich zu opfern, indem sie von neuem in einer fleischlichen Hülle inkarnieren, um der Menschheit zu helfen. Obgleich sie sich in einem menschlichen Körper befinden, haben diese ganz und gar außergewöhnlichen Wesen einen Grad der Verwirklichung erreicht, der sie weit über die Menschenwelt heraushebt.

Viel später, als er eine spirituelle Praxis begann, begriff Salim, wie sinnlos es ist zu hoffen, dass die Kriege in der Welt ein Ende finden. Trotz mannigfacher Friedenskonferenzen und zahlloser Absichtserklärungen vergisst der Mensch, sobald seine persönlichen Interessen des Augenblicks auf dem Spiel stehen, sogleich die großen Prinzipien, die er angeblich verteidigen möchte. Zudem existiert, wie Salim später seinen Schülern erklärte, in jedem Menschen ein selbstzerstörerischer Trieb, der ihn nicht nur antreibt, mit mörderischem Wahnsinn zu handeln, sondern ihn auch dazu drängt, so viele andere wie möglich mit sich zu reißen, wie ihm dieser gigantische Weltkonflikt auf eine so traurig spürbare Weise gezeigt hatte. Nur eine persönliche, innere Transformation, die so wenige suchen, kann das Schicksal der Menschheit ändern.

Gegen Ende des Konflikts wurde Salim mehrmals in Belgien, in Holland und in Dänemark ins Krankenhaus eingewiesen. 1945, als er sich wieder einmal im Krankenhaus befand, diesmal in Deutschland, in Schleswig-Holstein, setzten sich eines Abends zwei polnische Offiziere, die sich in der Genesung befanden, völlig betrunken auf sein Bett. Sie erzählten ihm unter glucksendem Lachen, wie sie sich ein junges deutsches Mädchen von ungefähr neunzehn Jahren geschnappt hatten und es, nachdem sie verfügt hatten, dass es eine Spionin sei, assistiert von sechs englischen Soldaten, vergewaltigt hatten, bevor sie es getötet und in der Erde verscharrt hatten. Tief erschüttert verbrachte Salim eine entsetzliche Nacht. Am nächsten Morgen begab er sich zu seinem Vorgesetzten, um ihm zu berichten, was diese beiden Männer ihm anvertraut hatten. Es wurden umgehend Nachforschungen angestellt, und man entdeckte tatsächlich den Körper des jungen Mädchens an der Stelle, wo ihn verscharrt zu haben, sich die beiden Polen in ihrem Rausch gebrüstet hatten. Aber was konnte man machen? Man befand sich im Krieg. Der Offizier riet Salim freundlich zu schweigen, wenn er nicht mit einer Kugel im Rücken enden wolle. Keiner der Schuldigen dieser gemeinen Tat wurde belangt.

Genau unter solchen Umständen, sagt Salim, nämlich wenn sich ein Mensch in eine Situation gestellt sieht, wo er anderen bei völliger Straffreiheit Leiden zufügen kann, sieht er sich mit in sich verborgenen Tendenzen konfrontiert, von deren Existenz er nichts wusste und die bis dahin keine Gelegenheit hatten, sich zu manifestieren.

Immer noch in Deutschland, geschah es, dass eine kleine Patrouille, zu der auch Salim gehörte, auf der Straße einem älteren deutschen Paar begegnete. Die Soldaten überprüften die Personalien und machten sich daran, ihm das wenige, das es besaß, wegzunehmen. Der alte Mann trug eine Armbanduhr, die ihm einer der Soldaten wegnehmen wollte, aber Salim hinderte ihn daran, indem er dazwischentrat. Aufgebracht zielte dieser auf Salim und drohte, ihn auf der Stelle vor den beiden Alten, die sich erschreckt aneinander drängten, niederzuschießen. Er schrie wutentbrannt: „Sie haben uns genug angetan! Haben sie etwa nicht angefangen?" Aber Salim bewegte sich keinen Zollbreit und antwortete:" Wenn wir ihnen das gleiche antun, sind wir nicht besser als sie!" Der andere, keineswegs überzeugt, steckte seine Waffe zurück, wenn auch widerwillig. Man rächte sich jedoch an Salim, als er in die Stube zurückkehrte; er wurde so verprügelt, dass er am Kopf und an den Ohren blutete. Ohne es den anderen genau erklären zu können, war er der persönlichen Überzeugung, dass man sich nie erlauben dürfe, Böses zu tun, selbst denen nicht, die uns Böses zugefügt haben. Er fühlte die gleiche Gewissheit wie Gandhi, der in Bezug auf das Gesetz der Wiedervergeltung sagte: „Auge um Auge – das wird die ganze Welt blind machen".

Der Krieg geht zu Ende

Fast fünf Jahre waren vergangen, seit Salim einberufen worden war. Er nahm die Nachricht vom Ende des Krieges mit unsäglicher Erleichterung auf. Er glaubte, nun endlich der militärischen Umgebung entrinnen zu können, unter der er immer noch grausam litt.

Zur Zeit der Unterzeichnung des Waffenstillstandes am 8. Mai 1945 befand er sich in Deutschland. Er war sich sicher, dass es nur noch eine Frage von Tagen sei, bis er entlassen würde. Aber entgegen seinen Erwartungen vergingen Wochen, dann Monate, und der sehnlich erwartete Befehl kam nicht. Das Jahresende näherte sich und er war immer noch in der Armee, weiter von ständigen Gesundheitsproblemen geplagt.

Im Januar 1946 war er schließlich so verzweifelt, dass er seinen ganzen Mut zusammennahm, um den Offizier aufzusuchen, der für den medizinischen Bereich zuständig war. Er erklärte ihm: „Nachdem der Krieg seit sechs Monaten zu Ende ist, brauchen Sie mich nicht mehr; außerdem bin ich sehr krank und möchte nach Hause." Der Offizier versuchte, Zeit zu gewinnen, aber Salim, der in seiner Not die Kraft aufbrachte, sich unnachgiebig zu zeigen, kündigte ihm an, dass er das Zimmer erst verlassen werde, wenn Anordnungen für seine Entlassung getroffen worden seien. Schließlich versprach ihm der Offizier nach einer langen und hitzigen Diskussion, dass er frei sein werde, nachdem er einen letzten Monat in einer Klinik in England unter Beobachtung gestanden habe, um festzustellen, ob er Recht auf eine Invalidenrente habe. Er hielt Wort, und Salim verließ endlich dieses alptraumhafte Universum, das die militärische Welt für ihn gewesen war.

Nach seiner Rückkehr ins zivile Leben dauerte es jedoch lange, bis es in sein Bewusstsein eindrang, dass er nicht nur auf Fronturlaub war und sich nicht mehr in seinem Quartier einfinden musste. Jahrelang hatte er immer wieder den gleichen beunruhigenden Traum: Er war noch in der Armee, obwohl er wusste, dass er dort nicht sein musste, denn anscheinend hinderte ihn ein kafkaeskes Verwaltungsproblem daran, seine Freiheit wiederzuerlangen. Er wachte jedes Mal in einem Zustand höchster Angst auf, bestürzt über die unerträgliche Aussicht, sich unter dem militärischen Joch wiederzufinden. Er brauchte sehr lange, um die Angst zu überwinden, die mit allem zusammenhing, was er in den fünf Jahren erlebt hatte, die ihm wie eine Ewigkeit erschienen waren.

Sein Allgemeinzustand war davon derart angegriffen, dass ihm tatsächlich eine winzige Invalidenrente und für eine bestimmte Zeit das Recht auf kostenlose medizinische Behandlung bewilligt wurden, was ihm in der Zeit, in der er in England lebte, eine große Hilfe war.

Seine Gesundheit wurde nie wieder hergestellt; er litt sein Leben lang, bis zum Alter von achtundsechzig Jahren, als man endlich die Ursache entdeckte, an den gleichen Darmproblemen. Sobald er aß, bekam er Bauchschmerzen. Sein Körper wurde von Krämpfen geschüttelt und er bekam heftige Durchfälle, manchmal mit dem Drang, sich zu übergeben, als ob er vergiftet worden sei. Er war geteilt zwischen der Notwendigkeit sich zu ernähren, um zu überleben, und den Leiden seines geschwächten Körpers. Er ging von Klinik zu Klinik, von Untersuchung zu Untersuchung, von Diät zu Diät, ohne Erfolg.

In all diesen Jahren begegnete er oft einer solchen Verständnislosigkeit vonseiten seiner Umgebung, ja manchmal sogar vonseiten der Ärzte, die ihm ihre eigene Unfähigkeit, die Ursache seiner Probleme herauszufinden, vorzuwerfen schienen, dass er mehrmals in einen tiefen Abgrund der Verzweiflung fiel.

Es ist nahezu unmöglich, sich in die Lage eines anderen zu versetzen. Wenn man nicht selbst Ähnliches durchgemacht hat, ist es kaum möglich, sich das Martyrium vorzustellen, das akute Darmprobleme dieser Art verursachen können. Salim lebte in einer ständigen Angst, aus dem Haus zu gehen, weil er jederzeit von einem dieser akuten Durchfälle überfallen werden konnte, die stundenlang anhielten und ihn völlig erschöpft zurückließen. Wenn er irgendwohin gehen musste zwang er sich, nichts zu essen; und wenn er eine Reise antreten musste, verzichtete er schon ein oder zwei Tage vorher auf Nahrung.

Er sollte fast fünfzig Jahre unter diesen Beschwerden leiden, die ihn eine Karriere als Violinsolist und als Dirigent kosteten. Dass es ihm gelang, zu überleben und gleichzeitig dem Komponieren sowie einer intensiven spirituellen Praxis nachzugehen, zeugt vom Primat des Geistes über den Körper.

Ein nicht erkannter innerer Ruf

Nach den fünf Jahren, die er in der Armee verbracht hatte, war Salim physisch und seelisch gebrochen. Eines Tages, als er sein Zimmer verließ, betrachtete er eine Kirche und einen Baum, die sich in der Nähe befanden. Er betrachtete sie, wie er nie zuvor in seinem Leben etwas betrachtet hatte. Er blieb wie versteinert stehen, während er plötzlich einen völlig ungewohnten Zustand erlebte, getaucht in eine auffallende innere Stille.

Dieser Augenblick intensiver innerer Gegenwart besaß eine ganz besondere Qualität, die auf sein Wesen eine spezifische Wirkung hatte, ohne dass er deren Wert im ersten Moment erfasste. Er grub sich unauslöschlich in sein Gedächtnis ein, erfüllt von einer Realität, die ganz anders war als die der gewohnten Welt. Erst viel später erkannte er, dass es sich in Wirklichkeit um einen inneren Ruf gehandelt hatte und dass diese Art von Erfahrung bei Personen auftreten kann, die noch keine spirituelle Praxis ausüben, um sie dazu zu bringen zu fühlen, dass, abgesehen von diesen Augenblicken, die sich zu einer anderen Ebene der Wirklichkeit öffnen, das gewöhnliche Leben nur ein vergänglicher Traum und eine Illusion ist.

Himalecs Traum

Gleich nach dem Verlassen der Armee komponierte Salim, der tief unglücklich war, ein Werk, das er später überarbeitete und das sein eigenes Schicksal seltsamerweise vorwegnahm. Es handelte sich um ein symphonisches Stück mit dem Titel: „Le Rêve d´Himalec" (Himalecs Traum). Das Vergessen des ursprünglichen Paradieses und die Rückkehr in dieses edenähnliche Gebiet bildeten das

65

hochsymbolische Thema. Als Einführung in die Orchesterpartitur schrieb er folgenden Text:

„In einem Garten von unvorstellbarer Schönheit lebten intelligenzbegabte Wesen, denen es an nichts mangelte. Sie waren glücklich, und die Mauern des Gartens schützten sie vor jeder Gefahr. Eines Tages packte sie die Neugier zu wissen, was es außerhalb dieses Eden gebe, und sie verließen es. Es wäre so leicht für sie gewesen, dorthin zurückzukehren, aber sie taten nichts dergleichen. Sie wagten sich weit in die Ferne und verirrten sich in der Wüste, wo sie die Beute aller Art seltsamer Tiere und erschreckender Phänomene wurden. Fortan von ihren ständigen Kämpfen in Anspruch genommen, vergaßen sie nach und nach ihren schönen Garten, und schließlich wurde auch die kleinste Spur der Erinnerung an ihn aus ihrem Gedächtnis gelöscht.

Sie fuhren fort, in ihrer Angst und ihrem Hass zu leben und gingen sogar soweit, sich gegenseitig zu bekämpfen, bis sich eines Tages einer von ihnen, vielleicht, weil er mehr gelitten hatte als die anderen, plötzlich an den Garten und an den Weg erinnerte, der dorthin führte. Er begann zu kämpfen, und es gelang ihm, um den Preis harter Anstrengungen, in sein Paradies zurückzukehren. Und er nahm diejenigen mit, die ihm glaubten.“

Salims spirituelles Schicksal ist gewissermaßen in dieser Geschichte enthalten, die er völlig frei erfunden zu haben glaubte.

Aufstieg des Musikers

Der Eifer, mit dem sich Salim in die Musik stürzte, erwies sich für ihn als ein wahrer Segen; er erlaubte ihm, der Verzweiflung zu entrinnen, die seine Kriegserfahrungen in ihm ausgelöst hatten, indem er ihm eine Tür zu einem anderen Universum öffnete, das viel erhabener war, als die Welt des gewöhnlichen Lebens.

Als er aus dem Krieg kam, dürstete er mit seinem ganzen Wesen danach, seine musikalischen Studien fortzusetzen. Die Armee händigte ihm, wie das üblich ist, eine kleine Übergangsbeihilfe aus, um das Notwendigste auffangen zu können. Diese Summe erlaubte ihm, sich in der „Guildhall School of Music“ einzuschreiben, wo er begann, das Violinspiel zu erlernen. Kurz darauf bekam er ein

Stipendium, um Komposition zu studieren, und aufgrund seiner Ergebnisse wurde ihm ein zweites für Orchesterleitung bewilligt.

Salim 1948

Er arbeitete in einem wahnsinnigen Rhythmus von siebzehn bis achtzehn Stunden am Tag. Seine Kontakte mit der Außenwelt beschränkten sich auf seine Professoren. Er studierte Komposition bei Bertold Goldschmidt, einem großen Komponisten und ehemaligen Schüler von Paul Hindemith, dem es gelungen war, vor dem Krieg aus Deutschland zu fliehen. Da er Jude war, war seine gesamte Musik von den Nazis vernichtet worden, was eine tiefe Bitterkeit in ihm zurückgelassen hatte. Er hatte versucht, in England wieder mit dem Komponieren anzufangen, war aber auch dort auf versteckten Widerstand gestoßen, weil er kein Engländer war. Dank der Unterrichtsstunden, die er hier und da gab, hielt er sich mühsam über Wasser. Später verdiente er sein Brot als Orchesterleiter.

Salim studierte anschließend bei Matyas Seiber, einem ungarischen Komponisten von großem Talent, der Schüler von Zoltan Kodaly gewesen war. Im Violinspiel wurde er von Max Rostal ausgebildet.

Der Ausdruck „musikalische Studien" könnte das falsche Bild vermitteln, dass Salim sich in Bücher vertiefte und ein Gelehrter wurde. In Wirklichkeit gaben seine Lehrer ihr Wissen mündlich an ihn weiter und korrigierten seine Arbeiten, ohne dass er etwas anderes als Partituren zu lesen brauchte. Seine ultrasensiblen Ohren waren sein bester Lehrmeister.

Das Komponieren der Musik (wie der „Gesang der Hoffnung" (Chant d'espérance), ein symphonisches Stück, von dem noch die Version für Klavier und Violoncello erhalten ist), verlangte von ihm eine solche Konzentration in der Gegenwart, dass die Vergangenheit mit all den schmerzlichen Gefühlen, mit denen sie einherging, ihre Macht über ihn verlor. Sein ganzes Wesen wurde aktiviert, um die Musik fließen zu lassen, damit es zu keiner Unterbrechung und keinem Fehler käme, und das hinterließ eine Spur in ihm, deren Wert er erst später verstehen sollte, als er sich in einer spirituellen Praxis engagierte.

Salim war selbstverständlich ins elterliche Heim zurückgekehrt, aber die Umstände, unter denen seine Familie lebte, boten ihm nicht das Umfeld, das er brauchte, um seinen intensiven musikalischen Studien nachgehen zu können. Aus dem Wunsch heraus, dass seine Mutter frühestmöglich aufhören könne zu arbeiten, bemühte er sich, eine Anstellung als Interpret zu finden. Sein Bruder Victor, der sich in seiner Lehrzeit vor dem Krieg ein gewisses technisches Wissen angeeignet hatte, war der Nachrichtentruppe zugeteilt worden, als er drei Jahre nach Salim einberufen worden war. Seine Stellung als Funker, die, sich zu beschaffen, ihm gelungen war, hatte ihm Gelegenheit gegeben, eine Ausbildung zu erhalten; so konnte er schnell eine Anstellung bekommen, als der Friede wiederhergestellt war. Dank der vereinten Bemühungen beider Brüder konnte ihre Mutter endlich mit der Arbeit aufhören. Die Auseinandersetzungen mit ihrem Mann waren heftiger denn je, was diesen veranlasste, die gemeinsame Wohnung zu fliehen; sobald er in den Besitz von etwas Geld kam, setzte er es unverzüglich bei Windhundrennen ein.

Nach dem engen Zusammenleben, das er während seines ganzen Militärdienstes hatte ertragen müssen, hatte Salim ein tiefes Bedürfnis, alleine zu sein. Die Atmosphäre bei seinen Eltern war unerträglich, und er beabsichtigte, aus der winzigen Wohnung, in der sie eng nebeneinander lebten, auszuziehen. Seine Mutter, besitzergreifend, wie das die Orientalen oft sind, geriet außer sich, als er sie seine Absicht wissen ließ, den Schoß der Familie zu verlassen. Sie widersetzte sich heftig der Idee seines Auszugs und warf sich ihm sogar vor die Füße und flehte ihn an, nicht zu gehen. Es war ein herzzerreißender Augenblick für ihn, aber er fühlte, dass er unter keinen Umständen bei seinen Eltern bleiben dürfe und dass es für ihn lebenswichtig sei, seine Unabhängigkeit zu erlangen. Durch einen unerwarteten Glücksfall gelang es ihm, in der gleichen Straße, nur zwei Häuser entfernt, ein Zimmer zu finden, was seine Mutter beruhigte. Als er sah, dass sie sich an die neue Situation gewöhnt hatte, zog er in ein entfernteres Viertel.

Er hatte ein kleines Zimmer in einem baufälligen Haus gefunden. Der Mieter über ihm war ein sehr zerstreuter Mann. Eines

Tages, als Salim ausgegangen war, um Besorgungen zu machen, ließ sich jener ein Bad einlaufen; dann ging er fort und vergaß das Wasser, das in der Wanne anstieg. Als Salim zurückkehrte, stand er unverhofft den Feuerwehrleuten gegenüber, die die Tür des Nachbarn aufgebrochen hatten, um die Überschwemmung aufzuhalten. Leider war reichlich Wasser durch die Decke auf seine Partituren, seine Sachen und sein Bett getropft; das Ganze befand sich in einem desolaten Zustand! Ein paar Tage später sollte die Feuchtigkeit, die sich zwischen den beiden Stockwerken angesammelt hatte, eine Katastrophe hervorrufen. Eines Abends kam Salim nach Hause, um zu entdecken, dass fast die gesamte Decke heruntergebrochen war und das Zimmer unter einem Schutthaufen begraben hatte. Hätte er sich im falschen Moment dort befunden, wäre er wahrscheinlich schwer verletzt worden oder vielleicht sogar umgekommen.

Er richtete sich in einem anderen kleinen Zimmer ein und musste sich dem – berechtigten – Ärger der Nachbarn stellen, wenn er acht bis zehn Stunden am Tag auf seiner Violine übte (seine restliche Arbeit, Komponieren und Lernen, störte niemand). Glücklicherweise erreichte er außergewöhnlich schnell einen solchen Grad des Könnens, dass er beginnen konnte, Konzerte zu geben und sich in musikalischen Kreisen als Violinsolist einen gewissen Bekanntheitsgrad zu erwerben.

Violinsolist

Salim erinnerte sich deutlich an diese Konzerte und an die Herausforderung, die sie für ihn, wie für jeden anderen Solisten, darstellten. Die Orchesterprobe fand gewöhnlich am Vorabend des Konzerts statt; nachdem er sich vorbereitet hatte, so gut er konnte, fühlte er sich trotzdem äußerst nervös. Alle möglichen Gedanken wirbelten durch seinen Kopf: „Dies nicht vergessen, jener Schwierigkeit misstrauen, sich erinnern, jene Passage so zu spielen etc." Dann trat er auf die Bühne, leicht lächelnd und offenbar seiner selbst sehr sicher, ohne dass das applaudierende Publikum ahnte, was in ihm vorging. Er verneigte sich vor seiner Zuhörerschaft, deren plötzliche Spannung er bei seinem Eintritt fühlte.

Er dachte nur noch an die Herausforderung, die ihn erwartete und sofort verließ ihn seine Nervosität. Er stimmte seine Violine und gab dann dem Orchesterleiter ein Zeichen, dass er bereit sei. Im Allgemeinen begann ein Konzert (wie z. B. von Beethoven oder Brahms) vor dem Einsetzen des Solisten mit einer kurzen Einführung von drei oder vier Minuten, während der er sehr aufrecht stehen blieb, den Blick zu Boden gerichtet, die Violine in der Hand. Dann war es an ihm, nun zählte alleine die Musik.

Er hatte immer großen Erfolg, selbst wenn er den Eindruck hatte, dass er nicht auf dem Höhepunkt seiner Möglichkeiten gewesen war, und unzufrieden mit sich war. Er wusste jedoch, dass sich ein Künstler nicht das Geringste anmerken lassen darf; er muss den Applaus mit einem Lächeln entgegennehmen, selbst wenn er müde, unzufrieden oder krank ist.

Eine vielversprechende Zukunft kündigte sich ihm an; er hätte eine glänzende Karriere machen können, aber sein Gesundheitszustand stellte ein größeres Hindernis dar. Er lebte in der ständigen Angst, seine Darmprobleme könnten mitten im Konzert akut werden und enthielt sich daher einen Tag vorher jeglicher Nahrung.

Seine Erfahrung als Solist gab Salim später ein ganz besonderes Verständnis von der spirituellen Dimension einer Aufführung, wenn es um die große Musik ging. Er erklärte das wichtige Symbol, welches das Publikum darstellt, dieser große Zuschauer, der, obwohl schweigend, der Aufführung einen Sinn gibt. Denn wie fabelhaft die Musik und die Interpreten auch sein mögen, wenn es keinen Zuschauer gibt, um ihnen zuzuhören, wird die Darbietung in jeder Hinsicht ein enttäuschendes Ereignis sein; sie wird keinem Ziel dienen und keinen Sinn haben, wenn sie einem leeren Saal dargeboten wird.

„Es ist für Künstler lebenswichtig", schrieb Salim, „dass ein Publikum kommt, um sie auftreten zu sehen. Die Zuhörerschaft, dieser riesige und schweigende Zeuge, der still im Saal sitzt und die Handlung auf der Bühne beobachtet, ohne selbst verwickelt zu sein, bildet ein wichtiges Element in ihrem Leben. Die Anwesenheit des Publikums schafft nämlich die notwendige Atmosphäre, um die Darsteller anzuspornen und sie dazu zu bewegen, auf eine völlig andere Weise in sich selbst „platziert" zu sein, als sie das normalerweise sind. Aus diesem ungewohnten Zustand des Seins heraus sind sie in der Lage, die Qualitäten ihrer Kunst dank ihrer besonderen Talente zu demonstrieren, die andernfalls ungenutzt und in einem latenten Zustand bleiben würden, wodurch ihnen eine Gelegenheit zu innerem Wachstum verloren ginge.

Eine Zuhörerschaft stellt unweigerlich große Anforderungen an die Aufmerksamkeit des Künstlers. Diese Anforderung erzeugt im Künstler eine gewisse Spannung, die wiederum eine ganz bestimmte innere Verfassung herbeiführt, und zwar mit einer besonderen Art von Kräften und Energien, die nicht üblich für ihn sind, die ihm aber (abgesehen davon, dass sie das nötige „Feuer" bilden, um seinen Talenten Leben zu geben) helfen, ihn intensiv wachsam zu machen und sich dessen, was er gerade tut, bewusst zu werden. Der so geschaffene innere Zustand trägt bis zu einem gewissen Grad dazu bei, ihn von seiner gewohnten Weise, sich zu empfinden, zu befreien, ihn zu erheben und ihm einen ganz anderen Geschmack von sich selbst zu geben, einen besonderen Geschmack, nach dem er ein großes Bedürfnis hat und den er intuitiv tief schätzt.

Später wird er sich geheimnisvoll von dem Wunsch getrieben sehen, diesen erhöhten inneren Zustand und diese Empfindung von sich selbst, deren wahren Ursprung er nicht kennt, immer wieder zu finden. Es wird ihm so vorkommen, als ob er ihn nur erreichen könne, indem er wiederholt die Herausforderung sucht und annimmt, sich diesem großen äußeren Zeugen, der Zuhörerschaft im Saal, zu stellen, und zwar um der Empfindung willen, die dieser jedes Mal in ihm weckt, wenn er Gelegenheit hat, vor ihm aufzutreten."

Improvisierte Orchesterleitung. Filmmusik. Hochbegabte Musiker.

1947 errang Salim in London einen ersten Preis für Orchesterleitung. Als er seinen musikalischen Studien nachging, kam es mehrmals vor, dass er gebeten wurde, ein Orchester zu dirigieren, weil der Dirigent im letzten Moment ausfiel. Er erinnerte sich an einen Abend, an dem das Publikum schon da war und die Musiker unruhig auf den Dirigenten warteten, der nicht kam. Es musste dringend eine Lösung für einen Ersatz gefunden werden. Man lief eilends zu Salim und bat ihn, ihnen in diesem kritischen Moment zu Hilfe zu kommen. Er zog sich schnell um und begab sich sofort zum Konzertsaal. Dort entdeckte er entsetzt, dass unter den Werken, die er dirigieren sollte, einige unbekannte waren. Es handelte sich um Stücke von Vaughan William. Aber er hatte keine Wahl. Das Publikum war da, nicht

71

ahnend, was vor sich ging. Er musste ins kalte Wasser springen, koste es, was es wolle. Er vollbrachte nun das Kunststück, gleichzeitig das Werk zu dirigieren und die Noten zu lesen. Das Auditorium merkte nichts und das Konzert wurde ein Erfolg.

Damals schrieb er auch die Musik für zwei dramatische Kurzfilme, produziert von einer polnischen Gesellschaft. Anschließend erhielt er ein Angebot für einen viel bedeutenderen Film, aber ihm war klar, dass er, wenn er dieser Versuchung nachgab, riskierte, als Autor von Filmmusik eingestuft zu werden, was es ihm schwer machen würde, seine symphonischen Werke zur Aufführung zu bringen. Das ist übrigens großen Komponisten wie George Auric und Miklos Rosza passiert. Die zahlreichen und sehr schönen Musikstücke, die sie für das Kino geschrieben haben, werden mit den Filmen verschwinden, und ihre anderen Werke werden nur selten oder nie interpretiert werden.

Salim sagte, wie groß für einen Komponisten die Versuchung sei zu akzeptieren, Filmmusik zu schreiben. Dieser weiß, dass er die Befriedigung erfahren wird, sie sofort zu hören, dass er wahrscheinlich ein gutes Orchester für deren Aufführung erhalten und obendrein reichlich bezahlt werden wird. Wenn es dagegen darum geht, ein ernsthafteres Stück aufzuführen, muss er mühsam darum kämpfen, dies alles zu erreichen; er wird nicht nur nicht dafür bezahlt, sondern muss manchmal selbst die Interpreten entlohnen.

Jedoch haben die Werke, die ein Komponist aufgrund einer Inspiration schreibt, immer ein höheres Niveau als diejenigen, die auf Bestellung geschrieben werden, besonders wenn es sich um bloß beschreibende Musik handelt. Als Salim sich später entschließen musste, diese Art Kompromiss einzugehen, um für das tägliche Essen auf dem Tisch zu sorgen, litt er immer unter den Einschränkungen, die ihm vorgegeben waren, denn er fühlte, dass seine wahre Arbeit darin bestand, den geheimen Botschaften, die einer anderen Welt in ihm entstammten, zu verhelfen, sich in dieser Welt zu manifestieren.

Salim besaß für alles, was mit Musik zu tun hatte, ein phänomenales Gedächtnis. Als er Anfang 1950 England verließ, hatte er in seinem Repertoire als Soloviolinist mehr als 35 Konzerte, an die 50 Sonaten und mehr als 200 weitere Stücke.

Es kam mehrmals vor, dass es Musikern, Interpreten oder Komponisten schwerfiel zu glauben, dass er so spät begonnen hatte, zu komponieren und Violine zu spielen, und doch so schnell eine so fortgeschrittene Stufe erreicht hatte. Das kommt einem Wunder nahe und tatsächlich hatte Salim auf künstlerischem Gebiet Fähigkeiten, die ans Wunderbare grenzten; er sagte immer, es sei so, als ob er alles schon einmal in einer nicht fassbaren Vergangenheit gemacht habe.

Das gleiche Phänomen wurde bei anderen Künstlern festgestellt. Die einzige Erklärung ist, dass ihre unerklärlichen Fähigkeiten in anderen Leben entwickelt wurden.

So schrieb ein Wiener Professor, der Klavierpädagoge Anton Door, über Clara Haskil, eine ganz große Pianistin rumänischer Abstammung, die ein Wunderkind gewesen war – damals gerade sieben Jahre alt:

„Nachdem sie ein Stück ein einziges Mal gehört hatte, wiederholte sie es und transponierte es in jede ihr vorgeschlagene Tonart. Vom-Blatt-Lesen erwies sich als ebenso einfach für sie, und einen Satz aus einer Beethoven-Sonate spielte sie fehlerlos prima vista."

Und er fügte hinzu, dass diese frühe Reife eines menschlichen Gehirns geradezu unheimlich sei.[4]

Dieses Wunder zeigt sich, auf andere Art, auch bei Mystikern, die schon in jungen Jahren ein außergewöhnliches Interesse für spirituelle Fragen zeigten und eine erstaunliche Entschlossenheit an den Tag legten, wie Theresa von Avila oder Ayyu Khadro, eine große Yogini, die ihre tibetisch-buddhistische Praxis mit sieben Jahren begann. Es handelt sich hier um ein sehr ermutigendes Phänomen, denn es bedeutet, dass keine aufrichtige Bemühung, sei sie auf künstlerischem oder auf spirituellem Gebiet, je verloren geht.

Liebe, tiefer Schmerz

Seine Leidenschaft zur Musik trieb ihn an, wie besessen zu arbeiten, als ob er durch seine Schöpfungen einen unsichtbaren Vorhang

---

[4] Anton Door in Neue Freie Presse,1902. Zitiert von Peter Feuchtwanger in "Mozart für die Götter" (Zuerst erschienen in der FAZ Nr. 6 vom 7. Januar 1995)

zerreißen wollte, der ihn von einer anderen Dimension trennte, einer ungreifbaren Dimension, durch die ihm das Geheimnis enthüllt würde, das hinter dem Dasein, dem Leben und dem Tod verborgen ist. Außerdem half ihm die Musik in einem gewissen Maß, alle Mühsale, die er in der Vergangenheit durchgemacht hatte, sowie die seelische Einsamkeit, in der er lebte, zu vergessen.

Das Leben spielt einem manchmal seltsame Streiche. Eines Tages rettete ihm eine junge, aus Malta stammende Frau unter dramatischen Umständen das Leben. Er verliebte sich in sie, eine Liebe, die erwidert wurde.

Ein Gemälde von Salim

In ihr fand er die Gefährtin, die er so nötig brauchte. Aber ach, diesem Glück war es nicht bestimmt, lange zu währen, denn nur wenige Monate nach ihrer ersten Begegnung erkrankte seine Freundin, die erst achtundzwanzig Jahre alt war, an Brustkrebs. Salim sagte verzweifelt alle seine Konzerte ab, um ihr zur Seite zu stehen. Er sah sie rasch verfallen. Als es zu Ende war, fühlte er sich niedergeschlagen, jenseits von dem, was Worte ausdrücken können; das Leben erschien ihm grausamer und absurder denn je!

Um den Schmerz und die Verzweiflung, die ihn um-klammerten, zu lindern, warf er sich mit einer noch wilderen Besessenheit in seine Arbeit. Er nahm seine Konzerte wieder auf. Wenn ein Interpret auf der Bühne erscheint und sich lächelnd vor dem Publikum verneigt, das sich auf seine Darbietung freut, ahnt dieses nicht die Schwierigkeiten, ja die Dramen, die den Künstler erschüttern mögen. Er muss, koste es, was es wolle, die Erwartung seiner Zuhörer erfüllen, und das erfordert von seiner Seite manchmal eine außergewöhnliche Anstrengung und Selbstverleugnung. Er muss alles vergessen und in der Gegenwart leben.

Außer von der Musik wurde Salim sehr von der Malerei angezogen. Während seiner Kindheit konnte er nur flüchtige Werke in den Sand zeichnen oder manchmal frustriert in einige Steinplatten kratzen, wozu er ein Stück Metall benutzte. Nach dem Krieg konnte er sich endlich passendes Material beschaffen und machte sich daran, ein paar Bilder für sich selbst zu malen. Allerdings musste er eine Wahl zwischen der Malerei und der Musik treffen, denn er hatte weder die Zeit noch die Mittel, um sich zwei so anspruchsvollen Leidenschaften gleichzeitig zu widmen. Es war die Musik, die sich durchsetzte. Trotzdem bedauerte er, seine Möglichkeiten in der Malkunst nicht weiterentwickelt haben zu können.

Er nahm übrigens einige Jahre später in Frankreich seine Tätigkeit als Maler wieder auf, um sich etwas Geld zu verdienen. Seine Gemälde, die rasch Käufer fanden, waren sehr geheimnisvoll; die Farben waren kräftig, ein faszinierendes Licht erleuchtete immer die Leinwand und das ganze Bild strahlte eine eigenartige und unwirkliche Atmosphäre aus.

Ruf des Schicksals – Dezember 1949

Es war in dieser Zeit seines Lebens, als sich merkwürdige und subtile Empfindungen in Salim zu regen begannen, ihn in einen unerklärlichen Zustand des Unwohlseins tauchend, dessen Natur sich ihm entzog. Er fühlte eine unbegreifliche Unruhe, als ob eine schwer fassbare Erinnerung aus ferner Vergangenheit, zu dunkel, um wahrnehmbar zu sein, beginne, schweigend in ihm zu erwachen, etwa wie das Gefühl nach einem Traum, der einen beunruhigenden Eindruck hinterlassen hat, an den man sich aber nicht erinnern kann.

Er verbrachte seine Tage in einem Zustand diffuser Unzufriedenheit und wurde, ohne den wirklichen Grund zu verstehen, immer unglücklicher über sein gegenwärtiges Leben, wobei er das Gefühl hatte, ihm fehle etwas Undefinierbares – was ihn missmutig stimmte und ihn sogar veranlasste, die Gesellschaft anderer zu meiden.

Ohne dass er es damals erkannte, sollte die Art seiner inneren Schwingung sowie der unbewusste Wunsch, den er ständig in sich trug, sich an etwas zu erinnern, das sich ihm entzog, günstige Bedingungen und Personen anziehen, die unwissentlich eine entscheidende Rolle spielten, um dieser rätselhaften Erinnerung zu erlauben, sich im Stillen in ihm zu manifestieren.

Salim schrieb mehrmals über die erstaunliche Fähigkeit des Gedächtnisses und betonte immer dessen Bedeutung. Er unterschied zwei Arten von Gedächtnis: das Gedächtnis, das sich auf das gewöhnliche Leben bezieht und das den Menschen daran hindert, neu und offen für die Gegenwart zu sein; und einen anderen Typ von Gedächtnis, das nackt ist, schweigend und frei von jeglicher visueller, verbaler oder akustischer Stütze. Das Erwachen dieses Gedächtnisses kann mehr oder weniger deutlich zutage treten, je nach der Stufe des Seins und der Evolution, die jemand erreicht hat; dieses Erwachen zeigt an, dass durch eine intensive Arbeit in einem früheren Leben eine tiefe Spur in das Wesen dieser Person gegraben wurde, ganz gleich, ob es sich um ein spirituelles, künstlerisches oder wissenschaftliches Interesse handelt.

Salim führte von Zeit zu Zeit seine eigene Musik auf. Anlässlich dieser Konzerte versammelte er andere Musiker um sich, insbesondere eine Pianistin, Tamara Osborn, mit der zusammen er ein wenig Klavier übte. Salim erzählte ihr von seinem Interesse für die französische Musik und von der speziellen Anziehung, die die Feinheit der französischen Musik (wie die von Saint-Saëns, Fauré und vor allem Debussy) auf ihn ausübte. Er vertraute ihr an, wie gerne er nach Frankreich ginge, um dort zu studieren. Zu seiner großen Freude ließ sie ihn wissen, dass sie einen russischen Komponisten, Thomas von Hartmann, kenne, der in Frankreich lebe, und dass eben dieser im Begriff sei, einige Tage in England zu verbringen; sie fügte hinzu, dass er bei seinen Aufenthalten immer bei einem gewissen Herrn George Adie zu Gast sei, und dass sie, wenn Salim es wolle, eine Begegnung arrangieren könne. Glücklich über diese Gelegenheit, nahm er eifrig an.

Es war ein typischer Londoner Dezemberabend, eisig und neblig. Nachdem Abendessen begab sich Salim also zu diesem Herrn Adie, der ein wenig außerhalb von London wohnte, weit entfernt von seiner eigenen Wohnung. Es war sehr kalt und er kam durchgefroren dort an. Er machte die Bekanntschaft der Anwesenden: der Hausherr, seine Gattin und ihre Kinder, Herr von Hartmann und seine Frau sowie einige andere Gäste. Thomas von Hartmann, ein beleibter und liebenswürdiger Herr, betrachtete Salim mit Sympathie.

Dieser sagte, dass er von Tamara Osborn viel Gutes über ihn gehört habe, und äußerte seinen Wunsch, nach Frankreich zu gehen, um bei ihm zu studieren.

Nach einem Augenblick des Nachdenkens fragte ihn sein Gesprächspartner, ob er ihm einen repräsentativen Auszug aus seiner Musik vorspielen könne. Salim hatte zwei Aufzeichnungen mitgenommen, eine von einer Sonate für Violoncello und Piano und eine andere von einer Orchestermusik, die er für einen Film komponiert hatte. Alle Anwesenden hörten aufmerksam zu, dann, nach einem Moment des Schweigens, erklärte ihm Thomas von Hartmann: „Aber Sie besitzen so viel Technik wie ich, wenn nicht mehr! Und sie beherrschen das Orchester auf eine so bemerkenswerte Weise, dass ich nicht sehe, was ich Ihnen beibringen könnte! Außerdem wohne ich nicht mehr in Paris, sondern in den Vereinigten Staaten, wohin ich bald zurückkehren muss. Ich rate Ihnen, an Nadia Boulanger zu schreiben, die Französin ist und in Paris wohnt. Sie ist eine ganz große Lehrerin, vielleicht nimmt sie Sie als Schüler an." Salim war wie vom Blitz getroffen, als er den Namen Nadia Boulanger aussprechen hörte, von dem er schon öfter voll des Lobes hatte reden hören.

Dann fügte Thomas von Hartmann mit großem Ernst hinzu: „Was Ihre Musik betrifft, mein Herr, so unterstelle ich Ihnen, ein Mystiker zu sein! Haben Sie sich jemals für eine spirituelle Suche interessiert?" Salim, überrascht und verdrossen, dass man von dem einzigen Thema, das ihn interessierte, abkam, nämlich der Musik, antwortete ihm lebhaft: „Nicht im Geringsten, ich glaube an nichts; ich bin in erster Linie Musiker!" Während der Kriegsjahre war er mit so vielen Absurditäten und Leiden in Berührung gekommen, dass ihm das tiefe religiöse Gefühl, das ihn als Kind erfüllt hatte, ausgetrieben worden war.

Thomas von Hartmann erwiderte: „Ihre Musik widerlegt eindeutig Ihre Worte!" und sich an den Hausherrn wendend fügte er hinzu: „George, warum leihst du ihm nicht Ouspenskiis Buch *Das Neue Modell des Universums*"? Herr Adie, ein ziemlich großer, schlanker Mann mit durchdringenden, blauen Augen, der Salim während der ganzen Unterredung ununterbrochen beobachtet hatte, erhob sich wortlos und ging hinaus, um das Buch herauszusuchen.

Salim verabschiedete sich einige Augenblicke später, ohne dass sein Gastgeber mit dem besagten Buch zurückgekommen war. Es war schon spät, und er trat auf die neblige Straße, mit der wenig ermutigenden Aussicht auf eine lange Fahrt im Bus und mit der Métro bei einer Eiseskälte, eine Kälte, unter der er sowohl körperlich als auch seelisch litt; körperlich, weil er in einem sehr geschwächten Zustand aus dem Krieg hervorgegangen war, und seelisch, weil ein solches Klima ihn den blauen Himmel und die Wärme vermissen ließ, die er im Orient während seiner ganzen Jugend gekannt hatte.

Zitternd vor Kälte wartete er an der Bushaltestelle, sich beglückwünschend, dass er, dem das Lesen so schwer fiel, dieser mühseligen Arbeit entgangen sei, als er hinter sich das Geräusch rascher Schritte hörte. Als er sich umwandte, sah er Herrn Adie, der im eisigen Londoner Winter ohne Mantel auf ihn zu eilte, das besagte Buch in der Hand. Sie unterhielten sich noch ein paar Minuten, während sie auf den Bus warteten.

Herr Adie fragte ihn mit unverhohlener Neugier: „Was inspiriert Ihre Musik?" Nach einem Moment des Zögerns entgegnete Salim: „Der Himmel, der Raum, die Sterne, der Kosmos... Ich würde gerne zu den Sternen reisen, diese Welt interessiert mich überhaupt nicht!" Der Bus kam und Herr Adie drückte ihm das Buch fest in die Hand; Salim sah, dass er noch einen Moment stehen blieb und ihm mit den Augen folgte, bis eine Kurve ihn seinen Blicken entzog.

Völlig durchkühlt zu Hause angekommen, legte er das Buch auf den Boden und dachte erst einmal daran, sich bei einer Tasse Tee wieder aufzuwärmen. Dann hob er das Buch wieder auf, dessen Umfang auf ihn, der nie las, total abschreckend wirkte. Er öffnete es zögernd auf der ersten Seite und stolperte über folgenden Satz:

> *„So that the first step towards understanding the idea of esotericism is the realization of the existence of a higher mind, that is, a human mind, but one which differs from the ordinary mind as much as, let us say, the mind of an intelligent and educated grown up man differs from the mind of a child of six."*[5]

---

[5] Pyotr Demianovich Ouspenskii: A New Model of the Universe: Principles of the Psychological Method in its Application to Problems of Science, Religion and Art. London: Routledge, 1934

(„So ist der erste Schritt zum Verständnis der Idee der Esoterik das Erkennen der Existenz eines höheren Geistes, d.h. eines menschlichen Geistes, aber eines, der sich vom gewöhnlichen Geist so sehr unterscheidet, wie sich, könnte man sagen, der Geist eines intelligenten und gebildeten, erwachsenen Mannes von dem Geist eines sechsjährigen Kindes unterscheidet.")

Sofort und ohne zu wissen, warum, wurde Salim von diesen wenigen Worten, die er immer wieder durchlas, ergriffen und neugierig gemacht; er blätterte nun das Werk hier und da durch und stieß weiter hinten auf ein Kapitel mit dem Titel: „What is Yoga?" (Was ist Yoga?") Mit Mühe las er einige Passagen über Hatha-Yoga als Mittel, das zu einem spirituellen Ziel führe und dessen Beschreibung geheimnisvoll in seinem Wesen widerhallte.

Von diesem entscheidenden Augenblick an sollte sein Leben eine völlig andere Richtung nehmen.

Eine Buddha-Statue

Herr Adie nahm einige Tage später Kontakt zu ihm auf und lud ihn zum Abendessen bei sich zu Hause mit seiner Frau (die, wie sich herausstellte, eine hervorragende Pianistin war) und seinen Kindern ein. Herr Adie fragte Salim, was er von dem Buch halte, das er ihm geliehen hatte. Dieser musste verlegen antworten, dass es jenseits seiner Fähigkeiten liege, ein solches Werk zu lesen, da er praktisch Analphabet sei, und dass er nur einige Fragmente über Hatha-Yoga habe lesen können. George Adie sah ihn ungläubig an und brauchte einige Zeit, um zu verstehen, dass sein Gast, obwohl er mit bemerkenswerter Leichtigkeit komplexe Orchesterpartituren überfliegen konnte, niemals Bücher las.

Salim erwähnte jedoch einige Absätze, die seine Aufmerksamkeit gefesselt hatten. Sein Gastgeber, der bei ihm eine außergewöhnliche Empfänglichkeit spürte, wurde von einer tiefen, väterlichen Zuneigung zu ihm erfasst. Er ließ ihn in ein kleines Zimmer eintreten, in dem eine prachtvolle Buddha-Statue in Meditationshaltung über einen Meter hoch aufragte. Der Schein einer geschickt angeordneten Beleuchtung fiel auf deren Haupt, das nach indischer Mode mit kleinen Steinen in funkelnden Farben verziert und dadurch wie von einem geheimnisvollen Glanz umflutet war. Ihr Antlitz, dessen Augen geschlossen waren, strahlte Heiterkeit und unsagbaren Frieden aus.

Dieser Anblick beeindruckte Salim tief; er verharrte wie versteinert vor der Statue, während Herr Adie, dem die lebhafte Gefühlsbewegung seines Begleiters nicht entgangen war, lange Zeit schweigend neben ihm stehen blieb. Als er nach Hause zurückkehrte, verspürte Salim das unwiderstehliche Bedürfnis, sich in die gleiche Stellung wie die des BUDDHA zu begeben, eine Stellung, die er ohne Schwierigkeit einnahm. Mit geschlossenen Augen begann er, sich auf einen Ton zu konzentrieren, den er im Inneren seiner Ohren und seines Kopfes vernahm, ohne zu wissen, dass sich das, was er tat, Meditation nannte. Er ahnte, dass sich ihm eine andere Welt geöffnet hatte. Seit seiner Kindheit in Bagdad hatte er brennende innere Fragen in sich getragen, die bis dahin ohne Antwort geblieben waren.

Jahre später, sich an den starken Einfluss erinnernd, den diese Statue auf ihn ausgeübt hatte, sagte Salim: „Ohne Zweifel war eine schweigende Erinnerung ohne Worte oder Bilder, die aus einer in einem früheren Leben durchgeführten spirituellen Praxis stammte, in mir erwacht und hatte mich unwiderstehlich gedrängt, mich hinzusetzen, mich anleitend, als Stütze für die Konzentration insbesondere einen inneren Ton zu nehmen, von dem ich erst viel später entdeckte, dass er in Indien unter dem Namen Nada (Nada-Yoga) bekannt war."

In seinen Büchern beschrieb Salim diesen Ton als „dem sanften Säuseln des Windes oder dem Rauschen der Meereswellen" ähnelnd. Der Wert dieses inneren Tones und der Grund, warum er seit weit zurückliegenden Zeiten in Indien als Konzentrationsstütze verwendet wird, liegt in der Tatsache, dass dieser mystische Ton im Gegensatz zu den ständig wechselnden äußeren und inneren Bedingungen eine seltsame Kontinuität besitzt, die nicht von dieser Welt ist. Dazu kommt, dass er umso stärker wird, je mehr man sich auf ihn konzentriert. Dieser merkwürdige himmlische Ton wird für den Meditierenden zu einer Art Messinstrument, denn sobald seine innere Versenkung schwankt, bald stärker, bald schwächer werdend, ändert dieser wohltätige kristalline Ton ebenfalls seine Intensität in den Ohren, indem er schriller oder gedämpfter wird.

Obwohl er voll mit Arbeit ausgelastet war, widmete Salim von nun an viele Stunden der Meditation. Er fühlte instinktiv die Bedeutung einer intensiven Konzentration. In weniger als einem Monat begann er, glückselige Zustände zu erleben.

Die Gurdjieff-Gruppen

George Adie war ein bemerkenswerter Mann, dessen Weise zu sein für Salim Unterweisung und Beispiel zugleich war. Jener ließ ihn an einigen Zusammenkünften der kleinen Gruppe teilnehmen, die er gemäß der Lehre von G. I. Gurdjieff leitete. Salim fühlte sofort die große Bedeutung der dargelegten Ideen. Was dort beschrieben wurde, rief ein Echo in ihm hervor und erweckte in seinem Wesen eine brennende Sehnsucht, den Sinn der Erscheinungs-welt zu finden.

Das grundlegende Element von Gurdjieffs Lehre war das „Selbst-erinnern", anders gesagt, sich bewusst an die eigene Existenz in der Gegenwart zu erinnern. Der Mensch lebt für gewöhnlich in einer Art Traum, verloren in seinen Projektionen und seinen Konditionierungen, und er handelt nur aus einem Automatismus heraus. Es ist allerdings möglich, aus diesem Traumzustand herauszukommen; dazu muss man zu sich selbst in die Gegenwart zurückkehren, zurück zur Realität, die sich uns entzieht, solange wir in unserer mentalen Welt und in unseren Vorstellungen verloren sind. Dieses „Selbsterinnern" erfordert spezifische Anstrengungen und man muss mit der Schwierigkeit des In-die-Praxis-Umsetzens konfrontiert werden, um die Macht des inneren Schlafs zu erkennen, in dem man versunken ist, ohne es zu wissen.

Georges Adie, 85 Jahre

Gurdjieffs Lehre enthielt auch andere, eher theoretische Aspekte, zu denen Salim keinen Zugang fand. Da er keine Bücher las, war es ihm unmöglich, seine Schriften zu lesen, auch nicht das Standardwerk über seine Lehre, verfasst von Ouspenskii, seinem bekanntesten Schüler, mit dem Titel: *„Auf der Suche nach dem Wunderbaren"* (auf Englisch *„In Search of the Miraculous")*.

Salim fühlte intuitiv die volle Bedeutung dieses „Selbsterinnerns"; jedoch sollte er seine eigene Arbeit entwickeln, indem er sich mit einer solchen Intensität auf diese essentielle Grundlage stützte, dass sie ihm erlaubte, kraftvolle spirituelle Erfahrungen zu machen.

Sein Interesse war bis dahin einzig auf die Musik ausgerichtet gewesen. Er spürte, dass die existentiellen Fragen, die er seit seiner Kindheit in sich trug, dank einer spirituellen Suche eine Antwort finden konnten. Da er schon beim Komponieren seiner Musik ungewöhnliche Bewusstseinszustände erfahren hatte, verstand er sofort, wie ungeheuer wichtig es war, seine Aufmerksamkeit bewusst auf ein Objekt gerichtet zu halten und sie nicht unkontrolliert herumschweifen zu lassen.

Auf der einen Seite kämpfte er im aktiven Leben, um einen Zustand des „Selbsterinnerns" aufrechtzuerhalten, auf der anderen Seite widmete er sich regelmäßig einer intensiven Meditationspraxis, in deren Verlauf er sich auf den Nada konzentrierte, diesen Ton, den man im Inneren der Ohren und im Kopf hören kann.

Was die Meditation betrifft, war er ohne jede Anleitung und konnte sich nur auf seine eigene Intuition verlassen, da die Gurdjieff-Gruppen damals keine Meditation ausübten. Im Übrigen war 1949 die Meditation in England wie auch in Frankreich weit davon entfernt, verbreitet zu sein, und niemand in Salims Umfeld praktizierte sie.

Inzwischen hatte er sich die Adresse von Nadia Boulanger in Paris besorgt. Er schrieb ihr mit Mühe ein paar Worte in einem wenig orthodoxen Englisch und fügte die Partitur seiner ersten Symphonie für großes Orchester sowie die Aufzeichnung und die Partitur einer Sonate für Violoncello und Klavier bei. Sie antwortete ihm sofort und lud ihn ein, sie zu besuchen.

KAPITEL 3

Frankreich: 1950 – 1967

Eine schwere Entscheidung

Salim sah sich plötzlich in einem Dilemma und vor eine Entscheidung gestellt, die ein Opfer beinhaltete, das nicht gerade leicht für ihn war. Er begriff, dass er, wenn er nach Paris gehen würde, den Kontakt mit allen seinen Musikerfreunden in London verlieren würde; er würde Bande zerreißen, die für seine musikalische Arbeit von großer Bedeutung waren. Außerdem müsste er auf die Früchte mehrerer Jahre harter Arbeit verzichten, dank der er einen gewissen Bekanntheitsgrad in England hatte erreichen können, und er müsste von neuem einen Kampf beginnen, dessen Schwierigkeit er voraussah, um als Violinsolist, Komponist und Orchesterleiter in einem Land bekannt zu werden, dessen Sprache er nicht sprach.

Gleichzeitig wusste er in seinem Inneren, dass trotz der Verzichte, die er in Kauf nehmen musste und trotz der Probleme, auf die er unweigerlich stoßen würde, dieser Sprung ins Unbekannte gewagt werden musste, denn eine unwiderstehliche und unbegreifliche Anziehungskraft trieb ihn nach Frankreich. Er musste allem, was er in Großbritannien bisher erreicht hatte, den Rücken kehren und entschlossen nach vorne schauen, ohne zu wissen, was die Zukunft für ihn an Erfüllungen oder Fehlschlägen bereithielt.

Obwohl er gerne reiste und durch die Erfahrungen seiner Jugend gewöhnt war, sich schnell an eine neue Umgebung anzupassen, musste er immer gegen eine starke Furcht ankämpfen, wenn er im äußeren Leben alleine zurechtkommen musste. Abgesehen von seinem sehr introvertierten künstlerischen Temperament, hatte ihm seine Kindheit im Nahen Osten, wo die Lebensregeln ganz anders sind als im Westen, nicht erlaubt, sich die Fähigkeit anzueignen, sich in einer Welt zurechtzufinden, die ihm für immer unverständlich blieb. Er wunderte sich immer über die Leichtigkeit, mit der die Leute wussten, wo sie sich hinzuwenden hatten, um das zu finden, was sie bekommen wollten, sei es, um den täglichen Anforderungen nachzukommen, einen Behördengang zu machen, sich eine Anstellung zu beschaffen, eine Wohnung zu finden etc.

Außerdem war er, als er noch ein Kind war, immer mit der Familie zusammen umgezogen. Sein Vater sprach fließend die verschiedenen Sprachen und Dialekte des jeweiligen Landes und besaß das Wissen um die Regeln, die in der äußeren Welt herrschten, ein Wissen, das Salim immer gefehlt hatte.

Obwohl seine mangelnde Fähigkeit, den Anforderungen des äußeren Lebens zu genügen, ein schweres Handicap darstellte, gab es für ihn in jenem Jahr 1950 nur eines – er musste sich nach Frankreich aufmachen und die Sprache und die Gebräuche eines Landes lernen, das er überhaupt nicht kannte. Schließlich verließ er England, nur mit der Adresse Nadia Boulangers und mit seinem Gepäck versehen, das im Wesentlichen aus den Partituren seiner eigenen Musikwerke, seinem Violinrepertoire sowie einigen Bildern, die er in London gemalt hatte, bestand.

Einsame Ankunft am Nordbahnhof

Sein Aufenthalt in Frankreich begann nicht unter den besten Vorzeichen. Englische Freunde hatten in letzter Minute Bekannte in Paris angeschrieben und sie gebeten, ihn in Empfang zu nehmen und ihn, wenn möglich, einige Tage bei sich aufzunehmen, während sie ihm helfen würden, eine Bleibe zu finden. Man nahm an, dass sie ihn am Nordbahnhof treffen und anhand der Violine, die er bei sich trug, identifizieren würden. Aber als er aus dem Zug ausstieg, war niemand da, um ihn abzuholen. Er wartete noch eine Stunde alleine auf dem Bahnsteig, sehr beunruhigt, ohne zu wissen, was er nun tun solle. Seine Londoner Freunde hatten ihm leider nicht die Adresse dieser Leute gegeben, die ihn offenbar vergessen hatten. Übrigens hätte er sie, selbst wenn er ihre Telefonnummer gehabt hätte, wahrscheinlich nicht angerufen, denn abgesehen von der Tatsache, dass er kein Wort Französisch sprach, war er damals angesichts des Telefons wie gelähmt; nicht gewohnt, es zu benutzen, verstand er nicht, was man zu ihm sagte, und geriet in Panik, sobald man ihm eine Frage stellte.

Völlig ratlos beschloss er schließlich, in ein Hotel zu gehen, das gegenüber dem Bahnhof lag und das ihm nicht zu teuer erschien, das heißt, ein schäbiges Etablissement mit schmutzigen Zimmern. Er musste sehr sparsam sein, da er wenig Geld hatte und wusste, dass er sich nicht sofort sein Brot verdienen konnte. Er besaß nur wenige Ersparnisse, die aus seinen Konzerten stammten. Zum Glück hatte ihm Doktor Padel, den er bei Padre Strover kennengelernt hatte, großzügig angeboten, ihm jeden Monat aus London eine kleine Summe zu schicken, um ihm zu helfen über die Runden zu kommen, – was er in den zwei Jahren, die Salim bei Nadia Boulanger studierte, auch regelmäßig tat.

Am Tag nach seiner Ankunft machte Salim, der sich mehrmals auf Englisch seinen Weg erfragte, Bekanntschaft mit der Pariser Métro, um sich zu Nadia Boulanger zu begeben, die in der Rue Ballu, nahe der Place Clichy, wohnte.

Nadia Boulanger

Mütterlicherseits von russischer Herkunft, wurde Nadia Boulanger in eine Familie mit vier Musikergenerationen geboren. Von ihrem Vater Ernest ermutigt, der selbst Komponist, Dirigent und Gesangslehrer war, begann sie mit neun Jahren Orgel und Komposition zu studieren. Im Alter von sechzehn Jahren errang sie ihre ersten Preise für Orgel, Begleitung und Komposition. Sie studierte bei Gabriel Fauré, der selbst wiederum ein Schüler von Saint-Saëns war. Eine Zeit lang war sie die Lehrerin von Igor Strawinsky.

Als ihre Schwester Lili, Gewinnerin des Prix de Rome, 1918 im Alter von 24 Jahren starb, erklärte Nadia, dass sie nie wieder komponieren werde, und begann, sich der Orchesterleitung, der Verbreitung des Werks ihrer Schwester und vor allem der Pädagogik zu widmen. Sie führte ihre beeindruckende Karriere als Professorin der Musik bis zu ihrem Tod mit 92 Jahren fort. 70 Jahre lang sollte sie eine der einflussreichsten Lehrerinnen der Komposition des 20. Jahrhunderts sein. Im Laufe ihrer langen Karriere waren Tausende von Studenten, die aus dem Ausland kamen, um an ihren Kursen teilzunehmen, von ihrem Talent und ihrem Wissen gefesselt. Einer ihrer

Nadia Boulanger

87

Schüler, Igor Markevitch, der Komponist und berühmte Dirigent, sagte über sie:

„Während meines ersten Jahres bei ihr (Anfang der Dreißiger) arbeiteten wir jede Woche eine Kantate von Bach durch. Nadia Boulanger enthüllte uns diese Werke auf eine außergewöhnliche Weise, das heißt, man hatte plötzlich den Eindruck, dass man bis dahin nur gehört hatte, indem man an der Oberfläche der Dinge geblieben war und dass man nun auf einmal in sie eindrang, dass der innere Aufbau des ganzen Organismus vor uns freigelegt wurde. Ich erinnere mich, dass einmal unser Mitschüler, der Sohn von Igor Stravinsky, sagte: „Man hat den Eindruck, dass ein Werk plötzlich so tief wie das Meer wird," und das ist im Grunde das, was wir alle empfanden, nämlich dass alle diese Werke eine andere Dimension annahmen, eine größere Tiefe, und uns Dinge enthüllten, an denen wir unser Leben lang hätten vorbeigehen können, wenn sie sie uns nicht vorgespielt hätte. Das ging so weit, dass sie, wenn wir ihr eine Partitur brachten, die wir geschrieben hatten, in der Lage war, während sie vom Blatt

Igor Markevitch

abspielte, einen Fehler zu korrigieren, der uns selbst entgangen war; sie hatte einen einzigartigen Blick, einen Blick, der ihr Gehör auf bemerkenswerte Weise ergänzte."[6]

Nadia Boulanger war eine edle, sensible Frau, katholisch und tief religiös. Sie nahm Salim mit großer Freundlichkeit auf und ließ ihn nicht nur zwei Jahre lang kostenlos ihre Klasse für Komposition und Musikanalyse besuchen, sondern gab ihm auch Privatstunden, ohne je die geringste Bezahlung dafür anzunehmen. Da sie wusste, mit welchen materiellen Schwierigkeiten er zu kämpfen hatte, tat

---

[6] Aus dem Film: "Nadia Boulanger – Mademoiselle", gedreht von Bruno Monsaingeon in den 1960ern und den frühen 1970ern. Das Interview mit Igor Markevitch wurde laut J. Scott Morrison Ende der 1970er hinzugefügt. (Amazon, Review).

sie im Gegenteil alles nur Mögliche, um ihm zu helfen, und empfahl ihn manchmal interessanten Menschen aus ihrem Bekanntenkreis.

Auf Wohnungssuche in Paris

Gleich am Tag nach seiner Ankunft zog Salim in ein anderes Hotel in der Nähe der Militärschule, das ihm eine amerikanische Schülerin von Nadia Boulanger empfohlen hatte. Mit seinem arglosen Wesen war er für Betrüger eine ideale Beute; daher wurde ihm kurze Zeit, nachdem er sich an diesem Ort niedergelassen hatte, dort seine gesamte Kleidung gestohlen – außer der, die er an diesem Tage anhatte!

Als er Nadia Boulanger von seinem Missgeschick berichtete, war sie voller Anteilnahme und überreichte ihm zu seiner großen Überraschung beim nächsten Unterricht ein dickes Paket mit Kleidern, die sie für ihn beschafft hatte. Obwohl sie nicht seine Größe hatten, war er tief dankbar und sehr froh, sie zu haben.

So gut wie kein Wort Französisch sprechend, war es schwer für Salim, mit den kleinen Schikanen, die ihn unerwartet treffen konnten, fertig zu werden. Da er vor seiner Abreise von London einen Teil seines Gepäcks, das Schallplatten und Partituren enthielt, per Schiff aufgegeben hatte, begab er sich zum Zoll, um es dort abzuholen. Als die Zöllner sahen, dass sie es mit einem wehrlosen Ausländer zu tun hatten, begannen sie zu lachen und ihn aufzuziehen, dann forderten sie mit eindeutigen Gesten Geld von ihm. Da er nicht verstand, welchen Betrag man von ihm verlangte, gab Salim ihnen in seiner Arglosigkeit das ganze Geld, das er bei sich hatte und das die Beamten ziemlich skrupellos sofort einsteckten. Was für sie ein unverhofftes Trinkgeld war, stellte für Salim eine nicht unbedeutende Summe dar, und er musste dafür mehrere Tage aufs Essen verzichten.

Über Nadia Boulangers amerikanische Schüler konnte er freundschaftliche Bande mit einer französischen Sängerin von etwa fünfzig Jahren knüpfen, die die englische Sprache gut genug beherrschte. Als er ihr von dem Geld erzählte, das er den Zollbeamten hatte geben müssen, um seine Sachen wiederzubekommen, war sie entrüstet über diesen offenkundigen Machtmissbrauch. Um ihm zu helfen, nahm sie sich daher die Zeit, den Geschäftsführer seines Hotels aufzusuchen und mit ihm über den Diebstahl zu sprechen, dessen Opfer Salim geworden war. Nach einer langen lebhaften Debatte, von der Salim kein Wort verstand, willigte der Hotelier, der schließlich seine Verantwortung in dieser Angelegenheit einräumte, ein, ihn als Ausgleich für den entstandenen Schaden eine Zeitlang kostenlos wohnen zu lassen. Da jedoch sein Zimmer mit Wanzen verseucht war, wollte Salim nach zwei, drei Monaten, eine andere Unterkunft finden, die mit seinen spärlichen finanziellen Mitteln zu vereinen war.

Nach langem Suchen fand Salim schließlich monatsweise ein Zimmer in einem mehr als bescheidenen Hotel. Er hatte gehofft, in Paris Konzerte geben zu können, was ihm erlaubt hätte, sich seinen Lebensunterhalt zu verdienen, aber er war dort unbekannt. Außerdem war es für ihn äußerst schwierig, in diesem Haus Violine zu üben. Daher zog er erneut in ein kleines Zimmer um, ebenfalls monatsweise, das sich im letzten Stockwerk eines Hotels in der Nähe der Gare Montparnasse befand. Dort wurde das Violinspiel mehr oder weniger geduldet.

Zum Essen kaufte sich Salim täglich einige Vorräte in dem ersten Geschäft, das er in der Nähe gefunden hatte. Nachdem er das Geld aus seiner Tasche geholt hatte, überließ er es dem Verkäufer, sich den entsprechenden Betrag für seine Einkäufe zu nehmen. Es dauerte eine Weile, bis er merkte – nachdem er die gleichen Waren in einem anderen Lebensmittelgeschäft des Viertels gekauft hatte –, dass der Mann ihn großzügig bestahl, indem er sich manchmal das Doppelte der geschuldeten Summe nahm!

Die Gurdjieff-Gruppen in Paris. Das Turiner Grabtuch.

Herr Adie, der von Zeit zu Zeit nach Frankreich kam, versäumte nicht, ihn zu besuchen, und als er Salims Einsamkeit und seine spirituellen Bedürfnisse sah, schlug er ihm vor, zwischen ihm und den Gurdjieff-Gruppen in Paris einen Kontakt herzustellen. Diese bildeten mit Nadia Boulanger die beiden Anziehungspole, durch die er praktisch alle die Menschen kannte, mit denen er bis zu seiner Reise nach Indien 1968 regelmäßig verkehrte.

Bei seinen verschiedenen Umzügen musste er öfters schwere Koffer tragen, die seine Orchesterpartituren enthielten. Diese körperlichen Anstrengungen trugen aufgrund seiner schwachen

Gesundheit zur Entstehung eines eingeklemmten Bruchs bei, der in aller Eile operieren werden musste. Da er weder Geld noch eine soziale Absicherung hatte, suchte er das britische Konsulat auf, um seine Situation darzulegen. Dieses fand freundlicherweise eine kleine Klinik, wo er den Eingriff kostenlos machen lassen konnte. Als er einige Tage später, kaum wiederhergestellt, die Klinik verließ und wieder in sein Hotelzimmer einziehen wollte, war dieses schon weitervermietet.

Eine ältere Dame, Madame Regnier, deren Bekanntschaft er in den Gurdjieff-Gruppen gemacht hatte und die ebenfalls sehr musikalisch war, empfand eine große Sympathie für ihn. Als sie hörte, dass er einen Platz zum Wohnen suchte, machte sie sogleich bei Freunden ein Zimmer zu einem gemäßigten Preis ausfindig, wo er sich endlich frei fühlen konnte, seine Violine zu spielen.

Eines Tages, als ihn Madame Regnier, die seine Musik sehr bewunderte, zu sich zum Mittagessen eingeladen hatte, zeigte sie ihm ein Foto des Turiner Grabtuchs (das Leintuch, von dem man glaubt, dass es den Körper CHRISTI nach der Kreuzigung umhüllt habe). Salim wurde beim Anblick des majestätischen Antlitzes, das von einer edlen

Turiner Grabtuch

Strenge geprägt ist und eine außergewöhnliche Verinnerlichung zeigt, so im Innersten getroffen, dass er lange unbeweglich vor dem Foto verweilte. Ob das Turiner Grabtuch echt ist oder nicht, ändert nichts an seinem ergreifenden Ausdruck, der Salim so tief berührte, dass er später immer ein Bild davon bei sich aufbewahrte.

Die 48 Kontrapunktübungen

Von ihrer ersten Begegnung an war sich Salim darüber im Klaren, dass Nadia Boulanger eine außergewöhnliche Lehrerin war. Sie wusste die Struktur eines Musikwerkes auf ganz erstaunliche Weise zu erklären und hervorzuheben. Außerdem war sie extrem fordernd und schwer zufriedenzustellen. Als sie entdeckte, dass Salim in der Orchestrierung bereits sehr sicher war, legte sie die Betonung mehr auf die Architektur und die musikalische Konstruktion, womit sie ihm ungeheuer half, seine symphonischen Schöpfungen zu verfeinern. Sie ließ ihn die Beziehung zwischen der Musik und der Spiritualität besser verstehen und bewirkte, dass er in zwei Jahren derartige Fortschritte machte, dass er ihr dafür für immer die größte Dankbarkeit bewahrte.

Nadia Boulanger hatte mehr Schüler, als sie aufnehmen konnte, vor allem Amerikaner, von denen manche, die sehr reich waren, jede Woche mit dem Flugzeug aus den Vereinigten Staaten kamen, um den Vorlesungen über Musikanalyse zu folgen, die sie auf Englisch gab und an denen Salim zwei Jahre lang teilnahm.

Während dieser Vorlesungen spielte sie am Klavier mit bemerkenswerter Leichtigkeit die Partituren von Bach, Mozart, Strawinsky etc. vom Blatt und fragte zum Beispiel ihre Schüler: „Welche ist die entscheidende Note, die an dieser Stelle die harmonische Modulation erlaubt hat?" Salim hob sofort die Hand, um zu antworten. Anfangs fragte sie ihn, aber bald sagte sie zu ihm: „Nein, Sie nicht, ich weiß, dass Sie das wissen." Sie erteilte ihm nur das Wort, wenn kein anderer in der Klasse die Antwort gefunden hatte, dann rief sie, während sie sich an die anderen Schüler wandte: „Er hat ein außergewöhnliches Gehör!"

Sie war immer mit Arbeit überlastet. Manchmal, wenn sie Salim zu einer Privatstunde empfing, zeigte sie ihm einen Stoß von Kontrapunktübungen, die Strawinsky ihr schickte, damit sie sie für ihn korrigiere, und sagte seufzend: „Ich habe doch keine Zeit, ich habe keine Zeit..."

Sie gab Salim viele Musikübungen für zu Hause auf. Neben wichtigen Aufgaben der Harmonie und der Komposition, die er ihr jede Woche vorlegen musste, verlangte sie von ihm, Kontrapunktübungen, basierend auf einem cantus firmus in Dur und Moll, zuerst vierstimmig, dann, den Schwierigkeitsgrad steigernd, achtstimmig auszuführen – anders gesagt, Musik für zwei Chöre zu schreiben. Die Hauptschwierigkeit bei dieser Art von Arbeit besteht in dem Verbot, Quinten und Oktaven parallel laufend zu verwenden.

Als Salim ihr das erste Mal acht Kontrapunktübungen aushändigte, nahm Nadia Boulanger sie, wenig zufrieden, mit einem: „Ist das alles?" entgegen. Die Woche darauf arbeitete er äußerst hart und kam mit mehr Übungen wieder, aber sie zeigte sich immer noch nicht zufrieden und sagte erneut mit sichtlicher Strenge zu ihm: „Ist das alles?" Ohne einen solchen Anspruch zu verstehen, kehrte er deprimiert heim. Er arbeitete mit zunehmender Verbissenheit und es gelang ihm, noch mehr zu schaffen, aber unerbittlich fragte sie immer noch: „Ist das alles?"

So vergingen Wochen. Salim arbeitete bis an die Grenze seiner Kräfte. Nach fünf oder sechs Monaten lieferte er schließlich zwischen vierzig und fünfzig Kontrapunktübungen von einer Unterrichtsstunde zur nächsten. Aber als Nadia Boulanger sie wieder einmal mit ihrem unausweichlichen „Ist das alles?" entgegengenommen hatte, brach er in Tränen aus und beteuerte, dass es ihm unmöglich sei, mehr zu schaffen! Sie schien von seiner Verzweiflung plötzlich so berührt, dass sie ihm liebevoll die Hand auf die Schulter legte und ihm erklärte, im Flur warte ein anderer Schüler, der am Konservatorium im Kontrapunkt den ersten Preis bekommen habe. Sie rief ihn herein und fragte ihn:" Wie viele Kontrapunktübungen für acht Stimmen können Sie in einer Woche schreiben?" Der junge Mann erwiderte: „Sieben oder acht in jeder Tonart, das ist ein Maximum."

Diese Episode prägte Salim für immer. Er war ihr unendlich dankbar, dass sie ihn in dieser Weise über seine Grenzen hinaus angetrieben hatte. Sie wurde das Instrument, durch das er verstand, dass man, wenn man sich mit einer hartnäckigen Aufrichtigkeit bemüht, immer mehr tun kann, als man für möglich hält. So verstärkte sie seinen natürlichen Gefallen an der Anstrengung, was später einen wesentlichen Einfluss auf seine spirituellen Übungen hatte!

Sie verlangte von ihren Schülern, Ehrlichkeit in ihrer musikalischen Arbeit zu zeigen, und erkannte bei Salim schnell diese Integrität, die ihr über alles am Herzen lag. Manchmal bat sie ihn, ihr einige seiner Kontrapunktübungen, die sie besonders schätzte, zu überlassen, um sie ihren Studenten im Konservatorium zu zeigen. Dort müssten sie bis zum heutigen Tag ruhen.

Seine Begegnung mit Nadia Boulanger war ein entscheidendes Ereignis in Salims Leben. Sie war eine Frau von großer Güte und eine außergewöhnliche Dozentin, die einem, selbst wenn sie das nicht mit Worten ausdrückte, die unabdingbare Notwendigkeit der Anstrengung und der Genauigkeit in jeder musikalischen Schöpfung einschärfte. Ihre erstaunliche Fähigkeit zur Konzentration und ihre unaufhörliche Suche nach einer Wahrheit des Seins hatten aus ihr eine außergewöhnliche Frau gemacht. Diese Eigenschaften, die sie in vorbildlicher Weise verkörperte, hallten tief in Salim wieder.

Nadia Boulanger: Die Fähigkeit zur Aufmerksamkeit

In einem Interview zu ihrem 90. Geburtstag erklärte Nadia Boulanger:

„Was mir am häufigsten zu fehlen scheint, ist die Aufmerksamkeit; das heißt im Grunde, eine Art Charakter. Es gibt Leute mit einer solchen Konzentration, dass alles Bedeutung annimmt, und dann gibt es Leute, an denen das vorbeigeht, sie haben es vergessen, sie tun morgen wieder, was sie heute getan haben; es ist kein Fortschritt möglich, da ein Phänomen, das aufgetaucht ist, sofort wieder verschwindet.

Bevor man also jemanden ermutigt, muss man wissen, ob er eine Liebe in sich trägt, ob er sich für das, was er tut, interessieren kann, was es auch sei, denn, sich einer Sache hinzugeben, beinhaltet ein Interesse, das ist der Unterschied, der zwischen den Menschen, zwischen den Wesen besteht, und der manchem einen außergewöhnlichen Vorsprung an aufsehenerregender Aktivität gibt, während andere das sind, was ich „die Schläfer" nenne.

Ich hatte das Glück, von einer unwahrscheinlich intelligenten Mutter erzogen worden zu sein, die alles über die Erziehung eines Kindes wusste. Sie liebte mich abgöttisch, sie hatte vor meiner Geburt ein Kind verloren, ich war das Wunder, das ins Haus einzog, sie liebte mich genug, um in ihren Urteilen unerbittlich zu sein. Es gab etwas, das sie nicht tolerieren konnte und das war ein Mangel an Aufmerksamkeit.

Nadia Boulanger

Und ich wuchs als ein Baby auf, das nicht akzeptierte, dass man keine Aufmerksamkeit schenken kann."[7]

Spirituelle Arbeit in Paris

Während Salim sich hingebungsvoll seinen musikalischen Studien widmete, ging er weiter seinen spirituellen Übungen nach, die er in England aufgenommen hatte. Er fand Unterstützung in seinem von Natur aus andächtigen Wesen, ohne sich dessen zunächst bewusst zu sein.

Die Tatsache, dass er Komponist war, erwies sich als wahrer Segen. Er sagte später gerne, die Musik sei sein Meister gewesen. Ein Komponist der symphonischen Musik arbeitet an Partituren, die bis zu 32 Systeme (Notenzeilen) enthalten; er muss alle Instrumente gleichzeitig hören, was von ihm eine besondere Teilung der Aufmerksamkeit erfordert, um den verschiedenen Melodielinien zu folgen, die sich überlappen und verflechten. Dazu kommen die Harmonien, die sich unaufhörlich verändern, und die verschiedenen Rhythmen, die sich im Laufe des Stücks gleichzeitig entfalten. Salim hatte daher seine Aufmerksamkeit auf eine Weise trainiert, die sich als

---

[7] Interview zu Nadia Boulangers 90. Geburtstag, aus dem Film: "Nadia Boulanger – Mademoiselle", von Bruno Monsaingeon. Siehe auch Fußnote 6.

unschätzbare Hilfe für seine spirituelle Praxis erweisen sollte, was übrigens die Ergebnisse erklärt, die er auf diesem Gebiet schon am Anfang seiner Suche, 1949, erreichte.

Bei den Zusammenkünften der Gurdjieff-Gruppen in Paris, an denen er ab und zu teilnahm, hörte Salim manche Leute von ihrer Schwierigkeit berichten, das „Selbsterinnern" in der Gegenwart zu praktizieren. Er merkte selbst, dass ein Reiz von außen oder der geringste Gedanke genügte, um zu vergessen, sich seiner selbst bewusst zu sein. Indessen, da er an seiner Aufmerksamkeit sowohl als Soloviolinist als auch als Komponist gearbeitet hatte, ließ er sich nicht entmutigen; er wusste, dass es möglich ist, eine Konzentration ohne Schwankung für eine lange Zeit aufrecht zu erhalten, wenn man von einem starken Interesse getragen wird. Beim Künstler ist es das Gefühl der Erhebung, welches die Musik vermittelt; was den spirituellen Sucher betrifft, so muss er absichtlich sein Interesse pflegen, und zwar durch das Verständnis der Bedeutung dessen, was er in sich zu vollbringen sucht.

Salim hatte sofort erfasst, was es bedeutet, in die Gegenwart zurückzukehren. Schon, nachdem er die Armee verlassen hatte, sagte er sich, wenn ihm schmerzhafte Ereignisse, die er im Krieg erlebt hatte, in Erinnerung kamen: „Kehre in die Gegenwart zurück". In der Gegenwart zu bleiben, verlangte jedoch von ihm, in jedem Moment auf Gedanken, Bilder und Ideenassoziationen zu verzichten, die, als Reaktion auf Reize aus der Außenwelt, ständig in seinem Geist auftauchten; um das zu erreichen, erwies es sich als sehr wertvoll und wirksam, sich auf den Ton zu konzentrieren, den er im Inneren der Ohren und des Kopfes hörte.

Da er mit leidenschaftlicher Hingabe stundenlang zahlreiche Übungen praktiziert hatte, um seine Kunst als Violinsolist zu meistern, sah er die offenkundige Notwendigkeit, bei seiner spirituellen Praxis seine Konzentration ebenfalls mit Übungen zu trainieren, die ihm, wenn er sie brauchte, in den Sinn kamen – als ob er sich daran erinnerte –, um einen Zustand der inneren Wachsamkeit im aktiven Leben immer weiter auszuweiten.

Er wählte sich genaue Zeiten, mit einer bestimmten Zeitdauer; musste er sich zum Beispiel zu Fuß irgendwohin begeben, beschloss er, sich während der gesamten Gehstrecke auf die Empfindung seiner Fußsohlen zu konzentrieren, immer wenn diese den Boden berührten, um sich von einem Schritt zum anderen seiner selbst bewusst zu bleiben, von Sekunde zu Sekunde darum kämpfend, die Erinnerung an seine eigene Existenz aufrechtzuerhalten.

Anfangs merkte er, dass er, kaum dass er ein paar Schritte gemacht hatte, unerklärlicherweise plötzlich abwesend und zerstreut wurde, diese wichtige spirituelle Arbeit und seine Absicht, konzentriert zu bleiben, völlig vergessend. Zwei oder fünf oder noch mehr Minuten später war er überrascht, wenn in ihm blitzartig eine merkwürdige, unerklärliche und sehr schnelle nach innen gerichtete Bewegung stattfand – und er zur Bewusstheit seiner selbst zurückkehrte! In diesem Moment erkannte er, dass er nicht nur die Übung völlig vergessen hatte, sondern dass gleichzeitig – was noch erstaunlicher war – auf unbegreifliche Weise das Wissen und die Empfindung von seiner Existenz merkwürdig ausgelöscht waren. Er war geheimnisvoll verschlungen und sozusagen in diesen Zustand der Selbstvergessenheit „gestorben". Er begann nun geduldig und entschlossen, seine Aufmerksamkeit wieder auf die Fußsohlen zu richten und sie zu fühlen, wenn sie den Boden berührten, um dahin zu kommen, während längerer Zeitperioden seiner selbst bewusst zu bleiben, was von ihm eine ständig erneuerte Entschlossenheit verlangte.

Salim sagte immer zu seinen Schülern, dass er tragisch menschlich sei, dass er sich nicht von anderen Suchern unterscheide und dass er sehr hartnäckig habe sein müssen, um die Qualität der spirituellen Übungen, die er sich selbst vorgab, verwirklichen und aufrechterhalten zu können.

Beispiel einer Partitur mit 32 Systemen. Die Instrumente sind von oben nach unten angegeben.
Tatsächliche Größe der Partitur: 43,3 cm x 30,7 cm

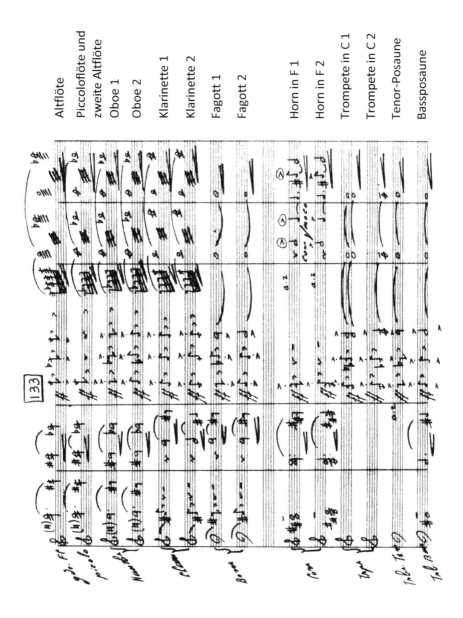

Die Schlaginstrumente im Detail (3 Zeilen): Zimbeln, Triangel, Glockenspiel, großes tiefes Tamtam, Basstrommel, Schellentamburin, Militärtrommel

Zimbeln

Schlaginstrumente
(siehe im Detail)

Harfe

Harfe

Piano

Piano

erste Geigen

zweite Geigen

Bratschen

Violoncellos

Bassgeigen

Sich kennen

Ein wichtiger Teil dieser spirituellen Arbeit bestand darin, sich selbst zu studieren, um herauszufinden, was den Verlust dieses „Selbsterinnerns" verursachte. Auf diese Weise sah Salim in sich Zustände des Seins, die sich als schwerwiegende Hindernisse auf seinem Weg erwiesen. Sobald er aufhörte, sich auf die Musik zu konzentrieren, ergriffen die Angst, in der er seine ganze Kindheit gelebt hatte, und die Dramen, die er während des Krieges erlebt hatte, von ihm Besitz. Er sah die Notwendigkeit, gegen diese Zustände und Gedanken zu kämpfen, die ständig wiederkamen und ihm zur Gewohnheit geworden waren. Daher bemühte er sich, sie durch ihr Gegenteil zu ersetzen, sobald er ihr Vorhandensein in sich bemerkte. Wenn er zum Beispiel Unruhe fühlte, bemühte er sich, ein Gefühl des Vertrauens zu erzeugen; oder wenn er Traurigkeit spürte, rief er bewusst Freude hervor.

Außer diesen Zuständen von Angst, Furcht oder Traurigkeit hatte er, wie er sah, auch eine Tendenz in sich, schneller zu werden, wenn er etwas tat, als ob er die Sache loswerden und zur nächsten übergehen wollte, die er dann ebenso schnell machte, in einem Zustand der Anspannung, zumal er zwischen der Beschäftigung mit seiner Musik, seiner Meditation und seinen Versuchen, etwas Geld zu verdienen, immer viel zu tun hatte.

Er bemerkte, dass es tatsächlich ein weit verbreitetes Verhalten ist, sich von dem, was man gerade tut, freimachen zu wollen, um zur nächsten Beschäftigung überzugehen, die mit derselben Fieberhaftigkeit ausgeführt wird, und so weiter, mit dem Ergebnis, dass man nicht lebt und nie in der Gegenwart ist.

Er machte es sich daher zur Aufgabe, absichtlich zu verlangsamen, selbst wenn es nur ein bisschen war, um alles, was er machte, als Übung zu benutzen, um, seiner selbst bewusster, in der Gegenwart zu bleiben. Dieses absichtliche Verlangsamen, wie minimal es auch war, gab ihm die erforderliche Möglichkeit, sich mit dem, was er tat und worin er vertieft war, nicht mehr zu identifizieren, und er konnte anfangen, sich unvoreingenommen zu beobachten. Diese spezifische Arbeit zeigte ihm sofort die Unruhe, die inneren Spannungen und die nutzlosen Irritationen, die, sobald sie mit seinem geistigen Auge wahrgenommen wurden, nachließen und sich von selbst beruhigten oder sie gab ihm wenigstens die Möglichkeit, diese in einem gewissen Maß zu kontrollieren. Dies erforderte eine besondere Art ruhigen Willens, der sich als heilsame Hilfe und als schützende Freundin erwies.

Innerhalb weniger Monate subtiler, aber entschlossener Anstrengungen gelang es ihm, in sich einen Zustand der Entspannung und ein subtiles Verlangsamen herzustellen, welche ihm bei seinen zukünftigen Übungen enorm helfen sollten.

Hindernisse bei der Meditation – eine schicksalhafte Woche

Trotz der spirituellen Süße, die er bereits gekostet hatte, musste Salim, wie jeder Sucher, gegen Widerstände in sich kämpfen. Er berichtet im letzten Kapitel seines Buches *La Quête Suprême* über die folgende Sequenz von Ereignissen:

„Am ersten Tag dieser Woche wurde er sehr krank und vernachlässigte seine Meditationssitzungen und seine diversen Konzentrationsübungen, die er für sich selbst erdacht hatte, indem er sich sagte: „Morgen…"

Am zweiten Tag wachte er mit beginnenden Zahnschmerzen auf und fragte sich ängstlich, woher er im Falle einer Verschlechterung das Geld für den Zahnarzt nehmen solle, und er vernachlässigte wieder seine Meditation und seine anderen Konzentrationsübungen, indem er sich sagte: „Morgen…"

Am Morgen des dritten Tages hatten sich seine Zahnschmerzen gelegt, aber er hatte Kopfweh, und wieder meditierte er an diesem Tag nicht, auch machte er keine Konzentrationsübungen und sagte sich wieder: „Morgen…"

Am vierten Tag erhielt er einen Brief, der ihn für den Rest des Tages beunruhigte, und ein weiteres Mal vernachlässigte er seine Meditationssitzungen, indem er zu sich sagte: „Morgen…"

Am fünften Tag hatte er weder etwas zu essen noch Geld und er machte sich große Sorgen, während er sich fragte, wie er etwas Geld auftreiben könne, um die nächsten Tage zu überstehen, und wieder einmal vernachlässigte er seine Meditationssitzungen und sagte zu sich: „Morgen…"

Am sechsten Tag war es noch Nacht, als er aufstand, und er verstauchte sich im Dunkeln den Fußknöchel, was sehr weh tat; da er für seine Meditation nun nicht die Lotosstellung einnehmen konnte, fand er erneut eine Entschuldigung, um sagen zu können: „Morgen…"

Der siebte Tag war ein schöner Frühlingstag; der Himmel war von einem tiefen Blau, das das Herz entzückte; die Sonne schien mit strahlendem Glanz und verbreitete eine angenehme Wärme. Aber seine Majestät, der Autor, hatte an diesem Tag keine Lust, zu meditieren! Und plötzlich brach er schluchzend zusammen, als ihm bewusst wurde, dass für ihn (wie für jeden anderen Aspiranten) der geeignete Augenblick, der günstige Augenblick, um seine spirituellen Übungen zu machen, nie kommen würde, er musste ihn selbst erschaffen."

Änderung der Richtung seines Interesses. Meditation über die Gedanken.

Trotz seines Wunsches, gegenwärtig und seiner selbst bewusst zu bleiben, wurde Salim wider Willen von allen möglichen Sorgen und Beschäftigungen davongetragen. Er sah, dass seine Meditation litt, wenn er von den Ereignissen des Tages zu sehr gestört wurde.

Da es nicht in seiner Natur lag, angesichts dieser Herausforderung passiv zu bleiben, versenkte er sich innerlich tief in die Frage, warum es ihm, trotz seines Wollens, nicht gelang, das Selbsterinnern über eine lange Periode aufrechtzuerhalten. Warum verfiel er erneut in dieses Vergessen seiner selbst, in dem die Menschen für gewöhnlich ihr Leben verbringen, ohne sich dessen bewusst zu sein? Kaum hatte er den Entschluss gefasst, gegenwärtig zu sich selbst zu sein, als er es geheimnisvollerweise vergaß und in den Zustand des In-sich-Schlafens zurückfiel.

Er erkannte, dass der erste Faktor seines Falls die Änderung der Richtung seines Interesses war; sein Interesse änderte sich mit den äußeren oder inneren Reizen. Er musste eine so brennende Sehnsucht in sich entwickeln, seiner selbst bewusst in der Gegenwart zu bleiben, dass dieses Streben stärker wurde als alle Manifestationen der Außenwelt.

Wenn er zufällig auf einen zu großen Widerstand in sich stieß, um meditieren zu können, bemerkte er, dass schon die Tatsache, seine eigenen Gedanken wachsam zu beobachten, ein Mittel war, um sich davon zu befreien, vorausgesetzt, er identifizierte sich nicht mit ihnen und klebte nicht an ihnen fest, was von ihm eine innere Gegenwärtigkeit, eine scharfe Aufmerksamkeit und einen starken Willen verlangte, die anfangs nur schwer für mehr als einige Augenblicke aufrechtzuerhalten waren. Er richtete einen Teil seiner Aufmerksamkeit auf die Bewegung seines Bauches bei jedem Atemzug und beobachtete gleichzeitig mit seiner vollen Wachsamkeit alle Gedanken und Bilder, die über den Schirm seines Bewusstseins zogen. Er bemühte sich, keinen Gedanken und kein Bild entkommen zu lassen, ohne sich eines jeden von ihnen voll bewusst zu sein und ohne sich von ihnen forttragen zu lassen oder sich in ihnen zu verlieren.

Genau das, sagte er später, macht die Schwierigkeit dieser Form der Meditation aus, denn es gibt für den Aspiranten bei seinen Versuchen, sich von seinem gewöhnlichen Zustand des Seins zu befreien, keine andere Unterstützung als die Gedanken selbst, die ständig aufsteigen und das Feld seines Bewusstseins durchqueren. Er entdeckte nach und nach, dass jeder Gedanke und jedes Bild einen exakten Anfang, einen Höhepunkt und ein Ende hatte, und kaum waren sie verschwunden, entstand an ihrer Stelle plötzlich ein anderer Gedanke oder ein anderes Bild. Wenn er aber innerlich genügend lange Abstand zu seinen Gedanken hielt und sich nicht mit ihnen vermischte, beruhigten sie sich erheblich und wurden immer seltener.

Innere Mahnungen

Durch eine gewissenhafte Erforschung seiner selbst, um deutlicher die Gewohnheiten und Tendenzen zu sehen, die seinen Fall verursachten, sah Salim, dass es in ihm eine Tendenz gab, auf später zu verschieben, was im gegenwärtigen Moment getan werden sollte, vor allem, wenn es sich um etwas Unangenehmes handelte, das er nicht mochte oder zu tun fürchtete. Er beschloss, diese Neigung zu transformieren, deren Bedeutung für seine Praxis er sah, denn, sagte er später zu seinen Schülern, wenn man auf später aufschiebt, was augenblicklich getan werden sollte, wird man das Gleiche tun, wenn es ums Meditieren oder darum geht, dem inneren Erinnern zu

103

gehorchen, dem „Selbsterinnern", sobald es sich in einem manifestiert.

Er verstand, dass der, der den Befehl in einem gibt und der, der gehorchen soll, geheimnisvoll ein und dieselbe Person sind, und das ist es, was die Schwierigkeit schafft. Er sagte sich innerlich: „Salim, du wirst mir gehorchen". Am Anfang sträubte sich Salim zu gehorchen, aber da er sehr motiviert war, gehorchte er doch. Später, weil er schon einmal gehorcht hatte, war es leichter für ihn, wenn er sich wieder einen Befehl gab, und nach einigen Wochen hatte er es nicht mehr nötig, Befehle zu geben, er gehorchte sofort.

Er erlegte sich als regelmäßige Disziplin auf, jeden Tag etwas zu tun, das er nicht tun wollte, und etwas nicht zu tun, was er tun wollte, um einen besonderen Willen zu entwickeln, der sich auf einem spirituellen Weg als notwendig erweist.

Als Folge der Bemühungen, die er während seiner Meditation und seiner anderen spirituellen Übungen gemacht hatte, begann Salim, im äußeren Leben eine unerwartete Hilfe zu bekommen, die vorher für ihn nicht möglich gewesen wäre. Er stellte fest, dass er, ohne danach gesucht zu haben und in den am wenigsten erwarteten Momenten plötzlich zu sich zurückgerufen wurde und sich für einen ganz kurzen Augenblick intensiv seiner selbst bewusst wurde, und zwar auf eine Weise, die er im bisherigen aktiven Leben nicht gekannt hatte. Ohne ersichtlichen Grund vollzog sich in ihm eine sehr schnelle und sehr subtile innere Bewegung, die dieses tiefe, globale Bewusstsein seiner selbst mit sich führte. Gleichzeitig hatte er die merkwürdige Empfindung, als ob eine unsichtbare Kraft in ihm versuchte, ihm ein geheimes Wissen zu vermitteln, um ihn etwas über sich selbst sehen zu lassen, das ihm bis dahin verborgen gewesen war. In diesem Moment war er sich auch der Anwesenheit des rätselhaften Tones, des Nada, bewusst, der mit überirdischer Brillanz und durchdringender Intensität geheimnisvoll in seinen Ohren vibrierte.

Er lernte, dass er, womit er sich auch gerade beschäftigte, ob innerlich oder äußerlich, dem Ruf seines göttlichen Besuchers augenblicklich zur Verfügung stehen musste, wann immer dieser an der Tür seines Wesens erschien. Nichts anderes durfte in diesem privilegierten Augenblick zählen. Er musste innerlich jederzeit bereit sein, auf diesen Ruf zu antworten, und er versuchte, ruhig und ohne etwas zu erzwingen, diese unschätzbaren Momente zu verlängern und zu vertiefen.

Die zeitgenössische Musik und die Musik von Bach

Von Zeit zu Zeit schenkte Nadia Boulanger Salim Karten für Konzerte zeitgenössischer Musik. Einmal, als sie ihm eine Einladung für die Premiere des Werkes eines heute vergessenen Komponisten besorgt hatte, fragte sie ihn am Tag nach dem Konzert, was er über diese Musik denke. Nach einem Augenblick des Zögerns nahm er sich ein Herz und antwortete ihr freimütig: „Wenn Ihnen jemand erzählte, ein brennendes Schiff sei untergegangen, und tausend schrecklich verbrannte Menschen seien unter markerschütternden Schreien ertrunken, dann würde er Sie wahrscheinlich *vorübergehend* beeindrucken; er braucht kein großer Musiker zu sein, um Ihre Aufmerksamkeit auf sich zu ziehen, indem er etwas so Furchtbares zum Ausdruck bringt; es würde ihm schon genügen, eine Fülle von Trompeten, Schlaginstrumenten, orchestrales Gejaule, etc. einzusetzen. Dagegen den Zuhörer zu erheben und sein Interesse ohne unnötige Übertreibung, allein durch Schönheit, zu fesseln, das ist eine andere Sache...!" Nadia Boulanger verharrte einen Moment schweigend, dann legte sie ihre Hand auf die Salims und sagte mit ihrem französischen Akzent: „You are right!" („Sie haben recht!").

Sie liebte sehr Johann Sebastian Bachs Musik, die sie auf einer kleinen Orgel spielte, die sich in einer Ecke des Zimmers befand, in dem sie unterrichtete. Salim erstaunte sie sehr, als er ihr eines Tages erklärte: „Es ist wahr, diese Musik ist mathematisch gesehen, die vollkommenste, aber sie enthält eine Schwäche: Die Rhythmen wiederholen sich zu sehr und sind zu eintönig. Die Stücke enden immer auf eine abrupte Weise, die den Zuhörer unbefriedigt lässt; es fehlt an den nötigen rhythmischen Überraschungen, um das Interesse eines anspruchsvollen Zuhörers aufrechtzuerhalten." Nadia Boulanger sah ihn verwirrt an, dann gab sie zu seinem Erstaunen nach ein oder zwei Minuten des Schweigens, das Salim beunruhigte, mit der ihr eigenen, schonungslosen Ehrlichkeit zu: „Stimmt, Bachs Rhythmen waren immer seine Schwäche."

Salim arbeitete zwei Jahre lang regelmäßig mit ihr, dann wurden seine Besuche von selbst immer seltener. Er ging von Zeit zu Zeit zu ihr, um ihr seine neuen, musikalischen Schöpfungen zu zeigen. Sie hörte nicht auf, ihn zu ermutigen und sich ihm gegenüber, wie es ihre Gewohnheit war, von einer großen Güte zu zeigen.

Finanzielle Sorgen und Zahnprobleme

Nach diesen zwei Studienjahren bei Nadia Boulanger, in denen er mit Hilfe seiner Rücklagen und der kleinen Zuschüsse von Doktor Padel sehr sparsam gelebt hatte, befand sich Salim in einer äußerst prekären finanziellen Lage. Er musste unter allen Umständen Geld auftreiben, um seinen Bedarf decken zu können, der, obwohl minimal, seine Aufmerksamkeit zu sehr beanspruchte. Auf der einen Seite wurde er von einer Fülle von Inspirationen bedrängt, die er um jeden Preis zu Papier bringen musste, auf der anderen Seite hatte er ein starkes Bedürfnis, sich seinen spirituellen Übungen zu widmen. Nun musste er leider viel Zeit damit verlieren zu versuchen, etwas Geld zu verdienen, und diese Notwendigkeit blieb eine ständige Quelle der Sorge, die seine erhabeneren und für ihn unendlich wichtigeren Tätigkeiten dauernd behinderte.

Durch Beziehungen war es ihm ab und zu möglich, Kinder in Musiklehre zu unterrichten, oder er fand Arbeit als Kopist, die darin bestand, die Stimmen der verschiedenen Instrumente einzeln aus einer Orchesterpartitur abzuschreiben. Diese wenigen Einnahmequellen erwiesen sich jedoch immer als unbeständig, und er musste laufend versuchen, sich neue zu beschaffen.

Aus Geldmangel begann er, immer öfter Mahlzeiten auszulassen. Dies und seine ständigen, akuten Darmprobleme, die zu seinen Geldsorgen hinzukamen, führten schließlich zu einem chronischen Schwächezustand, so dass sein Organismus nicht länger in der Lage war, eine Infektion wirksam zu bekämpfen. Die Folge war, dass er eines Tages in fünf verschiedenen Zähnen fünf Abszesse gleichzeitig hatte.

Er war gerade in London zu Besuch; da er kein Geld hatte, um einen Zahnarzt zu bezahlen, begab er sich in eine Klinik, um die kostenlose Behandlung dort in Anspruch zu nehmen. Leider waren es Studenten, die sich an ihm übten und ihm alle fünf Zähne abbrachen; die Wurzeln blieben im Kiefer. Ein Chirurg der Klinik musste den Schaden reparieren. Die Operation dauerte mehrere

Stunden. Er fand sich auf der einen Seite des Oberkiefers ohne
Zähne wieder.

Ein entscheidender spiritueller Durchbruch

Als Solist gab Salim alles, sowohl, wenn er seine Konzerte
vorbereitete, als auch, wenn er auf der Bühne stand. Auch wenn er
komponierte, war er zu 100 Prozent von seiner Kompositionsarbeit
absorbiert, die von ihm eine Konzentration verlangte, die für die
meisten unerreichbar ist. Die gleiche innere Haltung brachte er ganz
natürlich in seine spirituellen Übungen ein.

Ermutigt von ersten spirituellen Erfahrungen von
außergewöhnlichem Charakter, arbeitete er unermüdlich an sich.
Jedoch wusste er intuitiv, dass die Erfahrungen, die er seit Anfang
seiner Praxis gemacht hatte, noch nicht die wirkliche Erfahrung
waren, die ihm erlauben würde, eine irreversible Schwelle zu
überschreiten.

Nachdem er gut fünf Jahre täglich mehrere Stunden intensiv
meditiert hatte und versucht hatte, während seiner Tätigkeiten im
äußeren Leben so konzentriert wie möglich zu bleiben, widerfuhr
ihm diese entscheidende Erfahrung.

Am Morgen nach seiner Rückkehr aus London, als er wegen
seines Kiefers noch schrecklich litt, sich aber mangels Geldes keine
Schmerzmittel kaufen konnte, setzte er sich auf sein Bett, um zu
meditieren, entschlossen, sich die Qualität seiner Konzentration nicht
von seinen körperlichen Problemen verderben zu lassen.

Während er sich immer tiefer in sich versenkte, wurde er endlich
für seine ausdauernden Bemühungen durch eine Erfahrung von ganz
anderem Charakter als die vorhergehenden entschädigt, während der
er die seltsame Empfindung hatte, tot und zu seiner
URSPRÜNGLICHEN QUELLE zurückgekehrt zu sein.

Fünfundzwanzig Jahre später versuchte er, das nicht
Vermittelbare dieser Erleuchtung in seinem ersten Buch „ Der Weg der
inneren Wachsamkeit" zu vermitteln:

*„Eines Tages, als er meditierte und immer tiefer in sich selbst tauchte, indem
er mit wachsender, aber ruhiger Entschlossenheit die Intensität und die Stärke
seiner Konzentration erhöhte, ohne sie auch nur einen Moment stocken oder*

schwanken zu lassen, begann auf einmal, während seine Körperempfindung immer feiner und „substanzloser" wurde, dieser heilige Nada auf eine höchst ungewöhnliche Weise in seinen Ohren zu vibrieren, mit unglaublicher Stärke und Intensität in seinem Kopf dröhnend, wie er es nie zuvor erlebt hatte. Plötzlich wurde er mit ungeheurer Kraft und erstaunlicher Geschwindigkeit zum Scheitel seines Schädels gesogen. Gleichzeitig fühlte er, dass sich seine Stirne von innen öffnete und die Sicht seiner beiden Augen innen mit dem Zentrum seiner Stirn verschmolz.

Zur selben Zeit hatte er das starke und merkwürdige Gefühl, gestorben und zur URSPRÜNGLICHEN QUELLE zurückgekehrt zu sein. Auch wurde er von der unaussprechlichen Empfindung ergriffen, in das GROßE GANZE eingetaucht zu sein, und es war, als ob er das rätselhafte Geheimnis hinter dem Leben, den Sternen und dem UNIVERSUM entdeckt und verstanden habe. Es herrschte eine unermessliche ewige Stille, von einer Beschaffenheit, die in dieser Welt unbekannt ist.

Sein Körper erschien ihm mehrere Tage lang unglaublich leicht und frei, als ob er in Äther umgewandelt worden sei. Etwas von dieser Empfindung ist stets bei ihm geblieben. Er erlebte auch einen seltsamen und undefinierbaren Zustand des Wohlbefindens, gebadet in eine unsagbare innere Ruhe, eine unbeschreibliche Zufriedenheit und ein Gefühl der Liebe, wie er es bis dahin nie gekannt hatte, begleitet von einer tiefen Zärtlichkeit im Sonnengeflecht.

Als er später versuchte, das seltsame Geheimnis des Lebens, der Sterne und des UNIVERSUMS, das er entdeckt hatte, in Worte zu fassen, sah er sich dazu außerstande, obwohl die Wirklichkeit dieses geheimnisvollen Verstehens ihn von diesem Tage an stets begleitete.

Im Laufe dieser außergewöhnlichen spirituellen Erfahrung erhielt er einen Vorgeschmack vom Zustand nach dem Tod und ein subtiles Wissen darüber, das er nicht sofort verstand – ein subtiles Wissen und ein höheres Verständnis, die schweigend in ihm wuchsen und mit jeder Meditation klarer, tiefer und bekräftigender wurden.[8]

Von diesem entscheidenden Tag an sah Salim sein Dasein radikal verwandelt. Seine Gedanken und Gefühle flossen in eine völlig neue Richtung und sein Lebensziel änderte sich von Grund auf. Er sah die Welt aus einer anderen Perspektive und in einem völlig neuen Licht. Außer der Musik, verloren all die Dinge, die ihn vorher interessiert

---

[8] Kapitel 40

hatten und ihm vorher so wichtig erschienen waren, plötzlich jede Bedeutung.

Nach diesem, für ihn äußerst wichtigen Ereignis, verspürte er ein großes Bedürfnis, sich jemandem anzuvertrauen, und in seiner großen Einsamkeit sprach er mit einigen Leitern der Gurdjieff-Gruppen über diese Erfahrung. Da diese niemals eine derartige Erfahrung gemacht hatten, wurden sie durch Salims Bericht irritiert. Sie kamen zu dem Schluss, dass er sich auf einem gefährlichen Weg befinde, und rieten ihm davon ab, seine Meditationen und die Art Konzentrationsübungen, die er praktizierte, fortzusetzen. Er war über ihre Reaktion sehr überrascht und verletzt.

Da diese Leute eine verwirrende Sicherheit zeigten, geriet er immerhin ins Wanken; er begann, an sich zu zweifeln, und folgte leider schließlich ihrem Rat. Er unterbrach für eine gewisse Zeit einen Teil seiner spirituellen Übungen; weil er aber ein unbezwingliches Bedürfnis verspürte, damit fortzufahren, entschied er sich schließlich, seine Meditation wieder aufzunehmen, entschlossen, sich künftig niemand mehr anzuvertrauen und bezüglich der spirituellen Erfahrungen niemanden mehr um seine Meinung zu fragen.

Die Evangelien, Christuserfahrungen

Man kann sich kaum vorstellen, dass jemand in unserem Kulturkreis die Evangelien nicht kennt. Salim jedoch entdeckte sie erst im Alter von dreiunddreißig Jahren, nachdem er die oben beschriebene spirituelle Erfahrung gemacht hatte. Es war Padre Strover, der, nachdem er erstaunt vernommen hatte, dass er keinen dieser heiligen Texte kenne, ihm diese in Form von vier einzelnen Büchlein geschenkt hatte. Salim hatte die kleinen Schriften mehr als zehn Jahre aufgehoben, ohne sie zu lesen. Eines Tages schaute er hinein, ohne zu wissen, was ihn dazu veranlasste.

Aufgrund seines fehlenden Schulunterrichts hatte Salim beim Lesen immer die größten Schwierigkeiten. An diesem Tag machte er sich also daran, die Evangelien zu entdecken. Er kam mehrmals auf dieselben Sätze zurück, um zu versuchen, deren Inhalt zu erfassen. Als er auf die Worte CHRISTI stieß: „Ich und der Vater sind eins", fühlte er sich plötzlich erschüttert und begann zu weinen, ohne zu

109

verstehen, warum. Er war vom Drama der Kreuzigung tief beeindruckt und musste anschließend unaufhörlich daran denken.

Einige Tage später, als er tief konzentriert und innerlich versunken in seiner Meditationshaltung saß, verlor er vollständig seine Individualität, so wie er sie vorher gekannt hatte, um in einen unbeschreiblichen Seinszustand verwandelt zu werden, den er später als geheimnisvollen Zustand ohne Form bezeichnete. Plötzlich erschien ihm CHRISTUS in Form einer leuchtenden Silhouette, die in ihn eintrat. Es war, als ob er, seine Individualität verlierend, wunderbarerweise CHRISTUS geworden sei.

Salim erkannte, dass es unmöglich ist, Erfahrungen zu beschreiben, die nichts mit dem Bezugssystem der greifbaren Welt gemeinsam haben. Als er einige Augenblicke später zu seinem gewöhnlichen Seinszustand zurückkehrte, war er in höchstem Maß bewegt. Er konnte jedoch nicht umhin, sich zu fragen, ob er nicht Gegenstand einer Halluzination geworden sei, und ob er sich das, was geschehen war, nicht eingebildet habe. Er verbrachte ein paar Tage in einem Zustand unbeschreiblichen Wohlbefindens, der sich leider zunehmend verflüchtigte. Nun war er tief deprimiert.

Nach ungefähr zehn Tagen, in denen er sich immer wieder geprüft hatte, ohne jedoch die Bedeutung dieser mystischen Erfahrung zu verstehen, wiederholte sich plötzlich die gleiche, unglaubliche Erfahrung während seiner Meditation mit noch größerer Kraft, wie um seine Zweifel zu zerstreuen und ihn der Wirklichkeit dessen, was geschehen war, zu versichern, ihn völlig erschüttert zurücklassend. Von diesem Augenblick an wurde Salim fast drei Monate lang völlig schlaflos. Es gelang ihm einfach nicht mehr zu schlafen, ohne dass er deswegen aber Müdigkeit verspürte, und er profitierte davon, indem er praktisch Tag und Nacht meditierte.

Durch diese erstaunliche Erfahrung erkannte er, dass der Mensch nur dann, wenn er in einem Moment intensiver Konzentration dahinkommt, seine gewöhnliche Individualität zu verlieren, sein WAHRES ICH in sich entdecken kann, mit anderen Worten, seine GÖTTLICHE NATUR, seine CHRISTUS- oder BUDDHA-

NATUR. Er verstand gleichfalls, dass die Kunst eine wichtige Rolle zu spielen hat, um in der Menschheit, die sonst unter ihrer gewohnten Unwissenheit begraben bliebe, ein erhabenes Streben zu entzünden. Indessen kann die Kunst diese Funktion nur in dem Maß erfüllen, wie der Künstler bei seinen Schöpfungen selbst etwas von dieser HÖCHSTEN WAHRHEIT berührt. So versuchen manche Buddha-Statuen, die eine unpersönliche Glückseligkeit spiritueller Natur ausstrahlen, bei dem, der sie betrachtet, einen Widerhall und den Wunsch zu erwecken, diesen unaussprechlichen Frieden, der nicht von dieser Welt ist, selbst zu spüren.

Mit der Zeit erkannte Salim, dass jede dieser außergewöhnlichen Erfahrungen, die er während seines Lebens hatte machen dürfen, ihm zu einem immer größeren spirituellen Verständnis verholfen hatte. Wenn er aber dieses Verständnis einmal gewonnen hatte, war es ihm nicht mehr notwendig, diese Erfahrungen in gleicher Weise wiederzufinden. „Das ist der Grund", sagt er, „warum sich im Allgemeinen diese kraftvollen Erfahrungen niemals exakt oder zumindest selten auf die gleiche Weise wiederholen."

Obwohl er damals beschlossen hatte, über seine spirituellen Erfahrungen Schweigen zu bewahren, fühlte er sich in jener Zeit dermaßen alleine, dass er den Fehler machte, zu gewissen christlichen Freunden über die Erscheinung CHRISTI zu sprechen. Diese versicherten ihm ohne Umschweife, dass sich CHRISTUS auf keinen Fall einem Nichtchristen offenbaren könne! Ihre Worte machten ihn tief traurig.

Spirituelle Arbeit auf einem anderen Niveau

Nachdem er eine Offenbarung seiner WAHREN IDENTITÄT, seiner BUDDHA-NATUR, gehabt hatte, fühlte Salim, dass die verschiedenen Mittel, die er bis dahin angewendet hatte, nicht mehr geeignet waren. Er musste von nun an in erster Linie versuchen, seiner selbst bewusst und mit seiner INNEREN QUELLE verbunden zu bleiben. Er hatte klar den ERHABENEN ASPEKT seines Wesens erkannt, dem er sich zuwenden musste, und hatte ebenfalls wahrgenommen, welche Seite seiner Natur es war, die beseitigt werden musste und von der er immer wieder ablassen musste, um diesem GÖTTLICHEN LICHT in sich zu erlauben, weiterhin zu erstrahlen. Er fühlte sich von einer höheren Intuition geleitet, wobei er spürte, dass die Bemühungen, die von nun an von ihm gefordert wurden, von einer völlig anderen Beschaffenheit waren. Dies war der Beginn einer spirituellen Arbeit auf einem ganz neuen Niveau.

Er musste zwei Richtungen gleichzeitig einschlagen: nach oben, zu dem LICHT, das er in sich gefunden hatte, und, wenn er wollte, dass sich in seinem Wesen eine Wandlung vollziehe, nach unten, in die dunklen Tiefen seines gewöhnlichen Ich. Er verstand, dass die Entdeckung des ERHABENEN in ihm nicht benutzt werden durfte, um sich selbst zu entfliehen, sondern als Mittel, um sich in der Reinheit dieses blendenden Lichtes als der zu sehen, der man ist.

„Er merkte, dass er, während er innerlich für diesen HÖHEREN ASPEKT seines Wesens gegenwärtig war, sich unter dessen unnachgiebigem Blick nicht mehr auf die gleiche Weise verhalten konnte, wie wenn er sich in seinem gewohnten Seinszustand befand. Alle die Dinge, die er dachte, sagte und tat, wenn er in seine übliche Verfassung der Unachtsamkeit versunken war, waren in einem Zustand des Selbsterinnerns und der Bewusstheit seiner selbst undenkbar. Er nahm wahr, dass er, solange er sich seiner selbst bewusst und innerlich mit seinem HÖCHSTEN WESEN verbunden war, nicht imstande war, anders als in Übereinstimmung mit diesem HEILIGEN ZEUGEN zu handeln. Seine Gedanken, Worte und Taten wurden unweigerlich von einem höheren Wissen und einem ganz besonderen Verständnis, das sich daraus ergab, beeinflusst und geleitet, was ihn bei der Berührung mit der Außenwelt mit Mitgefühl erfüllte und ihm die Gefühle, Probleme und Leiden der Anderen bewusst machte. Und er entdeckte, dass er, sobald er sich wieder selbst vergaß und sich damit innerlich von seiner WAHREN QUELLE abschnitt, einmal mehr begann, sich wie jedermann zu verhalten, nämlich aus seinem gewöhnlichen Selbst heraus, mit dessen Ängsten und Begierden."

Denn, wie machtvoll seine unumkehrbare Erfahrung auch gewesen war, „stellte Salim fest, dass es in Wirklichkeit überaus schwierig war, in diesem UNAUSSPRECHLICHEN ASPEKT seiner Natur gegenwärtig zu bleiben und diesen im aktiven Leben länger als für einen kurzen Moment in seiner reinsten Form aufrechtzuerhalten, bevor er wieder überwältigt und begraben wurde von den Anforderungen und dem Druck der irdischen Daseinsbedingungen, die weiter blind Priorität beanspruchten."

Madame Seu

Salim Lebenssituation war äußerst unsicher. Seine Gesundheit, geschwächt durch die leidgeprüften Jahre, die er in der Armee verbracht hatte, verschlechterte sich kontinuierlich. Er machte in Paris die Bekanntschaft eines Arztes, der sich ihm gegenüber sehr freundlich zeigte, obwohl er vor seinem Fall ebenso ratlos stand, wie seine Londoner Kollegen. Er sagte zu Salim, dass man, da sein Körper sichtlich versuche, etwas auszuscheiden, was er nicht vertrage, vielleicht in dessen Sinne arbeiten und diese immer wiederkehrenden Durchfälle mit Hilfe von Medikamenten künstlich auslösen könne. Da Salim nicht wusste, was er tun sollte, um Linderung zu finden, ging er auf den Vorschlag ein und machte für ungefähr neun Monate täglich diese Radikalkur, leider ohne Erfolg! Im Gegenteil, er wurde ziemlich geschwächt, und seine Knie begannen infolge von Wasseransammlungen so anzuschwellen, dass er sie nicht mehr abbiegen konnte. Schließlich erreichte er einen Punkt, an dem er nicht einmal mehr gehen konnte, und sah mit Schrecken den Moment kommen, wo er behindert sein würde. Was würde er, der schon so viele Schwierigkeiten hatte zu überleben, tun, wenn er gehbehindert würde? Dieser Arzt, der ein sehr gutherziger Mensch war und von ihm nie ein Honorar verlangte, versicherte ihm, um ihn zu beruhigen, dass das Wasser nach einigen Monaten der Ruhe schließlich ausgeschieden werden würde. Trotzdem riet er ihm, einen Platz zu finden, wo er betreut werden konnte.

Salim fühlte sich völlig alleine und ratlos; er wusste nicht, wie er es anstellen sollte, in ein Pflegeheim zu kommen, dessen Kosten er gar nicht hätte tragen können. In den Gurdjieff-Gruppen hatte er eine Musikerin, Nelly Caron, kennengelernt, und zum Glück kannte sie eine sehr religiöse Dame im gesetzten Alter, Madame Seu, die ihn aufsuchte und sich sofort großzügig bereit erklärte, ihm in ihrer Wohnung in der Rue Saint Dominique Gastfreundschaft zu gewähren.

Aufgrund der Tatsache, dass er Komponist war, traf Salim auf seinem Weg mehrmals musikliebende Menschen, die sich natürlich für ihn interessierten und ihm unverhofft Hilfe brachten.

Er konnte sein Bett etwa neun Monate lang nicht verlassen, in deren Verlauf er, wie später im Einzelnen zu sehen sein wird, das musikalische Werk schrieb, das er als sein bedeutendstes ansah: eine Messe für gemischte Chöre, zwei Streichorchester, Celesta, Harfe, Glockenspiel und Schlaginstrumente. Er widmete sie dem Arzt, der in dieser schwierigen Zeit selbstlos regelmäßig bei ihm vorbeischaute, um ihm Spritzen zu geben und Medikamente zu verabreichen. Dieser dehnte seine Großzügigkeit sogar soweit aus, ihn auch später unentgeltlich zu behandeln, und Salim bekundete ihm gegenüber immer eine tiefe Dankbarkeit.

In dieser schweren Zeit versuchte Salim ständig, Wege zu finden, etwas Geld zu verdienen, um Madame Seu nicht zur Last zu fallen. Durch Vermittlung von Nelly Caron fand er schließlich ein paar Leute, die ihr Englisch vervollkommnen wollten. Seine Kenntnis dieser Sprache war, obgleich weit davon entfernt, perfekt zu sein, doch besser als die ihre, und außerdem war seine Aussprache ausgezeichnet. Daher kamen sie gerne zu ihm, um sich mit ihm zu unterhalten. Sie versammelten sich ein- oder zweimal in der Woche um sein Bett, und, sich an die Märchenerzähler der Straßen von Bagdad erinnernd, erzählte er ihnen Geschichten von Mullah Nasrudin und Märchen aus „Tausendundeine Nacht".

Er empfand eine tiefe Dankbarkeit Madame Seu gegenüber, die ihn mit solcher Großzügigkeit in ihrer Wohnung aufnahm. Er tat alles, was in seiner Macht stand, um sie nicht zu stören. Wie der Arzt ihm versprochen hatte, schwollen seine Knie allmählich ab und seine Beweglichkeit kehrte zurück. Sobald er in der Lage war aufzustehen, bereitete er sich seine Mahlzeiten selbst zu, wobei er große Sorgfalt darauf legte, die Küche in einem einwandfreien Zustand zu hinterlassen. Er achtete auch darauf, dass sein Zimmer nie in Unordnung war, und bemühte sich, seinen Lebensrhythmus so anzupassen, dass er seine Gastgeberin so wenig wie möglich mit seiner Anwesenheit belästigte.

Da die Wohnung groß genug war und sein Zimmer weit genug von Madame Seus Zimmer entfernt war, die außerdem tagsüber auswärts arbeitete, konnte er Violine spielen, ohne sie zu stören. Es war ihm möglich, mehrere Jahre bei seiner großherzigen Wohltäterin zu wohnen, bis zu dem Moment, als sie sich entschloss, ihre Wohnung zu verkaufen, um in ein Kloster einzutreten.

Eine zarte Beziehung. Freunde in der Einsamkeit.

Seit dem Tod seiner Freundin in London lebte Salim in einer großen emotionalen Einsamkeit, unter der er enorm litt. Um das Jahr 1955 begegnete er einer jungen Frau, für die er eine innige Liebe empfand. Sie liebte sehr die klassische Musik, interessierte sich aber zu Salims großem Bedauern nicht für eine spirituelle Suche. Sie besuchte ihn regelmäßig in der Rue Dominique. Zwei Jahre nach ihrer Begegnung verlor sie ihre Arbeit in Paris und musste nach Südfrankreich gehen, um sich dort wieder ihrer Familie anzuschließen. Ihre Beziehung brach in diesem Stadium ab und Salim, der sie sehr lieb gewonnen hatte, war über die Trennung sehr traurig.

Er nahm sein einsames Leben wieder auf, und trotz seiner starken Bedürfnisse auf der Gefühlsebene blieb er viele Jahre alleine, denn er wusste, dass es ihm in Zukunft nicht mehr möglich sein würde, sich an jemanden zu binden, der nicht das gleiche spirituelle Streben mit ihm teilte.

Ein wohlgesinnter Freund, der sich der Schwierigkeiten bewusst war, mit denen Salim kämpfte, lud ihn ein, mit ihm einige Ferientage zu verbringen. Er richtete es so ein, dass eine junge verwaiste Musikerin, die sich auch zur Spiritualität hingezogen fühlte, ebenfalls anwesend war. Dank des Vermögens, das sie von ihrem Vater geerbt hatte, verfügte sie über einen gewissen finanziellen Wohlstand und hätte Salim bei seinen täglichen Schwierigkeiten helfen können. Für ihn kam es jedoch nicht in Frage, sich mit einer Frau aus eigennützigen Motiven zu verbinden. Später versuchten auch andere Freunde, ihn dazu zu bewegen, eine vorteilhafte Ehe einzugehen, aber er weigerte sich immer.

Zu sehr von seinem künstlerischen Schaffen und seinen spirituellen Übungen in Anspruch genommen, um wertvolle Zeit zu verschwenden, hatte er wenige Freunde. Herr Adie, den er in London kennengelernt hatte und der das Instrument der Vorsehung gewesen war, indem er in ihm den Wunsch nach einer spirituellen Suche geweckt hatte, versäumte nie, ihn zu besuchen, wenn er nach Paris kam. Er schätzte Salims Musik sehr und war ihm eine große moralische Hilfe.

Kurze Zeit nach ihrer Begegnung in England, hatte sich in seiner rechten Lunge eine Krebsgeschwulst gebildet; man hatte ihn operieren und diesen Lungenflügel entfernen müssen. Um seinen geschwächten Zustand auszugleichen, hatte er gelernt, alle seine Gesten zu verlangsamen und mit seinen Worten sparsam umzugehen, auf eine Weise, die Salim sehr beeindruckte.

Ohne dass Salim ihm davon erzählte, erriet er, mit welchen finanziellen Schwierigkeiten dieser zu kämpfen hatte. Er tauchte manchmal unerwartet bei ihm auf und entführte ihn in ein gutes Restaurant, wo er darauf bestand, dass er ausgiebig esse. Eines Tages schenkte er ihm ein kleines Radio. Wenn Salim genügend Geld hatte, um Batterien zu kaufen, konnte er nun Musik hören – was seine einzige Ablenkung darstellte. Da die Batterien nicht lange reichten und teuer waren, brachte Herr Adie ihm manchmal einen großen Beutel davon mit, und Salim war diesem Mann, der so gut verstand, was ihm wichtig war, tief dankbar.

George Adie war für Salim wie ein Vater geworden. Wenn er sah, wie mager und erschöpft Salim war, beschloss er hin und wieder, ihn für drei oder vier Wochen in die Ferien mitzunehmen, sei es nach Südfrankreich oder nach London zu seiner Familie, wo er ihn nötigte zu essen, damit er wieder zu Kräften käme. Salim spielte mit Frau Adie, die eine ausgezeichnete Musikerin war, gerne Sonaten für Violine und Piano. Einmal organisierte sie sogar ein öffentliches Konzert, in dessen Programm sie seine Sonate und eine weitere von Thomas de Hartmann vorstellten, die beide großen Erfolg hatten.

Während seiner Londoner Aufenthalte kam sein Gastgeber, der oft Schmerzen hatte und schlecht schlief, manchmal mitten in der Nacht, wenn er Licht in Salims Zimmer sah, um sich mit ihm zu unterhalten und sich abzulenken; tatsächlich verbrachte Salim nachts manchmal lange Zeit in der Meditation. Bei einer dieser Gelegenheiten, als sich beide in der Küche zu einer Tasse Tee trafen, berichtete Salim ihm von der spirituellen Erfahrung, über die er unglücklicherweise schon zu anderen gesprochen hatte. Aber George Adie verstand es zuzuhören; er zeigte sich beeindruckt, nickte ab und zu bedächtig mit dem Kopf oder schwieg einfach und kommunizierte mit seinem Kameraden spirituell, einzig durch seine aufmerksame Anwesenheit, was für diesen ein großer Trost war.

Frau Caron bewunderte Salims Musik außerordentlich und half ihm wiederholt, einige seiner Werke für kleines Ensemble oder seine Sonaten aufzuführen. Sie spielte selbst Klavier sowie ein relativ neues

Instrument, genannt 'Ondes Martenot', benannt nach seinem Erfinder Maurice Martenot. Auf ihre Bitte hin schrieb Salim für dieses neue Instrument einige Stücke, die sie mehrmals mit Erfolg zu spielen Gelegenheit hatte.

Durch die Vermittlung dieser Freundin machte er die Bekanntschaft Manfred Kelkels, eines sehr sensiblen saarländischen Komponisten, der in seiner Jugend während des Krieges viel gelitten hatte. Beide verbanden sich bald in einer tiefen Freundschaft.

Salim sah in Manfred Kelkel sofort einen Komponisten von großem Talent, und dieser erkannte seinerseits in Salim einen Instrumentator von großer Feinheit. Da er Direktor eines Musikverlages war und mit anderen Verlegern in Kontakt stand, hatte Manfred Kelkel vor, in Zusammenarbeit mit Salim (der seine Musik immer mit seinem ersten Vornamen Edward signierte) eine Abhandlung über Orchestrierung zu schreiben. Aber leider sah sich Salim außerstande, eine Arbeit von solchem Format zu beginnen, die von ihm eine literarische Technik erfordert hätte, die er nicht besaß. Das Projekt wurde daher fallen gelassen.

Das musikalische Hauptwerk Salims: Seine Messe – 1956

Die unerwartete, spirituelle Erfahrung, die er mit der Vision CHRISTI gemacht hatte, erweckte in Salim ein starkes Bedürfnis, mit Musik nicht nur etwas von dem andächtigen Zustand, den er fühlte, auszudrücken, sondern auch sein Entzücken für dieses UNSICHTBARE UNIVERSUM, das unendlich wirklicher war als das greifbare und welches das begrenzte Wissen, das die Sinne für gewöhnlich übermitteln, radikal in den Schatten stellte.

So fühlte er sich, er wusste nicht, von welcher Kraft, die ihn überstieg, getrieben, eine Messe zu schreiben. Da er kein Latein verstand und die Aussprache nicht kannte, bat er Madame Seu, ihm zu helfen, einen Priester zu finden, der sich bereiterklärte, ihm den Ablauf der katholischen Liturgie zu erklären. Der Geistliche, der ihn aufsuchte, fragte ihn neugierig, warum er eine Messe schreiben wolle, da er nicht einmal Christ sei! Arglos berichtete Salim ihm nun von seinen spirituellen Erfahrungen sowie von der heiligen Vision, die er von CHRISTUS gehabt hatte und die ihn so erschüttert hatten. Wie seine anderen christlichen Freunde erklärte ihm der Priester unfreundlich, dass es ganz unmöglich, ja undenkbar sei, dass ein Nicht-Christ eine solche Gnade erfahren dürfe. Salim war durch eine solche Reaktion ein weiteres Mal tief schockiert – besonders, weil sie von jemand kam, der angeblich ein Gottesmann war.

Salim stieß im Laufe seines Lebens mehrmals auf das Unverständnis und die Intoleranz von Menschen verschiedener Glaubensrichtungen und religiöser Konfessionen. Aufgrund dieser Erfahrungen, von denen hier nur einige Vorfälle unter vielen genannt werden, befasste er sich in seinen Büchern mit den Schäden, die blinder Glaube überall in der Welt anrichten kann!

Die Arbeit, seine Messe niederzuschreiben, begann. Die Inspirationen überkamen ihn in einem ununterbrochenen Strom. Indessen, nach der Inspiration begann, wie er sagte, eine langwierige Arbeit, um seinem Werk ins Leben zu verhelfen. Er musste darum kämpfen, seinen anfänglichen, schöpferischen Eingebungen so treu wie möglich zu bleiben.

Neun Monate später war die Messe vollendet, und wie immer hatte Salim es eilig, seine neue Schöpfung Nadia Boulanger zu zeigen. Deshalb vereinbarte er ein Treffen mit ihr, sobald seine Knie ihm wieder erlaubten zu gehen. Da er tiefe Achtung vor ihr hatte, nahm er alles, was sie auf dem Gebiet der Musik an Ansichten oder sogar an Betrachtungen über das Leben im Allgemeinen äußern mochte, sehr ernst.

Nadia Boulanger prüfte sehr aufmerksam die Partitur, die er ihr vorlegte, indem sie Seite für Seite las und ab und zu ausrief: „But, it's so honest, it's so honest!" (Das ist ja so ehrlich, so ehrlich!). Schließlich bat sie Salim zu seiner Überraschung, ihr die Partitur eine Zeit lang zu überlassen. Ein oder zwei Monate später nahm sie Kontakt mit ihm auf, um ihm zu erklären, dass sie seine Messe Henri Barraud (dem damaligen Generaldirektor von Radio France) gezeigt und ihm diese lebhaft empfohlen habe. Deshalb müsse in aller Eile das Material für das Orchester bereitgestellt werden, denn sein Werk solle über den Rundfunk ausgestrahlt werden.

Die Vorbereitung des Orchestermaterials stellte eine beträchtliche Arbeit dar, da es darum ging, die Stimmen der Instrumente und der Chöre getrennt in so vielen Exemplaren wie nötig zu kopieren, und da es das Verfahren der Photokopie damals noch nicht gab. Da er nicht die Mittel hatte, einen Kopisten zu bezahlen, nahm sich Salim selbst der Arbeit an. Er schrieb Tag und Nacht, um rechtzeitig fertig zu werden.

Am 26. September 1956 wurde ihm die unendliche Freude zuteil, seine Messe von dem Orchester Radio-France (später France-Musique), aufgeführt zu hören, dirigiert von Eugène Bigot. Da Salim kein bekannter Komponist war, hatte er leider nur auf ein Minimum an Proben ein Anrecht (drei im Ganzen, davon eine nur für die Chöre und zwei mit Orchester). Außerdem störte ein Streik, der Auswirkungen auf die Elektrizität hatte, eine der beiden Proben mit dem Orchester. Daher konnte das Werk mit den Chorsängern und den anderen Musikern letzten Endes nur zweieinhalb Stunden lang geprobt werden.

Bei dieser einzigen Generalprobe hatte Eugène Bigot seine Schüler aus dem Konservatorium mitgebracht. Während er fortfuhr, das Orchester zu dirigieren, erklärte er ihnen ab und zu mit überschwänglicher Begeisterung, was der Komponist getan hatte, um solch eine orchestrale Farbe, solch einen Effekt oder solch eine Mischung von ungewöhnlichen Harmonien zu schaffen. Sich manchmal Salim zuwendend, rief er ihm mit seiner Kopfstimme zu. „Nicht nur ein großer Musiker, sondern auch ein Poet!"

Die Messe wurde sehr gut aufgenommen, sowohl von der Kritik als auch vonseiten der Zuhörer. Dank Nelly Caron, die Personen in hohen Positionen bei der Rundfunkanstalt kannte, hatte Salim Zugang zum Hörprotokoll, das für die interne Verwendung bei Radio-France bestimmt war. Bei dieser Art von Dokument waren die Redakteure, die Musiker und die namhaften Kritiker, da die Anonymität gewahrt werden sollte, dazu angehalten, mit Initialen zu unterschreiben, die nicht die ihren waren, sondern einer von der Verwaltung festgesetzten Reihenfolge entsprachen. Dieser Bericht sagte unter anderem:

> „Die erstmalige Aufnahme eines Werkes von Edward Michael in das Programm des Radiosymphonieorchesters begründete eine kurze Präsentation (CC). Dieses aufrichtige und lebendige Werk ist gewinnend durch die Frische seiner Inspiration und durch eine glückliche Mischung aus Modernismus und Archaismus (CF); sein Stil ist einfach, direkt, originell, ohne Übertreibung (DF), die Orchestrierung sehr fein

im Kolorit (CC,DF). Die Chöre sind gut bearbeitet, in guter Stimmlage (CF). Dem Sanctus und dem Agnus Dei fehlt es weder an Größe noch an Tiefe noch an Charakter (CC,DF), und sie enthalten Momente authentischen Mystizismus (CC,DF), kommunikativen Gefühls (DF). Das Ganze ist musikalisch und gut gelungen (CC)."

Nelly Caron, die André Cadou, den Orchesterleiter der Musique de la Comédie Française, auf die Sendezeit von Salims Werk hingewiesen hatte, erhielt von ihm folgenden Brief:

„(...) Vielen Dank für den Hinweis auf die *Messe* von Edward Michael, die zur Mittagszeit gesendet wurde. Ich habe ihr mit so großer Aufmerksamkeit zugehört, dass ich gar nicht merkte, dass ich das ausgezeichnete Gericht zu genießen vergaß, das man mir serviert hatte (...) Sehen Sie darin keinen Vorwurf, auch kein Bedauern, sondern den Beweis, dass diese *Messe* durch ihre Aufrichtigkeit merkwürdig fesselnd ist. Und man empfindet da, was Sie 'Erhebung des Geistes' nennen. Daher vielen Dank."

Die gleiche Aufführung wurde einige Monate später ein zweites Mal übertragen.

Eugène Bigot beklagte sich als Orchesterleiter über die sogenannte „zeitgenössische" Musik, die zu dirigieren er manchmal gezwungen war. Er gestand Salim, dass er, genauso wie die Instrumentalisten des Orchesters, diesen Krach nicht liebe, aber aus der Notwendigkeit heraus, ihren Lebensunterhalt zu verdienen, waren die Musiker gezwungen, sich den Forderungen des Rundfunks zu beugen und zu spielen, was ihnen vorgeschrieben wurde. Nachdem sie Jahre damit verbracht hatten, die Technik ihres Instruments zu meistern, stimmte es sie traurig, z.B. ihre Violine oder ihr Violoncello umdrehen und auf den Resonanzkörper klopfen zu müssen, um der Inspiration gewisser moderner Komponisten zu genügen.

Im Laufe all dieser Jahre musste Salim feststellen, dass die moderne Kunst, sei es die Musik, die Architektur oder die Malerei, nicht mehr in der Lage war, Schönheit zu schaffen, denn, sagte er: „Der Schaffensprozess wird in Zukunft auf falschen Begriffen gründen. Tatsächlich muss ein Künstler, damit es ihm gelingen kann, eine Empfindung erhabener Natur zu vermitteln, dahin kommen, zumindest teilweise als begrenztes Individuum *zurückzutreten* – selbst wenn er es nicht bewusst wahrnimmt –, damit der HÖHERE Aspekt seiner Natur, der unpersönlich und ganz Vollkommenheit ist, ihn *als Kanal* benutzen kann! Außerdem ist es notwendig, dass der Künstler die Techniken und die Gesetze seiner Kunst meistert, um der Inspiration zu erlauben, sich in der Erscheinungswelt zu manifestieren. Nun aber versucht der zeitgenössische Künstler ganz und gar nicht, von etwas Höherem als er selbst zurückzutreten, dessen Existenz er nicht einmal ahnt. Im Gegenteil gibt er sich große Mühe, das auszudrücken, was er seine „Persönlichkeit" nennt, anders gesagt, den niederen und unvollkommenen Aspekt seiner Natur, was sich nur in einem Ergebnis kundtun kann, das nicht imstande ist, diejenigen zu erheben, für die es theoretisch bestimmt ist."

Was das betrifft, warnte Nadia Boulanger ihre Schüler vor dem Wunsch, „sich auszudrücken", sie sagte zu ihnen:

„Ihr werdet Lehrer sein, ihr werdet Ausführende sein. Wenn ihr Ausführende seid, werdet ihr in aller Aufrichtigkeit spielen, nicht um euch selbst auszudrücken, sondern um das Werk auszudrücken, nicht um zu versuchen zu sagen, meine Beethovensonate, mein Chopinscherzo, sondern *das* Scherzo, nicht einmal das von Chopin. Dieses Scherzo ist Chopin zum Schreiben gegeben worden, ein Stück, das keinen Chopin benötigt, um ein Meisterwerk zu sein, es ist dermaßen schön, dass es keinen Ausführenden mehr braucht, keinen Zuhörer, überhaupt nichts, es ist in der Luft, als ob es von Licht erstrahlte, und dann betrachten Sie es oder auch nicht."[9]

Weil sie wussten, dass Salim versuchte, seine Messe, die ihm besonders am Herzen lag, spielen zu lassen, rieten ihm Freunde, sich an einen Priester der Kirche Saint Eustache zu wenden, der selbst Komponist und für die Aufführungen religiöser Musik zuständig war. Ihm standen auch die notwendigen Chöre und Orchester zur Verfügung. Salim suchte ihn daher auf und ließ ihn eine private Aufnahme von seinem liturgischen Werk hören, eine Aufzeichnung der Aufführung im Radio. Der Geistliche, der wahrscheinlich fand,

---

[9] Aus dem Film: Nadia Boulanger – Mademoiselle, von Bruno Monsaigeon, siehe auch Fußnote 6

dass Salim nicht sehr europäisch aussah, empfing ihn zurückhaltend. Jedoch hörte er seine Aufnahme mit Interesse an, dann fragte er ihn: „Sie sind sicher katholisch?" Verlegen durch eine so unerwartete Frage, musste Salim gestehen, dass er es nicht sei. Der andere fuhr fort: „Aber sind Sie wenigstens Christ?" Als Salim ihm erneut eine verneinende Antwort gab, erwiderte der Priester, dass es ihm nicht möglich sei, in seiner Kirche eine Messe spielen zu lassen, die von einem Nichtkatholiken, ja sogar einem Nichtchristen geschrieben worden sei!

Nocturne. Der Lili Boulanger Preis.

Nach der Aufführung seiner Messe schrieb Salim eine Nocturne für Flöte solo und Orchester, die dank Manfred Kelkel Ende 1957 zum ersten Mal aufgeführt wurde. Zu diesem Anlass schrieb ihm Nadja Boulanger:

> „Mein lieber Freund,
>
> Sie können sich nicht vorstellen, wie glücklich ich bin, diese schöne und bewegende Nocturne gehört zu haben. So echt und verfeinert im besten Sinne des Wortes. Ich bedaure, es so eilig auszudrücken – ich bin wirklich überlastet – aber Sie hören und so werden Sie wissen, wie glücklich ich wirklich bin.
>
> Ich habe immer gewusst, dass Sie ein ‚Musiker' sind, aber hier offenbart sich ein neuer Aspekt ihrer Persönlichkeit. Das Orchester klingt so gut, und das erinnert mich an eine andere Partitur von Ihnen, dich ich in meinem Gedächtnis nicht einordnen kann. In die Traurigkeit, Sie nicht sehen zu können, mischt sich die Freude, eine neue Wende in ihrem Leben zu sehen, wie ich hoffe – die ersten Schritte sind die schwersten. Als Herr Barraud die Nocturne hörte, muss er sehr glücklich gewesen sein, sein Vertrauen in die Messe gesetzt zu haben.
>
> Ich gratuliere Ihnen und bin wirklich nicht überrascht, sondern sehr glücklich. Und mit meinen Wünschen sende ich ganz stark den Wunsch, Sie bald zu sehen.
>
> Wie immer,
>
> Nadia Boulanger, 15 Dezember 1957"

36. RUE BALLU. 9⁹
TÉLÉPH : TRINITE 57-91

My dear Friend

You can't imagine how happy I am to
have heard This moving + beautiful nocturne
So true and refined in the best sense of The
Word. Regret to say it so hastily – am really over-
worked – but, you _hear_ – + so you will know how
really I feel happy.

Have always known you are "a musician"
but here is a new aspect of your personality –
the orchestra sounds so well – + it reminds
me a score of you I cannot locate in my memory.

In The sadness of not seeing you is the joy
also to see a new turn, I do hope, of your
life – The first steps are the hardest. If
Mr Barraud has heard The nocturne he must
have been pleased to have shown his confidence
in the Mass –

I really congratulate you + am really,
not surprised but very happy – + with
my wishes, I send the wish very strong
to see you soon

As ever

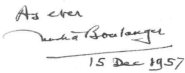
Nadia Boulanger

15 Dec 1957

Zusätzlich zu einigen Lektionen in Musiktheorie, die er Kindern in deren Wohnung gab (zu denen er sich meist zu Fuß begab, da er sich die Métro nicht leisten konnte), hatte er durch Beziehungen einige Ingenieure gefunden, deren Büro neben der Börse lag und die er jeden Freitag um die Mittagszeit aufsuchte, um sich mit ihnen auf Englisch zu unterhalten.

Eines Freitags, als er praktisch seit Tagen nichts gegessen hatte und nur noch drei Fahrscheine für die Métro besaß, machte er sich auf den Weg, um seinen Englischkurs zu geben, wobei er sich unruhig fragte: „Was soll ich tun, wenn sie mich heute nicht bezahlen?" Genau das geschah, als ihm einer am Ende des Kurses unbekümmert vorschlug: „Es macht Ihnen doch nichts aus, wenn wir das am nächsten Freitag regeln?" Zu schüchtern, um zu argumentieren, stimmte Salim zu, indem er mit dem Kopf nickte. Darauf nahm er die Métro, um heimzufahren. Er wusste, dass er, wenn nicht ein Wunder geschah, nicht hoffen konnte, das Geld aufzutreiben, um sich vor Ablauf einer Woche etwas zu essen zu beschaffen. Merkwürdig resigniert gab er sich in die Hände der GÖTTLICHEN VORSEHUNG.

Zu Hause angekommen, zog die Ecke eines Umschlags, der ein wenig unter seiner Tür hervorlugte, seine Aufmerksamkeit auf sich. Überrascht zu sehen, dass er aus den Vereinigten Staaten kam, wo er niemanden kannte, öffnete er ihn und las:

„Lieber Herr Michael,

anlässlich der Jahresversammlung der Stiftung hat das Komitee gestern beschlossen, in diesem Jahr einen zusätzlichen Verdienstpreis zu vergeben, und ich habe das Vergnügen, Ihnen mitzuteilen, dass sie einer der beiden Komponisten sind, die ausgewählt wurden, sich diesen Preis zu teilen.

Jeder von Ihnen wird die Summe von 150 Dollar erhalten und der Schatzmeister wird Ihnen den Betrag überweisen, sobald Sie mich wissen lassen, in welcher Form Sie ihn erhalten möchten. Die Jury setzte sich zusammen aus Nadia Boulanger, Aaron Copland, Alexei Haieff, Walter Piston und Igor Strawinsky, welche die Sieger bestimmten. Mit meiner persönlichen Gratulation und meinen besten Wünschen, hochachtungsvoll

Ihr Winifred H. Johnstone,

Sekretär der Stiftung Lili Boulanger."

```
           Lili Boulanger Memorial Fund, Inc.
                  122 Bay State Road
                  Boston 15, Mass.

                              March 19th. 1958.


Mr. Edward Michael
117 rue Saint Dominique
Paris 7.

Dear Mr. Michael:

The Board of Trustees voted yesterday, at the
Annual Meeting of the Fund, to make an additional
"Award of Merit", for this year only, and I have
great pleasure in informing you that you are one
of the two composers chosen to share this prize.
Each one will receive the sum of one hundred and
fifty dollars, - $150. - and the Treasurer will
forward you this amount as soon as I hear from
you in what form it would be best to send it to
you.

The Board of Judges consists of Nadia Boulanger,
Aaron Copland, Alexei Haieff, Walter Piston and
Igor Stravinsky, who recommended the prize-winning
scores.

        With my personal congratulations and all
best wishes.

                         Sincerely yours,

                         Winifred H. Johnstone
                         Secretary L.B.M.F.
```

125

Entgegen der Ankündigung einer späteren Aushändigung des Geldes war dem Brief ein Scheck im Wert von 150 Dollar beigefügt.

Tief bewegt und glücklich, diesen Preis für seine Nocturne für Flöte und Orchester gewonnen zu haben, benützte Salim den letzten Métrofahrschein, um schnell das Geld von der Bank zu holen, gerade noch vor Schalterschluss! An diesem Abend war er so töricht, sich ein Festessen zu leisten, das ihn leider ein paar Stunden später sehr krank machte. Das erste, was er am nächsten Morgen tat, war, sich eine Menge Notenpapier à 32 Zeilen zu kaufen, um eines seiner Orchesterwerke niederschreiben zu können, das mangels passenden Papiers nur in einem skizzenhaften Zustand verblieben war.

Dieses unverhoffte Manna, zusammen mit einigen Lektionen über die Grundlagen der Musik, half ihm, mehrere Monate ohne allzu große Sorgen zu leben. Es war nicht nur ein finanzieller Segen, sondern auch eine moralische Unterstützung für ihn zu sehen, dass gerade ihm unter zahlreichen Teilnehmern dieser Preis verliehen worden war. Wie bei seiner Messe, hatte Nadia Boulanger ihn gebeten, die Partitur behalten zu dürfen, ohne ihm den Grund zu verraten. Als er diesen unerwarteten Brief erhielt, merkte er, dass sie die Initiative ergriffen hatte, sein Werk bei diesem Wettbewerb einzureichen. 1952 hatte er dank eines Freundes, der ihn über das Bestehen des Wettbewerbes Vercelli informiert hatte, schon einmal einen Preis davongetragen, und zwar mit der musikalischen Bearbeitung eines Psalms aus dem Alten Testament für Männerchor.

Ohne die Unterstützung Nadia Boulangers wäre es Salim nicht gelungen, seine Werke zur Aufführung zu bringen. Tatsächlich blies seit dem Kriegsende ein Wind des Modernismus durch die Musik, die immer atonaler und arrhythmischer wurde. Unter den einflussreichen Personen in der Musikwelt, sei es im Prüfungskomitee des Radios, unter den Verlegern oder unter den Kritikern, waren die meisten Anhänger der seriellen Musik.[10] Daher traf Salim auf einen starken Widerstand vonseiten dieser Leute, die ihm vorwarfen, dass seine Musik immer noch tonal sei. Dieser Antagonismus konnte sich mit der Zeit nur verstärken, da die sogenannte zeitgenössische Musik jede Schöpfung, die eine klassische Form bewahrte, hinwegfegte und es immer seltener wurde, dass ein Autor überhaupt Noten schrieb!

---

[10] Siehe die Fußnote über serielle- und Zwölftonmusik auf S. 160

Wenn ein Komponist eines seiner neuen Werke bekannt zu machen wünschte, wollte es der Brauch, dass er es dem Prüfungsausschuss des Rundfunks vorlegte. Wurde es angenommen, musste er einen Orchesterleiter finden, der sich bereit erklärte, es ins Programm eines seiner Konzerte aufzunehmen. Und wenn die Kritiker eine günstige Meinung abgaben, dann willigten die Musikverleger vielleicht ein, die Partitur zu drucken und sich im Prinzip auch um die Promotion zu kümmern.

Nun sah Salim seine Kompositionen vom Prüfungsausschuss systematisch abgelehnt. Als er jedoch 1958 seine „Nocturne für Flöte solo, Celesta, Harfe und Orchester", die gerade den Prix Lili Boulanger gewonnen hatte, als ein Werk präsentierte, das in einem Wettbewerb ausgezeichnet worden war, in dessen Jury Igor Stravinsky vertreten war, war es schwierig für den Ausschuss, es nicht zu berücksichtigen, obwohl es nicht seinem Geschmack entsprach.

Nach dieser Sendung griff er zu einer List, damit einige seiner anderen Orchesterwerke gespielt würden, indem er sie für die Zeit ihrer Aufführung in „Nocturne" umbenannte. Jedoch konnte er diese Methode nicht unendlich oft anwenden und er stieß weiterhin auf die größten Schwierigkeiten, seine Musik bekannt zu machen, selbst wenn sie von der Öffentlichkeit sehr gut aufgenommen wurde, wenn es ihm gelang, sie spielen zu lassen.

1954, vor der Aufführung seiner Messe und der Verleihung des Lili Boulanger Preises für sein Nocturne, hatte Salim mit Hilfe des Arztes, der ihn so aufopfernd behandelt hatte und der ihm zu diesem Anlass sein sehr geräumiges Wartezimmer zur Verfügung gestellt hatte, ein privates Konzert organisieren können, um einige Werke seiner Kammermusik vorzustellen. In dem Trio für Violine, Bratsche und Cello übernahm Salim selbst den Violinpart. Unter den geladenen Gästen befand sich der Musikkritiker Jean Hamon, der in der Zeitschrift „Combat", Juni 1954, folgenden Bericht schrieb:

„Ich würde gerne auch ein Wort über einen jungen Komponisten sagen, der durch seine Mutter orientalischer Herkunft ist: Monsieur Edward Michael! Dieser ist kaum 35 Jahre alt, und ich hörte seine Kammermusik zum ersten Mal. Wir, die wir vielleicht an die hundert Leute waren, hatten die Offenbarung eines Musikers! Es gibt da einen bemerkenswerten Versuch der Integration orientalischer

Tonleitern in die abendländische Musik mit allem, was das an Geschmeidigkeit, Farbe und neuem Ausdruck mit sich bringen kann; aber über das hinaus, was nichts als ein raffinierter Exotismus sein könnte, übersetzte Edward Michael die tiefen Bewegungen einer Seele, die besonders auf die Höhen der philosophischen und religiösen Meditation gerichtet war, einer Seele auf der Suche nach Reinheit, von unendlicher Zartheit und lebendigem Frieden. Das schließt weder die Melancholie noch die Verzweiflung der Kreatur im Kampf für ihr Ideal aus, die unter ihren Niederlagen leidet und Gott anfleht, ihr zu Hilfe zu kommen, während sie sich ihm voller Hoffnung sanft anvertraut.

In der „Elegie" und der „Prière" für Ondes Martenot, in den „Trois Rituels" für zwei Ondes und Tamburin oder im Lento des Trios für Violine, Bratsche und Cello gibt es Inspirationen, die Sie heftig ergreifen, findet sich diese besondere Gemütsbewegung, von der man weiß, dass sie aus der Schönheit herrührt.

Es gibt junge Instrumentalisten und andere, berühmte, die für ihr Repertoire nach Werken von Qualität suchen: sie werden Besseres als das bei Edward Michael finden. Wie wäre es mit einem öffentlichen Konzert, wo jeder selbst urteilen kann?"

Aber eine gute Kritik und wohlwollende Reaktionen der Öffentlichkeit bildeten noch lange nicht die geeigneten Grundlagen, um das Kräfteverhältnis umzukehren, das sich unaufhaltsam zugunsten der modernen Musik etabliert hatte.

„Kamaal"

Nach seiner Messe verspürte Salim den dringenden Wunsch, einen musikalischen Einblick in eine mystische Suche zu geben, und zwar durch eine Erzählung für Kinder, die er sich ausdachte und „Kamaal" nannte – nach dem Namen seines jungen Helden, der vielen Widrigkeiten trotzt, bevor er die Blume der Unsterblichkeit findet. Herr Adie half ihm, den Text auf Englisch abzufassen, und Frau Caron übersetzte ihn mit Hilfe einer Freundin, Frau Villequez, ins Französische. Später übernahm der Bruder von Manfred Kelkel die deutsche Version und eine Dame seiner Bekanntschaft die italienische. Die Erzählung war eigentlich dazu bestimmt, ein symphonisches Werk mit Rezitation zu werden.

Nachdem der Text erstellt war, machte Salim sich daran, die Musik zu komponieren. Indessen, aufgrund der Länge des Werkes wurde das Papier oft knapp. Daher sah er sich jedes Mal, wenn er durch das Unterrichten eines Kindes in der Musiktheorie oder im Klavierspiel etwas Geld verdienen konnte, vor dem schmerzlichen Dilemma: Essen oder Notenpapier. Da die Inspiration ihn mit gebieterischer Eindringlichkeit rief, war es meistens das Notenpapier, das den Sieg über die Nahrung davontrug. Denn sobald er ein Werk begann, ergriff ihn die Inspiration und es lief immer der gleiche Prozess ab: es war ihm nicht mehr möglich, an sich, ans Essen oder an irgendetwas anderes zu denken, bis zu dem Moment, als das Werk endlich das Licht der Welt erblickte.

Sobald die Musik zu Kamaal beendet war, stattete er Nelly Caron einen Besuch ab und spielte ihr einige Passagen auf dem Klavier vor. Sehr bewegt durch die Schönheit seiner neuen Schöpfung fragte sie ihn, ob es ihm möglich sei, eine gekürzte Fassung für Ondes Martenot, Flöte und Klavierquartett zu schreiben. In diesem Fall würde sie sich dafür einsetzen, Interpreten zu finden und das Werk in das Programm eines öffentlichen Konzertes aufzunehmen. Salim zögerte, ein Werk, das für Orchester konzipiert war, für ein kleines Ensemble umzuschreiben, aber es war für ihn eine Gelegenheit, seine Musik bekannt zu machen, die er nicht verstreichen lassen konnte. Er führte daher die Kürzung schnell durch, in der Absicht, die Partitur in dieser vereinfachten Form gleich nach der Aufführung zu vernichten (was er tatsächlich tat). „Kamaal" in der gekürzten Form wurde 1958 unter der Leitung seines Autors vorgestellt. Das war ein großer Augenblick für Salim; sein Werk wurde von der Öffentlichkeit sehr gut aufgenommen und wurde Gegenstand einer äußerst günstigen Kritik in der Zeitschrift „Musique", Mai 1958, die sagte:

„Das Wort Offenbarung, so oft strapaziert, erhält seine volle Wahrheit und Reinheit wieder, wenn man die Werke Edward Michaels hört, dessen musikalische „Gegenwart" unbestreitbar ist. Dieser sympathische Künstler muss über den Satz Platons meditiert haben: 'In der Kunst muss der Künstler immer das Ideal des Schönen gegenwärtig halten.' Die Pariser Presse hat schon ausgezeichnet von diesem Komponisten gesprochen, dessen im Radio gesendete Messe warmen Beifall von begeisterten Musikliebhabern erhielt. Dieses Jahr stellte Herr Michael einem zahlreichen und begeisterten Publikum „Kamaal" vor, eine märchenhafte Erzählung. Ein sehr fesselndes Werk, voller glücklicher, persönlicher Einfälle; der Autor wusste eine geschickte und subtile Atmosphäre eindringlicher Poesie zu schaffen. Ein Text, der mit dem Herzen geschrieben wurde und das Herz des Zuhörers berührt.

Man muss der Karriere von Herrn Michael, der in Amerika den Lili Boulanger Preis bekam, mit Aufmerksamkeit folgen; sie hält sicher sehr glückliche Überraschungen bereit."

Musik für die Gurdjieff-Gruppen

Nach der Ausstrahlung seiner Messe 1956, interessierten sich die Leiter der Gurdjieff-Gruppen für Salim. Als Thomas de Hartmann (den Salim in London getroffen hatte und der die Musik für die Gruppen schrieb) starb, schlugen sie ihm vor, seinen Platz einzunehmen. Er komponierte daher im Laufe der Jahre über siebzig Klavierstücke für sie. Diese Stücke waren dazu bestimmt, die komplizierten Bewegungen, genannt „heilige Tänze", zu begleiten, deren Ziel es ist, dem Ausführenden zu helfen, seine Aufmerksamkeit zu trainieren und konzentriert zu bleiben. Damit diese Bewegungen nicht in Vergessenheit gerieten, machten die Gruppen private Filmaufnahmen davon. Die Musik für vierzehn dieser Tänze wurde im Wesentlichen von Salim komponiert und bei den Dreharbeiten von ihm selbst auf dem Klavier gespielt; auf der Grundlage dieser Aufzeichnungen wurden mehrere kommerzielle Schallplatten produziert. Diese Arbeit brachte ihm eine wertvolle finanzielle Hilfe in Zeiten, wo er sie bitter nötig hatte.

Auch 1957 bat man ihn, eine beschreibende Musik für Chöre und Orchester für eine Radiosendung zu schreiben, die auf Georges Iwanowitch Gurdjieffs Buch *'Beelzebubs Erzählungen für seine Enkel'* basierte. Damals leider sehr missverstanden, löste das Werk Gurdjieffs eine leidenschaftliche Opposition von religiöser Seite aus, und auch Salim entging dieser Intoleranz nicht. Nach der Sendung erhielt er Drohbriefe von an die fünfzig Personen, die ihm vorwarfen, dass er sich bereit erklärt hatte, bei der Durchführung

130

dieses Vorhabens, das sie als „teuflisch" bezeichneten, mitzuwirken. Trotz der Probleme, die dieser Vorfall ihm bei späteren Kontakten mit dem Rundfunk bereitete, bedauerte Salim nicht, diesem Projekt seine Unterstützung gegeben zu haben.

Was die Gurdjieff-Gruppen betrifft – deren äußerste Ernsthaftigkeit und Aufrichtigkeit er immer betonte – war es ihm, obwohl er ihnen gegenüber stets eine tiefe Dankbarkeit für die Hilfe empfand, die er von ihnen erhalten hatte, aufgrund seines orientalischen Temperaments und seiner tief hingebungsvollen Natur niemals möglich, sich in ihr Gedankensystem zu integrieren oder sich ihre Herangehensweise an eine spirituelle Arbeit zu eigen zu machen.

Er konnte eine spirituelle Suche nicht mit dem Intellekt angehen und hatte große Verständigungsschwierigkeiten mit manchen Leuten der Gruppe, die seine fehlende Schulbildung und seine Schwierigkeiten, sich im äußeren Leben zurechtzufinden, als einen Mangel seiner Übungspraxis empfanden.

Der Ruf Indiens

Aus einem geheimnisvollen Grund, der nicht allein aus der Tatsache erklärt werden kann, dass er eine indische Großmutter hatte, hörte Indien nicht auf, Salim auf eine ganz besondere Weise anzuziehen. Ungefähr 1947, kurze Zeit nach Kriegsende, hatte er in London zum ersten Mal Gelegenheit gehabt, einer Vorstellung des indischen Tanzes beizuwohnen. Er vergaß niemals das unbeschreibliche Gefühl, das die Darbietung des großen indischen Tänzers Ram Gopal in seinem Wesen geweckt hatte – eine Empfindung, die ihm damals ein Rätsel gewesen war. Es war, als ob die Heraufbeschwörung Indiens in ihm schwer fassbare Erinnerungen wiederbelebte, die ihn sonderbar beunruhigten.

Nachdem er Herrn Adie begegnet war und in Ouspenskiis Werk „The New Model of the Universe" über Hatha-Yoga gelesen hatte, hatte er sich anhand von Buchillustrationen daran gemacht, einige Stellungen auszuführen. Er setzte seine Übungen nach seiner Ankunft in Paris fort. 1955 lernte er durch Nelly Caron jemanden kennen, der viele Jahre in Indien, vor allem in Madras, verbracht hatte und der Hatha-Yogakurse gab. Salim lernte bei ihm einige neue Asanas sowie Pranayamaübungen (kontrollierte Atemübungen).

Dieser Mann war ihm gegenüber sehr wohlwollend und ließ sich, da er bald Salims finanzielle Schwierigkeiten bemerkte, seine Lektionen nicht mehr bezahlen. Er lud ihn manchmal sogar zu sich zum Mittagessen ein. So bekam Salim die Gelegenheit, die indische Küche zu kosten, für die er schwärmte.

Eine der beiden Töchter seines Hatha-Yogalehrers praktizierte genau den gleichen Tanztyp Südindiens wie Ram Gopal: den Bharata-Natyam. Da sie sah, wie Salim an allem, was diese Region der Welt berührte, und besonders am Tanz und der Musik interessiert war, schlug sie ihm vor, einmal für ihn zu tanzen. Bei diesem Anlass fühlte sich Salim erneut von unerklärlichen Gefühlen überwältigt, die ihm wie ein geheimnisvoller Ruf erschienen, dessen Bedeutung er nicht fassen konnte. Er kehrte beunruhigt nach Hause zurück; der heilige Charakter dieser Tänze löste in ihm rätselhafte Gefühle aus, die ihm merkwürdig vertraut schienen und ihn doch verwirrt zurückließen. Es war, als ob er sie unbegreiflicherweise bereits kannte und sie in einer weit zurückliegenden Zeit schon erlebt hatte; aber wann, wo und unter welchen Umständen...?

Indien tauchte nun immer häufiger in seinem Geist und in seinem Leben auf und weckte in ihm den drängenden Wunsch, sich dorthin zu begeben. Er hatte jedoch nicht einmal genügend Geld, um von einem Tag zum anderen zu leben, wie konnte er da eine solche Reise ins Auge fassen? Er musste noch viele Jahre warten, bevor diese schmerzliche Sehnsucht, die er nach diesem Land fühlte, endlich gestillt wurde.

Anhaltende Gesundheitsprobleme

Nach den Schwierigkeiten, die ihn zu Frau Seu geführt hatten, hatte Salim nach und nach den Gebrauch seiner Beine wiedererlangt, aber seine Gesundheit blieb sehr anfällig und seine Darmprobleme wurden so akut, dass er sich mehrmals nach England begeben musste, um sich dort zwei oder drei Monate, manchmal sogar länger, stationär behandeln zu lassen.

Diese Aufenthalte waren für ihn sehr unangenehm, denn er fand sich in Gemeinschaftssälen mit manchmal fünfzehn oder zwanzig Kranken wieder, die stöhnten oder den ganzen Tag ununterbrochen schwatzten und nachts schnarchten – ganz zu schweigen vom Radio, das dauernd billige Musik sendete. Er fand sich unter Bedingungen, die die Meditation besonders schwierig machten. Da die spirituelle Arbeit seine Sensibilität, die von Natur aus schon außergewöhnlich war, noch mehr entwickelt hatte, litt er enorm unter dem engen Zusammenleben, das alle die schlechten, mit dem Krieg verbundenen Erinnerungen in ihm wachrief.

Bei diesen Klinikaufenthalten versuchten die Ärzte, die Ursache für seine akuten Durchfälle und Darmkrämpfe herauszufinden, aber stets vergeblich. Wenigstens aß er mehr und kam trotz seiner verschiedenen Probleme wieder etwas zu Kräften. Nach seiner Rückkehr nach Frankreich begann er wieder, Musik zu schreiben und nach Mitteln zu suchen, sie aufzuführen.

Hatha-Yoga als Praxis

Salim versuchte, seine Asanas (Stellungen des Hatha-Yoga) so regelmäßig wie möglich durchzuführen, was seinem Körper zweifellos enorm half, ja ihm vielleicht sogar erlaubte zu überleben. Er machte sich klar, dass es sicher interessant sei, den technischen Aspekt der Körperstellungen des Hatha-Yoga zu meistern, um seine Gesundheit zu verbessern, dass dies aber am Wesen der Sache vorbeiging. Denn das Wichtigste war der innere Zustand, in dem er die Stellungen ausführte. Anders gesagt, er fühlte die zwingende Notwendigkeit, innerlich intensiv gegenwärtig zu sein, wenn er an seinen Asanas arbeitete.

Seine gesamte Praxis war gegründet auf die klare Unterscheidung zwischen seinem gewöhnlichen Bewusstseinszustand (in dem der innere Raum seines Wesens für gewöhnlich von der Musik, aber auch, wie bei jedermann, von allerlei Bildern, Gedanken und automatischen Assoziationen in Bezug auf die Vergangenheit und die Zukunft eingenommen war) und einem höheren Zustand reinen Bewusstseins, der durch Konzentration in der Gegenwart zugänglich wurde und der jenseits von Form, Zeit und Raum ist. Salim erläuterte später seinen Schülern, dass, die ersten Anzeichen dieses Zustandes in sich zu erkennen, für den Aspiranten den Anfang des Weges darstelle und er von da an wissen werde, in welche Richtung seine Aufmerksamkeit und seine Bemühungen gelenkt werden müssen

Er erkannte, dass eines der Haupthindernisse, das den Aspiranten davon abhält, diese Selbstgegenwärtigkeit aufrechtzuerhalten, die fehlende Einheit der drei Teile seines Wesens ist, nämlich von Körper, Geist und Gefühl. Ohne es zu merken, ist man ständig in einem Zustand der Zerrissenheit; der Körper geht mit seinen Bedürfnissen ständig in die eine Richtung, der Geist wandert zwischen allen möglichen Sorgen und inneren Gesprächen hin und her und das Gefühl ist meistens abwesend. Damit eine spirituelle Praxis bessere Chancen hat, zu etwas zu führen, ist es von großer Hilfe, diese drei Aspekte von sich zu vereinen, um sie als Einheit arbeiten zu lassen. Der Körper soll sich durch Empfinden und Entspannen beteiligen, der Geist durch die Aufmerksamkeit auf eine Stütze und das Gefühl durch einen Zustand der Achtung und der Ehrfurcht vor dem, was man in sich zu erreichen sucht.

Diese Vereinigung der drei Aspekte seines Wesens hatte Salim schon als Solist praktiziert, wenn sein Körper den technischen Aspekt des Instrumentes meistern musste, der Geist sich an Tausende von Noten des gespielten Werkes erinnern musste, ohne sich einen einzigen Moment zu erlauben, an etwas anderes zu denken, und sein Gefühl von der Musik erhoben wurde und damit sein Interesse kontinuierlich aufrechterhielt. Er wusste aus Erfahrung, was es heißt, bei dem, was man tut, ganz zu sein, und in welchem Maß man dann Ressourcen in sich findet, was den großen Künstlern erlaubt, Wunderwerke zu vollbringen.

Er fragte sich daher, wenn er sich plötzlich an sich selbst erinnerte und feststellte, dass er wieder einmal innerlich in einen Schlaf gefallen war, welcher seiner Aspekte diesen Fall verursacht hatte. War es sein Körper, der seine Aufmerksamkeit durch seine ständigen Bedürfnisse gefordert hatte? War es sein Geist, der ihn weit weg von sich in die Vergangenheit oder in die Zukunft getragen hatte? Oder war es sein Gefühl, das schwächer geworden war? Er erneuerte unablässig seine Bemühung, sich zu *einen*, um sich wieder in einem Zustand des Seins und des Bewusstseins zu etablieren, der sich von seinem gewöhnlichen Zustand unterschied.

Langsames Gehen

Die Tatsache, dass er alleine war, ohne Meister und ohne Bücher, da er nicht las, stellte für Salim eine größere Prüfung dar. Sicher, er hatte

Freunde in den Gurdjieff-Gruppen, aber sie konnten ihm nicht helfen, denn seine Meditationsübungen, die Mittel, die er verwendete, besonders der innere Ton, aber auch all die Übungen, die er sich ausdachte und die Erfahrungen, die er dank der Intensität seiner Konzentration machte, hatten keinen Bezug zu Gurdjieffs Arbeit. Er fühlte sich daher völlig alleine, ohne äußere Unterstützung.

Wenn er sich während seiner täglichen Meditationen auf den Nada konzentrierte, auf diesen Ton, den er im Inneren seiner Ohren und im Kopf hörte, dem er noch die körperliche Empfindung und die Atmung hinzufügte, stieg er tief in sich selbst hinab; eine feine ätherische Energie breitete sich sanft in seinem ganzen Wesen aus, die Empfindung von sich selbst und sein Bewusstsein auf wundersame Weise umwandelnd. Diese außergewöhnliche Empfindung von der Durchsichtigkeit des Seins und des Bewusstseins brachte ihm eine Glückseligkeit ohnegleichen und unbeschreiblichen Frieden. Der Nada vibrierte mit seinem geheimnisvollen Lied im Inneren seines Kopfes und dieser schien merkwürdig durchsichtig zu werden, während sich sein Bewusstsein in alle Richtungen ausdehnte. Dieser erhabene Nada sang mit solch überirdischer Schönheit und Eindringlichkeit in seinen Ohren, dass der gesamte Kosmos mit ihm zu klingen schien. Nichts anderes schien zu existieren außer diesem rätselhaften Gesang des GÖTTLICHEN, der aus all den subtilen Harmonien und Ultratönen der mystischen Welt zusammengesetzt ist, die für immer im unendlichen Raum schwingen.

Indessen, selbst wenn er in bestimmten privilegierten Momenten seiner Meditation sehr hohe Bewusstseinszustände berührte, musste er zugeben, dass er, sobald er in die äußere Welt zurückkehrte und mit anderen Personen in Kontakt trat, fast sofort einen Großteil der positiven Wirkungen verlor.

Er konnte feststellen, dass er in seiner Meditation umso weiter kommen konnte, je mehr es ihm gelang, im aktiven Leben auf eine Weise seiner selbst bewusst zu sein, die für ihn unüblich war. Und umgekehrt, je mehr sich seine Meditation vertiefte, ihn immer subtilere und ätherischere Zustände erleben lassend, desto mehr konnte er während des aktiven Lebens zu sich selbst zurückkommen – das eine beeinflusste das andere. Es war ihm immer als offenkundig erschienen, dass man, wenn man seine Praxis auf einige Momente der

Meditation morgens und abends beschränkt, in gewisser Weise jedes Mal bei Null anfängt, ohne sich wirklich von sich selbst zu lösen, um den Geschmack von einem anderen Zustand des Seins und des Bewusstseins zu erfahren und zu verlängern.

Um diesen höheren Zustand der Bewusstheit seiner selbst in der Bewegung auf die Probe zu stellen und dahin zu kommen, ihn auch während der Tätigkeiten im äußeren Leben zu erzeugen, begann er, zwischen zwei Meditationen langsames Gehen zu praktizieren, wobei er unwissentlich eine klassische buddhistische Praxis wiederfand. Dieses Gehen übte eine besonders beruhigende Wirkung aus, auf der körperlichen wie auf der geistigen Ebene, und entwickelte sich in der Folge zu einer Einleitung für die Sitzmeditation. Es ging darum, seine Aufmerksamkeit fest auf die Bewegung seiner Füße gerichtet zu halten, sich jeden Sekundenbruchteil des Ortes bewusst, an dem sich der Fuß befand, der gerade den Boden verlassen hatte, und ihm ununterbrochen aufmerksam zu folgen, während er sich durch die Luft bewegte, bis er erneut den Fußboden berührte. Seine Aufmerksamkeit wandte sich nun unverzüglich dem anderen Fuß zu und folgte wachsam dessen Bewegung von dem Augenblick an, wo er vom Boden abhob, bis zu dem Moment, wo er ihn wieder aufsetzte. Wenn seine Konzentration sehr stark und ausdauernd wurde, wunderte es sich über die Intensität und die Kraft, mit denen der Nada im Inneren seiner Ohren vibrierte, ihm großmütig helfend und in ihm den Wunsch entfachend, noch größere Anstrengungen zu unternehmen.

Arbeit im Leben – Auf seine Stimme hören

Außer den Stunden in der Musiktheorie, die er Kindern gab, fand Salim von Zeit zu Zeit Arbeit als Kopist, die darin bestand, die verschiedenen Instrumentalstimmen, die für die Aufführung eines Orchester- oder Chorwerkes nötig waren, einzeln zu kopieren, und zwar in so vielen Exemplaren wie benötigt. In jener Zeit, als es noch keine Fotokopie gab, war das eine minuziöse Arbeit, die eine anhaltende Aufmerksamkeit erforderte, wenn man keine Fehler machen wollte. Die Aufgabe konnte mehrere Stunden am Tag beanspruchen, und das über Wochen, ja sogar bis zu einem Monat. Um sich in dem, was er tat, nicht zu verlieren und die Arbeit für seine

Übungspraxis zu nutzen, bemühte sich Salim, gleichzeitig sein linkes Bein und seine Hand zu spüren, während er schrieb. Das erlaubte ihm, ohne Anspannung oder unnötige Müdigkeit zu arbeiten. Er war glücklich, diese Arbeit zu machen, denn er sah sie nicht als beschwerlich an und hatte nicht den Wunsch, sie schnell hinter sich bringen zu wollen, wie das die allgemeine Tendenz ist.

Indem er versuchte, seinen Zustand des Gegenwärtigseins im tätigen Leben zu festigen und zu erhöhen, gab sich Salim eine spirituell anspruchsvolle Übung, die ihm größten Nutzen brachte, nämlich ununterbrochen auf den Klang seiner Stimme zu hören, wenn er zu anderen sprach. Es ging darum, auf den Klang an sich zu hören und nicht auf die Stimme im Allgemeinen. Er versuchte, in keiner Weise in den Klang seiner Stimme einzugreifen oder ihn absichtlich zu verändern. Er bemühte sich geduldig und unvoreingenommen zu hören.

Dank dieser besonderen Arbeitsweise konnte er direkte Einblicke in die Seite seiner selbst haben, die für gewöhnlich sprach, sowie in den Aspekt, mit dem er sich normalerweise identifizierte. Er war manchmal erstaunt, ja sogar schockiert, im Klang seiner Stimme die Veränderungen von Tonhöhe, Tonfall und Betonung zu hören, die seine Gefühle enthüllten, die er in diesem Augenblick heimlich in sich hegte. Jedes Mal, wenn er abrupt aus diesem Zustand des Selbstvergessens zurückgerufen wurde, sah und verstand er sofort besser, in welchen Aspekt seiner selbst er wieder eingeschlafen war und welche Seite seiner Natur wieder einmal das Ruder übernommen hatte, indem sie in seinem Namen gesprochen und auf seine Kosten gehandelt hatte, ohne dass er sich dessen bewusst gewesen war.

Eines Tages merkte er, dass seine Stimme von selbst eine andere Klangfarbe angenommen hatte, eine spezielle Klangfarbe, die sich erstaunlich wahr, ruhig und natürlich anfühlte. Es gab keinen Irrtum oder Zweifel, als das stattfand. Denn in diesem Moment fühlte er sich merkwürdig getrennt und entfernt von seiner Stimme, die einen neuen und authentischen Klang hatte; sie schien aus einem anderen Teil seines Wesens aufzusteigen, aus den Tiefen seines Solarplexus vibrierend.

Wirklich geteilt – Konzentrationsübungen, die der Meditation vorausgehen

Trotz der transzendenten Zustände, die er erreicht hatte, stellte Salim noch Widerstände gegen die ständigen Verzichte fest, die von ihm verlangt wurden. Während er meditierte, kamen ihm die wunderbarsten Inspirationen, die Musik rief ihn, er musste sie niederschreiben! Anders gesagt, er war geteilt, und wie er später zu seinen Schülern sagte: „Wirklich geteilt"!

Wie sollte er in der Gegenwart bleiben, leer und verfügbar für das, was ihn innerlich rief? Salim hatte verstanden, dass man die Anstrengung immer „jetzt" machen muss und nicht warten darf, bis sich die inneren und äußeren Umstände ändern, dass sich die Transformation seiner selbst im selben Augenblick vollzieht und niemals gleich oder morgen. Er brauchte Hilfsmittel. Er erfand – oder erinnerte sich aus einer unzugänglichen Vergangenheit an sie – spezifische Konzentrationsübungen, die gleichzeitig Körper, Geist und Gefühl mobilisierten (und von denen er mehrere in seinen Büchern beschrieben hat). Diese führte er in seinem Zimmer während einer genügend langen Zeit mit all der Intensität aus, deren er fähig war, bevor er sich der Meditation widmete, um eine Reinheit des Bewusstseins und eine innere Stille wiederzufinden, von denen er wusste, dass sie zum HEILIGEN gehörten.

Er fühlte sich dann von einer ungewohnten Gegenwart erfüllt, die ihn auf eine andere Ebene versetzte, jenseits von Zeit und Raum, wo die absolute Bewegungslosigkeit des EWIGEN SEINS regierte. Der Nada hallte in ihm auf eine so spektakuläre Weise, dass er ihm nicht nur den Eindruck vermittelte, den Gesang des UNIVERSUMS in seinem Wesen zu hören, sondern dieser geheimnisvolle Ton gab ihm auch das unbeschreibliche Gefühl, die Schwingung einer weiten ewigen Stille zu hören.

Beobachten der Gedanken als Meditation

Manchmal, wenn ihm das Meditieren zu schwer fiel, kam er auf die Beobachtung der Gedanken und Bilder zurück, die sich in seinem Geist erhoben, ohne sich zu erlauben, sich damit zu identifizieren. Sobald er seinen Geist nach innen wandte, um seine Gedanken zu sehen und zu versuchen, sie zu fassen, entdeckte er nur Phantome und nichts Greifbares, an dem er sich festhalten konnte. Seine Gedanken verschwanden augenblicklich im Nichts, an ihrer Stelle nichts als eine geheimnisvolle Leere zurücklassend. Er erkannte, dass er eine subtile Waffe entdeckt hatte, die hochwirksam und erstaunlich einfach war und mit der er sich durch geduldiges und wiederholtes Üben schließlich aus dem Gewirr und der Tyrannei seiner gewöhnlichen Gedanken befreien und zu höheren Sphären des Geistes aufsteigen konnte.

Indem er fortfuhr, so einfach und so ruhig wie möglich immer tiefer in sich selbst zu tauchen, dabei weiter seine aufeinanderfolgenden Gedanken betrachtend, beruhigten sich diese soweit, dass der Raum, der sie voneinander trennte, immer weiter und augenfälliger wurde. Während er seine Aufmerksamkeit auf diese Lücke oder diese Leere fixierte, die jeden Gedanken und jedes Bild vom nächsten trennte, und während er versuchte, deren Dauer zu verlängern, fühlte er eine ganz außergewöhnliche innere Stille und einen erhabenen Frieden in sich entstehen, jenseits von allem, was man gewöhnlich erfahren kann. Dieser Zustand erschien ihm wie ein göttlich-kosmischer Balsam, der sein ganzes Wesen sanft mit einer unbeschreiblichen heiligen Heiterkeit durchflutete. Was zunächst nur eine einfache Leere zu sein schien, war tatsächlich von der unendlichen Ausdehnung eines unpersönlichen, hochsubtilen BEWUSSTSEINS erfüllt, ein geheimnisvoller unsichtbarer „Beobachter", der schweigend Zeuge war.

In gewisser Weise kann dieser ungewohnte Bewusstseinszustand, wie er es später beschrieb, mit einem durchscheinenden Himmel verglichen werden, ohne hier oder dort, ohne oben oder unten – ein klarer, durchscheinender und unermesslicher Himmel, der nicht länger von Wolken, Vögeln oder was auch immer durchquert wird. Ohne es vorher gewusst zu haben, verdankte er dessen wohlwollender Gnade seine Existenz, seine Intelligenz sowie die ständige Belebung und Erhaltung seines Lebens.

Ihm wurde nach und nach klar, dass ihm diese Praxis, abgesehen von den erhöhten Zuständen, die er durch diese Form der Meditation berühren konnte, erlaubte, sich mehr und mehr der Gedanken und Ideenassoziationen bewusst zu sein, die in ihm während des Tages abliefen.

Spirituelle Träume. Die verschiedenen Traumkategorien.

Es war damals, dass Salim mehrere besondere Träume hatte, die für ihn unbestreitbar spiritueller Natur waren und die ihm wertvolle Hinweise in Zeiten seines Lebens brachten, in denen er deren Hilfe am meisten bedurfte. Diese Träume kamen im Allgemeinen sehr früh am Morgen, wenn er im Begriff war aufzuwachen. Die, von denen hier berichtet wird, werden nur als Beispiele gegeben, denn es gab noch viele andere.

Im ersten Traum befand er sich in einem weiten Saal, der durch hohe Fenster zu seiner Linken erleuchtet wurde. In einem Winkel vor ihm befand sich ein Bett. Darauf lag ein ziemlich alter spiritueller Meister. Dieser Meister hatte die Größe eines Kindes. Er war wie CHRISTUS gekreuzigt und rang auf seinem Kreuz mit dem Tode. An diesem Ort herrschte eine Atmosphäre intensiven Leidens. Es war Salims Aufgabe, sich um den sterbenden Menschen zu kümmern, und er fühlte tiefen Schmerz mit ihm. Durch die große Türe, die sich hinter ihm öffnete, hörte er eine große Menge, die sich nicht um den Schmerz des Gekreuzigten kümmerte und unaufhörlich schwatzte. Nach und nach drang die Menge in den Saal ein, den sie schließlich völlig einnahm. Salim versuchte vergeblich, das sinn- und ziellose Geschwätz zu unterbrechen. Er fühlte traurig sein Unvermögen, dieser Menschenmasse die Schwere des Dramas, das sich gerade abspielte, begreiflich zu machen.

Hier endete der Traum. Tief erschüttert von dem Eindruck, den dieser in ihm hinterlassen hatte, rätselte Salim noch lange über dessen Bedeutung. Er erkannte, dass der Gekreuzigte in Wirklichkeit er selbst war oder vielmehr der höhere Aspekt seiner Natur und dass die lärmende Menge aus verschiedenen Persönlichkeiten zusammengesetzt war, die, wie bei jedem Menschen, seinen Geist bevölkerten und eine Quelle ständiger Ablenkung waren. Dieses ganze innere Geschwätz und die nutzlosen Gedanken hinderten ihn daran, auf sein Ziel zentriert zu bleiben, anders gesagt, sie hinderten ihn daran, sich mit dem GÖTTLICHEN ASPEKT seiner Natur wieder zu vereinen, der in ihm solange gekreuzigt bleiben musste, bis er das Mittel fand, diese Störungen zum Schweigen zu bringen.

Ein anderes Mal hatte er einen Traum, der ihn stark beeindruckte. Er befand sich in einem tiefen Brunnen, dunkel und bedrohlich. Sehr hoch über sich nahm er ein helles Licht wahr, während um ihn herum Schlamm und Dunkelheit waren. Er fühlte sich verloren und ängstlich. Er rief nach Hilfe, um aus diesem Brunnen herauszukommen. Sogleich kamen zwei Arme ohne Körper herab; der eine hielt einen großen Hammer und der andere riesige Nägel. Die zwei Hände machten sich rasch ans Werk, indem sie alle fünfzig Zentimeter bis oben hin je einen Nagel in die Brunnenwand trieben, dann verschwanden die Arme.

Salim wachte sehr beunruhigt auf und versuchte besorgt, den Sinn des Traumes zu entschlüsseln. Erst viel später verstand er die Botschaft: es wurde ihm Hilfe gewährt, aber nur in einem gewissen Maß. Danach musste er seinen Teil an Anstrengungen machen, um die Sprossen zu erklimmen und das innere LICHT zu erlangen, nach dem er so glühend verlangte.

Im dritten Traum, den er in der gleichen Periode hatte, befand er sich in einer Kathedrale. Ein schwacher, bläulicher Schein fiel durch die Glasscheiben; es herrschte eine eigentümliche Atmosphäre. Zahlreiche Gräber waren im Kirchenschiff aufgereiht und ein großer Priester, bekleidet mit einem langen feierlichen Talar, wandte sich ernst an ihn; ohne Worte zu gebrauchen, sprach er ihn direkt im Geist an. Da es Salim nicht gelang zu begreifen, was er ihm mit ernster Miene mitzuteilen versuchte, hob jener nun den Arm, um ihn zu veranlassen, nach rechts zu schauen. Salim drehte ahnungsvoll den Kopf und sah etwas hinter sich ein nacktes Wesen, weder Mann noch Frau, aufrecht auf einer Grabplatte stehen. Was ihn überraschte, war, dass sich an Stelle des Kopfes ein Kreuz aus weißem Marmor befand. Während das geschlechtslose Wesen langsam in dem Grabgewölbe versank, um schließlich völlig zu verschwinden, gab das Marmorkreuz durch ein stetes, bestätigendes Nicken zu verstehen, dass das, was der Priester ihm zu vermitteln suchte, wahr und richtig sei und dass er es akzeptieren müsse.

Erst in Nachhinein verstand Salim den Sinn dieses geheimnisvollen Traumes. In einem unerwarteten Moment wurde ihm schlagartig klar, dass er, wenn er auf seinem spirituellen Weg vorankommen wollte, sich selbst sterben musste. Das Marmorkreuz an Stelle des Kopfes symbolisierte das, was fortwährend geopfert werden muss, mit anderen Worten, den Intellekt sowie die Vorstellung, die man sich von sich selbst macht.

Infolge verschiedener Erfahrungen, die er auf diesem Gebiet gemacht hatte, teilte Salim die Träume in drei Kategorien ein.

Die erste enthält alle gewöhnlichen Träume, die man haben kann und die aus den Einflüssen der Ereignisse hervorgehen, die man während des Tages, während der vorhergehenden Tage oder sogar in einer entfernteren Vergangenheit erlebt hat. Diese Träume können über verschiedene Aspekte in einem selbst Aufschluss geben, und es kann interessant sein, sie zu studieren. Es ist hauptsächlich diese Kategorie von Träumen, die Gegenstand der Deutungen der zeitgenössischen Psychologie sind.

Die oben berichteten Träume gehören der zweiten Kategorie an und sind von größter Bedeutung für einen Aspiranten, der sich auf einem spirituellen Weg befindet. Sie dienen dazu zu helfen, gewisse Schwierigkeiten zu überwinden, denen er auf seiner Suche begegnet, oder zu verstehen, welche Richtung er einschlagen muss, was er in seinem Zustand während des Tages aufgrund seiner Identifizierung mit den Anforderungen der Außenwelt nicht erfassen kann. Diese Träume stammen aus dem HÖHEREN Aspekt seiner Natur und hinterlassen in ihm immer den Eindruck eines tiefen Mysteriums, das ihn anregt, eindringlich nach deren Bedeutung zu fragen.

Schließlich existiert eine dritte Traumkategorie, die Salim in zwei unterteilt. Sie enthält auf der einen Seite die telepathischen Träume. Dieser Traumtyp ergibt sich aus dem Empfang von Gedanken oder Absichten in Bezug auf den Träumer, die eine andere Person ausgesendet hat. Er zeugt von einem Zustand besonderer Empfänglichkeit, der während des Schlafes eintreten kann. Man erhält z.B. einen Brief, dessen Inhalt einem schon im Traum eröffnet wurde; oder man bekommt Besuch von jemand, den man kennt oder noch nicht kennt, dem man aber bereits im Traum begegnet ist.

Auf der anderen Seite gibt es warnende Träume. So wird man schon einige Tage vorher vor jemandes Tod oder vor einer Gefahr gewarnt, die es zu vermeiden gilt. Es kann sogar geschehen, wie das in einem Beispiel, das noch geschildert werden wird, der Fall war, dass man von einem Ereignis träumt, das erst mehrere Jahre später eintreten wird. Und man wird sich dann bestürzt an denselben Plätzen wiederfinden, dieselben Gesten ausführen und dieselben Gefühle empfinden, die man im Traum lange Zeit vorher erlebt hatte.

Als Salim noch in Paris wohnte, hatte er einen sehr merkwürdigen Traum, der sich in drei Bildfolgen abspielte und ihn sehr verwirrt zurückließ. Zuerst ging er an der Seite einer jungen, blonden Frau auf einem gebirgigen Hochplateau; bei einer Gruppe von drei Bäumen angekommen, die sich vor dem Himmel abzeichneten, machte er mit der Hand ein Zeichen des Abschieds, während sie sich nach rechts entfernte. Dann fand er sich alleine, auf einer Klippe am Meeresufer entlang wandernd; er blickte zum Fuß der Klippe hinunter, wo drei große glatte Felsen aufragten, gegen die die Wellen brandeten. Eine eigentümliche Atmosphäre umgab die Szene. Er hob abrupt seinen Kopf, aber die Sonne blendete derart, dass er seinen Arm heben musste, um die Augen zu schützen. Die Kulisse wechselte erneut, und er ging nun auf einer Straße in einem westlichen Land, die immer nebliger, kälter und düsterer wurde; er fühlte sich so durchgefroren, dass er vehement ausrief: „Aber ich will hier nicht gehen, ich will da gehen, wo Sonne ist"

Die Jahre vergingen. Er befand sich in Indien, in Darjeeling, und ging neben der jungen Frau, die seine Gattin geworden war, über ein gebirgiges Hochplateau, als ihm plötzlich bewusst wurde, dass sie diejenige war, die in dem Traum vorgekommen war, den er vor mehr als neun Jahren in Paris geträumt hatte, drei Monate bevor er sie zum ersten Mal getroffen hatte. Und gleich darauf zeichneten sich die gleichen drei großen Bäume, die er im Traum gesehen hatte, vom Horizont ab!

Drei Wochen später, als er sich gerade in Pondycherry aufhielt, ging er, gequält von einer anstehenden Entscheidung bezüglich seiner Ehe, gedankenverloren am Rande einer Klippe entlang. Da fiel sein Blick aufs Ufer, wo drei mächtige, glatte Steinblöcke aufragten; überrascht, die Kulisse seines zweiten Traumteils wiederzuerkennen, hob er jäh den Blick, aber die Sonne war so stark, dass er die Augen mit Hilfe seines Armes schützen musste, und mit erstaunlicher Klarheit kam ihm nun die ganze Szene ins Gedächtnis zurück.

Etliche Monate später war er endlich für ein paar Wochen mit seiner Familie wiedervereint; er war bedrückt, Indien verlassen zu haben. Eines Tages beschloss er, etwas spazieren zu gehen. Es war ein eisiger Dezembermonat; er fand sich in dichten Londoner Nebel gehüllt, als er sich bestürzt an den letzten Teil seines Traumes erinnerte, während er sich verzweifelt sagte: „Ach, ich will nicht hierbleiben, ich möchte nach Indien zurückkehren, dahin, wo Sonne ist!" Es war, als ob er neun Jahre früher geheimnisvoll vor der Prüfung gewarnt worden sei, die er im Begriff war durchzumachen.

Salim sprach in seinen Büchern mehrmals von dem Zustand, in dem der Mensch während des nächtlichen Schlafes versunken ist und der sowohl auf den Zustand hinweist, in dem er sich nach dem Tode befinden wird (aber in einer ganz anderen Größenordnung) als auch auf eine andere Dimension, in der die Zeit für den Schläfer nicht mehr existiert.

Wenn man träumt, gehorcht die psychische Welt, in die man eingetaucht ist, nicht mehr den Regeln von Zeit und Raum des vertrauten Universums, das man im Tageszustand kennt. Die vorwarnenden und telepathischen Träume veranschaulichen die ungeahnten Möglichkeiten des menschlichen Geistes und seine rätselhafte Fähigkeit, die räumlich-zeitlichen Dimensionen, in denen der Mensch für gewöhnlich gefangen ist, zuweilen zu transzendieren.

Die Straße Cherche-Midi

Madame Seu, die einen sehr teuren Freund verloren hatte, beschloss 1958 überraschend, in ein Kloster einzutreten und diesem ihre Wohnung zu schenken. Salim sah sich daher mit der Notwendigkeit konfrontiert, einen anderen Platz zum Wohnen finden.

Er vertraute seine große Sorge Nelly Caron an, die ihrerseits seine Situation Frau Villequez schilderte (mit der sie den Text von Kamaal, Salims symphonischer Erzählung, ins Französische übersetzt hatte). Im anschließenden Gespräch erzählte Frau Villequez, als sie hörte, dass er praktisch ohne Ersparnisse sei und nicht wisse, wie er sich aus dieser schwierigen Lage befreien solle, Nelly Caron von einem kleinen Abstellraum, den sie im sechsten Stock des Gebäudes besaß, das sie in der Rue de Cherche-Midi bewohnte. Sie erklärte, dass sie glücklich sei, ihm diesen kostenlos zur Verfügung zu stellen, wenn er sich vorläufig damit zufrieden geben könne. Sie würde ihm auch ein Bett mit Bettwäsche und Decken bereitstellen. Salim nahm dieses Angebot bereitwillig an, das ihm wie ein Segen des Himmels zufiel.

Der Abstellraum war ungefähr zwei Meter siebzig lang und einen Meter fünfzig breit. Am Ende des Bettes war gerade Platz für einen

144

kleinen Stuhl und in einer Ecke lehnte an der Wand ein gewaltiger Stapel von Partituren der Orchestermusik, die Salim komponiert hatte, ein Stapel, der mit den Jahren höher als er selbst werden sollte. Der einzige Koffer, den er besaß und der seine Kleidung zum Wechseln enthielt, war unter dem Bett verstaut. Ein kleines Fenster, das einen Blick auf den Himmel frei ließ, öffnete sich zum Hof. Er hatte weder Wasser, noch Heizung, noch Elektrizität. Die Toiletten sowie ein Wasserhahn befanden sich auf dem Treppenabsatz. Trotz der Tatsache, dass sich die Bedingungen von dem Komfort, den er bei Frau Seu

Salim in der Rue du Cherche-Midi

gekannt hatte, sehr unterschieden, war Salim überglücklich, ein Dach über dem Kopf zu haben, das ihm erlaubte, in Paris zu bleiben; er hätte sonst keine andere Wahl gehabt, als nach England zurückzukehren, was er um keinen Preis wollte, da er weder das Klima noch die Atmosphäre Londons vertragen konnte.

Obwohl ihm Frau Villequez diese winzige Zelle nur als Provisorium angeboten hatte, da sie im Sinn hatte, diese früher oder später mit dem angrenzenden Zimmer zu verbinden, um ein Studio daraus zu machen, sollte er fast zehn Jahre dort verbringen, praktisch bis zu seiner Reise nach Indien. Jedoch fühlte er ständig das Ungewisse dieser Unterkunft, von der er wusste, dass sie nicht für immer gedacht war.

Er nahm die Gewohnheit an, sich auf sein Bett zu setzen, um seine Musik zu schreiben; dazu stellte er, statt eines Tabletts, ein Brett mit zwei ausklappbaren Stützen vor sich, das er nach Gebrauch zusammenlegte und an die Wand lehnte. Wenn er seinen Hatha-Yoga praktizierte, führte er manche Stellungen auf dem Bett aus und für andere glitt er darunter, wozu er seinen Koffer auf den Stuhl stellte. Einmal in der Woche ging er in eines der öffentlichen Bäder, die es nahe der Rue de Rennes noch gab.

Da er oft sehr spät arbeitete und nicht immer Geld hatte, sich Kerzen zu kaufen, schrieb er seine Musik manchmal nur in dem Mondschein, der in manchen Nächten sein Fenster schwach erleuchtete. Und da er keine Möglichkeit hatte zu kochen, musste er sich mit Früchten, Käse, Eiern und rohem Gemüse mit Brot begnügen. Später konnte er sich einen kleinen Campingkocher beschaffen, auf dem er sich eine Tasse Tee kochte, wenn er Geld für die Gaskartuschen hatte.

Außer dem chronischen Mangel an nahrhaftem Essen, der zu seinen Gesundheitsproblemen dazu kam, kündigten ihm jedes Jahr die Blätter der Bäume, wenn sie sich zu verfärben begannen, eine weitere schwierige Zeit an, die er durchstehen musste und die sich als nicht minder hart erwies. Da es in seinem winzigen Zimmer keine Heizungsmöglichkeit gab, litt er sehr unter dem Winter. Er musste seine Musik in seinen Mantel eingemummt und in Decken gewickelt schreiben, aber trotzdem schlotterte er an den kältesten Tagen.

Seine finanziellen Rücklagen waren so minimal, dass er sich, jedes Mal, wenn es ihm geglückt war, einem Kind eine Musiklektion zu geben oder einige Partituren zu kopieren, um etwas Geld zu verdienen, mit demselben Problem konfrontiert sah: Sollte er den Betrag verwenden, um sich zu ernähren oder um sich Notenpapier zu kaufen? Die Inspirationen dröhnten manchmal so nachdrücklich in seinen Ohren, dass sie ihm keine Ruhe ließen, bis er ihnen das Recht gewährte, in die manifestierte Welt geboren zu werden.

Daher trug meistens die Musik den Sieg davon, und statt sich etwas zu essen zu kaufen, begab er sich zu einem spezialisierten Schreibwarenhändler, bei dem er ein vertrauter Kunde geworden war. Er hatte ständig Bedarf an diesem kostbaren Papier, denn er schrieb ungeheuer viel; er war nämlich trotz seines schwierigen Lebens sehr inspiriert. Er war schlecht gekleidet und seine Freunde, die fanden, dass er abgezehrt aussah, ahnten nicht, dass der Grund Nahrungsmangel war.

Das unsichere Leben, das er führte, und der fehlende Schulunterricht bereiteten ihm unaufhörlich Schwierigkeiten, besonders, wenn es darum ging, sich in einer westlichen Gesellschaft zu behaupten, die ihm für immer unverständlich blieb und an die er sich nie anzupassen vermochte. Jedes Mal, wenn er sich vor einer Situation fand, die von seiner Seite ein gewisses Maß an Kenntnissen

146

verlangte, wurde er mit seiner Unfähigkeit konfrontiert, sie zu lösen. Wenn er zum Beispiel jedes Jahr seine Aufenthaltsgenehmigung erneuern und die Mittel für seinen Unterhalt nachweisen sollte, sah er sich mit einer schweren Aufgabe konfrontiert. Zum Glück fand er bei seinen Freunden Hilfe, im vorliegenden Fall Monsieur Martenot und Nelly Caron. Letztere ließ ihm in all den Jahren unermüdlich ihre wertvolle Hilfe zukommen, indem sie Briefe für ihn schrieb, die er alleine nicht verfassen konnte, und indem sie sich stets bemühte, seine Musik zu fördern.

Erklärung von Monsieur Martenot zur Erneuerung von Salims Aufenthaltsgenehmigung:

„Ich, der Unterzeichnete, Maurice Martenot, Direktor der Ecole d'art Martenot, Professor am Conservatoire National Superieur de Musique de Paris, Ritter der Ehrenlegion, dem Ministerium für Nationale Erziehung unterstellt, bestätige,

ÉCOLE D'ART MARTENOT
NEUILLY · 23, RUE SAINT-PIERRE · MAL 24-08
AUTOBUS : 43 · 73 · 82 · 174   MÉTRO : SABLONS
PARIS · 11, RUE DAUBIGNY · WAGRAM 99-24
AUTOBUS : 30-31-53-64-94 · MÉTRO : MALESHERBES

Je soussigné, Maurice MARTENOT, Directeur de l'ECOLE d'ART MARTENOT, Professeur au CONSERVATOIRE NATIONAL SUPERIEUR de MUSIQUE de PARIS, Chevalier de la LEGION d'HONNEUR, au titre du Ministère de l'EDUCATION NATIONALE,

Certifie connaître, depuis plus de dix ans, Monsieur Edward MICHAEL, demeurant 21, rue du Cherche-Midi à PARIS .

Indépendamment de la grande estime que je lui porte pour ses qualités humaines exceptionnelles, j'ai la plus grande admiration pour son oeuvre de compositeur .

Sans se laisser influencer par les diverses tendances contemporaines, on trouve chez Monsieur Edward MICHAEL, les marques d'une sincérité totale, mettant toujours son Art au service de la spiritualité .

Fait à NEUILLY, le 8 février 1965 .

Herrn Edward Michael, wohnhaft in der Rue du Cherche-Midi 21, Paris, seit mehr als zehn Jahren zu kennen. Unabhängig von der großen Wertschätzung, die ich ihm wegen seiner außergewöhnlichen menschlichen Qualitäten entgegenbringe, hege ich die größte Bewunderung für seine Arbeit als Komponist.

Ohne sich von den verschiedenen zeitgenössischen Tendenzen beeinflussen zu lassen, vermittelt Herr Edward Michael den Eindruck einer vollkommenen Aufrichtigkeit, wobei er seine Kunst stets in den Dienst der Spiritualität stellt."

Neuilly, den 8. Februar, 1965

Unerwartete freundschaftliche Hilfe

In der Nähe des Hauses, in dem Salim wohnte, gab es ein Lebensmittelgeschäft, das von zwei jungen Frauen und ihrer Mutter geführt wurde. Durch seinen Geldmangel veranlasst, kam er eines Tages auf die Idee, sie zu fragen, ob sie einverstanden wären, ihm angeschlagene Früchte und Gemüse oder andere abgelaufene Nahrungsmittel zu verkaufen, die ihnen sonst liegenbleiben könnten. Mit überraschter Miene stimmten sie seiner schüchtern vorgebrachten Anfrage freundlich zu und baten ihn, gegen Ende des Tages wiederzukommen. Als er am Abend wieder vorbeikam, hatten sie wunschgemäß einen Karton voll mit Früchten, Karotten, verwelktem Salat und Chicorée vorbereitet. Zu seinem Erstaunen wollten sie kein Geld haben und schlugen ihm sogar vor, zwei- oder dreimal die Woche bei ihnen vorbeizuschauen. Das Herz voller Dankbarkeit, ging er nach Hause.

Von nun an waren sie bedacht, ihn regelmäßig mit Früchten und Gemüsen zu versorgen, die nicht mehr ganz einwandfrei waren. Nur wenige Tage später drückten sie Salim zu seiner großen Überraschung eine mit Aluminiumfolie bedeckte Schachtel in die Hände, die sich heiß anfühlte, dann schoben sie ihn freundlich in Richtung Tür, ohne etwas zu sagen; er erriet, dass sie ihm ein heißes Gericht beiseite gestellt hatten. Es schnürte ihm vor lauter Bewegung die Kehle zu, und er konnte nicht verhindern, dass ihm Tränen über die Wangen rollten; eine der Frauen legte ihm den Arm um die

Schultern und begleitete ihn freundschaftlich zum Ausgang des Ladens.

In all den Jahren, in denen er in dieser Gegend lebte, erwiesen sie sich ihm gegenüber als außerordentlich großzügig, indem sie ihn ein- oder zweimal in der Woche mit einer warmen Mahlzeit versorgten, die nicht mehr ganz frischen Lebensmittel nicht eingerechnet. Er entdeckte, dass sie Musik liebten und wenn eines seiner Werke im Radio gesendet wurde, vergaß er nicht, sie darüber zu informieren. Sie waren entzückt, seine Kompositionen zu hören und versäumten nie, ihm zu sagen, wie sehr sie diese schätzten.

Alles ist Ritual

Wie schwierig die Umstände auch waren, in die er sich gestellt sah, vernachlässigte Salim deswegen nicht seine spirituellen Übungen. Jedes Mal, wenn er einen freien Moment hatte, setzte er sich in der Lotosstellung auf sein Bett, sein Gesicht zum Fenster gewandt, dann schloss er seine Augen und begann zu meditieren. Und wenn er außer Haus war, auf der Straße oder in der Métro, verlor er keine Zeit; er führte verschiedene Konzentrationsübungen im aktiven Leben durch, die er unaufhörlich erfand – oder aus einer unbestimmten Vergangenheit wiederentdeckte. Er spürte, dass er alles, was er brauchte, für sich erfinden musste, wobei ihm seine Erfahrung als Musiker eine unschätzbare Hilfe war.

Er merkte, wie sich die Wiederholung vertrauter Gesten im Tagesablauf, die zu automatischen Gewohnheiten geworden waren, als Hindernis für den Zustand der inneren Wachsamkeit erwiesen, den er in sich festigen wollte. Er bemühte sich daher, die Routine zu einer Übung des Erwachens zu machen. Er sagte sich: Alles ist Ritual.

Statt jeden Morgen automatisch, ohne Interesse und in einem Zustand inneren Vergessens aufzustehen, sich zu waschen, anzukleiden und zu essen, konzentrierte er sich auf den Nada und folgte mit seinem geistigen Auge allen seinen Körperbewegungen. Das erforderte anfangs eine gewisse innere Vorbereitung, die er täglich erneuern musste. Wenn es ihm gelang, während seiner verschiedenen Tätigkeiten auf die richtige Weise in sich konzentriert zu bleiben, stellte er überrascht fest, wie unterschiedlich die gleichen Gesten des Waschens, Ankleidens, Essens und so weiter jeden Tag

149

sein konnten. Er begann da, wo er es am wenigsten erwartete, in banalen Dingen und Situationen, verborgene Bedeutungen und sogar außergewöhnliche Schönheit zu entdecken, die bisher seiner Aufmerksamkeit entgangen waren. Darüber hinaus begann er, ein subtiles Verstehen von sich sowie blitzartige spirituelle Einsichten in sich und alles, was ihn umgab, zu bekommen, die sich für seine innere Suche als unschätzbar erwiesen. Diese intuitiven Einblicke öffneten ihm nicht nur neue Türen zu anderen Erfahrungen, sondern befähigten ihn, hinter dem Schleier der äußeren Erscheinungen die verborgenen Geheimnisse anderer lebender Geschöpfe, Pflanzen und scheinbar lebloser Gegenstände zu lesen.

Der Akt des Essens

Salim war sich klar darüber, dass der Akt des Essens einen wichtigen Moment in seiner spirituellen Praxis darstellte. Er nahm sein Mahl alleine in seinem Zimmer ein. Er stellte fest, dass sich genau in diesem Augenblick ein seltsames Phänomen einstellte: oft kam das Leid, das man ihm angetan hatte, in ihm hoch, und er ging innerlich immer wieder durch, was er den Leuten, die ihn verletzt hatten, gerne gesagt hätte, mit anderen Worten, er war dabei, „sie zu essen", während er sein Essen aß. Er begann nun eine spezifische Übung, um diese Tendenz umzukehren. Bei jedem Bissen achtete er darauf, ihnen einen Gedanken des Wohlwollens zu schicken.

Zu anderen Zeiten sah er, dass das Essen eine Gelegenheit war, Traurigkeit in ihm aufsteigen zu lassen. Er aß mit einer Art Schwere, ohne Appetit. Er sah, dass auch das umgewandelt werden musste, denn die Nahrung, die er aß, war lebendig und er hatte eine Verantwortung ihr gegenüber.

Wie jeder Mensch fand er sich in der Situation, keine Wahl zu haben: er musste essen, um zu überleben. Aber er sah, dass er seine Nahrung mit einer anderen inneren Einstellung und Geistesverfassung zu sich nehmen konnte, als die, von denen die Menschen für gewöhnlich beseelt werden. Es ging ihm nicht um schlichte Sentimentalität. Dank seiner spirituellen Erfahrungen wusste er, dass Leben nicht das ist, was es an der Oberfläche zu sein scheint. Sein äußerer Aspekt ist sicher nicht alles, was es beinhaltet, denn, sagte er, hinter der sichtbaren Welt liegt ein weit größeres und bedeutungsvolleres UNIVERSUM, das von einem Sucher durch die

150

Bemühungen, die er macht, um sich selbst zu erkennen, erkannt werden kann.

In Momenten intensiven inneren Gegenwärtigseins im aktiven Leben geschah es ihm mehrmals, dass er mit dem lebenden Element, das er aß, in direkten Kontakt trat. Eine Tomate zum Beispiel empfand tatsächlich Schmerzen, wenn er sie zerschnitt und aß! Und er fühlte, dass, sensibel zu sein für die Art des Leidens, das sie in einem solchen Augenblick durchmachte, dazu beitrug, ihre Angst zu lindern sowie sie darauf vorzubereiten, ihrem nahenden Tod in einer ruhigeren Verfassung entgegenzusehen, als der, in der sie sich andernfalls befunden hätte. Die Tomate fühlte, dass die Person, die im Begriff war, sie zu zerschneiden, sich ihrer Angst bewusst war, und dass ihr durch die Aufrichtigkeit des Gefühls und das schweigende Verständnis geholfen wurde zu fühlen, dass der drohende Verlust ihrer Individualität als Tomate nicht vergeblich war und sie nur auf diesem Weg in etwas Feineres umgewandelt werden konnte – die unerlässliche Bedingung für ihre Evolution zu einer höheren Lebensform.

Selbstgegenwärtig und sich seiner selbst bewusst bleibend, während er seine Nahrung zu sich nahm, ohne sich mit diesem Akt oder seinen assoziativen Gedanken zu identifizieren, wie man das für gewöhnlich tut, begann Salim sehr subtile Einblicke in sein gewöhnliches Ich zu bekommen, das mit dem Essen beschäftigt war. Indem er sich beharrlich bemühte, einen Zustand intensiver innerer Gegenwärtigkeit aufrechtzuerhalten, wurden die flüchtigen Einblicke nicht nur häufiger, sondern auch tiefer, und verlängerten sich, bis sie ihm schließlich klar die Weise enthüllten, auf die sein gewöhnliches Ich jeden Bissen in den Mund nahm, die Weise, auf die er aß, die Art Genuss, den er beim Hinunterschlucken empfand, einschließlich der geheimen Ängste, nicht genug zu haben, um genießen zu können oder um zu überleben.

Das Erwachen dieser besonderen Bewusstheit erlaubte ihm, dieses Individuum in sich zu unterscheiden, während er sich im Hintergrund hielt, schweigend den beobachtend, der mit dem Essen beschäftigt war, hiermit zeigend, dass dieses Individuum von ihm unterschieden und getrennt war. Auf diese Weise zeugte dieses nackte Bewusstsein unparteiisch sowohl von dem, der seine Nahrung verzehrte, als auch vom Akt des Essens, ohne selbst in irgendetwas verwickelt zu sein.

Die Zeit steht still

In dem Maß, wie es Salim gelang, immer gegenwärtiger und seiner selbst bewusster zu bleiben, und zwar im Sinne von größerer Tiefe und Dauer, bildete es sich für ihn immer klarer heraus, dass die Wahrnehmung der Zeit verschieden war, je nach dem Niveau des Bewusstseins, auf dem er sich befand. Je tiefer er in die Meditation versank und je höher die spirituellen Zustände waren, die er erreichte, desto mehr änderten sich die Bewegung der Zeit und die Empfindung von ihr und nahmen einen völlig anderen Aspekt an. Je tiefer er in einen höheren Bewusstseinszustand eintauchte, desto mehr verlangsamte sich die Zeit und wurde immer weniger wahrnehmbar, bis sie völlig stillzustehen schien.

In diesem Zustand gab es nur noch die Empfindung eines „ewigen Jetzt", begleitet von einer unbeschreiblichen Ruhe. Wenn dieser tiefe Zustand erreicht war, begann Salim zu fühlen und zu verstehen, was wahre Anbetung bedeutet. Tatsächlich befand er sich nun, ohne es zu wollen, in einem Zustand ehrfürchtiger Anbetung.

Diese Veränderung der Bewegung der Zeit trat auch während bestimmter Konzentrationsübungen im aktiven Leben auf. Eines Tages, als er sich gleichzeitig auf den Himmel über seinem Kopf, auf den Boden unter seinen Füßen und auf sich selbst zwischen Himmel und Erde konzentrierte (eine Übung, die im Detail in *La Quête Suprême* beschrieben wird), während er in Paris über die Brücke von Alma ging, blieb die Zeit vollkommen stehen. Wie bei einem Film, den man mitten in einem Bild anhält, kam die Welt total zum Stillstand, die Leute mitten im Gehen, die Autos im Fahren, das gesamte Treiben der Stadt erstarrte in einer absoluten Stille, dann nahm die Bewegung wieder ihren gewöhnlichen Lauf auf.

Viele Jahre später fand er die Beschreibung einer ähnlichen Erfahrung in einem Buch über die Zeit, das ihm eine Freundin geschenkt hatte, „*Living Time*" von Maurice Nicoll. Er fand dort ein Verständnis und Beschreibungen von Erfahrungen wieder, die er gehabt hatte und über die er nicht hatte sprechen können, weil er sie nicht ausdrücken konnte. Von der Erfahrung wurde folgendermaßen berichtet:

> „Jetzt ging ich, Joseph, und ich ging nicht. Und ich sah in die Luft und ich sah die Luft mit Verwunderung. Und ich hob die Augen zum Pol des Himmels und sah ihn stillstehen und die Vögel des Himmels bewegungslos. Und ich sah zur Erde und sah Speisen auf einer Platte ausgebreitet und Arbeiter lagen ausgestreckt daneben, mit ihren Händen in der Speise, und die, die kauten, kauten nicht, und die, welche die Nahrung zum Mund führten, führten sie nicht zum Mund, und die, die sie in den Mund nahmen, nahmen sie nicht in den Mund, aber ihre Gesichter waren nach oben gewendet. Und da waren Schafe, die getrieben wurden, und sie gingen nicht, sondern blieben bewegungslos stehen, und der Schäfer hob seine Hand, um sie mit seinem Stock zu schlagen und seine Hand blieb in der Luft stehen. Und ich betrachtete den Strom des Flusses und sah den Mund der Kinder über dem Wasser und sie tranken nicht. Und plötzlich setzte sich alles wieder in Bewegung (neutestamentliche Apokryphe)."

Die verschiedenen Erfahrungen, die Salim machte, waren für ihn Ermutigungen und ein Zeichen, dass er sich auf dem richtigen Weg befand. Er benötigte sie umso mehr, als er wegen der Einsamkeit, in der er sich befand, und wegen der fehlenden Führung durch einen Meister manchmal Momente echter Verzweiflung durchmachte.

Eine neue Morgenübung. Die Kraft der Gedanken.

Selbst wenn Salim aufgrund der Großzügigkeit von Madame Villequez keine Miete zahlte, musste er sich dennoch ernähren und seinen Körper kleiden. „Wie all das bewerkstelligen?", war die Frage, die ihn einen Großteil seiner Zeit verfolgte. Wie sollte er es anstellen, sich zu ernähren, sich Notenpapier zu beschaffen, seine Werke aufzuführen, mehr Zeit für seine Meditation zu finden…; die vielen „Wie-das-Bewerkstelligen" belasteten ihn.

Vor diesem Hintergrund verstand er, dass der Moment, in dem er am Morgen seine Augen öffnete, besonders wichtig war, denn die ersten Gedanken, die in seinem Geist aufstiegen, hatten eine bedeutungsvolle Wirkung auf sein Wesen und seine Gefühle und bestimmten, abgesehen von den unvorhergesehenen Dingen des äußeren Lebens, was den Rest des Tages geschehen würde.

Alle die Vorstellungen, die inneren Gespräche und vor allem die Art der sich wiederholenden Gedanken, die ihm in diesem Moment durch den Kopf gingen, würden fortfahren, sein Wesen und seine Gefühle während des Tages zu färben, zum Guten oder zum Schlechten. Durch ihre unaufhörliche Wiederholung würden seine Gedanken ihre Furchen immer tiefer in sein Wesen eingraben. Er erkannte folglich die Wichtigkeit einer Übung für diesen Augenblick des Erwachens, um seinem Geist eine bestimmte Richtung einzuprägen und um nicht überwältigt zu werden von der Unruhe über das, was das äußere Leben an Überraschungen an diesem Tag für ihn bereithielt.

Diese Übung würde sich auf ein spirituelles Gesetz stützen, dessen große Bedeutung Salim erkannt hatte, nämlich dass zwei Gedanken nicht gleichzeitig existieren können; und dass folglich Hoffnung für den Menschen besteht, seinen Geist zu meistern.

Er erfand eine Reihe von Worten und Silben – ohne spezielle Bedeutung, um jede Ideenassoziation zu vermeiden –, die eine Folge bildeten, die er versetzt wiederholte, sodass von ihm eine Anstrengung zur Wachsamkeit gefordert wurde, wenn er keine Fehler machen wollte. Das wiederum verlangte von ihm einen geistigen Verzicht, der nicht leicht zu erbringen war, ihm aber bald Früchte brachte. (Die Einzelheiten dieser Übung hat er in seinem Buch *„Inneres Erwachen und Praxis des Nada-Yoga"* beschrieben).

Er maß auch der Vorbereitung seines Tages eine große Bedeutung bei, wobei er die Vorstellungskraft positiv einsetzte, indem er die verschiedenen Umstände des Tages so visualisierte, wie er sie gerne haben wollte, d.h. immer wachsamer und selbstgegenwärtiger.

Zu anderen Tageszeiten wiederholte er beim Einatmen innerlich bewusst Wortfolgen wie „Kraft, Mut, Vertrauen", oder, um sein Bemühen zu erneuern, indem er sich auf ein hingebungsvolles Gefühl stützte, kurze Gebete wie: „Reine QUELLE, gewähre mir DEINE GNADE, gib mir die Kraft, aktiv meiner selbst bewusst zu bleiben."

Er benützte auch die Kraft der Gedanken, um seinem Körper zu helfen, indem er wiederholte: „Mit jedem Augenblick geht es mir durch die GÖTTLICHE GNADE besser und besser."

Eine sehr teure Freundschaft

Kurze Zeit nach seiner Ankunft in diesem Viertel machte Salim die Bekanntschaft René Zubers, eines Mannes um die fünfundfünfzig Jahre, der den Gurdjieff-Gruppen angehörte. Er war Filmemacher von Beruf und wenn die Gruppen einen privaten Film über ihre heiligen Tänze drehen wollten, war es immer er, der die Dreharbeiten organisierte und überwachte. Alle ein oder zwei Jahre brachten die Gruppen einen neuen Film heraus, der zehn bis vierzehn Tänze vorstellte, für die Salim die Musik schrieb.

René Zuber

Da er kein Telefon hatte und René Zuber ungefähr eine halbe Gehstunde von der Rue de Cherche-Midi wohnte, begab sich der Filmproduzent jedes Mal, wenn ein neues Projekt beschlossen worden war, zu Salim, um ihn zu bitten, er möge doch kommen, um bei den Tänzen (die die Gruppen auch „Bewegungen" nannten) dabei zu sein, um die Musik dafür komponieren zu können.

Die Begegnung mit René Zuber und dessen Frau war für Salim segensreich, denn er lebte in großer Einsamkeit. Zwischen ihnen entwickelte sich eine sehr starke Freundschaft. Manchmal erhielt er überraschend Besuch von ihm oder ihr und wurde zum Essen eingeladen. Als sie Paris zugunsten einer Wohnung im südöstlichen Stadtrandgebiet verließen, einer sehr angenehmen grünen Gegend, waren sie so großzügig, ihm jedes Mal, wenn sie in die Ferien fuhren, ihre Wohnung zur Verfügung zu stellen, denn sie hatten festgestellt, unter welchen Bedingungen er lebte.

René Zuber begab sich regelmäßig nach Nord Afrika, um Sufis zu besuchen. Er berichtete Salim eines Tages von der verblüffenden Lehre, die ihm einer von ihnen in wenigen Worten gegeben hatte. Als er diesen fragte, ob es noch andere Meister in dieser Gegend gebe, antwortete er ihm: „Es gibt Millionen von Meistern, aber nur einen Schüler!" Salim erklärte später seinen Schülern, dass dieser Sufi betonen wollte, dass jeder Umstand im Leben zu einem Mittel spirituellen Wachstums werden könne und daher in gewisser Weise ein „Meister" sei, aber dass man im Allgemeinen keine Lehre daraus zu ziehen verstehe.

Salim versäumte nie, den Namen Zuber mit tiefer Dankbarkeit zu erwähnen. Als er sich 1974 bei seiner Rückkehr aus Indien damit konfrontiert sah, seine Scheidung einleiten zu müssen, war es René Zuber, der ihm zu Hilfe kam und für ihn den Anwalt fand, den er brauchte. Als René Zuber einige Jahre später starb, wusste Salim, dass er einen unschätzbaren Freund und einen der sehr seltenen Menschen verloren hatte, mit denen er einen tiefen persönlichen Austausch haben konnte.

Salim gibt sein Violinspiel auf

In den acht Jahren, die seit seiner Ankunft in Frankreich vergangen waren, hatte Salim stets darum gekämpft, sich seine Technik als Solist zu erhalten. Wegen der Nachbarschaft, die es nicht ertrug, ihn stundenlang arbeiten zu hören, konnte er nur unter den größten Schwierigkeiten auf seiner Violine üben. Hier und da hatte er auch privat gespielt, ohne Bezahlung, einfach um des Vergnügens willen, ein echtes Konzert zu geben.

Ein junger Autor vom Theater schlug ihm eines Tages vor, eine Musik für das Stück zu schreiben, das er zu inszenieren erwog. Er hatte mit einem Flötisten, einem Violinisten, einem Bratschisten und einem Cellisten Kontakt aufgenommen und fragte Salim, ob er für dieses Ensemble komponieren könne. Dieser stimmte sofort zu, unentgeltlich zu helfen, und um die Gruppe noch etwas zu erweitern, fügte er ein Klavier hinzu, das er selbst zu übernehmen vorschlug, während er die anderen Musiker mit der Hand, die gerade frei war, dirigierte. Leider machte er, solange das Stück auf dem Spielplan stand, ein Martyrium durch, da ihm seine gesundheitlichen Probleme keine Ruhe ließen.

Nach dieser unangenehmen Erfahrung wurde ihm bewusst, dass es ihm in Zukunft unmöglich sein würde, Konzerte zu geben. Als er in die Rue de Cherche-Midi zog, beschloss er daher, ganz mit dem Violinspiel aufzuhören und seine Energien ausschließlich seinen spirituellen Übungen und seinem musikalischen Schaffen zu widmen.

In dieser ganzen Zeit hörte Indien nicht auf, ihn schweigend zu rufen. Manfred Kelkel, der inzwischen geheiratet hatte, lud ihn ab und zu zu sich ein und manchmal vertraute Salim seinem Freund seinen Wunsch an, sich eines Tages nach diesem Land zu begeben, das ihn so faszinierte; es war eine heftige Sehnsucht, die in völlig unerwarteten Momenten in ihm aufstieg und seine Aufmerksamkeit mit aller Eindringlichkeit auf sich zog.

Seiner Musik Gehör verschaffen

Manfred Kelkel, dessen Stil moderner als Salims war und der durch seine gehobene Position beim Heugel Verlag gut in die Musikwelt eingeführt war, hatte sich nach und nach einen gewissen Bekanntheitsgrad erworben. Seine Freundschaft nutzend, die er mit einigen Orchesterleitern hatte knüpfen können, gelang es ihm manchmal, ein paar Aufführungen von Salims Schöpfungen zu erwirken. Man kann tatsächlich sagen, dass diese Begegnung für Salim ein Segen war. Der saarländische Komponist bewunderte sehr die geheimnisvollen orchestralen Farben von Salims Musik; er war für Salim immer wieder eine wertvolle Hilfe und eine ständige Quelle der Ermutigung. In all diesen Jahren, die der Reise Salims nach Indien vorausgingen, bemühte sich Manfred Kelkel stets, trotz der Feindseligkeit, die die zeitgenössische künstlerische Lobby jeder noch tonalen Musik entgegenbrachte, die symphonischen Werke seines Freundes zur Aufführung zu bringen.

Durch die Vermittlung Nelly Carons hatte Salim eines Tages die Gelegenheit, eine berühmte Sopranistin, Noémie Perugia, zu treffen. Nachdem sie die Aufzeichnung seiner Messe gehört hatte, war die Sängerin so von seiner Musik berührt, dass sie ihn fragte, ob er nicht ein Stück für Stimme und eine kleine Besetzung hätte. Sie fügte hinzu, dass sie glücklich wäre, ein öffentliches Konzert zu organisieren, gefolgt von einer Sendung des Stücks im Rundfunk. Nun hatte aber Salim vor kaum ein oder zwei Jahren genau so ein Stück für Mezzosopran, zwei Flöten, Klavier und Streichorchester mit dem Titel „Les Soirées de Tedjlah" komponiert. Da Noémie Perugia sehr bekannt war, konnte sie das Projekt beim Radio durchsetzen, ohne dass es den Prüfungsausschuss durchlaufen musste.

Das Konzert fand in der École Normale de Musique vor einem erlesenen Publikum statt. Das Orchester, das zusammenzustellen Noémie Perugia geglückt war, wurde von Salim selbst dirigiert. Das Stück hatte großen Erfolg beim Publikum und stieß auf Begeisterung bei den Interpreten. Der Abend wurde von einem Rundfunkteam aufgezeichnet und einige Tage später ausgestrahlt.

Wenn sie Konzerte als Ondistin gab, bemühte sich Nelly Caron immer, Kompositionen von Salim aufs Programm zu setzen. Es gelang ihr sogar, eine Schallplatte herauszugeben, auf der mehrere Werke für Ondes Martenot von verschiedenen Komponisten zusammengestellt waren, darunter Salims „Elegie" für Ondes und Klavier. Zu diesem Anlass schrieb Jean Hamon, der schon sein Interesse für Salims musikalische Schöpfungen gezeigt hatte, eine anerkennende Kritik in seiner Zeitschrift „Combat".

Seine Musik aufführen zu lassen, war schon eine sehr schwierige Aufgabe, aber sie drucken zu lassen, erwies sich als noch problematischer. Es gelang Manfred Kelkel jedoch, die Editions Ricordi für Salims Messe zu interessieren. Später erklärten sich die Editions Transatlantiques und die Editions Choudens, immer aufgrund seiner Empfehlung, bereit, weitere Orchesterwerke von Salim zu veröffentlichen.

Musik und Radio

Ende 1961 erschien in der Revue „Musique et Radio" ein Artikel mit dem Titel: „Komponisten von heute", der sagte:

> „Die Aufmerksamkeit der Musikwelt hat sich seit den beiden Aufführungen seiner *Messe* im französischen Radio (Messe für Chor, zwei Streichorchester, Celesta, Harfe, Glockenspiel und Schlaginstrumente) besonders auf Edward Michael gerichtet. Sagen wir es gleich, dass dieses Werk von hoher Inspiration nicht gleichgültig lassen kann. Und ich bestehe darauf, wobei ich das rot unterstreiche, dass diese *Messe* das echte Publikum nicht gleichgültig lassen kann – denn, kurz

gesagt, die neue Musik ist nicht dazu da, nur den Musikkritikern zu gefallen!

Man ahnt bei diesem Komponisten wirkliches Ausdrucksvermögen, eine erstaunliche Originalität, die auf eine authentische Schöpferpersönlichkeit hinweist, und endlich profunde handwerkliche Kenntnisse.

Aber der Fall dieses Musikers erlaubt uns wieder einmal festzustellen, dass man nicht auf besagte Methoden der Avantgarde zurückgreifen muss, um eine neue Sprache oder eine Ausdrucksweise, die nicht die üblichen Formulierungen des Schreibens übernimmt, zu schaffen; ganz abgesehen davon, dass die Anwendung der Zwölftontechnik beispielsweise der Musik, die auf diesem System basiert, jede eindeutige Wesenhaftigkeit und den Komponisten, die naiv glauben, etwas Originelles zu schaffen, jede Persönlichkeit nimmt.

Dieser authentische schöpferische Geist, Edward Michael, kam in England als Kind orientalischer Eltern zur Welt und lebte bis zu seinem neunzehnten Lebensjahr in mehreren Gegenden des Orients (darunter Bagdad). Er studierte in London Violine und Komposition. Seine Lehrer waren Berthold Goldsmith, Matyas Seiber und in Paris Nadia Boulanger.“

Ungeachtet seiner Schwierigkeiten durfte Salim glauben, dass er trotz des allgegenwärtigen Einflusses der modernen Komponisten eines Tages Anerkennung finden würde, aber Anfang 1962 trat ein verhängnisvolles Ereignis ein, das seine Karriere als Musiker zerstörte und ein unauslöschliches Trauma in ihm zurückließ.

Salim und die zeitgenössische Musik

Kurze Zeit vorher hatte Frau Janot, die Salim kennengelernt hatte, als er die Musik für die Gurdjieffgruppen schrieb, und deren Mann gerade Generaldirektor bei Radio France geworden war, Salim gedrängt, Schüler eines Zwölftonkomponisten zu werden, der damals sehr in Mode war. Dieser Lehrer war ihm gegenüber zunächst wohlwollend eingestellt. Da er gehört hatte, dass seine finanzielle Lage schwierig sei, war er so großzügig, ihm sechs Monate lang kostenlosen Unterricht zu geben.

Salim hatte versucht, sich dafür zu interessieren, aber im Grunde seines Herzens wusste er, dass all diese sogenannten Schöpfungen der Avant-Garde, welche die Kritiker in ihrer überschwänglichen Begeisterung mit Adjektiven wie „genial, interessant, neu" etc. belegten, in Vergessenheit versinken würden, während die Musik von Komponisten wie Debussy, Mahler, César Franck oder Richard Strauss bestehen bleiben würde. Übrigens konnten nicht einmal die Kritiker umhin, sie als „schön" zu bezeichnen, wenn sie davon sprachen.

Bei der Begegnung mit diesen zeitgenössischen „Komponisten" fühlte Salim deutlich, dass eine Musik, die nicht ihre wahre Aufgabe erfüllt – nämlich den Hörer zu bewegen und ihn die Existenz anderer Dimensionen spritueller Natur ahnen zu lassen – nicht große Musik genannt werden kann. Wie er es Nadia Boulanger gegenüber ausgedrückt hatte: „Es ist so leicht, in die Musik Schrecken, Hässlichkeit und Brutalität einfließen zu lassen, die in unserem täglichen Leben schon zur Genüge gegenwärtig sind; man muss kein großer Künstler sein, um diese Seiten der Existenz zu schildern. Aber Schönheit zu schaffen, den Zuhörer in Höhen zu erheben, in denen er sich gewöhnlich nicht aufhält – was die eigentliche Funktion der Kunst sein soll –, erfordert, dass der Künstler selbst von einer anderen Qualität ist als die gewöhnlichen Leute, wie man fühlen kann, wenn man die Gesichter Beethovens, Gustav Mahlers oder César Francks betrachtet".

Salim versicherte oft leidenschaftlich: „Ganz gleich, was man im Leben vollbringen möchte, sei es musikalisches Schaffen oder etwas anderes, muss eine Anstrengung besonderer Art gemacht werden, um sich selbst gegenüber ehrlich zu sein. Lügen erfordert keine Anstrengung, es vollzieht sich ganz von selbst; aber Ehrlichkeit kann sich nicht automatisch manifestieren; sie fordert vom Künstler eine außergewöhnliche Aufrichtigkeit und Kraft. Bevor er es wagen kann, sich Komponist zu nennen, muss ein Musiker, wenn ihm daran gelegen ist, in dem, was er der Welt schenken will, wahr zu sein, zuerst bereit sein, viele Jahre harter Arbeit zu durchlaufen, um erfolgreich die unumstößlichen mathematischen Gesetze der Musiktheorie meistern zu können."

„Das mag der Grund sein, warum man beim Hören einer Symphonie Beethovens oder von 'Also sprach Zarathustra', von 'Ein

Heldenleben' oder der 'Alpensymphonie' von Richard Strauss oder auch eines der monumentalen Werke Gustav Mahlers fühlt, dass die Melodielinien, die Harmonien und die verschiedenen Modulationen, die sie enthalten, dahin laufen, wo sie hinlaufen müssen, ohne möglichen Irrtum, und dass es gar nicht anders sein kann. Mit anderen Worten, die Entfaltung der Melodielinien und der Harmonien enthält etwas „Unausweichliches", das dem Hörer, der diesen musikalischen Schöpfungen lauscht, auch wenn er sie nie zuvor gehört hat, das unerklärliche Gefühl gibt, im Vorhinein zu wissen, wohin jede Note und jede Harmonie gehen wird. Das gibt ihm die seltsame Empfindung von einer unantastbaren Wahrheit, die in seinem Wesen widerhallt – eine Wahrheit, die die zeitgenössische „Musik" in keiner Weise erreichen kann. Aus diesem Grund sind die atonale, die abstrakte, die serielle Musik[11] nur schreckliche Lügen".

Sich immer noch auf diese grundlegende Frage der Ehrlichkeit auf künstlerischem Gebiet beziehend – was gleichfalls für die spirituelle Ebene gilt – erklärt Salim, dass jedes Mal, wenn ein Mensch versucht, ehrlich zu sich zu sein, ihn dieser Versuch zwingt, gegenwärtiger und innerlich wacher zu werden.

---

[11] Die Zwölftonmusik ist eine Technik der Musikkomposition, die von Arnold Schönberg ersonnen wurde. Diese Technik verleiht den 12 Noten der chromatischen Tonleiter eine vergleichbare Bedeutung und vermeidet damit jegliche Tonalität. Die Zwölftonreihe ist als eine Aufeinanderfolge gedacht, die erlaubt, jeden der zwölf Töne zu hören, ohne einen zu wiederholen.

Die so etablierte Ordnung bildet eine Reihe von unveränderlichen Intervallen, welche die Entfaltung des Werkes trägt. Dieses Prinzip, und das war eines der Ziele des Erfinders, nimmt den Tonlagen jede Hierarchie, wobei alle die gleiche Bedeutung im Fluss der Melodie erhalten. Aufgrund dieser Tatsache stellt es sich gegen die Prinzipien der tonalen Harmonie und schafft (ein Ausdruck, den Schönberg ablehnte) eine Atonalität. Die Zwölftonmusik führte zur seriellen Musik, von Arnold Schönberg ab 1923 zunächst theoretisiert, dann entwickelt.

Zahlreiche Musiker haben Schönbergs Konzept in ihren Kompositionen aufgegriffen: Alban Berg, Anton Webern, Milton Babbitt, Olivier Messiaen, Stockhausen und Pierre Boulez.

161

Les compositeurs
d'aujourd'hui

EDWARD MICHAEL

L'ATTENTION du monde musical a été particulièrement attirée sur Edward Michael depuis les deux exécutions de sa *Messe* à la radio française (Messe pour chœur, deux orchestres à cordes, célesta, harpe, glockenspiel et percussion). Disons tout de suite que cette œuvre de haute inspiration ne peut pas laisser indifférent. Et j'insiste en soulignant d'un trait rouge que cette *Messe* ne peut pas laisser indifférent *le véritable public* — ce qui est assez rare pour une œuvre contemporaine — car en somme la musique nouvelle n'est pas faite pour plaire *seulement* aux critiques musicaux !

On devine chez ce compositeur une réelle puissance d'expression, une originalité assez étonnante qui situe une authentique personnalité de créateur et enfin un métier très poussé.

Mais le cas de ce musicien nous permet de constater une fois encore qu'il n'est pas besoin de faire appel à ces procédés dits d'avant-garde pour créer un langage neuf ou une façon de s'exprimer, qui n'emprunte pas les formules courantes de l'écriture. Sans compter que l'emploi du dodécaphonisme par exemple enlève toute entité définie à la musique basée sur ce système et toute personnalité aux compositeurs qui croient naïvement faire de l'original !

Cet authentique créateur, Edward Michael, est né en Angleterre de parents orientaux et vécut dans plusieurs contrées d'Orient (dont Bagdad) jusqu'à l'âge de 19 ans. Il vint ensuite poursuivre ses études de violon et de composition à Londres. Ses professeurs furent Berthold Goldsmith, Matyas Seiber et, à Paris, Nadia Boulanger.

EDWARD MICHAEL

LISTE DES ŒUVRES

Les œuvres suivies d'une croix sont éditées chez *Ricordi, Paris*. Toutes les autres œuvres sont en administration chez le même éditeur.

LIST OF WORKS

The works followed by a cross are published by Ricordy, Paris. All other works are in administration with the same publisher.

Symphonie pour grand orchestre.

Deux Symphonies pour orchestre à cordes (dont une a été exécutée à Paris il y a deux ans).

La Vision de Lamis Helacim, poème symphonique pour orchestre (exécuté à Londres deux fois).

Rhapsodie concertante, pour violon deux orchestres à cordes, célesta et percussion (une exécution à Londres).

Quatre Quatuors à cordes, dont deux exécutés à Londres et un à Paris, plusieurs fois.

Sonate pour violoncelle et piano (nombreuses exécutions à Paris, notamment à l'Ecole Normale il y a deux ans).

Cinq Nocturnes (Vocalises), pour mezzo-soprano, deux flûtes, quatuor à cordes et piano) (exécutés à Paris il y a six mois par Noémie Pérugia).

Images d'Orient, pour orchestre.

Fata Morgana, poème pour orchestre.

Nocturne, pour flûte solo, célesta, harpe et orchestre à cordes (Prix Lili Boulanger), exécuté trois fois par la R.T.F. Paris.

Le Jardin de Tinajatama, suite exotique pour orchestre (plusieurs exécutions) (+).

Elégie, pour orchestre (plusieurs exécutions ; il existe un enregistrement-réduction pour ondes et piano chez Teppaz) (+).

Messe, pour chœur, deux orchestres à cordes, célesta, harpe glockenspiel et percussion (exécutée à la R.T.F., dir. Eugène Bigot (+).

Psaume, pour chœur d'hommes a cappella (Diplôme Vercelli).

Trois Incantations, pour chœur de femmes.

The attention of the musical world has been drawn particularly towards Edward Michael after the two performances of his Mass by the French Radiodiffusion (Mass for choir, two string orchestras, celesta, harp, glockenspiel and percussion). We declare at once that this work of lofty inspiration cannot leave one indifferent and emphasize that it cannot leave the veritable public indifferent—which is rather exceptional with a contemporary work—for on the whole modern music is not made to please music critics only.

One guesses in this composer a real power of expression, a surprising originality which shows an authentic creative personality, a strongly developed metier.

However, the case of this musician enables us to state once more that it is not necessary to use those so-called vanguard processes to create a new language or a way of expression that does not borrow the current formulas of writing. Without counting that the use of the twelve-note system deprives of all definite entity music based on this system and of all personality the composers who naively believe to be original.

This authentic creative mind, Edward Michael, was born in England by oriental parents. He lived in several regions of the Orient (among which Baghdad) until the age of 19 He then continued his violin and composition studies in London. His teachers were Bertold Goldsmith, Matyas Seiber and, in Paris, Nadia Boulanger.

MUSIQUE ET RADIO

Leonard Bernstein, 1977

Leonard Bernstein: Die „Boulangerie"

Anlässlich des 90. Geburtstages von Nadia Boulanger im Jahre 1977 erinnerte Leonard Bernstein, der berühmte amerikanische Dirigent und Komponist in einem Interview an die Entwicklung der Musik in den Fünfziger und Sechziger Jahren des 19. Jahrhunderts und an die Situation von Nadia Boulangers Schülern, die mit dem Komponieren tonaler Musik fortfahren wollten:

> „Ich bin kein Mitglied der „Boulangerie", wie man in den Vereinigten Staaten sagt, und dieses Wort „Boulangerie" ist sehr interessant, weil dieses etwas ironisch gemeinte Wort in den Fünfzigerjahren zu zirkulieren begann, als die serielle Musik großen Einfluss gewann. Es gab neue Guides, neue „Führer" wie Stockhausen, wie Pierre Boulez, und das änderte in der musikalischen Welt alles. Alle Schüler Nadias wurden plötzlich „die Boulangerie" genannt und sahen sich hinter die Bühne verbannt, ein wenig herabgesetzt."[12]

Mit anderen Worten, wer weiter tonale Werke schreiben wollte, sah sich auf die Seite gedrängt, ohne Chance, seine Werke aufführen zu können, wie es Berthold Goldschmidt passierte, einem Dirigenten

---

[12] Aus dem Film: Nadia Boulanger – Mademoiselle von Bruno Monsaigeon. Siehe Fußnote 6.

und Komponisten, der Salims Kompositionslehrer in England war. Er war 1935 vor den Nazis geflohen, nachdem er bereits eine erfolgreiche Karriere hinter sich hatte. Trotzdem traf er vonseiten der modernen Komponisten auf einen solchen Widerstand, dass er schließlich aufhörte zu komponieren.

Berthold Goldschmidt: Die Diktatur der Zwölftonmusik überleben

1992, als er 89 Jahre alt war, nach einer Eklipse von sechzig Jahren, begannen seine Werke, wieder das Interesse des Publikums und der Kritiker zu finden, vor allem in Deutschland. Damals erklärte er:

> „Die beiden Weltkriege, die wir in diesem Jahrhundert erlebt haben, haben einen katastrophalen Einfluss auf die Entwicklung, auf die natürliche Entwicklung der Künste und der Musik gehabt. Der radikale Bruch war natürlich, weil die ganz junge Generation sagte, wir wollen mit nichts etwas zu tun haben, was vor dem Zweiten Weltkrieg kulturellen Einfluss hatte. Wir wollen radikal keinen Wohlklang haben. Wir wollen eine ganz neue Methode der Musik, der Musikproduktion, einführen. Und da entstanden eben Boulez und Stockhausen, Berio, Nono, die Radikalen, die sagten, wir haben mit dem Wohlklang der Vergangenheit nichts mehr zu tun.

> Diese sehr begabten hervorragenden Musiker, die ich eben genannt habe, Stockhausen, Berio, Boulez und so weiter, und Nono, übten eine geistige Diktatur aus, die unterstützt wurde von den Radiostationen Europas, sodass Komponisten, die eine abgemilderte Sprache sprachen, überhaupt nicht zu Worte kommen konnten. Ich erinnere mich, dass ich einmal einen sehr wichtigen Mann vom Kölner Rundfunk fragte, ob, angesichts des großen Verlustes, den ich an Zeit und Gelegenheiten gehabt hatte, vielleicht mein Cellokonzert im Kölner Rundfunk aufgeführt werden könnte. Da sagte er: „Ausgeschlossen! Sie brauchen die Partitur nicht einzureichen. Bei uns wird die Musik mit dem Metermaß gemessen." Da habe ich gelacht. Da sagte er: „Ja, das ist tatsächlich so. Die Musik muss zu Papier gebracht werden in einer Weise, die nichts mit der Notationskunst des vergangenen Jahrhunderts zu tun hat.

Es gab sehr viele Chamäleons zu dieser Zeit, die ihre Farbe wechselten. Das habe ich nie gemacht. Ich habe einfach meinen Kurs beibehalten wollen, nicht aus moralischen oder hochnäsigen Gründen, sondern weil ich es irgendwie nicht richtig finde. Die strenge, fast diktatorische militärische Disziplin der Zwölftonschule[13] hat mir imponiert. Die haben sich damit selbst in eine Zwangsjacke gesteckt, die ihnen sehr angenehm war. Also mir wäre eine Zwangsjacke unangenehm. Was ich schreibe, sind emotionale Äußerungen meiner Persönlichkeit.

Ich habe gesagt, jetzt in der neuen musikalischen Philosophie kann ich nicht teilnehmen. Jetzt muss ich erst einmal versuchen zu verstehen, und dann habe ich sehr viel Zeit aufwenden müssen, mich mit dieser Musik zu beschäftigen und sie anzuhören zu versuchen, irgendetwas darin zu sehen, was auf mich etwa Einfluss haben könnte. Und das ist nicht geschehen, das hat mich natürlich etwas entwaffnet.

Und da diese Tendenz in den Fünfziger- und Sechzigerjahren absolut vorherrschend war, habe ich gesagt, es hat gar keinen Zweck, noch zu komponieren. Man war so wie: Schreib du nur Musik weiter, und da kam man an eine verdeckte [Öffnung] und fiel absolut von der Oberfläche, in ein unabsehbares Loch, aus dem herauszukommen ich nie gehofft hatte.

Ich habe von 1960 bis 1980 nichts mehr geschrieben. Ich war ja in meinem kompositorischen Selbstbewusstsein verletzt dadurch, dass gesagt wurde, alles was geschehen war, sei Unsinn. Also wenn einem das gesagt wird, dann wird man ja entmutigt, moralisch und das musikalische Selbstbewusstsein wird gestört. Ich fühlte mich mehr oder weniger lächerlich, wenn ich in meiner, sozusagen, konventionellen Sprache etwas zu Papier brachte. Nicht gewollt und nicht gefragt und zu keiner Zukunft geeignet. Ich finde, dass diese Pause mir sehr gut getan hat. Es hat meinen Sinn geklärt und meine Konzentration geschärft. Nach ungefähr fünfzehn Jahren

---

[13] Schönberg hatte die Regel aufgestellt, dass keine der zwölf chromatischen Noten innerhalb einer Serie wiederholt werden dürfe.

fühlte man sich etwas optimistischer, dass dieser entsetzliche Druck etwas nachlassen würde, und er hat dann im Laufe der Achtzigerjahre auch nachgelassen, sodass man wieder freier atmen konnte. Das was ich bis dahin geschrieben habe, ist von mir absolut zu unterschreiben, als Qualität und als Quantität, und da habe ich gedacht, vielleicht wird das noch einmal eine Chance haben. Und diese Chance ist eingetreten nach einem Intervall von ungefähr dreißig Jahren. Man muss es nur überleben!"[14]

Schönberg und die Gleichmachung der Noten. Konzerte, die „in" sind.

Salim erlebte also mit voller Wucht die Diktatur der seriellen Musik, der er nicht anhängen mochte, denn, sagte er: „Diese Musik legt allen zwölf Noten den gleichen Wert bei, was musikalisch gesehen eine Lüge ist. Tatsächlich nehmen die Quart, die Quint und die Oktave, die in Indien und im antiken Griechenland als heilige Intervalle angesehen wurden, einen viel wichtigeren Platz ein als die Sekunde, die Terz und die Sexte.

Alles, was gleichförmig wird, stirbt! Auf der ganzen Welt gibt es nicht zwei gleiche Individuen, und wenn man sie gleichmachen möchte, geschieht das immer auf Kosten dessen, was sie an Bestem haben. Sie werden unausweichlich herabgemindert und auf einen Zustand entpersönlichter Marionetten reduziert, wie man das in der lügnerischen Reklame sehen kann, die uns heute von allen Seiten bombardiert.

Um willkürlich neu zu sein, bricht man unumgängliche mathematische Regeln, die auf tausendjähriger Erfahrung basieren. Beschließt man intellektuell, allen Noten den gleichen Wert zuzusprechen, anders gesagt, sie gleichförmig zu machen, endet man in Hässlichkeit, wie in gewissen politischen Regimen, die das Individuum und alles, was irgendeinen Wert hat, vernichten wollten, wodurch sie schließlich erreichten, den Menschen ihre Lebensfreude zu nehmen.

---

[14] Aus dem Film: "Man muss nur überleben... Der Komponist Berthold Goldschmidt" von Cordelia Dvořák und Roland Zag, Redaktion NDR und arte, 1996.

Die Gleichmachung der modernen Welt zerstört all die Faktoren psychischen und spirituellen Wachstums. Die Architektur, einst von Land zu Land so verschieden, macht identischen Betonblöcken Platz. Von einem Ende dieses Planeten zum anderen kleiden sich die Menschen gleich und nehmen die gleichen Reize aus Reklame, Kino und Fernsehen auf. Die „Popmusik" ist immer gleich, und zwar so sehr, dass man nicht sagen kann, wer der Urheber ist. Wenn man dagegen das Werk eines großen Komponisten hört, von Mozart bis Debussy und Mahler, kann man, selbst ohne es je zuvor gehört zu haben, behaupten: ʻDiese Musik kann nur von Mozart, von Brahms, von Debussy oder von Beethoven sein…"

In seinen späteren Büchern erklärte Salim, dass der Grundton den ursprünglichen Kern bildet, das Zentrum, von dem jede musikalische Schöpfung ausgeht und zu dem sie am Ende ihrer Reise zurückkehren muss, so wie ein spiritueller Sucher versucht, die URSPRÜNGLICHE QUELLE wiederzufinden, aus der er aufgetaucht ist und in die er am Ende seiner irdischen Wanderungen wiederaufgenommen werden wird. Das lebenskräftige Symbol des Zentrums ist in unserer Zeit aufgegeben worden, nicht nur auf künstlerischem Gebiet, sondern auch im gewöhnlichen Leben. Die moderne Musik driftet ab, und der Zuhörer fühlt sich verloren, wenn er sie hört, denn er versteht nicht, wo sie entspringt, noch wohin sie zu gehen versucht. Dieses ziellose Dahintreiben ruft im Menschen schwere Störungen hervor, ohne dass er deren Ursprung erkennt.

Um nur einige Beispiele zu zitieren, worin das Absurde gipfeln kann: Damals, als Salim mit so großen Schwierigkeiten kämpfte, seine Werke aufführen zu lassen, wohnte er der Premiere einer Symphonie für „elektrische Wasserkessel" bei, die der sogenannte Komponist „dirigierte". Der Lärm, den der aus den Tüllen entweichende Dampf erzeugte, sollte die Melodie darstellen!

Er wurde auch zum Konzert eines modernen schweizerischen „Schaffenden" eingeladen, der sein Hauptwerk auf einem Klavier ausführte, das er speziell zu diesem Anlass aus seinem Land mitgebracht hatte und dessen Saiten absichtlich durchschnitten worden waren. Der „Künstler" schlug vor dem verdutzten Publikum zornig auf sein stummes Instrument ein. Dann, von einer „kreativen" Raserei erfasst, machte er sich daran, das Klavier mit Hilfe einer für diesen Effekt vorbereiteten Axt zu zertrümmern. Schließlich beendete er seine Leistung vor der entgeisterten Zuhörerschaft, indem er das, was von dem Klavier übrig geblieben war, mit einem kleinen Dynamitstab in die Luft sprengte! Das Werk erhielt starken Applaus! Der Autor wurde bei der Explosion am Bein verletzt und musste ins Krankenhaus gebracht werden.

Eine Beschreibung wert ist auch die Vorführung, die 1990 ein sehr bekannter moderner amerikanischer sogenannter Komponist gab. An dem Abend, als er zum ersten Mal sein „Symphonie von viereinhalb Minuten" betiteltes Werk vorstellte, durchquerte er unter Applaus den Saal und setzte sich ans Klavier, wo er genau den im Titel angekündigten Zeitraum bewegungslos und schweigend verharrte. Die „Musik" ließ sich in dem Geräusch zusammenfassen, das das verblüffte Publikum durch sein Tuscheln machte.

Das Drama des Januar 1962; die Kritiker vernichten einen Komponisten.

Ein Ereignis mit entscheidenden Folgen für Salims Karriere trug sich am 9. Januar 1962 zu. Eine seiner Orchesterkompositionen, „*La Vision de Lamis Helacim*", sollte im Théâtre des Champs Elysées gespielt werden. Dieses Konzert war wichtig und entscheidend für ihn, denn der Abend sollte zwei Tage später von Radio France übertragen werden. Seine Verleger sowie ein sehr einflussreiches Publikum befanden sich im Saal. In der Musikspalte des Figaro wurde sein Werk mit folgenden Worten angekündigt:

> „Unter der Leitung von Manuel Rosenthal wird das Orchestre National am nächsten Dienstag im Théâtre des Champs Elysées die Premiere eines neuen Werks von Edward Michael geben: „La Vision de Lamis Helacim". Der junge Komponist, in London Schüler von Berthold Goldschmidt und in Paris von Nadia Boulanger, stammt aus dem Orient, und die meisten seiner Werke sind von der Atmosphäre der orientalischen Musik geprägt. Er hat in erster Linie Symphonien komponiert: ein symphonisches Gedicht, „Fata Morgana", und eine Suite für Orchester, „Le Jardin de Tinajatama". Mehrere Werke Edward Michaels wurden schon in London aufgeführt."

Zwei weitere zeitgenössische Komponisten standen auf dem Programm: André Jolivet und Jean Rivier, die beide eine einflussreiche Position innehatten, sowohl im Konservatorium als auch im Rundfunk.

Salims Werk erzielte eine lebhafte Resonanz beim Publikum, das lange applaudierte. Am nächsten Morgen erschien im Figaro[15] ein Bericht über den Abend:

„In einem ausverkauften Saal stellte gestern Abend das Orchestre National im Théâtre des Champs Elysées drei neue Werke vor.

Zuerst „La Vision de Lamis Helacim", ein kurzes symbolisches Stück von Edward Michael, geprägt von einem maßvollen Orientalismus, das großen Applaus bekam.

In England geboren, aber orientalischer Herkunft, ist Edward Michael dem Pariser Publikum schon durch eine Messe, – die bereits zweimal im Radio gesendet wurde –, sowie durch eine Symphonie für Streicher und durch mehrere Kammermusikwerke bekannt.

Die Siebte Symphonie Jean Riviers, die anschließend gespielt wurde, zeugt von einem Willen zu rhythmischer Erneuerung.

Die dritte Schöpfung des Abends: Die Symphonie für Streicher von Jolivet. Zwei Sätze umrahmen ein langsames und langes Stück, jedoch mit einem unbestreitbar lyrischen Hauch.

Vor der Pause hatte Michèle Boegner dem Klavierkonzert in h-Moll K. 595 von Mozart ihren sehr persönlichen melodischen Stil verliehen."

Als Salim nach dem Konzert heimkehrte, fühlte er sich beschwingt und sah voller Hoffnung in die Zukunft. Er glaubte, endlich hoffen zu dürfen, eine gewisse Schwelle zu überschreiten, von der aus die Dinge für ihn leichter werden könnten.

Am nächsten Nachmittag zeichnete das Rundfunkteam im Théâtre Récamier öffentlich die Kommentare von drei sehr bekannten Kritikern auf: Antoine Goléa, Claude Samuel und einem

---

[15] Le Figaro, Dernières minutes, Janvier 1962

Dritten, dessen Namen Salim vergessen hatte. Ihre Diskussion sollte unmittelbar nach der Übertragung des Konzertes ausgestrahlt werden, und wie am Vortag hatten sich seine Verleger alle dorthin begeben, um zu erfahren, welchen Empfang diese berühmten Kritiker seiner Musik bereiteten.

Antoine Goléa, ein sehr einflussreicher Mann, war bekannt für seine kompromisslosen Stellungnahmen und für seine leidenschaftliche Verteidigung der seriellen Musik, die er als die einzige zeitgenössische Musik ansah, die eines Interesses würdig war. (Auf die Frage, was ein Richard Strauss für die Entwicklung der Musik unserer heutigen Zeit bedeute, war seine verblüffende Antwort: „Nichts, genau gesagt!")

Bislang war Salim bei den seltenen Gelegenheiten, bei denen es ihm geglückt war, seine Werke aufführen zu lassen, vonseiten gewisser Kritiker, die noch die tonale Musik schätzten, auf eine sehr günstige Aufnahme gestoßen. An diesem Tag jedoch hatte er es mit Kritikern zu tun, die ganz und gar der avantgardistischen Musik zugetan waren. Vielleicht hätte er von ihrer Seite eine wohlwollende Neutralität erreichen können, aber er war nicht dem obligatorischen Brauch gefolgt, diese „Autoritäten" aufzusuchen, ihnen zu schmeicheln oder ihnen gar ein Geschenk zu machen. Wie hätte er in seiner nahezu absoluten Mittellosigkeit eine Gabe für sie finden können? Vielleicht hätte er wenigstens einen Akt der Gefolgschaftstreue ausführen sollen, sie rühmen oder von ihnen Vergebung erbitten sollen für die Tatsache, dass er noch tonal war? Wiederholt war ihm geraten worden, sich mit den Kritikern zu verbünden, sie einzuladen und sie wissen zu lassen, wie großartig sie seien! Aber wo hätte er sie empfangen können? In seinem Verschlag im sechsten Stock? Und was eine Einladung in ein Restaurant angeht, er, der nicht einmal etwas hatte, um seinen eigenen Hunger zu stillen...

Die Musikgeschichte sollte die Kritiker eigentlich veranlassen, in ihren Urteilen vorsichtiger zu sein, denn man ist verblüfft von der Regelmäßigkeit, mit der sich viele von ihnen getäuscht haben! Die meisten ehren das, was bei einer gewissen „Intelligentsia", um die sie kreisen, gerade „in Mode" ist.

Mancher große Musiker, der noch zu seinen Lebzeiten von den Kritikern niedergemacht wurde, wird jetzt vergöttert. Der spektakulärste Fall ist der von Bizet, dessen Premiere von „Carmen" eine Katastrophe war, während diese Oper zurzeit das am meisten gespielte lyrische Werk weltweit ist!

Ist das Metier des Kritikers nicht definitionsgemäß ein negativer Beruf? Antoine Goléa veröffentlichte ein autobiographisches Buch, mit dem vielsagenden Titel: „Je suis un violiniste raté" („Ich bin ein gescheiterter Geiger"). Wie Salim einige Jahre später in einem seiner Bücher schrieb: „Es ist so leicht zu zerstören, aber so schwer aufzubauen".

Als das Trio der professionellen Kritiker, das schon von Anfang an gegen Salim voreingenommen war, über sein Werk zu sprechen begann, war das eine Hinrichtung nach allen Regeln der Kunst. Sie sagten kein einziges Wort, um wenigstens die Feinheit der Orchestrierung anzuerkennen. Die Tatsache, dass die Zuhörerschaft gewagt hatte, das Werk zu mögen und dass es seine Begeisterung bekundet hatte, wog überhaupt nichts in der Bewertung derer, die dazu da waren, diesem Publikum zu sagen, wen es zu vergöttern und wen es zu verehren hatte. Ihre Ausdrucksweise konnte nicht hart genug sein, und einer von beiden schloss mit dem endgültigen Urteil: „Er hat sein Werk sogar mit einem harmonischen Akkord beendet!", während ein anderer ihn noch übertraf: „Und das nicht nur am Ende!", als ob es ein wahres Verbrechen sei, harmonische Akkorde zu verwenden. Sie zeigten sich so gehässig, dass ein Mann, den Salim nicht kannte, im Saal aufstand und sich heftig über die Schärfe ihrer Worte entrüstete. Während das zur Debatte stehende Stück ungefähr zehn Minuten dauerte, war der Wunsch, die Musik zugleich mit ihrem Schöpfer zu zerstören, bei den Verächtern so stark, dass sie das Massaker über eine Stunde fortsetzten. Was die Lobrede auf die beiden anderen Komponisten betraf, so wurde sie zügig in weniger als zehn Minuten für jeden gehalten.

Salim, der wie versteinert war, hörte sie sein Todesurteil in der Musikwelt aussprechen. Die Kritik war übrigens so übertrieben, dass die Verantwortlichen der Sendung, durch diese blinde Zerstörung angewidert, bei der Wiederholung den boshaftesten Teil ausließen. Das Publikum teilte übrigens keineswegs die Auffassung dieser „Kenner", und in den folgenden Tagen erhielt Salim Dutzende von Briefen von Zuhörern, die ihre Wertschätzung seines Werkes ausdrückten, sehr zum Erstaunen des Personals von Radio France, das die Post an ihn weiterleitete.

Aber das Unglück war nun einmal in Anwesenheit seiner Verleger und derer geschehen, die ihm die Möglichkeit bieten konnten, seine Kompositionen aufzuführen. Salim kam in einem Zustand völliger Verzweiflung zu Hause an, setzte sich auf sein Bett und betrachtete den Stapel noch nicht gedruckter Partituren, der alles darstellte, was er auf dieser Welt besaß, eine Musik, die er um den Preis so großer Selbstverleugnung, Arbeit und Entbehrungen geschrieben hatte.

Die Macht dieser berühmten Kritiker war so groß, dass ihn seine Verleger schon am nächsten Morgen wissen ließen, dass sie den Druck aller seiner Werke einstellten, darunter seine Messe, und dass es sinnlos sei, ihnen in Zukunft etwas anzubieten. Salim hatte schon große Schwierigkeiten beim Umgang mit seinen Verlegern. Wenn er sie aufsuchte, zeigten sie ihm, da er ärmlich gekleidet war, kaum Achtung. Statt den Wert des Künstlers zu berücksichtigen, sahen sie nur einen Menschen, dem es nicht gelang, sich in diesem geschlossenen Kreis der Pariser Musikwelt Geltung zu verschaffen, ein Milieu, das für Neuheiten schwärmte und nur noch sogenannte zeitgenössische Musik hören wollte.

Nach diesem Ereignis mit katastrophalen Folgen wurde Salim als einer etikettiert, den die Kritiker nicht mochten. Und die wenigen Freunde, die er in Musikerkreisen vielleicht noch hatte, mieden ihn, abgeschreckt von der Vorstellung, in seiner Begleitung gesehen zu werden; er war ein Aussätziger geworden. Nur sein treuer Freund Manfred Kelkel blieb an seiner Seite und kämpfte weiter, um für ihn Gelegenheiten zu finden, seine Werke aufzuführen, und waren sie noch so selten.

Salim war derartig entmutigt, dass er Nadia Boulanger besuchte, um sie die private Aufzeichnung hören zu lassen, die er von dem Werk besaß, das einen solchen Hassausbruch gegen ihn ausgelöst hatte. Sie hörte sie an und sagte ihm offen: „Es ist sinnlos, dem Prüfungskomitee des Rundfunks Werke zu schicken. Die Komponisten der sogenannten zeitgenössischen Musik, die dieses Komitee bilden, können keine Partitur mehr lesen, und folglich fehlen ihnen die Mittel zur Bewertung."

Als Salim einige Monate später Henri Barrand, den ehemaligen Rundfunkdirektor, traf, bekundete ihm dieser seine Sympathie und bestätigte, dass sein Werk voller Sensibilität sei und seine Orchestrierung von großer Feinheit zeuge. Aber was konnte er machen? Ein Teil der verheerenden Kritik war herausgeschnitten worden, mehr zu tun war ihm nicht möglich gewesen.

Auf Kosten des Autors wird die Herausgabe der Partituren, die bereits in Arbeit sind, abgeschlossen.

Dieses Drama war nach dem Trauma der Armee und dem Tod der Frau, die er liebte, der dritte große tragische Schock im Leben Salims, ein Leben, das schon mehr als voll mit Problemen war. Oft blieb er stundenlang ausgestreckt auf seinem Bett liegen, um die Zimmerdecke anzustarren und sich angstvoll zu fragen, wie seine Zukunft aussehen werde und wie er im Alter überleben könne. Er wurde schwer krank und blieb mehrere Wochen lang in diesem Zustand der Niedergeschlagenheit. Außerdem musste er auf irgendeine Weise Geld auftreiben, um auf eigene Kosten den von seinen Verlegern abgebrochenen Druck von sieben seiner wichtigen Werke, vor allem seiner Messe, fertigzustellen.

Trotz der Tatsache, dass er nicht mehr Violine spielte, hatte er seine Violine weiter mit großer Sorgfalt gepflegt. Als er noch Konzerte gab, war zwischen ihm und seiner Violine eine ganz besondere Art der Verständigung entstanden. Es war eine ausgezeichnete Violine, die einen ziemlich großen Wert hatte. Salim, der sich in einer ausweglosen Lage befand, beschloss schweren Herzens, sie in Geld umzusetzen. Leider besaß er so wenig Sinn fürs Praktische, dass er nicht erkannte, dass er sich an ein Spezialgeschäft hätte wenden können, wo man sie ihm zu einem guten Preis abgenommen hätte. Er ließ einfach seine Bekannten seine Absicht wissen und fand schließlich einen Amateur, der ihm viel weniger als den wirklichen Wert bot. Als er an diesem Abend mit dem Geld in der Tasche nach Hause kam, war er todunglücklich, dass er sich von einer treuen Gefährtin hatte trennen müssen, die ihm in der Vergangenheit so gut gedient hatte.

Jedoch reichte dieses Opfer bei weitem nicht aus. Bei einem Aufenthalt in London kam er durch Beziehungen in Kontakt mit einem Milliardär und seiner Frau, die so reich waren, dass sie sich manchmal erlauben konnten, in einer einzigen Nacht so fantastische Summen wie 100.000 Pfund Sterling (eine Million Francs) im Spiel zu verlieren; sie konnten es nicht lassen, in seiner Gegenwart in einem Zustand der Halbtrunkenheit damit zu prahlen. Bei dieser Gelegenheit bat er sie um eine kleine Unterstützung, um die Herausgabe seiner Musik abschließen zu können. Sie antworteten ihm darauf empört: „Sie brauchen doch nur zu arbeiten!" Salim, der arbeitete, was überhaupt menschenmöglich war, entgegnete müde, dass er das tue und zwar sehr hart, und fügte hinzu: „ Und wenn es Beethoven gewesen wäre, der zu Ihnen gekommen wäre, um Sie um Hilfe zu bitten, was hätten Sie getan?" Sie gaben trocken zurück: „Sie sind nicht Beethoven." Sich an diesen unerquicklichen Vorfall erinnernd, gesteht Salim, dass er damals voller Bitterkeit nach Hause zurückkehrte.

Nach dieser sinnlosen Demütigung, und nachdem er sich noch an mehrere andere Leute gewandt hatte, fasste er den Entschluss, einige seiner ungedruckten Werke einem talentlosen, aber sehr reichen amerikanischen Komponisten zu verkaufen, der sie unter seinem eigenen Namen veröffentlichen ließ und dem Salim versprach, nie dessen Identität zu enthüllen. Er überließ ihm mehrmals einige seiner Schöpfungen, darunter mehrere Symphonien und andere Orchesterwerke, an denen er sehr hing, damit wenigstens die Partituren, die sich in Händen der Verleger befanden, veröffentlicht würden.

Alle diese schmerzlichen Schritte nahmen Monate in Anspruch. Inzwischen konnte Salim, wie man später sehen wird, eine kurze Ruhepause genießen, als er Gelegenheit bekam, für ein paar Wochen in den Orient zu reisen.

Schließlich gelang es ihm, die nötige Summe zusammenzubringen, um den Druck seiner sieben Werke fertigzustellen. Als er seinen Verlegern das Geld aushändigte, bekam er keine Quittung und hatte nur das Recht auf einen Standardvertrag, als ob sie die Gesamtkosten für die Veröffentlichung selbst bezahlt hätten. Einer von ihnen weigerte sich sogar, die Fehler des Graveurs zu korrigieren, obwohl Salim selbst für die entstehenden Kosten aufkam, und fuhr ihn gereizt an: „Aber diese Fehler werden nicht bemerkt werden, in der modernen Musik hört niemand den

Unterschied!" Entsetzt versuchte Salim, ihm zu erklären, dass diese Fehler in der Art Musik, die er schrieb, inakzeptable Dissonanzen erzeugen würden, aber es war vergeblich, und die Partituren wurden, so wie sie waren, gedruckt.

Reise in den Orient, 1962

Nach diesem furchtbaren Ereignis, das allen Hoffnungen Salims als Komponist ein Ende setzte, tauchte, während er verzweifelt nach Geld für seine Verleger suchte, in seinem Leben eine wichtige und für ihn sehr notwendige Ablenkung auf.

Seine Gedanken wandten sich oft mit einer schmerzlichen Sehnsucht dem Orient zu. Das Leben im Abendland erschien ihm lügenhaft; alles kam ihm falsch, künstlich und leer vor. Die modernen Künste und die zeitgenössische Musik veranschaulichten gut das freud- und ziellose Dasein der materialistischen Welt, in der die meisten Menschen leben.

Die malerische Atmosphäre des Orients, die Wärme des Gefühls und des Klimas fehlten ihm grausam. Nun aber wusste er, dass ihm seine finanzielle Situation jede Möglichkeit versagte, dorthin zurückzukehren. Zu dem erkannte er in seinem Innersten, dass er, wo er in Zukunft auch hinginge, kulturell entfremdet wäre, denn fortan war er sozusagen weder Orientale noch Abendländer.

War es, weil ihm die Landschaften seiner Jugend zuweilen sehnsuchtsvoll in Erinnerung kamen, oder war es einfacher Zufall, dass er eines Nachts mehrmals aufwachte, nachdem er zu seiner Überraschung jedes Mal geträumt hatte, er sei im Orient. Obwohl diese Träume in eine etwas unwirkliche Atmosphäre gebadet waren, enthielten sie nichts Bedrohliches. Aus aufeinanderfolgenden Bildszenen zusammengesetzt, die sich an verschiedenen Plätzen mit verschiedenen Personen abspielten, waren sie von einer solchen Intensität, dass ein Eindruck in ihm haften blieb, der ihn mehrere Tage lang verfolgte. Mit der Zeit aber, in seine täglichen Sorgen zum Überleben verwickelt, vergaß er diese unruhige Nacht und ihre seltsamen, traumhaften Inhalte.

Erst ungefähr sechs Monate später schlugen einige Personen aus den Gurdjieff-Gruppen Salim vor, sich ihnen zu einer Reise anzuschließen. Sie interessierten sich für Sufimeister in Zentralasien und wünschten, dass sich ihnen ein siebter Begleiter zugeselle, der mit dem Orient vertraut sei. Da er kein Geld hatte, boten sie ihm an, alle Reisekosten zu bezahlen; als Gegenleistung sollte er ihnen von einer gewissen Nützlichkeit sein, denn aufgrund seiner im Nahen Osten verbrachten Jugend hatte er mit dieser Art von Ländern und mit der Denkweise der Einwohner Erfahrung. Sinnlos zu sagen, wie glücklich Salim über diese unverhoffte Gelegenheit war, die Sonne und die Atmosphäre des orientalischen Lebens wiederfinden zu dürfen. Trotz der Probleme, die, wie er wusste, wegen seines Gesundheitszustandes auf ihn zukommen würden, stimmte Salim voller Dankbarkeit zu.

Die kleine Gruppe bestand aus zwei Frauen und fünf Männern, Salim inbegriffen. Abgesehen von Madame L., einer autoritären Frau, die die Expedition leitete und die an einer spirituellen Suche sehr interessiert war, kamen die anderen Personen, obwohl freundlich gesinnt, Salim nicht wirklich spirituell motiviert vor; sie schienen die Reise eher als Touristenabenteuer betrachteten.

Der Iran

Ihre Reise, die sich über vier Wochen erstreckte, führte sie zunächst in den Iran. Als Salim nach endlosen Formalitäten den Flugplatz verließ, wurde seine Aufmerksamkeit von einem Alten angezogen, der auf einem Esel saß und aus der gegenüberliegenden Straße auf sie zukam. Plötzlich wurde Salim von Bestürzung ergriffen, denn diese Szene mit dem alten Mann und seinem Reittier war in seinen Träumen vorgekommen, die er vor sechs Monaten gehabt hatte, als er vom Orient geträumt hatte. Die Erinnerung an diesen Vorfall beunruhigte ihn noch die nächsten Tage während seines Aufenthalts in Teheran.

Kurze Zeit darauf fuhr die Gruppe in ein kleines Dorf mit dem Namen Pir-Bahram, nicht weit von der Hauptstadt entfernt, wo sich das Grabmal eines heiligen Mannes erhob. Unter den zahlreichen Besuchern, die sich dort drängten, boten ihnen gutherzige Pilger an, mit ihnen das Essen zu teilen, das sie mitgebracht hatten. Salim hatte ständig das merkwürdige Gefühl, dass die Umgebung etwas geheimnisvoll Vertrautes hatte, das er nicht näher bestimmen konnte. Als er in das Grabmal eintrat, stolperte er auf der Treppe und stieß mit seinem Kopf gegen die in arabischen Buchstaben verfasste

Inschrift, die sich auf der Mauer vor ihm befand. Er wurde jäh von einem Gefühl der Ungläubigkeit erfasst, denn er erinnerte sich, genau diesen Vorfall in einem seiner Träume erlebt zu haben, die er in jener unruhigen Nacht vor sechs Monaten gehabt hatte. Er war sich bewusst, die Einzelheiten seiner Umgebung, die ihm im Traum verschwommener und unwirklicher erschienen waren, jetzt viel klarer wahrzunehmen; jedoch musste er sich eingestehen, dass es sich ohne den geringsten Zweifel um den gleichen Ort handelte. Er konnte nicht verstehen, durch welches geheimnisvolle Wirken es ihm möglich geworden war, mehrere Monate früher im Traum Ereignisse zu sehen, die noch nicht stattgefunden hatten, und er konnte nur verblüfft und ratlos bleiben.

Nach Teheran zurückgekehrt, besichtigte die kleine Gruppe einen großen, geschlossenen Markt, eine Art Souk, den man als malerisch gerühmt hatte. Sie fanden dort Auslagen, die sich unter Früchten, Backwerk und orientalischen Süßigkeiten (wie Baklava und Lokum), aufgetürmtem Gemüse und Nahrungsmitteln aller Art bogen. Sie sahen auch kleine Kinder, Jungen und Mädchen von ungefähr acht Jahren, die wie Sklaven arbeiteten, indem sie mit erstaunlicher Geschicklichkeit Teppiche webten.

Noch herrschte der Schah von Persien; das Land war politisch ziemlich stabil. Sufis, die Mystiker des Islam, wurden verfolgt, wie es heute noch in zahlreichen islamischen Ländern der Fall ist.

Während Salim vertieft war, die Fingerfertigkeit der Kinder zu bewundern, begann er unvermutet ein eigenartiges Unbehagen zu fühlen und wurde sich dessen bewusst, dass der Mann, der im Nachbarladen Kunstgegenstände verkaufte, ihn mit ungewöhnlicher Eindringlichkeit anstarrte. Zugleich kam ihm plötzlich die Erinnerung an einen seiner Träume vor sechs Monaten, in dem ihm die gleiche Szene erschienen war.

Fragen ohne Antworten. Ein Sufimeister.

Verwirrt durch die wiederholten beunruhigenden Vorfälle, begann Salim sich Gedanken über die Fähigkeiten des menschlichen Geistes zu machen, der aus einem unbekannten Grund zuweilen andere, gemeinhin unverständliche Dimensionen berühren kann und auf geheimnisvolle Weise im Verlauf eines nächtlichen Traumes (oder, in ganz besonderen Augenblicken, sogar während des Wachzustandes) Situationen und Orte sehen kann, die weit von der Umgebung entfernt sind, in der man sich befindet, und die man manchmal erst viel später entdecken wird. Warum sich solche Phänomene ereignen, blieb Salim ein Rätsel, oder vielmehr war er nicht willens, darauf eine willkürliche und subjektive Antwort zu geben.

Der Händler, der Salim auf diesem persischen Markt seit geraumer Zeit betrachtet hatte, näherte sich ihm schließlich und murmelte auf Englisch: „Möchten Sie mit mir kommen, um meinen Meister zu sehen?" Sehr überrascht, zögerte Salim einen Augenblick, dann fragte er, wer sein Meister sei und wo dieser wohne. Nach einigen erklärenden Worten vonseiten des Unbekannten gab Salim ihm zu verstehen, dass er einverstanden sei. Gleichzeitig erkundigte er sich, ob es ihnen möglich sei, Madame L., die ein paar Schritte weiter einkaufte, mitzunehmen, wobei er hinzufügte, dass auch sie an dieser Begegnung sehr interessiert sei. Der Mann betrachtete sie einen Augenblick, bevor er antwortete, dann nickte er zustimmend mit dem Kopf. Sie machten daher für den nächsten Nachmittag ein Treffen in ihrem Hotel aus, wo ihr Guide zur festgelegten Stunde erschien, um sie mit einem alten Auto abzuholen. Er nahm eine ziemlich verschlungene Strecke, vielleicht, um sicher zu gehen, dass ihnen niemand folgte, und führte sie aus der Stadt heraus in eine kahle, dürre Gegend, in der sich ein einzelnes schmuckes Haus erhob, das von einigen Bäumen umgeben war. Er führte die beiden Besucher ins Innere, in einen großen Raum, in dessen hinterem Teil sich ein ehrwürdiger und eindrucksvoller Greis mit einem langen, weißen Bart aufhielt. Ruhig dasitzend, wurde er von seinen zehn Söhnen umringt, die alle schon erwachsen waren; es war für Salim offensichtlich, dass sie ihren Vater bewunderten. Dieser sprach weder englisch noch französisch, aber ihr Begleiter diente ihnen als Dolmetscher.

Der Meister zeigte sich sehr liebenswürdig und interessiert an allen Fragen, die Salim ihm stellte. Er bot ihnen Tee an (von dem Salim später sagte, dass er in seinem Leben nie wieder einen so köstlichen getrunken habe), während er über seine spirituelle Arbeit sprach, die hauptsächlich darin bestand, die strengen, moralischen Regeln einzuhalten, lange Zeiten im Gebet zu verbringen und Derwischbewegungen auszuführen. Nach ungefähr zwei Stunden, da es begann, spät zu werden, nahmen Salim und Madame L. Abschied von ihrem Gastgeber und seinen Söhnen, die das Gespräch die ganze Zeit mit großem Interesse verfolgt hatten. Schließlich brachte ihr Guide sie zu ihrem Hotel zurück. Salim war sehr berührt, als sich dieser mit typisch orientalischer Gefühlswärme von ihnen verabschiedete, da er wusste, dass seine Gäste vorhatten, Teheran schon am nächsten Tag zu verlassen, und sie sich wahrscheinlich nie wiedersehen würden.

Persepolis. Abgewendete Gefahren. Ein Tokrul.

Eines Abends erreichten sie die Ruinen von Persepolis. Als Salim zwischen den Gebäuderesten umherwanderte, fühlte er sich von eigenartigen Gefühlen erfasst. Ihm war, als sehe er Frauen umhergehen, die nach der Mode der Antike gekleidet waren und Wasserkrüge auf ihren Köpfen trugen. Er fühlte mit größter Intensität, dass etwas aus einer fernen Vergangenheit in diesen Resten verschwundener Größe immer noch anwesend war. In den folgenden Tagen kam er mehrmals zurück, um an diesem geheimnisvollen Ort umherzustreifen. Seine Gefährten verstanden nicht, was ihn an diesen offensichtlich stummen Steinen so stark anzog. Er hörte später, dass Darius III., König der Perser, der von Alexander dem Großen geschlagen worden war, seinen Bezwinger gebeten hatte, Persepolis zu verschonen; aber, wie so oft in der tragischen Geschichte der Menschheit, hatte der Durst nach Zerstörung gesiegt, und die Stadt war verwüstet worden. Es war, als ob Salim auf unerklärliche Weise das Wehklagen des verschwundenen Volkes auffing.

Nach dieser einzigartigen Begegnung mit einer entfernten Vergangenheit schrieb er ein symphonisches Werk mit dem Titel: *„Au seuil de Persepolis"* („Auf der Schwelle von Persepolis)."

Einige Tage später, nach einer ziemlich langen Autoreise, kam die Gruppe in eine kleine Stadt, wo sie in dem einzig akzeptablen Hotel abstieg. Salim, der im Auto immer reisekrank wird und während der Fahrt akute Darmbeschwerden gehabt hatte, erreichte erschöpft sein Zimmer, ohne in der Lage zu sein zu essen, wie ihm das oft passierte. Nach dem Abendessen beschlossen die beiden Frauen, vor dem Schlafengehen einen Rundgang durch das Viertel zu machen. Salim schaltete sich ein, um ihnen zu sagen, dass es unklug von ihnen sei, zu dieser späten Stunde alleine auszugehen, umso

mehr, als sie nicht verschleiert, sondern der Hitze wegen nach
westlicher Art leicht bekleidet waren. Da sie eigensinnig darauf
bestanden, schlug er vor, dass alle sieben zusammen ausgehen sollten.
Schon, als sie sich vom Hotel entfernten, tauchten von allen Seiten
Männer auf, die ihnen zu folgen begannen. In wenigen Minuten hatte
sich eine unglaubliche Menge von Männern hinter ihnen
zusammengerottet, Bemerkungen von sich gebend, die die
Reisegruppe nicht verstand, aber deren anzügliche Bedeutung sie
erriet. Salim bestand nun energisch darauf, auf der Stelle
umzukehren, da die Situation zu gefährlich würde. Ohne weiter mit
ihm zu diskutieren, machten sie voller Unbehagen kehrt, mussten
sich aber erst einen Weg durch die Ansammlung von Männern
bahnen, die wie mit Bedauern, dass man sie zum Hotel zurückkehren
lassen musste, zurückwich. Infolge dieses Vorfalls, der ziemlich böse
hätte ausgehen können, wurden die abendlichen Spaziergänge
eingestellt!

Am nächsten Tag gingen sie eine alte Moschee besichtigen, die
der Geschäftsführer des Hotels als bemerkenswert bezeichnet hatte.
Nachdem sie den Mann, der der Wächter zu sein schien, mit Gesten
um Erlaubnis gebeten hatten, eintreten zu dürfen, zogen sie ihre
Schuhe aus und traten in das Innere eines imposanten Gebäudes. Die
Mauern waren mit Versen heiliger Schriften und mit Ornamenten
von erstaunlicher Schönheit bedeckt, die zu fotografieren
grundsätzlich verboten war. Da Madame L. trotz allem einige
Erinnerungsfotos gemacht hatte, konnte nur mit knapper Not das
Schlimmste verhindert werden.

Denn sobald einer der betenden Gläubigen sie ihre Kamera
benutzen sah, stürzte er mit erhobenem Messer auf sie zu. Salim
stellte sich mit einem Sprung zwischen die beiden und rief in einem
unglaublichen Reflex die einzigen Worte, die ihm in den Sinn kamen
und mit denen das islamische Gebet beginnt: „bismi 'llāhi 'r-raḥmāni 'r-
raḥīmi" („Im Namen Allahs, des barmherzigen All-Mitfühlenden").
Erstaunt zögerte der Mann einen Moment und ließ dann seinen Arm
sinken, während ein anderer der Frau ihren Fotoapparat entriss und
ihn wütend auf den Boden warf. Mit einer Miene des Bedauerns
steckte der Mann seinen Dolch zurück, und bevor er sie gehen ließ,
richtete er einige Worte an Salim, die dieser nicht verstand. Man muss
wissen, dass im Iran persisch gesprochen wird, während die Gebete,
wie im ganzen Islam, auf Arabisch rezitiert werden, so wie Latein

früher die liturgische Sprache der gesamten Christenheit war. Madame L., deren Leichtsinn tatsächlich die ganze Gruppe in Gefahr gebracht hatte, war wütend, dass ihr Material beschädigt worden war.

Bei einer anderen Exkursion hielt die Gruppe in der Nähe eines „Tokrul", eine Art Turm, auf dessen Dach die Leichen gelegt werden, um von den Geiern gefressen zu werden. Die Menschen, die mit diesem Bestattungsritus betraut waren, wohnten permanent in diesen Gebäuden, die sie nur verlassen durften, um sich mit Lebensmitteln zu versorgen. Sie wurden als eine Art Unberührbare angesehen. Ihre Aufgabe, die darin bestand, die Leichen zu zerstückeln, bevor sie sie auf die Plattform trugen, wurde von Generation zu Generation weitergegeben, in denselben Türmen, in denen diese armen Menschen geboren wurden, aufwuchsen und starben.

Pakistan. Der Chaiber-Pass.

Während der vierwöchigen Reise war Salim weiter mit der Frage beschäftigt, wie er das nötige Geld für den Druck seiner Musik auftreiben könne. Trotz des Ortswechsels und der Freude, den Orient wiedergefunden zu haben, blieb diese größere Sorge im Hintergrund seines Geistes ständig präsent und verließ ihn während der ganzen Reise nicht.

Nach dem Aufenthalt im Iran begab sich die kleine Gruppe nach Pakistan. Schon bei seiner Ankunft in Karachi wurde Salim von dem merkwürdigen Gefühl ergriffen, nach Hause gekommen zu sein.[16] Unerklärliche Gefühlsregungen erwachten in ihm und ließen in seinem Wesen mehr denn je den drängenden Wunsch aufsteigen, eines Tages nach Indien zu reisen. Warum Indien? Er konnte es weder verstehen noch erklären. Übrigens, was diesen Teil der Reise betraf, so fand Salim außer einigen schweigenden und wild aussehenden Sadhus, denen die Gruppe an verschiedenen Plätzen begegnete und denen er nichts Besonderes entlocken konnte, nichts, was ihn in Bezug auf seine spirituelle Suche hätte interessieren können.

---

[16] Pakistan war ein Teil Indiens, bis dieses 1947, als es die Unabhängigkeit erlangte, geteilt wurde.

Um nach Afghanistan zu gelangen, ihre letzte Reiseetappe, mussten sie den Weg über den Chaiber-Pass nehmen, der den Subkontinent Indien gegen Eindringlinge aus dem Westen verteidigt. Zu der Zeit, als das Britische Imperium über Indien herrschte, verfolgten dort junge englische Offiziere wilde paschtunische Rebellen, unbeugsame Krieger, die in den geheimen Grotten ihrer Berge fachmännisch die Gewehre herstellten, die sie gegen die koloniale Ordnung schwangen.

Als die Gruppe zu dem berühmten Engpass kam, in dem zahlreiche Soldaten den Tod gefunden hatten, und die Gedenkschriften entdeckte, die daran erinnerten, dass dieses oder jenes Regiment der britischen Armee an diesem Ort völlig aufgerieben worden war, hatte Salim erneut dieses unerklärliche Erlebnis, sich zu erinnern, diese schon vor sechs Monaten im Traum gesehen zu haben. Er hörte auf, überrascht zu sein, wenn sich dieses Phänomen einstellte, blieb aber weiter jedes Mal beunruhigt.

Die Gruppe hielt bei einer „Chaikhana" (eine Art orientalisches Café) an, um ihren Durst zu löschen und sich für eine Weile vor der starken Hitze zu schützen. Salim wusste, wie unerträglich die Art Hitze, die im Orient herrscht, für einen Abendländer werden kann, der sie nicht gewöhnt ist. Er wusste auch, dass man nur langsam trinken darf, wenn man großen Durst hat, wenn möglich nur Wasser, ungezuckertes Soda oder auch Tee. Letzterer hat die merkwürdige Eigenschaft, kurz nach dem Trinken zu erfrischen; das ist wahrscheinlich der Grund, warum er zum Basisgetränk der Beduinen geworden ist. Trotz seiner Ratschläge stürzten sich die anderen Mitglieder der Gruppe auf die gesüßten Getränke, die sie hastig eiskalt in sich hineinschütteten, was die unerfreuliche Folge hatte, dass sie übermäßig schwitzten

Während sich seine Gefährten in der Chaikhana unterhielten, wechselte Salim, der draußen geblieben war, einige Worte mit den Paschtunen, die sich dort befanden. Sie begannen sofort zu lachen und mit ihm in einer so natürlichen und rührenden Einfachheit zu scherzen, dass das seinen glühenden Wunsch, in den Orient zurückzukehren, um dort zu leben, nur verstärkte. Sie hatten ihn sozusagen als einen der ihren angenommen und behandelten ihn als solchen, indem sie ihm Süßigkeiten vorsetzten und ihm einen köstlichen Kaffee anboten, wie ihn nur die Orientalen zuzubereiten verstehen. Sie setzten ihm einen Turban auf den Kopf und zogen ihm ein langes Gewand an, während einer von ihnen ihm sein eigenes Gewehr über die Schulter hängte, um Fotos aufzunehmen. Und Salim fühlte unter ihren freundschaftlichen Umarmungen eine brennende Sehnsucht nach diesem Teil der Welt, wo die Menschen noch in ihrem Gefühl verankert sind. Als die anderen Gruppenmitglieder aus der Chaikhana kamen, musste er zu seinem Bedauern seinen neuen Freunden Lebewohl sagen, bevor sie die Route nach Afghanistan wieder aufnahmen.

Afghanistan. Die Buddhas von Bamiyan.

Ihre Reise führte sie schließlich nach Bamiyan, an einen sehr eindrucksvollen Ort, wo sich zwei riesige Buddha-Statuen gegen die trockenen Felswände abzeichneten, die größere 53 Meter und die kleinere 38 Meter hoch. Die Statuen waren als Hochrelief gemeißelt, das heißt, sie wölbten sich aus einer Nische heraus, die in den Sandsteinfelsen gehauen war. Man glaubt, dass die oberen Teile ihrer Gesichter aus großen Holz- oder Metall- masken bestanden. Von diesen beiden gigantischen Statuen strahlten eine unglaubliche Schönheit und ein un- beschreiblicher innerer Adel aus. Als die Gruppe diesen Ort verließ und Salim seinen Kopf umwandte, um sie ein letztes Mal zu bewundern, erinnerte er sich plötzlich, die gleiche Situation schon einmal im Traum erlebt zu haben, wo er sich, wie eben in diesem Augenblick, umgedreht hatte, um die beiden Buddhas zu betrachten, die sich von der von Grotten durchzogenen Steilwand abhoben. In diesen

Die grosse Buddha-Statue von Bâmyân

Höhlen hatten Einsiedler in früheren Zeiten ihre Meditation ausgeübt, bevor Glaubens-verfolgungen den Buddhismus aus dieser

Gegend vertrieben. 2001 wurden diese Statuen von den Taliban vollständig zerstört.

Eine merkwürdige Vorahnung. Offene Fragen.

In Kabul mietete die Gruppe zwei Jeeps für ihre Exkursionen. Salim fuhr mit dem einheimischen Chauffeur voraus. In kurzer Zeit freundete er sich mit ihm und seinem Bruder, dem zweiten Fahrer, an. Es dauerte nicht lange, da erzählten sie ihm ihr Leben. Sie waren verheiratet und jeder Vater von zwei Kindern, Söhne, auf die sie sehr stolz waren, während sie sich glücklich schätzten, keine Töchter zu haben. Salim fand das absurd und ungerecht, aber, um sie nicht zu verletzen, behielt er seine Gedanken für sich.

Eines Morgens, als alle im Aufbruch begriffen waren, legte Salim plötzlich ein unerklärliches Verhalten an den Tag; aus einem unerfindlichen Grund weigerte er sich heftig, im Jeep Platz zu nehmen. Er hörte sich zu seinen Kameraden sagen, dass sie an diesem Tag einen Unfall haben würden. Sehr skeptisch, verschonten sie ihn nicht mit spöttischen Bemerkungen und fuhren schließlich ohne ihn ab. Nach ihrer Abfahrt war er wütend auf sich selbst; er konnte nicht verstehen, warum er so etwas behauptet hatte. Die Worte waren aus seinem Mund gekommen, als ob jemand anders sie gesprochen hätte und nicht er. Er konnte sich sein impulsives Verhalten, das er geradezu für widersinnig hielt, nicht verzeihen und schämte sich noch lange. Ihm kam immer wieder in den Sinn, was er seinen Kameraden gegenüber geäußert hatte, und es beunruhigte ihn. Um sich abzulenken, beschloss er, ein Gespräch mit einem der Hotelgäste anzuknüpfen, der, wie sich zu seinem Erstaunen herausstellte, sehr an einer spirituellen Suche interessiert war und der Lehre eines Sufimeisters folgte.

Die Rückkehr der beiden Jeeps war für den späten Nachmittag, gegen sechs Uhr, vorgesehen; aber die Nacht brach herein, und kein Wagen zeichnete sich am Horizont ab. Die Stunden vergingen. Schließlich suchte Salim den Hoteldirektor auf, um ihm seine Unruhe mitzuteilen. Dieser, an die Launen seiner Touristen gewöhnt, versprach ihm jedoch, die Polizei zu benachrichtigen, um seine Gefährten suchen zu lassen, falls diese bis Mitternacht nicht zurückgekehrt seien. Endlich trafen die beiden Fahrzeuge spät in der Nacht ein, das eine das andere abschleppend. Das, in dem Salim normalerweise gesessen hätte, hatte tatsächlich einen schweren Unfall gehabt; ein Lastwagen hatte es mit Wucht gerammt, und wenn Salim auf seinem gewohnten Platz neben dem Chauffeur gesessen hätte, wäre er, nach dem Zustand des Jeeps zu schließen, schwer verletzt, wenn nicht gar getötet worden!

Die Landschaften Afghanistans bestehen im Allgemeinen aus felsigen und trockenen Bergen ohne Vegetation. Nur in der Nähe von Wasserläufen entdeckt man gastlichere Gegenden. Eines Tages, als die Jeeps einen mit Bäumen gesäumten Fluss, den sie entlang gefahren waren, verließen, um erneut die Wüstenhänge zu erklimmen, fühlte Salim einen Schock, als er zum Fuß eines Bergausläufers zurückblickte. Ungefähr zwanzig Meter weiter unten sah er einen Trupp von vielleicht fünfzig angeketteten Gefangenen bei der Arbeit, die von bewaffneten Männern in Khakikleidung bewacht wurden ... genauso, wie sie ihm vor sechs Monaten im Traum erschienen waren. Ratloser denn je, fühlte er sich machtlos angesichts der schweigenden Fragen, die unaufhörlich in seinem Kopf kreisten.

Außer diesem merkwürdigen Phänomen, das darin bestand, gewisse Plätze und Ereignisse, die er vorher im Traum gesehen hatte, wiederzufinden, geschah ihm mehrmals Folgendes: Wenn er sich zum ersten Mal an einem bestimmten Ort befand oder jemanden traf oder etwas tat oder sagte, was er in seinem wirklichen Leben nie zuvor getan oder gesagt hatte, fand er sich für den Bruchteil einer Sekunde in einem unerklärlichen Zustand mit der seltsamen Gewissheit, dass die Ereignisse oder Begegnungen *schon einmal geschehen waren,* aber wo, wann und wie konnte er nicht genauer bestimmen. Phänomene dieser Art, die ihm unbegreiflich waren, begannen sich, kurz nachdem er die Armee verlassen hatte, in ihm zu manifestieren und hörten bis zum Ende seines Lebens nie auf. Jedes Mal, wenn ihm dies widerfuhr, fühlt er sich angesichts dieses Rätsels, das ihn überstieg und ihn ohne Antwort ließ, beunruhigt und verwirrt.

Ende der Reise. Bruder Lorenz.

Es war keineswegs ein Widerspruch, dass sich Salim, der so gerne reiste, bei seinen Fahrten stets elend fühlte, ganz gleich, welches Transportmittel er benutzte. Er sah sich von Jugend an mit diesem

Problem konfrontiert, das für ihn besonders während des Krieges sehr unangenehm wurde, als er oft gezwungen war, weite Strecken im Lastwagen zurückzulegen. Die damaligen Ärzte mussten sich notgedrungen mit dieser Frage auseinandersetzen, als die Soldaten in Landungsbooten transportiert werden sollten. Denn der Zustand einiger Soldaten, die bei unruhiger See sehr krank wurden, barg das Risiko, den Erfolg eines Überraschungsangriffs ernstlich aufs Spiel zu setzen. Die Ärzte, die ein Heilmittel gegen die Seekrankheit suchten, entdeckten als Ursache der Probleme eine Missbildung des Innenohrs, der Salim demnach diese Übelkeiten verdankte, die ihn heimsuchten, sobald er ein Auto, ein Flugzeug oder, schlimmer noch, ein Schiff bestieg; selbst eine Zugfahrt rief bei ihm schnell ein Unwohlsein hervor.

Trotzdem hatte er große Freude an dieser unverhofften Reise. Sie war für ihn wie ein offenes Fenster, das ihm neue Eindrücke und einen Umgebungswechsel ermöglichte; eine frische Brise, die er so dringend brauchte, nachdem er so viele Jahre im materialistischen Westen verbracht hatte, der für ihn zu intellektuell war und blieb.

Bei seiner Rückkehr fand er wieder seine winzige Zelle vor, sowie sein Problem, das er vorübergehend beiseite geschoben hatte und das darin bestand, Geld aufzutreiben, um seine Verleger zu bezahlen, damit sie den Druck seiner Partituren fertigstellten.

In seiner Einsamkeit fand Salim eine unerwartete Stütze in einem kleinen Werk, das er anlässlich eines Besuches bei seiner Familie in London gefunden hatte. Es handelte sich um das Büchlein *„Leben in der Gegenwart Gottes"* von Bruder Lorenz, das nur ein paar Briefe und kurze Lebensregeln enthält. Diese Texte, die ursprünglich im 17. Jahrhundert auf Französisch geschrieben worden waren, erfuhren eine gewisse Berühmtheit, was ihnen zu einer Übersetzung ins Englische verhalf.

Wenn es sich um eine intellektuelle Abhandlung handelte, wie brillant auch immer, gelang es Salim nicht, den Gedanken des Autors zu folgen und er gab das Lesen nach den ersten Seiten auf. Bruder Lorenz dagegen sprach offensichtlich aus einer direkten mystischen Erfahrung heraus, in der sich Salim wiedererkannte:

„Ich weiß, dass, um die Gegenwart Gottes üben zu können, das Herz von allen anderen Dingen leer sein muss, da Gott es alleine besitzen will; und da er es nicht alleine besitzen kann, ohne es von allem zu entleeren, was nicht er ist, kann er dort nicht wirken, noch tun, was er möchte. Es gibt nichts Süßeres und nichts Delikateres in der Welt als das kontinuierliche Gespräch mit Gott; nur die können verstehen, die es praktizieren und es schmecken.

Ein Mittel, um sich während der Gebetszeit im Geiste leicht zu sammeln und sich in Ruhe zu halten, ist, ihn sich zu anderen Zeiten des Tages nicht zu weit aufschwingen zu lassen." [17]

Aix-en-Provence. Erneute Aufführung der Messe.

Kurz nach seiner Rückkehr aus dem Orient wurde Salim die Möglichkeit geboten, dem zeitgenössischen Musikfestival in Aix-en-Provence beizuwohnen, das im Centre d´Humanisme Musical stattfand und sich über einen ganzen Sommermonat hinzog. Es wurde von einem einflussreichen modernen Komponisten geleitet.

Er war von den Veranstaltern eingeladen worden, die von ihm eine Zustimmung zu dieser modernistischen Strömung erwarteten. Das hätte ihm wahrscheinlich sein Leben in vielerlei Hinsicht erleichtert; jedoch konnte er sich nicht den Anschein geben, etwas zu mögen, das er als Verrat am Auftrag des Künstlers empfand, der darin bestehen sollte, Schönheit zu schaffen und durch die Anwendung der Harmoniegesetze unwiderlegbare Wahrheiten über den Kosmos auszudrücken. Da er nicht mehr ertragen konnte, den ganzen Tag Dissonanzen zu hören, kehrte er zwei Tage vor dem Ende der Veranstaltung nach Hause zurück, was ihm die Leiter des Festivals übelnahmen und was seine Beziehungen zu den zeitgenössischen Musikkreisen nicht gerade verbesserte.

Zur gleichen Zeit wurde dank der Vermittlung von Raymond Janot, der kürzlich zum Generaldirektor von Radio-France ernannt worden war, Salims Messe erneut aufgeführt und im Rundfunk gesendet. Eugène Bigot, der seine Musik sehr schätzte, war glücklich, sie ein zweites Mal dirigieren zu dürfen. Am Tag der Sendung gab es

---

[17] Brother Lawrence of the Resurrection: The Practice of the Presence of God, englische Übersetzung John J. Delaney, Doubleday, 1977

ein heftiges Gewitter, das die Qualität der Übertragung sehr beeinträchtigte.

Nadia Boulanger, der Salim die neue Aufführung seiner Messe angekündigt hatte, hatte die Sendung ebenfalls mit großer Anteilnahme verfolgt und ihm folgende kleine Note der Anerkennung geschrieben:

"In spite of the storm, was able to hear your Messe, dear Edward Michael, and was very impressed by the emotion it transmits. The authenticity of its expression, really moving.

Sorry to say it so badly, but this little message is better than silence.

So, very affectionately,

Nadia Boulanger, 23 July 1963."

(Konnte trotz des Gewitters Ihre Messe hören, lieber Edward Michael, und war von der Gefühlstiefe, die sie vermittelt, sehr beeindruckt. Die Echtheit ihres Ausdrucks ist wirklich bewegend.

Es tut mir leid, es so schlecht auszudrücken, aber diese kleine Botschaft ist besser als Schweigen. Ganz herzlich,

Nadia Boulanger, 23.Juli 1963)

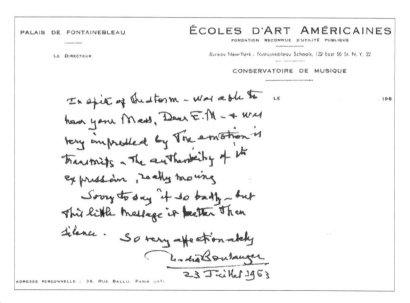

Vorhersage der Bücher Salims

Einmal, als Salim bei seiner Familie in London zu Besuch war, schlug ihm sein Bruder vor, einen Mann aufzusuchen, der für die bemerkenswerte Gabe des Zweiten Gesichts bekannt war und an diesem Abend seine Fähigkeiten vorführte. Salim, der sich nie für spiritistische Sitzungen, Wahrsagen, Hellsehen oder Spiritismus interessiert hatte, stimmte nur seinem Bruder zuliebe und, um auf andere Gedanken zu kommen, zu. Der Saal war mit Neugierigen gefüllt; Salim und Victor setzten sich unauffällig in die hinteren Reihen. Der Hellseher war ein bescheidener Mann, sehr religiös, der nur um einen symbolischen Obolus bat. Er machte mit seinen außergewöhnlichen Fähigkeiten, die er als göttliches Geschenk ansah, kein Geschäft.

Er begann in beunruhigender Weise, Ereignisse zu erraten, die Mitglieder der Zuhörerschaft betrafen. So sagte er zu einer Frau: „Ich sehe ein Flugzeug in Flammen, es fällt, fällt, fällt...Der junge, verletzte Pilot möchte abspringen, aber es gelingt ihm nicht, sich aus dem Cockpit zu befreien!" Und er ahmte ein Flugzeug nach, das nach unten trudelte und auf dem Boden zerschellte. Die Frau begann plötzlich zu schluchzen, ohne dass jemand sie zu trösten vermochte; es handelte sich um ihren Sohn, ein Pilot, der während des Zweiten Weltkrieges bei einem Auftrag verschollen war. Sie sagte weinend: „Wenn ich nur wüsste, wo er begraben liegt; man konnte nie sein Grab finden." Der Seher nahm den Kopf zwischen beide Hände und machte eine ungeheure Anstrengung, sich zu konzentrieren; sein Gesicht rötete sich unter der Anspannung so sehr, dass man hätte meinen können, er stehe kurz vor einem Schlaganfall. Schließlich hörte die Versammlung seine stockende Stimme: „Ich sehe...eine Kirche...einen Friedhof...Frankreich...Sie werden ihn ... finden", und er nannte nun den Namen eines Dorfes mit französischem Klang. Man erfuhr später, dass die Frau an dem angegebenen Ort tatsächlich das Grab ihres Sohnes gefunden hatte!

Dann, zum Schrecken Salims, der nicht im Blickpunkt der Zuhörerschaft stehen wollte, nahm der Mann ihn aufs Korn und sagte, auf ihn deutend: „I hear wonderful music coming from this man, saintly music" („Ich höre wunderbare Musik von diesem Mann kommen, sakrale Musik"). Nach einem Moment des Schweigens fügte er hinzu: „He's a composer, a wonderful composer" („Er ist

Komponist, ein wunderbarer Komponist"). Salim war sehr überrascht, denn es war das erste Mal, dass er diese erstaunliche Persönlichkeit traf, die nichts über ihn wusste. Aber der Hellseher fuhr fort: „He's also a yogi. A real yogi" (Er ist auch ein Yogi, ein echter Yogi"). Bei diesen Worten dachte sich Salim, dass es ihm gar nicht lieb sei, Yogi genannt zu werden, noch dazu öffentlich. Schließlich sagte der Mann noch: „He will write wonderful books one day to help the world" (Er wird eines Tages wunderbare Bücher schreiben, um der Welt zu helfen").

Obwohl er von dem, was der Hellseher gerade behauptet hatte, beeindruckt war, fand Salim letztere, ihn betreffende Vorhersage höchst unwahrscheinlich. Er drehte sich zu seinem Bruder um und sagte zu ihm: „Das ist unmöglich! Wie kann ich ein Buch schreiben, wenn ich noch nicht einmal einen einfachen Brief schreiben kann?" Und er vergaß diesen Vorfall völlig, an den er sich erst nach Jahren wieder erinnerte, als das Unwahrscheinliche Wirklichkeit geworden war.

Spirituelle Arbeit beim Gehen auf der Straße

Salim war immer absolut aufrichtig und versteckte die Schwierigkeiten, auf die er bei seinen Übungen gestoßen war, nicht vor seinen Schülern; er zeigte, dass er die Probleme, auf die die Sucher trafen, aus Erfahrung kannte, und erklärte, wie er sie angegangen und schließlich überwunden hatte.

Alle Alltagsbedingungen dienten ihm als Gelegenheiten, zu sich selbst in die Gegenwart zurückzukehren. Um daher die Zeit zu nutzen, während der er auf der Straße ging, um sich von einem Ort zu einem anderen zu begeben, gab er sich verschiedene Übungen, unter anderem die, die Farbe Rot als Gedächtnisstütze zu benutzen.

Ob es die Kleidung eines Passanten war, ein Auto oder die Lichter der Ampel, jedes Mal, wenn er eine rote Farbe sah, war das für ihn eine Mahnung, zu sich zurück zu kommen und sich auf eine Art wieder seiner selbst bewusst zu werden, die ihm ungewohnt war.

Eines Tages, als er seine bescheidene Zelle in der Rue du Cherche-Midi verließ, um zur Rue du Bac zu gehen, die nicht weit davon entfernt ist, legte er die Übung für sich fest, die Farbe Rot als Erinnerungshilfe verwenden. Er erreichte das Ende der Straße und war erstaunt, keiner einzigen roten Farbe begegnet zu sein, war das möglich? Er beschloss, kehrt zu machen und ging in umgekehrter Richtung los und da sah er, dass er ununterbrochen an der Farbe Rot vorbeiging, da waren Leute mit roten Schals, mit einer roten Weste, rote Rücklichter an den Autos, die bremsten und jeden Moment rot aufleuchteten; und er verstand, dass es in ihm einen Aspekt gab, der sich nicht die Mühe machen wollte, loszulassen, der übliche Aspekt seines Wesens, der lieber weiter an seine Musik oder an seine bevorzugten Interessen denken wollte, als von Augenblick zu Augenblick in die Gegenwart zurückzukommen. Als Salim das später seinen Schülern erzählte, fügte er hinzu, dass er, nachdem er verstanden hatte, was in ihm vorging, sich innerlich einen kräftigen Fußtritt gegeben habe – ein Detail, das sie sehr amüsierte…

Ein andermal, immer noch beim Üben mit der Farbe Rot, als er gerade wieder zu sich gekommen war, tauchte eine andere rote Farbe auf und er kam erneut zu sich zurück, und das vier oder fünf Mal nacheinander. Plötzlich wurde ihm bewusst, dass es in ihm jemanden gab, der sagte: „Das habe ich doch gerade gemacht…", mit anderen Worten, das ist zu viel, ich habe genug. Salim sagte sich daraufhin: „Was will ich eigentlich wirklich?"

Auf der Straße praktizierte er auch das Hören auf den inneren Ton, und zwar auf den belebtesten Straßen, wie dem Boulevard Raspail, nicht weit von der Gare Montparnasse. Er kämpfte mit ruhiger Entschlossenheit, um den Nada trotz des Treibens um sich herum und trotz des ständigen Hupkonzerts (damals durften die Autos noch uneingeschränkt hupen) zu hören. Wie laut auch der Lärm um ihn herum toste, so gelang es ihm schließlich, den Ton mit solcher Klarheit in sich zu hören, dass es außen absolut nichts gab, was ihn unterdrücken konnte.

Anfangs, als er versuchte, ihn draußen beim Gehen zu hören, nahm er einen Baum oder einen anderen Gegenstand vor sich als Markierungspunkt und schaute ihn ununterbrochen (aus den Augenwinkeln) an, wobei er den Abstand, der ihn von ihm trennte, als zeitweise Stütze benutzte, um sich seiner selbst bewusst zu bleiben. Wenn er diesen Markierungspunkt erreicht hatte, visierte er sofort einen anderen an, stets vor sich, während er innerlich fortwährend diesen heiligen Ton hörte. Er stellte fest, dass er auf diese Weise begann, vor einer gefährlichen Identifizierung mit äußeren Umständen, sowie vor von außen kommenden schädlichen Einflüssen geschützt zu sein.

Eines Tages ging er schneller als gewöhnlich, weil er viel zu erledigen hatte, und während er dahineilte, versetzte er sich gedanklich in das, was ihn erwartete. Als er bei seinem Wohnblock ankam, wurde ihm plötzlich bewusst, dass er sich völlig in dieser Beschleunigung verloren hatte, und er fragte sich: „Wie viel Zeit habe ich durch meine Eile letztendlich wirklich gewonnen?" Er kehrte auf der Stelle um und ging die gleiche Strecke noch einmal, diesmal in normalem Tempo, ganz seiner selbst gegenwärtig bleibend; er stellte mit der Präzision eines Musikers fest, dass er nur wenige Minuten gewonnen hatte und für diese wenigen Minuten das hintangestellt hatte, was ihm das Kostbarste war: das Selbstgegenwärtigsein in einem kontinuierlichen Jetzt. Er sah, inwieweit Schnelligkeit eine Falle ist, besonders in unserer Epoche, wo man ständig im Laufen begriffen ist und weniger Zeit hat denn je, und wie wesentlich es ist zu verlangsamen, und sei es nur ein bisschen, um gegen die äußere Hektik zu kämpfen und sich nicht aus bloßer Gewohnheit sinnlos zu beeilen.

Salim erkannte auch die Wichtigkeit, den Kontakt der Sinne mit der Außenwelt als Übungsmittel zu benutzen. Ebenfalls auf der Straße gehend, machte er eine andere Übung im Zusammenhang mit dem Akt des Sehens.

Er betrachtete in einer gewissen Entfernung irgendein Objekt, Baum oder Haus, auf das sein Blick gerade fiel, und beim Schauen wiederholte er innerlich: „Sehen... sehen... sehen..." Gleichzeitig bemühte er sich für etwa 10 Sekunden, dieses Ding, diesen Baum oder dieses Gebäude wirklich zu sehen. Dann, ohne diesen hellwachen inneren Zustand zu verlieren, richtete er seinen Blick anderswohin und fixierte ein anderes Objekt, während er sich demselben Akt des bewussten Sehens widmete.

Um keiner Ablenkung nachzugeben, erinnerte er sich ununterbrochen daran, was bei diesem inneren Kampf für ihn auf dem Spiel stand. Er kämpfte darum, die Intensität seiner Aufmerksamkeit zu erneuern, sobald sie nachzulassen begann, sich bemühend, die Reinheit dieser äußerst wachen Weise zu sehen sogleich wiederzugewinnen. Aus dem Wort an sich – das er ruhig wiederholte – zog er die Kraft, sich mit der Ganzheit seiner selbst dieser hellwachen Weise des Sehens vollkommen bewusst zu werden, ohne den Gegenstand, den er sah, zu benennen oder im Geist irgendeine Meinung darüber abzugeben. Seine Aufmerksamkeit war einzig von der Handlung in Anspruch genommen, das Objekt zu sehen, das sich in seinem Gesichtsfeld befand. Als Ergebnis dieser spezifischen Arbeit erkannte er zunehmend, wie sehr man im Allgemeinen das Leben und die Dinge betrachtet, ohne wirklich zu sehen.

Er wandte diese spirituelle Arbeit auch auf den Akt des Hörens an. Unter all den Tönen, die in der Umgebung, in der er sich gerade befand, ausgesandt wurden, wählte er einen aus und richtete seine Aufmerksamkeit einige Augenblicke darauf, bevor er ihn gegen einen anderen austauschte. Und während er ruhig das Verb: „Hören... hören... hören" wiederholte, bemühte er sich mit seinem ganzen Sein, sich des Aktes des Hörens voll bewusst zu werden, und zwar ohne die Interferenzen, die normalerweise in einem entstehen, wenn man hört. Er entdeckte, dass man auch auf diesem Gebiet, wie beim Akt des Sehens, zwar vernimmt, aber niemals wirklich hört.

Diese Praxis kommt gewissen Übungen sehr nahe, die Buddha in der berühmten Satipatthana Sutta über die Herstellung von Aufmerksamkeit gelehrt hat.

Salim merkte, dass es einem Sucher nur durch eine bewusste Konzentration dieser Art gelingen kann, sich von sich selbst zu lösen, um zu beginnen, das, was er anschaut, wirklich zu sehen, und das, was er vernimmt, wirklich zu hören. Allein durch dieses Mittel, sagte er später zu seinen Schülern, kann er, auf eine für gewöhnlich unerklärliche Weise, das besitzen, was er wirklich gesehen oder wirklich gehört hat und was daher zu einem inneren Reichtum für ihn werden wird, der sich in nichts mit den materiellen Reichtümern der äußeren Welt vergleichen lässt.

Eine mystische Liebeserfahrung

Eines Tages, als Salim sich während seiner Meditation ruhig in sich selbst versenkte, innerlich vollkommen bewegungslos und still bleibend, kam er zu einem Moment, wo er von einem sehr ungewohnten Gefühl der Liebe erfasst wurde, das ihn mit einer erhabenen Empfindung und einer weichen Zärtlichkeit erfüllte, die von der Gegend seines Sonnengeflechts ausstrahlte, eine außergewöhnliche und so starke Empfindung, dass er sich heftig weinend wiederfand, ohne zu verstehen, warum. Diese ungewöhnliche Empfindung vermittelte ihm den seltsamen Eindruck, gleichzeitig tiefste Traurigkeit und höchste Glückseligkeit zu fühlen.

Die Erfahrung dieser ungewöhnlichen Liebe berührte ihn tief. Er erkannte, dass das, was ihm geschehen war, eine außergewöhnliche Empfindung mystischer Liebe war, eine so zarte und merkwürdige Empfindung, dass sie mit nichts zu vergleichen war, was man normalerweise im Leben kennt, denn diese besondere Liebe wurde durch kein äußeres Objekt angeregt noch war sie auf etwas Äußeres gerichtet. Da war einfach nur ein unerklärlicher Zustand der Liebe, eine tiefe Empfindung mystischer Liebe, die sein Herz zum Schmelzen brachte, in die er eingetaucht war und mit der er eins wurde.

Diese seltsame und ekstatische Liebe erschütterte ihn so, dass sein ganzer Körper von Schluchzen geschüttelt wurde. Dieses heftige Schluchzen, das ihn so jäh ergriffen hatte, war, wie er später verstand, auf einen Aspekt seines Wesens zurückzuführen, der nicht genügend vorbereitet war, eine so ungewohnte und so mächtige Erfahrung zu ertragen.

Fasziniert von diesem ekstatischen Gefühlszustand, der ihn völlig überwältigt hatte, wurde er angespannt, verschlossen und melancholisch, unfähig zu arbeiten, mit keinem anderen Wunsch, als sich immer mehr in sich selbst zurückzuziehen und diese Erfahrung erneut zu erleben. Er dachte immer wieder an dieses Erlebnis und war begierig, es noch einmal zu erleben. Seine sehnsuchtsvollen Gefühle wurden zu einer Besessenheit, die ständig an ihm zehrte und ihn von dem entfernte, was sein eigentliches Ziel sein sollte. Er erlitt viele Qualen, bevor er seinen Irrtum erkannte.

Nach und nach wurde ihm klar, dass er sich nicht an die außergewöhnlichen Zustände und die mystischen Phänomene, die er erfahren hatte, klammern durfte.

Er durfte nie, weder bewusst noch unbewusst, versuchen, solche Augenblicke wiederzufinden, so faszinierend und wunderbar sie auch gewesen sein mochten. Er verstand, dass Erfahrungen solcher Art nicht auf Befehl kommen konnten, nicht exakt auf die gleiche Weise und nicht, indem sie genau die gleichen Zustände hervorriefen. Er musste lernen, die innere Einstellung und die subtile Kunst zu kultivieren, seine Meditation immer mit einem Maximum an Aufrichtigkeit und Ruhe zu beginnen, so als ob es das erste Mal sei, alles vergessend, was vorher geschehen sein mochte.

Obwohl er manchmal in der Meditation sehr seltsame mystische Phänomene und einen Vorgeschmack von transzendenten Gefühlszuständen erlebte, verstand er, dass sie sich nur zur Ermutigung und als subtiler Hinweis manifestierten, indem sie gemäß dem besonderen Bedarf des Augenblicks schweigend den Weg wiesen, bevor sie sich für eine Weile teilweise wieder zurückzogen. Er konnte dann Zeiten der Unsicherheit und der Schwierigkeit durchleben, bis es ihm gelang, die richtigen Bemühungen zu machen, um sich noch höher in sich selbst zu erheben. Nun kamen plötzlich andere Erfahrungen, um ihm zu helfen, auf seiner spirituellen Reise noch weiter voranzukommen.

Drei Vereinbarungen mit sich selbst

Um einen anderen Seins- und Bewusstseinszustand von sich in der Gegenwart immer mehr zu verlängern, beschloss Salim, zu verschiedenen Tageszeiten drei Termine mit sich zu vereinbaren. Nach seiner Morgenmeditation visualisierte er im Voraus mit der ganzen Intensität seines Wesens die drei mal fünfzehn Minuten intensiver spiritueller Arbeit, die er an diesem Tag mitten in der Bewegung der existentiellen Welt ausführen wollte. Er traf also mit sich selbst drei Vereinbarungen für verschiedene Uhrzeiten des Tages – die Häufigkeit und die Dauer später steigernd. Während dieser fünfzehn Minuten versuchte er mit seinem ganzen Selbst, den Nada in seinen Ohren zu hören, und zwar als Stütze, um sich seiner selbst auf eine ihm ungewohnte Weise bewusst zu bleiben, während er fortfuhr zu tun, was von ihm im täglichen Leben verlangt wurde, sei es sprechen, schreiben, sich waschen, essen, etc.

Er änderte jeden Tag die Zeiten dieser spirituellen Arbeit, um seine Praxis in allen möglichen Situationen auf die Probe zu stellen. Wenn er die erste Verabredung mit sich vergaß, erlaubte er sich nicht, diese Übung später auszuführen, denn auf diese Art stellte er fest, dass jede verpasste Gelegenheit für immer verloren ist. Er wartete auf den

Zeitpunkt der zweiten Verabredung. Und wenn er den zweiten auch vergaß, wartete er auf den dritten.

Er verpflichtete sich, diese Arbeit genau in dem Moment zu beenden, den er dafür festgelegt hatte, um zu verstehen, was in diesem Moment in ihm vorging. Wie war seine innere Reaktion, wenn er merkte, dass er nicht fortfahren durfte? Wurde er nicht vor die Tatsache gestellt, dass seine körperliche Existenz vergänglich war und dass er, so wie er zum vorgesehenen Zeitpunkt die Gelegenheit verlor, an sich zu arbeiten, am Ende seines irdischen Daseins ebenso die Gelegenheit verlieren würde, mit dem wertvollen Geschenk seines Lebens etwas Wichtiges für seine Evolution zu vollbringen?

Anfangs stellte er irritiert fest, dass er diese wichtigen Verabredungen oft vergaß. Es war, als ob ein Teil in ihm sie vergessen wollte, um der Anstrengung zu entgehen, die von ihm gefordert wurde, sich intensiv seiner selbst bewusst zu bleiben. Und selbst wenn er sich erinnerte, mit dieser Arbeit an sich selbst zur vorgesehenen Stunde zu beginnen, hatte er große Schwierigkeiten, diesen intensiven Zustand der Wachheit im Getriebe des existentiellen Lebens aufrechtzuerhalten; er bemerkte traurig, wie anfällig dieses besondere Bewusstsein seiner selbst war, wie es praktisch unmöglich war, es in der Bewegtheit des täglichen Lebens zu bewahren, und wie es sich in kurzer Zeit veränderte und mit seinem üblichen Zustand des Seins vermischte, in dem Moment, wo er es vollständig verlor und sozusagen wieder abwesend zu sich wurde.

Selbst wenn er sich daran erinnerte, diese spirituelle Übung zur vorgesehenen Stunde auszuführen, und wenn es ihm mehr oder weniger gelang, diesen ungewohnten Bewusstseinszustand fünfzehn Minuten lang aufrechtzuerhalten, machte er es manchmal mit einer gewissen Halbherzigkeit.

Durch die Konfrontation mit den Schwierigkeiten, die er in sich fand, erkannte er, auf welche Weise er noch an dem hing, der er für gewöhnlich war, und er verstand immer mehr, auf das zu verzichten, was von ihm gefordert wurde, damit sich in ihm eine ausreichende Veränderung vollziehen konnte, die ihm erlaubte, dauerhaft von einer ganz besonderen Gegenwart bewohnt zu werden: dieser geheimnisvollen Gegenwart, die ihn erfüllte und ihm die Fülle gab,

die er seit dem Augenblick zu erlangen versucht hatte, als er sich auf
diese geheimnisvolle Suche begeben hatte.

Neue spirituelle Einsichten

Eines Tages, als Salim beim Gehen unter freiem Himmel gerade eine
Konzentrationsarbeit durchführte, die darin bestand, einen
entfernten Punkt vor sich zu fixieren und zu versuchen, sich
ununterbrochen aller Objekte rechts und links von ihm bewusst zu
sein, um eine besondere Ausdehnung des Bewusstseins zu schaffen,
wurde er plötzlich von der Erkenntnis getroffen, dass sich die
Objekte in dem Maß, wie er vorwärts ging, immer mehr von dem
Punkt entfernten, den er fixierte. An einer solchen Feststellung war
offensichtlich nichts Aufsehenerregendes oder Neues; dennoch
erfasste er schlagartig, durch einen geheimnisvollen intuitiven
Einblick, dass die Wahrheiten, die die Leute passiv für unveränderlich
halten – und für die sie zu kämpfen bereit sind –, je nach der
Perspektive, aus der sie betrachtet werden, eine unterschiedliche
Bedeutung annehmen.

Von einem höheren Bewusstseinszustand aus gesehen, wird eine
Wahrheit ein ganz anderes Ausmaß, einen ganz anderen Wert und
eine ganz andere Kraft annehmen, als wenn sie vom üblichen
Zustand des Seins aus gesehen wird, in dem man für gewöhnlich lebt.
Dazu kommt, dass jemand im Rahmen des täglichen Lebens eine
Wahrheit Wort für Wort wiederholen kann und diese doch etwas von
ihrer Richtigkeit und ihrer Kraft verlieren kann, wenn sie nicht auf
die Wirklichkeit des Augenblicks bezogen wird.

Ein andermal gelangte er im Laufe seiner Meditationsübungen
zum Verständnis einer Sache, die sich als sehr wichtig erwies, und
zwar nicht nur für die Konzentrationsübungen, die er in der Unruhe
des aktiven Lebens ausführte, sondern auch, um das letzte Ziel seiner
Suche und der ganzen Arbeit an sich selbst besser zu verstehen. Er
entdeckte, dass in dem Maß, wie sich seine Meditation vertiefte und
er immer mehr in sich versank, deutlich eine Ortsverschiebung in
ihm stattfand, leicht oder stark, gemäß dem Grad, in dem es ihm
gelang, sich von seiner gewöhnlichen Individualität zu entfernen.

Diese Veränderung des Standortes im eigenen Inneren kann
auch wahrgenommen werden, wenn man die Statue eines Buddha

betrachtet. Seine Augen sind symbolisch für die Außenwelt geschlossen und nach innen gerichtet, auf einen Aspekt seines Wesens, in den er so geheimnisvoll verwandelt zu sein scheint. Das rätselhafte Lächeln, das sein Antlitz ziert, offenbart das unbeschreibliche Schweigen und den inneren Frieden, in den er getaucht ist.

Salim erkannte außerdem, dass diese wichtige Veränderung des Platzes in sich, die er bemerkt hatte, sowohl während seiner Meditations- und Konzentrationsübungen als auch, wenn während der Tätigkeiten des Tages ein plötzliches Wieder-Bewusstwerden eintrat, sich auch bei einem empfänglichen Zuhörer vollzieht, der ein großes Musikwerk hört, wenn auch in einem kleineren Maßstab und ohne dass er erkennt, was in ihm vorgeht, um deren großen Wert schätzen zu können. Die Tatsache, dass er sich berührt und erhoben fühlt, wenn er die Musik eines großen Komponisten hört, schafft nämlich in seinem Wesen eine subtile Veränderung seines Standortes, die er nicht wahrnimmt.

Dieses Verständnis bestätigte Salim nicht nur, welche Wichtigkeit die große Musik – wenn sie authentisch ist – im Dasein haben kann, um anderen Menschen zu helfen zu beginnen, an einen Ort in sich versetzt zu werden, an dem sie sich normalerweise nicht befinden.

Ein anderes grundlegendes Verständnis, dass sich Salim als Ergebnis seiner hartnäckigen Konzentrations- übungen erwarb und das er später an seine Schüler weitergab, war, dass wenn ein Schüler innerlich zu erwachen und sich seiner selbst auf eine ungewohnte Weise bewusst zu werden beginnt, es ihm unmöglich ist, dies nicht zu wissen; wenn er dagegen erneut innerlich schläft und wieder in seinen üblichen Zustand der Abwesenheit zu sich versinkt, weiß er es nicht, bis zu dem Augenblick, wo plötzlich wieder eine Bewusstheit eintritt und er innerlich zu erwachen beginnt.

Dank seiner mit Entschlossenheit und Verstehen durchgeführten spirituellen Übungen widerfuhr es Salim in gewissen privilegierten Momenten, plötzlich eine höhere Dimension zu berühren und geheimnisvoll das zu sehen, was ihm all die verschiedenen Aspekte und Möglichkeiten eines Wesens, einer Sache oder einer Situation gleichzeitig zu sein schienen.

Die Göttliche Vorsehung – August 1964

Im August ist Paris wie ausgestorben. In all den schweren Jahren stellte diese Zeit des Sommers Salim immer vor ein besonders hartes Problem. Die wenigen Schüler, die er hatte, waren im Allgemeinen in Urlaub gefahren, ebenso seine Freunde; und sogar das von der Vorsehung geschickte Lebensmittelgeschäft in der Nähe war geschlossen.

Anfang August 1964, als er besorgt das wenige Geld zählte, das übrig war, beschloss er nach langer Überlegung, ein Paket Zwieback zu kaufen, dazu ein paar Rosinen, Mandeln, einige Datteln und getrocknete Bananen, etwas Zucker, ein Paket Pulvermilch, eine Tafel Schokolade und eine Schachtel mit sechzehn Portionen Schmelzkäse, von dem man ihm gesagt hatte, er würde nicht schimmeln, da er in Aluminiumfolie gewickelt sei. (Offenbar besaß Salim keinen Kühlschrank.)

Er teilte seine mageren Vorräte sorgfältig in einunddreißig Teile, was die folgende Menge pro Tag ergab: ein kleines Stück Zwieback, sechs Rosinen, zwei Mandeln, eine halbe Dattel, eine viertel getrocknete Banane, eine halbe Portion Käse, ein winziges Stückchen Schokolade, einen Kaffeelöffel mit Zucker und einen mit Milchpulver, das er in kaltem Wasser auflöste. Sobald Salim seine Nahrungszufuhr auf diese äußerst einfache Kost reduziert hatte, wurde er sehr schnell schwächer. Schon am dritten Tag wurde der Hunger fast unerträglich. Es war für ihn eine echte Selbstverleugnung, sich auf die tägliche Ration beschränken zu müssen, während er den Rest vor Augen hatte und sein Magen pausenlos danach verlangte. Nach kurzer Zeit wurde es ihm unmöglich, seine Hatha-Yogaübungen fortzusetzen, weil er sofort außer Atem geriet. Er machte jedoch weiter seine Pranayamaübungen, aber behutsam, und ohne den Atem lange anzuhalten.

Es war ein wunderbarer Sommer; das Wetter war schön, und um seinen Hunger zu vergessen, ging Salim früh morgens zum Parc du

Luxembourg, um dort schon beim Öffnen der Gitter anzukommen. Um diese Stunde war niemand dort und er konnte in Frieden die Schönheit der Natur genießen. Er liebte es, den Sonnenaufgang zu erleben und das Flimmern der leuchtenden Strahlen im Blattwerk zu bewundern. So verbrachte er eine lange Zeit im Park und beschäftigte sich positiv, indem er, spirituelle Konzentrationsübungen machte. Zuweilen, wenn er sich zu schwach fühlte, um weiterzugehen, blieb er auf einer Bank sitzen. Er hatte immer Notenpapier bei sich, um seine Inspirationen niederzuschreiben. Wenn es zu heiß wurde, ging er heim und kehrte erst in den Park zurück, wenn das Sonnengestirn seine Hitze verloren hatte.

Er merkte, dass es besser war, sein karges Mahl gegen Ende des Tages einzunehmen, denn wenn er am Morgen aß, war der Hunger schwerer zu ertragen. Er trank viel Wasser, um wenigstens etwas in den Magen zu bekommen und ihn dadurch zu beruhigen. Einmal in sein Zimmer zurückgekehrt, meditierte er lange oder komponierte.

Sich diesen Monat, der ihm so lange und so schwierig vorgekommen war, ins Gedächtnis zurückrufend, gestand Salim, dass er sich die ganze Zeit darüber gewundert hatte, dass er, wenn er mit seiner Meditation oder mit dem Schreiben seiner Musik beschäftigt war, so tief versunken war, dass er den Hunger kaum spürte. Aber sobald die Konzentration nachließ, ergriff ihn ein unerträgliches Hungergefühl so heftig, dass er von einem Schwindel erfasst wurde, der ihn zwang, sich kurz hinzulegen.

Manchmal, wenn er im Park saß, sah er den Spatzen und Tauben zu, die ganz nah an seine Bank herankamen, und wunderte sich, wenn er sie Nahrung aufpicken sah, die nur sie alleine wahrnehmen konnten. Er war erstaunt, wie es diesen kleinen Geschöpfen gelang, ihren Lebensunterhalt dort zu finden, wo er nichts erkennen konnte!

Gleichzeitig fühlte er mehr denn je, wie sehr er im Westen, wo er für immer ein Fremder blieb, fehl am Platz war. Er erinnerte sich an seine „Elegie" und seinen „Garten von Tinajatama", deren Orientalismus gewisse moderne Komponisten kritisiert hatten, während die Musiker des Orchesters entzückt waren von dem, was sie „die Atmosphäre aus Tausendundeiner Nacht" in seiner Musik nannten. Ihm kam immer wieder der Gedanke, dass er nicht in der Lage sei, sich in dieser materialistischen Welt zurechtzufinden. Er erinnerte sich an das Gefühl, das er bei seiner Orientreise vor zwei

200

Jahren gehabt hatte, als er sich bei seiner Ankunft in Pakistan gesagt hatte: „Endlich, hier bin ich zu Hause!"

Während die Tage vergingen, widerfuhren ihm merkwürdigerweise hin und wieder, und das, obwohl er sich immer schwächer und leichter fühlte, während seiner Meditation spirituelle Erfahrungen, die ihn verwunderten und ihm gleichzeitig eine Stütze waren, die er dringend brauchte. In diesen außergewöhnlichen Augenblicken begann er mehr denn je zu erkennen, dass die Meditation, wenn sie wirklich tief und intensiv ist, in Wahrheit eine Art Einweihung in den Tod darstellt – aber ein Sterben, um in sich das WAHRE LEBEN zu finden, das Raum und Zeit überschreitet.

So verging der Monat, bald mit Momenten außergewöhnlicher Erhebung, bald voller Verzweiflung. Nach vier Wochen, genau drei Tage vor Ende des Monats, wurde Salim von einer solchen Angst und einem derart unkontrollierbaren Hungergefühl erfasst, dass er sich nicht mehr zurückhalten konnte. Er stürzte sich auf das bisschen Nahrung, das übrig geblieben war, und verschlang es auf einen Schlag. Aber seltsam, statt erleichtert zu sein, fühlte er sich hungriger denn je.

Trotz seines quälenden Zustandes und der Einsamkeit, die ihn bedrückte, gab er sich für die Zeit, die ihn von der Rückkehr seines ersten Schülers Anfang September trennte, in die Hände der GÖTTLICHEN VORSEHUNG.

Er blieb eine Weile auf seinem Bett ausgestreckt liegen, dann beschloss er, etwas spazieren zu gehen. Es war früher Nachmittag; er war in sich versunken und machte gerade eine spirituelle Übung, da schien es ihm, als höre er wie in einem Nebel eine Stimme, die ihn rief: „Salim, Salim!" Da ihn seine Schwäche schwindlig machte, drehte er sich langsam in die Richtung, aus der das Rufen zu kommen schien, und sah Madame Janot, die Frau des Generaldirektors des Rundfunks. Aus einem Grund, den sie ihm zwar erklärte, den er aber nicht wirklich verstand, hatte sie nach Paris zurückkehren müssen. Sie saß im Auto, und während sie zu ihm sprach, sah er sie wie in einem Traum. Sie sagte zu ihm: „Was ist denn mit Ihnen los? Sie sind so mager!" Dann fügte sie hinzu: „Man hat Sie so lange nicht gesehen! Was ist aus Ihnen geworden?" und sie fuhr fort: „Heute Abend kommen einige Freunde zum Abendessen; es wird jemand dabei sein, der sich freuen wird, Ihre Messe zu hören;

möchten Sie Ihre Aufzeichnung mitbringen und zu uns zum Essen kommen?" Seinen Kopf senkend, um die Tränen zu verbergen, die ihm in die Augen stiegen, sagte er sofort zu, während er ein Gefühl überfließender Dankbarkeit der VORSEHUNG gegenüber fühlte, die ihm auf diese Weise zur Hilfe kam.

Weil er kein Geld hatte, um sich eine Fahrkarte für die Métro zu kaufen, machte er sich auf den Weg, gleich nachdem er die Aufzeichnung seiner Messe geholt hatte. Da Madame Janot sehr weit weg wohnte, brauchte er den ganzen Nachmittag, um ihren Wohnsitz zu erreichen. Bei jeder Bank, die sich am Wege fand, hielt er an, um ein wenig zu rasten. Schließlich kam er erschöpft dort an. Madame Janots Mutter, die ihm die Tür geöffnet hatte, empfing ihn mit dem überraschten Ausruf: „Sie sehen ja ganz erschöpft aus!...Was haben Sie gemacht, um so mager zu werden?" Salim wich einer Antwort aus, indem er sie seinerseits nach Neuigkeiten fragte. Sie führte ihn in den Salon, in dem sich mehrere Personen aufhielten, die er alle nicht kannte.

Nach der üblichen Vorstellung fand er in einer Ecke einen Stuhl, auf dem er sich niederließ, während er der Unterhaltung zuhörte, deren Geräusch wie aus weiter Ferne zu ihm zu dringen schien. Er verstand nichts von dem, was gesagt wurde. Die Leute sprachen über Politik und zwar mit einer Sicherheit, wie ihn dünkte, dass er sich noch mehr in einer Welt verloren fand, die ihm stets fremd geblieben war. Alle diese Leute erschienen ihm so brillant und so intelligent, dass er sich noch unwissender vorkam! Die Rauchspiralen, die das Zimmer einnebelten, störten ihn sehr, besonders an diesem Abend, da er sich so erschöpft fühlte.

Schließlich bat Madame Janot die Gäste, ihr ins Speisezimmer zu folgen. Als er sich an den Tisch setzte, sagte sich Salim, dass er sehr aufpassen müsse, nicht schnell zu essen. Aber als die Suppe ausgeteilt war, nahm er nichts anderes mehr wahr, als das Geräusch seines Atems und der Suppe, die seine Kehle hinunterrann. Er kam überrascht zu sich, als er plötzlich die Stimme von Madame Janots Mutter hörte, die ihm, mit einem Schöpflöffel in der Hand, mehr Essen anbot, während sie ihm den Teller nachfüllte, ohne seine Antwort abzuwarten. Im selben Augenblick begegnete er den Augen eines Gastes und eines der Kinder, die ihn mit erstaunten Mienen anstarrten! Und als ihm klar wurde, dass er sich in den Augen der anderen unverständlich benommen haben musste, schämte er sich. Er rügte sich innerlich und ermahnte sich erneut, die folgenden Gerichte langsam zu essen, besonders die festen Speisen, da er sonst riskierte, krank zu werden. Ohne etwas zu sagen, wachte Madame Janots Mutter, die ihm von Zeit zu Zeit einen durchdringenden, jedoch gütigen Blick zuwarf, während des ganzen Essens darüber, dass er reichlich bedient wurde.

Als das Abendessen beendet war, lud Madame Janot alle ein, sich in den Salon zu begeben, um der Messe Salims zuzuhören, während der Komponist friedlich und unauffällig sitzenblieb. Er hörte die Musik kaum; er war in einen Zustand der Euphorie getaucht, den er sich nicht erklären konnte. Als die Musik ausklang, herrschte einen Augenblick lang Schweigen, in dem er sich bewusst wurde, dass aller Augen auf ihn gerichtet waren. Er fühlte, dass die Zuhörerschaft von seiner Musik aufrichtig ergriffen war, und alle kamen, um ihn zu beglückwünschen.

Einer der Anwesenden, ein Herr um die fünfzig, gestand ihm tief bewegt, wie sehr er durch die Feinheit seiner orchestralen Farben und durch das Gefühl eines authentischen Mystizismus, den das Werk ausstrahle, berührt sei. Er fügte hinzu, sehr zu bedauern, dass seine Frau nicht anwesend sei. Da sie selbst Musikerin sei, wäre sie entzückt gewesen, diese Musik zu entdecken. Nach einem Augenblick der Unschlüssigkeit fragte er Salim: „Wollen Sie uns das Vergnügen machen, morgen Abend zu uns zum Essen zu kommen und Ihre Messe mitzubringen? Wir haben einige Gäste, die alle Musiker sind, Interpreten, die, da bin ich sicher, auch daran interessiert sein werden, Ihr Werk zu hören, so wie auch ich es gerne noch einmal hören möchte. Kommen Sie am späten Nachmittag, dann können wir Ihre Messe vor dem Abendessen hören." Salim, tief gerührt von dieser unerwarteten Einladung, die ihm eine weitere Mahlzeit für den nächsten Tag sicherte, sagte zu, dem Herrn für seine Freundlichkeit dankend. Er hatte sich jedenfalls immer gefreut, anderen seine Messe vorzuführen, besonders Menschen, bei denen er ein aufrichtiges Interesse bemerkte.

Als sich Salim, der eine bleierne Müdigkeit fühlte, später am Abend verabschiedete, begleitete ihn Madame Janots Mutter freundlich zur Türe. Als sie ihm die Hand reichte, fühlte er, dass sie ihm unauffällig etwas in die Handfläche gleiten ließ. Als er endlich draußen war, entdeckte er mit Rührung, dass es sich um einen Geldschein handelte, mit dem er sich ein Fahrscheinheft für die Métro kaufen konnte und daher weder nach Hause laufen noch am nächsten Tag zu Fuß zu seinem Abendessen gehen musste..., und es blieb ihm sogar noch etwas Geld übrig!

Als er an diesem Abend in seinem Zimmer ankam, wurde er in dem Moment, als er durch die Tür trat, von der seltsamen Gewissheit erfasst, dass er auf eine unerklärliche Weise *gesehen* oder vielmehr *beobachtet* werde, von etwas Unsichtbarem – wie, um ihn zu beruhigen! Im selben Augenblick erinnerte er sich an die Spatzen im Park, denen es immer gelang zu überleben, indem sie hier und da eine, den menschlichen Augen unsichtbare Nahrung aufpickten, und er begann zu schluchzen. CHRISTI Worte aus dem Lukasevangelium [18] kamen ihm nun mit einem tiefen Gefühl der Verehrung in den Sinn, und trotz des physischen Unwohlseins, das er kurz darauf verspürte, ging er in einem Zustand unsäglicher Ruhe und Erhebung schlafen.

Als er am nächsten Morgen aufwachte, war es noch dunkel. Die Entbehrungen, die er im August durchgemacht hatte, kreisten unablässig in seinem Geist, und er wurde von einer unbezwinglichen Angst erfüllt. Die Qualen dieser vier Wochen, die so hart zu ertragen gewesen waren, konnten sich in Zukunft wiederholen, vielleicht sogar schlimmer! Er erlebte ein Gefühl überwältigender Einsamkeit und konnte sich nicht von dem schmerzlichen Gedanken befreien, dass er sich im Abendland wie ein Fremder fühlte, der auf diesem Teil des Erdballs nicht am Platz war. Er dachte mit Besorgnis an sein Alter und an das, was ihm die Zukunft bringen könnte. In den fast fünfzehn Jahren, die er in Frankreich verbracht hatte, war sein Leben immer heikler geworden, und die Schwierigkeiten, seine Musik aufzuführen, waren allmählich unüberwindlich geworden. Wie sollte es ihm gelingen, zu überleben in einer Gesellschaft ohne erhabeneres Streben, die sich nur um die materielle Seite des Daseins kümmerte.

Sein Blick fiel auf den enormen Notenstoß, der sich am Fußende seines Bettes auftürmte, ein Stoß, der im Laufe der Jahre

---

[18] Lukasevangelium 12, 22: "Darum sage ich euch: Sorget nicht um euer Leben, was ihr essen sollt, auch nicht um euren Leib, was ihr anziehen sollt. Das Leben ist mehr als die Speise und der Leib mehr als die Kleidung. Sehet die Raben an: sie säen nicht, sie ernten auch nicht, sie haben auch keinen Keller noch Scheune, und Gott nährt sie doch. Wieviel mehr seid ihr als die Vögel!

unaufhörlich gewachsen war. In diesem Augenblick durchzuckte ihn ein flüchtiger Gedanke, der später beharrlich immer häufiger wiederkehren sollte: Welche Last stellte doch dieser Stapel in Wirklichkeit für ihn dar! Welche Bürde, an die er sich gekettet fühlte! Solange niemand hörte, was diese Tausende von Blättern enthielten, war das nichts als Papier, Papier, das ihn beschwerte und gefangen hielt. Solange er diesen Berg von Partituren vor sich hatte, hatte er nie die Möglichkeit, sich dem kontemplativen Leben so zu widmen, wie er wusste, dass er es tun müsste. Er fühlte sich, wie ihm das schon öfter passiert war, zerrissen zwischen der Musik und seiner Sadhana[19] – die im Laufe der Jahre einen immer wichtigeren Platz in seinem Leben eingenommen hatte. Und Indien fiel ihm wieder ein, das ihn mit solcher Beharrlichkeit rief, dass er mehr denn je frustriert war.

Die Aussicht auf den Abend, der ihn erwartete, und auf die Begegnung mit interessanten Musikern spornte ihn an aufzustehen. Er wusch sich, setzte sich in der Lotosstellung auf sein Bett und versenkte sich in seine Meditation. Als er die Augen öffnete, war der Tag schon weit vorangeschritten; es war ein schöner, sommerlicher Tag, und er beschloss, sich aufzumachen, um seine Freunde, die Spatzen und Tauben im Parc du Luxembourg, zu treffen. Er verbrachte dort einige Stunden, in denen er bald spirituelle Übungen machte, bald die Inspirationen, die ihm kamen, rasch auf Notenpapier festhielt.

Als es Zeit war, ging er zu Hause vorbei, um die Aufzeichnungen seiner Messe und zweier oder dreier anderer Orchesterwerke zu holen, und machte sich dann auf den Weg zur Verabredung mit seinen neuen Bekannten. Sie wohnten in einem schönen Haus auf den Höhen von Saint-Cloud. Salim wurde von seiner Gastgeberin sehr herzlich empfangen und den anderen Gästen vorgestellt. Unter ihnen befand sich eine junge Sängerin, die stolz und glücklich war, weil eine Platte mit der Oper „L'Enfant et les Sortilèges" von Maurice Ravel, in der sie die Hauptrolle sang, gerade herausgekommen war. Im Gegensatz zum Vortag fühlte sich Salim unter diesen jungen Interpreten wohl. Die Unterhaltung drehte sich hauptsächlich um Musik; sie erzählten sich interessante Anekdoten

---

[19] Ein Sanskritwort, das Methode zur spirituellen Verwirklichung bedeutet.

über ihre Erfahrungen mit Dirigenten und zeitgenössischen Komponisten.

Salim sprach zu ihnen über Symbole, die sich auf den Kosmos und die Spiritualität bezogen und die er in der Musik entdeckt hatte. Er erklärte auch, warum man die Tonalität nicht verlassen dürfe, die den Mittelpunkt darstelle, auf den die ganze Schöpfung bezogen sei und nur um den herum die Musik sich richtig ausdrücken könne. Alle bekundeten lebhaftes Interesse an seinen Erklärungen, die er am Klavier veranschaulichte.

Außerdem erklärte er ihnen, dass die Musik ohne dieses tonale Zentrum nur zu einer Abstraktion ohne Bedeutung führen könne, wovon man sich in der zeitgenössischen Kunst überzeugen könne, deren Werke aus einer rein intellektuellen Idee und nicht aus einer ästhetischen Empfindung entstünden, ganz gleich ob es sich um Musik, Malerei oder Skulptur handle.

Tatsächlich bedauerte Salim, dass das Gefühl in der Kunst von heute keine Rolle mehr spiele, und der Intellekt vorherrsche. Er stellte übrigens fest, dass diese intellektuelle Herangehensweise auch die verschiedenen spirituellen Wege, denen er im Westen begegnen konnte, infiltriert habe und sich leider auch im Orient auszubreiten beginne.

Nachdem sie die Messe gehört hatten, drückten alle ihre Wertschätzung seiner Musik mit einer solchen Begeisterung aus, dass er sich zu Tränen gerührt fühlte. Sein Werk war für diese Musiker der Beweis, dass es noch möglich war, etwas Schönes und Neues zu schaffen, ohne die Tonalität abzulehnen.

Nach einem langen Gedankenaustausch über die Kunst und das moderne Leben freute sich Salim, der hungrig war, als sein Gastgeber zu Tisch bat. Sein Vorsatz, an diesem Tag reichlich zu essen, um den nächsten durchhalten zu können, stellte sich als unnötig heraus. Da alle Gäste den Wunsch äußerten, eine Kopie seiner Messe sowie anderer Stücke, die er mitgebracht hatte, zu erhalten, schlug einer von ihnen, der die nötige Ausrüstung zum professionellen Kopieren hatte, vor, sich dieser Sache anzunehmen, wenn sie zustimmten, morgen zu ihm zum Abendessen zu kommen.

Salim hielt den Kontakt mit diesen sympathischen Freunden aufrecht und versäumte nicht, sie über die seltenen Aufführungen seiner Werke zu benachrichtigen, die dank Manfred Kelkel zustande kamen. So hatte in diesem Sommer 1964 Salim, der menschliche „Spatz", dank der Vorsehung bis zu dem Treffen durchhalten können, das er Anfang September in Port Maillot mit einem zehnjährigen Jungen hatte, um ihm eine Klavierstunde zu geben.

Eine Klavierstunde. Ich gehe gerne dorthin. Salim als Babysitter.

Als er begann, dieses Kind im Klavierspielen zu unterrichten, hatte es große Schwierigkeiten, die Musik vom Blatt zu spielen. Es hatte vorher mit anderen Lehrern gearbeitet, aber erfolglos. Sobald es mehr als drei oder vier Noten spielte, kam es aus dem Konzept und machte Fehler. Es konnte jedoch gut Noten lesen und sie auf dem Klavier finden. Salim versuchte nun zu verstehen, worin das Problem bestand.

Ihn genau beobachtend, bemerkte er, dass der kleine Junge jedes Mal, wenn er spielte, anfangs recht aufmerksam war und die Partitur klar erfasste, aber nach nur wenigen Noten wurde sein Blick unbestimmt und er glitt in einen Raum der Abwesenheit; da er die folgenden Noten nicht mehr sah, irrte er sofort. Salim erklärte ihm freundlich das Phänomen, das in ihm ablief, und sagte zu ihm, dass er ihn vorläufig jeweils nach den ersten vier Noten anhalten werde. Er solle aber äußerst gegenwärtig bleiben und diese paar Noten klar sehen, während er sie spielte.

Als der Junge ein wenig Vertrauen zu ihm gefasst hatte, weil er festgestellt hatte, dass er diese vier ersten Noten korrekt erkennen konnte, bat Salim ihn nun, zu fünf Noten überzugehen, während derer er versuchen sollte, aufmerksam zu bleiben. So steigerte er zunehmend die Anzahl der Noten, bis zu dem Moment, wo das Kind von selbst verstand, dass es, wenn es die Musik fehlerlos vom Blatt spielen wollte, während der ganzen Zeit, in der es spielte, so aufmerksam und gegenwärtig wie möglich bleiben musste.

Salim sagt später zu seinen Schülern, dass die Menschheit einem Kind gleiche. Die Leute verstünden nicht, dass ihr Hauptproblem darin bestehe, dass es ihnen nicht gelinge, beim Umgang mit Ihresgleichen aufmerksam und innerlich gegenwärtig zu bleiben.

Eines Tages, als er sich auf dem Weg zu einem anderen Schüler befand, wurde sich Salim bewusst, dass er diese Unterrichtsstunde, die er als Last ansah, gerne loswerden wollte. Er würde viel Zeit verlieren, denn um sich ein Ticket für die Métro zu sparen, begab er sich zu Fuß zu seinem Schüler, der weit weg wohnte. Er würde zwei Stunden für den Hinweg und genauso viel Zeit für den Rückweg brauchen. Lieber wäre er zu Hause geblieben und hätte Musik geschrieben oder meditiert. Er erkannte nun, dass das Leben ihm eine Art Zwangsyoga auferlegte. Wenn er das, was er zu tun gezwungen war, nicht mit Liebe machte, wenn er zu diesem Schüler ging, indem er sich sagte: „Ach, ich mache das nicht gerne", konnte ihm diese Einstellung spirituell nur schaden und würde sich mit der Zeit noch verstärken. Er beschloss nun, während des ganzen Weges innerlich zu wiederholen: „Oh, wie ich es liebe, mit diesem Kind zu arbeiten, oh ja, ich liebe es, ich liebe es, ich liebe es, ich liebe es…". Bald hatte er es nicht mehr nötig, innerlich dieses „Mantra" zu wiederholen, er begab sich zur Wohnung eines Schülers, ohne sich zu wünschen, woanders zu sein oder etwas anderes zu tun, was sich für ihn als spiritueller Gewinn von großer Bedeutung erwies.

Um sich etwas Geld zu verdienen, betätigte er sich gelegentlich als „Babysitter" bei einer Nachbarin, die zwei kleine Mädchen im Alter von sechs oder sieben Jahren hatte, denen er kleine Geschichten erzählte, um sie zu erheitern. Da es sich um Zwillinge handelte, erinnerte er sich eines Abends an eine orientalische Erzählung, die von den Abenteuern zweier Zwillinge berichtet. Der eine der beiden wurde schon als vollkommener Heiliger geboren, während der andere mühsam jahrelang darum kämpfen musste, einer zu werden. Als Salim seine Geschichte beendet hatte, schaute ihn das eine der Kinder mit großen Augen an und erklärte mit rührender Einfachheit: „Weißt du, Salim, von den beiden Brüdern habe ich den, der Mühe hatte, ein Heiliger zu werden, lieber als den, der schon von Geburt an heilig war." Und seine Schwester fügte hinzu: „Ich auch!" Salim war sprachlos über die beiden Mädchen und sagte sich gerührt, dass Kinder manchmal wichtige Dinge über das Leben intuitiv verstehen, die den Erwachsenen meistens völlig entgehen. Er konnte später nur mit Dankbarkeit an die unerwartete Lektion zu denken, die diese kleinen Mädchen ihm erteilt hatten und die Auswirkungen auf seine spirituellen Bemühungen hatte.

Wenn man einmal etwas gedacht, gesagt oder getan hat

Gewissenhaft sich selbst, die anderen und die Welt im Allgemeinen studierend, entdeckte Salim ein Gesetz, dessen Folgen für eine spirituelle Suche fundamental waren: Wenn man einmal etwas gesagt, gedacht oder getan hat, kann man nicht anders, als es wieder zu sagen, wieder zu denken oder wieder zu tun.

Er stellte zum Beispiel fest, dass, wenn sich jemand, der einen anderen trifft, innerlich sagt: „Ich mag diese Person nicht", der gleiche negative Eindruck sich jedes Mal in ihm wiederholen wird, wenn er Gelegenheit hat, diese Person wieder zu sehen. Wenn er nicht bewusst an sich arbeitet, um sich von seiner Konditionierung zu befreien, und darum kämpft, in der Gegenwart neu zu sein, wird er die andere Person oder sich selbst in dem einsperren, was er das erste Mal gedacht hat und was ständig zu wiederholen er sich gezwungen sieht; und das bezieht sich auf alles, was uns umgibt, auf die Musik, die man hört, die Nahrung, die man isst, die Orte, an denen man sich befindet, etc. Er verstand, wie sehr das Gesetz der Wiederholung daran hindert, etwas oder jemanden auf eine neue Weise zu sehen oder zu hören.

Um sich von dieser Fessel zu befreien, begann er eine Übung, die darin bestand, das, was sich vor ihm abspielte, von einer Stelle weit hinter seinen Augen, vom Inneren des Kopfes aus, zu betrachten. Die Veränderung der Position, die in seinem Wesen stattfand, ermöglichte eine spezielle Löschung, die ihm erlaubte, den Akt des Sehens in seiner Nacktheit zu erfahren, ohne in das verwickelt zu werden, was sich seinem Blick darbot; es gab in ihm kein „dafür" oder „dagegen" mehr, was ihn von den blinden Reaktionen seines gewöhnlichen Ich befreite, die im Allgemeinen aus dem, was er liebte oder nicht liebte resultierten. Er begann, eine gewisse innere Freiheit zu erfahren, die ihm das deutliche Gefühl gab, von dem, was er gerade beobachtete, getrennt zu sein. Aus dieser Veränderung der Perspektive in seinem Wesen erschien ihm alles neu, reicher und intensiv lebendig.

Ein mittelloser Steuerzahler

In unserer Zivilisation macht ein Mangel an Schulbildung den geringsten Verwaltungsvorgang problematisch und das Ausfüllen eines einfachen Formulars wird zu einer Geduldsprobe. Das ist die schmerzliche Erfahrung vieler Einwanderer, aber diese können sich oft auf ihre Gemeinschaft stützen. Salim lebte als Künstler zwar ein innerlich intensives Leben, aber in äußerster materieller Mittellosigkeit und in tiefer Einsamkeit.

Eines Tages wurde er vom Finanzamt vorgeladen, wo man ihn aufforderte, seine Mittel zum Leben darzulegen. Als er seine mageren Einnahmequellen aufzählte, erwiderte die Person hinter dem Schalter ungläubig: „Aber damit kann ja man nicht leben! Sie essen Fleisch, Sie trinken Wein, Sie gehen ins Kino und Sie kaufen Kleidung! Wie stellen Sie es an, das alles zu bezahlen, ganz zu schweigen von Elektrizität, Telefon, Heizung und Miete für Ihre Wohnung?" Als Salim versuchte, ihr zu erklären, dass er kein Fleisch esse, keinen Wein trinke und nur ins Kino gehe, wenn man ihn einlade, dass er seine ganze Kleidung von Freunden geschenkt bekommen habe, dass er weder Strom noch Telefon noch Heizung noch Wohnung habe, sondern nur ein kleines Zimmer, das ihm aus Freundschaft zur Verfügung gestellt worden sei, war alles vergebens. So erhielt er einige Zeit später den Besuch eines Finanzbeamten, der wortlos begann, sich einige Notizen zu machen. Beunruhigt gab Salim ihm zu verstehen, dass das Bett, auf dem er saß, und der Stuhl, der die Wohnungseinrichtung vervollständigte, ihm nicht gehörten, und dass die einzigen Dinge, die er selbst besaß, sich aus dem Stapel Musiknoten am Fußende seines Bettes und aus einem Koffer zusammensetzten. Der Mann sah Salim einen Augenblick schweigend an, dann beruhigte er ihn, während sein Gesichtsausdruck etwas freundlicher wurde, und ging.

Das hinderte die Verwaltung nicht, von ihm dennoch eine kleine Steuer aus seinen „Einkünften" zu erheben; da er nicht wusste, wie er sich verteidigen sollte, mühte sich Salim ab, Sou für Sou den geforderten Betrag auf die Seite zu legen, der, obwohl nur gering, für Salim den Verzicht auf einige Mahlzeiten bedeutete.

Klinikeinweisung wegen Mangelernährung. Die Härte des Winters.

Die Schwierigkeiten, seinen Körper zu ernähren, mit denen Salim seit langem kämpfte, waren schließlich stärker als er. Ein Freund stellte ihn einem Arzt des Hôpital Bichat vor, der ihn in die Klinik einwies, da ihm auffiel, dass sein Bauch aufgetrieben war und seine Beine durch Ödeme geschwollen waren, und da er eine hochgradige Erschöpfung und Schwäche feststellte.

Nach zahlreichen, unangenehmen Untersuchungen sagten ihm die Ärzte, die die Ursache für seine Darmbeschwerden noch immer nicht verstanden und seine finanzielle Situation nicht ahnten: „Sie zeigen ganz einfach alle Symptome der Unterernährung; Sie müssen besser ernährt werden!" Sie päppelten ihn einen Monat auf und überreichten ihm bei seiner Entlassung eine Rechnung, die er nicht bezahlen konnte, da er durch keine Krankenversicherung gedeckt war. Die Mutter der zwei Kinder, denen er Klavierunterricht gab, kam ihm zu Hilfe. Er wusste nicht, wie sie das zuwege brachte, aber es gelang ihr zu seiner großen Erleichterung, seine Schulden zu annullieren.

Einige Monate später, als er sich gerade in Großbritannien aufhielt, wurde er erneut wegen Mangelernährung in die Klinik eingewiesen. Man behielt ihn für zwei Wochen dort, in denen man ihm hoch dosierte Stärkungsmittel verabreichte. Und noch einmal musste er sich in die Obhut einer Klinik begeben, diesmal in Saint-Cloud und wieder aus den gleichen Gründen. Ein befreundeter Mediziner kümmerte sich um die Formalitäten der Kostenübernahme.

Als Orientale war Salim schon von Natur aus hochempfindlich gegen Kälte. Nun war er aber gerade in dieser Zeit mehreren besonders strengen Wintern ausgesetzt. Sich mit kaltem Wasser zu waschen, empfand er als sehr unangenehm, und in seinem Schwächezustand bekam er dauernd Schnupfen und Grippe.

Da er nur einen leichten alten Regenmantel besaß, um sich zu schützen, litt er enorm unter der Kälte, dem Regen und dem Schnee, der, wenn er reichlich fiel, in seine Schuhe eindrang. Diese waren übrigens so abgenützt und durchlöchert, dass er sich aus Kartonresten, die er in Mülltonnen fand, behelfsmäßige Sohlen in seiner Schuhgröße zuschneiden musste. Er trug immer einige in seinen Taschen bei sich, denn wenn die Pappsohlen in seinen Schuhen durchnässt waren, konnte er, wenn er zu jemand kam, ein dringendes Bedürfnis vorgeben und sie unauffällig wechseln. Was seine Socken betraf, so erlaubten sie ihm höchstens, seine Knöchel zu dekorieren, damit man nicht merkte, dass er in Wirklichkeit mit bloßen Füßen in dem steckte, was von seinen Schuhen übrig geblieben war.

Einige unverhoffte Einnahmequellen

Ein junger Komponist, den Salim mit den Gurdjieffgruppen bekannt gemacht hatte, besuchte ihn zum ersten Mal in seiner Wohnung. Als er feststellte, unter welchen Umständen Salim lebte und welche Existenzprobleme er hatte, erzählte er ihm von Freunden, die sich um die musikalische Untermalung im Fernsehen kümmerten. Vielleicht konnten sie seine Musik als klanglichen Hintergrund verwenden, um die Nachrichten zu begleiten – wie das damals noch üblich war –, was ihm eigentlich einige Autorenrechte bringen sollte. Der junge Mann nahm ihn daher in die Technikabteilung des Fernsehens mit, wo er ihn drei oder vier Personen vorstellte, die sich ihm gegenüber sehr entgegenkommend zeigten; sie rieten ihm, einige, nicht für den Verkauf bestimmte Platten von den Orchesterwerken prägen zu lassen, die am ehesten als beschreibende Musik zu bezeichnen waren und die sie nach Möglichkeit bei den Nachrichtensendungen zu verwenden versprachen. Sie setzten ihn jedoch davon in Kenntnis, dass er sich auf eine gewisse Wartezeit gefasst machen müsse, bis die Sacem (Gesellschaft der Autoren, Komponisten und Musikverleger) das Geld eingetrieben habe und ihm die ihm zustehenden Lizenzgebühren auszahlen würde.

Mit Mühe fand er schließlich die Mittel, von privaten Aufzeichnungen seiner Orchesterwerke vier oder fünf nicht-kommerzielle Schallplatten gravieren zu lassen, die er seinen neuen Freunden vom Fernsehen übergab. Während er darauf wartete, seine ersten Autorenrechte zu bekommen, erteilte er weiter seinen wenigen jungen Schülern Unterricht in Musiklehre und Klavierspiel.

Um ihm weiterzuhelfen, sagte ihm einer der Tonillustratoren, dass er ihn, wenn er bereit sei, leichtere Musik zu schreiben, mit einer englischen Gesellschaft zusammenbringen werde, die automatisch die Kosten für Aufführung und Aufzeichnung übernehmen würde. Die Firma würde dann den Vertrieb der Schallplatten übernehmen, die dazu bestimmt waren, in verschiedenen Ländern als Hintergrundsmusik von Dokumentarfilmen und anderen Filmen zu dienen. Unnötig zu sagen, dass Salim auf diesen Vorschlag ohne zu überlegen einging.

212

Anlässlich einer Reise nach London, um seine Familie zu besuchen, nahm er mit dem Verlagshaus, das man ihm genannt hatte, Verbindung auf. Von arglosem Wesen, war er immer geneigt, den Menschen Vertrauen entgegenzubringen und unterschrieb daher auf der Stelle einen Vertrag für mehrere Werke. Als er den Verantwortlichen, mit dem er verhandelte, naiv fragte, wie Sacem von der Sendung seiner Musik Kenntnis erhalten werde, sah ihn dieser verlegen an. Nach einem Moment des Schweigens erklärte er ganz einfach: „Wissen Sie, Sie werden nie ein reicher Mann werden...“

Tatsächlich erhielt Salim aus England nur wenige Autorenrechte. Sein Freund Manfred Kelkel informierte sich für ihn bei Sacem, die ihm antwortete, dass die besagte Organisation bekannt sei und in verschiedenen Ländern Europas und Amerikas unabhängige Zweigstellen habe, die dazu bestimmt seien, die Gelder unter falschem Namen einzuziehen, was es Sacem praktisch unmöglich mache, ihre Spur aufzufinden. Leider seien diese Praktiken gang und gäbe. Und das Empörendste war, dass die Musik, die so unter Vertrag stand, vom Autor selbst nicht mehr genutzt werden konnte!

Es dauerte fast ein Jahr, bis Salim begann, ein paar Lizenzgebühren zu bekommen, die hauptsächlich vom französischen Fernsehen stammten; der anfänglich niedrige Geldbetrag für seine Rechte wurde zunehmend erhöht, bis er für Salim, frisch in Indien angekommen, einen wahren Segen darstellte. Obwohl die Summen, die Sacem ihm ausbezahlte, nicht ausreichten, um in Europa zu leben, erlaubten sie ihm, seinen Unterhalt zu bestreiten, als er in Poona und Madras war, und die Kosten seiner verschiedenen Reisen durch Indien und Nepal zu decken.

Zerstörung seiner Musik – 1965

Trotz der erhabenen spirituellen Erfahrungen, die er während seiner Meditationen und anderer Konzentrationsübungen machen durfte, machte Salim Zeiten der Verzweiflung und der Einsamkeit durch, die er vor seinen Freunden nie zeigte. Wenn er sah, wie die Menschen um ihn herum lebten, wie sie dachten und welchen Beschäftigungen sie nachgingen, konnte er nicht umhin zu fühlen, wie weit entfernt sie davon waren, auch nur vom Vorhandensein eines Zieles zu wissen, das unendlich erhabener ist, als die Beweggründe, die sie für

213

gewöhnlich beseelten. Er hatte unmittelbar erfasst, dass der Mensch, wenn er nicht die Anstrengung unternimmt, sich zu einer anderen Ebene des Seins und des Bewusstseins zu erheben und sich dort zu etablieren, nur fortfahren kann, sehr eingeschränkt zu leben und durch seine begrenzten Sinneswahrnehmungen einen unendlich kleinen Teil der Gesamtheit der möglichen Existenz zu erfahren.

Er war schon immer im Innersten überzeugt, dass die spirituellen und künstlerischen Schätze die einzig wertvollen Ziele im Dasein bilden. Leider, sagte er sich, fehlt ein solches Streben im Leben der meisten Menschen, die, um diese Lücke zu füllen, gegen ihren Willen von Kräften, die nicht in ihrer Macht liegen, getrieben werden, in alle Richtungen zu rennen und sich allen möglichen fieberhaften Tätigkeiten hinzugeben, meist ohne ein bestimmtes Ziel zu haben und ohne an dem, was sie tun, wirklich interessiert zu sein.

Salim dachte unaufhörlich über sein Leben im Westen nach und darüber, wie es sich bis dahin entwickelt hatte. Auch hatte er Angst vor dem, was die Zukunft für ihn in diesem Teil der Welt bereithalten könnte, wenn er alt wäre. Der Wunsch, alles zu verlassen und nach Indien zu gehen, wurde immer mächtiger. Vielleicht fand er dort, was er suchte, aber wie sollte er seine Abreise bewerkstelligen? Mit welchem Geld? Und dann hatte er diesen gewaltigen Stapel Musiknoten, an dem sein Blick ständig hängenblieb und der sich vor ihm wie eine Versuchung und eine Bürde erhob, die ihn nie in Frieden ließ; eine Musik, die ein Teil von ihm war, oder vielmehr, wie er sagte, die den „besseren" Teil seiner selbst ausmachte.

Nach der verheerenden Kritik im Januar 1962 war ihm trotz der vereinten Bemühungen Manfred Kelkels und anderer Freunde klar geworden, dass es ihm nicht vergönnt sei, seine Musik eines Tages in Musikkreisen anerkannt zu sehen, in denen nur noch trockene, intellektuelle Manipulationen Erfolg hatten.

Man könnte denken, dass sich wahres Talent letztendlich immer durchsetze. Nun, es zeigt sich, dass ein Komponist schon zu Lebzeiten ein Mindestmaß an Wertschätzung bekommen muss, und sei es nur, um ermutigt zu werden, seine Arbeit trotz finanzieller oder anderer Schwierigkeiten, die er unvermeidlich auf seinem Wege antrifft, weiterzuverfolgen. Das Conservatoire National de Musique bewahrt Werke von Musikern auf, die niemand kennt und die nie gespielt wurden. Wie viele Meisterwerke schlafen in verstaubten

Schränken? Manche Museen bergen Partituren von unbekannten Opern, schöner als die berühmten Werke von Verdi oder Puccini, die doch auf diesem Gebiet Gipfel erreichen. Durch Zufall hörte Salim einmal im Radio eine bemerkenswerte, unbekannte Oper mit dem Titel „Die Samariterin" von Max d'Ollone, einem französischen Komponisten, der bis zu diesem Tag im Schatten bleibt. Er hörte auch von einem Zeitgenossen Debussys sprechen, der von diesem als ganz großes Talent anerkannt, aber von den Kritikern so vernichtend beurteilt worden war, dass er seine ganze Musik verbrannte hatte; jetzt ist er völlig vergessen.

Man muss bedenken, dass ein Komponist, selbst wenn er einen gewissen Bekanntheitsgrad erreicht hat, nie vor den Launen des Schicksals sicher ist. Arnold Bax, ein englischer Komponist, größer als die meisten der im Vereinigten Königreich berühmten Komponisten, dessen von Debussy beeinflusste Musik vom Geheimnisvollen und von großer Schönheit erfüllt ist, wird praktisch nie gespielt. Mehrere Komponisten von immensem Talent sind in den Wirren der Nazizeit verschwunden. Wie durch ein Wunder sind Walter Braunfels, Alexander Zemlinsky und Berthold Goldschmidt aus einer völlig unverdienten Vergessenheit hervorgeholt worden und werden nach fünfzig Jahren des Schweigens erneut gespielt. Johann Sebastian Bach endlich, den man heute in den Himmel hebt, war praktisch vergessen, als er von Mendelssohn wiederentdeckt wurde. Und was Monteverdi betrifft, so wurde auch er vor kaum vierzig Jahren aus der Vergessenheit gezogen.

Abgesehen von seinen finanziellen Schwierigkeiten und der geringen Hoffnung, dass seine Musik je aufgeführt und herausgegeben werde, fühlte Salim, dass, solange ihm dieser riesige Stoß Partituren vor Augen blieb, der unaufhörlich zur Decke anwuchs, er für immer dessen Gefangener sei. Die Werke eines Musikers sind wie seine Kinder; sie verlangen die volle Aufmerksamkeit ihres Schöpfers, der sich, nachdem er sie in die Welt gesetzt hat, in die Schlacht begeben muss, um das Ziel zu erreichen, für das sie geschaffen wurden, das heißt, in der Öffentlichkeit gehört zu werden.

Die Nutzlosigkeit einsehend, diesen ungleichen Kampf gegen eine Welt zu führen, die für Schönheit unempfänglich geworden war, fiel Salim in Abgründe der Verzweiflung. Schließlich fühlte er in seiner Niedergeschlagenheit, dass ihm nur eine Lösung blieb: diesen Berg von Musik zu vernichten, um nicht von ihm erdrückt zu werden!

Nachdem er den entsetzlichen Entschluss einmal gefasst hatte, teilte er den gewaltigen Stapel von Partituren in kleine Pakete auf, die er mit Bindfäden zusammenschnürte und eines Morgens in aller Frühe in mehreren Etappen aus seinem siebten Stockwerk hinuntertrug, um sie neben die Mülltonnen zu legen. Jedes Mal, wenn er die Treppe hinabstieg, hatte er das entsetzliche Gefühl, zu sterben!

Als er abends mit zerrissenem Herzen dort vorbeiging, war alles verschwunden. Die Musik, die ihn so viel Arbeit, Mühe und Selbstverleugnung gekostet hatte, und für die er in den vielen Jahren immer wieder aufs Essen verzichtet hatte, hatte in den Händen der Arbeiter der Müllabfuhr geendet...

Von diesem qualvollen Tag an, dem schmerzhaftesten von allen, untersagte er sich, je wieder etwas zu schreiben.

Wenn in den folgenden Monaten Inspirationen kamen, unterdrückte er sie standhaft, denn er wusste, dass er, sobald er sich daran machte, sie zu notieren, wie berauscht oder mehr noch wie „eine Frau ‚die im Begriff ist zu gebären", nicht imstande wäre aufzuhören, bevor das Werk beendet wäre. Während des ganzen Schaffensprozesses lebte er nicht mehr, aß er nicht, schlief er nicht, merkte er nicht, ob es Tag oder Nacht war und war von einem brennenden Feuer ergriffen, das er nicht unter Kontrolle hatte. Aus diesem Grund schrieb er später, die großen Künstler seien Wesen, die sich geopfert hätten, um ein wenig Licht in die Welt zu bringen.

Da er Geld brauchte, komponierte er im Laufe der folgenden Jahre auf Anraten seiner Freunde vom Fernsehen einige neue, beschreibende Orchesterwerke („Nathan der Prophet", „Vierzehn malerische Skizzen", „Vier Rituale", etc.), dazu bestimmt, als Hintergrundsmusik für Dokumentarfilme verwendet zu werden, die er darauf spezialisierten Verlegern überließ.

Die Musik, die zum Broterwerb bestimmt war, ausgenommen, hielt er sich an seine Entscheidung, nicht mehr zu komponieren, und erlaubte sich nicht mehr, seinen Inspirationen nachzugeben. Seine Kräfte, die er bis dahin in den Dienst seines musikalischen Schaffens gestellt hatte, wandten sich von nun an ganz seiner spirituellen Suche zu.

Er bezog sich auf diese unvorstellbar schmerzliche Erfahrung, die er gemacht hatte, als er sich entschlossen hatte, seine eigene Musik zu zerstören, als er in seinem ersten Buch „*Der Weg der inneren Wachsamkeit*" schrieb:

„*Wenn es sein Schicksal ist, dass alle Vollkommenheit, für die er so schmerzhaft sein Leben lang gekämpft hat, eines Tages plötzlich in sich zusammenstürzt und zunichte gemacht wird, ja sogar eine Katastrophe nach sich zieht, muss er, inmitten dieser Situation, so verzweifelt sie auch erscheinen mag, koste es, was es wolle, lernen, tief in sich selbst so ruhig und unerschütterlich zu bleiben, wie es möglich ist.*

Er muss sich bemühen, den Mut und die Seelenstärke zu finden, sich von dieser Situation nicht so weit überwältigen zu lassen, dass sie seine spirituelle Arbeit beeinflusst und auch die anderen Aufgaben und Pflichten seines Lebens in Mitleidenschaft zieht."

Er begegnet seiner Gefährtin. Gemeinsame Sehnsucht nach Indien.

Salim hatte das Alter von fünfundvierzig Jahren erreicht. Der Wunsch, nach Indien zu gehen, bedrängte ihn unaufhörlich, aber gleichzeitig kannte er seine Grenzen, wenn es darum ging, sich im äußeren Leben zurechtzufinden, und außerdem fehlte ihm das nötige Geld.

Herr Adie, der sich all die Jahre ihm gegenüber so gütig und verständnisvoll gezeigt hatte, entschloss sich, in Australien zu leben, da er das kalte und feuchte Klima Englands nicht länger vertragen konnte. Nachdem ihm vor etlichen Jahren ein Lungenflügel entfernt worden war, brauchte er ein trockeneres und milderes Klima. Seine Abreise entfachte in Salim nur noch mehr den Wunsch, Europa ebenfalls zu verlassen.

1966 machte er die Bekanntschaft einer jungen Frau, die wie er nach Indien reisen wollte. Die gemeinsame Sehnsucht nach demselben Land brachte sie einander sofort näher. Bald keimte ein zarteres Gefühl zwischen ihnen. Sie war brillant und Salim bewunderte ihre großen literarischen Fähigkeiten. Ihr glühender Wunsch, Sanskrit zu lernen, stieß vonseiten ihrer Eltern auf so heftigen Widerstand, dass diese sie schließlich aus dem Elternhaus warfen.

Salim tat, was in seiner Macht stand, um sie zu ermutigen und sie, dank der bescheidenen Lizenzgebühren, die er zu verdienen begann, in dieser schwierigen Zeit zu unterstützen. Um für sie eine teure Zahnbehandlung zu bezahlen, die sie dringend benötigte, gelang es ihm bei einem Aufenthalt in London, einem amerikanischen Komponisten, dem er schon andere symphonische Musikstücke überlassen hatte, einige Jugendwerke zu verkaufen, die ihm geblieben waren.

Warnende Träume

Eines frühen Morgens, als sich Salim noch im Halbschlaf befand, hatte er einen prämonitorischen Traum, der ihn warnte, dass die Beziehung, die er gerade anknüpfte, für ihn sehr schwierig sein würde; er wachte beunruhigt auf, schlief dann wieder ein und hatte einen zweiten Traum, der den ersten eklatant bekräftigte. Da die Bedeutung dieser beiden Träume keinen Raum für einen Irrtum ließ und die Warnung sehr beeindruckend war, beschloss er, die geplante Zeremonie, die ihn mit seiner Gefährtin verbinden sollte, zu annullieren. Aber er war zu lange alleine gewesen, das zarte Gefühl, das er für sie empfand, die gemeinsame Sehnsucht nach Indien ließen ihn nachgeben und schließlich heirateten sie trotz der beunruhigenden Vorwarnung.

Seine Frau bekam ein Stipendium, um Sanskrit zu studieren, und reiste Ende 1967 nach Indien, in der Hoffnung, dass Salim die nötigen Mittel finden werde, um sich ihr bald anzuschließen.

Vor ihrer Abreise musste Salim unerwartet die kleine Kammer aufgeben, in der es ihm gelungen war, fast zehn Jahre zu überleben, weil Herr und Frau Villequez endlich die Veränderungen in Angriff nahmen, die sie seit langem geplant hatten und die darin bestanden, seine Abstellkammer mit dem angrenzenden Zimmer zu einem Studio zu verbinden. Er wusste nicht, wohin er gehen noch was er tun sollte. Schließlich, nach vielen Anfragen, wurde ihm durch die Vermittlung von Freunden ein kleines Zimmer im 7. Stock eines Gebäudes in der Rue Ledru-Rollin angeboten. Als Gegenleistung gab er der Tochter des Besitzers, der drei Etagen tiefer wohnte,

Klavierstunden. Das Gebäude befand sich an der Kreuzung mehrerer Straßen, und der Verkehr machte bei Tag und Nacht einen Höllenlärm.

In den wenigen Monaten, die er in diesem Zimmer verbrachte, komponierte er, um etwas Geld zu verdienen, eine neue illustrative Musik mit dem Titel „Sept Préludes Symphoniques" (Sieben symphonische Préludes).

Viel später, als er sich in Indien aufhielt, schrieb er aus den gleichen Gründen innerhalb von drei Monaten „La Tragédie de Masada", ein gewaltiges, beschreibendes Werk für großes Orchester, das sich durch seine dramatische Kraft und seine orchestralen Farben auszeichnet.

Die Tragödie von Masada

Salim hörte von Masada zum ersten Mal durch einen Freund in London. Die Tragödie machte einen starken Eindruck auf ihn.

Die Geschichte spielte sich im alten Palästina ab, im Jahr 69 nach Jesus Christus. Das letzte Bollwerk des jüdischen Widerstands gegen die römische Herrschaft suchte Zuflucht in einer uneinnehmbaren Festung auf dem Berg Masada, wo die Soldaten, ihre Familien, die Frauen und die Kinder insgesamt 960 Personen ausmachten. Dort hielten sie die römischen Legionen des Titus drei Jahre lang in Schach. Die Römer mussten vier große Türme und eine Rampe bauen, um auf gleiche Höhe mit der Festung zu kommen. Schließlich gelang es ihnen mit der Hilfe unverhoffter Winde, die großen Holztore in Brand zu setzen. Als die Verteidiger der Stadt ihre unausweichliche Niederlage und die exemplarische Strafe, die sie erwartete, weil sie es gewagt hatten, die römische Macht herauszufordern, vorhersahen, zogen sie es vor, kollektiv Selbstmord zu begehen. Jeder Soldat tötete alle Mitglieder seiner Familie mit deren Zustimmung, dann zogen alle Soldaten ein Los, um zehn unter sich auszuwählen, die die anderen töteten. Auf die gleiche Weise wurde von den zehn Überlebenden einer bestimmt, der die neun anderen tötete und sich schließlich selbst opferte. Als die Römer am nächsten Tag in Masada eindrangen, fanden sie nur das Schweigen des Todes, bis sie bestürzt die Tragödie entdeckten, die sich vor ihren Augen ausbreitete. So außergewöhnlich war der Mut der Rebellen, dass er sogar die Bewunderung der Römer gewann, die zugaben, keine Freude an ihrer Eroberung zu haben, und die den sterblichen Überresten der Rebellen Begräbnisse wie von Siegern ausrichteten.

Die Musik war für ein Filmprojekt bestimmt, das leider nie verwirklicht wurde. Salim hatte hingegen das Vergnügen, seine Komposition im Radio zu hören, denn es gelang einem Freund, der die Aufführung eines zeitgenössischen, symphonischen Stückes dirigierte, sie ins Programm einzuschieben, ohne dass das Prüfungskomitee des Rundfunks davon wusste. Obwohl es sich nur um beschreibende Musik handelte, machte sie einen starken Eindruck und das Sekretariat des Rundfunks ließ Salim wissen, dass sich mehr als zweihundert begeisterte Zuhörer die Mühe gemacht hatten zu schreiben, um ihn zu beglückwünschen und den Sender zu bitten,

öfter die Musik dieses Komponisten zu senden. Obwohl Lob von so vielen Leuten bei einem Sender eher selten vorkommt, war die Gegnerschaft, auf die Salim in der zeitgenössischen Musiklobby traf, ungeschwächt. Das Werk wurde als Vinylschallplatte von Montparnasse 2000 herausgegeben.

Salim schrieb für das Cover die Worte: „Während ich die Musik komponierte, stellte ich mir vor, wie es für diese kleine Handvoll von ein paar hundert Rebellen gewesen sein mochte, von einer unzählbaren Armee römischer Soldaten umgeben zu sein, entschlossen, angesichts einer solchen Herausforderung das Gesicht zu bewahren. (…)

Ich gestehe, dass ich, als ich die Musik schrieb, diese im Innersten meines Wesens erlebte und manchmal sogar überrascht war, mich in Tränen zu finden, während ich komponierte.“

Der Wunsch, sich nach Indien zu begeben, nimmt Gestalt an

Durch einen dieser geheimnisvollen Glücksfälle, die ihn manchmal begleiteten und ihm erlaubten, in den schwierigsten Zeiten seines Lebens durchzuhalten, begegnete er einem Arzt, der soeben von einer Reise in Indien zurückgekehrt war, zu der er auf der Suche nach einem Meister aufgebrochen war. Da er Salims lebhaften Wunsch sah, sich ebenfalls dorthin zu begeben, und gleichzeitig dessen finanzielle Schwierigkeiten bemerkte, besaß dieser Mann die erstaunliche Großzügigkeit, ihm nicht nur ein Flugticket für einen Charterflug der Arab Air Line anzubieten, sondern ihn auch mit den allerwichtigsten Dingen auszustatten, wie Koffer, Schlafsack, Medikamenten, usw.

Die Grenzen eines Berichtes

Als Salim sein glühendes Verlangen, nach Indien zu reisen, Gestalt annehmen sah, wandte er sich voller Hoffnung dem neuen Leben zu, das ihn erwartete, aber er konnte den unaufhörlichen Kampf, den die achtzehn in Paris verbrachten Jahre für ihn dargestellt hatten, nicht vergessen.

Im Laufe dieser Jahre hatte er seine Hoffnungen, die er auf die Musik gegründet hatte, eine nach der anderen in sich zusammenfallen sehen. Seine Gesundheitsprobleme hatten sich als solches Handicap erwiesen, dass er gezwungen gewesen war, nicht nur seine glänzende Karriere als Violinsolist, die er in England begonnen hatte, aufzugeben, sondern auch die Orchesterleitung, die er doch mit Leidenschaft studiert hatte.

Er hatte sich weiteren Prüfungen stellen müssen, als seine Hoffnungen auf ein Bekanntwerden seiner Musik an einem Tag im Januar 1962 durch eine Intrige von Kritikern zu Grabe getragen wurden. Trotzdem hatte er in sich die nötigen inneren Reserven gefunden, um noch drei weitere Jahre seinem musikalischen Schaffen nachzugehen, bevor er sich schließlich 1965 entschloss, die meisten seiner Kompositionen, die ihn eine solche Entsagung gekostet hatten, selbst zu zerstören. Statt dass sich seine Situation im Laufe der Jahre verbessert hatte, hatte er seine finanzielle Lage immer schwieriger werden sehen, ohne einen Ausweg aus dieser Sackgasse erkennen zu können.

Wenn man die Geschichte eines ganzen Lebens durchliest, überfliegt man in wenigen Augenblicken den Verlauf vieler Jahre, die man unmöglich in ihrer wahren Dauer erfassen kann. Die zehn mühsamen Jahre, die Salim in seiner Zelle in der Rue du Cherche-Midi verbrachte, bedeuteten für ihn zehn mal 365 Tage, an denen er jeden Morgen die Kraft finden musste, ums Überleben zu kämpfen, während er hartnäckig seiner Arbeit der Musikkomposition nachging.

Mehr als fünfundzwanzig Jahre später, als er mir diese Geschichte anvertraute, waren ihm diese zehn Jahre noch so lebhaft und so schmerzvoll in Erinnerung, dass es ihm unmöglich schien zu übermitteln, was er wirklich erlebt hatte.

Nur dank seiner spirituellen Praxis und der starken Erfahrungen, die er machen durfte, konnte er die nötige Kraft finden, durch diese Prüfungen zu gehen. Es widerfuhren ihm manchmal so außergewöhnliche Erfahrungen, dass er es nicht wagte, sich jemandem anzuvertrauen, nicht einmal seinem Freund Monsieur Adie. Er spürte deutlich die Unmöglichkeit, sich auf jemanden zu stützen, der ihn hätte leiten können. Und so hoffte er, dass Indien ihm den Meister geben würde, den er sich herbeiwünschte.

Londoner Wunder

Bevor er Europa verließ, reiste Salim nach London, um seine Familie zu treffen und mit seinem englischen Verleger einige letzte Details bezüglich seiner Programmmusik zu regeln. Er ahnte übrigens nicht, dass er seinen Vater zum letzten Mal lebend sah.

Seine Eltern wohnten in einer relativ ruhigen Gegend, nicht weit vom Krematorium, das von einer sehr schönen Gartenanlage umgeben war. Salim ging bei seinen Londoner Aufenthalten gerne dort spazieren. Eines Sonntagmorgens begab er sich dorthin, in Gedanken darüber versunken, was Indien wohl für ihn bereithielte. An einer Stelle angekommen, wo er die Straße überqueren musste, sah er aus Gewohnheit nach links, und da er kein Auto auf sich zukommen sah, betrat er die Fahrbahn. Plötzlich hatte er die schreckliche Empfindung, dass ein dunkler Wind über ihn strich und der Tod ihn gestreift hatte. Gleichzeitig hörte er das scharfe Quietschen von Bremsen, gefolgt vom Krachen eines Aufpralls. Er drehte sich um und sah, dass hinter ihm ein Wagen auf den Gehsteig gefahren war und seine wahnwitzige Bahn an einer Straßenlaterne beendet hatte.

Der unverletzte Fahrer war sofort aus seinem Fahrzeug gestiegen. Wütend auf Salim und gleichzeitig verstört, wiederholte er immer wieder: „Ich verstehe das nicht, ich verstehe das nicht! Etwas hat meine Hand gepackt und das Lenkrad mit Gewalt herumgedreht; ich kann das nicht begreifen!" Trotz seiner Wut war er sichtlich tief erschüttert. Es wurde Salim nun bewusst, dass er, an den Verkehr in Frankreich gewöhnt, vergessen hatte, dass die Autos in England auf der anderen Straßenseite fahren, und so hatte er beim Überqueren in die falsche Richtung geschaut. Ohne diese unerklärliche schicksalhafte Manifestation, die das Auto abgelenkt hatte, wäre er umgefahren und aller Wahrscheinlichkeit nach getötet worden, denn da die Straßen zu dieser morgendlichen Stunde nahezu leer waren, war der Fahrer mit hoher Geschwindigkeit gefahren.

Salim dachte unwillkürlich an die vielen Male, seit er auf der Welt war, da ihm Ereignisse, die mit dem normalen Verstand nicht zu begreifen waren, das Leben gerettet hatten, sei es während seiner Kindheit, während des Krieges, im Laufe seiner Reise nach Afghanistan oder dieses Mal!

Nicht länger in Selbstvergessenheit fallen

In all den Jahren, die er in Paris verbracht hatte, war es Salim, dank eines tiefen Verstehens der grundlegenden Bedeutung dieser Arbeit an sich selbst, gelungen, die nötigen Ressourcen in sich zu finden, um die Umstände, in denen er sich befand, als Sprungbrett zu benutzen, um höhere Ebenen des Seins und des Bewusstseins zu finden.

Er hatte verstanden, dass es das Los jedes Suchers ist, wieder anzufangen, immer wieder anzufangen, die Anstrengung zu machen, zu sich selbst zu kommen, bis der Abstand, der die Momente voneinander trennt, in denen er sich seiner selbst bewusst ist, zunehmend kürzer wird, und sich ein gewisser Grad der Kontinuität des Seins in ihm etablieren kann.

Der Zustand der Wachheit, den er in seinem Wesen zu festigen suchte, war nicht leicht dauerhaft zu machen, aber Salim zeigte eine unerschütterliche Entschlossenheit, denn er fühlte deutlich das Drama des üblichen Zustandes der Abwesenheit von sich, in dem

223

man für gewöhnlich sein Leben verbringt und der in Wirklichkeit einen inneren Tod darstellt. Er hatte erkannt, dass er nur in den Momenten, in denen er damit beschäftigt war, sich im Zustand der Selbstgegenwärtigkeit zu halten, begann, eine subtile Glückseligkeit, eine seltsame innere Sicherheit und einen Frieden, der nicht von dieser Welt war, zu empfinden und dass die Sorgen und Qualen des äußeren Lebens wieder Oberhand gewannen und ihn niederdrückten, sobald seine Bemühungen nachließen.

Nach und nach verlängerten sich die Zeiträume, in denen er sich in einem kontinuierlichen Jetzt seiner selbst bewusst war, immer mehr, bis zu dem Tag, wo sich etwas in ihm etabliert hatte: er fiel nicht mehr in Selbstvergessenheit, eine Schwelle war überschritten. Von nun an machte er seine Bemühungen auf einer anderen Ebene. Jedoch war er sich selbst gegenüber vollkommen klar und ehrlich und wusste, dass er noch nicht von seiner Bindung an die greifbare Welt befreit war: es war ihm noch nicht gelungen, sein individuelles, getrenntes Ich zu überschreiten – so schwer zu erreichen, wie das Leben großer Mystiker beweist.

Anfang 1968 – Indien, endlich!

Zurück in Paris begann Salim mit den Vorbereitungen für seine Abreise. Endlich kam der Tag, da er sich gegen zwei Uhr morgens im Flugzeug nach Bombay wiederfand: sein liebster Traum war im Begriff, sich zu verwirklichen.

Nach mehreren Flugstunden landete das Charterflugzeug in Kairo, und zu seiner großen Bestürzung mussten alle Fluggäste aussteigen. Aus einem Grund, der ihm unbegreiflich blieb, nahmen die Vertreter der Amtsgewalt seinen Pass an sich und gaben diesen erst nach einer endlos scheinenden Wartezeit mit der Weisung zurück, sich zu beeilen, sich den anderen Passagieren wieder anzuschließen. Zu seinem Schrecken entdeckte er, dass die Maschine, die die Reisenden nach Bombay befördern sollte, nicht einmal ein Viertel der Wartenden aufnehmen konnte. Eine Menge verschiedener Nationalitäten drängte sich um das Flugzeug. Salim dachte voller Angst an seine Gefährtin, die ihm nach Indien vorausgeflogen war und die zum Flugplatz kommen würde, um ihn abzuholen. Daher sah er sich, im Gegensatz zu seiner sonstigen Art, sehr energisch seine Ellbogen gebrauchen, um sich einen Weg durch die Menschenmenge zu bahnen und schließlich das Flugzeug zu besteigen. Erst an Bord machte er sich Sorgen um das Schicksal seines Gepäcks, das für den vorhergehenden Flug registriert war, und das er übrigens ohne Zwischenfälle bei seiner Ankunft vorfand. Er hörte später, dass die restlichen Passagiere eine ganze Woche in Kairo auf einen neuen Flug hatten warten müssen!

Nachdem er sich beruhigt niedergelassen hatte, erleichtert darüber, seine Reise fortsetzen zu können, begann er interessiert, sich die anderen Fluggäste anzusehen, die, wie er, auf dem Weg nach Bombay waren. Es waren keine Abendländer darunter, sondern Pakistani, Inder, einige Asiaten und besonders viele Araber, die traditionell in Djellabahs gekleidet waren. Der Flug erschien Salim sehr lang; mit sechs Stunden Verspätung erreichte das Flugzeug schließlich gegen Mittag, Ortszeit, seinen Bestimmungsort. Als er aus dem Flugzeug stieg, sah er mit Erleichterung und Freude von weitem seine Frau, die gekommen war, ihn abzuholen. Während der Fahrt in der Rikscha zu dem Bahnhof, wo sie noch am selben Tag den Zug nach Poona nehmen sollten, hatte er das unbeschreibliche Gefühl, nach Hause gekommen zu sein! Ja, er fühlte sich endlich zu Hause!

Die Stationen von Salims Reisen in Indien

KAPITEL 4

Indien: 1968 – 1974

Poona: 1968 – 1970

Poona[20], erster Morgen

Sie warteten auf den Zug nach Poona in einer Art kleinem Ruheraum, auch „rest room" genannt, der sich im Bahnhof befand und mit einer Liege versehen war. Die Zeitverschiebung, zusammen mit der Ermüdung durch die Reise und den in Kairo durchgemachten Emotionen, ließen ihn in einen bleiernen Schlaf fallen, aus dem er erst kurz vor Abfahrt des Zuges wieder auftauchte.

Es war noch Tag, als sich der Zug in Bewegung setzte, und Salim, der mit Freude im Herzen die Landschaft betrachtete, die vorüberflog und immer gebirgiger wurde, hatte das unerklärliche Gefühl, dass ihm alles seltsam vertraut schien. Er konnte nicht anders, als für sich zu wiederholen: „Ich bin zu Hause... ich bin endlich zu Hause!"

Die Dämmerung brach schnell herein und schuf eine geheimnisvolle Stimmung. Er blieb fasziniert von der Landschaft, die langsam von der Dunkelheit verschluckt wurde, und von den Bergen, die sich vor dem Himmel abzeichneten.

Es war Nacht, als er in Poona ankam, dem Ort, wo seine Großmutter geboren war, und er fühlte eine lebhafte Gemütsbewegung in sich aufsteigen. Die offiziellen Gepäckträger in roter Uniform, die durch Nummern gekennzeichnet waren, stürzten auf sie zu, um ihr Gepäck entgegenzunehmen, in der Hoffnung, sich ein paar Rupien zu verdienen, um ihre Familien ernähren zu können. In Indien fand Salim den Geruch und den malerischen Schmutz des Orients wieder, aber auch die Wärme und die Atmosphäre, die er so liebte. Außerdem, und das war das Wichtigste für ihn, traf er dort eine Achtung vor dem HEILIGEN an, eine Achtung, die spezifisch ist

---

[20] Poona wurde 1976 in Pune umbenannt, Benares wird auch Varanasi genannt, Pondichéry wurde 2006 zu Puducherry, Calcutta wurde 2001 zu Kolkata und Madras 1996 zu Chennai.

für dieses Land, welches das spirituelle Zentrum der Welt war und bleibt.

Da sich das Decan College, wo sie die ersten Tage verbringen sollten, etwas außerhalb der Stadt befand, begaben sich Salim und seine Frau im Taxi dorthin. Der Ort war so schlecht beleuchtet, dass sich Letztere nach langem, vergeblichem Suchen entschließen musste, andere Hausbewohner zu wecken, um das Zimmer zu finden, das für sie reserviert war. Von Müdigkeit übermannt streckte Salim sich auf seinem Bett aus, zog das Moskitonetz herunter und verlor bis zum Tagesanbruch jede Wahrnehmung von der Welt. Er wurde von der Stimme eines Mannes aus dem Schlaf geholt, der nicht weit entfernt einen Bhajan sang, den er mit Rhythmen begleitete, die er mit einem Mridangam[21] schlug. Salim hörte verwundert zu und fragte sich, ob er träume. Alles erschien ihm so unwirklich und doch geheimnisvoll vertraut. Die Melodie dieses Bhajan, die er nur einmal bei seinem ersten Aufwachen in Indien hörte, grub sich für immer in sein Gedächtnis ein.

Nachdem er sich gewaschen hatte, ging er, um sich mit seiner neuen Umgebung vertraut zu machen. Das Decan College, ziemlich weitläufig und beeindruckend, war von den Engländern zur Kolonialzeit erbaut worden, um dort genesende Soldaten unterzubringen, denn wegen seiner Höhenlage von 600 Metern wird Poona als heilklimatischer Kurort angesehen. Die Stadt erhebt sich auf einer Art Plateau, umgeben von kleinen Bergen und Hügeln. Auf dem Gipfel eines dieser Hügel stand ein großer weißer Tempel, den Salim wie im Traum betrachtete. Am Fuß des Hügels bemerkte er das schäbige Lager armer Leute, von denen er später hörte, dass sie Namalis seien, Kastenlose.

Um das Hauptgebäude des Decan College herum lagen mehrere Bungalows, in denen vor allem die Mitglieder des Personals wohnten. Salim und seine Frau sollten sich später in einem von ihnen einquartieren, um dort fast zwei Jahre zu wohnen. Die Anlage war sehr schön, gut gepflegt und hier und da mit Blumenbeeten geschmückt.

---

[21] Indisches Schlaginstrument

Indira Devi

Nach den ersten Tagen im Decan College wurde das Paar für einige Zeit kostenlos bei einer Inderin untergebracht, die am anderen Ende von Poona wohnte, etwas außerhalb der Stadt. Nur wenige Schritte von diesem vorübergehenden Wohnsitz befanden sich ein Tempel und ein kleiner Ashram, bewohnt von einer Frau namens Indira Devi, die als Heilige angesehen wurde. Obwohl sie in Indien nicht sehr bekannt war, besaß sie in Poona ein gewisses Ansehen. Ein ehrwürdiger Greis mit dem Namen Dilip Kumar Roy, ein ehemaliger Schüler von Sri Aurobindo, den sie als ihren Meister betrachtete, lebte ebenfalls dort. Der Ort beherbergte noch einen ziemlich betagten Mann, Sri Kanta, der die Funktionen eines Mädchens für alles erfüllte, und ein Dutzend Frauen, die mit Aufgaben der Haus- und Gartenarbeit beschäftigt waren.

Indira Devi

Sobald Salim den Tempel in der Nähe sah, machte er sich auf den Weg dorthin. Die Abenddämmerung war schon hereingebrochen, als er das Gitter öffnete, das den Weg zu einem reich blühenden Gärtchen freigab. Er zog seine Sandalen aus und betrat den heiligen Ort, wo sich einige Menschen schweigend vor einer Statue des Gottes KRISHNA versammelt hatten. Ein schwacher Schein erleuchtete den mit Räucherduft erfüllten Raum. Überrascht, einen Unbekannten zu sehen, erhob sich ein Mann von etwa fünfzig Jahren und ging auf Salim zu. Nachdem sie leise ein paar Worte gewechselt hatten, unterrichtete er ihn über die Anwesenheit dieser Heiligen und Salim bat darum, ihr vorgestellt zu werden. Er wurde sofort gebeten, den Hof zu überqueren, eine Treppe hochzusteigen und am Ende eines Flurs in einen Raum einzutreten, in dessen Innerem mehrere Personen auf dem Boden saßen. Sie waren um eine Frau geschart, die in Ocker gekleidet, etwa fünfundvierzig Jahre alt und ungewöhnlich schön und strahlend war: Mataji Indira Devi.

Sie sah ihn liebevoll an und sagte mit einem bezaubernden Lächeln auf Englisch: „Here comes a friend" („Hier kommt ein Freund"). Dann fügte sie hinzu: „He is so kind, he is so noble" („Er ist so liebenswürdig, er ist so edel"). Überrascht sagte sich Salim, dass er zwar wisse, dass er hochsensibel sei und es nicht ertragen könne, jemanden leiden zu sehen, sei es Mensch, Tier oder Pflanze, dass er aber nie auf die Idee gekommen sei, edel zu sein. Im Gegenteil, er fand sich selbst arm und elend, auf der Suche nach jemand, der ihm auf seinem spirituellen Weg weiterhelfen konnte. Er fühlte sich bei ihren Worten unwohl. Sie betrachtete ihn lange mit einem feinen Lächeln und bedeutete ihm, sich zu setzen.

Alle sahen sie achtungsvoll und mit der größten Verehrung an. Während des langen Schweigens, das folgte, vermutete Salim, dass die meisten Besucher einfach gekommen waren, um das zu empfangen, was man in Indien „Darshan" nennt, das heißt, das Geschenk des Blickes und der Gegenwart der Heiligen. Manchmal richtete einer von ihnen einige respektvolle Worte auf Englisch oder auf Hindi (was Salim nicht verstand) an sie, wobei er sie mit Ma anredete – was „Mutter" bedeutet. Sie antwortete mit einer zarten Stimme, erfüllt von einer Liebe, die Salim sehr überraschte. Die Versammlung setzte sich hauptsächlich aus vornehmen Indern aus wohlhabenden Familien zusammen. Der ehrwürdige Dilip Kumar Roy, der neben Indira Devi saß und den man mit Dadaji ansprach, sagte wenig. Übrigens war seine Rede trotz seines imposanten Auftretens und seiner Freundlichkeit irgendwie verworren, daher zog es Salim vor, seine Aufmerksamkeit Indira Devi zuzuwenden.

Nach einer gewissen Zeit begannen die Besucher, sich schweigend zurückzuziehen, nachdem sie „Pranam", den traditionellen Gruß, ausgeführt hatten, bei dem man sich bis zur Erde verneigt, nicht vor einer menschlichen Person, sondern vor dem GÖTTLICHEN PRINZIP, das der Yogini oder der Heiligen, an die diese Ehrerbietung gerichtet ist, innewohnt. Indira Devi gab Salim ein Zeichen zu bleiben. Als sie alleine waren, fragte sie ihn nach dem Grund seiner Reise nach Indien und woher er käme. Während der folgenden Unterhaltung sah Salim, dass sie tief religiös war, und er verstand, dass ihr Weg der Bhakti-Yoga war, der Weg der Hingabe –

was ihn nicht unberührt ließ, da er selbst ein religiöses Temperament hatte.

Nachdem er sie an diesem Abend verlassen hatte, erkannte er jedoch, dass sie ihm trotz der Tatsache, dass er sich spirituell wie trunken fühlte, auf seiner Suche nicht wirklich helfen konnte. Manche Mystiker haben nämlich eine angeborene Fähigkeit – die aus der Praxis in einem anderen Leben stammt –, quasi unter allen Umständen eine hingebungsvolle Haltung zu bewahren, aber sie wissen nicht, wie sie diese weitervermitteln können. Darüber hinaus sah Salim in diesem kleinen Ashram niemanden, der sich der Meditation widmete oder Interesse für ein Selbststudium zeigte. Da er indessen die Atmosphäre dieses Tempels sehr liebte, stattete er der Heiligen im Laufe der zwei Jahre, die er in Poona verbrachte, regelmäßige Besuche ab. Ohne ihm direkt zu helfen, spielte sie dennoch eine nicht zu vernachlässigende Rolle bei seiner Sadhana.

Natco House. Adoption eines Hundebabys.

Kurze Zeit nach seiner Ankunft wurde Salim ernstlich krank, indem er unter seinen üblichen akuten Darmbeschwerden litt. Die Person, bei der er behelfsmäßig untergebracht war, stellte ihn Doktor Patki vor, einem sehr liebenswürdigen Mann, der schnell ein Freund wurde und sich während der Zeit seines Aufenthalts in Poona um ihn kümmerte. Nach einer Reihe von Untersuchungen, von denen einige sehr unangenehm waren, musste der Inder, wie seine westlichen Kollegen, angesichts des Problems, an dem Salim so sehr und schon so lange litt, seine Unwissenheit eingestehen.

Einige Zeit später zogen Salim und seine Frau in eine kleine Wohnung im ersten Stock eines Hauses mit dem Namen „Natco House". Sie gehörte einer Französin, die im Decan College arbeitete und überstürzt nach Frankreich zurückkehren musste, um sich dort einem chirurgischen Eingriff zu unterziehen. Dort wohnten sie die zwei oder drei Monate, die sie abwesend war. Obwohl die Wohnung weit vom Ashram Indira Devis entfernt war, besuchte Salim sie doch von Zeit zu Zeit und nahm an bestimmten Morgen an den Pujas (religiöse Zeremonien, begleitet von Gesängen) teil, in deren Verlauf Dadaji Bhajans sang.

Als er eines Tages das Haus verließ, bemerkte er einen armen Welpen, der durch ein Fahrzeug verletzt worden sein musste, denn er zog mühsam seine gebrochenen Hinterpfoten nach und sein verletzter und blutiger Schwanz war von Fliegen bedeckt.

Beim Anblick des bedauernswerten Tieres erkundigte sich Salim, der nicht ertragen konnte, es so leiden zu sehen, sofort nach einem Tierarzt. In Indien kümmern sich die Tierärzte um Nutztiere, aber niemals um Hunde, die meist wild leben. Der, an den er sich wandte, machte erst viele Schwierigkeiten, willigte aber schließlich ein, das unglückliche Tier für einige Tage in seine Obhut zu nehmen – die Zeit, die nötig war, um es zu operieren und zu versorgen. Nach zwei Wochen Pflege beglich Salim die Rechnung und erhielt das kleine Tier zurück, das er bei sich behielt.

Hatha-Yoga bei Iyengar. Umzug ins Decan College.

Das Natco House lag an der Kreuzung lärmerfüllter Straßen; zu dem pausenlosen Verkehrslärm kam das Hupen der Rikschas und der Autos und auch das ganz nahe Pfeifen der Dampflokomotiven, deren Maschinisten wie zum Spaß rhythmisch den Druck abließen. Neben dem Haus befand sich ein christliches Kloster, das von indischen Nonnen bewohnt wurde. Salim ging manchmal dorthin, auf der Suche nach etwas Ruhe in ihrem Garten; auf einer Bank sitzend, versank er in Gedanken. „Indien", sagte er sich, „ist ein riesiges Land; wie soll ich ohne irgendeinen Hinweis dort die spirituelle Hilfe finden, die zu suchen ich gekommen bin?"

Der einzige Mensch, von dem er gehört hatte, als er noch in Paris lebte, war ein angesehener Hatha-Yogi, Iyengar, der ausgerechnet in Poona wohnte. Da Salim sich für Hatha-Yoga begeisterte, verlor er keine Zeit, sein Schüler zu werden und nahm regelmäßig Privatstunden bei ihm.

Iyengar besaß eine erstaunliche Meisterschaft über seinen Körper und lehrte die verschiedenen Asanas und Pranayamaübungen mit unbestreitbarer Geschicklichkeit, aber Salim fand bei ihm nicht das, was er suchte, denn dieser berühmte Meister des Hatha-Yoga predigte oder lehrte weder eine Meditationstechnik, noch das Selbststudium, noch eine Konzentrationsübung, Aspekte einer Praxis, deren Bedeutung Salim erfahren hatte. Iyengar legte sein

Augenmerk ausschließlich auf die körperlichen Ergebnisse dieses Weges. Indessen profitierte Salim von der Gelegenheit, die ihm das große technische Wissen Iyengars bot, sein eigenes Wissen auf diesem Gebiet zu vervollständigen.

Iyengar 1968

Er hörte auch von einem Hatha-Yogazentrum, das in Lonavala lag, etwa vierzig Kilometer von Poona entfernt; eines Tages begab er sich voller Hoffnung dorthin, aber nur, um eine bittere Enttäuschung zu erleben; der Meister war tot, und er sah dort bloß Abendländer und einige Inder, die von der Unterstützung lebten, die man ihnen ohne Zweifel aus Verehrung für den verstorbenen Meister weiter bezahlen musste.

Einige Wochen später zog das Paar von neuem um und ließ sich (dank der Empfehlung der liebenswürdigen Französin, deren Wohnung es vorübergehend belegt hatte) für den Rest seines Aufenthaltes in Poona nieder, in einem Bungalow des Decan College.

Der kleine Pavillon, der leicht erhöht lag, um während des Monsuns vor Überschwemmungen sicher zu sein, war länglich gebaut, mit zwei ziemlich dunklen Zimmern; Küche und Bad führten auf einen langen Gang. Nach westlichen Maßstäben war der Komfort eher bescheiden: Das Badezimmer, das keinen Wasseranschluss hatte, bestand aus einem Abfluss für die Dusche und den Hocktoiletten. Das Wasser lief am frühen Morgen nur spärlich aus dem einzigen Hahn in der Küche, insgesamt ungefähr zwei Stunden am Tag. Salim sorgte daher täglich dafür, dass zwei große Eimer und einige Kochtöpfe gefüllt wurden, um einen ausreichenden Vorrat zum Kochen, Waschen und Trinken für den ganzen Tag zu haben. Manchmal rann die kostbare Flüssigkeit etwas reichlicher und länger, aber das war die Ausnahme. Er musste seine Wohnung ständig mit roten Schaben, Mücken, Eidechsen und zwei oder drei Fledermäusen teilen, die den Tag über hartnäckig an der Decke hängen blieben und bei Einfall der Dunkelheit lautlos davonflogen.

Fröhliche Dorfbewohner. Salim organisiert sich.

Ungefähr fünfhundert Meter vom Bungalow entfernt befand sich ein kleiner Weiler, der von sehr armen Bauern bewohnt war. Als sie hörten, dass die neuen Mieter der Wohnung Fremde seien, kamen sie schüchtern, um zu fragen, ob sie jeden Morgen Wasser holen dürften, wenn er sich selbst damit versorgt hätte. Da sie von den anderen Indern als niedere Kaste angesehen wurden, wussten sie im Voraus, dass sie bei einem Glaubensbruder eine abschlägige Antwort bekommen hätten. Salim sah keine Unbequemlichkeit darin, das Wasser mit diesen armen Leuten zu teilen. Daher konnte er jeden Morgen einem langen Zug von Frauen zusehen, die große Krüge trugen, welche sie geduldig füllten. Sie scherzten und lachten unaufhörlich, während sie warteten, bis sie an der Reihe waren. Salim war sehr beeindruckt von der Tatsache, dass er in Europa nie fröhlichere Leute als diese getroffen hatte, und das trotz ihrer bitteren Armut. Als er versuchte, den Grund für ihre Freude zu verstehen, kam er zu dem Schluss, dass diese mittellosen Frauen im Gegensatz zu den Abendländern, die nur im Kopf leben, noch in ihrem Gefühl verankert waren und mehr in der Gegenwart lebten.

Salim vor seinem Bungalow, 1969

Was die Qualität des Wassers betraf, das oft schmutzig aus dem Hahn rann, flößte es Salim so wenig Vertrauen ein, dass er es lange kochen ließ und vor dem Trinken sorgfältig filterte. In einem Land wie Indien musste er das Wasser desinfizieren und sich vor Mücken, Fliegen, Skorpionen, unzähligen Schaben, die überall herumliefen,

Mäusen und manchmal sogar vor Ratten schützen, denen es gelang, in die Zimmer einzudringen.

Nach und nach lernte er, sich zu organisieren. Er fand in der Nähe sogar eine Möglichkeit, sich mit frisch gemolkener Milch zu versorgen. Da das Decan College am Rand von Poona lag, musste er eine Rikscha nehmen, um in die Stadt zu fahren, wo er beim kleinsten Kauf feilschen musste. Sobald die Händler sahen, dass sie es mit einem Ausländer zu tun hatten, verdrei- oder vervierfachten sie den Preis, was wirklich jeden Einkauf in eine ermüdende Diskussion verwandelte.

Innerhalb des Geländes des Decan College lebte ein Angestellter mit seiner Familie, der die Aufgabe hatte, sich um den täglichen Bedarf des College zu kümmern, und der ein vom Institut zur Verfügung gestelltes Fahrrad benutzte. Salim sagte sich, dass sich dieser vielleicht bereiterklären würde, gegen ein vernünftiges Entgelt die Einkäufe für ihn zu erledigen. Der Mann willigte überglücklich ein, und Salim seinerseits konnte sich nur über dieses Arrangement freuen, denn sein Laufbursche erwies sich als sehr ehrlich.

Der Tod seines Vaters

Kurze Zeit nach seiner Ankunft in Poona erhielt Salim die Nachricht vom Tod seines Vaters. Dieser hatte unter einer schweren Lungenkrankheit gelitten. Bei seinem letzten Aufenthalt in London hatte Salim gesehen, wie er den ganzen Tag hustete, ohne richtig Luft zu bekommen. Obwohl er dauernd Blut spuckte, wollte er sich nicht in einer Klinik behandeln lassen; er hatte Angst vor Krankenhäusern.

An einem Sonntagmorgen, es war noch sehr früh, erhielt Salim einen Telefonanruf von seinem Bruder. Er verstand sofort, dass er vom Tod seines Vaters unterrichtet werden sollte. Er war von dieser Nachricht sehr betroffen, besonders, als er später in einem ausführlichen Brief hörte, auf welche Weise dieser gestorben war.

Er war in die Klinik eingeliefert worden. Als Salims Mutter und sein Bruder ihn besuchten, stand sein Atem plötzlich still und setzte seinem Leidensweg ein Ende. Aber Salim hörte traurig von seinem Bruder, dass das Klinikteam sich sofort daran machte, ihn wiederzubeleben. Einige Minuten später hörte er erneut auf zu atmen, aber die Ärzte, die nicht das geringste mystische Wissen auf einem so ernsten Gebiet wie dem von Leben und Tod hatten, kämpften erbittert darum, diesen alten, gelähmten Mann von neunundachtzig Jahren wiederzubeleben, wodurch sie ihn zwangen, ein weiteres Mal zurückzukehren, um diesen verwüsteten Körper in Besitz zu nehmen. Beim dritten Mal erhielt der arme Mann endlich die Erlaubnis, das Gefängnis seiner körperlichen Hülle zu verlassen, die für ihn völlig untauglich geworden war.

Salim wusste aufgrund wiederholter eigener mystischer Erfahrungen, dass, einen Menschen auf diese Weise zurückzuhalten und ihm nicht zu erlauben, seinen Körper zu verlassen, wenn die Stunde gekommen ist, um von seinen Leiden befreit zu werden, nur mit dem verglichen werden kann, was geschieht, wenn man ein Kind daran hindert, geboren zu werden, wenn der Zeitpunkt der Entbindung gekommen ist.

Die Beerdigung hatte kaum zehn oder zwölf Stunden nach dem Tod stattgefunden. Salim wusste, dass eine so kurze Frist demVerstorbenen große Leiden verursacht, denn er bleibt noch drei bis vier Tage mit seinem Körper verbunden. Der Tote wird nicht in der gleichen Weise in Mitleidenschaft gezogen, wenn er verbrannt wird, statt beerdigt zu werden, was die Bestattungsrituale in Indien erklären könnte.

Nach diesem Telefonanruf musste er den ganzen Tag an seinen Vater denken. Als der Abend gekommen war, zündete er eine Kerze an, während er intensiv an ihn dachte. Auf einmal fand er sich in einen seltsamen Zustand getaucht, in dem ihm unvermutet sein Vater erschien! Er war kleiner als in Wirklichkeit, schien aber erstaunlich stark und von guter Gesundheit. Von Kummer niedergedrückt, zog Salim ihn an seine Brust, um ihm zu sagen, wie sehr er ihn liebe. Dieser antwortete mit einer Art Ungeduld, dass auch er ihn sehr liebe, dann verschwand er plötzlich! Unversehens allein, kehrte Salim aus dieser merkwürdigen Trance zurück. Er verstand blitzartig, dass sein Vater gekommen war, um ihm zu verstehen zu geben, dass sein Kummer ihn irritiere und dass er ihn gehen lassen und nicht mit seinen Gedanken zurückhalten solle – zumal durch all die spirituelle Arbeit, die er geleistet hatte, sich seine Konzentrationsfähigkeit beträchtlich verstärkt hatte.

Wenn später das Bild seines Vaters in seinem Geist auftauchte, stellte er ihn sich sofort glücklich, lächelnd und von göttlichem Licht umflutet vor. Salim erlaubte sich nie, seine Gedanken zu dem Verfall des väterlichen Körpers, der unter der Erde ruhte, wandern zu lassen.

Verbesserung der Gesundheit Salims

Während seines Aufenthalts in Indien bereitete sich Salim sein Essen selbst zu. Hier fand er die Küche seiner Kindheit auf der Grundlage von Reis, Gemüse und Früchten wieder. Obwohl seine Gesundheit noch sehr anfällig blieb, besserte sie sich doch zusehends. Diese Tatsache schrieb er einerseits dem Klima Indiens zu, das ihm gut bekam, andererseits der Freiheit, mit der er sich seinen spirituellen Übungen widmen konnte. Er konnte es langsam wagen, freier auszugehen, bemerkte jedoch, dass diese akuten Darmprobleme erneut auftraten, wenn er bei Freunden zum Essen eingeladen war.

Salim, der schon immer ein Frühaufsteher war, liebte es, dem Sonnenaufgang beizuwohnen, wenn er draußen im Gehen seine spirituellen Übungen machte. Der Sonnenuntergang war ein anderer Zeitpunkt, der ihn besonders faszinierte, denn in den Tropen fällt die Nacht schnell herein und schafft eine zauberhafte Stimmung.

Er begann, viel zu meditieren, und nutzte die Tageszeiten, an denen er nicht seinen täglichen Aufgaben nachging, um alle Arten selbst erfundener Konzentrationsübungen auszuführen, während er weit in die Ebene wanderte, die sich hinter der Umzäunung des College ausdehnte. Er fühlte sich bei seinen Bemühungen von der ganz besonderen spirituellen Atmosphäre Indiens getragen. Tag und Nacht hörte man zu verschiedenen Uhrzeiten von fern Bhajans aus den Tempeln aufsteigen. Sogar in den großen Städten erinnerten kleine, verzierte Altäre überall an die Vorrangstellung des Spirituellen.

Die Hunderte von Millionen Einwohner Indiens sind tief religiös und übertragen auf das ganze Land eine besondere Schwingung, die wiederum bei einer bestimmten Anzahl von ihnen ein Streben nach der allerletzten Suche anregt. Unzählig sind die religiösen Wanderer, die Eremiten und die Asketen aller Art, die sich zu Millionen bei der Kumbha Mela versammeln, dieser gigantischen, religiösen Kundgebung, die alle drei Jahre stattfindet.

Imaginäres Indien

Wie sollten die Menschen aus dem Westen, die aus einer Welt kommen, in der man sich hauptsächlich mit Geld und materiellen Gütern beschäftigt, sich nicht von diesem Universum betören lassen, in dem noch andere Werte herrschen? Die indischen Massen werden vor allem vom Spirituellen angezogen, während im Westen der Sport die Kassen füllt.

Jedoch sind Yogis nicht zwangsläufig außergewöhnliche Wesen. Paul Brunton, Schüler von Ramana Maharshi, der mehrere Jahre in Indien gelebt hat, erwähnte in seinem Buch *„Suche im geheimnisvollen Indien"*, dass seine Arbeit das Ergebnis seiner Reisen zusammenfasse:

> „...denn die unerbittlichen Zwänge von Zeit und Raum verlangten von mir, von einem Yogi zu schreiben, wo ich mehrere getroffen hatte. Deshalb wählte ich einige wenige aus, die mich am meisten interessierten und die mir die meisten Aussichten zu haben schienen, die westliche Welt zu interessieren. Man hörte viel von sogenannten heiligen Männern, die den Ruf besaßen, tiefe Weisheit und merkwürdige Fähigkeiten erworben zu haben; so reiste man sengend heiße Tage und schlaflose Nächte hindurch, um sie aufzusuchen – nur um vorgetäuschte Narren, Sklaven der Schriften, ehrwürdige Nichtswisser, Leute, die auf Geld aus waren, Zauberer, Jongleure mit ein paar Tricks und fromme Betrüger zu finden. Meine Seiten mit Aufzeichnungen über solche Leute zu füllen, wäre für den Leser wertlos und für mich eine abstoßende Aufgabe. So übergehe ich die Zeit, die ich damit verschwendet habe, (...) Ich folgere daraus, dass das Volk der Heiligen Indiens eine äußerst gemischte Gesellschaft bildet. Die meisten sind wackere, harmlose Leute, die nicht viel können und noch weniger wissen. Andere sind sozial schlecht gestellt oder strengen sich nicht gerne an."[22]

Paul Brunton selbst suchte hartnäckig nach jemand, der aus spiritueller Sicht wirklich wertvoll war, und er war dabei, entmutigt

---

[22] Paul Brunton: A Search in Secret India, Samual Weiser, Inc., Maine, 1989. Erstausgabe bei Rider & Co, London, 1934.

und krank aufzugeben, als er zu Ramana Maharshi geführt wurde. Er schrieb darüber:

„Wenn man das ganze Spektrum (von Fakiren, Heiligen, Zauberern usw.) analysiert hat, bleibt nur ein geringer Rest, der sich aus Asketen zusammensetzt, die sich selbst zu langen Jahren einsamer Meditation und schmerzlicher Entsagung verurteilt haben und die sich freiwillig aus jeder menschlichen Gesellschaft ausschließen, ohne ein anderes Ziel zu haben, als sich auf die Suche nach der Wahrheit zu machen."[23]

Alexandra David-Neel, die ebenfalls mehrere Jahre in Indien gelebt und den Hinduismus gut gekannt hat, konnte in ihrem Buch *„Mein Indien"* feststellen, dass es, wie sie einem ihrer indischen Freunde anvertraute, in Indien mehr als fünf Millionen berufsmäßige Heilige gibt:

„Der Ausdruck mag sonderbar erscheinen, aber es gibt keinen besseren, um die Menschen zu charakterisieren, auf die mein Freund abzielte. Ein berufsmäßiger Heiliger ist ein Mensch, dessen einziger Beruf, dessen Broterwerb, darin besteht, Asket, kontemplativer Mystiker, zynischer Philosoph oder permanenter Pilger zu sein, oder sich den Anschein zu geben, es zu sein (...) Und mein Freund, ein gebildeter Beamter und frommer Hindu, fügte hinzu: von 100 dieser „Heiligen" sind 90 richtige Taugenichtse, Hochstapler oder Nichtstuer, die diese Art Beruf gewählt haben, um sich ernähren zu lassen, ohne zu arbeiten. Hinzuzuzählen sind noch die, die eine Liebe zum Vagabundieren haben und denen die Verkleidung als Asket erlaubt, durchs Land zu ziehen, ohne dass es sie etwas kostet, während sie in Tempeln schlafen und von gutmütigen Leuten Almosen bekommen."[24]

Tatsächlich bekommt in Indien jemand, der beschließt, sich einem spirituellen Weg zu widmen, Achtung und Unterstützung; außerdem ist er nicht dem drückenden Joch des Kastensystems unterworfen. Es ist unvermeidlich, dass dort manche Leute einen Ausweg aus ihren schwierigen Umständen suchen, ohne den echten Wunsch nach einer inneren Verwirklichung zu haben.

---

[23] Wie unter Fußnote 22

[24] Alexandra David-Néel: L'Inde où j'ai vécu, Librairie Plon, Paris, 1979

Menschen, die nach dem Spirituellen dürsten, begeben sich in dieses Land in der arglosen Erwartung, in jedem Ashram Meister der Weisheit und sogar „lebende Befreite"[25] zu treffen. Dies traf auf Salim nicht zu. Der Ruf Indiens war nicht die Frucht einer verlockenden Lektüre oder der Vorstellungskraft; es war etwas sehr Tiefgründiges, das in unwiderstehlich zu diesem Land zog, welches er mit Liebe und Klarheit betrachtete.

So leicht man ihn im äußeren Leben hintergehen konnte – und es ist ihm mehr als einmal im Leben passiert, von skrupellosen Menschen bestohlen oder ausgebeutet zu werden –, so sehr wusste er stets, sein Unterscheidungsvermögen unter Beweis zu stellen, wenn es um sein inneres Leben und seine spirituellen Verwirklichungen ging.

Dagegen sah er einige Abendländer (oder Abendländerinnen), die sich im äußeren Leben zurechtzufinden wussten und die man nicht leicht an der Nase herumführen konnte, jede beliebige Geschichte schlucken, wenn sie nur von einem Inder erzählt wurde, der hinreichend komödiantisch begabt war. So hatte er Gelegenheit, in Madras einer Unterhaltung zwischen einer Abendländerin und einem Postbeamten beizuwohnen. Der Mann hinter dem Schalter, von der Schönheit der Frau angezogen, erklärte ihr in vertraulichem Ton: „Ich bin Schüler eines tantrischen Meisters [26], und auch ich gebe zur Zeit tantrische Einweihungen. Ich arbeite hier bei der Post, aber nur, weil ich nicht aller Welt zeigen möchte, dass ich ein tantrischer Meister geworden bin." Die Frau, die sofort aufhorchte, befragte ihn über seinen Meister; aber nein, sie könne ihn nicht treffen, er sei tot; nein, seinen Namen könne er ihr nicht sagen, der sei geheim, nein, den Ort, wo er initiiert worden sei, könne er ihr nicht enthüllen, er liege irgendwo im Himalaya. Und das Tragikomische war, dass die Frau ihm glaubte!

In Poona traf Salim unter anderen pittoresken Figuren einen jungen Swami von ungefähr zwanzig Jahren (ein Swami ist ein Mann,

---

[25] Ein lebender Befreiter oder Jivan mukta (aus den Sanskritwörtern jiva und mukti) ist jemand, der in einem menschlichen Körper das letzte Ziel des Hinduismus erreicht hat, welches die Befreiung vom Zylus der Wiedergeburten ist.

[26] Im Hinduismus benutzt der sogenannte „tantrische" Weg die sexuelle Energie, um das Absolute zu erreichen. Ein Weg, den Salim als besonders gefährlich und voller Fallen ansah.

der mit dem ockerfarbenen Gewand der Mönche bekleidet ist), der eine recht wirksame kleine Nummer ausgearbeitet hatte, da er schon von leichtgläubigen Indern voller Verehrung umgeben war. Er demonstrierte sein hohes Niveau der spirituellen Verwirklichung auf eine ziemlich überraschende Weise. Wenn er mit seinen „Schülern" ruhig spazieren ging, blieb er plötzlich ein oder zwei Minuten lang bewegungslos und mit starrem Blick wie versteinert stehen. Als dies zum ersten Mal in seiner Gegenwart geschah, fragte Salim die Schüler erstaunt, was mit ihrem Swami geschehen sei; man antwortete ihm leise: „Pst, er ist von Samadhi [27] ergriffen." Nach einigen Augenblicken der Bewegungslosigkeit nahm der Mann plötzlich seinen Spaziergang wieder auf, als sei nichts geschehen, dann, ein paar Schritte weiter, überfiel ihn jäh wieder die Starre. Das passierte auch, wenn er aß, und alle warteten mit dem nächsten Bissen, bis der Meister wieder aus seinem „Samadhi" aufgetaucht war.

Dieser junge Swami war ehrgeizig; die Komödie, die bei den Indern so gut ankam, würde bei den Amerikanern sicher noch besser funktionieren. Sein Traum war es daher, in die Vereinigten Staaten zu gehen, und er besuchte ab und zu Salim, um von ihm „Tipps" über dieses sagenhafte Land zu erhalten. Obwohl durchtrieben, war er sehr naiv und dachte, dass alle Abendländer Amerika kannten (nun galt Salim, der in Europa als Orientale angesehen wurde, in Asien als Abendländer); er verstand daher nicht, warum es ihm nicht gelang, Salim Empfehlungen zu entlocken, wie er in diesem sagenumwobenen Land des Reichtums und des Luxus Erfolg haben könnte. Übrigens vergaß er bei diesen Besuchen, bei denen sein Publikum nicht anwesend war, in den „Samadhi" einzutreten, oder er hielt es nicht für nützlich.

Herr Dady

Als Salim in den Pavillon des Decan College eingezogen war, hatte er den jungen Hund, den er gefunden hatte, mitgenommen,. Es dauerte nicht lange, bis ihm klar wurde, dass die Gesellschaft des Hundes ihn vor Probleme stellen würde, denn die Bewohner der benachbarten Bungalows, hauptsächlich Inder, sahen die Anwesenheit des Tieres

---

[27] Samadhi: ein Zustand der Glückseligkeit dessen, der sich mit dem Göttlichen verbunden hat.

nicht gerne; wenn sein Beschützer nicht bei ihm war, bewarfen Kinder und Erwachsene es oft mit Steinen. Da sich Salim weiter um den Hund kümmerte und ihn fütterte, hing dieser so sehr an ihm, dass er unablässig jaulte, sobald sich der, den er als Herrn angenommen hatte, entfernte. Salim erkannte traurig, dass er nicht daran denken konnte, auf Reisen zu gehen, um spirituelle Nachforschungen zu betreiben, solange er die Verantwortung für dieses Tier hatte; er entschloss sich daher, einen anderen Herrn für es zu finden.

Als er begann, für es ein neues Zuhause zu suchen, entdeckte er mit schmerzlicher Überraschung, dass die meisten Inder keine Hunde mögen. Er erinnerte sich an seinen armen Freund, den Hund, der in Bagdad gnadenlos von einem Polizisten getötet worden war, und fand in Indien dieselbe Gleichgültigkeit gegenüber dem Leid der Tiere wieder. Seit seiner Ankunft in diesem Land hatte es ihm immer wieder weh getan zu sehen, wie Büffel und Kühe behandelt wurden, die ständig Schläge bekamen, während sie schwere Karren zogen, die mit enormen Lasten beladen waren. Sie waren alle erschreckend mager, da sie kaum etwas zu essen bekamen, trotz der Dienste, die sie ihren Besitzern leisteten – die sie, ohne zu überlegen und ohne jedes Mitgefühl, ihrem Schicksal überließen, wenn sie blind oder zu alt wurden, um ihnen noch von Nutzen zu sein.

Während Salim in seiner Umgebung weiter nach einer guten Seele suchte, die imstande war, seinen Hund aufzunehmen, erzählte ihm jemand von einem reichen Parsen namens Dady, der in der Stadt ein Büro hatte und für seine Güte bekannt war. Vielleicht konnte er durch die Vermittlung dieser Person eine Familie finden, die sein Tier, das übrigens dank der Fürsorge, die Salim ihm hatte angedeihen lassen, prächtig anzuschauen war, bereitwillig aufnehmen würde.

Salim beeilte sich, diesen Mann zu treffen. Dieser war so erstaunt darüber, Besuch von jemand zu bekommen, der sich um die Zukunft eines Hundes sorgte, dass er sofort mit seinem Besucher tiefe Bande der Freundschaft knüpfte, die bis zu seinem Tod hielten. Er fand ziemlich schnell jemand, der den Gefährten Salims aufnahm. Letzterer war überrascht über den Kummer, den er bei der Trennung von diesem Tier empfand, zu dem er, ohne es zu merken, eine tiefe Zuneigung entwickelt hatte.

Er sah sich erneut veranlasst, an die Güte von Herrn Dady zu appellieren, als er eines Tages auf dem Weg durch die Stadt ein blindes Pferd sah, das auf der Suche nach Futter hilflos umherirrte und dabei mit den vorbeifahrenden Autos zusammenprallte. Die Fahrer versuchten nicht einmal, ihm auszuweichen, weshalb sie die Haut dieses unglücklichen Tieres mit einer befremdlichen Gefühllosigkeit gegenüber seinen Leiden abschürften und wegrissen. Der sympathische Parse, den er anrief, um ihm die dramatische Situation des Tieres zu schildern, traf kurz darauf ein, um dessen Leidensweg mit einer Spritze ein Ende zu setzen.

Herr Dady war ein Mann von etwa fünfundvierzig Jahren, groß und schlank und sehr an spirituellen Fragen interessiert. Er war ledig und lebte mit seinen Familienmitgliedern und zahlreichen Dienern außerhalb der Stadt in einer prunkvollen, weißen Villa, die von sechs oder sieben scharfen Hunden bewacht wurde, die wild bellten, sobald sich jemand dem Haus näherte.

Er widmete seine gesamte Zeit der Linderung der Leiden der elendsten aller menschlichen Geschöpfe: der Leprakranken. Er hatte ein riesiges Stück Land, das er besaß, in ein Zentrum umgewandelt, in dem die Kranken von zwei oder drei Ärzten, die dort wohnten, behandelt wurden. Die Infrastruktur enthielt sogar eine Abteilung für plastische Chirurgie, die dazu bestimmt war, die schrecklichen Verunstaltungen, die die Krankheit in den Gesichtern und an den Körpern dieser Unglücklichen hervorgerufen hatte, soweit wie möglich zu reparieren. Herr Dady zeigte Salim Fotos von Kranken vor ihrer Operation; die Wunden in ihren entsetzlich entstellten Gesichtern legten die Knochen bloß. Man konnte nicht anders als erschüttert sein und seinen Stolz verstehen, als er die Ergebnisse der Transplantationen zeigte, die, obgleich unvollkommen, diesen armen Wesen wieder eine annehmbare Erscheinung und Existenz verliehen hatten.

Ab und zu durchstreifte dieser Wohltäter die Straßen von Poona auf der Suche nach weiteren Leprakranken. Da er es oft schwer hatte, die Leprakranken, auf die er traf, zu überzeugen, mit ihm zu kommen, um sich bei ihm pflegen zu lassen (denn diese armen Kerle fürchteten, dass man sie radikal und endgültig behandeln wollte und flohen, so schnell sie konnten – sofern sie noch laufen konnten), ließ er sich von ein oder zwei Bewohnern der Kolonie begleiten, um sie zu beruhigen.

Manchmal kam Herr Dady mit dem Wagen zu Salim, um ihn zu sich zum Tee einzuladen und sich mit ihm über seine Tätigkeiten und seine spirituellen Interessen zu unterhalten. Er war besonders von Paul Bruntons Büchern begeistert. Eines Tages lud er Salim ein, sein Lepraheim zu besuchen. Die Gemeinschaft, die drei- oder vierhundert Aussätzige zählte, war praktisch autark. Die Gebäude waren von Feldern umgeben, die zum Gut gehörten. Sie lieferten Weizen, Gemüse und Früchte aller Art und der Überschuss wurde verkauft, was diesen armen Leuten etwas Geld einbrachte. Sie verwalteten die Kolonie mit hoher Effektivität selbst, da einige von ihnen sehr gut ausgebildet waren. Salim war über ihre Organisation erstaunt. Sie besaßen eigene Kuh- und Ziegenherden für Milchprodukte, sowie Hennen, deren Eier sie verkauften; sie ernteten sogar Honig, webten ihre eigene Kleidung und stellten Öllampen, Kerzen und andere Bedarfsgegenstände her. Sie waren nicht mehr ansteckend, aber sie zogen es vor, dort zu bleiben, denn sie wären aufgrund der unauslöschlichen Auswirkungen der Krankheit auf ihren Körper von der Umgebung ausgestoßen worden. Außerdem mussten sie weiter medizinisch überwacht werden und sich alle sechs Monate Behandlungen unterziehen.

Salim wurde mit erstaunlicher Wärme von den ehemaligen Kranken empfangen, die ihn umringten, während sie ihre Freude zum Ausdruck brachten, fröhlich lachten und ununterbrochen mit ihm in ihrer Sprache redeten, die er nicht verstand. Als sie begannen, Bhajans zu singen, stellte er mit Verwunderung fest, dass einige von ihnen eine außergewöhnlich schöne Stimme hatten. Sie waren allem Anschein nach sehr glücklich und an diesem Ort gut aufgehoben.

Welches Los hätten sie ohne Herrn Dadys außergewöhnliche Güte und Großzügigkeit gehabt? Später, in Benares und besonders in Kalkutta, hatte Salim Gelegenheit, Leprakranke zu sehen, die auf den Gehsteigen das nachschleiften, was von ihren armen Körpern übriggeblieben war, in einem unglaublichen Ausmaß entstellt, ohne dass sich irgendjemand darum gekümmert hätte, was aus ihnen werden sollte.

Er war vom Besuch in diesem Zentrum so berührt, dass er einige Jahre später, nachdem er gezwungen gewesen war, Madras zu verlassen und nach Frankreich zurückzukehren, erwog, nach Poona zurückzukehren, um dort zu leben und Herrn Dady zu helfen, die Leprakranken zu pflegen. Aber das Schicksal sollte anders entscheiden.

Gurus und Kasten

Im Laufe der folgenden Jahre bereiste Salim verschiedene Gegenden Indiens, wo er Ashrams besuchte und mehreren Gurus begegnete. Er fand dort nicht den Meister, den er suchte. Die Lehren, denen er begegnete, zogen offensichtlich nie die Transformation unerwünschter Tendenzen in Betracht. Da er bereits verstanden hatte, dass es genau die Neigungen und Konditionierungen des Menschen sind, die ihm den Weg zu seinem HIMMLISCHEN SEIN versperren, blieb er mit dem, was er sah, immer unzufrieden.

Selbst wenn die Gurus, die er traf, sehr gut über Spiritualität zu sprechen verstanden und selbst wenn manche von ihnen sehr aufrichtig waren und noch dazu einige Kräfte[28] besaßen (die so faszinieren), konnte sich Salim nicht damit begnügen, sie zu verehren, ihren Segen zu empfangen und sich in die Beschaulichkeit ihres Ashrams zu flüchten, wie es deren Schüler machten.

Wie oft hatte er nicht vor jemand gestanden, der als spiritueller Meister angesehen wurde und der, ihm mit dem intensiven Blick der Inder direkt in die Augen sehend, emphatisch ausrief:

„I was waiting for you! Where have you been?" („Ich habe auf dich gewartet? Wo warst du?") Salim dachte sofort: „Nanu, schon wieder einer, der auf mich gewartet hat. Ich sollte mich wirklich in kleine Stücke schneiden, um alle diese Forderungen zu erfüllen".

Und er sagte sich: "Niemals würde ein echter Meister jemanden so empfangen, um dessen Ego nicht aufzublasen. Allein die Tatsache, dass diese abgegriffene Aussage in genau diesem Tonfall vorgetragen wird, genügt mir, um zu wissen, was ich von solchen Pseudomeistern

---

[28] Man versteht unter Kräften übernormale Fähigkeiten, sei es, dass sie sich durch Hatha-Yoga entwickelt haben (wie die Fähigkeit, tagelang, ja sogar monatelang, ohne zu atmen, in einem Zustand der Katalepsie verharren zu können), oder sei es, dass sie sich spontan als Ergebnisse früherer Leben manifestiert haben (wie die Kraft, Gegenstände materialisieren zu können, etc...). Wohlverstanden, es handelt sich um wirkliche Kräfte, korrekt festgestellt, und nicht um Täuschungen, wie sie in Indien in Hülle und Fülle vorkommen!

zu halten habe. Es ist so leicht, leichtgläubige Abendländer durch diese Art schmeichelhafter Erklärungen einzufangen."

Außerdem konnte Salim nicht umhin festzustellen, dass manche Meister immer noch Gefangene des blinden Glaubens waren, in dem sie erzogen worden waren. So sah er manchmal, wie ein Guru, oder die Anhänger, die ihn umgaben, darauf achteten, dass kein Abendländer – von den orthodoxen Brahmanen als unberührbar angesehen – ihre Nahrung ansehe, aus Furcht, sie könne „verunreinigt" werden.

Diese „Verunreinigung" zu vermeiden, bildet die Basis der Praktiken der orthodoxen Hindus. Es genügt, dass jemand, den sie als einer „niedrigeren" Kaste zugehörig betrachten, im Vorbeigehen ihr Essen angesehen hat oder sogar, dass sein Schatten unversehens die Speisen, die für sie bestimmt sind, gestreift hat, um die Nahrung in ihren Augen unrein zu machen.

Sollte sich jemand, dem ein hoher Grad spiritueller Erhebung zugeschrieben wird, nicht fragen, welcher Art diese so anfällige „Reinheit" ist, dass ein Schatten oder ein einfacher Blick sie in Gefahr bringen kann?

Es muss übrigens darauf hingewiesen werden, dass die Frage der ausschließlich äußeren Reinheit nicht nur für den Hinduismus charakteristisch ist, sondern sich auch in anderen Religionen wiederfindet. CHRISTUS reagierte auf diese Art von Praktiken, als er erklärte: „Was zum Munde eingeht, das macht den Menschen nicht unrein; sondern was zum Munde ausgeht, das macht den Menschen unrein." (Matt 15,11).

Einige kultivierte Inder haben sich bemüht, ihre Landsleute davon zu überzeugen, dass im alten Indien die vier Kasten – die sich aus den Brahmanen oder Brahminen (Priestern), den Kshatryas (Kriegern), den Vaishyas (Kaufleuten) und den Shudras (Bauern) zusammensetzen – den Beschäftigungen und Fähigkeiten entsprachen und nicht durch die Geburt festgelegt waren. Was die Kastenlosen betrifft, so stammten sie von eingeborenen Stämmen ab, die abseits der hinduistischen Gesellschaft lebten. Wenn sie mit ihr in Berührung kamen, fanden sie ihren Lebensunterhalt, indem sie niedere oder beschwerliche Aufgaben übernahmen, die man ihnen freiwillig überließ. Jedoch liegt die Antike, auf die man sich beruft, soweit zurück, dass nur Gelehrte Kenntnis davon haben können. Es kommt sogar vor, dass Abendländer, die für den Hinduismus schwärmen, versuchen, die gegenwärtige Situation des Kastensystems zu verteidigen, indem sie sich auf das hohe Alter dieser Tradition berufen, die sich aber in jeder Hinsicht als ungerechtfertigt erweist.

Schon vor 2500 Jahren erhob sich BUDDHA gegen diese willkürliche Einteilung nach der Geburt und nicht nach dem Verdienst:

„Weder durch geflochtene Haare noch durch den Stammbaum noch durch die Kaste wird man Brahmane. Durch seine Rechtschaffenheit und seine Wahrheit wird ein Mensch Brahmane." (Dhammapada, 393[29]).

Und weiter sagte er zu den Brahmanen, die ihm vorwarfen, eine Chandâla (aus einer niederen Kaste) als Schülerin akzeptiert zu haben:

„Zwischen Asche und Gold gibt es einen markanten Unterschied, aber nichts dergleichen trennt einen Brahmanen von einer Chandâla. Ein Brahmane wird nicht wie das Opferfeuer geboren, er steigt nicht wundersam vom Himmel herab, er kommt nicht vom Wind getragen, er taucht nicht aus der sich spaltenden Erde empor. Der Brahmane geht in absolut gleicher Weise aus dem Schoß einer Frau hervor wie die Chandâla. Alle menschlichen Wesen besitzen die gleichen Organe, es gibt keinen Unterschied zwischen ihnen. Wie kann man von ihnen glauben, dass sie ein anderes Wesen haben als die anderen? Die Natur kennt keine Unterscheidung dieser Art"[30]

Karma – Lehre und Missbrauch

Die Lehre vom Karma prägt die gesamte hinduistische Philosophie. Es handelt sich um ein unpersönliches Gesetz von der

---

[29] Dhammapada, Cunningham Press

[30] Alexandra David Neel, Le Bouddhisme du Bouddha, Ed. du Rocher, S. 251

Ursächlichkeit, von Buddha wieder aufgenommen, das keine Beziehung zu moralischer Vergeltung hat.

Überall in der Welt haben Menschen schon immer versucht, den Grund für die Ungerechtigkeiten und die Leiden, die sie durchmachen und die sie um sich herum sehen, zu erkennen. Das Abendland hat auf diese beunruhigenden Fragen geantwortet, indem sie diese dem Willen Gottes zugeschrieben hat, ein Wille, der dem Menschen unbegreiflich bleibt, den er aber akzeptieren muss. Das mystische Indien hingegen hat das Gesetz von der Verkettung von Ursachen und Wirkungen erkannt, eine unbestimmte Verkettung, zu unpersönlich, um den Durst des Volkes nach Gerechtigkeit zu stillen; daher wurde die ursprüngliche Doktrin zu einem Konzept von Schuld und Verdienst entstellt. Es ist genau diese Idee, die gegenwärtig im Abendland zirkuliert, mit der gefährlichen Konsequenz der Verurteilung und der Härte im Hinblick auf den Anderen.

Obwohl es wahr ist, dass, wie Salim in seinen Büchern erklärt hat, jeder Mensch nur das Ergebnis dessen sein kann, was er in der nahen oder fernen Vergangenheit aus sich gemacht hat (d.h. der Weise, in der er gehandelt hat, und dessen, was seine Hauptinteressen im Leben waren), und dass er sich manchmal in Situationen gestellt sieht, die ihm äußerst hart erscheinen, die er aber, ohne es zu erkennen, durch die Weise angezogen hat, in der er in sich schwingt. Das bedeutet deswegen aber noch nicht, dass alles, was ihm an Dramen und Schwierigkeiten widerfährt, die Folge von schlechten Taten ist, die er wann anders begangen hat. Man darf nämlich nicht vergessen, dass jeder Mensch von Kindheit an (wenn er noch sehr verletzlich ist), einer Konditionierung durch seine Umgebung, seine Epoche sowie durch das Schicksal des Landes, in dem er geboren ist, unterliegt – ein manchmal schreckliches Schicksal, wie man es in Ruanda, Bosnien, Kambodscha, Tibet und auch während des Zweiten Weltkriegs gesehen hat –, und dies, ohne dass ein „karmischer Fehler" zu sühnen war.

Sicher gibt es für alle Dramen Ursachen und diese Ursachen haben Wirkungen hervorgerufen (was die strikte Definition des Gesetzes vom Karma ist, welches Buddha verkündet hat, nämlich: „Es gibt keine Wirkungen ohne Ursache"), aber die Ursache ist nicht zwangsläufig dem zuzurechnen, der die Wirkung erleidet. Es ist diese ständige Verwirrung zwischen der Ursache des Leidens und der Verantwortlichkeit dessen, der es durchmacht, die bewirkt, dass das Wort Karma dem Unglücklichen ohne nachzudenken ins Gesicht geschleudert wird, und zwar auf eine Weise, die man nur als untragbar bezeichnen kann – wie es bei den Unberührbaren in Indien der Fall ist.

In all den Jahren, die er dort gelebt hat, konnte Salim nicht anders, als unendliches Mitgefühl für diese armen Leute zu empfinden, die ständig mit Verachtung behandelt wurden, da der hinduistische Volksglaube die Tatsache, unberührbar geboren zu werden, in anderen Existenzen begangenen Fehlern zuschreibt.

Eines Tages, als er die Straße entlang ging, sah er einen Brahmanen, der seine kaputten Sandalen reparieren lassen musste. Da, mit dem Leder – der Haut eines toten Tieres – zu hantieren, bedeutet hätte, sich zu verunreinigen, wandte sich der Brahmane an einen Unberührbaren. Er blieb in einem gewissen Abstand zu diesem stehen, um nicht von ihm besudelt zu werden, und warf ihm die Schuhe zu, die der Schuhmacher demütig aufhob und eilig reparierte. Nachdem er die Arbeit ausgeführt hatte, wäre es respektlos gewesen, diese ihrem Besitzer zuzuwerfen, daher stellte er sie auf die Erde und entfernte sich genügend weit, damit der Besitzer sie aufheben konnte. Letzterer ließ eine lächerliche Geldsumme auf dem Boden zurück, die ihm zufolge alles war, was der Mann verdiente – angesichts seines schlechten Karmas, der Ursache für seine Geburt als Unberührbarer!

Salim sagte sich: „Fragt sich dieser Brahmane je, was dieser Unglückliche empfinden mag, der ständig mit einer solchen Verachtung behandelt wird? Denkt er auch nur einen Augenblick an das schreckliche geistige Gefängnis, in dem der Paria eingeschlossen ist, ein geistiges Gefängnis, das schlimmer ist als ein physisches Gefängnis – aus dem zu entkommen manchmal möglich ist?

Indira Devi sagte zu Salim: „Die Inder sind so grausam!" Aber wenn man in dem Glauben erzogen wurde, dass alles Schmerzhafte, was uns widerfährt, „unser Fehler" ist, dass alle Prüfungen, die die anderen durchmachen, „deren Fehler" sind, kann man logischerweise völlig unsensibel für das Leid anderer werden.

Der Begriff Karma ist im Abendland zurzeit sehr populär. Wie in Indien, verwendet man ihn leicht, um das Unerklärliche zu erklären.

Als Salim eines Tages zu einem sehr frommen Christen eingeladen war, erwähnte er die furchtbare Tragödie, das Grauen, das unsere Vorstellungskraft übersteigt, nämlich die methodische Auslöschung von sechs Millionen Juden und Hunderttausenden von Roma (Männern, Frauen und Kindern) während des Zweiten Weltkrieges, ein mit eiskalter Grausamkeit geplanter Genozid, der einem das Blut in den Adern gefrieren lässt; sein Gesprächspartner, von seiner Familie und seinen Gästen umringt, erklärte mit einer Art Verachtung und einer Gleichgültigkeit, die Salim sprachlos machte: „Es war ihr Karma!"

So wirft man den Ausdruck „Karma" in den Raum, ohne zu verstehen, was er wirklich bedeutet, und wälzt damit die kollektive Verantwortung von sich ab, indem man zu verstehen gibt, dass die Opfer die Schuldigen sind. Welche Ironie! Soll man, aus dieser absurden Perspektive gesehen, schlussfolgern, dass CHRISTUS wegen schlechter Taten gekreuzigt wurde, die ER in einem früheren Leben begangen hatte? – anders gesagt, weil ER ein „schlechtes Karma" austragen musste? Salim konnte nicht umhin sich zu fragen, wie man so fromm sein und sich angesichts der Leiden der anderen so unsensibel zeigen kann.

Wenn jemand vom frühesten Kindesalter an unaufhörlich wiederholen hört, er sei ein minderwertiges Wesen, das an seinem Unglück selbst schuld sei, wird er schließlich an dieses negative Selbstbild glauben, das seine Psyche tief prägt und von dem er sich nicht mehr befreien kann. Darum, selbst wenn zahlreiche Unberührbare den Buddhismus angenommen haben, der ihnen ihre menschliche Würde wiedergibt, bleibt die Mehrheit, die von dem Glauben an ein vergeltendes Karma geprägt ist, an ihr Schicksal gekettet, erfüllt von Bitterkeit und dem niederschmetternden Gefühl der Schuldhaftigkeit, das sie in ihrem mentalen Gefängnis eingeschlossen hält, solange die, die ihnen das Wort „Karma" entgegenschleudern, das Böse nicht erkennen, was sie ihnen antun, und solange sie nicht aufhören, einen Ausdruck zu verwenden, deren wirkliche Bedeutung ihnen entgeht.

Im Samyutta Nikaya hat sich BUDDHA klar gegen diesen volkstümlichen Glauben des bestrafenden Karma erhoben:

> „Verursache ich alleine mein Leiden, exzellenter Buddha?"
> fragte Kassapa.

„Nein, Kassapa."

„Jemand anders also?"

„Nein Kassapa."

„Beide also, ich und ein anderer?"

„Nein, Kassapa."

„Dann entsteht es durch Zufall?"

„Nein Kassapa?"

„Es gibt also kein Leiden?"

„Nein Kassapa, es ist nicht so, dass es kein Leiden gibt. Denn es gibt Leiden."

„Nun, vielleicht kennst und siehst du es nicht, Buddha."

„Es ist nicht so, dass ich Leiden nicht kenne oder nicht sehe. Ich kenne es gut und sehe es."

„Aber auf alle meine Fragen, guter Buddha, hast du mit Nein geantwortet – und doch sagst du, dass du Leiden kennst und siehst. Bitte, belehre mich darüber."

„Kassapa, es gibt zwei falsche Sichtweisen. Die eine sagt, dass man selbst der alleinige Verursacher einer Tat und aller nachfolgenden Leiden ist, die man über sich selbst bringt und das vom Anbeginn der Zeit.

Der andere sagt, dass es die Taten der anderen Leute sind, die das eigene Leiden hervorbringen.

Du solltest beide Sichtweisen vermeiden, Kassapa. Hier lehren wir einen anderen Weg. Alle Taten, ob deine eigenen oder die eines anderen, werden durch Unwissenheit konditioniert und das ist der Ursprung für diese Menge Leiden. Durch Beenden der Unwissenheit in dir und mit deiner Hilfe in anderen entsteht Weisheit und das Leiden hört auf."

Trotz der Texte und der Lehren Buddhas benutzen auch zahlreiche Buddhisten in ganz Asien dieses Wort Karma mit der gleichen strafenden Konnotation. Daher hören Frauen in den verschiedenen buddhistischen Traditionen die Mönche sagen, dass sie aufgrund eines schlechten Karma, das sie selbst in früheren Leben erzeugt haben, als Frauen geboren wurden und folglich nicht eine so hohe spirituelle Verwirklichung anstreben können, wie ein Mann; im Gegenteil, fügen sie hinzu, wenn sie im jetzigen Leben Verdienste erwerben, werden sie sich ein gutes Karma schaffen, das ihnen vielleicht in einer zukünftigen Existenz erlauben wird, als Mann wiedergeboren zu werden. Daher werden Frauen konditioniert, ihre spirituellen Möglichkeiten anzuzweifeln, was für ihr Engagement auf einem spirituellen Weg ein größeres Hindernis darstellt. Folglich sind, im Gegensatz zum Christentum, wo die weibliche Klostertradition stark ist und die großen Mystikerinnen anerkannt und verehrt werden, die buddhistischen Nonnen weniger zahlreich und weniger geachtet als die Mönche.

Da sie nicht über die gleichen Übungsbedingungen noch über die gleiche Unterstützung vonseiten der Laien verfügen, ist es nicht zu verwundern, dass spirituelle Verwirklichungen von Frauen in Asien seltener sind und meistens nicht anerkannt oder weitererzählt werden, was bei den Frauen, sowie bei den Mönchen, die diese Lehrmeinung aufrechterhalten, den Glauben an ihre geringere Fähigkeit, die letzte Vollendung zu erreichen, verstärkt. So schafft der Glaube ein Hindernis, welches den Glauben rechtfertigt...

Salim betonte später seinen Schülern gegenüber, dass der ständige Missbrauch des Wortes Karma, um all die Tragödien und die Übel zu rechtfertigen, die die Welt niederdrücken, erlaubt, der Pflicht aus dem Weg zu gehen, seinen Mitmenschen zu helfen.

Feststellend, dass das Leiden, das man im Leben durchmacht – und das man in keiner Weise vermeiden kann –, oft ohne Schuld entstanden ist und dass es die unausweichliche Folge der Manifestation im Greifbaren ist, mit allem, was das an Gefahren, Dramen, Krankheiten, Katastrophen, etc. beinhaltet, sollte man sich da nicht, meinte Salim, der Notwendigkeit bewusst werden, Mitgefühl für alle Wesen zu entwickeln, die im Netz des Karma gefangen sind?

Übrigens, fügte er hinzu, wenn ein Aspirant sein spirituelles Ziel erreichen möchte, muss er dahin kommen, dass Mitgefühl so natürlich von ihm ausstrahlt, wie das Licht von der Sonne.

Muktananda

Glücklicherweise sind nicht alle Gurus Gefangene von Kastenvorurteilen. Diejenigen, die wirklich eine hohe Stufe spiritueller Verwirklichung erreicht haben, wie Ramana Maharshi oder Swami Ramdas[31], hängen nicht mehr an solchen äußeren Unterscheidungen.

Muktananda

Als Salim Gelegenheit hatte, Muktananda in seinem Zentrum in Ganeshpuri, nicht weit von Bombay, einen Besuch abzustatten, konnte er feststellen, dass sich dieser nicht mehr um die „Unreinheit" der Kasten kümmerte, sondern vielmehr um das Verhalten derer, die in seinem Ashram lebten.

Salim begab sich dorthin, um dort zwei oder drei Tage zu verbringen. Bei seiner Ankunft wurde er von der englisch sprechenden Mutter des Ashrams[32] herzlich empfangen.

Die Heiligen Texte, die dieser selbst psalmodiert hatte, waren aufgezeichnet worden und wurden den ganzen Tag über Lautsprecher ausgestrahlt, um, wie er sagte, im Ashrambereich eine andächtige Atmosphäre zu schaffen. Er wusste, dass die vibrierende Macht des Tones derart wichtig ist und sich als Hilfe oder Hindernis für eine spirituelle Praxis erweisen kann. Deshalb ist es übrigens so tragisch, dass man im Westen ständig von Musik bombardiert wird, die spirituell nicht förderlich ist. Selbst wenn man das Radio oder das Fernsehen nicht einschaltet, ist sie in der Luft und beeinflusst unmerklich die Lebewesen, die, ohne es zu wissen, Antennen

---

[31] Ein Bhakti-Yogi, der seinen Schülern die Notizbücher seiner Pilgerfahrten (Charnets de Pélerinage, Éditions Albin Michel) hinterlassen hat, in denen er sich gegen das Kastensystem erhebt.

[32] Die Mutter des Ashrams ist die Schülerin-Gattin, die dem Meister zur Seite steht, indem sie für gewöhnlich die materiellen Aufgaben in die Hand nimmt und oft als Vermittler zwischen dem Meister und der Außenwelt dient.

gleichen, die jeden Augenblick alle Arten von Schwingungen empfangen und senden, von denen nur wenige eine innere Suche begünstigen.

Muktananda trug eine schwere Last auf seinen Schultern; er musste ständig Gelder finden, nicht nur, um das Zentrum zu unterhalten, sondern auch für das tägliche Essen von Tausenden von Kindern aus den umliegenden Dörfern, deren er sich angenommen hatte. Er wachte persönlich darüber, dass weder Nahrung noch Geld verschwendet oder veruntreut wurde.

Die permanenten Ashrambewohner mussten sich an den landwirtschaftlichen Arbeiten auf dem ausgedehnten, benachbarten Gelände beteiligen, das der Gemeinschaft gehörte und Früchte, Gemüse und Getreide hervorbrachte. Muktananda musste einige Abendländer ermahnen, die angeblich wegen einer spirituellen Suche gekommen waren, sich aber benahmen, als seien sie in der Sommerfrische, und es vorzogen, in aller Ruhe im Ashram zu faulenzen, statt auf den Feldern zu schwitzen.

Salim fand Muktananda eher traurig und einsam. Niemand stellte ihm Fragen spiritueller Art. Die Meisten, die sich dort befanden, wussten nicht einmal, was sie suchten, und waren nicht zur geringsten Anstrengung bereit. Eines Nachmittags setzte sich Salim mit den Ashrambewohnern zu ihm. Salim nahm sich die Freiheit, das Schweigen zu brechen, und stellte Muktananda Fragen über die spirituelle Herangehensweise, die im Ashram praktiziert wurde. Da Muktananda kein Englisch sprach, musste er sich zur Übersetzung an die Mutter wenden. Sofort kam Leben in ihn und er antwortete mit großem Interesse. Seine Augen, die vorher melancholisch und weit weg gewesen waren, begannen zu glänzen, als er sprach. Die Unterhaltung, die sich in Gegenwart der überrascht zuhörenden Gruppe zwischen ihnen entspann, dauerte ungefähr zwei Stunden.

Muktananda war dafür bekannt, eine besondere Kraft in Bewegung zu setzen, die im Menschen für gewöhnlich latent bleibt und im Allgemeinen nur nach langem Üben, das zu kraftvollen spirituellen Erfahrungen führt, erwachen kann. Diese Kraft oder Shakti (wie man sie in Indien nennt), die für den Suchenden eine Hilfe darstellt, enthebt ihn jedoch nicht der Notwendigkeit, hinterher die unerlässlichen Anstrengungen zu machen, sich zu konzentrieren, um Erleuchtung zu erlangen (die im Übrigen kein Synonym für

Befreiung ist). Außerdem hängt das Ausmaß der Aktivität dieser Energie von der Stufe des Seins und des Bewusstseins der Person ab, bei der sie erweckt wurde. Da über dieses Thema eine weitläufige Literatur geschrieben wurde, unterhalten manche Abendländer die Illusion, es genüge, diese Einweihung zu erhalten, um für immer erleuchtet und befreit zu sein!

Muktananda sah sofort, dass diese Shakti in Salim schon erwacht war, der seinerseits fähig war, sie in anderen zu erwecken. Er machte darüber eine Bemerkung zur Mutter des Ashrams, die Salim seine Worte übersetzte.

Muktananda ließ ihm dann mitteilen, dass es einige Personen gebe, bei denen es ihm nicht gelungen sei, diese Kraft zu entfachen, und er bat Salim, dies zu tun. Als er sah, dass es ihm gelungen war, wollte er ihn nicht mehr fortlassen. Er nahm ihn beiseite und ließ, mit Hilfe seines Dolmetschers, nicht locker, während er ihm ein Zimmer mit einem gewissen Komfort anbot, sowie die Möglichkeit, sich sein Essen selbst zuzubereiten. Er versprach sogar, ihm alles zu gewähren, was er sich wünschen konnte, wenn er nur zustimmte, bei ihm zu bleiben. Aber es war Salim nicht möglich, er war nicht alleine. Trotzdem behielt er von diesem Besuch die Erinnerung an einen einfachen und äußerst aufrichtigen Menschen.

Ende 1974 hatte er Gelegenheit, Muktananda wiederzusehen, der in London auf der Durchreise war. Dieser erinnerte sich gut an Salim und da er immer noch dessen Gesellschaft wünschte, wiederholte er seine Einladung. Er hatte sich aber gerade in den Vereinigten Staaten niedergelassen und Salim zog es vor, in Frankreich zu bleiben.

Satya Sai Baba

Eines Tages bot sich ihm die Möglichkeit, sich zu dem ganz kleinen Ashram Satya Sai Babas in Poona zu begeben, als dieser dort zu Besuch war. Salim entdeckte einen Mann schwer zu bestimmenden Alters, von kleiner Körpergröße und mit erstaunlich

Satya Sai Baba

krausem Haar. Eine große Menge drängte sich, um seinen „Darshan"
zu empfangen, während er, respektvoll von einem Schüler umfächelt,
auf einer Art erhöhtem, kleinem Sessel saß. Er wurde von seinen
Anhängern, die sehr schöne Bhajans für ihn sangen, schlicht nur
verehrt. Nach ungefähr zwei Stunden reiste der berühmte Heilige, der
für seine

Fähigkeit der Materialisation bekannt war, an einen anderen Ort
Indiens, wo ihn andere Bewunderer erwarteten. Es war sicher nicht
diese Art der spirituellen Herangehensweise, die Salim suchte. Alles,
was er bisher gesehen hatte, hatte sich zwar manchmal als schön und
bewegend erwiesen, aber für seine Bedürfnisse als unzureichend.

Ein erstaunlicher Heiliger. Erkennt, dass ihr das Erhabene seid!

Gleichfalls in Poona hatte Salim die Möglichkeit, den Ashram eines
heiligen Mannes zu besuchen, dessen Verhalten man gelinde gesagt
als verwirrend bezeichnen konnte. Eines Morgens erlebte Salim mit,
wie dieser das Zimmer betrat, in dem seine Schüler respektvoll
warteten. Er stieß einen von ihnen mit dem Fuß um, während er
emphatisch fragte: „Do you believe in GOD? Do you believe in GOD?
I don't!" („Glaubst du an GOTT? Glaubst du an GOTT? Ich nicht!"),
dann brachte er einen anderen aus dem Gleichgewicht und noch
einen dritten, wobei er immer den gleichen Satz wiederholte. Und
während ihn alle verdutzt anschauten, begann er zu springen und zu
tanzen, indem er ausrief: „I got it, I got it, I got it!" (Ich hab's, ich
hab's, ich hab's!"). Offensichtlich wiederholte sich diese Szene jeden
Morgen. Manche hielten ihn für einen Narren, aber Salim verstand,
dass der Einsiedler auf diese Weise zeigen wollte, dass blinder Glaube
an GOTT wertlos sei, und dass einzig unmittelbares Wissen zähle.
Bedauerlich für seine Schüler war, dass dieser Heilige kein Mittel
angab, um eine derartige Erfahrung zu erreichen.

Nachdem er mehrere Ashrams besucht hatte, konnte Salim nicht
umhin festzustellen, dass der, den seine Schüler ohne
Unterscheidungsvermögen oft für einen unfehlbaren Guru hielten,
vielleicht nur eine kleine spirituelle Erfahrung gemacht hatte, die er
für eine große Verwirklichung hielt; er glaubte sich schon am Ende
seines Weges angekommen, während er nur einen ersten Schritt in
ein unendliches INNERES UNIVERSUM gemacht hatte. In Indien ist es

so leicht, für einen Meister gehalten zu werden, da die Inder stets bereit sind, jemanden zu verehren, der von Spiritualität spricht.

Die Tatsache, dass diese Gurus geehrt und materiell versorgt werden, hindert sie daran, die Prüfungen des existentiellen Lebens in ihrer vollen Wirklichkeit kennenzulernen. Sie können sich etwas vormachen, indem sie denken, befreit zu sein vom Anhaften an das gewöhnliche Ich, das aber noch nicht durch das notwendige Feuer einer wirklichen Umwandlung gegangen ist. Bei der geringsten Reizung können die Eigenliebe und die Eitelkeit wieder zum Vorschein kommen, die nicht zu einem echten Meister passen.

Anagarika Munindra

Hingegen hatte Salim damals auch Gelegenheit, einen Meister des Theravada-Buddhismus zu treffen, Anagarika Munindra, der ungefähr fünfzig Jahre alt war. Obwohl er sehr krank war, war er so freundlich, ihn in der Klinik zu empfangen, in der er gerade behandelt wurde und die ungefähr achtzehn Kilometer von Poona entfernt lag.

Angeregt von der Aussicht, diesen Meister zu treffen, begab sich Salim an diesem Morgen sehr zeitig zum Bahnhof von Poona. Obwohl als Express gekennzeichnet, kam sein Zug mit beträchtlicher Verspätung an. Kurz nach der Abfahrt begann die Lokomotive, einen ohrenbetäubenden Lärm zu machen, ohne Zweifel, um ihre Reisenden zu beeindrucken und sie glauben zu lassen, sie rolle mit atemberaubender Geschwindigkeit dahin, aber als Salim aus dem Fenster blickte, sah er zu seiner Überraschung einen verdorrten Baum im Schneckentempo an seinen Augen vorbeiziehen! Dieser „Schnellzug" bewältigte die „lange" Strecke von achtzehn Kilometern in der Rekordzeit von fast zwei Stunden – was einen schwindelerregenden Durchschnitt von neun Kilometern pro Stunde ergab! Folglich erreichte Salim die Klinik viel später als vorgesehen, erst gegen Mittag, zu der Stunde, als Anagarika Munindra die einzige Mahlzeit aß, die Theravadabuddhisten am Tag zu sich nehmen.

Gemäß seinen Ausführungen basierte seine ganze Lehre auf einer strengen Meditation, die man mit halbgeschlossenen Augen ausführte, wobei man sich intensiv auf einen Punkt zwischen der Oberlippe und der Nase konzentrierte. Er sagte zu Salim, dass er, um die Konzentration der Mönche in seinem Kloster zu testen, diese in die Hand steche oder sie sogar mit einem am Ende angezündeten Stäbchen brenne. Sie mussten dahin kommen, den Schmerz nicht zu fühlen und ihn erst mit einer zeitlichen Verzögerung zu erfahren, d.h. wenn sie aus der Meditation kamen.

Obwohl ihre Begegnung nur kurz gewesen war, war Salim von der Strenge dieses buddhistischen Meisters beeindruckt. Nachdem er sich von ihm verabschiedet hatte, kehrte er zum Bahnhof zurück, gerade rechtzeitig, wie er dachte, um den Zug nach Poona um 16 Uhr 30 zu erreichen. Der „Express" kündigte sich endlich abends um zehn Uhr an, nach einer unendlichen Wartezeit auf dem Bahnsteig in der schrecklichen Nachmittagshitze, von Durst und Hunderten von Stichen der Mücken geplagt, die sich ein Festmahl genehmigten, sobald um achtzehn Uhr die Nacht hereinfiel.

Ein befreiendes Verständnis

Als Salim sich seinen spirituellen Übungen widmete, musste er sich mit einem Problem auseinandersetzen, dem viele Sucher früher oder später ins Auge sehen müssen, nämlich seinen sexuellen Bedürfnissen. Er erkannte, dass er, solange er diese Frage, die ihm manchmal zu viel von seiner Aufmerksamkeit stahl, nicht verstanden und gelöst hatte, sich nicht mit seinem ganzen Selbst der Suche und der Meditation so widmen konnte, wie er das wollte. Er war sich immer sicher gewesen, dass ein Mann nicht dadurch, dass er ständig und blind diesem physischen Bedürfnis nachgibt, eines Tages die nötige geistige Ruhe und innere Freiheit erlangen kann, um für einen höheren Ruf offen zu bleiben. Er war im Innersten überzeugt, dass es unrealistisch sei, zu hoffen, ein in Flammen stehendes Holzscheit zu löschen, indem man ständig Öl darüber gießt. Im Gegenteil, der Mensch wird von diesem Verlangen nach einer Sättigung, die unmöglich zu erreichen ist, schließlich verzehrt werden.

Eines Tages, als er auf einem seiner langen Spaziergänge, die er täglich in der Umgebung seines Bungalows machte, an sich arbeitete, sah er ein Nest, in dem das Vogelweibchen damit beschäftigt war, seine Eier auszubrüten. Er spürte voller Mitgefühl die harte Einschränkung, der es unterworfen war, weil es Tag und Nacht bewegungslos sitzen bleiben musste, ohne das Nest verlassen zu können. Um fressen zu können, war es ganz auf seinen Gefährten angewiesen. Er musste denken, welches Schicksal dem Weibchen bevorstehen würde, falls dieser unvorhergesehen sterben sollte! Als Salim ein paar Tage später an der gleichen Stelle vorbeikam, sah er, dass die Küken ausgeschlüpft waren und die Eltern eifrig damit beschäftigt waren, die unersättlichen Schnäbel ihrer Kleinen zu füllen.

Ein anderes Mal zog der ungewöhnliche Lärm eines Rabenschwarms seine Aufmerksamkeit auf sich. Er lief sofort aus dem Haus und entdeckte ungefähr dreißig dieser Vögel, die aufgeregt über einem Jungen kreisten, das aus dem Nest gefallen sein musste und jammernd auf der Erde lag. Salim war über die Solidarität dieser Raben überrascht, die bereit waren, sich zu opfern, um das kleine verletzte Geschöpf – das übrigens bald darauf starb – vor allen Räubern zu schützen.

Salim musste erstaunt feststellen, was für ein beachtliches Maß an Aufmerksamkeit und Energie auf diese Weise ständig für den Schutz der Jungen und für die Erhaltung der Art bereitgestellt wurde. Und während er über das Verhalten dieser Vögel und die Art und Weise nachdachte, in der sie an ihre Nachkommenschaft gefesselt waren, verstand er plötzlich, dass, wenn die GROßE NATUR nur auf den bloßen guten Willen der verschiedenen Geschöpfe, die diesen Planeten bevölkern, bauen würde, um den Fortbestand der Arten zu sichern, diese Geschöpfe nie bereit wären, die gigantischen Anstrengungen zu machen und die fortwährenden Opfer zu bringen, die die Durchführung eines solchen Unternehmens erfordert.

Er erkannte mit Ehrfurcht, dass die GROßE NATUR, die keine andere Sorge als die Erhaltung der Arten hat, gezwungen war, eine List zu erfinden, um alle Geschöpfe zu zwingen, sich ihrem Willen zu unterwerfen. Deshalb hat sie ihnen einen unwiderstehlichen und unersättlichen Trieb nach sexueller Lust eingepflanzt, und das ohne Rücksicht auf die Folgen. Er verstand nun mit großer Klarheit, dass, wenn er ein sexuelles Bedürfnis verspürte, ihn in Wirklichkeit die Natur selbst antrieb, diesen befriedigen zu wollen! Dieses Verstehen half ihm entscheidend, diesen fordernden Aspekt seiner Natur zu kontrollieren und nicht mehr Sklave seines blinden Verlangens zu sein.

Später fragte Salim seine Schüler, wie viele Männer für eine Frau, die sie begehrten, sogenannte „Liebe" empfanden, wenn sie ihre sexuellen Reize verloren hatte, wenn sie krank, abgezehrt, alt oder zahnlos war? Er betonte, dass sich der Mann – denn er ist es, der vor allem programmiert ist, physisch angezogen zu werden – stets daran erinnern sollte, dass die Frau wie er ein Mensch ist, zerbrechlich, verletzlich und zum Altern und Sterben bestimmt.

Indira Devis Zorn

Von Zeit zu Zeit stattete Salim Mataji Indira Devi einen Besuch ab; er liebte die Atmosphäre, die ihr Ashram ausstrahlte. Da sie Asthmatikerin war, worunter sie sehr litt, hielt sie sich praktisch die ganze Zeit im Ashram auf. Ruhig in ihrem Sessel sitzend, empfing sie ihn stets mit dem für sie charakteristischen liebenswürdigen Lächeln, während sie von ihm sagte: „He is so kind, he feels things much too deeply" („Er ist so liebenswürdig, er empfindet die Dinge viel zu tief"). Mitunter fügte sie hinzu: „ He is so dependant, he will suffer terribly in life" ("Er ist so abhängig, er wird im Leben entsetztlich leiden").

Die heilige Frau gab ihm den Namen Amal, was „makellos" bedeutet. Salim versuchte, ihr zu erklären, dass sich dieser Name im Französischen wie „celui qui a mal" (der, der krank ist) anhörte und dass er einen anderen vorgezogen hätte, aber sie beharrte darauf, ihn so zu nennen. Als sie merkte, dass er die Bhagavad Gita nicht kannte, schenkte sie ihm ein englisches Exemplar, übersetzt von Sri Aurobindo, den sie selbst gekannt hatte.

Salim entdeckte diesen Text mit größtem Interesse. Er fand ihn äußerst inspirierend und ging sogar so weit zu sagen, dass er von all den großen heiligen Texten die höchsten spirituellen Wahrheiten enthielte.

Oft, wenn Salim gemeinsam mit anderen Besuchern zu ihren Füßen saß, betrachtete sie ihn schelmisch, dann wandte sie sich den anderen zu und erklärte: „He remembers..." („Er erinnert sich…"). Dieser fragte sich dann verwirrt: „An was soll ich mich denn erinnern? Ich verstehe nicht, was will sie sagen?" Bei anderen Gelegenheiten erwähnte sie, ihm stets schelmische Blicke zuwerfend, die ihm bald wohlvertraut wurden, eine besondere Art des indischen Damhirschs, der einen lieblichen Duft verströme und sich erschöpfe, indem er auf der Suche nach dem Ursprung dieses Wohlgeruchs ununterbrochen laufe, ohne zu verstehen, dass der Duft von ihm selbst ausgehe. Und Salim, der immer unruhiger wurde, fragte sich: „Warum sagt sie mir das? Das alles hat sie mir doch schon letztes Mal erzählt, und die beiden Male davor. Warum wiederholt sie immer wieder die gleiche Geschichte?" So kam er nach jedem Besuch so durcheinander zu Hause an, dass er sie schließlich nicht mehr sehen wollte. Jedoch übten die andächtige Atmosphäre und die Schönheit des Tempels auf ihn eine zu starke Anziehungskraft aus. Er musste einfach dorthin gehen.

Seit seiner Ankunft in England vor dem Ausbruch des Krieges war sich Salim immer seiner Wissenslücken und seiner Schwierigkeiten, sich auszudrücken, bewusst geblieben. Er war oft gezwungen gewesen, die Verachtung seiner Musikverleger sowie gewisser Personen in seiner Umgebung zu ertragen. Bei einem seiner Besuche bei Indira Devi machte sich die Person, die sie begleitete und an diesem Tag ziemlich schlechter Laune war, in Anwesenheit der anderen auf sehr geringschätzige Weise über seinen Mangel an Schulbildung lustig.

Zur Überraschung aller, die um sie herum waren, geriet die heilige Frau gegenüber der Person, die diese verletzende Bemerkung gemacht hatte, in einen solchen Zorn, dass die Wände des Ashrams bebten, und sie erklärte ihr heftig: „My child, my child, if you cross the whole of India you will not find anyone who knows what this man knows". („Mein Kind, mein Kind, und wenn du ganz Indien durchquerst, wirst du nicht einen finden, der weiß, was dieser Mann weiß"). Und Salim, sprachlos vor der Gewalt der Reaktion Indira Devis, fragte sich: „Was weiß ich denn, ich weiß nichts, ich bin ja gerade auf der Suche nach diesem Wissen nach Indien gekommen!" Nach diesem Vorfall, der ihm unverständlich erschien, zog er es vor, seine Besuche im Ashram zumindest vorübergehend einzustellen.

Der Flug des Adlers. Die ersten Anstrengungen.

Kurz nach seinem letzten Besuch bei Indira Devi sah Salim beim Verlassen seines Bungalows, um seine täglichen Konzentrationsübungen im Gehen zu machen, nicht weit von sich entfernt, einen gewaltigen Adler auf der Erde, der etwas in seinen Fängen hielt. Er riss mit seinem Schnabel ein Stück aus der Beute, auf der er saß, dann hob er den Kopf und sah mit außerordentlicher

Würde und eindrucksvoller Langsamkeit nach rechts und links, bevor er seinen Kopf wieder über seine Beute senkte.

Salim blieb reglos stehen, fasziniert von der gigantischen Größe des Raubvogels, und fragte sich erstaunt, wie ein so großer und schwerer Vogel sich in die Höhe schwingen könne. Er wartete neugierig, ohne zu wagen, ein Geräusch zu machen, als er plötzlich sah, wie sich der Adler energisch mit den Fängen vom Boden abstieß; gleichzeitig breitete er seine mächtigen Flügel aus, mit denen er so kraftvoll schlug, dass er sich sehr schnell in die Lüfte erhob. Kaum einige Meter aufgestiegen, verlangsamte er seinen Flügelschlag beträchtlich, bis er sich schließlich völlig bewegungslos hielt, mit weit ausgebreiteten Schwingen schwebend und immer höher in den blauen Himmel Indiens aufsteigend.

Eine wunderliche Stille senkte sich plötzlich über Salim, der wie versteinert und staunend verharrte. Er hatte eben etwas verstanden, was für seine spirituellen Übungen von fundamentaler Bedeutung war. Dieser bemerkenswerte Vogel hatte ihn nämlich gerade gelehrt, dass stets die Qualität und die Intensität der ersten Anstrengungen ausschlaggebend sind, um einem Sucher zu erlauben, sich von sich selbst zu lösen, um in immer erhabenere Zustände im Himmel seines Wesens aufsteigen zu können! Er muss die delikate Kunst lernen zu wissen, wann und wie er später seine Anstrengung lockert, um sozusagen dahinzukommen, wie ein Adler zu „schweben".

Während er weiter dem Adler nachschaute, der nur noch ein Punkt in der Ferne war, stellten sich ihm in einem Sekundenbruchteil alle wichtigen Ereignisse seines Lebens, alle spirituellen Erfahrungen, die er bisher erlebt hatte, und alle rätselhaften Äußerungen Indira Devis in einer seltsamen und fantastischen Panoramasicht gleichzeitig dar. In einer blitzartig aufleuchtenden Eingebung begriff er jäh alles, was sie ihm zu verstehen geben wollte, als sie sagte: „Er erinnert sich", oder als sie von dem Hirsch sprach, der einem Duft nachlaufe, ohne zu wissen, dass dieser von ihm selbst ausströme, oder andere Anspielungen machte, die ihn bis zu diesem Augenblick ratlos und verwirrt zurückgelassen hatten.

Nicht ohne Furcht erkannte er plötzlich, dass das, was Indira Devi ihm von Anfang an zu vermitteln versucht hatte, war, dass er keine Zeit damit verlieren dürfe, nach jemand zu suchen, der ihn anleiten könne, sondern dass er in der bereits eingeschlagenen Richtung fortsetzen solle, ohne auf äußere Hilfe zu warten.

Es war für ihn sicher nicht leicht zu akzeptieren, dass er sich von nun an nur noch auf sich selbst verlassen durfte, um seinen Weg in den inneren Gefilden zu finden, die nicht zur sichtbaren Welt gehören und die so rätselhaft sind. Salim fühlte jedoch, dass er keine andere Wahl hatte, als seinen Weg alleine weiterzuverfolgen, wie schwer das auch für ihn sein mochte.

Als er, nachdem er diese Entscheidung getroffen hatte, Indira Devi wieder aufsuchte, empfing sie ihn mit einem Blick voller Schalk und Güte und begann, lautlos zu lachen, wie um ihm zu bedeuten, dass sie wusste, was ihm widerfahren war. Von nun an machte sie in seiner Gegenwart nie mehr Anspielungen darauf, dass er „sich erinnere" noch sprach sie je wieder von dem Hirsch, der einem ihm selbst entströmenden Duft nachlaufe.

Er ging daher seiner Meditationspraxis und seinen Konzentrationsübungen nach, die er unaufhörlich für sich selbst erfand – so, als ob er sich aus einer unergründlichen Vergangenheit an sie erinnere –, ohne zu irgendjemand über seine merkwürdige Erfahrung und die Entscheidung zu sprechen, die darauf gefolgt war.

Mehr als alles andere.

Infolge seines neu gewonnenen Verständnisses von der Art Anstrengungen, die künftig von ihm verlangt würden, lernte Salim, dank einer besonderen Weise sich zu überlassen, sich während seiner Meditation von einer hochsubtilen Transparenz des Seins und des Bewusstseins, die zart in ihm keimte, ergreifen zu lassen, um schließlich in diesen ätherischen Zustand verwandelt zu werden. Dieser makellose Zustand brachte sich auch im aktiven Leben in Erinnerung, um ihn anzuregen, kontinuierlich die nötigen inneren Schritte zu unternehmen, um ihn jedes Mal neu zu beleben, wenn er anfing, in ihm schwächer zu werden.

Er verstand jetzt noch tiefer, dass in dem Maß, wie es ihm gelang, intensiv selbstgegenwärtig zu sein, und zwar in Bezug auf die Tiefe und die Dauer, seine gewöhnliche Individualität beginnen konnte, sich sozusagen aufzulösen und dadurch den Platz freizumachen, damit ihn der UNPERSÖNLICHE ASPEKT seiner

Doppelnatur einnehmen und ihm die Ruhe der Seele und die Glückseligkeit geben könne, nach der er strebte. Je mehr es ihm gelang, innerlich selbstgegenwärtig zu bleiben, desto mehr blieb dieser geheiligte Zustand in ihm – vorausgesetzt, er wünschte ihn sich mehr als alles andere.

Jeder Augenblick zählte für ihn. Er arbeitete an sich, wenn er alleine draußen ging, Einkäufe machte, mit jemand sprach oder auch bei der Küchenarbeit. Die spirituellen Übungen, die er in den folgenden Monaten durchführte, erwiesen sich für ihn als entscheidend. Danach betrachtete er weder die Welt noch das existentielle Leben je wieder in der gleichen Weise wie vorher.

Der Monat Mai in Mahableshwar. Die Prekarität des Lebens in Indien.

Mit dem Herannahen des Monats Mai wird die Hitze in Indien glühend. Tiere, Pflanzen und Menschen sind in einen Zustand der Apathie und der ständigen Müdigkeit getaucht, während alle auf den ersten Monsunregen warten, um die Intensität der Hitze zu mildern.

Herr Dady berichtete Salim, dass der Monsun in Poona im Allgemeinen um den vierten oder fünften Juni eintreffe, dass aber, bevor sich dieser entlüde, die Hitze im Mai schwer zu ertragen sei. Er schlug ihm daher vor, ihn im Auto mitzunehmen, um diesen schwierigen Monat in den Bergen zu verbringen, an einem Ort namens Mahableshwar, ungefähr fünfundsiebzig Kilometer von Poona entfernt. Er hatte ihm schon von der außergewöhnlichen Schönheit dieser Landschaft erzählt, wo er einen Hof besaß. Salim stimmte glücklich zu; sein Freund fand dort einen Bungalow für ihn, den er mieten konnte, nicht weit von seinem Hof entfernt, wo Salim während seines Aufenthalts Milch und andere Lebensmittel kaufen konnte.

Bevor Herr Dady nach Poona zurückkehrte, wohin ihn seine guten Werke riefen, führte er Salim auf einen Berggipfel, auf dem sich ein sehr alter Tempel erhob, der fast zweitausend Jahre alt war. Obwohl seit langem unbewohnt und von Pflanzen überwuchert, war er doch sehr gut erhalten. Das Gebäude bestand aus gewaltigen Steinblöcken, die ohne jeden Zement sorgfältig aneinandergefügt waren. Und Salim, der den außergewöhnlichen Rundblick bewunderte, den man von dieser Stelle aus hatte, sagte sich mit einem gewissen Bedauern, dass ihm dieser Ort besonders günstig erschien, um dort sein Leben in der Meditation zu verbringen. Aber wo hätte er sich Wasser und die nötige Nahrung beschaffen können, um an diesem abgeschiedenen Ort zu überleben? Er fragte sich, wie die Yogis aus vergangener Zeit dieses Problem hatten lösen können.

Links von Salims Bungalow wohnte in einer armseligen Baracke eine indische Familie, deren Arbeit darin bestand, das Nachbarhaus instand zu halten. Der schöne Wohnsitz gehörte einem wohlhabenden Inder, der immer zur Sommerfrische dorthin kam. Eines Nachmittags, als Salim wie gewohnt ausgegangen war, um seine Konzentrationsübungen im Gehen zu machen, sah er, wie die Frau, von ihren Kindern umringt, bewegungslos vor ihrer Hütte stehen blieb. Als er sie mit dem traditionellen „Namasté" grüßte, antwortete sie nicht, sondern blieb wie versteinert stehen, mit einem angstvollen Blick, der Salim ratlos machte. Plötzlich trat ihr Mann aus der Wohnung. Er hielt einen großen Stock vor sich, an dessen Ende eine riesige Schlange baumelte, die er gerade getötet hatte. Das Reptil war durch das Strohdach ins Innere geglitten. Salim, der ihre Angst gefühlt hatte, empfand großes Mitgefühl für diese Leute, als er an die Unsicherheit dachte, in der sie lebten.

Da Herr Dady schon lange zurückgereist war, waren Vorkehrungen getroffen worden, Salim am Ende seines Aufenthaltes mit einem einheimischen Taxi nach Poona zurückzubringen. Zwei oder drei Tage vor seiner Abfahrt hatte er plötzlich eine seltsame Eingebung. Er begab sich zur Taxistation, um den Chauffeur, dessen Namen er kannte, an ihre Verabredung zu erinnern. Dort erfuhr er, dass der Mann vor wenigen Tagen an einem Herzanfall gestorben war. Er dachte bekümmert an die Familie des armen Mannes und fragte sich, wie sie in einem Land, in dem es keine Hilfe vom Staat gab, zurechtkommen werde. Er reservierte sich einen anderen Wagen, der ihn am vorgesehenen Tag nach Poona zurückbrachte, wo er die starke Hitze wiederfand, die der Ankunft des Monsuns vorausgeht.

Der Monsun

Als Salim ins Decan College gezogen war, hatte er nicht weit vom Bungalow entfernt das Vorhandensein vertrockneter Büsche bemerkt, deren dicke Zweige gebleichten Gebeinen ohne Leben glichen. Er hatte sich daher gesagt, dass diese Pflanzen sicher abgestorben seien und nur noch zum Verbrennen taugten. Aber Anfang Juni, als kaum die ersten Tropfen gefallen waren, geschah ein Wunder. Er traute seinen Augen nicht, als sich nach vier oder fünf Regentagen die weißen Äste grünlich verfärbt zu haben schienen. Er betrachtete sie lange ungläubig und dachte, dass er sich diese Veränderung vielleicht einbilde; es schien freilich unmöglich, dass diese Pflanzenwelt, die solange ohne Wasser gewesen war, erneut zum Leben erwachen könnte. Nachdem in den nächsten Tagen noch mehr Regen gefallen war, musste er sich jedoch den Tatsachen beugen: winzige Knospen erschienen an den Zweigen, die nun ganz grün geworden waren!

Kaum zwei Wochen später waren die Sträucher von einem Blattwerk von erstaunlich exotischem tiefem Grün bedeckt, das das Auge entzückte. Auch die Landschaft ringsumher hatte sich wundersam verändert; die trockene heiße, von Steinen und Staub bedeckte Erde hatte sich in einen wunderbaren Teppich aus kleinen Gräsern verwandelt, die aus dem Nichts auftauchten.

Was für eine Lektion! Bewundernd betrachtete Salim die Metamorphose der Natur und dachte, dass die Menschen dieser ausgedörrten Pflanzenwelt gleichen. Auch sie müssen getränkt werden, damit ihnen Leben geschenkt wird – getränkt mit *spirituellem* Wasser, jedoch unter der Bedingung, dass sie sich, wie dieser Boden und diese Büsche, empfänglich genug zeigten. Diese Art spirituelles Wasser muss auf fruchtbaren Boden fallen, damit ein besonderes Wachstum ihr Wesen umformen kann.

Bahout pani hé

Kurze Zeit nach dem Eintreffen des Monsuns hörte die Kuh des alten Mannes, bei dem Salim seine Milch kaufte und der in der Nähe des Bungalows wohnte, auf, Milch zu geben. Ziemlich weit weg fand er einen jungen Mann, der bereit war, ihn zu beliefern. Er kam mit ihm überein, dass dieser ihm gegen ein kleines Entgelt täglich frisch gemolkene Milch bringen solle. Während der ersten Tage verlief alles gut; aber mit der Zeit fand Salim, dass die Milch immer blasser, dünner und geschmackloser wurde. So sagte er eines Morgens, als sein Milchmann erschien, auf Hindi zu ihm: „Pani hé!" („Da ist

Wasser drin!"). Der Mann sah ihn mit unschuldigen Augen an und erwiderte mit einer Mischung aus Englisch und Hindi: „No, no, pani hé." („Nein, nein, da ist kein Wasser drin."). Einer plötzlichen Eingebung folgend, suchte Salim rasch ein einfaches medizinisches Thermometer, das er aus Paris mitgebracht hatte und das viel größer war als die indischen. Er tauchte es vor den Augen des jungen Mannes, der auf einmal unruhig wurde, in die Flüssigkeit. Nach einer kurzen Wartezeit nahm Salim das Instrument heraus, gab vor, es aufmerksam zu studieren, und erklärte dann mit Bestimmtheit, indem er es seinem Lieferanten zeigte; „Bahout pani hé!" („Da ist viel Wasser drin!"). Die Augen des jungen Mannes begannen, nach allen Seiten zu wandern, dann, nach einigen letzten unkontrollierten Bewegungen seines Blickes, sagte er mit betretener Miene: „Tomorrow, no pani". (Morgen wird keine Wasser drin sein). Salim hakte streng nach: „Sure?" („Ist das sicher?"). Nach indischer Manier den Kopf von rechts nach links schüttelnd, beteuerte der andere: „Sure, sure." („Ganz sicher.")

Und wirklich hatte Salim von dem Tag an kein Problem mehr mit der Milchqualität, denn wie konnte man es wagen, zu betrügen und mit diesem fantastischen Apparat, mit diesem unfehlbaren und furchteinflößenden Wasserdetektor, den Salim besaß, zu argumentieren!

Die Namalis

Am Besitz des Decan College führte eine Straße vorbei, die in einiger Entfernung, nach ungefähr zehn Minuten Fußmarsch, einen Fluss erreichte, an dem sie entlang lief. An den Ufern lebte eine Kolonie von Namalis, Unberührbare ohne ein Dach über dem Kopf, die unter Bedingungen bitterster Armut zu überleben versuchten. Sie benutzten das Wasser des Flusses, um darin zu baden, ihre Wäsche zu waschen, zu kochen, ihren Durst zu löschen usw. Wenn der Monsun sein Bett vergrößerte, strömte der Fluss reichlich, wobei er eine gewisse Sauberkeit seiner Fluten gewährleistete, aber wenn sich die Trockenperiode ankündigte, sank sein Spiegel erheblich, bis nur noch ein stehender Tümpel übrigblieb. Von diesem fauligen, mit grünem Schaum bedeckten Wasser breitete sich dann ein unvorstellbarer Geruch aus, der mehr als einen Viertelkilometer weit wahrnehmbar war. Die Einnahme eines einzigen Tropfens dieses ekelerregenden Wassers hätte einen Abendländer innerhalb von vierundzwanzig Stunden getötet. Dennoch blieben die Namalis dort und benutzten es weiter für alle ihre Bedürfnisse.

Als Salim Gelegenheit hatte, mit Doktor Patki über diese armen Leute zu sprechen, berichtete ihm dieser, dass bei einer durchschnittlichen Kinderzahl von zehn bis vierzehn Kindern pro Frau die Sterblichkeit der Kinder sehr hoch sei, dass sie aber, wenn sie einmal das Alter von sechzehn oder siebzehn Jahren überschritten hätten, immun geworden seien. Er erzählte ihm die erstaunliche Geschichte einer dieser Namalifrauen, die von einem wilden Stier in den Bauch gespießt worden war. Die Gedärme an sich pressend, erreichte sie sein Sprechzimmer, nachdem sie einen guten Kilometer gelaufen war. Der Arzt operierte sie sofort, brachte die Eingeweide an ihren Platz zurück und nähte den Bauch wieder zu. Einige Stunden später kehrte sie nach Hause zurück. Die tapfere Frau überlebte diese Prüfung und kam fünfzehn Tage später wieder, um sich die Fäden ziehen zu lassen.

Salim konnte nicht verstehen, wie diese Frau den Schmerz ihrer Verletzung und den Schock, die Eingeweide aus ihrem Körper quellen zu sehen, soweit hatte überwinden können, dass sie es schaffte, sie in ihren eigenen Händen tragend, bis zum Arzt zu gehen! Die Schmerzgrenze war bei diesen armen Leuten, die so elend waren und die es gewohnt waren, auf tausenderlei Arten zu leiden, sicher nicht die gleiche wie bei einem Abendländer. Ihre Lebensweise entwickelt in ihnen eine Fähigkeit, Schmerzen zu ertragen, die für einen Europäer undenkbar ist.

Man hört manchmal von exotischen, spirituellen Disziplinen, die von einem Abendländer eine außergewöhnliche körperliche Widerstandskraft erfordern. Die harten Bedingungen, die man im Orient vorfindet und die die Einwohner dieses Landes von Kindheit an erdulden, bereiten ohne Zweifel manche von ihnen darauf vor, die körperlichen Leiden zu ertragen, die diese Praktiken beinhalten – wie Salim z. B. bei einem Fakir in Benares sehen konnte, der seit Jahren einen Arm in die Luft hielt, bis dieses Körperglied schließlich völlig verdorrt war.

Die Meditation: Ist das Bewusstsein in der Materie verdichtet?

Salim wusste, dass die Meditation im eigentlichsten Sinn von ihm seine ganze Wachsamkeit und die größte Aufrichtigkeit forderte. Aber er hatte auch verstanden, dass er aufpassen musste, niemals Zwang auszuüben.

Die Bemühung, selbstgegenwärtig zu bleiben, musste, obwohl fest, gleichzeitig ruhig und sanft sein. Die Intensität dieser Bemühung musste genau richtig sein, nicht zu viel und nicht zu wenig. Er lernte nach und nach die subtile Kunst zu erkennen, wann der richtige und delikate Moment gekommen war, um vorsichtig zu beginnen, die Anstrengung zu lockern, um sich dem zu überlassen, was höher in ihm war, und wie weit er das tun konnte, ohne zu riskieren, von Neuem in seinem üblichen Zustand zu versinken.

In dem Maß, wie sich seine Meditation vertiefte und verlängerte, erlebte er mehr und mehr die Befreiung und Ausdehnung seines Bewusstseins. Sein Bewusstsein schien ins Unendliche zu wachsen und immer leuchtender, feiner und ätherischer zu werden. Außerdem hatte er statt der dichten und schweren Materie seiner körperlichen Form, die er für gewöhnlich fühlte, die unbeschreibliche Empfindung einer sehr subtilen und unaussprechlichen Transparenz ätherischen Seins.

Eine intensive Sehnsucht stieg aus dem Grund seiner selbst auf, ihn verlockend, sich für immer diesem ungewohnten Zustand des Seins hingeben zu wollen; gleichzeitig aber erkannte er die Unmöglichkeit einer solchen Erfüllung in diesem Stadium seiner spirituellen Entwicklung.

Jedes Mal, wenn er aus seiner Meditation herauskam, hatte er die verwirrende Empfindung, dass sich sein Bewusstsein erneut verengte und zu Materie wurde, seine dichte und gewohnte Körperform wieder annehmend. Während er immer höhere Bewusstseinsebenen erreichte, hatte er beim Auftauchen aus seiner Meditation die Empfindung, dass jedes Mal, wenn es nicht mehr in einer körperlichen Form verdichtet war, tatsächlich eine Ausdehnung seines Bewusstseins stattfand, und eine Verengung, wenn es sich von Neuem verdichtete und wieder seine dichte körperliche Form annahm.

Ein geheimnisvoller Gedanke begann nun, in seinem Wesen zu keimen und Gestalt anzunehmen: vielleicht bestand die letzte Befreiung des Bewusstseins im Menschen darin, endgültig das (durch die Macht der Gewohnheit so eingewurzelte) Bedürfnis zu verlieren, wieder in die Materie hinabzusteigen und eine Form anzunehmen – die der Mensch für gewöhnlich braucht, um seine Existenz zu fühlen und von ihr zu wissen. Außerdem erhob sich in seinem Geist, in einer viel weiteren Größenordnung, eine schwindelerregende Frage, die nicht aufhörte, ihn zu beunruhigen: War es möglich, dass diese Myriaden und Abermyriaden von Himmelskörpern, die dieses unendliche Universum bewohnten, auch nur in der Materie verdichtetes Bewusstsein waren, und dass der gesamte Kosmos, ja, auch er, insgeheim das Bedürfnis hatte, sich aus seiner Gefangenschaft in der materiellen Manifestation zu befreien?

Der Nada, eine unschätzbare Hilfe

Von Anfang seiner spirituellen Suche an hatte Salim als Stütze für seine Konzentration den geheimnisvollen Ton genommen, dem ständigen Rauschen der Meereswellen gleich, den er in seinen Ohren und im Inneren seines Kopfes vernahm. Seine extreme Sensibilität, verbunden mit einem natürlichen Interesse als Komponist, hatten ihm erlaubt, verschiedene Arten von spirituellen Übungen zu entwickeln, die mit diesem Ton verknüpft waren, der während seines Aufenthalts in Poona besonders durchdringend wurde. In Indien sollte er eine Bestätigung für die Richtigkeit seiner Intuition finden. Als er in Rajastan reiste, kam er eines Tages, nicht weit von Jaipur, zu einem kleinen Tempel, dessen Inneres in bemerkenswerter Weise mit Wandgemälden geschmückt war. Kaum angekommen, hörte er, dass die Personen, die mit der Wartung des Gebäudes beauftragt waren, aus einem unverständlichen und unsinnigen Grund beschlossen hatten, die Mauern frisch zu bemalen und die antiken Fresken, die sehr schön waren, zu überdecken. Diese stellten verschiedene Asanas aus dem Hatha-Yoga dar, begleitet von einem Sanskrittext. Salims Frau, die eben diese Sprache studierte, gelang es, sie vor ihrem Verschwinden zu fotografieren. Nach der Wiedergabe der Inschriften auf Papier, sagte sie zu ihm, als sie eine von ihnen übersetzte, die neben eine Zeichnung geschrieben war, die die Lotosstellung darstellte: „Merkwürdig, diese Kommentare sprechen von einem

270

Ton, dem Ton, den du in deinen Ohren hörst; diese Schrift enthüllt, dass es sich um einen speziellen Yoga handelt, den Nada-Yoga."

Dieser Vorfall bestätigte Salim die Wichtigkeit dieses Tons und die Tatsache, dass dieser Weg in alten Zeiten in Indien bekannt gewesen war. Trotzdem fand er in den Jahren, in denen er dort lebte, niemanden, der ihn praktizierte. Später hörte er, dass in der Abhandlung über Yoga mit dem Titel *Hatha Yoga Pradipika* auf den Nada Bezug genommen wird. [33]

Zu wissen, dass es sich um einen Yoga handelte, der in der Vergangenheit in Indien bekannt gewesen war, ermutigte Salim, diese Stütze immer mehr zu gebrauchen. Schon am Anfang seiner Sadhana in Paris hatte er bemerkt, dass die Intensität des Tones zu der seiner Konzentration proportional war; anders ausgedrückt, je tiefer seine Konzentration war, desto stärker und kristalliner wurde der Ton. Er hatte dessen Wert sowohl für seine Meditation als auch für seine verschiedenen Konzentrationsübungen, die er im aktiven Leben machte, erkannt. Anfangs gelang es ihm nicht, seine Aufmerksamkeit ohne Unterbrechung auf ihn zu fixieren. Jedoch nach seinen ersten Bemühungen, begann dieser, sich plötzlich in völlig unerwarteten Momenten des Tages in ihm zu manifestieren. Als göttlicher Sendbote klopfte er an die Pforte seiner Seele und erinnerte an sich; sobald Salim sich dessen Gegenwart in seinem Wesen bewusst wurde, sagte er sich innerlich: „Er ist da! Er ist wieder da, er singt in meinen Ohren und ruft mich, ja und tausend Mal ja zu DIR!" denn er fühlte, dass dies die Weise war, in der das ABSOLUTE ihn rief.

Später erklärte Salim seinen Schülern, dass das ABSOLUTE keine Form und auch keine „Stimmbänder" habe. Der Ruf ist innerlich, es kann ein Gedanke sein, der einem kommt oder auch der Nada, der seine Gegenwart zu erkennen gibt, und die Weise, in der man antwortet, bestimmt die Häufigkeit der Wiederkehr dieses himmlischen Boten.

---

[33] Viele Jahre später entdeckten wir, dass Paul Brunton in seinem Buch „A Search in Secret India" seine Begegnung mit den Radhasoamis beschreibt, die einer Lehre folgen, bei der das Hören auf den inneren Ton einen größeren Raum einnimmt. Der Weg der Radhasoamis, auch Sant Mat (der Weg der Heiligen) genannt, wird tatsächlich immer noch in Indien praktiziert. Und in der Shurangama Sutra, die in der chinesisch-buddhistischen Mahayana-Tradition grundlegend ist, erklärt Avalokitesvara, dass er dank der Konzentration auf den subtilen inneren Ton Erleuchtung erlangt habe. Buddha beglückwünscht Avalokitesvara und erklärt, dass dieses Mittel der erhabene Weg des Erwachens sei.

Wenn er merkte, dass sein Hören auf diesen Ton nachgelassen hatte, bemühte er sich, im Geist zurückzugehen und zu versuchen, den Augenblick seines Falls aufzuspüren. War es, als jemand zu ihm gesprochen hatte? Oder als ein Gedanke, ein Bild oder eine Ideenassoziation seinen Geist durchquert hatte? Und ohne sich zu verurteilen oder Schuldgefühle zu erzeugen, begann er, seine Aufmerksamkeit mit einer noch wilderen Entschlossenheit auf den Nada zu fixieren.

Er hatte gut verstanden, dass es nichts Schwierigeres gibt, als seine Aufmerksamkeit permanent auf eine Stütze zu richten, und eine Verurteilung oder das Erzeugen von Schuldgefühlen sah er als sinnlos oder gar als Hindernis an.

Er hatte gesehen, wie gewinnbringend dieser Nada für seine Praxis war, auch wenn er nur teilweise da war. Nachdem er sich hatte entschließen müssen, alleine seiner Sadhana nachzugehen, fühlte er die Notwendigkeit zu versuchen, jeden Augenblick auf diesen Ton aufmerksam zu bleiben. Trotzdem traf er auf Widerstände in sich und manchmal hatte er keine Lust mehr, diese Anstrengung zu machen, und dann sagte er sich: „Was will ich eigentlich?" Zu anderen Zeiten war es, als ob eine Stimme in ihm sagte: „Wozu sind diese Anstrengungen gut?" Obwohl er schon so außergewöhnliche mystische Erfahrungen gemacht hatte, hatte er doch noch diesen Widerstand in sich, der sich in diesem „Wozu ist das gut?" manifestierte. Aber er erlaubte sich nicht, auf diese verführerische Stimme zu hören und nahm seine Bemühung wieder auf.

Um sein Gefühl zu unterstützen, wiederholte er innerlich, was zu einer Art Gebet für ihn wurde: „REINE QUELLE, sei DU mein letztes und äußerstes Ziel; mögen sich mein ganzes Leben sowie alles, was ich denke und tue – Meditation, spirituelle Übungen und alle Tätigkeiten des Tages – auf DICH allein beziehen, das einzige Ziel meiner Inkarnation, jetzt und immerdar."

Er sah, dass es nicht genügte, den Nada in sich klingen zu hören und dass es einen wesentlichen Unterschied gab zwischen dem bewussten Hinhören und dem einfachen Feststellen seiner Anwesenheit. Je mehr er ihn hörte, desto mehr begann er, sich in einem unerklärlichen Zustand innerer Sicherheit zu fühlen, der keinen Bezug zur greifbaren Welt hatte, eine geheimnisvolle innere Sicherheit, in der, so fühlte er, der Tod eine Illusion war. Diese geheimnisvolle innere Sicherheit war unabhängig von all den Problemen, die er in der berührbaren Welt erfahren mochte, einschließlich der Krankheit.

Er legte für sich fest, ihn eine Stunde am Tag ohne Unterbrechung zu hören. Dann einen Tag pro Woche. Er bereitete sich geistig die ganze Woche darauf vor und kam schließlich dahin, ihn an sieben von sieben Tagen zu hören, von morgens bis abends, ohne ihn auch nur für den Bruchteil einer Sekunde zu verlieren. Er erreichte sogar, sich seiner im Schlaf bewusst zu sein. Dieser Urton war immer da, in ihm wie in allen Dingen. Er konnte ihn geheimnisvoll im Kosmos und in allen Himmelskörpern vibrieren hören, wie z.B. in der Sonne, wo er ihn auf höchst spektakuläre Weise vibrieren hörte.

Als Resultat all dieser Bemühungen wurde er schließlich merkwürdig entfernt von sich selbst und begann alles, was ihn umgab, aus einer anderen Perspektive zu sehen. Es schien ihm, dass sich sein Sehen in den rückwärtigen und höchsten Teil seines Kopfes zurückgezogen hatte, von wo aus es schweigend und unparteiisch Zeuge all dessen war, was um ihn herum geschah. Von nun an wurde alles in einem konstanten Zustand des Fließens wahrgenommen. Von dieser unbeteiligten Warte aus sah er, dass es in jedem belebten oder unbelebten Objekt, auf das sein Blick fiel, absolut nichts Permanentes gab. Das Panorama des gesamten äußeren Lebens entfaltete sich vor ihm wie ein seltsamer und fantastischer Traum. Und hinter all dem nahm er, wenn man so sagen darf, mit dem Auge des Geistes die Einheit aller Dinge wahr – „DAS", was ihn erfüllte und gleichzeitig alle Wesen und alle Dinge erfüllte.

Metta, Karuna, Mudita, Upekka

Als ein buddhistischer Mönch zu Salim von Brahmavihara sprach, den erhabenen Wohnstätten Brahmas, verstand er sofort intuitiv die ganze Bedeutung für seine Praxis. Tatsächlich handelt es sich um meditative Praktiken, die dem Hinduismus, Jainismus und Buddhismus gemein sind. Man geht davon aus, dass der Meditierende durch kontinuierliches Üben und Kultivieren der Gefühle des Wohlwollens, des Mitgefühls, der Freude und des Gleichmuts sein meditatives Bewusstsein bis zum Zustand des Gottes Brahma erhebt.

Diese vier Gefühle sind (auf Pali):

Metta: wohlwollende Liebe
Karuna: Mitgefühl
Mudita: sympathisierende Freude
Upekka: Gleichmut

Salim begann, mit diesen Worten zu arbeiten, indem er sie auf Pali wiederholte, und zwar wegen der besonderen Vibrationen, die mit diesen Worten verbunden sind, die in Indien seit uralten Zeiten verwendet werden. Sich nacheinander in alle vier Windrichtungen wendend, erweckte er in sich das Gefühl, das dem Wort entsprach, das er aussprach, und er schickte dieses Gefühl in die ganze Welt. Er benutzte die vier Worte auch wie ein Mantra. Beim Einatmen sagte er Metta, dabei ein Gefühl wohlwollender Liebe erzeugend, beim folgenden Einatmen sagte er Karuna, wieder das entsprechende Gefühl erzeugend, dann Mudita und schließlich Upekka. Auf diese Weise praktizierte er, während er kochte, sein Zimmer putzte oder etwas anderes machte. Damit seine Praxis nicht mechanisch wurde, verschob er die Worte in jeder Serie, die erste Serie mit Metta beginnend und mit Upekka beendend, dann die zweite mit Karuna beginnend und mit Metta beendend, die dritte mit Mudita beginnend und mit Karuna beendend, etc.

In zwei Welten gleichzeitig leben

Die Konzentration, die bei einer spirituellen Praxis gefordert wird, ist nicht intellektueller Natur, sondern es geht darum, einen anderen Zustand des Seins und des Bewusstseins in sich zu etablieren, während man, da man keine andere Wahl hat, die Forderungen des äußeren Lebens erfüllt; das verlangt eine besondere Teilung der Aufmerksamkeit, die geschult werden muss. Dank seines Übens schaffte es Salim, in zwei Welten gleichzeitig zu leben: auf der einen Seite in der manifestierten und groben Welt, wahrnehmbar durch die Sinnesorgane, und auf der anderen Seite in einer durchscheinenden und ätherischen Welt, die er in den Tiefen seines Wesens trug. Daher blieb sein Blick, auf eine sehr spezielle Weise, auf die Außenwelt gerichtet, während sein Geist gleichzeitig auf sein Inneres gerichtet war.

Die Teilung der Aufmerksamkeit schuf geheimnisvoll eine Ausdehnung des Bewusstseins und ein gewisses Gleichgewicht in ihm, das sich zwischen der äußeren und der inneren Welt einstellte. Worte aus dem Matthäusevangelium (22,23) paraphrasierend, sagte er später zu seinen Schülern, er gebe Cäsar, was Cäsar gebühre, und GOTT, was GOTT gebühre.

Eine weitere Hundeadoption. Das Gesetz der Natur.

Salim hat immer eine besonders innige Liebe für Hunde empfunden, vielleicht wegen ihrer Fähigkeit, eine unwandelbare Treue zu zeigen, deren der Mensch selten fähig ist.

Als er eines Nachmittags seinen Bungalow verließ, sah er in der Ferne eine schwarze Hündin, unvorstellbar mager, die vor Hunger taumelte. Von Mitleid für diese arme Kreatur ergriffen, ging er schnell in die Küche zurück und nahm alles, was er an Nahrung finden konnte (Reis, Gemüse, Milch usw.). Während er das Tier rief, stellte er alles auf die Erde. Dann nahm er das Futter im Wechsel mehrmals wieder an sich und stellte es wieder hin, damit das Tier deutlich sehen konnte, worum es ging. Schließlich zog er sich etwa fünfzehn Meter zurück. Die misstrauische Hündin näherte sich langsam dem Futter, das sie beschnupperte, bevor sie gierig zu fressen begann, während sie mit dem Schwanz wedelte und von Zeit zu Zeit den Kopf hob, um Salim anzuschauen, der sich nicht bewegte, um sie nicht zu verscheuchen. Die meisten Hunde in Indien leben wild; sie werden nicht nur nie gefüttert, sondern die Leute werfen sogar mit Steinen nach ihnen, sobald sie ihrer ansichtig werden – so wie Salim es in Bagdad gesehen hatte, als er ein Kind war.

Am nächsten Tag sah er zu seinem Erstaunen, dass die Hündin ungefähr um die gleiche Zeit wiedergekommen war und nicht weit vom Bungalow sitzen blieb, in der Hoffnung, noch mehr zu fressen zu bekommen. Er suchte wieder einige Essensreste für sie zusammen, die er wie am Vortag auf den Boden stellte, zog sich aber diesmal weniger weit zurück. Am übernächsten Tag bereitete er etwas vor, da er erwartete, sie wiederzusehen. Er sah sie tatsächlich auftauchen, wobei sie ihn von weitem schwanzwedelnd beobachtete. Nach fünfzehn Tagen, als er sich nicht mehr als zwei oder drei Meter zurückzog, wenn sie fraß, kam sie zu Salims Schrecken in Begleitung von sechs Welpen, die alle entsetzlich mager waren. Ohne danach gesucht zu haben, war er plötzlich das Oberhaupt von sieben Hunden, die alle ernährt werden mussten.

Die Jungen waren noch nicht entwöhnt, aber da die Mutter nicht genügend Milch hatte, waren sie derartig ausgehungert, dass sie schnell zu fressen begannen, was Salim für sie hergerichtet hatte. Trotzdem versuchten sie, bei ihrer Mutter zu saugen, deren Geduld Salim immer wieder erstaunte. Sobald sie sich ihnen näherte, warfen sich die Kleinen auf ihre fast leeren Zitzen und schubsten und stießen sich dabei gegenseitig zur Seite, während sie bewegungslos und in stoischem Gleichmut stehen blieb und nur reagierte, wenn sie ihr zu sehr weh taten.

Obwohl die Nahrung, die sie bekam, ausschließlich vegetarisch war, waren die Flanken der Hündin allmählich weniger eingesunken und ihr Fell wurde glänzend; auch die Kleinen begannen, anders auszusehen. Zwei von ihnen wurden plötzlich schwer krank, und trotz der aufmerksamen Fürsorge Salims, der sie einen Monat lang täglich zum Tierarzt brachte, starben sie. Ein drittes wurde von einer ansteckenden Krankheit befallen, und man musste das arme Tier einschläfern lassen, um die anderen zu retten. Obwohl reduziert, zählte die Familie noch drei Welpen und die Mutter, die ihre Jungen bald entwöhnte. Salim musste nun seine vier Hunde ernähren, womit er sich zweimal am Tag befasste.

Die Hündin ließ Salim künftig an sich herankommen, blieb aber scheu und floh bei der Annäherung jedes Fremden. Er war wahrscheinlich der Einzige, der ihr jemals eine Geste der Zuneigung und der Güte gezeigt hatte. Wie er erwarten konnte, stieß er bei seinen indischen Nachbarn auf die gleichen Probleme, wie er sie schon gekannt hatte, als er seinen ersten vierbeinigen Gefährten aufgenommen hatte. Die Hündin schlief im Freien, in der Nähe des Bungalows, und verhielt sich für gewöhnlich unauffällig, aber sie hatte die seltsame Angewohnheit, in Vollmondnächten laut zu heulen, was die Beziehungen Salims zu seiner Nachbarschaft nicht gerade verbesserte. Er sorgte daher vor, indem er sie zu diesen Zeiten hereinließ.

Obwohl sie sich daran gewöhnt hatte, Reis und Gemüse zu essen, schloss sich die Hündin eines Tages zwei anderen, wilden Hunden an, um ein Lamm anzugreifen. Als Salim von weitem den

Überfall sah, lief er so schnell er konnte, um einzugreifen, aber das arme Tier war schon unrettbar an der Kehle verwundet und starb kurze Zeit darauf. Er zeigte der Hündin eindeutig, dass er mit ihr nicht zufrieden sei. Unfähig, diese Szene zu vergessen, gab er ihr zwei oder drei Tage lang nichts zu fressen und bekundete ihr gegenüber kein einziges Zeichen der Freundschaft. Jedes Mal, wenn sie bemerkte, dass er den Bungalow verließ, jaulte sie schwanzwedelnd, um ihm ihre Freude kundzutun, ihn zu sehen. Gerührt von der Treue, die sie ihm unablässig zeigte, ließ sich Salim schließlich erweichen; er vergab ihr und begann wieder, sie zu füttern.

Da er wusste, dass sein Aufenthalt in Poona vorübergehend war, kam es nicht in Frage, alle diese Tiere zu adoptieren. Er musste erneut auf die Hilfe von Herrn Dady zurückgreifen, der ohne zu zögern eines der Jungen zu sich nahm und für die zwei anderen einen Herrn fand. Was die Mutter betraf, so trug kümmerte sich Salim weiter um sie.

Kaum hatte er wieder etwas Ruhe gefunden, als er eines Tages überrascht den Lärm einer Meute von Hunden hörte, die ununterbrochen bellten und knurrten. Als er seinen Bungalow verließ, um die Ursache herauszufinden, sah er seine Hündin, die offensichtlich läufig war, verzweifelt davonrennen, gehetzt von einem Dutzend paarungsbereiter Hunde, die geheimnisvoll aus dem Nichts aufgetaucht waren. Die erbitterte Verfolgung setzte sich ohne Pause den ganzen Tag fort. Die Rüden, die nur daran dachten, sich auf sie zu werfen, während sie versuchte, zu entkommen, ließen ihr keinen Augenblick der Ruhe, um essen, trinken oder sich erholen zu können. Sie erwählte schließlich aus dieser Meute einen weißen Hund. Der Auserkorene musste nun mutig und erbittert kämpfen, um zu versuchen, die anderen zurückzustoßen. Und trotz der Tatsache, dass die Rivalen, denen er sich widersetzen musste, manchmal größer waren als er, gelang es ihm doch, sich zu behaupten, aber nicht ohne den Preis vieler Wunden. Salim musste sich entschließen, das Paar über Nacht im Inneren des Hauses aufzunehmen, um es vor der Raserei des Rudels zu schützen.

Während der folgenden Stunden hörte Salim ständig die anderen Hunde, die wütend an der Eingangstüre kratzten. Am nächsten Morgen entdeckte er zu seiner Bestürzung, dass es ihnen beinahe gelungen wäre, sich durch das Türblatt zu nagen.

Er hielt es für nötig, die Hündin und ihren Gefährten am Tag herauszulassen, aber sobald sie draußen waren, begann die Horde wieder, sie erbittert zu hetzen und sich gegenseitig zu zerfleischen, um sich mit dem Weibchen zu paaren. Salim machte sich Sorgen, wusste aber nicht, was er tun könnte, um sie zu schützen. Erst am Abend fand er ein Mittel, um sie von ihren Verfolgern zu trennen und sie mit dem weißen Hund für eine weitere lebhafte Nacht, gefolgt von einem letzten wilden Tag, hereinzuholen. Schließlich, als der Befruchtungszyklus der Hündin zu Ende war, kehrte alles zu seiner Ordnung zurück. Das ganze Rudel Hunde, einschließlich des weißen, verschwand in der Natur so geheimnisvoll, wie es erschienen war.

Salim war wieder einmal verblüfft über die unglaubliche Kraft, mit der die NATUR arbeitet und ihre unfehlbare Waffe benutzt, die darin besteht, die verschiedenen Lebewesen dazu anzutreiben, blind einen Augenblick des Vergnügens zu suchen, um sicherzustellen, dass die Fortsetzung der Art keinen Moment lang unterbrochen wird.

Er hatte erkannt, dass der Sucher nur durch ein lebendiges Verständnis des wahren Zieles dieses unwiderstehlichen Durstes nach körperlicher Ekstase es eines Tages schaffen kann, diesen Aspekt seiner Natur zu kontrollieren, um sich besser seinen spirituellen Übungen widmen zu können.

Kurze Zeit nach diesem Vorfall kam sein Aufenthalt in Poona zu Ende. Vor seiner Abreise ließ er die Hündin operieren, damit sie keine Jungen mehr bekäme. Da sie so wild war, war es unmöglich, jemanden zu finden, der sich ihrer annahm. Als der Moment der Abreise kam, war Salim ganz unglücklich, sie zurücklassen zu müssen. Später hörte er, dass das arme Tier, verzweifelt, seinen Herrn nicht mehr zu sehen, fünfzehn Tage lang bewegungslos vor dem Bungalow sitzengeblieben war. Und da die Leute, die die Wohnung übernommen hatten, sich nicht darum gekümmert hatten, es zu füttern, war es zweifellos wieder völlig verwildert.

Erste spirituelle Gespräche

Ungefähr sechs oder sieben Wochen vor dem Verlassen Poona traf Salim während eines Spaziergangs einen Inder, der sich an einer spirituellen Suche sehr interessiert zeigte. Er sah, dass es der Mann wirklich ernst meinte, und nach einem Gedankenaustausch über die verschiedenen Yogawege fragte der Inder Salim, ob er ihn wiedersehen dürfe.

Einige Tage später kam er in Begleitung weiterer Personen wieder, die alle den Wunsch hatten, Salim zu treffen. Er erzählte ihnen von seinem Weg, von den unterschiedlichen Problemen, die er auf diesem sensiblen Gebiet konfrontieren musste, von den Fallen, die auf einen unbesonnenen Aspiranten lauerten sowie von gewissen Erfahrungen, die er als Ergebnis langjähriger Übungen gemacht hatte. Alle zeigten ein lebhaftes Interesse an seinen Darlegungen.

Als sie in der nächsten Woche wiederkamen, brachten sie weitere Leute mit, und mit jedem Treffen stieg ihre Zahl stetig an. Schließlich sah er sich, ohne es gesucht zu haben, vor etwa zwanzig Indern sprechen, die alle begierig waren, jemandem zu begegnen, der imstande war, ihnen bei ihrer spirituellen Suche zu helfen.

Hätte er nicht nach Frankreich zurückkehren müssen, hätte sich die Gruppe sicherlich schnell erweitert, wie alles in Indien, was mit Spiritualität zu tun hat, und vielleicht hätte Salim ein Platz zur Verfügung gestanden, wo er seiner eigenen Arbeit unter günstigeren Bedingungen als denen, die er später im Westen antreffen sollte, nachgehen hätte können; aber es stand nicht in seiner Macht, die Reise rückgängig zu machen, er musste seine Bekannten vom Fernsehen treffen, damit sie ihm durch die Ausstrahlung seiner Musik weiter seine Autorenrechte sicherten, die seine finanzielle Unabhängigkeit sicherstellten. Außerdem hatte er sich den Gurdjieffgruppen gegenüber verpflichtet, Musik für neue Filme von ihren Bewegungen zu schreiben. Er musste also nach Paris zurückkehren.

Bis zum Extrem Verlangsamen

Die zwei Jahre, die Salim in Poona verbrachte, waren in jeder Hinsicht von entscheidender Bedeutung für ihn. Die Atmosphäre Indiens und die Bedingungen, unter denen er gelebt hatte, hatten sich für seine spirituellen Übungen als so geeignet erwiesen, dass er nicht nach Europa zurückkehren wollte.

Vor seiner Abreise hatte er Gelegenheit, etwa zwei Wochen alleine im Bungalow zu wohnen, da seine Frau sich nach Bombay begeben hatte. Er beschloss, eine neue Arbeit an sich in Angriff zu nehmen, die darin bestand, seine Gesten wenigstens zu bestimmten Zeiten des Tages erheblich zu verlangsamen und dabei innerlich so konzentriert und wach zu bleiben, wie er konnte.

Als die Übung noch neu war, verlief alles bestens. Als er jedoch nach zwei oder drei Tagen diese Verlangsamung zum Extrem treiben wollte, begann er, auf einen starken Widerstand zu stoßen, der aus seinem gewöhnlichen Ich stammte. Je mehr er mit sich kämpfte, um dieses Verlangsamen aufrechtzuerhalten, desto mehr manifestierte sich diese Weigerung, die, um ihn klarer hervortreten zu lassen, den Aspekt seiner Doppelnatur an die Oberfläche seines Wesens steigen ließ, der dieser spirituellen Praxis entgegengesetzt war. Salim erkannte mehr denn je die Wichtigkeit all dessen, was er bis dahin verstanden hatte, vor allem, was den Aspekt seiner selbst betraf, mit dem er ständig kämpfen und den er schließlich besiegen musste, wenn er hoffen wollte, sich eines Tages kontinuierlich in einem anderen UNIVERSUM in sich halten zu können, das sich auf das HEILIGE bezog.

Die einzige Wirklichkeit

Während seiner Meditation von dem Strahlen seines HÖCHSTEN WESENS berührt, hatte Salim von selbst nach und nach die Nutzlosigkeit seines gewöhnlichen Aspektes gefühlt. Infolgedessen wünschte er sich nun, jedes Mal zu diesem glückseligen Zustand der inneren ehrfürchtigen Stille zurückzukehren, wenn er sich von diesem getrennt sah, ein bisschen wie jemand, der dauernd die inspirierten Akkorde einer erhabenen Musik hören möchte, um die Empfindungen von Schönheit und subtiler Wahrheit zu erleben, die sie unerklärlicherweise in den Tiefen seines Wesens zum Klingen bringen. Als er sich immer tiefer in sich versenkte und immer erhabenere Zustände innerer Heiterkeit und ruhiger Ekstase erfuhr, wurde seine Meditation nicht nur immer weniger schwierig, sondern auf natürliche Weise wuchsen in ihm ein Verlangen und eine unermüdliche Liebe für dieselbe.

Dieser unveränderliche glückselige Zustand, den er in seiner Meditation erfuhr, wurde für ihn zur einzigen Wirklichkeit inmitten der wechselnden Bedingungen einer unbeständigen irdischen Existenz. Jedes Mal, wenn er die Glückseligkeit dieser inneren

Gegenwart verlor, fühlte er sich wie ein Schiffbrüchiger, auf eine öde, raue und dürre Insel geworfen; dies erschien ihm wie ein grausamer innerer Tod. Er empfand das schmerzliche Bedürfnis, von neuem in die Fülle des HIMMLISCHEN ASPEKTES seiner Doppelnatur zurückzukehren, die tatsächlich das einzig WAHRE LEBEN ist, das es gibt, und die einzige Quelle, aus der eine höhere Weisheit kommen kann.

Abreise von Poona

Am Tag vor seiner Abreise stattete Salim Indira Devi einen letzten Besuch ab. Er vergaß nie ihren Blick, noch den Ernst, mit dem sie ihm erklärte: „Don't go back to Paris" („Gehen Sie nicht nach Paris zurück"). Mit zugeschnürter Kehle musste er sich am nächsten Tag entschließen, den Zug nach Bombay zu nehmen, wo er sich gleich zum Flughafen begab, um sein Flugzeug zu besteigen. Tatsächlich wollte es sein Schicksal, dass es ihm, als er später nach Indien zurückkam, nicht möglich war, nach Poona zurückzukehren. Eine Seite seines Lebens war umgeblättert worden.

Paris. Ein westlicher Sannyasin „auf Mission".

Dank der Hilfe eines Freundes konnte Salim als Musiker in der „Stadt der Künste" ein Studio finden, wo er einige Monate wohnte, bevor er nach Indien zurückkehrte. Die „Stadt der Künste" bestand eigentlich aus einem großen Gebäude, das zahlreiche Studios enthielt, die für Künstler bestimmt waren, die nicht viel Geld hatten. Im Erdgeschoss gab es einen kleinen Konzertsaal für die Pensionsgäste, damit diese ihre Talente vor einem Publikum ausüben konnten. Während er darauf wartete, dass die Unterkunft, die man ihm zugesagt hatte, frei würde, wurde Salim für eine Woche bei einem bekannten Paar einquartiert, dem er in der Vergangenheit einen Dienst erwiesen hatte.

Eines Tages ereignete sich ein bezeichnender Zwischenfall, der die Haltung gewisser Personen gegenüber der Spiritualität widerspiegelte. Salim sah bei seinen Gastgebern einen jungen Kanadier eintreffen, den er schon im Ashram von Muktananda bemerkt hatte, in ein ockerfarbenes Gewand gekleidet und mit einem Sack auf dem Rücken. Dieser begann ganz ungeniert, alle

Anwesenden um Geld zu bitten. Als Salim an die Reihe kam, entgegnete ihm dieser höflich, dass er hart für seinen eigenen Unterhalt arbeite und daher kein Geld für ihn übrig habe; dann betrachtete er den jungen Mann lange, und da er sah, mit welcher Art Müßiggänger er es zu tun hatte, fragte er ihn mit fester Stimme, ob er es als Sucher für würdig erachte, mühsam verdientes Geld von einem anderen entgegenzunehmen, obwohl er selbst keine Anstrengung gemacht habe, es zu verdienen. Der Kanadier antwortete sofort, dass er eine „Mission" habe. Salim erkundigte sich, worin diese Mission bestehe, und der sogenannte Sannyasin[34] erwiderte, dass er von Muktananda gesandt worden sei. Er spürte jedoch, dass diese fantastische Versicherung Salim nicht im Mindesten beeindruckte, der erstaunt war, dass alle anderen ihm das ohne die geringste Urteilsfähigkeit abnahmen. Der Kanadier zögerte nicht, seine kleine Nummer überall, wo er hinkam, abzuziehen. Sobald er vorgab, von Muktananda geschickt worden zu sein, der in Indien wie im Westen sehr bekannt war, wurde er respektvoll empfangen und kostenfrei untergebracht und bewirtet.

Etwas später am Vormittag nahm dieser originelle Pilger ein Bad und ließ die Wanne in einem Zustand zurück, der eines „Sannyasins auf Mission" kaum würdig war. Die ungehaltene Gastgeberin beschuldigte Salim vor aller Augen, das Badezimmer in einem inakzeptablem Zustand zurückgelassen zu haben. Sie zweifelte keinen Augenblick an der Identität des Schuldigen, denn in ihren Augen konnte der „heilige Mann" nicht eines solchen Mangels an guten Manieren verdächtigt werden. Erst nachdem es Salim gelungen war zu erklären, dass er das Bad noch nicht benutzt habe, musste sie sich den Tatsachen beugen, dass der Kanadier – der während des ganzen Missverständnisses geschwiegen hatte und gar nicht verlegen war, weil ein anderer an seiner Stelle zurechtgewiesen wurde – der Urheber dieser Rücksichtslosigkeit gewesen war.

Wie er später eindringlich für seine Schüler wiederholte, genügt es nicht zu streben, das GÖTTLICHE in sich zu finden; man muss sich ununterbrochen selbst studieren und den Mut haben, sich als den zu sehen, der man wirklich ist, um sich selbst erkennen zu können. „Andernfalls", sagt er, „läuft man Gefahr, voll passiver Sehnsucht

---

[34] Ein der Welt Entsagender

nach dem ERHABENEN durch die Welt zu gehen, ohne es zu erreichen. Man kann, wie dieser kanadische „Sannyasin", weiter mit einer spirituellen Suche prahlen, ohne sich bewusst zu sein, wie sehr ein solches Gerede in offenkundigem Widerspruch steht zu der unwahrhaftigen Weise, zu leben und sich zu benehmen. Diese ist zu einer so starken Neigung geworden, dass sie nicht einmal mehr in Frage gestellt wird!"

Es ist hinzuzufügen, dass dieser junge Angelsachse kein Einzelfall war, und dass Salim wiederholt Gelegenheit hatte, Abendländer zu treffen, die sich der Herde der „professionellen Heiligen", von denen Alexandra David-Neel gesprochen hatte, angeschlossen hatten!

Geheimnisvoller Einbruch in eine andere Dimension

Eines Morgens wachte Salim später als gewohnt auf, mit einem merkwürdigen Gefühl des Unwohlseins, das er sich nicht erklären konnte. Kaum gewaschen und angezogen, verspürte er unerklärlicherweise das unbestimmte und zwingende Bedürfnis, spazieren zu gehen. Es war jedoch ein dunkler, sehr kalter Dezembermorgen, noch in die Nacht getaucht, mit einem dichten Nebel, der eine gespenstische Atmosphäre schuf und es schwer machte, sich zurechtzufinden.

Er gelangte zu den Gittern des Buttes Chaumont Parks, die zufällig offen standen, und ging in den Park hinein. Es war immer noch dunkel und neblig. Durch diese ungünstigen Umstände fehlgeleitet, geriet er aus Versehen in einen Bereich, der für die Öffentlichkeit verboten war, da man dort anscheinend Ausgrabungen machte. Mit sich unzufrieden, weil er nicht genügend aufgepasst hatte, in welche Richtung er ging, wollte er zurückgehen, als er stolperte und in ein tiefes Loch fiel, das er in der Dunkelheit nicht hatte sehen können. Trotz seiner Bemühungen gelang es ihm nicht, herauszuklettern.

Ohne es gesucht zu haben, kam er nun mit Wesen einer anderen Welt in Kontakt, die nicht den Gesetzen gehorchten, die dieses materielle Universum regieren.

Sich am Ausgang des Buttes Chaumont Parks wiederfindend, fragte er sich ängstlich, ob er das Ganze nicht geträumt habe, als er

Salim in der Stadt der Künste beim Kopieren seiner Komposition La Tragédie de Massada

wegen der Kälte die Hände in seine Taschen steckte und in einer von ihnen einen Gegenstand fühlte, der ihn wegen seiner ungewöhnlichen Beschaffenheit überraschte. Seine Hand herausziehend entdeckte er verblüfft, dass es sich um die Malvenblüte handelte, die ihm von einem dieser leuchtenden Wesen als Abschiedsgeschenk gegeben worden war. Verblüfft stieß er einen Schrei aus und fiel so plötzlich auf seine Knie, dass aufgeschreckte Passanten ihm zu Hilfe eilen wollten. Eine junge Frau bemerkte in seiner Hand die Blume, deren Schönheit und auffallende Farbe sie neugierig machten.

Sie fragte ihn, wo er sie gefunden habe, denn, sagte sie, sie habe niemals etwas dergleichen gesehen. Er sah sie abwesend an, dann wiederholte er, mit Tränen in den Augen und einer Stimme, die vor Bewegung zitterte: „Es war kein Traum, ich wusste, dass es kein Traum war, ich wusste es, ich wusste es…"

Salim hatte diese erstaunliche Erfahrung in keiner Weise gesucht. Später berichtete er in Form einer spirituellen Erzählung[35] von dieser fantastischen Erfahrung, um begreiflich zu machen, dass im Leben eines Suchers Momente kommen können, in denen er eine wichtige Entscheidung treffen muss, um in seiner spirituellen Praxis voranzukommen, eine Entscheidung, die von seiner Seite Verzichte beinhaltet, die zu leisten er nicht unbedingt bereit ist; er riskiert daher, eine Gelegenheit verstreichen zu lassen, die sich ihm vielleicht nie wieder bieten wird.

---

[35] In seinem letzten Werk: „Du fond des Brumes".

Stadt der Künste. Erste Kurse in Hatha-Yoga.

Sobald das Studio frei wurde, das ihm in der „Stadt der Künste" zugedacht war, zog Salim ein. Es war sehr geräumig, möbliert und mit allem ausgestattet, einschließlich eines kleinen Badezimmers; es gab sogar ein Klavier. Der Preis war erstaunlich niedrig. Kurze Zeit, nachdem er sich dort eingerichtet hatte, begab sich Salim, der es kaum erwarten konnte, seine Mutter und seinen Bruder zu wiederzusehen, nach London. Seine Mutter war sehr gealtert. Sie hatte geschwollene und von Gelenkrheuma deformierte Knie und Hände, die ihr enorme Schmerzen bereiteten. Sie konnte kaum gehen, und Victor, Salims Bruder, musste sich ihrer annehmen und alle Einkäufe für sie erledigen.

Die Abwesenheit seines Vaters gab ihm das Gefühl, dass das Haus merkwürdig leer sei. Gerührt erinnerte er sich an ihn, wie er an der Eingangstür lehnte, ein kleines Lächeln auf den Lippen, den Blick traurig auf den Boden gerichtet, als Salim vor zwei Jahren von ihm Abschied nahm, bevor er nach Poona abreiste. Er ging, um am Grab seines Vaters nachzusinnen, das Herz voller Mitgefühl, während er daran dachte, wie sehr sein Vater an seiner Lungenkrankheit gelitten hatte. Er dachte an den Schmerz, der die Welt heimsucht, an die Wunderlichkeit des Lebens und an die Unbeständigkeit der Erscheinungswelt. Der Besuch in London erlaubte ihm auch, Herrn Adie wiederzusehen, der über die spirituelle Veränderung erstaunt war, die in Salim während der letzten zwei Jahre intensiver innerer Arbeit in Poona vor sich gegangen war.

Nach Paris zurückgekehrt, suchte er seine Bekannten vom Fernsehen auf, um ihnen neue private Schallplatten von seiner Musik zu bringen, die er hatte gravieren lassen, denn die, die er ihnen vor zwei Jahren überlassen hatte, waren abgenutzt und praktisch nicht mehr zu gebrauchen. Er musste von neuem Geld für seinen Unterhalt finden, und da das Leben in Frankreich ungleich teurer war als das in Indien, begannen seine finanziellen Schwierigkeiten von neuem.

Damals fing er an, einige Hatha-Yogakurse zu geben, in denen er bei seinen Schülern ebenfalls eine besondere Kraft erweckte, die zuvor beschriebene Shakti. Er wollte so schnell wie möglich nach Indien zurückkehren, war aber gezwungen, länger als vorgesehen in

Paris zu bleiben, da die Grenzen aufgrund des Krieges, der zwischen Indien und Pakistan ausgebrochen war, für einige Zeit geschlossen worden waren. Sobald sie wieder geöffnet wurden, reiste er ab, diesmal nach Pondicherry, der Ort, für den seine Frau gerade ein neues Stipendium bekommen hatte.

Madras: 1971 – 1974

Pondicherry. Sri Aurobindos Ashram.

Diese Stadt, alter französischer Besitz, liegt an der Küste des Indischen Ozeans. In der von Mücken verseuchten Luft herrschte eine drückende Feuchtigkeit. Die meisten Einwohner von Pondicherry sprachen französisch. Salim, der so daran gewöhnt war, die Inder im ganzen Land englisch sprechen zu hören, war anfangs ein wenig überrascht.

Die Straßen der Stadt verlaufen parallel zum Strand. Diejenige, die direkt am Meer entlangführt und auf der man sehr schöne Spaziergänge machen kann, wird von den wohlhabendsten Indern bewohnt. Je mehr man ins Landesinnere vordringt, desto ärmer werden die Viertel, sind aber immer noch sehr malerisch.

Wegen der Bekanntheit von Sri Aurobindos Ashram reizte es Salim, diesen zu besuchen. Sri Aurobindo war schon lange tot und es war nur noch die Mutter des Ashrams da, eine betagte Französin von über neunzig Jahren, die jeden Morgen bei Sonnenaufgang auf dem Balkon ihres Zimmers erschien, damit die Ashrambewohner und Besucher ihren Darshan empfangen konnten. Da sie sich nicht mehr alleine aufrecht halten konnte, wurde sie von zwei Personen gestützt.

Als Salim fragte, welche Methoden der Arbeit an sich, welche spirituellen Übungen und welche Art der Meditation im Ashram praktiziert würden, antwortete man ihm wörtlich: „Sie brauchen nichts tun; lassen Sie einfach los, die Mutter tut alles für Sie." Salim sagte sich überrascht, dass es sicher vielen gelegen komme zu hören, dass sie sich nicht anzustrengen brauchten, da die Meditation und anhaltende Bemühungen zur Konzentration die meisten Leute abstießen.

Bei einem anderen Besuch sah Salim, als er im Ashram ankam, erstaunt eine lange Reihe von Männern und Frauen an einigen Schülern vorbeiziehen, die an der Eingangstüre saßen; jeder erhielt eine von der Mutter gesegnete Süßigkeit, die als „Prasad" (Geschenk für die Gläubigen) überreicht wurde. Es war erstaunlich zu sehen, dass sich eine Person, sobald sie ihr geweihtes Bonbon bekommen hatte, sofort in den siebten Himmel versetzt fühlte und wie ein Schlafwandler in einer Art ekstatischer Trance ging.

Salim, der sich eingereiht hatte, um sein Prasad zu bekommen, musste feststellen, dass er, als das Bonbon in seine Hand gefallen war, nicht wie die anderen privilegiert war, diese erhabenen Zustände zu erfahren. Er schloss daraus, dass ihm zweifellos der Glaube fehlte…

Madras. Vorwarnende Träume. Die Falle des Intellekts.

In Pondicherry waren die Mücken eine wahre Plage. Aber trotz ihrer Allgegenwart, zu der noch Schaben, Skorpione und Ratten kamen, und trotz der Einschränkungen, die die strengen Hygieneregeln bezüglich Wasser und Nahrung darstellten, zog Salim es tausendmal vor, in Indien statt in Europa zu sein, denn hier fand er überall den Ruf des HEILIGEN.

Sein Aufenthalt in Pondicherry dauerte ungefähr sechs Wochen, nach denen er sich mit seiner Frau in Madras niederließ, in einem Viertel, das Besant Nagar genannt wurde und sich etwas außerhalb der Stadt befand. Sie wohnten in einer kleinen Wohnung im ersten Stock eines Hauses, das gegenüber dem Sitz der Theosophischen Gesellschaft lag, am Rand des Meeres.

Die Theosophische Gesellschaft, im 19. Jahrhundert von Madame Blavatsky und Annie Besant gegründet, hat sich zum Ziel gesetzt, das vergleichende Studium der Religionen und Philosophien zu ermutigen. In Madras befindet sich ihr Hauptsitz, obwohl sie mehrere Sektionen in verschiedenen Ländern umfasst. Die Theosophen beanspruchen außerdem die Lehre für sich, die Madame Blavatsky in den zwanziger Jahren unter dem Namen „Geheimlehre" veröffentlicht hat.

In dieser Region Indiens ist die Luft mit Feuchtigkeit gesättigt; die Wäsche trocknet nicht und bleibt unangenehm feucht und klamm. Da Besant Nagar glücklicherweise am Meer liegt, bläst dort immer eine Brise und macht das Klima erträglicher.

Bei seinem ersten Spaziergang am Strand bemerkte Salim eine kleine Flotte von Booten, die armen Fischern gehörte. Plötzlich durchfuhr ihn ein Schock, als er nicht weit vom Ufer entfernt einige halbnackte Inder sah, die um eines dieser Boote geschart waren und mit Fischfilets hantierten. Er erinnerte sich, diese Inder in einem seltsamen vorwarnenden Traum gesehen zu haben, den er kurz vor dem Verlassen von Paris gehabt hatte. Er entsann sich, im selben Traum in der Umgebung die Anwesenheit eines alten Muslims wahrgenommen zu haben, den er jedoch unter den Fischern nicht ausmachen konnte. Kurze Zeit darauf bemerkte er aber, dass das Erdgeschoß des Hauses, in dem er sich niedergelassen hatte, tatsächlich von einem wohlhabenden, alten Muslim bewohnt wurde.

Ratlos fand sich Salim wieder einmal vor einem Rätsel, das über seinen Verstand ging, und er konnte nicht umhin, sich zu fragen: „Was mögen diese Träume wohl bedeuten? Ist es möglich, dass ich diese Situationen in einer anderen Zeit und in einer anderen Dimension, die man für gewöhnlich nicht versteht, erlebt habe und dass ich mich in der Gegenwart wieder damit konfrontiert sehe, um ein rätselhaftes Problem zu lösen, das ich im Moment nicht begreifen kann? Oder gehe ich auf eine Zukunft zu, die ich selbst vorgezeichnet habe durch bestimmte Gedanken, die mir momentan unbegreiflich bleiben? Oder aber gibt es im Leben eines Menschen vorherbestimmte Ereignisse, denen er absolut nicht ausweichen kann?

Nach diesem Vorfall blieb Salim sehr beunruhigt, besonders, weil er sich erinnerte, vor dem Verlassen Frankreichs noch andere Träume dieser Art gehabt zu haben, die ihm Ereignisse angekündigt hatten, die erst in der Zukunft auf ihn warteten und sich in der Folge als sehr traurig und dramatisch erweisen sollten.

Er vertraute niemand an, was ihm an diesem Tag widerfahren war, auch nicht seine Ratlosigkeit angesichts dieses Rätsels, aber er blieb sehr nachdenklich, während er versuchte, den wahren Sinn der Vorwarnungen zu erfassen und zu verstehen, wie es möglich sei, Begebenheiten, die erst mehrere Wochen, ja sogar Monate, wenn nicht Jahre später eintreffen würden, im Voraus zu entdecken, indem man sie im Traum erlebte!

Spirituelle Gelehrtheit wird in Indien sehr geschätzt und erregt Bewunderung und Respekt; Salim hatte Gelegenheit, Personen zu treffen, die glaubten, dass die Aneignung eines breiten intellektuellen Wissens über Spiritualität eine Praxis in sich darstellt. Obwohl er einräumte, dass der Intellekt bei einer spirituellen Herangehensweise in einem gewissen Maß seinen Platz hat, wusste er, dass er eine Falle ist. Später fand er dieselbe Sichtweise bei einigen seiner Schüler. „Ein Aspirant", sagt er zu ihnen, „darf seine Suche nicht ausschließlich auf diese Fähigkeit gründen und er darf nicht vergessen, dass nur ein unmittelbares Wissen vom GÖTTLICHEN von wirklichem Wert ist. Ein Mensch mag viele Dinge intellektuell wissen (besonders, wenn er brillant ist), ohne sie deswegen verstanden zu haben; zwischen Bücherwissen und wirklichem Verstehen klafft ein Abgrund, so weit wie der zwischen HIMMEL und ERDE."

Trotz der Bewunderung, die er denen zollte, die außergewöhnliche intellektuelle Fähigkeiten besaßen, konnte er sich nicht zufrieden geben mit dieser Art der Herangehensweise an eine Sache, die für ihn zu einer Frage von Leben oder Tod geworden war. Er erkannte aus der Tiefe seines Seins, dass es in der Todesstunde niemand möglich ist zu vermeiden, durch das unerbittliche Gesetz der Schwerkraft zu einem Seinszustand gezogen zu werden, der der Stufe seines Bewusstseins und dem, was er zu Lebzeiten aus sich gemacht hatte, entspricht. Außerdem wusste er dank wiederholter spiritueller Erfahrungen mit Sicherheit, dass es dem Menschen zu dieser schwindelerregenden Stunde nicht möglich sein wird zu erfassen, in was er wieder aufgenommen werden wird, wenn er diesen Zustand nicht schon zu seinen Lebzeiten erfahren und erkannt hat.

Salim fuhr daher fort, sich seinen spirituellen Übungen mit so großem Ernst zu widmen, wie er es vermochte, ohne jedoch die Früchte seiner Arbeit mit jemand teilen zu können. Alles, was er später in seinen Büchern für den Gebrauch anderer Sucher schrieb, setzte er selbst in die Praxis um. Sein Tag war gänzlich seiner spirituellen Arbeit gewidmet.

Er stand immer sehr früh auf. Nachdem dem Waschen (während dessen er nie versäumte, schweigend irgendeine Konzentrationsübung durchzuführen), trank er ein oder zwei Tassen Tee und begann danach gleich zu meditieren. War seine Meditation beendet, machte er sich an seine täglichen Hatha-Yogaübungen. Dann verließ er das Haus, um in Besant Nagar einige Einkäufe zu machen, wo kleine Händler hier und da Früchte, Gemüse und Eier anboten. Auf dem ganzen Weg machte er eine seiner Konzentrationsübungen eigener Erfindung, die er später in seinen Büchern niederlegte. Nach seiner Rückkehr kochte er die Milch und das Wasser für den ganzen Tag ab und begann, sich sein Essen zuzubereiten, ohne zu vergessen, schweigend eine Konzentrationsübung auszuführen, die für die Tätigkeit des Augenblicks geeignet war. Den Rest des Tages verbrachte er mit verschiedenen anderen Übungen und mehreren Meditationssitzungen, um seine Konzentration ununterbrochen zu trainieren, einschließlich dann, wenn er sich in Gesellschaft anderer Personen befand.

Für ihn hatte das Leben ohne spirituelles Üben keinen Sinn, daher machte er diese Bemühungen gerne, subtile Bemühungen, um in der Gegenwart zu bleiben und seine Aufmerksamkeit, die auf den ERHABENEN ASPEKT seines Wesens gerichtet war, kontinuierlich zu halten.

Erfahrungen mystischer Liebe

Dank des Reifens seiner Übungspraxis fand Salim nun, aber auf eine viel ruhigere Weise, den unsagbaren Zustand ekstatischer Liebe wieder, der ihn in Paris erschüttert hatte, als er zum ersten Mal sein Wesen erfüllt hatte. Jetzt durchströmte ihn eine tiefe kosmische Ruhe, er fühlte sich erfüllt von größter, aber erhabener Zartheit, in die er friedvoll getaucht war, und wie immer in solchen privilegierten Momenten, gab der rätselhafte Nada seine Anwesenheit zu erkennen und sang in seinen Ohren sein ewig szintillierendes Lied, was ihm half, seine innere Versenkung zu verstärken. Sich vertiefend, gab ihm dieser Zustand stets das nunmehr vertraute Gefühl, zu der geheimnisvollen QUELLE zurückgekehrt zu sein, aus der er entsprungen war und zu der er gehörte.

Die Weise, in der ihn diese göttliche Flamme erschüttert hatte, als sie sein Wesen zum ersten Mal mit einer unsagbaren Liebe erleuchtet hatte, kann verglichen werden mit einem heftigen Feuer, das ein Stück Holz im vollen Wind verzehrt, während die Flammen wild in alle Richtungen züngeln. Und die Weise, in der sie ihn später berührte, als er ein tiefes spirituelles Verständnis, Kontrolle über seine Gedanken und eine größere innere Ruhe erworben hatte, kann verglichen werden mit der leuchtenden, sanften und unbeweglichen Flamme einer Kerze in der Dämmerung.

Unabhängig von den Zeiten, wo er alleine war und meditierte, breitete sich etwas von diesem glückseligen Zustand hinterher auch in seinem aktiven Leben aus, ihn still mit einem ruhigen Gefühl mitfühlender Liebe erfüllend.

Kontakt mit dem unendlich Kleinen und dem unendlich Großen

Salim hatte stets intuitiv gefühlt, dass es für ihn von größter Wichtigkeit war, sich kontinuierlich einen Sinn für das Geheimnisvolle zu bewahren, damit seine Meditation nicht allmählich in eine banale Routineübung abrutschte. Jedes Mal, wenn er sich hinsetzte, um zu meditieren, bemühte er sich, neu zu sein, verfügbar, ohne zu versuchen, Erfahrungen wiederzufinden, die er früher hatte machen dürfen.

So konnte er in tiefen Meditationen mit seiner inneren Sicht den unaufhörlichen Fluss verschiedener Zellen, Moleküle und Atome wahrnehmen, aus denen sein Körper bestand, und er verstand, wie dieser Fluss insgeheim seine Gedanken, seine Stimmungen und seine Gefühle beeinflusste, gemäß den besonderen Charakteristiken dieser unsichtbaren Wesen in ihm. Umgekehrt berührten und beeinflussten seine Neigungen, seine Gewohnheiten und seine Weise zu denken das Wesen und das Verhalten dieser Teilchen und Atome, sie zu dem machend, was sie waren. Indem er mit den Neigungen und den Gewohnheiten kämpfte, die er in sich beobachten konnte, war er, ohne es anfangs zu merken, im Begriff, unweigerlich die innere Natur dieser nicht wahrnehmbaren Zellen und Atome, die seinen Körper bildeten, zu modifizieren.

Er verstand, dass jede Veränderung, die sich auf der Ebene seines Bewusstseins vollzog, auch die verschiedenen Bestandteile seines planetarischen Körpers beeinflussen mussten. Daher musste sich die Geburt eines anderen Zustandes des Seins und Bewusstseins in ihm zwangsläufig in den verschiedenen Zellen und Molekülen, die seine körperliche Hülle bildeten, niederschlagen, und zwar in der Weise, dass ihre Art Bewusstsein geheimnisvoll eine allmähliche Modifikation durchmachte, die ihm umgekehrt bei seinen Versuchen half, sich in sich selbst höher zu erheben und Zugang zu immer leuchtenderen Bereichen in seinem Wesen zu bekommen.

In anderen Momenten erwachte, dank seiner Meditation und seiner verschiedenen Übungen, eine neue Fähigkeit in ihm, die ihm erlaubte, eine intuitive Wahrnehmung vom Universum und von den Objekten, die ihn umgaben, zu haben – eine intuitive und direkte Wahrnehmung der Tatsache, dass so, wie alle die verschiedenen Zellen, die seinen planetarischen Körper ausmachten, lebendig waren, die Erde gleichfalls eine immense lebende Zelle im rätselhaften Körper des Kosmos ist. Sie besitzt ihre eigene Form des Lebens, der Intelligenz und des Bewusstseins, sowie ihre eigene Art Empfindsamkeit für Leid, welches sie viel stärker spürt, als man sich vorstellen kann.

Salim betonte später seinen Schülern gegenüber, dass man nie vergessen darf, dass wir unserem Planeten gegenüber – der uns unaufhörlich mit Luft, Wasser, Nahrung und all den unentbehrlichen Dingen für unser Überleben versorgt – eine große Schuld tragen und immer in seiner Schuld stehen werden.

So, wie wir uns der Gebrechlichkeit unseres Körpers bewusst sind und uns große Mühe machen, ihn zu schützen, muss es zu einem integralen Bestandteil unserer spirituellen Suche werden, uns mehr und mehr der Gebrechlichkeit unserer Erde bewusst zu werden, der wir sogar die Möglichkeit schulden, unseren spirituellen Übungen nachgehen zu können, und sie mit größter Sorgfalt zu schützen, indem wir sie als eine echte Mutter ansehen, wie es die Indianer Nordamerikas machen.

Krishnamacharya. Desikachar. Asana und körperliche Voll-kommenheit.

Salim widmete sich weiterhin unermüdlich dem Hatha-Yoga, wobei er wider alle Hoffnung hoffte, in dieser Disziplin einen Meister zu finden, der die Beherrschung der Asanas mit einem echten spirituellen Vorgehen verband.

Der berühmte Krishnamacharya, der in Madras wohnte, war ohne jeden Zweifel ein großer Lehrer des Hatha-Yoga, aber als Salim ihn kurze Zeit nach seinem Einzug in Besant Nagar in seinem Wohnsitz aufsuchte, bekam er von ihm den gleichen Eindruck wie von Iyengar und einigen anderen Hatha-Yogis, die er bei seinen Reisen kurz zu treffen Gelegenheit gehabt hatte. Jener besaß unbestreitbar eine große Meisterschaft über seinen Körper, aber er interessierte sich nur für die physischen Resultate, ohne spirituelle Dimension.

Trotzdem nahm Salim in der Zeit, die er in Madras verbrachte, bei T.K.V. Desikachar, dem Sohn Krishnamacharyas, private Unterrichtsstunden. Wie bei Iyengar wurden die beeindruckenden Techniken Krishnamacharyas und seines Sohnes von keiner Meditation begleitet.

Salim hat sich immer gewundert, dass die Leute fraglos Behauptungen akzeptieren, wie: „Wenn es einem gelingt, eine Asana vollendet auszuführen, erreicht man Befreiung." Angesichts solcher Aussagen fragte er sich unwillkürlich: „Weiß man wirklich, was die Befreiung ist?" Er erinnerte sich an eine erstaunliche Darbietung von koreanischen Trapezkünstlern, die jede Sekunde ihr Leben aufs Spiel setzten, indem sie ohne Sicherheitsnetz, mehr als fünfzehn Meter über dem Boden, eine Reihe der fantastischsten Sprünge, die man sich vorstellen kann, vollführten. Die Geschwindigkeit und besonders die *Vollendung* ihrer Bewegungen waren spektakulär. Jedoch, trotz der Vollkommenheit, die sie auf der körperlichen Ebene erreichten, und mit der eine einfache Asana, selbst wenn sie vollendet ausgeführt wird, nicht verglichen werden kann, waren die Akrobaten noch lange nicht „erwacht". Es muss hinzugefügt werden, dass aufgrund der Gefahr, der sie ihr Leben jeden Augenblick aussetzten, ihre Aufmerksamkeit ungleich mehr auf die Probe gestellt wurde, als die eines Hatha-Yogis, der seine Stellungen ohne jede Gefahr auf dem Boden ausführt.

Ein Taschenspielerguru

Salim wurde eines Tages zur Einweihung eines spirituellen Zentrums in Madras eingeladen. Diese gab Anlass zu einer langen Zeremonie, die von Brahmanen zelebriert und dem Guru gewidmet wurde, der – selbst Brahmane – bequem auf einem Diwan saß, während Schüler heilige Texte für ihn rezitierten und ihm von Zeit zu Zeit als Opfergabe Reiskörner und Blütenblätter zuwarfen und ihn mit Weihwasser bespritzten. Die Gesten und Rezitationen der Offizianten wurden mit einer Eintönigkeit und einem Mangel an Konzentration ausgeführt, die Salim wunderten. Die Armen, die abseits saßen, warteten geduldig auf die rituelle Verteilung des Prasad, das aus irgendeiner kleinen Süßigkeit bestand. Der Kontrast zwischen diesen armen Leuten und den beleibten Brahmanen war auffallend. Letztere hatten viel „Fleisch" auf den Knochen, und einer von ihnen, dessen Fettleibigkeit Salim besonders auffiel, hätte in seinem Bauch leicht Drillinge beherbergen können.

„Man kann", dachte Salim, „angesichts all dieser Praktiken, die so weit von dem Ziel entfernt sind, von dem heilige Texte wie die Bhagavad-Gîta sprechen, leicht BUDDHAS Revolte verstehen!"

Als sich der Ritus seinem Ende näherte, legte man eine Blumengirlande um den Hals des Guru, der, Salim hier und da einen Blick zuwerfend, fühlen musste, dass dieser weder von ihm noch von der als heilig angesehenen Zeremonie, die gerade stattgefunden hatte, sonderlich beeindruckt war.

Plötzlich machte er mit der linken Hand eine abrupte Bewegung, und gleich darauf fiel ein Bonbon vor Salims Füße. Der Mann bedeutete ihm, es aufzuheben; Salim folgte der Aufforderung mit dem Gedanken, es einem der armen Kinder zu geben, die er draußen gesehen hatte. Als der Guru irritiert sah, dass Salim nicht weiter beeindruckt war, machte er unvermutet erneut eine Bewegung mit der Hand, und zum Erstaunen der Versammelten, die einen Ausruf der Verwunderung ausstießen, rollte eine große, alte Silberrupie auf Salim zu. Als er aber diesmal den Arm ausstreckte, um sie aufzuheben, bückte sich der sogenannte Meister flink, um sie wieder an sich zu nehmen!

Außer dieser imponierenden „Fähigkeit der Materialisation" wurde dem Guru nachgesagt, die Wasser des Meeres mit einer einfachen Geste der Hand zurückdrängen zu können – natürlich nur, wenn er wollte! Diese Anekdote erinnerte Salim an eine andere über einen Yogi, den man im Besitz wunderbarer Kräfte glaubte und der eines Tages in Bombay verkündet hatte, dass er auf den Wellen gehen werde. Am nächsten Tag hatte sich eine zahlreiche Menge am Strand versammelt, um diesem Wunder beizuwohnen. Der Mann schickte jedoch in letzter Minute jemand, um ausrichten zu lassen, dass er an diesem Tag keine Lust habe...

Reisen im Inneren Indiens

Dank der finanziellen Unabhängigkeit, zu der ihm seine Autorenrechte verhalfen, hatte Salim während seines Aufenthaltes in Madras die Möglichkeit, mehrere Reisen ins Landesinnere zu unternehmen, die ihm mehr denn je die Schwierigkeit bestätigten, einen echten Meister zu finden.

Alle drei oder vier Monate brach er mit seiner Frau zu einer Reise von etlichen Wochen auf, während der sie verschiedene Gebiete besuchten, um dort spirituelle Meister aller Traditionen zu treffen.

Diese Studienausflüge waren zwar eine Quelle neuer und bereichernder Eindrücke, erwiesen sich aber als sehr ermüdend, und nach fünf oder sechs Wochen kehrte Salim oft erschöpft nach Madras zurück. In Anbetracht der extremen Empfindlichkeit seines Darms bemühte er sich, sofern es ihm möglich war, sich seine Mahlzeiten mit Hilfe eines kleinen elektrischen Kochers, den er in Paris zu diesem Zweck gekauft hatte, in den Hotels immer selbst zuzubereiten. Jedoch zwangen ihn die Stromausfälle, die in Indien häufig sind, manchmal dazu, auswärts zu essen; das einheimische Essen war so stark gewürzt, dass er sich meist mit einigen Chapatis (Fladenbrote aus Vollweizenmehl) begnügte, die ihn schnell sehr krank machten.

Nach jeder Reise fand er ihre kleine Wohnung ganz mit Staub bedeckt vor, mit einigen riesigen, roten Schaben, die blitzschnell darin herumliefen. Die Moskitonetze, die er vor den Fenstern befestigt hatte, um die Stechmückenschwärme aus dem Garten der Theosophischen Gesellschaft zu hindern, ins Zimmer einzudringen, waren von den Unwettern, die in seiner Abwesenheit niedergegangen waren, zerrissen worden. Zwei- oder dreimal entdeckte er sogar eine große Ratte, der es gelungen war, ins Innere zu gelangen, was ihn zu einer sorgfältigen Desinfektion veranlasste, nachdem er sie beseitigt hatte.

Sarnath

Auf einer seiner Reisen begab sich Salim nach Benares und Sarnath, der Ort, wo BUDDHA zum ersten Mal das Dharma gepredigt hatte. Bei seinen Pilgerfahrten zu diesen heiligen Plätzen geschah es wiederholt völlig unerwartet, dass der Nada so schrill und so ungewöhnlich in ihm zu vibrieren begann, dass er von einem unaussprechlichen Gefühl der Ehrfurcht erfüllt wurde. Gleichzeitig trat in ihm ein unbegreifliches Phänomen auf, das nur den Bruchteil einer Sekunde dauerte und während dessen er von der seltsamen und unerklärlichen Gewissheit ergriffen wurde, diese Situationen schon früher erlebt zu haben; aber wo, wann und wie, da er sich doch das erste Mal an diesen Orten befand? Diese Fragen und viele andere beunruhigten ihn sehr und beschäftigten oft seinen Geist.

Erfahrungen dieser Art widerfuhren ihm mehrmals und stets völlig unerwartet und ließen in ihm den tiefen Wunsch entstehen, diese Rätsel zu begreifen. In bestimmten Momenten, während seiner Meditationen oder wenn er gerade eine intensive Konzentrationsübung ausführte, hatte er jähe intuitive Einblicke in die „Zeit", wodurch er verstand, dass sich die Zeit, im Gegensatz zu dem, was die begrenzten Sinne des Menschen ihn glauben lassen, in einer gekrümmten und nicht in einer linearen Bewegung entfaltet; es würde also ein Moment kommen, wo die Zeit zwangsläufig zu ihrem Ausgangspunkt zurückkehren würde, um erneut ihre kreisförmige Bahn zu beginnen. Ebenso würde der Mensch gegen seinen Willen, durch eine konstante Wiederholung gewisser, in ihm verankerter Gewohnheiten, sich den gleichen Tätigkeiten hingeben, denen er sich schon einmal gewidmet hat, und die gleichen Erfahrungen wiedererleben, die er in der Vergangenheit bereits gemacht hat – was diese blitzartigen Eindrücke erklären könnte, schon durch dieselben Ereignisse hindurchgegangen zu sein oder sich schon früher in identischen Situationen befunden zu haben.

Salim war immer beeindruckt gewesen von dem einzigartigen Schicksal solcher Männer wie Michelangelo, Mozart, Einstein oder auch einiger Mystiker, die seit frühester Kindheit eine hartnäckige Entschlossenheit an den Tag gelegt haben, ihre Berufung zu erfüllen, als ob sie sich schon im Voraus an das Ziel ihres Daseins erinnerten! Sie wurden, jeder gemäß seinen Talenten und seinen Fähigkeiten, unwiderstehlich zur Erfüllung ihres Schicksals getrieben, das sich später als so außergewöhnlich erwies, dass die Welt angesichts des Mysteriums ihres Lebens ratlos bleibt. Für Salim ist das Genie nicht ein Produkt des Zufalls, sondern es erinnert sich!

Spirituelle Einblicke in die Zeit. Fehler der Vergangenheit korrigieren.

Die Entdeckungen auf mystischem Gebiet, die Salim damals machte, besonders die, die sich auf die Zeit beziehen, eröffnen eine völlig andere Perspektive auf das Leben. Er kam nämlich zu folgendem erstaunlichem Verständnis:

„Die Bewegung der Zeit ist nicht so, wie man sie sich gewöhnlich vorstellt. Die vergangenen Ereignisse fahren fort, in anderen Dimensionen und in einer anderen, für gewöhnlich unbegreiflichen Zeit abzulaufen.

Die ständige Wiederholung, von was auch immer, erzeugt eine Gewohnheit. Nun gibt es im Menschen eine merkwürdiges Phänomen: wenn er einmal etwas gedacht, gesagt oder getan hat, kann er nicht anders, als es wieder denken, sagen oder tun zu wollen. Ein unwiderstehlicher Drang entsteht in ihm, der ihn gegen seinen Willen antreibt, es wiederholen zu wollen. Und mit jeder Wiederholung wird dieser Gedanke, dieser Satz oder diese Handlung zu einer Tendenz, die immer schwerer zu ändern sein wird – vor allem, wenn sie sich später als ein Hindernis für seine spirituelle Suche erweisen wird."

Aufgrund seiner beunruhigenden Entdeckungen und geheimnisvollen Verständnisse kam Salim zu der Erkenntnis, wie notwendig es für einen Aspiranten ist zu versuchen, diesen Wiederholungen zu entgehen, die ihm von einem Moment zum anderen, oder gar von einem Leben zum nächsten folgen, in seinem Wesen immer tiefere Furchen ziehend.

Wie kann ein Sucher auf sein Schicksal einwirken, um den Ablauf bestimmter Ereignisse seines Lebens und bestimmter Begegnungen zu verändern, um sie nicht in jedem Zyklus seiner Existenz wiederzufinden, welche Form diese auch annehmen mag?

In Augenblicken tiefer Meditation und durch wiederholte intuitive Einblicke hatte Salim schon verstanden, dass sich diese Veränderung nicht nur in der Zukunft vollziehen kann, wie man das zu glauben versucht sein könnte. Eine völlig andere Herangehensweise ist nötig, um einen so unbegreiflichen und rätselhaften Prozess zu modifizieren; man muss paradoxerweise in der Zeit zurückgehen und die Vergangenheit selbst ändern!

„Ist es nicht seltsam", fragte sich Salim, „zu denken, dass man die Vergangenheit ändern muss? Und wie kann man die Vergangenheit ändern? Wie ist es möglich zu vermeiden, von Neuem die gleichen Fehler zu machen, die Bande mit Personen zu erneuern, die ein Hindernis für das darstellen, was man spirituell zu erreichen sucht, kontinuierlich in denselben Tätigkeiten gefangen zu sein, die mit einer spirituellen Suche inkompatibel sind und so weiter...?"

Durch direkte intuitive Eingebungen war er zu dem Verstehen gekommen, dass die Vergangenheit nicht in einem totalen Nichts verschwunden ist, wie man sich das für gewöhnlich vorstellt, sondern sie wartet in unverständlichen Dimensionen auf die geeigneten Bedingungen, die ihr erlauben, sich von Neuem zu manifestieren.

Er erkannte, dass die Weise, in der ein Mensch sich verhalten hat, sowie alles, was er in der Vergangenheit gedacht, gesagt oder getan hat, unerbittlich darauf warten, in ihm wieder lebendig zu werden und ihre Manifestation in der Gegenwart wieder aufzunehmen. Und da die Vergangenheit und die Zukunft in jedem Sekundenbruchteil in der Gegenwart zusammenlaufen, sind die Ernsthaftigkeit, mit der ein Aspirant seine spirituellen Übungen ausführt, und die Bemühungen, die er macht, um sich zu befreien von seinen unerwünschten Neigungen und der Tendenz seines Geistes, immer auf das Äußere gerichtet zu sein, nicht nur im Begriff, sein Schicksal zu verändern und ihn auf die Zukunft vorzubereiten, sondern sie sind auf eine höchst geheimnisvolle und unverständliche Weise dabei, die Vergangenheit zu ändern, sodass diese sich nie wieder auf die gleiche Weise wiederholen kann.

Rajastan. Jaipur.

Bei einer anderen Reise hatte Salim Gelegenheit, nach Rajastan zu fahren. Der Zug, den er nahm und der aus einer vergangenen Zeit stammte, durchquerte unermessliche Dürregebiete, in denen es nur einige kleine Büsche und von der sengenden Hitze verdorrte Sträucher gab. Er verbrachte einige Tage in Jodhpur, wo er alte, imposante, auf die Hügelhöhen gebaute Zitadellen bewunderte. Seit sich die Fürstentümer infolge der Unabhängigkeit aufgelöst hatten, wurden nach und nach viele dieser Festungen von Menschen aus dem Volk in Besitz genommen. Salim fuhr auch nach Agra, wo er von der außergewöhnlichen Schönheit des Taj Mahal bezaubert wurde, und nach Khajuraho, das berühmt ist für seine Tempel, die sich erstrecken, soweit das Auge reicht; aber die Stadt Jaipur blieb ihm besonders lebendig im Gedächtnis.

Als er kurz nach seiner Ankunft in der Stadt einige Lebensmittel kaufen wollte, führten ihn seine Schritte zu einem malerischen Platz, wo er Händler sah, die Früchte und Gemüse auf kleinen Karren anboten, Passanten mit Bart und Turban, einige Frauen, die auf ihrem Rücken schwere Holzscheite schleppten und ärmlich gekleidete Kinder, die zwischen ihnen spielten. Vor ihm ragte ein erhöht liegender Tempel auf, zu dem ungefähr fünfzehn Stufen führten und dessen Außenmauer hier und da mit wunderschönen blassblauen Motiven verziert war.

Als Salim fasziniert das Bauwerk betrachtete, wurde er sich plötzlich einer fremdartigen Atmosphäre bewusst, die den Platz erfüllte und ihm das unerklärliche Gefühl vermittelte, er *träume!* Etwas Geheimnisvolles hüllte den Tempel ein, ohne dass er es zufriedenstellend definieren konnte.

Alles, was er sah, hatte unversehens eine lebhafte und leuchtende Intensität angenommen, wie in einem farbigen Traum. Und noch verwirrender war, dass er von der Gewissheit erfasst wurde, die Szene, die sich vor ihm abspielte, schon einmal erlebt zu haben, mit denselben Personen, die mit Turbanen auf ihren Köpfen an ihm vorbeigingen, mit denselben schwer beladenen Frauen, denselben Kindern, die sich vergnügten und demselben Tempel mit seinen himmelblauen Verzierungen. Paradoxerweise hatte er gleichzeitig das überzeugende Gefühl, zu träumen, und eine Situation wieder zu erleben, die er schon in einer anderen, unbestimmbaren Zeit erfahren hatte. Als er aus dieser Art Trance wiederauftauchte, wurde er sich mit einem Gefühl der Ungläubigkeit bewusst, dass diese Erfahrung, die ihm wie eine Ewigkeit erschienen war, tatsächlich nur ein oder zwei Sekunden gedauert hatte!

Immer, wenn Salim über die Zeit nachsann, konnte er die merkwürdige, in der gewöhnlichen Sprache nicht ausdrückbare Gewissheit nicht mehr von sich weisen, dass parallel zu der Zeit, die man kennt oder die man im allgemeinen zu kennen glaubt, eine andere Zeit und andere Dimensionen existieren, die dem Menschen solange unbegreiflich bleiben werden, wie er der bleibt, der er ist, seinen Blick ausschließlich auf die Außenwelt gerichtet haltend.

Salim bemühte sich später, seinen Schülern begreiflich zu machen, dass das, was man wirklich ist, nicht in der Zeit existiert, die man für gewöhnlich kennt – und die sich in fortwährender Bewegung und in einem Zustand des Werdens und der ständigen Umwandlung befindet –, sondern in einer anderen Zeit, die nicht in Bewegung ist, die alles LEBEN enthält und unmittelbar mit „Sein" und „Bewusstsein" verbunden ist.

Überlegungen zu Gegenwart, Vergangenheit und Zukunft

Wenn die Sonne am Ende des Nachmittags weniger herunterbrannte, ging Salim oft aus, um ein oder zwei Stunden auf den Felsen sitzend am Ufer des Meeres zu verbringen.

Er dachte an seine spirituelle Praxis und an das Geheimnis des Lebens. Er wunderte sich immer über die Tatsache, dass sich so wenige Personen um ihn herum mit den gleichen Fragen zu befassen schienen.

Während seiner Überlegungen erschrak er manchmal bei der Vorstellung, wie leicht er die Möglichkeit, von einem spirituellen Weg zu erfahren, hätte verpassen können. Er sagte sich dann mit nachträglicher Angst: „Wie wäre mein Leben heute, wenn ich nie Herrn Adie getroffen hätte, dem ich so viel verdanke, und wenn ich nicht die spirituellen Erfahrungen gemacht hätte, die zu machen ich privilegiert war?"

Und jedes Mal, wenn er über den Lauf des menschlichen Lebens nachdachte, das unausweichlich mit dem Tod endet, beschlich ihn ein beunruhigendes Gefühl bei der Vorstellung, dass, wenn Leben und Zeit in einer kreisförmigen Bewegung verlaufen, zwangsläufig ein Moment kommen muss, wo der Mensch sich wieder am Ausgangspunkt findet (wie ein Planet, der seine Kreisbahn um die Sonne zieht), um neu zu beginnen, den gleichen Weg zu durchlaufen, wobei er die Gewohnheiten und Tendenzen, die ihm eigen sind, sich immer tiefer verwurzeln lässt – außer wenn ein genügend starker Schock eintritt oder wenigstens ein unerwartetes Ereignis, das bedeutend genug ist, um den bereits vorgezeichneten Verlauf seines

Lebens zu modifizieren und ihn eine neue Richtung einschlagen zu lassen.

Salim wurde mehr und mehr von dem Gedanken eingenommen, dass die Gegenwart in keiner Weise anders sein kann, als sie ist, denn sie geht unausweichlich aus der Weise hervor, in der man den vorhergehenden Moment, den vergangenen Monat, das verflossene Jahr, etc. gelebt hat. Es wurde ihm mehr denn je klar, dass ein Sucher, wenn er den Lauf seiner Zukunft verändern möchte, seine gesamte Aufmerksamkeit auf die Gegenwart konzentrieren und versuchen muss, sie anders zu leben, als er es normalerweise getan hätte, ohne zu vergessen, dass jede ernsthafte spirituelle Praxis, die in der Gegenwart ausgeführt wird, auf geheimnisvollste Weise auch seine Vergangenheit so verändern wird, dass sie ihn nicht länger verfolgen und den Ablauf eines Schicksals bestimmen wird, was sich als seiner spirituellen Entwicklung sentgegengesetzt erweisen könnte – eine Vergangenheit, die, ohne dass er es weiß, immer in einer unbestimmten Zukunft auf ihn warten wird, denn alles, was er getan, gesagt und gedacht hat, bleibt irgendwo in seinem Wesen und in seinem Bewusstsein für immer aktiv.

Während Salims Blick in die Ferne schweifte, zum Horizont, wo sich der Ozean im Unendlichen zu verlieren schien, dachte er, dass der Mensch immer den gleichen Fehler begeht (ganz gleich, ob es sich um ein wissenschaftliches Gebiet oder eine spirituelle Suche handelt), indem er glaubt, dass die Finalität jedes Unterfangens in der Zeit angesiedelt ist. Er kann sich nicht vorstellen, dass die EWIGKEIT, die Verwirklichung all seines Strebens und alles, was er zu erkennen versucht, schon in der Gegenwart existieren.

Außerdem hatte Salim durch einen direkten intuitiven Einblick erkannt, dass jedes Mal, wenn es einem Aspiranten durch Konzentration gelingt, sich von sich selbst (d.h. von seiner gewöhnlichen Persönlichkeit) zu lösen, um in seinem Wesen die unerlässliche Stille zu schaffen, die ihm erlaubt, sich seiner auf eine Art bewusst zu werden, die ihm völlig ungewohnt ist, er auf die geheimnisvollste Weise die Vergangenheit und die Zukunft in einem „ewigen Jetzt" vereint.

Geschichte einer Gasflasche

Das Haus, das Salim bewohnte und das „Chand" hieß (jedes Gebäude der Straße trug einen Namen und nicht eine Nummer), gehörte einem indischen Arzt, dessen Sprechzimmer am anderen Ende der Straße lag. Er kam nur am Abend nach Besant Nagar, um seine Patienten zu behandeln, denn am Tag musste er anscheinend woanders arbeiten. Sein Wartezimmer war immer mit Kranken gefüllt, die auch aus den Nachbarorten kamen.

Salim hatte es aufgegeben, wegen seiner Darmprobleme einen Arzt aufzusuchen. Dennoch musste er diesen liebenswerten Doktor aus anderen Gründen mehrmals konsultieren, obwohl er sich über dessen berufliche Fähigkeiten kaum Illusionen machte, besonders wenn es sich um eine schwere Krankheit handelte. Er hatte sowieso keine Wahl, denn nicht nur war dieser der einzige Arzt des Viertels, sondern überall in Indien stellt sich das gleiche Problem.

In Poona wie in Madras benutzte Salim in all den Jahren, in denen er selbst kochte, Gasflaschen, die ein wenig denen ähnelten, die man in Frankreich benutzt. Was die Qualität betraf, gab es jedoch große Unterschiede. Man hörte oft von Explosionen dieser Flaschen durch ausströmendes Gas oder durch Fabrikationsfehler. Jedes Mal, wenn er seinen Kocher anzünden musste, verspürte er daher unwillkürlich eine gewisse Angst.

Wenn eine Flasche leer war, war es immer eine große Sache, eine neue zu beschaffen. Es war zwecklos zu telefonieren, um sie zu bestellen. Salim musste sich selbst zum Einzelhändler aufmachen, der ziemlich weit weg wohnte. Der Verantwortliche sagte stets: „Tomorrow". („Morgen"). Da Salim aber gut wusste, was „Tomorrow" im Orient bedeutet, fragte er besorgt: „Sure?" („Sicher?"). Und mit dem typisch indischen, seitlichen Kopfschütteln erwiderte der andere: „Sure, sure". Trotz dieses Versprechens traf das angekündigte Tomorrow nie ein. Und da man von der „Großzügigkeit" dieser Leute abhing, um eine neue Flasche zu bekommen, musste man ihre Trägheit geduldig ertragen, ja ihnen sogar Bakschisch geben, bis eines schönen Tages das Wunder geschah und ein junger Mann auf einer Liefer-Rikschah mit der heiß ersehnten Gasflasche erschien!

Unsicherheit der Existenz. Dalhousie.

Ab und zu sah Salim den Fischern am Strand zu, die nicht weit von ihm entfernt damit beschäftigt waren, ihre zerrissenen Netze zu flicken oder ihre beschädigten leichten Boote auszubessern. Trotz ihrer bitteren Armut waren diese Männer muskulös und gut gebaut. Wenn sie ins Meer ausliefen, sah man am fernen Horizont die Segel dieser Boote, die nicht mit Motoren ausgerüstet waren.

Das Dasein der Fischer war sehr unsicher und voller Gefahren. Angesichts der Zerbrechlichkeit ihrer Kähne begnügten sie sich damit, nicht weit von der Küste zu kreuzen, denn wenn die See bewegt war und ihr kleines Schiff zum Kentern brachte, mussten sie zum Ufer schwimmen. Da die Entfernung, die sie vom Strand trennte, manchmal zu groß war, hörte man nicht selten, dass einige von ihnen den Tod in den Wellen gefunden hatten. Über die schreckliche Ungewissheit ihres Daseins nachsinnend, fragte Salim sich, was aus ihren Familien würde, wenn sich so ein Drama abspielte.

Bei einer seiner Reisen ins Landesinnere begab sich Salim nach Dalhousie, ein Ort, der auf einem Berg in Nordindien liegt. Dort verbrachte er etwa zehn Tage, in denen er einige tibetische Klöster besuchte und mehrere Rinpoches[36] traf.

Er erinnerte sich verwundert, dort ein paar Jugendliche im Freien auf dem Boden sitzen gesehen zu haben, die, ohne seiner Anwesenheit Aufmerksamkeit zu schenken, tief konzentriert und mit erstaunlich sicherer Hand wunderschöne Thangkas malten. Diese Malereien stellen eigentlich für den, der sie zu entziffern weiß, Belehrungen dar. Salim hätte sie gerne nach der Bedeutung gefragt, aber leider verstanden diese jungen Mönche kein Englisch.

Die tibetischen Klöster saßen hoch oben auf den Gipfeln großartiger Steilhänge, und die Sicht von dort aus war atemberaubend. Ihre Tempel und Wohnungen waren vernünftigerweise an die Südseite des Berges gebaut, um ein Maximum an Sonneneinstrahlung zu bekommen. Dagegen hatten die

---

[36] Rinpoche, was der „Kostbare" bedeutet, ist ein respektvoller Titel, der den tibetanischen Meistern verliehen wird und der den Wert unterstreicht, der in diesem Land der spirituellen Entwicklung beigemessen wird.

Inder aus einem Grund, der Salim entging, vielleicht aber, weil sie gewöhnt waren, sich vor der starken Hitze zu schützen, merkwürdigerweise ihre Wohnungen hauptsächlich an den Nordhang gebaut, wo eine eisige Kälte herrschte. Nun musste Salim während der Zeit seines Besuches leider gerade dort wohnen.

Der Komfort seiner Wohnung war sehr bescheiden. Es gab nicht einmal Toiletten, sondern einen einfachen Eimer, der in einer, an das Zimmer angrenzenden, kleinen Kammer stand, und den ein Unberührbarer jeden Morgen leerte und reinigte. Er kam über eine Außentreppe und holte diskret, ohne sich sehen zu lassen, den Behälter, den er ein paar Minuten später zurückbrachte. Salim, der den Unglücklichen, der dazu verurteilt war, diese niedere Arbeit zu verrichten, gerne kennenlernen wollte, stellte sich eines Tages draußen an einer Stelle auf, von der aus er ihn sehen konnte, ohne selbst bemerkt zu werden, um ihn nicht in Verlegenheit zu bringen. Er sah einen bemitleidenswerten Alten kommen, steif vom Rheuma, der in der morgendlichen Kälte schlotterte. und mit einem einfachen, zerrissenen Hemd und einer völlig verdreckten Hose bekleidet war. Mit zusammengepresstem Herzen und überwältigt von Mitgefühl für den Unglücklichen fragte sich Salim: „Und wenn das mein Vater wäre?...!"

Als er am Nachmittag ausging, um ein paar Einkäufe zu machen, sah er den alten Mann wieder; er saß ein wenig abseits, gegen einen Baum gelehnt, nahe dem Platz, wo sich ein kleiner Markt befand. Salim durchstreifte in aller Eile die Stände, auf der Suche nach einer Hose und einem Pullover für ihn. Leider konnte er nur einen kleinen Pullover finden, der besser als nichts war. Als Salim sich dem Alten näherte, wich der Arme, überrascht und ein wenig erschreckt, sofort zurück, denn er war es offensichtlich nicht gewöhnt, dass man ihm Aufmerksamkeit schenkte. Salim ging unbeirrt auf ihn zu, um ihm den Pullover zu überreichen. Als der arme Mann schließlich verstand, dass es sich um ein Geschenk handelte, nahm er es mit zitternder Hand entgegen und deutete ein kleines, von Dankbarkeit bewegtes Lächeln an. Salim wiederholte die ganze Zeit für sich: „Und wenn dieser Mann mein Vater wäre? ... und wenn er mein Vater wäre?!"

Salim, der die Kälte sehr schlecht vertrug, hatte es eilig, Dalhousie zu verlassen, um wieder die Hitze der Ebenen aufzusuchen. Sobald sich ihm die Möglichkeit bot, begab er sich zum

Touristikbüro, das sich um die Autovermietung kümmerte, denn er wusste, dass es immer besser war, sich an eine offizielle Einrichtung zu wenden. Einmal über den Preis einig geworden, kehrte er zurück, um sein Gepäck für den nächsten Morgen vorzubereiten. Auf der Route, die den Berg hinabführte, konnte er nicht genug die Schönheit der Landschaft bewundern, die vor seinen Augen vorüberzog. Jede Biegung (und es gab davon genügend) hielt eine neue Überraschung für ihn bereit und enthüllte herrliche Berggipfel, gähnende Abgründe und majestätische Bäume. Mitunter zogen in Kaskaden herabstürzende Wasserfälle und kleine sprudelnde Wildbäche, das Wasser von wunderbar blaugrüner Farbe, seine Aufmerksamkeit auf sich.

Obwohl Salim den Fahrpreis in Dalhousie vorsorglich im Voraus vereinbart hatte, verlangte der Fahrer, als er bei einer Art Landgasthof Rast machte, um eine Tasse Tee zu sich zu nehmen und sich auszuruhen, plötzlich das Doppelte des am Vortag festgesetzten Betrages; andernfalls würde er sich weigern weiterzufahren. Nachdem Salim lange protestiert hatte und sah, dass der andere sich hartnäckig weigerte, sah er sich gezwungen, mit dem Büro der Autovermietung zu telefonieren. Er hatte einen langen und aufreibenden Meinungsaustausch mit dem Angestellten, der schließlich verlangte, den widerstrebenden Chauffeur zu sprechen. Zu guter Letzt akzeptierte dieser mit sehr großem Widerwillen, die Fahrt fortzusetzen. Jedoch ließ er auf der Strecke, trotz der lebhaften Missbilligung Salims, einen Mann auf seiner Seite einsteigen, was gegen die mit dem Büro getroffene Vereinbarung und nicht gerade beruhigend war.

Man muss wissen, dass zur damaligen Zeit in Indien in den Taxis und Mietwagen die Vorrichtungen, die es ermöglichen, die hinteren Türen zu öffnen, aus Furcht vor säumigen Zahlern zerbrochen und unbrauchbar gemacht wurden, was den Insassen keine Möglichkeit ließ, alleine auszusteigen. Die Fensterscheiben waren oft verriegelt, und daher sahen sich die Kunden dem Fahrer auf Gedeih und Verderb ausgeliefert. Es kursierten beunruhigende Geschichten über niedergeschlagene und in irgendeiner einsamen Gegend dem Tod überlassene Reisende. Dieses Missgeschick stieß vor allem Personen zu, die ihren Wagen nicht über eine offizielle Autovermietung gemietet hatten.

Die Züge waren nicht unbedingt sicherer. Als Salim eines Tages mit seiner Frau in Rajastan reiste, passierte ihm Folgendes: Er hatte ein kleines Abteil für zwei Personen reservieren lassen, in Indien Coupé genannt, dessen Tür von innen verriegelt wird. An die zehn Männer, die sie hineingehen gesehen hatten, versuchten, gewaltsam in ihr Abteil einzudringen. Sie verschwanden beim Einfahren des Zuges in den ersten Bahnhof, wo sich einige bewaffnete Polizisten befanden, die Salim durchs Fenster herbeirief.

Wie bei seinen vorhergehenden Reisen kehrte Salim völlig erschöpft und von seinen üblichen Darmproblemen geschwächt nach Madras zurück. Doch trotz aller Schwierigkeiten bezog er aus seinen Reisen in spiritueller Hinsicht einen wichtigen Ansporn, denn überall konnte er vom Mystizismus geprägte Orte besuchen und durfte Menschen begegnen, deren einziges Interesse die Suche nach dem ABSOLUTEN war – obwohl ihre Art, diese anzugehen, nicht seinen Bedürfnissen entsprach.

Satya Sai Baba in Bangalore

In Madras machte Salim die Bekanntschaft eines Pandits mit dem Namen Sundaram, ein ziemlich bekannter Sanskritgelehrter. Dieser kannte Satya Sai Baba persönlich und schlug Salim vor, den berühmten Mystiker in seinem Hauptashram in Bangalore zu treffen.

Angetan von der Idee, diesen Mann aus nächster Nähe zu sehen, der sich wegen seiner erstaunlichen Fähigkeit der Materialisation im ganzen Land einen so außergewöhnlichen Ruf erworben hatte, stimmte Salim, glücklich über diese Gelegenheit, gerne zu.

Nach einer relativ kurzen Zugfahrt kamen sie in Bangalore an, einer ziemlich modernen Stadt, die sich eines eher angenehmen Klimas erfreut. Dank des Pandits erhielt Salim von den Verantwortlichen des Ashrams ein kleines Zimmer, in dem er während seines Aufenthalts die Möglichkeit hatte, auf einem elektrischen Kocher sein Essen zuzubereiten. Seine Vorsichtsmaßnahmen erwiesen sich als klug, denn am Tag nach seiner Ankunft ließen die Ärzte des Ashrams über Lautsprecher verkünden, dass man von den Mangos, die in der Küche zubereitet worden waren, nicht essen dürfe, da mehrere hundert Personen, die am Vortag von dem gleichen Gericht gegessen hatten, an Ruhr erkrankt waren.

Der Ashram war sehr weitläufig; er enthielt einen großen Vortragssaal, der einige hundert Menschen aufnehmen konnte. Außer einer großen Anzahl Inder hielten sich dort viele Abendländer auf. Während der wenigen Tage, die er in Bangalore verbrachte, stellte er fest, dass keine Meditations- oder Yogapraxis von den Bewohnern verlangt wurde, die sich einfach an den täglichen Aufgaben beteiligten und kamen, um die Vorträge zu hören, die Satya Sai Baba und einige Gelehrte gaben.

Jeden Morgen besuchte eine Menge Leute den Ashram, um Satya Sai Baba zu verehren und sein Darshan zu erhalten. Daher mussten täglich hunderte, bei manchen Anlässen sogar zwei- oder dreitausend Personen, ernährt werden, was eine ziemlich eindrucksvolle Organisation erforderte. Der Meister dieser Anlage hatte ständig mehrere ergebene Personen zur Seite, die sich um die ganze Versorgung kümmerten. Die Mahlzeiten wurden nach indischer Art auf Bananenblättern serviert, die nach dem Gebrauch weggeworfen wurden. Abgesehen von dem, was für den Unterhalt des Zentrums nötig war, verwendete der Mystiker die ansehnlichen Geschenke, die er erhielt, um Gutes in seinem Umkreis zu tun, indem er Schulen und Kliniken für die Bedürftigeren eröffnete.

In einer Ecke des Anwesens sah Salim einen jungen Elefanten, der mit einem seiner Hinterbeine eng an einen Baum gekettet war. Er bewegte sich unaufhörlich hin und her und schwenkte Kopf und Schultern in alle Richtungen, während er von Zeit zu Zeit mit seinem Rüssel die vor ihm niedergelegte Nahrung aufsammelte. Salim hatte Mitleid mit dem armen Tier, das gezwungen war, so angebunden auf einen Raum beschränkt zu bleiben, der für es zu klein war. Manchmal, wenn Satya Sai Baba kam, um ihm eine besondere Süßigkeit zu bringen, die es sehr zu schätzen schien, befreite man es von seinen Ketten. Wenn der Meister ihn nach einigen Augenblicken verließ, um ins Hauptgebäude zurückzukehren, folgte ihm der Elefant. Es war rührend, ihn von einer Seite auf die andere gehen und sich vor dem Eingang hin und her drehen zu sehen, um durch die Tür zu gelangen, die für ihn offensichtlich zu schmal war.

Am Abend vor seiner Abfahrt wohnte Salim einem Vortrag bei, der von einem Pandit gehalten wurde. Da er keine der indischen

Sprachen kannte, verstand er kein einziges Wort, was wohl auch bei den meisten anwesenden Abendländern der Fall war. Am Ende des Vortrags stand Satya Sai Baba, der etwas abseits saß, plötzlich auf, ging auf den Redner zu und materialisierte zum Erstaunen aller eine Goldkette, die er ihm um den Hals legte.

Am nächsten Morgen stattete ihm Satya Sai Baba, zur großen Überraschung Salims, der gerade meditierte, einen Besuch ab, begleitet von ein paar indischen Anhängern. Er hatte gehört, dass Salim noch am gleichen Tag abreisen wollte. In Anbetracht der zahlreichen Besucher, die täglich zum Ashram strömten, stellte dieser persönliche Besuch ein Privileg dar. In der anschließenden Unterhaltung, die Pandit Sundaram übersetzte (Satya Sai Baba sprach nicht englisch) hörte der Meister, dass Salim ständig unter schweren Gesundheitsproblemen litt; er materialisierte daher einige Pillen, die Salim etwas später einnahm, die aber keine erkennbare Wirkung zeigten, und schenkte ihm fünf oder sechs Bücher, die eine englische Übersetzung seiner Vorträge enthielten.

Auf einmal wurde sich Salim einer eigenartigen Stille bewusst, die sich auf ihn herabsenkte und die ihn trotz des äußeren Lärms, den er weiter hörte, einhüllte. Es war, als ob die Zeit plötzlich stillstand und er sich in ein geheimnisvolles „ewiges Jetzt" getaucht fand. Dann spürte er, wie ihm das vorher schon mehrmals widerfahren war, die unerklärliche Gewissheit, das, was er gerade in der Gegenwart erlebte, schon einmal in einer rätselhaften Vergangenheit erlebt zu haben. Er fühlte sich in einem extrem entfernten und unaussprechlichen Zustand, als er auf einmal eine Stimme hörte, die ihm etwas unmittelbar in seinem Geist mitteilte, ohne das übliche Zurückgreifen auf das Wort. Sein Geist hatte die Mitteilung zeitgleich in Worten formuliert, und zwar auf Englisch, in der Sprache, die Salim am besten kannte. Die Stimme sagte zu ihm: "There will come a day when you will be placed in a situation where you will not know what to do; don't worry, don't worry, don't worry, don't worry..." („Ein Tag wird kommen, an dem du in eine Situation gestellt sein wirst, in der du nicht wissen wirst, was du tun sollst; sorge dich nicht, sorge dich nicht, sorge dich nicht, sorge dich nicht ...").

Als Salim begann, sich wieder seiner Umgebung bewusst zu werden, während er noch immer die Stimme hörte, die immer schwächer wiederholte: „Don't worry, don't worry ...", war er zunächst überzeugt davon, dass jemand laut zu ihm gesprochen hatte, aber ihm wurde schnell darüber klar, dass er diese Stimme in sich gehört hatte, von seinem eigenen Geist ausgehend. Er erinnerte sich nun an Erfahrungen der gleichen Art, die ihm widerfahren waren, als er in Paris lebte. Ein oder zwei Jahre später, als er noch in Indien war, erlebte er ein ähnliches Phänomen.

Salim war überzeugt, dass diese außergewöhnlichen Erfahrungen auf einen Zustand größter innerer Bereitschaft zurückzuführen waren, in den er in bestimmten Augenblicken versetzt wurde, und dass sie nicht den übernatürlichen Fähigkeiten einer anderen Person zuzuschreiben waren, denn die anderen Male, als diese Phänomene auftraten, war er alleine.

Als er später Indien, das er so sehr liebte, entrissen wurde und sich furchtbar einsam in Frankreich wiederfand, ohne zu wissen, was er tun solle, kamen ihm die Worte dieser Mahnung, die ihn aufforderte, sich keine Sorgen zu machen, oft in den Sinn, um ihm beizustehen.

Bei seiner Rückkehr nach Madras fand Salim angenehm überrascht Post von der Sacem vor, die ihn über eine neue Zahlung aus seinen Autorenrechten informierte, die diesmal aber nicht nur aus Frankreich, sondern auch aus England und Kanada stammte. Die wenigen, privaten Schallplatten, die er für das französische Fernsehen hatte gravieren lassen, sowie die Programmmusik, die er kurz vor dem Verlassen von Paris für eine englische Gesellschaft komponiert hatte, trugen ihre Früchte. Sie verschafften ihm die finanzielle Ruhe, die er so nötig brauchte, um weiter in Indien leben und dort neue Reisen unternehmen zu können.

Praktische Erwägungen

Salim besaß die Erfahrung seiner Kindheit im Orient und in all den Jahren, die er in Indien lebte, zwang er sich, eine Reihe von Vorsichtmaßnahmen zu ergreifen, die manchen Abendländern, mit denen er zu tun hatte, manchmal übertrieben, wenn nicht irritierend vorkamen.

Es ist bemerkenswert, dass er sich trotz der Anfälligkeit seines Darms in den fast sieben in Indien verbrachten Jahren keinen einzigen Parasiten eingefangen hat. Ein solches Ergebnis beinhaltete eine Disziplin, die er nie lockerte: keine Rohkost, alle Früchte vor dem Schälen desinfizieren, das Wasser, sogar für das Geschirr, systematisch kochen lassen, und alle Nahrungsmittel wegen der Ratten, roten Schaben und anderer Insekten, die Krankheitsüberträger waren, in Gläsern aufbewahren. Er sah mehrmals Europäer, denen diese Vorsichtsmaßnahmen zuwider waren, gezwungen, mit einem Rettungsflug ins eigene Land zurückgebracht zu werden.

Es gibt allerdings Abendländer, die erstaunlicherweise das Glück haben, eine natürliche und sichere Immunität zu besitzen, und die, ohne irgendwelche Vorsichtsmaßnahmen zu ergreifen, praktisch nie krank sind (Salim erinnert sich diesbezüglich besonders an einen Australier, Schüler eines buddhistischen Theravadamönches, der schon seit vierzehn Jahren in Indien lebte, als er ihn im Himalaya traf).

Zu den Problemen, die mit dem Klima und der Armut des Landes zusammenhingen, kamen noch die Risiken hinzu, die auf die mangelnde Sorgfalt der unwissenden Leute zurückzuführen waren. Skandale, sogar im medizinischen und pharmazeutischen Bereich (wie ein verfälschtes und dadurch zu tödlichem Gift gewordenes Medikament), waren damals in Indien gang und gäbe. Meistens überblickten die Beschuldigten überhaupt nicht die Folgen ihrer Handlungen. So erfuhr man eines Tages in einer Tageszeitung in Madras, dass es bei einer Hochzeit von reichen Leuten, bei der eine ansehnliche Menge von geladenen Gästen versammelt war, fast hundert Tote und ebenso viele lebensbedrohlich Erkrankte gegeben hatte, da das gekaufte und für die Speisenzubereitung verwendete Öl Maschinenöl gewesen war!

Bei seinen Reisen ins Landesinnere war Salim immer ausgerüstet mit seinem kleinen Schnellkochtopf, seinem Kocher, einem elektrischen Wasserkessel, mit verschiedenen Nüssen, weißem Reis, gelben Linsen, Rosinen (die er mit dem Gemüse kochen ließ), Ghee (geklärte Butter, um die Gemüse darin zu dünsten), einigen milden Gewürzen und Kaliumpermanganat, um die Früchte und Gemüse, die er bei jeder Reiseetappe vor Ort kaufte, keimfrei zu machen. All diese Gebrauchsgegenstände und Vorräte hatten ein gewisses Gewicht, das er mit sich schleppen musste, wenn er sich und seine Frau im Rahmen des Möglichen schützen wollte. Die Verpflegung war in einem leichten, in Paris gekauften Aluminiumkoffer eingeschlossen, um die Lebensmittel für Nagetiere, die man in manchen Hotels finden kann, unzugänglich zu machen. Da alle seine Koffer, sogar in den Hotelzimmern, mit Vorhängeschlössern verschlossen waren, wurde er zum Glück nie bestohlen. Er zog es jedoch vor, seinen Pass, sein Geld und seine Flugtickets stets bei sich zu tragen.

Der Orient mag in Filmen oder Dokumentarfilmen romantisch erscheinen, jedoch kennen die Zuschauer oft nicht die Gefahren und die Unannehmlichkeiten, die in diesen Breiten herrschen: Krankheiten aller Art, suspektes Wasser, das Fehlen von Ärzten, Mangel an einfachstem Komfort etc. Dennoch empfand Salim das Dasein in diesem Land nicht als schwierig, im Gegenteil, es war der Westen, in dem er sich fremd und isoliert fühlte. Er sah diese Gegend der Welt als seine wahre Heimat an und betrachtete sie mit Liebe, gleichzeitig aber mit einem sehr klaren Kopf.

Leben und Sterben in Indien

Salim traf in Madras durch Vermittlung einer jungen Französin, die einige Tage lang eine Meditationssitzung unter seiner Leitung mitgemacht hatte, einen buddhistischen Theravadamönch von etwa sechzig Jahren, der ihn zu einer Tasse Tee zu sich einlud. Er war für die kurze Zeit seines Aufenthalts bei Freunden einquartiert, die weit entfernt von Besant Nagar wohnten.

Trotz seiner gewohnten Pünktlichkeit kam Salim diesmal mit großer Verspätung zu seiner Verabredung. Auf seinem Weg, der etwas abseits der Wohngegend verlief, hielt nämlich ein verschreckt aussehender Mann das Taxi an, in dem Salim saß, um ihn zu bitten, mit seiner Einwilligung eine unberührbare Frau eiligst in die Klinik zu fahren; sie war von einem Auto angefahren worden, das sofort die Flucht ergriffen hatte. Salim, stieg sofort aus dem Wagen und ließ die Verwundete mit der Frau, die sie begleitete, auf dem Rücksitz Platz nehmen; dann stieg er neben dem Fahrer ein, dem er einen Aufpreis versprach. Die Klinik war sehr weit vom Unfallort entfernt, und Salim, der von Zeit zu Zeit den Kopf umwandte, um den Zustand der armen, mit Blut besudelten und zitternden Frau zu überwachen, war aufgewühlt, ohne zu wissen, was er tun konnte, um ihr zu helfen. Bei ihrer Ankunft in der Klinik ließ er sie sogleich zu einem

Chirurgen bringen und drückte, bevor er weiterfuhr, etwas Geld in die Hände der Frau, die sie begleitete. Immer noch sehr bewegt dachte er, dass es in einem Land wie Indien ein echtes Problem sei, eine Schwerverletzte so schnell wie möglich in eine Klinik zu transportieren, wenn sich ein Unfall dieser Art ereignete.

In diesem Teil der Welt ist man manchmal Zeuge so unerwarteter und erschütternder Situationen, dass es unmöglich ist, nicht im tiefsten Inneren aufgewühlt zu werden und ein Gefühl der Auflehnung zu erleben. Salim erinnerte sich in diesem Zusammenhang, dass er eines Tages, als er in Kalkutta auf einen Zug mit vier Stunden Verspätung wartete, am Ende des Bahnsteigs einen beklagenswerten Unberührbaren erblickte, zum Skelett abgemagert und im Begriff, in seinen eigenen Ausscheidungen zu sterben. Hunderte von Fliegen kreisten um seine glasigen Augen, seinen halbgeöffneten Mund und seine Exkremente. Salim sah, dass er noch atmete. Trotzdem schenkte ihm niemand die geringste Aufmerksamkeit, es war, als ob er nicht existierte!

Als Salim sich an einen Angestellten des Bahnhofs wandte, um ihn mit Gesten auf die Gegenwart dieses Unglücklichen aufmerksam zu machen, antwortete ihm der Beamte, der offensichtlich etwas Englisch konnte, mit erstaunlicher Unbekümmertheit: „Ach ... das? Ein Lastwagen wird morgen früh kommen, um ihn abzuholen, wenn er gestorben ist." – als ob es sich um einen Gegenstand ohne Bedeutung handelte und die einfache Zusage seiner Beseitigung Salim beruhigen müsste!

Salim erfuhr, dass das Elend in Kalkutta tatsächlich so groß war und die Zahl der auf den Gehsteigen lebenden und sterbenden Unglücklichen so hoch, dass jeden Morgen ein Lastwagen mit dem Auftrag herumfuhr, die Leichen, die er auf seiner Strecke fand, einzusammeln.

Tief ergriffen und unfähig, den Anblick dieses Mannes zu vergessen, der auf dem Bahnsteig unter der allgemeinen Gleichgültigkeit seine letzten Augenblicke lebte, konnte Salim nicht anders, als innerlich auszurufen: „Oh, märchenhaftes Indien, schreckliches Indien!"

Paradoxerweise, sagte er sich, fehlt den Abendländern, da sie nie dem Tod auf ihren Straßen begegnen, zu ihrem Nachteil immer ein gewisser Blick auf das Leben, das sie wie etwas nehmen, das ihnen zusteht, das in Bequemlichkeit und Überfluss zu verbringen ihnen normal erscheint und das sogar ewig dauern sollte. Weil der Tod im Westen verheimlicht wird, wird er schließlich als eine Abweichung vom Normalen betrachtet, die man umgehen kann. Erstaunlicherweise vergessen die Meisten die Verabredung, die sie mit ihm getroffen haben, eine schicksalhafte Begegnung, die seit dem Augenblick ihrer Geburt auf sie wartet.

Dank seiner spirituellen Erfahrungen und des Verständnisses, das er daraus gezogen hatte, wusste Salim um die Bedeutung der letzten Gedanken, die den Geist eines Sterbenden beschäftigen und die den Zustand bestimmen, zu dem dieser nach dem Verlassen seiner körperlichen Hülle gravitieren wird. Er sah voller Mitgefühl, dass der arme Unberührbare in diesem kritischen Augenblick niemanden zur Seite hatte, um ihm zu helfen, seinen Geist auf Gedanken spiritueller Natur zu richten. Während der Schwierigkeiten, die er ohne Zweifel während seines ganzen Daseins durchgemacht hatte, war sein tägliches Auskommen zu seinem einzigen Interesse und zur vorrangigen Dringlichkeit geworden, was ihm keine Möglichkeit gelassen hatte, nach Höherem zu streben.

Und Salim sagte sich, dass der Abendländer, der meistens eine, für diesen armen Paria unvorstellbare materielle Sicherheit genießt, diese nicht zu nutzen weiß, um sich, wie er sollte, einer spirituellen Suche zu widmen, die das Einzige darstellt, was in diesem Dasein zählt. Statt dessen kümmert er sich nur um seine physische Gesundheit und häuft immer mehr materielle Güter an, die er ohnehin aufgeben muss, wenn sich der Tod vor ihm aufrichten wird und er sich nackt und bloß finden wird in diesem unvermeidlichen Moment, da er alleine in eine Welt aufbrechen muss, die ihm für immer unbegreiflich bleiben wird, solange er der bleibt, der er für gewöhnlich ist.

Geschichte eines Theravadamönches

Bei seiner Ankunft teilte Salim dem Mönch die Ursache seiner Verspätung mit und dieser zeigte voller Sympathie sofort Verständnis. Als sie alleine waren, erzählte ihm der Mönch, der sichtlich Lust hatte, sich ihm anzuvertrauen, wie er mit dreißig Jahren, als er noch ein sehr wohlhabender Kaufmann in Bombay gewesen war, plötzlich von dem unwiderstehlichen Wunsch erfasst worden war, buddhistischer Mönch zu werden. Ohne Zeit zu verlieren, hatte er alle seine Güter gerecht aufgeteilt, damit es seinen Familienmitgliedern an nichts mangelte, dann war er zu Fuß, ohne irgendetwas mitzunehmen, nach Birma aufgebrochen, wo sich ein berühmter Meister des Theravadazweiges befand, von dem er gehört hatte. Nach einer mehrmonatigen Reise, während der er sich seine Nahrung erbettelt hatte, zahlreichen Gefahren getrotzt hatte und mehrmals krank geworden war, war er schließlich völlig erschöpft an seinem Bestimmungsort angekommen. Als er endlich das Kloster erreicht hatte, hatte er sich zu Füßen des Meisters niedergeworfen, mit der Bitte, ihn als Schüler anzunehmen. Jedoch hatte dieser aus einem unerklärlichen Grund sein Ansuchen abgelehnt und ihm sogar in bestimmtem Ton die Anweisung gegeben, nach Hause zurückzukehren. Der Mann hatte nun lange erklärt, dass er in Indien alles hinter sich gelassen habe und nichts mehr besitze, dass er eine lange und mühsame Reise auf sich genommen habe und sich in einem Zustand äußerster Erschöpfung befinde. Aber, obwohl er seine Sache weiter in dieser Weise vertreten hatte, hatte sich sein Gesprächspartner nicht erweichen lassen.

Der Mönch erklärte Salim, wie ratlos er durch diesen Empfang gewesen sei, den er nicht erwartet hatte. Er hatte nicht locker gelassen und den Meister unnachgiebig angefleht, ihm doch wenigstens zu erlauben, im Kloster zu bleiben. Nur mit großer Herablassung hatte ihm dieser schließlich geantwortet: „Gut, Sie können hier bleiben, aber nur als Diener; Sie werden mein Zimmer fegen, die Toiletten reinigen, meine Kleider für mich waschen und für mich kochen, das ist alles!"

Der Mann, glücklich, in der Umgebung des Meisters bleiben zu dürfen, hatte ohne Zögern eingewilligt. Tag für Tag hatte er ihn die Mitglieder des Klosters unterrichten sehen, ohne je zu verstehen, warum er nicht nur ablehnte, ihn auf spirituellem Gebiet etwas zu lehren, sondern ihm nicht einmal erlaubte, sich den anderen zu nähern oder mit ihnen zu meditieren. Trotz seiner wiederholten Bitten war der Meister unnachgiebig geblieben und hatte ihm erklärt, dass er nur zu gehen brauche, wenn er unzufrieden sei.

Schließlich hatte er sich damit abgefunden, dem Meister zu dienen, ohne das Geringste für sich selbst zu erwarten, während er ihn traurig zu den anderen gehen sah, um ihre Meditation zu überwachen und sie anzuleiten.

Fünfzehn Jahre waren ins Land gegangen. Nachdem er für immer die Hoffnung verloren hatte, von dem Meister, den er so bewunderte, als Schüler angenommen zu werden, hatte ihn dieser unvermutet zu sich gerufen und ihm erklärt: „Das genügt jetzt; von nun an werden Sie alle diese Aufgaben sein lassen und sich ausschließlich der Meditation und dem Unterricht widmen, den ich Ihnen geben werde." Später war er der Hauptschüler dieses Meisters geworden, demgegenüber er eine grenzenlose Dankbarkeit für die Weise empfand, in der er ihn, ohne dass er es verstanden hatte, in Wirklichkeit die ganze Zeit geleitet hatte, indem er Tag für Tag seinen Glauben und seine Beharrlichkeit auf die Probe gestellt hatte.

Diese Geschichte weist verblüffende Ähnlichkeiten mit der Milarepas auf, des berühmten Asketen und tibetischen Mystikers, der von seinem Meister Marpa ebenfalls hart geprüft wurde, bevor dieser einwilligte, ihn als Schüler anzunehmen. Aber Milarepa lebte im zwölften Jahrhundert in Tibet, während die Geschichte dieses Mönches zu unserer Zeit spielte. Der Mönch erklärte Salim, dass er bei Personen, die ihn aufsuchten, niemals solche Methoden anwandte, die vonseiten des Schülers einen tiefen Respekt für den Meister sowie für das, was er zu erreichen sucht, fordern.

Dharamsala

Vor seiner Abfahrt von Paris hatte Salim viel über Dharamsala gehört, eine im Norden Indiens gelegene Stadt, in die sich der Dalai Lama und seine Landsleute nach der Invasion ihres Landes durch die Chinesen geflüchtet haben.

Ohne den Grund zu kennen, hatte er sich stets geheimnisvoll zu dieser Region hingezogen gefühlt. Übrigens, das Wort Himalaya hallte in seinen Ohren wie ein seltsamer und unsagbarer Ruf, dem er eines Tages folgen musste. Aus Gewohnheit bereitete er sorgfältig sein Gepäck und seinen Proviant vor, dann bestieg er das Flugzeug nach Neu Delhi. Dort musste er einen Zug nach Pathankot nehmen, das am Fuß der Bergkette lag, und schließlich einen Bus, um nach Dharamsala hochzufahren.

Die Bergfahrt erwies sich als unerfreulich; Salim fand die Fahrweise des Fahrers abrupt und bisweilen sogar gefährlich. Zwei- oder dreimal entdeckte er in Haarnadelkurven tief unten die Wracks von Bussen oder Autos, die von der Fahrbahn abgekommen und in der Schlucht zerschellt waren. Als er sich dem Ende seiner Reise näherte, verschlug es ihm den Atem, als er die schwindelerregenden Gipfel der mit Schnee bedeckten Bergmassive sah, die sich von dem tief blauen Himmel abhoben und ihm eine ehrfürchtige Bewunderung einflößten. Er konnte gut verstehen, warum Einsiedler es bevorzugen, sich fern von der Welt auf unberührten Höhen niederzulassen, um ihre Meditation auszuüben.

Als der Bus sein Ziel erreichte, stieg Salim aus, um sein Gepäck wieder in Empfang zu nehmen. Der Anblick eines gewaltigen, schneebedeckten Gipfels, der hinter dem Berg, auf dem er sich befand, aufragte, tauchte ihn für einen kurzen Augenblick in einen dieser rätselhaften Zustände, die er schon vorher wiederholt erfahren hatte, und im Bruchteil einer Sekunde wurde sein ganzes Wesen von einer fremdartigen Stille erfüllt, in deren Verlauf er die absolute Gewissheit erlebte, dass die Geste, die er gerade gemacht hatte, um seinen Koffer entgegenzunehmen, und das Gefühl, das er beim Anblick des Gipfels empfand, der sich vor ihm erhob, sich schon einmal in einer unerklärlichen Vergangenheit so abgespielt hatten. Er blieb einen Moment wie versteinert stehen und fragte sich, wie jedes Mal, wenn ihn dieser Eindruck erfasste, bestürzt: „Wann, ja wann habe ich die gleiche Situation erlebt, die gleiche Geste gemacht und das gleiche Gefühl gehabt, da ich doch das erste Mal in meinem Leben hierher komme.?"

Wie jedes Mal blieb er angesichts einer solchen Frage ratlos, während er versuchte, den Ursprung solcher Erinnerungen zu verstehen, insbesondere, welcher Teil seiner selbst sich erinnerte.

Diesbezüglich erklärte mir Salim, dass die Erfahrungen, die er machen konnte, unter gewissen Umständen derartig gewaltig, beeindruckend und von Geheimnis durchdrungen waren, dass sie kaum zu ertragen waren. Manchmal beherrschte das unbeschreibliche Gefühl eines „ewigen Jetzt" diese Erfahrungen, was in ihm die lebhafte Empfindung hervorrief, dass alles ist, war und für immer sein wird! Er fügte hinzu, dass das Bewusstsein im Menschen und im UNIVERSUM niemals aus dem Berührbaren erklärt werden kann; nach der Auflösung der Materie fährt das Bewusstsein mit seinen Erinnerungen und seinen unergründlichen Erfahrungen, welche die sichtbar gewordene Welt weder erfassen noch begreifen kann, fort zu bestehen.

Da Salim sich sehr müde fühlte, betrat er das erste Hotel, das er in der Nähe der Bushaltestelle finden konnte. Das Zimmer war nicht sehr sauber und außerdem sehr kalt. Die ganze Nacht hörte er eine Ratte flink eine große, schmuddelige Gardine am anderen Ende des Zimmers hoch- und runterklettern. Aber der Nager hatte einen schlechten Augenblick gewählt, um zu versuchen, sein Publikum mit seinen akrobatischen Fähigkeiten zu beeindrucken, denn Salim war an diesem Abend nicht in der Laune, ihm seine bewundernde Aufmerksamkeit zu schenken, die er zweifellos verdient hatte. Nun rächte sich die Ratte, um ihre Unzufriedenheit zu zeigen, indem sie ab und zu mit ihren Zähnen den Aluminiumkoffer angriff, der die wertvollen, für den Aufenthalt in Dharamsala notwendigen Vorräte enthielt.

Das erste, was Salim am nächsten Morgen machte, war, das Hotel zu wechseln. Nachdem er sich mit dem warmen Wasser, das man ihm gebracht hatte, gewaschen hatte, begann er zu meditieren. Anschließend ging er aus, um zu sehen, ob er einige Eier, Früchte und Gemüse zu kaufen finden konnte.

Dharamsala gliedert sich in drei Teile. Der Fuß des Berges ist im Allgemeinen von Indern besiedelt, die die Kälte, die weiter oben herrscht, schlecht vertragen. Die mittlere Zone, wo Salim logierte, war hauptsächlich von Tibetern bewohnt. Was den höchsten Teil anbetraf, so lebten dort nur einige, von der Welt abgeschiedene Eremiten.

Salim war überrascht und berührt, als er auf seinem Weg ein paar alten Leuten begegnete, die pausenlos das berühmte Mantra „Om Mani Padme Hum" wiederholten; dabei drehten sie ständig eine kleine Gebetsmühle, die sie in der Hand hielten. An den Mauern mancher Häuser waren auf Sockeln große Gebetsräder aufgestellt, die die Vorübergehenden mit einer Handbewegung in Drehung versetzten. Die meisten Tibeter waren mit einer granatfarbenen Tracht bekleidet und unter ihnen befanden sich viele Mönche. Die Wohnungen waren sehr einfach, im tibetischen Stil. Was Salim am meisten auffiel, war, dass er überall, wo er hinkam, eine Atmosphäre antraf, die an das HEILIGE erinnerte.

Nach dem Einkauf der Früchte und Gemüse, die an diesem Tag zu finden waren, kehrte er sofort zurück, um sie in seinem Zimmer zu deponieren. Nachdem er sich beim Geschäftsführer des Hotels nach dem Weg erkundigt hatte, brach er auf, um den Palast des Dalai Lama zu besichtigen und die Tempel ringsum zu besuchen.

Zu dieser Zeit gab es noch keine Straßen, sondern nur schmale Wege. Der Palast des tibetischen Oberhauptes war weit von dem Ort entfernt, wo Salim wohnte, und lag viel höher. Nach einem langen Marsch erreichte er schließlich eine Art Platz, von dem der Wohnsitz des Dalai Lama aufragte. Es war ein imposantes Gebäude, im tibetischen Stil errichtet. Etwas weiter erhob sich ein großartiger Tempel, in dessen Innerem eine religiöse Zeremonie ablief; sie wurde von Mönchen zelebriert, die heilige Texte rezitierten, begleitet von Gongschlägen, Schellengeläute und auf Holztrommeln geschlagenen Rhythmen.

Während die Hindus den Abendländern, die sie als Unberührbare ansehen, oft den Zugang zu ihren Heiligtümern erschwerten, zeigten die tibetischen Buddhisten bei Salims Eintritt in den Tempel nicht die geringste Zurückhaltung; im Gegenteil, er wurde mit Lächeln und Blicken empfangen, die ihn fühlen ließen, dass er willkommen war.

Um niemanden zu stören, hielt er sich ein wenig abseits. Er blieb in einem Zustand innerer Sammlung still sitzen und ließ sich von der andächtigen Atmosphäre, die dieser Ort ausstrahlte, durchdringen. Die Buddha-Statuen, die im schwachen Schein der vor ihnen aufgestellten Butterlampen schimmerten, riefen in seinem Wesen geheimnisvolle, unbegreifliche Erinnerungen wach. Er fühlte sich an diesem Ort an seinem Platz, und die Möglichkeit einer Rückkehr in den Westen kam ihm wie eine richtige Verbannung vor.

Kaum eine Stunde später hörte er draußen eine lärmende Unruhe; plötzlich betrat eine andere Gruppe von Mönchen, unter denen sich der Dalai Lama persönlich befand, den Tempel. Salim war beeindruckt von der Ehrerbietung, die jedermann dem Dalai Lama erwies, indem sich alle bei seinem Vorübergehen ehrfürchtig verneigten. Solch eine fromme Achtung, die so tief und aufrichtig ist, erhebt den, der sie in sich trägt.

Obwohl das die günstigste Jahreszeit war, um Dharamsala zu besuchen, und obwohl es in der Sonne ziemlich warm wurde und der Himmel unveränderlich blau war, nur mit vereinzelten Wölkchen betupft, war es im Schatten doch recht kalt, und noch viel mehr in seinem ungeheizten Zimmer, als Salim am späten Abend sein Hotel erreichte

Als er am nächsten Tag auf der Suche nach weiteren tibetischen Tempeln in der Nachbarschaft umherwanderte, hörte er von einer religiösen Darbietung, die zwei Tage später stattfinden und einen ganzen Tag dauern sollte. An besagtem Tag begab er sich sehr früh am Morgen an Ort und Stelle, um einen Platz zu belegen, der ihm gewährleistete, nichts von dem Schauspiel zu versäumen. Kaum hatte er sich niedergelassen, als er eine Menge anderer Zuschauer, alle Tibeter, eintreffen sah, die begannen, sich um den halbkreisförmigen Schauplatz zu scharen.

Nach langem Warten, wie ihm schien, erschallten plötzlich die durchdringenden Klänge riesiger Trompeten und Gongs; die malerische und farbenfreudige Aufführung hatte begonnen. Die Schauspieler, Männer und Frauen, trugen alle farbenprächtige Kostüme. Einige von ihnen hatten riesige, furchterregende Masken auf, Nachbildungen von Drachen und Asuras[37]. Die Tänzerinnen führten anmutige Gesten aus, um gewisse Steigerungsmomente in der Handlung zu unterstreichen; ihre Arme waren von sehr langen Ärmeln im chinesischen Stil umhüllt. Ein Sprecher trug einen Text vor, unterstützt von einer Musikgruppe, deren Mitglieder Muschelhörner, Zimbeln, tibetische Oboen, kleine Flöten, Schellen und Streichinstrumente spielten. Manchmal, besonders wenn sie die Dämonen und Asuras begleiteten, konnten die Musiker ein ungeheuer beeindruckendes Getöse erzeugen, indem sie mehrere Gongs unterschiedlicher Größen gleichzeitig anschlugen, wodurch sie eine Atmosphäre der Ehrfurcht schufen.

Wie es Salim, der die Sprache nicht verstand, schien, handelte die Geschichte vom Kampf Padma Sambhavas gegen böse Wesenheiten,

---

[37] Dämonengötter

die sich einer Einbürgerung der buddhistischen Lehren in Tibet widersetzten. Ganz einfache Requisiten, die sich an die Fantasie des Publikums wandten, riefen die Vorstellung eines Bühnenbildes hervor.

Obwohl sie die Intrige, die sich vor ihnen abspielte, schon kannten, waren die Zuschauer nicht weniger gefesselt und nahmen an dem Drama mit ununterbrochener Aufmerksamkeit teil. Sie folgten intensiv jeder Geste, jedem Wort und jeder entscheidenden Wendung. Die Versammelten sahen schweigend zu, mit einer Anteilnahme, die keinen Augenblick nachließ, obwohl das Schauspiel bis zum Abend dauerte.

Als an einer bestimmten Stelle des Stücks ein gesungener Textteil begann, der ein wenig der chinesischen Musik ähnelte, mit Stimmen, die ein Gefühl unendlich weiter Räume erweckten, die die schneebedeckten Berge umgaben, fühlte sich Salim auf einmal so bewegt, dass ihm die Tränen über die Wangen liefen, ohne dass er sich den Grund dafür erklären konnte. Die eigentümlichen Klänge der Musik, die das Schicksal dieser Götter und Dämonen veranschaulichten, hatten in ihm schweigende geheimnisvolle Erinnerungen aufsteigen lassen.

Jedes Mal, wenn er Eindrücke zu haben schien, die mit früheren Existenzen zusammenhingen, verflüchtigten sich diese so schnell, dass sie nur sehr vage und unbestimmte Erinnerungen in ihm hinterließen. Ihm blieb nur ein Gefühl von etwas Unbestimmbarem, dem es nie gelang, in seinem Geist Form anzunehmen.

Er blieb eine Woche in Dharamsala, bevor er wieder nach Madras aufbrach.

Ist das Universum in einem selbst?

Dank des immer subtileren Kampfes, den er weiterführte, um dauerhaft in einem besonderen Zustand des Selbstgegenwärtigseins zu bleiben, kam Salim zu der seltsamen Empfindung, innerlich unbeteiligt zu sein und folglich getrennt von den Manifestationen, die sich vor ihm entfalteten.

Er entdeckte schließlich durch einen direkten Einblick – auf eine Weise, die ihn mit Verwunderung und Ehrfurcht erfüllte –, dass alles, was sich seinem Blick darbot, nicht außerhalb von ihm befand, sondern auf eine Weise, die für gewöhnlich unvorstellbar ist, in ihm; und diese seltsame Feststellung erstreckte sich auf das gesamte Universum! Diese außergewöhnliche, völlig unerwartete Erfahrung ließ in seinem Gefühl und in seinem Wesen einen so starken Eindruck zurück, dass er nicht mehr akzeptieren konnte, sich wie in der Vergangenheit auf das zu verlassen, was ihm seine Sinne vermittelten.

Ihm war das Privileg gewährt worden, durch eine so erhabene wie ungewöhnliche Erfahrung zu gehen, dank derer er Zugang zu einem Wissen ganz anderer Natur haben durfte als das, welches sich auf die Welt der Sinne bezieht. Trotzdem stellte er mit Bedauern fest, dass es ihm, wegen der Macht der Gewohnheit und der Schwere, trotz seiner Bemühungen nicht gelang, diesen Zustand aufrechtzuerhalten, der ihm noch wenig vertraut war. Bevor er sich bewusst wurde, was ihm geschehen war, befand sich die Schöpfung, wie zuvor, wieder außerhalb von ihm.

Amritsar. Haridwar.

Salim hatte oft von der Schönheit der Sikhheiligtümer in Amritsar und Haridwar gehört. Haridwar ist berühmt für seine unzähligen Tempel. Dort versammelt sich alle zwölf Jahre die große Kumbha Mela[38]. Salim war froh, diese Orte zu besuchen, da er so der intensiven Hitze des Monats Mai entging, die in Madras während der vier bis fünf Wochen, die dem Monsun vorausgehen, herrscht. Er hatte einen zusätzlichen Grund, sich nach Haridwar zu begeben, denn diese Reise bot ihm die Gelegenheit, Indira Devi wiederzusehen, von der er gehört hatte, dass sie sich diesen Monat dort aufhalte.

Seine erste Etappe war Amritsar. Trotz der außerordentlichen Schönheit des berühmten goldenen Tempels mit seiner bewundernswerten Architektur wurde Salim bei dessen Anblick von einem unerklärlichen Unbehagen ergriffen, das ihn während der vierundzwanzig Stunden, die er in dieser Stadt weilte, nicht verließ. Obwohl er alles versuchte, um sich davon zu befreien, konnte er das

---

[38] Diese religiöse Kundgebung, die sich alle drei Jahre abspielt, nimmt alle zwölf Jahre einen besonderen Umfang an.

Salim mit Dilip Kumar Roy in Haridwar

Gefühl nicht verdrängen, dass eine unsichtbare Bedrohung über dieser Stätte lag, die er nicht näher bestimmen konnte, so als ob eine unergründliche Vergangenheit unaufhörlich versuchte, sich einen Weg zu bahnen, um zur Gegenwart durchzudringen. Er hatte die ganze Zeit das Gefühl, dass eine nicht fassbare Erinnerung ständig versuchte, in seinem Geist Gestalt anzunehmen, ohne dass es ihr gelang. Da er nicht begreifen konnte, warum er diese Unruhe empfand, und nachdem er eine sehr schlechte Nacht verbracht hatte, hatte er es eilig und war froh, diesen Ort schon am nächsten Morgen zu verlassen.

Wieder einmal fragte er sich: „Was ist Zeit? Ist es möglich, dass die Vergangenheit und die Zukunft irgendwo in einer anderen, im Allgemeinen unzugänglichen Dimension existieren und dass unerklärliche Erinnerungen und geheimnisvolle Vorahnungen nur unter außergewöhnlich günstigen Umständen, wenn man sich in einem Zustand besonderer Empfänglichkeit befindet, die notwendigen Bedingungen finden können, um in Erscheinung zu treten?" Er war sehr glücklich über die Möglichkeit, Indira Devi zu sehen, und erwartete dieses Wiedersehen ungeduldig. Er hatte niemand, dem er sich anvertrauen konnte, und hoffte, einen Augenblick mit ihr alleine sprechen zu können, um ihr seine Fragen und bestimmte mystische Erfahrungen mitteilen zu können, die ihn beunruhigten.

Bei seiner Ankunft in Haridwar begab er sich in eine Art Gästehaus, um sich dort ein Zimmer reservieren zu lassen. Da es noch nicht frei war, vertraute er sein Gepäck dem Geschäftsführer an und machte sich sofort auf den Weg, um Indira Devi in dem großen Haus, das sie auf der anderen Seite des Flusses gemietet hatte, einen Besuch abzu statten.

Er freute sich sehr, die heilige Frau, den ehrwürdigen Dilip Kumar Roy, Sri Kanta und die ungefähr fünfzehn Mitglieder ihres Ashrams, hauptsächlich Frauen aus Poona, die sie begleitet hatten, wiederzusehen. Indira Devi empfing Salim mit dem lieblichen Lächeln, das ihr eigen war. Von ihrer Person strahlten eine solche Liebe und Güte aus, dass er sich bewegt fühlte. Als sie hörte, dass er darauf wartete, dass sein Zimmer in der benachbarten Pension fertig werde, schlug sie ihm ohne zu zögern vor zu kommen, um sich, wenn er wolle, in ihrer eigenen Wohnung einzurichten, in der noch Zimmer frei waren. Sie bot ihm sogar Zugang zur Küche an, damit er sich seine Mahlzeiten zubereiten könne, denn sie wusste, dass er die stark gewürzten Gerichte, die dort für sie und die anderen Ashrambewohner gekocht wurden, nicht essen konnte. Er war über diese unverhoffte Gelegenheit, in ihrer Nähe bleiben zu können, besonders glücklich und dachte, dass es ihm so viel leichter sei, eine Möglichkeit zu finden, sich mit ihr unter vier Augen über das zu unterhalten, was ihn so lange bedrückte.

Die geräumige Wohnung lag auf einer Insel, vor der sich der Fluss in zwei Arme gabelte, die sich stromabwärts wieder vereinten. Gegenüber ragte eine lange Reihe von Tempeln auf. Abgesehen von einigen Sannyasins, die diese unterhielten, lebte dort praktisch niemand. Salim fand diesen Ort für seine Übungen ideal. Neben seiner Meditation im Zimmer oder manchmal im Freien am Flussufer an einer Stelle, wo er nicht gesehen werden konnte, konnte er seine Konzentrationsübungen im Gehen in dieser Umgebung, die vollkommen zu seiner Arbeit passte, ausführen. Auch begünstigten das wohltuende Klima und die herrliche Aussicht anhaltende spirituelle Bemühungen.

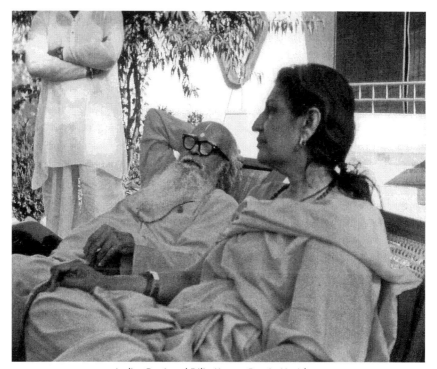

Indira Devi und Dilip Kumar Roy in Haridwar

Am Morgen sangen die Mitglieder der Hausgemeinschaft Bhajans; den Rest des Vormittags kümmerten sich die Frauen, die für Indira Devi sorgten, emsig um die Aufgaben des Haushalts und bereiteten das Mahl zu. Salim kochte sich sein eigenes Essen, aß aber mit der Gruppe. Nach dem Mittagessen erzählte Indira Devi, am Rand des Wassers sitzend und umringt von dem ehrwürdigen Dadaji und einigen anderen Personen, Geschichten, die sich immer um Spiritualität drehten. Manchmal gingen alle bis zur Zeit des Abendessens auf der Uferböschung spazieren. Salim blieb eine Weile in ihrer Gesellschaft und verließ sie dann, um zu meditieren und seine anderen spirituellen Übungen auszuführen, die einen guten Teil des Tages einnahmen.

Durch die nachdenkliche Weise, in der Salim sie dann und wann ansah, musste Indira Devi gefühlt haben, dass ihn ein Problem beschäftigte; als sich daher durch Zufall ein Moment bot, in dem sie alleine war, und er sie um ein Gespräch bat, richtete sie es sofort ein,

325

dass sie nicht gestört wurden. Endlich konnte er sein Herz einem Menschen öffnen, den er schätzte und der sich ihm gegenüber aufmerksam und empfänglich zeigte. Er sprach lange zu ihr, besonders über die mit Zeit und Raum verbundenen Erfahrungen, die er verschiedentlich in Frankreich und in Indien gemacht hatte, aber auch über andere, beunruhigende Erscheinungen, die manchmal während seiner Meditation auftauchten (und die er später in seinen Büchern nie ansprach, aus Furcht, die Leser könnten versucht sein, danach zu suchen), sowie über geheimnisvolle außergewöhnliche Träume, die er ab und zu hatte.

Sie hörte schweigend zu, in einer Haltung, die sich sehr von der unterschied, die sie gewöhnlich einnahm; sie, die immer Frohe und Lächelnde, war tiefernst geworden, den Blick zu Boden gesenkt, während sie zuhörte und jedes Wort, das er aussprach, aufmerksam abwog. Als Salim während des langen Schweigens, das folgte, darauf wartete, dass sie ihm einige Erläuterungen über die merkwürdigen Ereignisse geben würde, die er ihr gerade beschrieben hatte, hob sie den Kopf und warf ihm einen Blick zu, der zugleich ernst und voller Mitgefühl und Zärtlichkeit war. Schließlich sagte sie sehr langsam mit leiser Stimme: „Es ist das Los bestimmter Menschen, zu leiden für das, was sie erreichen dürfen und weswegen sie ihr ganzes Leben alleine und einsam bleiben werden in einer Welt, die nicht die ihre ist."

Das war sicher nicht die Art Antwort, die Salim zu erhalten hoffte, aber statt ihm irgendeine beliebige Erklärung zu geben, war sie so ehrlich, ihn wissen zu lassen, dass sie die Rätsel, die er ihr vorgelegt hatte, nicht entschlüsseln konnte.

Rishikesh

Da die Stadt Rishikesh nur wenige Fahrstunden von Haridwar entfernt liegt, beschloss Salim, dorthin zu fahren und dort vor allem den Ashram Shivanandas zu besuchen, der schon seit einigen Jahren nicht mehr in dieser Welt weilte. Eines Morgens mietete er daher ein Auto (mit Fahrer, wie das in Indien üblich ist) für den ganzen Tag und brach auf, ohne die Vorsichtsmaßnahme zu vergessen, eine Flasche mit abgekochtem Wasser und einige Früchte mitzunehmen. Auf der Strecke musste das Fahrzeug plötzlich um einen toten Büffel herumfahren, der mitten auf der Fahrbahn lag. Eine Schar Geier saß auf dem Kadaver, ohne ihn jedoch anzurühren, da sie offensichtlich auf etwas wartete. Salim, durch ihr Verhalten neugierig geworden, fragte den Fahrer, der einige Worte Englisch sprach, ob er den Grund wüsste. Der gab ihm zu verstehen, dass es die Regeln dieser Tierart wollten, dass sie sich geduldeten, bis ihr Anführer als erster zu fressen begänne.

In Rishikesh angekommen, entschädigte die Schönheit der Landschaft Salim für die Übelkeit, die ihm unausweichlich während der ganzen Fahrt zu schaffen gemacht hatte. Am Ufer des Ganges, der an dieser Stelle noch sehr bewegt ist, entdeckte er winzige Hütten, die denjenigen kostenlos zur Verfügung gestellt wurden, die sich dort einige Zeit niederlassen wollten, um sich der Meditation zu widmen. Die wenigen Menschen, die er sich dort aufhalten sah, widmeten sich vor allem dem „Japa“, einer Übung, die darin besteht, ununterbrochen ein Mantra, den Namen Rams oder einer anderen Gottheit, zu wiederholen.

Eine Brücke, die man über eine Treppe erreichte, und eine ständig mit Fahrgästen überfüllte Fähre, die Gefahr lief, im tosenden Wasser unterzugehen, erlaubten, den Fluss zu überqueren. Am anderen Ufer befand sich auf der Kuppe eines kleinen Hügels, der die Fluten überragte, der Ashram Shivanandas. Dort herrschte immer noch eine gewisse Geschäftigkeit, aber die treibende Kraft war nicht mehr da. Salim sah dort nichts, was ihn interessierte.

Da ihm einer der Hüttenbewohner, mit dem er eine Unterhaltung begonnen hatte, von der Existenz eines Eremiten oder Gurus berichtet hatte, der nicht weit entfernt an einem schwer zugänglichen Ort am Rande des Ganges lebte, beschloss Salim, dessen Neugierde geweckt war, diesem einen Besuch abzustatten. Auf dem Weg kaufte er einige Früchte, um sie ihm als Opfergabe zu überreichen, dann machte er sich auf die Suche nach dem heiligen Mann, indem er den Hinweisen folgte, die man ihm gegeben hatte.

Nach einer Weile verengte sich der Weg zunehmend und war bald nur noch ein schmaler, staubiger Pfad zwischen den Felsen und dem tiefer liegenden Gebirgsbach. Salim musste seinen ganzen Mut zusammennehmen, um das gefährliche Stück zu überqueren, indem er sich an die Wand drückte, ohne zu wagen, in die Tiefe zu schauen. Da seine Füße die Tendenz hatten, auf dem leicht abfallenden Boden zu rutschen, fürchtete er, ins Wasser zu fallen und zu ertrinken, da er nicht schwimmen konnte. Er war erleichtert, ein zuverlässigeres Gelände zu erreichen, wo er sich einen Augenblick ausruhte, bevor er seinen Weg fortsetzte. Schließlich kam er zu dem Ort, wo der sogenannte Eremit residierte. Er fand einen sehr dicken Inder vor, umringt von einem Dutzend Frauen, alles Abendländerinnen! Vielleicht gab es auch Männer in seinem Umfeld, aber Salim sah keinen. Er legte seine Opfergabe vor dem Guru nieder, der ihn mit einem gewissen Misstrauen anstarrte. Da der Meister dieses Ortes nicht englisch sprach, fragte Salim eine der Schülerinnen, worin ihre Sadhana bestünde: praktizierten sie Hatha-Yoga, Meditation, Japa oder eine andere Technik? Die Frau antwortete ihm mit ausgeprägtem, amerikanischem Akzent: „Hier brauchen Sie nichts tun, als in seiner Nähe zu bleiben und seine Schwingung aufzunehmen, die Sie mitnimmt." Eine so naive Behauptung genügte Salim, um sich sofort zu verabschieden und sich noch einmal dem Steilhang zu stellen, den er überqueren musste, um zu seinem Auto zurückzukommen.

Auf dem Rückweg sah er wieder die Geier, die immer noch auf dem Kadaver des Büffels saßen; aber seit dem Morgen hatten sie ihn bis auf die Knochen abgefressen. Der Geruch, der von den übrig gebliebenen Gebeinen zur Sonne aufstieg, war entsetzlich. Hier und da lagen einzelne überfahrene Geier, denn merkwürdigerweise schienen diese Vögel die Gefahr nicht zu erkennen, die die Autos für sie darstellten, und bei dem Herannahen eines Wagens rührten sie sich nicht von der Stelle.

Als Salim am Abend wieder bei Indira Devi eintraf, empfing sie ihn mit dem spöttischen Lächeln, das sie aufsetzte, wenn sie ihn necken wollte, wie um zu sagen: „Nun, was haben Sie dort gefunden?" Salim, der ihre unausgesprochene Frage verstanden zu haben glaubte, antwortete ihr laut: „Ich habe meine Lektion schon gelernt; ich habe dort nichts gefunden außer ein paar Geiern, die einen Büffel gefressen haben." Ein kleines, amüsiertes Lächeln auf den Lippen, wandte sie mit einer graziösen Bewegung den Kopf ab.

Da die Stadt Dehra Dun nicht weit entfernt war, beschloss Salim, dorthin zu fahren, um ein tibetisches Zentrum zu besuchen, das etwas außerhalb der Siedlung lag. Er sah dort nur einige Lamas und eine ziemlich umfangreiche Bibliothek, die für ihn jedoch nutzlos war, da er nie las.

Abgesehen von diesen wenigen Ausflügen blieb er die meiste Zeit in Haridwar, wo er von den für seine spirituelle Praxis ausnehmend günstigen Bedingungen profitierte. Manchmal, wenn er ins Freie ging, um eine Konzentrationsübung zu machen, fühlte er Indira Devis Blick auf sich ruhen, der ihm vom Fenster aus folgte.

Bei seiner Rückkehr nach Madras überdachte er noch einmal alles, was ihm die heilige Frau gesagt hatte. Er fühlte sich erleichtert darüber und gleichzeitig mehr denn je alleine! Einige seiner spirituellen Erfahrungen hatten ihm ein völlig anderes Wissen über die Welt gebracht als das, welches die Sinnesorgane übermitteln. Seine Meditation erlaubte ihm, in Dimensionen jenseits von Raum und Zeit vorzudringen, wodurch es ihm gegeben war, die Wechselwirkung und gegenseitige Abhängigkeit von UNIVERSUM und Leben auf einer Ebene der Vielschichtigkeit zu verstehen, die für den Durchschnittsmenschen unfassbar bleibt. In manchen Momenten konnte er unmittelbar das Leiden der Pflanzen fühlen, die der Mensch freilich essen muss, um zu überleben. Zu anderen Zeiten berührte er so erhabene und geheimnisvolle Zustände mystischer Natur, dass er sich außerstande sah, irgendjemand davon zu erzählen. Er suchte diese Phänomene jedoch nie.

Für ihn war das Wichtigste und die Essenz einer Übungspraxis, durch eine beharrliche Konzentrationsarbeit einen anderen Bewusstseinszustand, den jeder schon in sich trägt, zu erreichen, zu erkennen und mit allen Mitteln zu versuchen, ihn nicht zu verlieren – ein Bewusstseinszustand von größter Subtilität, begleitet von einer ganz anderen Empfindung von sich selbst in einem ständig erneuerten „Jetzt".

Er hatte erkannt, dass die Hoffnung des Menschen auf eine Befreiung von der Abhängigkeit von äußeren Anregungen, um die eigene Existenz zu spüren, ausschließlich in diesem außergewöhnlichen Zustand liegt.

Obwohl er den Wert der Erhebung kannte, die man spüren konnte, wenn man mit bestimmten Menschen in Berührung kam, die des Interesses wirklich würdig waren, konnte er eine passive Herangehensweise nicht akzeptieren, von der sich die Sucher erträumten, alles durch einen einfachen Darshan geschenkt zu bekommen. Er erinnerte sich, dass BUDDHA jahrelang gekämpft hatte, um das höchste Ziel zu erreichen – „von dem", sagte er sich, „viele in Indien sprechen ... aber wie viele erreichen es wohl?"

Nepal. Thupten Yesché.

Außer der Schönheit der Landschaft, dem Besuch alter Tempel im Tal und seiner Begegnung mit einem tibetischen Lama bot die in Nepal verbrachte Woche Salim kaum etwas von Interesse.

Katmandu liegt auf einer Hochebene am Zusammenfluss zweier Ströme, umgeben von hohen Bergen. Es ist unmöglich, sich angesichts der majestätischen Gipfel des tibetischen Himalaya, die von der nepalesischen Hauptstadt aus in der Ferne sichtbar sind, nicht ergriffen und von einer Empfindung seltsamen Entzückens erfüllt zu werden.

Die Freundlichkeit und Zuvorkommenheit der Nepalesen berührte Salim sehr. Die hygienischen Bedingungen dagegen erschienen ihm noch schlimmer als in Indien; auf den Märkten wimmelte es von Fliegen, sodass die Früchte in manchen Auslagen vollständig mit ihnen bedeckt waren.

Nachdem er die Stadt und ihre Tempel besichtigt hatte, begab er sich zum sechs Kilometer von Katmandu entfernten Patan, der antiken, königlichen Hauptstadt, wo die beeindruckende Architektur der alten Heiligtümer nicht verfehlte, seine Bewunderung zu erregen. Auch hörte er, dass sich die Chinesen und Japaner von den nepalesischen Dächern mit den geschwungenen Enden, die man in ganz Asien findet, hatten inspirieren lassen.

Was das Spirituelle betrifft, sah Salim nur die äußere Seite der hinduistischen Religion mit ihren Riten, ihrem Aberglauben und ihren blinden Glaubensansichten. Er war gerade in Katmandu, als mehr als dreihundert Büffeln an einem Tag die Kehlen durchschnitten wurden, um den Blutdurst Kalis, der hinduistischen Gottheit, zu befriedigen. Er war erschüttert, diese armen Kreaturen sich etwas fünfzehn Minuten lang in Todesqualen winden zu sehen, während das Blut wie ein scharlachroter Bach aus ihrer durchschnittenen Kehle quoll. Als er versuchte, dem, der die „Zeremonie" leitete, das Entsetzliche eines solchen Massakers begreiflich zu machen, antwortete ihm dieser wütend: „You are an ignorant, it's a ritual, it's a ritual!" („Du bist ein Unwissender, das ist ein Ritual, das ist ein Ritual!"). Ähnliche grausame Praktiken finden in Indien statt. In ihrem Reisetagebuch berichtet Alexandra David-Neel, dass, als sie in Indien war, so viele Tieropfer durchgeführt wurden, dass sie in einem Blutsee watete, der ihr bis zu den Knöcheln reichte.

Eines Tages begab sich Salim in ein tibetisches Zentrum, etwa acht Kilometer von der Hauptstadt entfernt, wo er Thupten Yesché traf, einen Lama, dessen Erscheinung imposant und heiter zugleich war. Wie immer hatten die Tibeter eine Höhenlage gewählt, die eine großartige Sicht bot. Merkwürdigerweise sah Salim

Thupten Yesché

außer dem Lama und ein oder zwei Mönchen nur Abendländer. Der Lama war ein ernsthafter Mann, der eine strenge Meditationspraxis verlangte. Salim empfand große Achtung vor ihm und behielt eine gute Erinnerung an den Ort.

Salim, der sich, wie es seine Gewohnheit war, für diese Reise Vorräte mitgenommen hatte, musste sich sowohl beim Betreten wie beim Verlassen des Landes mit der hartnäckigen Neugierde der Zöllner auseinandersetzen, die nicht verstanden, warum er die Nahrungsmittel in seinem Koffer aufbewahrte, und beharrlich wissen wollten, ob er damit Handel treiben wolle. Er hatte die größten Schwierigkeiten, ihnen begreiflich zu machen, dass diese Lebensmittel nur für den persönlichen Bedarf bestimmt waren. Während er weiter mit ihnen argumentierte, bemerkte er einen Abendländer in den Fängen der eigensinnigen Beamten, die die Blasebälge seines Akkordeons zerlegen wollten, um zu sehen, ob sie etwas enthielten! Salim brach auf, ohne zu wissen, wie die Geschichte für den musikalischen Touristen ausging.

Krishnamurti

Zurück in Madras bot sich Salim die Gelegenheit, einem öffentlichen Vortrag des berühmten Krishnamurti beizuwohnen. Da er viel von ihm gehört hatte, begab er sich interessiert dorthin. Das Volk war in großer Zahl erschienen, zusammengesetzt vor allem aus Indern, aber auch aus Abendländern. Ein erwartungsvolles Vibrieren erfüllte den Saal, als Krishnamurti erschien und langsam und mit Mühe (wie es Salim schien) aufs Podium stieg. Er war ein betagter Mann mit weißen Haaren, der angespannt und sehr erschöpft wirkte; jedoch strahlte von seiner Person ohne Zweifel etwas Außergewöhnliches aus. Sobald er zu sprechen begann, wurde er seltsam belebt und mit Kraft aufgeladen. Es war unmöglich, für diesen Mann und seine Weise, das Leben zu betrachten, nicht Bewunderung zu empfinden; er drückte sich überdies mit einer bemerkenswerten intellektuellen Leichtigkeit aus. Das Publikum zeigte sich im Allgemeinen recht aufmerksam, aber jedes Mal, wenn er auf die Behauptung zurückkam, dass weder die Hilfe eines Gurus, noch eine Yogadisziplin, noch irgendeine Meditationspraxis nötig sei, protestierten bestimmte Inder laut und schrien ihn nieder. Die empörten Schüler gingen auf die Unruhestifter los, was den wirren Lärm nur verstärkte, in dem der Redner unerschütterlich seine Ansprache fortsetzte, während einzig seine nervösen Gesten seine Reaktion verrieten.

Salim kam wieder, um weitere Vorträge anzuhören, deren Inhalt ihm intellektuell erschien und in denen vor allem Fragen psychologischer Natur angeschnitten wurden, die aber zu keiner praktischen Anleitung oder Methode führten.

Als er später in Paris und Belgien Schüler annahm, kam es mehrmals vor, dass sich Leute, die ihn aufsuchten, über seine Anforderungen und über sein Bestehen auf der Notwendigkeit, sich während der Konzentrationsübungen und bei der Meditation anzustrengen, wunderten. Nach dem Lesen von Krishnamurtis Büchern dachten sie, eine plötzliche oder zumindest schnelle Erleuchtung erhalten zu können, ohne die harten Anstrengungen gemacht zu haben, die Salim von ihnen verlangte.

Dieser musste ihnen dann erklären, dass das, was für Krishnamurti vielleicht möglich gewesen war, dessen Niveau des Seins zweifellos sehr hoch war, für die meisten Sucher nicht gelte.

Wenn sie zu einer wirklichen spirituellen Erfahrung kommen wollten, müssten sie im Gegenteil bereit sein, sich einer unermüdlichen Konzentrationspraxis mit verschiedenen spezifischen Übungen und einer strengen Meditation zu verpflichten – ohne die unabdingbare Notwendigkeit zu vernachlässigen, die verschiedenen unerwünschten Neigungen in sich zu erkennen, die ihnen den Weg versperrten und die von einer Person zur anderen nicht unbedingt identisch sind.

Yercaud

Kurz bevor sich der Monsun entlädt, erreicht die Hitze in Madras im Mai extreme Höhen. Die klimatischen Bedingungen dort sind viel schwerer zu ertragen als in Poona, das höher liegt. Salim, der nicht wusste, wie hoch das Thermometer klettern kann, blieb das erste Jahr in Besant Nagar. Obwohl er die Gluthitze gewohnt war, hatte er zuweilen das Gefühl, „sein Blut koche in seinem Schädel", und das, obwohl er sich im Schatten aufhielt, in seiner Wohnung. Er musste voller Mitgefühl an die armen Inder denken, die gezwungen waren, unter dieser erbarmungslosen Sonne zu arbeiten, um sich ihren kargen Lebensunterhalt zu verdienen. Man hörte übrigens nicht selten von Arbeitern, die tot umfielen, weil sie sich zu lange in der sengenden Hitze aufgehalten hatten.

In den folgenden Jahren richtete er es ein, dass er diese Periode des Jahres in einer kühleren Umgebung verbringen konnte. Er begab sich daher 1973 nach Yercaud, einige Autostunden von Madras entfernt, eine bergige und grüne Gegend, wo er die Muße hatte, lange Spaziergänge zu machen. Er wohnte in einem Bungalow, den Bekannte aus Pondicherry ihm für den Monat überlassen hatten.

Wie es heute noch seine Gewohnheit ist, stand Salim immer sehr früh auf, um zu meditieren und seine Hatha-Yogastellungen auszuführen; danach brach er zu einem langen Spaziergang auf, bei dem er andere Konzentrationsübungen machte. Nachdem er eine Weile gegangen war, kam er zu einer imposanten Steilwand, die eine ausgedehnte Ebene überragte. Der Kontrast zwischen der Trockenheit der Ebene, die sich erstreckte, so weit das Auge reichte, und der üppigen, exotischen Pflanzenwelt des Berges war frappierend.

Nirgendwo anders in der Welt hatte Salim die Vögel so singen hören, um die aufgehende Sonne zu begrüßen; es war für seine Musikerohren eine unvergessliche Symphonie, eine Ode an die Herrlichkeit des Sonnenlichts, das die ganze Landschaft ringsum mit seinem Schimmer zu benetzen begann, von der Wiedergeburt des Tages kündend.

In dieser Gegend nahte die Abenddämmerung mit einer unwirklichen Pracht – besonders wenn die rotglühende Scheibe des Gestirns schnell hinter dem Horizont versank, der einen flüchtigen blaugrünen Farbton annahm.

Als er kurze Zeit nach seiner Ankunft eine neue Route für seinen täglichen Spaziergang einschlug, war er überrascht, auf seinem Weg ein altes christliches Kloster zu finden. Weil er sehen wollte, ob es noch bewohnt sei, betrat er es kurz entschlossen. Er traf nur einen einzigen Mönch an, einen sehr aufrichtigen, indischen Karmeliter, mit dem er schnell Freundschaft schloss. Der Ordensmann gestand ihm, dass er unter der Einsamkeit leide, und klagte, dass sein Superior ihn angewiesen habe, dort zu bleiben, um das Kloster nicht unbewohnt zu lassen. Während der Unterhaltung berichtete er seinem Besucher, dass nicht weit entfernt eine indische Familie in bitterer Armut lebe, deren Vater es nur mit Mühe gelang, hier und da unregelmäßig Arbeit zu finden. Er erklärte Salim, dass er nicht wüsste, was er tun solle, um diesen Unglücklichen zu helfen, besonders den zwölf Kindern, die sich niemals satt aßen.

Zu Hause angekommen, gelang es Salim nicht, das, was der Mönch ihm über die bedürftige Familie erzählt hatte, aus seinen Gedanken zu verbannen. Es gab so viele, ähnliche Fälle in Indien! Was konnte er tun?

Als er später am Tag einkaufen ging, bemerkte er, dass der alte Wächter, der seinen Bungalow bewachte und der eine kleine Hütte gegenüber bewohnte, einen Hund hatte. Das arme Tier war völlig abgemagert und hatte triefende Augen. Niemand kümmerte sich um es; im Übrigen gab es in einer so abgelegenen Gegend sicherlich keine Möglichkeit, es zu behandeln.

Am Markt angekommen, kaufte Salim zuerst ein paar Eier; in diesem Moment kam ihm plötzlich eine Idee, wie den Leuten, von denen ihm der Karmeliter erzählt hatte, zu helfen sei. Er besorgte sich außerdem Haferflocken (die man in Besant Nagar nicht findet), weil er sich sagte, dass diese eine angenehme Abwechslung zum Reis seien, der die Basis seiner Ernährung bildete. Er nahm auch etwas Milch mit und machte in Gedanken an den Hund einige zusätzliche Einkäufe, indem er entschied, ihm täglich etwas zu essen zu geben.

Als er nach Hause zurückkam, beeilte er sich, den Mönch wieder aufzusuchen, um ihm seinen Plan auseinanderzusetzen, der Familie zu helfen, um die er sich unaufhörlich Gedanken gemacht hatte. Er nahm von dem Geld, das aus seinen Autorenrechten stammte, 300 Rupien, die damals in diesem Land einen erheblichen Geldbetrag darstellten, und übergab sie dem Karmeliter mit der Bitte, dieses Geld nicht dem Vater der Familie auszuzahlen, sondern ihm vielmehr vierzehn Hühner und festen Maschendraht zum Bau eines Hühnerstalls zu kaufen, um das Geflügel vor Füchsen und anderen Räubern zu schützen. Ein Teil der künftigen Eier könnte an die umliegenden, kleinen Hotels und Geschäfte verkauft werden, und der Rest sollte dazu dienen, die Zahl der Legehennen zu erhöhen. Der Mönch, für den die 300 Rupien ein Geschenk des Himmels waren, verlor keine Zeit, das Notwendige zu beschaffen und es dieser Familie zu bringen. Der arme Mann wollte sich sogleich bei seinem Wohltäter bedanken, aber Salim, der ihm jede Verpflichtung und besonders die Sorge, eine Opfergabe zu finden, ersparen wollte, lehnte ein Zusammentreffen ab. Als er einige Wochen später nach Madras zurückkam, erfuhr er durch einen Brief, den der Ordensmann ihm geschickt hatte, dass sein Plan wunderbar geklappt hatte und es der Familie viel besser ging. Er erhielt auch ein Foto der Eltern, umringt von dem Dutzend Kinder, das ihnen von den vierzehn geblieben war, die die Frau bekommen hatte.

Blinder Glaube

Seit dem ersten Tag seiner Ankunft in Yercaud wunderte sich Salim, gegen Ende jeden Vormittags von seinem Bungalow aus in voller Lautstärke einen alten, synkopierten Schlager aus dem Westen zu hören, der vielleicht aus den dreißiger Jahren stammte, mit dem Saxophon gespielt und von einer Art Jazzorchester begleitet. Dasselbe Stück, das vier oder fünf Minuten dauerte, wurde eine halbe Stunde oder länger fast ohne Unterbrechung wiederholt. Sehr neugierig, erkundigte er sich nach dem Ursprung dieser disharmonischen Klänge. Wie groß war seine Überraschung, als er entdeckte, dass sie von einem nahe gelegenen katholischen Kloster kamen. Von einer Anhöhe aus konnte er, wenn er sich über die Felsen beugte, den Klostergarten sehen, in dem einige indische Ordensschwestern damit beschäftigt waren, eine Klasse von ungefähr zwanzig kleinen Mädchen in Uniform anzuleiten, die zu dieser unerwarteten Begleitung Gymnastik machten. Die Mutter Oberin, eine Abendländerin, war auch dabei, und Salim dachte sich, dass er diese Frau gerne zu einem einfachen Austausch über spirituelle Themen treffen würde.

Eines Nachmittags ging er daher zum Kloster und bat darum, sie sprechen zu dürfen. Sie empfing ihn höflich und bot ihm eine Tasse Tee mit ein paar Süßigkeiten aus der Gegend an. Sie war eine Irländerin, die schon seit mehreren Jahren in Indien lebte. In der Unterhaltung, die sich zwischen ihnen entspann, wurde sie, sobald er den Hinduismus und besonders den Buddhismus erwähnte, plötzlich feindselig, und kam immer wieder auf den gleichen Satz zurück: „Glauben Sie an JESUS und er wird Sie erretten!" Wie die indischen Nonnen, die an der Unterhaltung teilnahmen, zeigte sie gegenüber jeder anderen Lehre als ihrer eigenen eine hartnäckige Ablehnung.

Salim musste daran denken, dass es in der Welt so viele Menschen gibt, die blind an JESUS glauben, was die Auslösung schrecklicher Kriege zwischen christlichen Völkern nicht abwenden konnte, ja nicht einmal der Hass zwischen verschiedenen Zweigen des Christentums konnte verhindert werden. Er sagte sich: „Glaube ... welcher Glaube?" Ein blinder und passiver Glaube, sei es an JESUS, SHIVA oder irgendeine andere Gottheit, kann niemand helfen; einzig ein *unmittelbares Erkennen* des ERHABENEN kann die Menschen so vereinen, dass sie begreifen, dass sie alle aus derselben GÖTTLICHEN QUELLE stammen.

Und er musste an die Worte BUDDHAS denken, der sagte:

„Glaubt nicht an Überlieferungen, nur weil diese seit unzähligen Generationen und an vielen Orten hochgehalten werden.

Glaubt nicht an etwas, weil viele davon sprechen.
Glaubt nicht an den Glauben der Weisen vergangener Zeiten.

Glaubt nicht an das, was ihr euch vorgestellt habt, in der Meinung, ein Gott habe euch inspiriert.

Glaubt nicht etwas aufgrund der Autorität eurer Meister und Priester.

Prüft und glaubt das, was ihr selbst erprobt und als vernünftig erkannt habt, und was zu eurem eigenem und dem Wohl der anderen ist." (Kalama sutta)

Karmische Verkettung von Ursache und Wirkung

Da Salim angefangen hatte, den Hund seines indischen Nachbarn regelmäßig zu füttern, hatte das Tier rasch Zuneigung zu ihm gefasst. Das Tier war sehr anhänglich, aber äußerst scheu und bellte nie. Wenn Salim seine täglichen Spaziergänge machte, folgte es ihm dicht auf den Fersen, ohne einen Laut von sich zu geben.

Als er eines Morgens das Haus verließ, um seine Konzentrationsübungen im Freien zu machen, folgte ihm der Hund wie gewohnt. Plötzlich stellte er sich vor ihn hin, indem er die Pfoten gegen seine Beine stemmte und ihn am Weitergehen hinderte. Salim, der sein Verhalten nicht verstand, versuchte, um ihn herumzugehen, aber das Tier drehte sich mit ihm und hinderte ihn immer wieder am Gehen. Über sein Gebaren überrascht, glaubte Salim, es wolle mit ihm spielen, bis er seinen Kopf hob und mit einem Schock drei oder vier Meter vor sich, halb im Laub versteckt, eine riesige Schlange sah, auf die er unweigerlich getreten wäre, wenn der Hund, der die Anwesenheit des Tieres geahnt hatte, ihn nicht davon abgehalten hätte weiterzugehen. Übrigens, als Salim kehrtmachte und in die andere Richtung zurückging, nahm der Hund wie gewohnt ruhig seinen Platz hinter ihm ein.

Salim, der sehr dankbar war, sagte sich, dass die Handlung, die er begangen hatte, indem er dieses Tier fütterte, eine treffende Veranschaulichung der karmischen Verkettung von Ursache und Wirkung darstelle und dass der Hund ihm an diesem Tag wahrscheinlich das Leben gerettet habe. Er dachte auch an jenen anderen, von einem Auto verletzten Hund, den er vor ein paar Jahren in Poona gepflegt hatte; auch damals hatte er das karmische Wirken beobachten können, denn dank seines Schützlings hatte er das Glück gehabt, Herrn Dady zu begegnen.

Neue Gesundheitsprobleme

Die Neuerung, die Salim in seine Essensgewohnheiten eingeführt hatte, indem er den Reis durch Haferflocken ersetzte, hatte verheerende Folgen auf seine Gesundheit. Er kehrte in einem Zustand extremer Schwäche nach Madras zurück, ohne die Ursache seiner Probleme zu verstehen. Als er jedoch seine auf Reis basierende Kost wieder aufnahm, besserte sich seine Gesundheit langsam wieder. Allerdings begann er, starke Schmerzen in der Nierengegend zu spüren. Er wartete etwas ab, in der Hoffnung, dass der Schmerz vorübergehen werde, aber als sich der Zustand verschlechterte, entschloss er sich, ein kleines, benachbartes Krankenhaus aufzusuchen. Dort nahm ihn ein sehr zuvorkommender, indischer Doktor auf, der, wie es schien, in den Vereinigten Staaten studiert hatte. Nach dem Röntgen teilte ihm der Arzt mit, dass in der linken Niere drei Steine seien und verordnete ihm eine Behandlung, um diese auszuscheiden. Das Mittel war nicht nur unwirksam, sondern nach drei Monaten begann Salim aufgrund der Nebenwirkungen des Medikaments auch noch unter Augenproblemen zu leiden. Schließlich war er gezwungen, sich mit den Röntgenbildern nach Paris zu begeben, um einen befreundeten Chirurgen zu Rate zu ziehen. Bei den Untersuchungen war dieser über die in Indien bestehende Diagnostik und über die verschriebenen Substanzen entsetzt. Er teilte Salim mit, dass er keinen einzigen Nierenstein habe, sondern eine akute Entzündung, vielleicht eine Folge seiner Darmprobleme. Dank der neuen Behandlung, die er ihm gab, zeichnete sich eine schnelle Besserung ab, und Salim reiste kaum drei Wochen später nach Madras zurück.

Ehedrama und warnende Träume

Bei seiner Rückkehr entdeckte er, dass in seiner Abwesenheit etwas geschehen war, das zum Ende seiner ehelichen Beziehung und seines Lebens in Indien führen sollte. Er erinnerte sich übrigens, noch in Paris zwei vorwarnende Träume gehabt zu haben, die in ihm eine Furcht ausgelöst hatten, die er nicht hatte abschütteln können.

Im ersten Traum sah er zu seiner Linken das Begräbnis eines Kindes ablaufen. Die Szene leuchtete in lebhaften Farben, was eine eindrucksvolle Stimmung schuf. Auf dem Sarg, der von mehreren

Personen getragen wurde, lagen drei oder vier riesige Sonnenblumen. Salims Frau folgte, ohne im Geringsten vom Tod des Kindes berührt zu scheinen. Während Salim neben dem Trauerzug ging, äußerte er gegenüber einem Mann in seiner Nähe ein paar heftige Worte, die sich auf England bezogen, so als ob er Angst habe, dorthin zurückzukehren. Als Salim erwachte, blieb er nachdenklich und verwirrt, denn er meinte, den Sinn dieses Traumes verstanden zu haben, den er übrigens durch einen anderen, späteren Traum bestätigt fand.

Im zweiten Traum, der, wie der vorhergehende, auffallende Farben zeigte, stand Salim auf einer imposanten Klippe, mit seiner Frau neben sich. Die Farbpalette des Himmels vor ihnen war strahlend schön, komponiert aus leuchtenden Farbtönen, wie man sie in dieser greifbaren Welt nie antrifft. Die Sonnenscheibe schien riesig zu sein und von einem erstaunlich kräftigen Rot. Sich seiner Frau zuwendend, sagte Salim: „Oh, sieh, der Sonnenaufgang!" Aber im gleichen Augenblick, als er diese Worte aussprach, wurde er von tiefer Betroffenheit erfüllt, denn ihm wurde klar, dass er sich geirrt hatte; es handelte sich nicht um den Sonnenaufgang, sondern um eine beängstigende Abenddämmerung... Als er nach unten sah, gewahrte er Hunderte von Eisenbahnschienen, die sich in allen Richtungen kreuzten!

Beim Erwachen war er eine ganze Weile wie versteinert geblieben, denn er hatte gefühlt, dass er die Bedeutung dieses seltsamen Traumes erfasst hatte, der nicht in die Kategorie der gewöhnlichen Träume gehörte. Er hatte verstanden, dass der Sonnenuntergang ihm mit einer über jeden Zweifel erhabenen Klarheit das Ende eines wichtigen Kapitels seines Lebens ankündigte. Die Schienen waren eine Vorwarnung, dass er nicht wissen würde, was er tun oder wohin er gehen sollte.

Kaum zurück in Madras, sah er sich mit äußerst schmerzlichen Eheproblemen konfrontiert, unter denen er enorm litt. In dieser Periode begann Salim, den Bharata Natyam zu erlernen, eine Form des indischen Tanzes, die ihn sehr interessierte und zum Glück seinen Geist wenigstens teilweise beschäftigte.

Der indische Tanz und die indische Musik

Madras ist das Zentrum des südindischen Tanzes. Wegen seiner künstlerischen Veranlagung schätzte Salim die Schönheit dieser Ausdrucksform besonders, die er für den wahrscheinlich am höchsten verfeinerten Tanz der Welt hält. Die indische Musik besitzt übrigens die komplexesten Rhythmen, die es gibt. Obwohl er bereits über fünfzig Jahre alt war, machte Salim in drei Monaten intensiven Unterrichts Fortschritte, die seinen Tanzlehrer so begeisterten, dass er eine Aufführung organisierte, bei der Salim öffentlich eine Stunde lang auftreten sollte.

Die Feinheit der indischen Kultur bildete für Salim immer eine Quelle des Entzückens. Er liebte es, Bhajans zu hören, die ihn nicht nur als Musiker ansprachen, sondern auch auf der mystischen Ebene tief erschütterten, denn hier geht es immer um das HEILIGE. In Madras hatte er Gelegenheit, Subuh Lakshmii zu hören, eine der berühmtesten Bhajansängerinnen, die er schon in Poona gehört hatte, als sie in Indira Devis Ashram ein Konzert gegeben hatte. Der Abend hatte in ihm eine unvergessliche Erinnerung zurückgelassen; er schätzte sehr die Zartheit und die Sensibilität, die manche große, indische Künstler zeigen! Subuh Lakshmi sang mit ihrer Tochter zusammen; diese kannte das Repertoire ihrer Mutter so gut, dass man den Eindruck hatte, nur eine einzige Stimme zu vernehmen, wenn sie zusammen sangen, was eine bemerkenswerte Leistung darstellte.

Darjeeling

Seit er von seiner Reise nach Paris zurückgekehrt war, musste Salim schwer darum kämpfen, die ungünstigen Bedingungen, denen er zu Hause ausgesetzt war, nicht seine spirituellen Übungen beeinträchtigen zu lassen. In einem Versuch seine Ehe zu retten, beschloss er schließlich, mit seiner Frau in den Norden Indiens zu fahren, nach Darjeeling und Kalimpong, um tibetisch buddhistische Meister aufzusuchen

In Siliguri angekommen, nahmen sie den Bus nach Darjeeling. Ferne Berggipfel tauchten auf, als das Fahrzeug größere Höhen erklomm. Die Schönheit, die von dieser grandiosen Natur ausging, erhob die Seele und löste sie von den gewöhnlichen Zufälligkeiten. Bei seiner Ankunft fand Salim ein einigermaßen passendes, aber teures Hotel. Anschließend mussten sie sich bei der örtlichen Behörde vorstellen, um eine Aufenthaltsgenehmigung zu bekommen, denn dieser Ort liegt so nahe an der Grenze, dass er gewissen Beschränkungen unterworfen ist.

Als er am nächsten Tag zu einem Kloster wanderte, das er besichtigen wollte und das ungefähr eine Stunde Fußmarsch entfernt lag, wurde er, als er gerade die Landschaft bewunderte, plötzlich von einem solchen Schrecken erfüllt, dass er das Gefühl hatte, das Blut gefriere ihm in den Adern. Zu seiner Rechten hatte er auf einer felsigen Anhöhe drei Bäume erblickt, die sich vom Himmel abhoben – drei Bäume, die er bis in die kleinsten Einzelheiten als die erkannte, die er ungefähr vor neun Jahren im Traum gesehen hatte! Die Erschütterung war umso gewaltiger, als er hier überhaupt nicht damit gerechnet hatte. Er bemühte sich mit aller Kraft, die Gefühlsbewegung vor seiner Gefährtin zu verbergen, die neben ihm ging.

Tief beunruhigt, konnte er wieder einmal nicht anders, als sich erneut über Zeit und Zukunft Fragen zu stellen: „Wenn die Zukunft bereits besteht, „wer" in einem selbst weiß bereits davon?" Und sich an seine letzten Träume erinnernd, konnte Salim nicht umhin zu fühlen, dass er damit rechnen musste, sich wahrscheinlich in naher Zukunft für eine Trennung von seiner Frau entscheiden zu müssen. Bis jetzt hatte er sich geweigert, diese in Betracht zu ziehen.

Die Adresse des Klosters, zu dem er auf dem Weg war, war ihm in Paris von einer talentierten französischen Malerin von etwa fünfzig Jahren mitgeteilt worden. Bei seiner Ankunft erlebte er die freudige Überraschung, diese Künstlerin wiederzusehen, die inzwischen eine buddhistische Nonne geworden war und dort seit drei Jahren lebte. Er bewunderte ihr Durchhaltevermögen, denn sie bewohnte eine kleine, primitive Hütte, die in der Nähe des Tempels errichtet worden war, ohne Wasser oder irgendeine andere Bequemlichkeit, zudem ohne Heizung, und dies bei einer eisigen Kälte.

Sie berichtete ihm von der Anwesenheit mehrerer Meister im Kloster, die gekommen waren, um an einer Begräbniszeremonie teilzunehmen, die zu Ehren eines angesehenen Rinpoche zelebriert wurde, der gerade gestorben war. Der Ritus wurde hauptsächlich von Nono Rinpoche geleitet, von dem Salim schon früher gehört hatte.

Nono Rinpoche

Nono Rinpoche war ein Adept des tibetischen Hatha-Yoga. Soweit Salim erfahren konnte, erwies sich diese Disziplin als viel wirkungsvoller als die Hatha-Yogapraxis in Indien.

Als er ihn traf, sah Salim sofort, dass dieser Rinpoche ein großer Yogi war; seine erstaunlich feinen und faszinierenden Gesten zeugten von einer außergewöhnlichen Kenntnis der verschiedenen Chakren und ihrer Lage im menschlichen Körper. Zum ersten Mal seit seiner Ankunft in Indien fühlte er, dass er sich jemand gegenüber fand, der ihm vollkommenes Vertrauen einflößte.

Nono Rinpoche

Mit Hilfe eines jungen, tibetischen Dolmetschers stellte Nono Rinpoche Salim mehrere Fragen spiritueller Natur, und als er feststellte, dass sich dieser nur mühsam äußern konnte und ohne Zweifel krank war, erkundigte er sich nach seiner Gesundheit. Salim litt zu dieser Zeit an einer Entzündung der Ohren und des Kiefergelenks; er erklärte, dass die Antibiotika, die er schon seit einem Monat einnahm, diese nicht hatten lindern können.

Mit einem mitfühlenden Blick, den Salim nie vergessen konnte, bat Nono Rinpoche den jungen Übersetzer, der nahezu fließend englisch sprach, Salim vorzuschlagen, am nächsten Tag wiederzukommen, damit er ihm etwas für seine Heilung geben könne.

Salim, der sich immer mehr zu diesem Mann hingezogen fühlte, kam wie geplant wieder, um ihn im Kloster zu treffen. Zu seiner Überraschung sagte Nono Rinpoche zu ihm, er solle aufhören, seine Medikamente einzunehmen; aber statt sie durch andere zu ersetzen, gab er ihm ein hauchdünnes Blatt Zwiebelschalenpapier, auf das heilige Texte geschrieben waren und das er zu einem Umschlag zusammengefaltet hatte. In diesen hatte er einundzwanzig winzige zusammengerollte Papierstückchen gesteckt, auf die er ebenfalls etwas geschrieben hatte und von denen Salim täglich eines schlucken sollte. Salim, der tiefes Vertrauen zu dem tibetischen Meister gefasst hatte, brach ohne zu zögern die bisherige Behandlung ab und folgte treu seinen Anweisungen. Schon am dritten Tag trat eine deutliche Besserung ein und am einundzwanzigsten Tag war er vollständig geheilt!

Ein anderes Mal, als Salim im Kloster umherwanderte, bemerkte ihn Nono Rinpoche und ließ nach ihm schicken. Abgesehen von dessen Dakini und dem Dolmetscher befand er sich diesmal alleine in seiner Gesellschaft.

Zur Verwunderung Salims, der absolut nicht ahnte, warum er ihn hatte rufen lassen, begann der Meister mit erstaunlicher Güte ihn ein Mantra zu lehren, dazu die Weise, wie es vorzutragen sei, sowie die angemessene Satzmelodie und Betonung. Er erklärte ihm außerdem, dass das Mantra, wenn es schweigend rezitiert werde, von Atemzügen begleitet werden müsse, um gewisse Silben hervorzuheben; würde der Aspirant dagegen sitzen und alleine sein, müsse er die Silben laut aussprechen und Gesten der Hände und Visualisierungen von spezifischen Farben hinzufügen. Salim, der tief gerührt war, wusste nicht, wie er Nono Rinpoche, den er kaum einige Tage kannte, für das Vertrauen danken sollte, das ihm dieser entgegengebracht hatte und auf das er bei seinem ersten Besuch im Kloster nicht im Mindesten gefasst war.

Drukpa Rinpoche

Inmitten ausgedehnter Teeplantagen, steigt Darjeeling terrassenförmig von 1800 auf 2400 Meter an! Obwohl Salim in der warmen Jahreszeit dorthin gereist war und einen schweren Mantel, mehrere Pullover übereinander und vier Paar Socken trug, litt er entsetzlich unter der Kälte. Da ihn seine schwache Gesundheit daran hinderte, sich richtig zu ernähren, fühlte er sich ständig wie erstarrt. Selbstverständlich war das Hotel nicht mehr geheizt als die Klöster.

Drupka Rinpoche

Salim, der gerne Drukpa Rinpoche treffen wollte, dessen Kloster zu weit vom Hotel entfernt lag, als dass er zu Fuß dorthin hätte gehen können, mietete sich einen Jeep für einen Nachmittag. Der Meister empfing ihn mit typisch tibetischer Güte. Über einen Dolmetscher erfuhr er, dass der Rinpoche an einem Dutzend Kindern die Ordination vornehmen musste, bei der Salim anwesend sein durfte, wenn er es wünschte. Die Wände des Saales, in dem der Ritus stattfand, waren aus schlecht aneinandergefügten Brettern errichtet, die einen eiskalten Luftzug durchließen. Salim war völlig durchgefroren. Er sah diese Kinder von acht bis zehn Jahren auf dem Boden sitzen, nach Art der tibetischen Mönche gekleidet, mit nackten Armen und gleichgültig gegenüber der Kälte.

Nach der Zeremonie, die sehr lange dauerte, lud Drukpa Rinpoche ihn in ein anderes Zimmer ein, wo er ihm alle möglichen Fragen über ihn, über die Gründe seiner Reise nach Indien und besonders über Darjeeling stellte. Mit tibetischer Gastfreundlichkeit wurde Tee angeboten und später am Abend sogar ein Reisgericht, das Salim wegen seines Gesundheitszustandes nicht anzurühren wagte.

Er stellte fest, dass Drukpa Rinpoche selbst in keinem besseren Gesundheitszustand war; er hustete viel und schien an einer schweren Lungenkrankheit zu leiden. Während der ganzen Unterhaltung blieb der Meister so friedvoll und ruhig, dass Salim weit entfernt davon war, das Drama zu ahnen, welches die Gemeinschaft gerade erst getroffen hatte. Erst im Moment seines Aufbruchs, als er in einem Umschlag etwas Geld gespendet hatte, um das Kloster zu unterstützen, erfuhr er, dass im benachbarten Zimmer die Leiche einer tibetischen Frau ruhte, die ganz in der Nähe gewohnt hatte. Die Unglückliche, die verheiratet und Mutter mehrerer Kinder gewesen war, war am selben Tag von einem jungen Nepalesen erstochen worden, um ihr das wenige Geld, das sie bei sich hatte, zu stehlen.

Im Laufe der folgenden Jahre dachte Salim oft an diesen Rinpoche und an die Liebenswürdigkeit, die er ihm während der Dauer ihrer Begegnung gezeigt hatte, ohne auch nur einen Moment den Kummer durchblicken zu lassen, den er aufgrund dieses Dramas empfinden musste.

Chatral Rinpoche

Einige Tage später ließ sich Salim im Jeep zum Kloster von Chatral Rinpoche fahren. Der Besucher wurde dort von den lauten Klängen empfangen, die die zahlreichen Gebetsfahnen erzeugten, die unaufhörlich im Wind schlugen und dabei kontinuierlich harmonische Töne aussandten; in dem Maß, wie man näher kam, wurden die Töne sehr durchdringend, etwas denen einer Windharfe ähnelnd. Da das Gebäude sehr hoch lag, konnte man sich schwerlich einen herrlicheren Aussichtspunkt vorstellen. In alle Richtungen erstreckten sich weite Räume bis zu den schneebedeckten Gipfeln, deren Silhouetten sich vom fernen Horizont abhoben. Chatral Rinpoche war verheiratet und hatte mehrere Kinder. Salim sah eines von ihnen, ein kleines Mädchen, das fröhlich überall herumlief. Die Gemeinschaft, die vor allem von Opfergaben lebte, zählte viele Mönche, die sich zur

Chatral Rinpoche

Sicherung ihres Lebensunterhaltes ganz auf den Meister verließen. Salim hörte später, dass Chatral Rinpoche zweimal in der Woche nach Siliguri abstieg, um dort als Träger zu arbeiten, um zusätzliches Geld für sein Kloster zu verdienen. Da es keinen Übersetzer gab und der Rinpoche kein Wort Englisch sprach, hatte Salim nicht die Möglichkeit, auch nur ein Wort mit ihm zu wechseln, aber sein Wesen ließ einen starken Eindruck in ihm zurück.

Khempo Rinpoche

Khempo Tenzin Rinpoche lebte in Ghoom. Das Kloster war schwer zugänglich. Der Jeep musste anhalten, bevor er es erreicht hatte, und

Salim war gezwungen, zu Fuß weiterzugehen. Die Passanten, denen er auf seinem Weg begegnete und unter denen er viele Tibeter bemerkte, gaben ihm zuvorkommend Auskunft, denn alle Welt kannte das Lamakloster. Er war ganz steif gefroren, als die schlichten Gebäude in Sicht kamen, an die sich neue Bauten angliederten, die die Mönche gerade errichteten.

Khempo Rinpoche machte auf Salim den Eindruck, eine ungewöhnliche Kraft zu besitzen. Leider sprach der Dolmetscher, der bei den Unterhaltungen zugegen war, nur wenig Englisch, was den Austausch ziemlich erschwerte. Trotzdem kehrte Salim mehrere Male dorthin zurück, um den buddhistischen Meister zu besuchen, und dieser empfing ihn immer mit einer zu Herzen gehenden Güte, dabei tibetische Worte an Salim richtend, die dieser leider nicht verstehen konnte. Bei einer dieser Begegnungen zeigte der Meister ihm stolz die Gebäude, die er errichten ließ, um eventuelle Besucher aufzunehmen, die spirituell mit ihm arbeiten wollten.

Er bewahrte sich eine bewegende Erinnerung an diesen strahlenden Mann, der besonders gut in seinem „Hara" verankert zu sein schien. Er empfand ihm gegenüber ein so warmherziges Gefühl, dass er ihm, nachdem er Indien verlassen hatte, mehrere Jahre lang jeden Monat eine Geldsumme schickte, die unter den in diesem Lande gegebenen Bedingungen eine erhebliche Hilfe darstellte. Dafür erhielt er regelmäßig ein paar freundliche Worte des Dankes von ihm, die in seinem Namen in einem annähernden Englisch verfasst waren.

Diese wenigen tibetisch-buddhistischen Meister, die Salim treffen durfte, beeindruckten ihn sehr durch die Ehrlichkeit ihrer spirituellen Herangehensweise und durch ihre echte Güte.

Im Laufe der ungefähr zwei Wochen, die er in Darjeeling verbrachte, versäumte Salim es nicht, in das Kloster zurückzukehren, wo sich Nono Rinpoche vorübergehend aufhielt. Sobald dieser ihn kommen sah, sandte er seinen jungen Dolmetscher, um ihn zu treffen. Eines Tages vertraute er Salim, der ihn über den tibetischen Hatha-Yoga befragte, an, dass die psychischen Kräfte, die durch die Disziplin ausgelöst würden, die er praktizierte, für unerfahrene Personen sehr gefährlich werden könnten.

An diesem Tag rollte der tibetische Yogi, der wollte, dass Salim ihn nach Kurseong begleite, seinen Mantel um dessen Bein, wie um ihn symbolisch zu seinem Gefangenen zu machen. Salim, der sich sehr zu ihm hingezogen fühlte, spürte eine tiefe Verunsicherung, denn er wusste, dass es ihm zu diesem Zeitpunkt unmöglich war, ihn zu begleiten. Als er abreiste, gab Nono Rinpoche ihm als Geschenk eine kleine Meditationsglocke, an der mit einer türkisgeschmückten Kette ein Klöppel aus Horn befestigt war. Die kleine Glocke hatte einen erstaunlichen Klang. Er sagte zu ihm, dass dieses Objekt seit dreihundert Jahren im Besitz seiner Familie gewesen sei und dass er glücklich sei, es ihm zu geben. Salim war sehr gerührt und nahm sich fest vor, zu diesem Mann zurückzukehren, der ihn so beeindruckt hatte.

Leider hörte er kurze Zeit nach seiner Rückkehr nach Frankreich erschüttert von dessen Tod. Der Meister hatte offensichtlich das Los zahlreicher Tibeter geteilt, die, wenn sie in die tieferen Ebenen hinuntersteigen, dort weder die Hitze noch den Luftdruck ertragen können, da ihre Lungen an die große Höhe angepasst sind. Er blieb lange niedergeschlagen über den Tod des einzigen Menschen, den er in Indien getroffen und von dem er gefühlt hatte, dass er sich vertrauensvoll in seine Hände hätte geben können.

Kalimpong

Beklommenen Herzens, weil er Darjeeling verlassen musste, mietete sich Salim sehr früh morgens einen Jeep und machte sich auf den Weg nach Kalimpong. Das Auto durchquerte Gegenden von einmaliger Schönheit, mit grandiosen Felsformationen und großen, bemoosten Bäumen, eingehüllt in einen tropischen Nebel, der reichlich durch eine Vielzahl von Bächen und kleinen Wasserfällen unterhalten wurde.

Bei seiner Ankunft ließ er sich in einem Hotel nieder, das von einer alten, englischen Aristokratin geführt wurde. Der Rundblick, den die Terrasse bot, nahm einem buchstäblich den Atem. In der Tiefe eines schwindelnden Abgrundes brodelte ein Wildwasser von intensivem Blaugrün. Gegenüber erhoben sich die Berge Sikkims, zur Rechten die Berge Bhutans, und zur Linken nahm man in der Ferne die Gipfel Tibets wahr. Angesichts dieses unvergesslichen Anblicks verstand Salim, der sich in ganz besonderer Weise erhoben fühlte, noch besser, warum sich Yogis Gegenden dieser Art aussuchen, um sich spirituellen Übungen zu widmen.

Die über siebzigjährige Eigentümerin des Hotels war Witwe, und obwohl Engländerin, hatte sie Indien nie verlassen. Sie fasste eine Zuneigung zu Salim und zeigte sich ihm gegenüber überaus wohlwollend. Einmal über seine Gesundheit im Bilde, überwachte sie selbst die Zubereitung der Gerichte, mit denen ein Tibeter betraut war, dem sie strenge Hygieneregeln eingeschärft hatte. Für dieses eine Mal während seiner Reisen im Landesinneren war Salim, der sehr erschöpft war, zufrieden, sich in aller Ruhe von jemand anders bewirten zu lassen. Die Küche, die übrigens unter seinen Augen zubereitet wurde, war köstlich und ausgesprochen wohlschmeckend.

Er besuchte das nahe Kloster, das auf einem Berggipfel aufragte und weite Räume überschaute. In einer solchen Höhe war es unausweichlich einem eisigen Wind ausgesetzt, der ständig blies. Der Rinpoche war sehr krank, und obwohl es ihm niemand mitgeteilt hatte, ahnte Salim, dass er im Sterben lag. Dennoch zeigten sich die Mönche überaus freundlich und ließen ihn die Räumlichkeiten besichtigen, besonders einen Saal, in dem zwei riesige Buddha-Statuen von ungefähr drei Metern Höhe von ihren Sockeln aufragten. Als Salim den Kopf hob und sein Blick den halb geschlossenen Augen der Statuen begegnete, fühlte er stark die spirituelle Kraft ihres zeitlosen Blickes in sich.

Im Hotel lebte ein alter, pensionierter, indischer General. Er war melancholisch, krank und einsam und ließ sich keine Gelegenheit entgehen, sich mit jemand zu unterhalten, um sich die Zeit zu vertreiben. Aber worüber hätte er sprechen können, wenn nicht über seine mageren Kriegsheldentaten, die offensichtlich niemanden interessierten? Außer seinem militärischen Leben, über das er bis zum Überdruss sprach, interessierte sich der arme Mann für nichts; daher empfand Salim großes Mitgefühl für ihn.

In Kalimpong lebte eine ansehnliche Kolonie von tibetischen Flüchtlingen. Sie verkauften den Touristen Erzeugnisse aus ihrem Kunsthandwerk, wie dicke Teppiche, farbenfrohe Thangkas, rituelle Glocken und andere Gegenstände, von denen viele einen Bezug zum Sakralen hatten. Salim blieb nur ein paar Tage an diesem Ort, wo man sich auf natürliche Weise zur Meditation hingezogen fühlte, bevor er wieder nach Madras hinunterfuhr, wo er dankbar die Hitze der Ebene wieder antraf.

Während der gesamten Reise waren seine Gedanken ununterbrochen von seinem Eheproblem in Anspruch genommen, das ihn quälte. Eines Tages, als er in seine Meditation versunken war, erfüllte plötzlich ein eigenartiges Gefühl sein Wesen und auf die gleiche Weise, wie bei seiner Begegnung mit Satya Sai Baba, sprach eine Stimme, die aus einer geheimnisvollen, übernatürlichen Stille auftauchte, direkt in seinem Geist (der simultan ins Englische übersetzte) und sagte zu ihm: „Lass los!"

Pondicherry. Rückkehr nach Europa. Die Entscheidung

Bald nach seiner Rückkehr nach Madras musste er sich für einen kurzen Aufenthalt nach Pondicherry begeben. Eines frühen Nachmittags wanderte er am Meeresufer entlang, ohne zu wissen, was ihn dazu getrieben hatte, trotz der sengenden Hitze aus dem Haus zu gehen. Er war sehr erregt, eine Entscheidung treffen zu müssen, die ihn innerlich zerriss und von der er im Grunde wusste, dass sie nun unausweichlich sei. In seine schmerzlichen Gedanken vertieft, kam er an eine Stelle, von wo sein Blick unwillkürlich zum Fuß der Klippe wanderte, als er plötzlich mit einem Gefühl der Bestürzung, dieselben drei runden Felsen wiedererkannte, die aus den Fluten aufragten und die er vor neun Jahren im Traum gesehen hatte. Überrascht und ratlos hob er ruckartig den Kopf zum Himmel, und da die Sonne immer noch sehr stark war, schützte er seine Augen mit seinem Arm, wobei er genau die gleiche Geste ausführte, wie in seinem seltsamen prophetischen Traum.

Als er nach Besant Nagar zurückkehrte, war die Hitze an diesem Märzende bereits sengend. Der Besuch bei den tibetischen Meistern hatte nichts an den ungünstigen Bedingungen geändert, unter denen Salim in seinem Heim litt. Er flog nach Paris, wo er sich einige Zeit bei Freunden aufhielt, dann begab er sich nach London zu seiner Mutter. Dort blieb er ein paar Wochen.

Er hatte schon ein Ticket nach Madras gekauft, aber Ende Juni stornierte er seine Rückreise. Er schrieb seiner Frau, um ihr seine Entscheidung anzukündigen, nicht mehr nach Indien zurückzukehren. Sein Brief kreuzte den ihren, in dem sie ihn bat, nicht zurückzukommen, da sie sich entschlossen habe, mit einem anderen zu leben. Salim kehrte daher nach Paris zurück, um die Scheidung einzuleiten, die 1976 ausgesprochen wurde.

Indien übte auf Salim eine so starke Anziehungskraft aus, dass er es immer bedauerte, dass er es hatte verlassen müssen. Die dort verbrachten Jahre waren, spirituell gesehen, entscheidend für ihn gewesen. Obwohl er dort nicht den Meister entdeckt hatte, nach dem er gesucht hatte, hatte er dort eine besondere spirituelle Atmosphäre vorgefunden, die im Westen fehlt und die sich während der Zeit, in der er dort lebte, als wertvolle Stütze für seine Sadhana erwiesen hatte.

KAPITEL 5

Frankreich: 1974 – 2006

Rückkehr nach Paris

Als er in Paris ankam, fand Salim, nachdem er einige Tage bei entgegenkommenden Freunden verbracht hatte, über einen Schüler eine kleine Dienstbotenkammer in der Rue Octave Feuillet im 16. Bezirk zu mieten.

Nach den Jahren in Indien, in denen er sich einer relativen finanziellen Ruhe erfreut hatte, sah er sich mit über fünfzig Jahren von neuem in einer prekären Situation. Seine Haupteinnahmequelle war gerade versiegt, denn das französische Fernsehen hatte plötzlich die Hintergrundmusik aller Tagesnachrichten abgeschafft und er bekam nur noch ein paar Autorenrechte aus dem Ausland. Die Musik war für ihn zu Ende gekommen und so sah er sich, ohne es zu wollen, gezwungen, Hatha-Yoga-

Salim 1974

Kurse zu geben, um zu überleben. Lehren zu wollen wird in spirituellen Überlieferungen als Zeichen angesehen, dass die Person noch nicht reif ist; es müssen die Umstände sein, die sie dazu drängen, da sonst dieser Wunsch, den man für legitim halten könnte, seine Wurzeln in dem bewussten oder unbewussten Bedürfnis hat, anerkannt zu werden. Salim hatte keinen Wunsch zu unterrichten und wenn er nicht durch die Notwendigkeit getrieben worden wäre, Mittel zum Überleben zu finden, hätte er es wahrscheinlich nie getan.

Zu diesem Zeitpunkt, im Dezember 1974, sollten die karmischen Beziehungen, die uns unsichtbar verbanden, in Erscheinung treten. Eine Freundin, mit der ich Hatha-Yoga praktizierte, riet mir, diesen

„Yogalehrer" aufzusuchen, der gerade aus Indien zurückgekommen war und der, wie sie mir sagte, kein gewöhnlicher Yogalehrer war. Ich war sofort von der Tiefe seines Blicks, von seiner Stimme und seiner Weise zu sein beeindruckt. Salim vertraute mir später an, dass er vor unserer Begegnung einen symbolischen Traum gehabt habe, der ihm zu verstehen gegeben habe, dass sie für ihn sehr positiv sein werde.

Er war wirklich kein gewöhnlicher „Hatha-Yogalehrer". Er lehrte nicht einfach nur Yogastellungen, sondern bemühte sich, mit seinen Schülern die Essenz seiner eigenen Praxis zu teilen. Er zeigte ihnen spezifische Übungen, um sich von sich selbst zu lösen und einen Moment echter Gegenwärtigkeit zu erfahren. Er meditierte mit ihnen; er half ihnen, den „Nada" zu erkennen und erklärte ihnen die Bedeutung dieser Konzentrationsstütze. Und endlich versäumte Salim nicht, auf der Wichtigkeit der Selbsterkenntnis zu beharren.

Reise nach Indien

Sobald die gerichtlichen Formalitäten seiner Scheidung im Juli 1976 abgeschlossen waren, brachte Salim die wenigen Schüler, die er hatte, mit den Gurdjieffgruppen in Kontakt, packte seine Koffer und fuhr nach England. Er war fest entschlossen, sobald wie möglich nach Poona zu fliegen, um dort seinen Freund, Herrn Dady, wiederzutreffen, den er in einem Brief von seiner Ankunft benachrichtigt hatte. Er wollte sich in dessen Leprakolonie niederlassen, um ihm zu helfen, sich um diese Unglücklichen zu kümmern, mit der festen Absicht, niemals in den Westen zurückzukehren.

Gegen 3 Uhr morgens setzte sein Flugzeug nach einer, wie ihm schien, endlosen und ermüdenden Reise endlich in Bombay auf. Nach der Landung begannen für ihn die Schwierigkeiten. Ohne dass Salim den Grund verstand, nahm ein Zollbeamter seinen Pass an sich und brachte ihn in ein entferntes Dienstzimmer. Salim musste mehr als drei Stunden, die ihm mit einer unglaublichen Langsamkeit zu vergehen schienen, warten, bis man ihm den Pass wieder aushändigte. Erschöpft von seinen Gesundheitsproblemen, zu denen noch die Zeitverschiebung kam, hatte er es eilig, in einem Hotel in der Nähe des Flughafens, dessen Adresse er hatte, abzusteigen. Er nahm sich also ein Taxi, das statt einer Fahrt von höchstens fünf bis sechs Minuten einen endlosen Umweg von einer Stunde machte, wobei der

Chauffeur vorgab, sich verfahren zu haben. Als er endlich sein Zimmer erreichte, stellte er die Koffer ab, ohne sie zu öffnen, warf sich auf sein Bett und ließ sich ermattet von einem unruhigen Schlaf forttragen.

Am nächsten Tag kaufte er sich eine Zugfahrkarte, in der Absicht, am folgenden Tag nach Poona zu fahren. Als er am Abend ins Hotel zurückkehrte, stellte er fest, dass das Restaurant ein Menü auf Reisbasis anbot, von dem man ihm versichert hatte, dass es nicht zu stark gewürzt sei. Da er sich erschöpft fühlte und weit davon entfernt war, sich von der Zeitverschiebung erholt zu haben, beging er den Fehler, dieses Gericht zu bestellen, statt sich sein Essen selbst zuzubereiten. Kaum eine halbe Stunde nach Beendigung der Mahlzeit begann er, unter Bauchschmerzen zu leiden und sich hochfiebrig zu fühlen, dann fing er an, Blut zu erbrechen. Er erbrach alle zwanzig bis dreißig Minuten immer mehr Blut, während das Fieber unaufhörlich stieg, bis er das eigenartige Gefühl bekam, sein Körper würde ihn verlassen.

Schließlich rief er den Hotelführer herbei, der einen Arzt kommen ließ, der, als er ihn in diesem alarmierenden Zustand sah, eine schwere Lebensmittelvergiftung diagnostizierte. Trotz der verschriebenen Behandlung erbrach Salim noch ungefähr sechsunddreißig Stunden lang Blut. Alleine in seinem Zimmer, fantasierte er im Fieber, ohne dass sich jemand um ihn kümmerte. Die Wände seines Zimmers schienen ständig zu schwanken; zuweilen schienen sie sich über ihn zu neigen, was ihm das unangenehme Gefühl gab, zerquetscht zu werden.

Der Doktor, der sah, dass er Ausländer war und nicht imstande, sich zu verteidigen, nützte die Situation aus, um für jeden seiner Besuche Wucherpreise zu verlangen, die wahrscheinlich das Honorar für eine normale Beratung um das Zwanzigfache überstiegen!

Salims Gesundheit war auf einen solchen Zustand der Erschöpfung reduziert, dass sein Organismus äußerst anfällig geworden war; um das Unglück vollzumachen, zog er sich am linken Auge eine schwere Infektion zu, die zum Verlust des Auges hätte führen können. Inmitten dieser bedrückenden Schwierigkeiten erwies sich der Arzt, obwohl unredlich, doch als guter Praktiker. Die Spritzen und Medikamente, die er ihm verabreichte, begannen, verhältnismäßig schnell zu wirken, sowohl was sein Auge als auch was die Lebensmittelvergiftung betraf. Der Arzt untersagte ihm zunächst jede Nahrung außer Bananen, die er für ihn kaufen ließ, was ihn vor weiteren Komplikationen bewahrte.

Nach einigen Tagen fühlte Salim sich so entkräftet und körperlich geschwächt, dass er die Unmöglichkeit erkannte, seinen Aufenthalt in Indien zu verlängern. Tief bekümmert über diese schmerzliche Erkenntnis, sah er sich gezwungen, zum Flughafen zurückzukehren, um das nächste Flugzeug nach London zu nehmen. Nach unendlich langem Warten erhielt er schließlich ungefähr um ein Uhr morgens einen Platz für einen Flug der Air India.

Dritter und letzter Teil des vorwarnenden Traumes

Er kam dermaßen erschöpft bei seiner Mutter an, dass er eine lange Erholungszeit brauchte, um wieder zu Kräften zu kommen. Noch immer unschlüssig über seine Zukunft, ging er an einem Spätnachmittag im Dezember aus dem Haus, um ein wenig spazieren zu gehen und nachzudenken. Es herrschten dichter Nebel und eine schneidende Kälte. Kaum hatte er ein paar Schritte gemacht, als er zu sich sagte: „Ach, ich möchte hier nicht gehen, ich möchte gehen, wo die Sonne scheint!" Und mit einem Gefühl ungläubiger Niedergeschlagenheit wurde ihm plötzlich klar, dass er sich im dritten Teil des beängstigenden Traumes wiederfand, den er vor mehr als zehn Jahren geträumt hatte!

Er konnte nicht anders, als von neuem über das merkwürdige Rätsel nachzudenken, welches ihm das Schicksal aufgab: „Kann die Zukunft wirklich im Voraus bekannt sein? Existiert sie irgendwo im Bewusstsein des Menschen begraben, der sie schon erlebt und offenbar vergessen hat? In diesem Fall aber, wann und in welcher Zeit erlebt?" Und die beunruhigende Idee der eventuellen *Wiederkehr* der Existenz drängte sich ihm mit zunehmender Schärfe auf.

Rue Turgot

Sobald er genügend wiederhergestellt war, entschied Salim, dass es für ihn besser sei, nach Paris zurückzukehren. Sein Gesundheitszustand machte ihm zu diesem Zeitpunkt eine Rückkehr nach Indien unmöglich und ihm behagten weder das Klima noch die Atmosphäre Englands.

Durch Vermittlung eines seiner Schüler fand er in der Rue Turgot eine möblierte Wohnung, deren Miete nicht zu hoch war, nicht weit von Pigalle, dem Viertel in Paris, wohin täglich Busse kommen, um ganze Ladungen von Touristen auszuspucken, die auf käuflichen Sex aus sind. Die Atmosphäre dieser Gegend war das Gegenteil von der, die er in Indien erlebt hatte.

Als er ein paar Monate früher in der Dienstbotenkammer in der Rue Octave Feuillet gewohnt hatte, waren die Bedingungen dort zwar sehr unbequem gewesen, aber er war zumindest von der Hoffnung getragen worden, in naher Zukunft nach Indien zurückkehren zu können, während er in den sieben Jahren, die er in der Rue Turgot verbringen musste, die Idee einer eventuellen Rückkehr in dieses Land aufgeben musste. Da seine Autorenrechte nahezu völlig wegfielen, war er gezwungen, andere Mittel zu finden, um seinen Lebensunterhalt zu verdienen. Die Erinnerung an die dramatischen Stunden, in denen er, in einem Hotelzimmer in Bombay sich selbst überlassen, so krank gewesen war, blieb lebhaft in seinem Geist haften. Es wurde ihm klar, dass es angesichts der ständigen Verschlechterung seines körperlichen Zustandes völlig unvernünftig wäre, sich alleine auf Reisen zu begeben, ohne jemand an seiner Seite zu haben, falls Schwierigkeiten auftreten sollten. Er ging durch Augenblicke der Verzweiflung, weil er sich gezwungen sah, in Paris zu bleiben, wohin ihn das Schicksal versetzt hatte. Er erinnerte sich an die Worte, die er innerlich im Ashram von Satya Sai Baba gehört hatte: „Ein Tag wird kommen, wo du in eine Situation gestellt sein wirst, in der du nicht wissen wirst, was du tun sollst; sorge dich nicht, sorge dich nicht, sorge dich nicht..."

Nichts, was zur manifestierten Welt gehört, ist dauerhaft; er wusste, dass keine Situation, keine Prüfung, so schwer sie auch erscheinen mag, permanent ist. Nur der ERHABENE ASPEKT seiner Natur, den er in sich gefunden hatte, war unveränderlich, die einzige unwandelbare Stütze, die ihm einen Frieden brachte, der nicht von dieser Welt ist.

Wenn die Erinnerung an Indien mit zu großer Kraft in seinen Geist zurückkehrte, wenn seine Gesundheit und materielle Probleme ihn zu sehr niederdrückten, benutzte er die Kraft der Gedanken, indem er sich auf Sätze stützte, die er innerlich wie ein Mantra wiederholte und nach dem augenblicklichen Bedarf erfand, wie:

„What a wonderful day it is today, by Divine Grace, all that is wonderful, spiritual wealth, light, health, etc. are coming to me." („Was für ein wundervoller Tag ist heute, durch die GÖTTLICHE GNADE kommen spiritueller Reichtum, Licht, Gesundheit, etc. zu mir") oder auch wie ein Gebet, das er mit dem Atem verband: „Infinite Source, Fill me with Thy Light, Give me the strength to think of nothing but of Thee." („UNENDLICHE QUELLE, erfülle mich mit DEINEM LICHT, gib mir die Stärke, an nichts anderes als an DICH zu denken."). Auf die eine oder andere Art fand er immer etwas, das er tun konnte, um die äußeren Bedingungen nicht seine Sadhana stören zu lassen.

Abgesehen von seinen spirituellen Übungen zog Salim großen Trost daraus, Musik zu hören. Bei all den Prüfungen, die er durchmachte, half ihm immer das Hören der Werke bestimmter großer Komponisten wie César Franck, Brahms, Beethoven oder Debussy und erwies sich als Nahrung für ihn, die ihm mindestens so unentbehrlich war, wie irdische Nahrung.

Nach seiner Rückkehr aus Indien fand er besonders in den langsamen Sätzen der Symphonien Gustav Mahlers eine Stütze, als ob diese Musik an die Menschen appellierte, für Ihresgleichen sowie für alle anderen lebenden Geschöpfe das Mitgefühl zu empfinden, das auf diesem Planeten so tragisch fehlt.

Begegnungen mit bemerkenswerten Menschen

Es war in dieser Zeit, als die Gurdjieff-Gruppen beschlossen, einen Film über die spirituelle Suche ihres Meisters zu drehen, inspiriert von dem Buch „Begegnungen mit bemerkenswerten Menschen", eine Art Autobiographie von G. I. Gurdjieff, geschrieben in den 1930er Jahren und 1963 im Buchhandel erschienen. Peter Brook war der Regisseur. Er suchte Salim in Paris auf, um ihn zu bitten, die Musik dafür zu schreiben. Er bot ihm eine große Geldsumme an, um die Zahl an Musikern zu gewährleisten, die er sich für das Orchester wünschte, denn er wusste, dass Salim gerne für großes Orchester schrieb; ebenso bot er ihm an, bei der Aufführung selbst zu dirigieren. Es war eine große Versuchung für ihn, denn außer dem finanziellen Gewinn hätte dies dazu beitragen können, auf der anderen Seite des Atlantiks das bekannt zu machen, was von seinen gedruckten Musikwerken noch übrig war. Aber Salim fühlte, dass er die Musik nicht wieder aufnehmen durfte. Er nahm das Angebot nicht an, so verlockend es auch war. Peter Brook versuchte es zwei Wochen später noch einmal, ihm noch mehr Geld anbietend. Inzwischen hatte Salim einen Traum gehabt, der ihm bestätigte, dass es für ihn tatsächlich nicht wünschenswert sei anzunehmen, er lehnte daher erneut ab, weil, wie er später zu seinen Schülern sagte: „Wenn ich wiedergeboren werde, möchte ich nicht dieselbe Sache machen. Die Musik ist für mich beendet, ich möchte mich von nun an nur noch meiner spirituellen Suche widmen und nichts anderem."

Spirituelle Arbeit mit Salim

Salim begann also, Hatha-Yoga und Meditation zu unterrichten. Ich selbst war sehr froh, Salim wiederzusehen, um die mit ihm begonnene Arbeit fortzusetzen. Schon bevor ich ihn im Dezember 1974 traf, kannte ich Hatha-Yoga, dem ich mich regelmäßig widmete. Eine sehr starke Anziehung zu Japan hatte mich auch zum Aikido und Zen-Buddhismus geführt. Als ich jedoch mit Salim zu arbeiten begann, fühlte ich sofort, dass seine Lehre auf eine ganz besondere Weise Resonanz in mir fand.

Er brachte mich dazu zu verstehen, dass es weder genügte, sich eine gewisse Leichtigkeit in der Ausführung der Asanas zu erwerben, noch Ausdauer in der Meditation an den Tag zu legen. Er legte Nachdruck auf die Notwendigkeit, während meiner Übungen ein Selbstgegenwärtigsein zu erzeugen und aufrechtzuerhalten, das sich in einem besonderen Zustand des Seins äußern sollte, den zu finden und zu erkennen Salim mich dank spezifischer Konzentrationsübungen lehrte.

Die Intensität der Konzentration, die von mir gefordert wurde, war eine Neuheit für mich; ich musste kämpfen, um ein anderes Gefühl von mir selbst zu bewahren, verbunden mit dem bewussten Wissen um meine eigene Existenz, während ich Hatha-Yogastellungen ausführte, meditierte oder auf die Erfordernisse des äußeren Lebens reagierte. Ich musste feststellen, dass das Erreichen dieses anderen Seinszustandes eine ständige innere Entsagung erforderte, die nicht leicht zu erbringen war und die kontinuierlich erneuert werden musste. Ebenso musste ich mich der Tatsache beugen, dass dieser Weg eine lebenslange Arbeit bedeutete. Indessen, trotz der Schwierigkeiten, die ich erfuhr, spürte ich, dass die

357

Anstrengungen, die von mir verlangt wurden, in die richtige Richtung führten; eine solche Herangehensweise war Teil einer rigorosen pragmatischen Methode, die weder einen Glauben noch die Annahme einer anderen Kultur erforderte.

Als Salim von dieser kurzen Reise nach Indien zurückkam, die so schlecht für ihn ausgegangen war, sah ich ihn sehr krank wieder. Mich erschreckte die Vorstellung, dass, wenn er diese Welt verließe, nicht nur meine Arbeit mit ihm unterbrochen würde, sondern dass andere Personen, die nicht den Vorzug hatten, ihn zu kennen, aus seiner Erfahrung, die ich als unendlich wertvoll erkannt hatte, niemals Nutzen ziehen könnten. Von diesem Zeitpunkt an begann ich daher, von seinen Unterrichtsstunden alles, woran ich mich erinnern konnte, aufzuschreiben. Jedoch stellte ich fest, wie sehr diese Notizen nur persönlich sein konnten, und erkannte, dass es für Salim unumgänglich war, die Früchte so vieler Jahre der Arbeit selbst zu Papier zu bringen. Ich drängte ihn daher wiederholt niederzuschreiben, was er weiterzugeben hatte, aber er antwortete mir stets, dass er praktisch ein Analphabet sei, der nicht einmal seine Sätze richtig bilden könne, und dass ihm das, was ich von ihm verlangte, eine völlig unmögliche Aufgabe zu sein scheine.

Aufenthalt in Japan 1979

Damals hatte Salim durch Vermittlung eines englischen Freundes, der eine Japanerin geheiratet hatte, Gelegenheit, nach Japan zu reisen, wohin er für eineinhalb Monate eingeladen wurde. Da er wusste, dass dieses Land einwandfreie hygienische Bedingungen bot und dass er nur für kurze Zeit dorthin ging, wagte er, die Reise anzutreten. Der Freund, der Salims Interesse für alles, was mit Spiritualität zusammenhing, kannte, hatte für ihn eine Unterkunft in einer Familie gefunden, in der zwar keines der Mitglieder ein Wort Englisch sprach, eines davon aber offenbar Hatha-Yoga praktizierte.

Seine Reise vor Augen, machte sich Salim mehrere Monate vor der Abfahrt daran, die Anfangsgründe der japanischen Sprache zu lernen. Da sich diese als sehr schwierig erwies, konnte er sich nur einen begrenzten Wortschatz erwerben, der ihm trotzdem von großer Hilfe war, als er an Ort und Stelle gezwungen war, sich mit Menschen zu verständigen, die nichts anderes sprachen. Diese Sprachbarriere stellte ein beträchtliches Hindernis bei der Verständigung mit den Leuten dar, die ihn aufnahmen.

Die Familie Kinoshita, die ihm Gastfreundschaft anbot, bestand außer den Eltern und ihren drei Kindern noch aus acht weiteren Mitgliedern. Sie bewohnte ein kleines Haus mit winzigen Räumen. Salim musste das Zimmerchen mit einem jungen Studenten von siebzehn Jahren teilen, dessen verbissener Arbeitsrhythmus eindrucksvoll zu beobachten war. Da Wohnungen in Japan nicht nur schwer zu finden sind, sondern auch zu Wucherpreisen, hatte Herr Kinoshita jahrelang wie ein Sklave arbeiten müssen, um diese bescheidene Wohnung zu erwerben. Er wirkte verbraucht und energielos, obwohl er nicht älter als fünfundvierzig Jahre alt war.

Seine Gattin verdiente ein wenig Geld, indem sie Hatha-Yogakurse für Leute gab, die über Gesundheitsprobleme klagten und die sie in einer Gruppe zusammenfasste. Merkwürdigerweise praktizierte sie die Asanas nicht selbst; sie begnügte sich damit, sie in Büchern zu finden und sie dann ihren Schülern vorzustellen. Als sie hörte, dass Salim in Paris Hatha-Yoga lehrte, ergriff sie die Gelegenheit, einige Stunden bei ihm zu nehmen, um sich eine technische Grundlage anzueignen. Ein anderes Familienmitglied widmete sich der Kalligraphie, aber ausschließlich mit dem Ziel, sie später zu unterrichten.

Das Fernsehen nahm einen großen Raum bei seinen Gastgebern ein; ihre Aufmerksamkeit wurde ständig durch Werbung und durch Zeichentrickfilme von unglaublicher Gewalttätigkeit erregt, die sich die Kinder der Familie ansahen, sobald sie einen Moment Zeit hatten.

Während er die an den Fernsehschirm gefesselten Kinder beobachtete, konnte er sich nur sagen: „Wie im Westen flößt man ihnen pausenlos ein, dass ihr Leben ohne diese Dramen, Schrecken und ein billiges, verlogenes Heldentum nichts sei.

Im Laufe der Zeit werden die neuen Generationen, so wie in den anderen Industrienationen, das Interesse am wirklichen Leben verlieren und versuchen, sich so schnell wie möglich von allem zu befreien, was sie nur noch als lästige und reizlose Arbeit ansehen werden, um schnellstens zu ihren Dramen und ihren Träumen vom künstlichen Leben zurückkehren zu können, die ihnen das Fernsehen vorsetzt, an das sie wie Sklaven gekettet sein werden."

Japanische Höflichkeit

Obwohl er von Japan als einer Hochburg des Buddhismus gehört hatte, fand Salim dort nicht die von Spiritualität geprägte Atmosphäre wieder, die Indien seinen einzigartigen Charakter verleiht. Nirgends anders fühlte er diesen hingebungsvollen Aspekt, der für die indische Herangehensweise so typisch und auf einem spirituellen Pfad so bedeutungsvoll ist.

Umgekehrt erwiesen sich, im Vergleich zu Indien, die legendäre Sauberkeit der Japaner und ihre ungemeine Höflichkeit als höchst angenehm und begeisterten ihn. Er erzählte mir eine bezeichnende Anekdote, die widerspiegelt, wie unterschiedlich die Mentalität verschiedener Völker sein kann. Eines Tages begab er sich zur Post, um Briefmarken zu kaufen; er trat ein und stellte sich ruhig ans Ende der langen Schlange, die vor dem entsprechenden Schalter wartete. Die Personen, die vor ihm standen und sahen, dass er Ausländer war, zogen ihn zu seinem Erstaunen freundlich an den Ärmeln und gaben ihm mit ausdrucksvoller Mimik zu verstehen, dass er nur an ihnen vorbei zugehen brauche. Da er ihre Zuvorkommenheit nicht ausnützen wollte, lehnte er höflich ab, aber sie beharrten so eindringlich und so geschickt, dass ihm schließlich nichts anderes übrig blieb, als mit den üblichen Dankesworten „domo arigato" anzunehmen. Der Kontrast zwischen dieser Haltung und der, die Abendländer im Allgemeinen Ausländern gegenüber einnehmen, war auffallend.

Salim hatte auch mehrmals Gelegenheit, die erstaunliche Höflichkeit der Bedienungen im Café, sowohl ihm und als auch den einheimischen Gästen gegenüber, zu schätzen. Außerdem wurde aus hygienischen Gründen zu jedem Essen, ja sogar zu einem einfachen Getränk, eine warme, parfümierte Serviette gereicht. Salim war besonders empfänglich für die Atmosphäre der Höflichkeit, in der sich das tägliche Leben abspielte; sogar in den Supermärkten, wohin er die Mitglieder der Familie begleitete, luden charmante Angestellte mit der Feinfühligkeit, die diesem Volk innewohnt, ein, das Zuckerwerk oder die Süßigkeiten zu kosten, für die sie warben.

Schon bei seiner Ankunft in der Familie Kinoshito bot die Hausherrin Salim an, sich ihnen im gemeinsamen Bad anzuschließen. In dem geräumigen Badezimmer erhob sich eine große, runde

Badewanne, die mit sehr heißem Wasser gefüllt war. Sieben Familienmitglieder konnten, nachdem sie sich eingeseift und abgeduscht hatten, darin sitzen, um gemeinsam in aller Natürlichkeit die Freude einer den Japanern so teuren Entspannung zu genießen. Salim musste verlegen erklären, dass das im Westen nicht üblich sei und dass er es vorzöge, sein Bad alleine zu nehmen. Man ging sofort auf seinen Wunsch ein und respektierte seine Intimität.

Er entdeckte die Genüsse der japanischen Küche, indem er sich zweimal am Tag der Familie, die um einen langen, niedrigen Tisch versammelt war, auf dem vier Spirituskocher brannten, anschloss, um die Gerichte zu genießen, die Frau Kinoshita vorbereitet hatte und die sie während des Essens schnell kochte. Sie bot in einem Dutzend Schalen immer eine erstaunliche Vielfalt von Speisen an, deren Anblick und Geschmack ein Genuss waren, was Salim nicht hinderte, häufig seinen üblichen akuten Darmproblemen zum Opfer zu fallen.

Wenn er ernstlich krank war, zeigten sich seine Gastgeber, die sein Problem nicht verstanden, eher ungeduldig und erkundigten sich mit einer etwas erzwungenen Höflichkeit, ob ihm das Essen, das sie ihm serviert hatten, nicht bekommen sei.

Im Tempel von Fujisawa

Während eines Spaziergangs entdeckte Salim auf einem Hügel in der Nähe des Hauses einen kleinen Tempel, für dessen Instandhaltung ein Mönch sorgte, der jeden Morgen sehr früh dorthin kam. Die übrige Zeit blieb das Gebäude leer. Um seine Gastgeber, die sich überhaupt nicht für eine spirituelle Praxis interessierten, nicht in Verlegenheit zu bringen, ging er unter dem Vorwand, spazieren zu gehen, zu diesem Tempel und meditierte dort zu verschiedenen Zeiten des Tages.

Manchmal, wenn er nach seiner Meditation noch eine Weile ruhig und bewegungslos blieb, widerfuhren ihm seltsame, spirituelle Erfahrungen, die nur schwer in der gebräuchlichen Sprache wiederzugeben sind.

Eines Tages zog sich sein Blick, der auf einem der Bäume ruhte, die vor dem Eingang des Tempels gepflanzt waren, plötzlich auf unerklärliche Weise ins Innere seines Kopfes zurück, dergestalt, dass der Baum, den er gerade betrachtete, sich in seinem Kopf und nicht mehr außerhalb von ihm selbst zu befinden schien. Eine unsagbare Stille senkte sich auf ihn und seine ganze Umgebung in so geheimnisvoller Weise nieder, dass das Rascheln der Blätter, der Gesang der Vögel und das Säuseln des Windes völlig verschwanden! Eine rätselhafte Verbindung entstand zwischen ihm und dem Baum, die so weit ging, dass es ihm schien, als seien er und die Pflanze nur noch eins, oder vielmehr, als seien sein Bewusstsein und das des Baumes verschmolzen, um nur noch eine EINZIGE EINHEIT zu bilden. Und in diesem Moment sagte der Baum, der in ihm war oder zu sein schien, zu ihm: „Ich bin, ich war und ich werde immer sein!" Es herrschte ein außergewöhnliches Gefühl eines „ewigen Jetzt".

Als er kurze Zeit später darüber nachdachte, was ihm widerfahren war und was so beunruhigend und der gewöhnlichen Sinneswahrnehmung so fremd war, sagte er sich, dass dieser Baum doch, wie er selbst, einen Anfang in der sichtbar gewordenen Welt genommen habe und unausweichlich eines Tages sterben müsse, und dass kein berührbares Geschaffenes diesem Schicksal entgehen könne, wenn seine Stunde gekommen sei. Und er spürte plötzlich, dass diese geheimnisvolle Aussage ohne Worte: „Ich bin, ich war und ich werde immer sein!" die der Baum in ihm geäußert hatte, ihren Ursprung nur aus dem GEIST DES GROSSEN GÖTTLICHEN WISSENDEN hatte ziehen können, der, wenn man das so sagen kann, er selbst geworden war.

Kabuki und Kimono

Da er eifrig war, die kulturellen, japanischen Traditionen kennenzulernen, fragte Salim eines Tages seine Gastgeber, ob es möglich sei, künstlerischen Aufführungen wie Kabuki und Noh beizuwohnen. Überrascht über sein Interesse an einer Seite ihres kulturellen Erbes, das sie selbst als der Vergangenheit angehörend betrachteten, stimmten sie trotzdem zu, ihn an einem Nachmittag zu einem Theater in einer Stadt in der Nähe von Fujisawa zu begleiten.

Kabuki ist ein theatralisches Schauspiel, das bis zu acht Stunden dauern kann und das dramatische Intrige mit leichteren, ja sogar komischen Anteilen verbindet. Weit entfernt, die Sprache genügend zu kennen, verstand Salim leider nicht, was auf der Bühne gesprochen wurde, aber er betrachtete ab und zu diskret die anderen

Zuschauer, die lebhafte Gefühle zeigten und sogar gemeinsam zu weinen begannen, als die Heldin Hara-Kiri beging.

Er besuchte auch eine Aufführung des Noh-Theaters; das Schauspiel wirkte sehr streng und atmete eine tief tragische Atmosphäre, die noch durch die extreme Langsamkeit, mit der sich die Schauspieler bewegten, verstärkt wurde. Während er die formale Schönheit des Stückes und die Würde der Teilnehmer bewunderte, konnte Salim nicht umhin, von dem Kult des Selbstmordes unangenehm berührt zu sein, der praktisch in allen japanischen Künsten allgegenwärtig ist, die traditionelle Musik inbegriffen.

Er sagte sich, dass nicht der Mut, seinem Leben ein Ende zu setzen, gefeiert werden sollte, sondern vielmehr der Mut, sich innerlich loszulassen, um zu einem inneren Tod zu kommen, aber zu einem inneren Tod, der zum wahren LEBEN führt.

Er fühlte instinktiv die Bedeutung der Gebräuche eines Landes, der Architektur seiner Gebäude, des Klangs seiner Sprache sowie der Art und Weise seines Volkes, sich zu kleiden und zu essen. Für ihn war es unbestreitbar, dass die Gebäude, die man bewohnt und die das Auge ständig sieht, der Klang der Sprache und die Art Kleidung, die man trägt, einen beträchtlichen Einfluss auf die Psyche ausüben müssen.

Als er eines Tages sein Bedauern über die Tatsache ausdrückte, dass die Japaner ihre traditionelle Tracht zugunsten der westlichen Kleidung aufgäben, die er als banal und unschön ansah, lud ihn die Mutter von Frau Kinoshita ein, mit ihr in dem winzigen Studio, das sie im obersten Stock eines modernen Hauses bewohnte, Tee zu trinken. Zu seiner Überraschung empfing sie ihn in einem prachtvollen Kimono, den sie ihm zu Ehren angelegt hatte. Sie führte für ihn sogar eine Teezeremonie aus, aufs genaueste die rituellen Formen beachtend, aber ohne das spirituelle Wesen dieser Tradition zu verstehen, die ursprünglich darauf abzielte, den Teilnehmern zu helfen, einen Zustand der Stille und der inneren Präsenz aufrechtzuerhalten. Salim war trotzdem von ihrer feinfühligen Aufmerksamkeit sehr bewegt.

Da es angesichts der Sprach- und Schriftbarriere unmöglich ist, in Japan ohne die Hilfe eines Landesbewohners zu reisen, hatte eines der Familienmitglieder die Güte, Salim zu begleiten, um einige berühmte Stätten zu besuchen, darunter die Stadt Kamakura, von der er gehört hatte, dass sich dort eine gigantische Buddha-Statue befinde. Als er vor dieser imposanten Statue stand, deren Füße er kaum erreichte, fühlte er mit tiefer Bewegung die Kraft, die von ihr ausstrahlte. Er erfuhr, dass bei einem heftigen Erdbeben, das sich vor langer Zeit ereignet und die ganze Stadt zerstört hatte, einzig diese kolossale Skulptur verschont geblieben war.

Kyoto. Kobori Roshi

Die Stadt Kyoto, die ungefähr 500 km von der Hauptstadt entfernt liegt, stellt wahrscheinlich die Essenz dessen dar, was von der Tradition des Landes der aufgehenden Sonne noch fortbesteht. Dieser Ort zählt tatsächlich noch über 1500 Tempel. Salim hielt sich dort kurz auf, begleitet von Frau Kinoshita. Die schmucklose Schönheit der Sakralbauten, so anders als die der indischen Tempel, ist von einer nüchternen Pracht.

Salim wünschte umso mehr, diese Stadt zu besuchen, als er hoffte, Kobori Roshi, einen Meister des Rinzai Zen, dem er vor einigen Jahren in Paris begegnet war, dort wiederzutreffen. Er schrieb

ihm aus Fujisawa und war sehr glücklich, einen auf Englisch verfassten Brief als Antwort zu erhalten, in dem er eingeladen wurde, ihn in seinem Kloster wiederzusehen. Als er dort ankam, konnte Salim, obwohl Zen nicht sein Weg war, von der dort herrschenden Aufrichtigkeit nur berührt sein; auch war er verblüfft über die nahezu militärische Strenge, die dort regierte. Er war von den Anstrengungen und dem Ernst sehr beeindruckt, die von den japanischen Mönchen verlangt wurden, sowie von der tiefen Achtung, die sie ihrem Meister bezeugten.

Salim und Madame Kinoshita vor dem
Buddha von Kamakura

Kobori Roshi war ein Mann von ungefähr fünfzig Jahren, dessen erstaunliche innere Stärke auf den ersten Blick auffiel. Bei Salims Ankunft befand er sich in Gesellschaft eines anderen Meisters, Sochu Susuki Roshi, der dem Soto-Zweig des Zen angehörte. Dieser, viel kleiner als Kobori Roshi, hatte wie jener äußerst lebhafte und strahlende Augen. Mit dem bisschen Englisch, das er konnte, fragte er Salim, warum er nach Japan gekommen sei und sich für

Kobori Roshi

die Zenklöster interessiere. Nach einigen Minuten nahm er plötzlich ein Stück Papier, schrieb die Adresse seines nahe bei Mishima gelegenen Klosters auf und sagte in seinem bruchstückhaften Englisch zu Salim: „You come see me" („Besuchen Sie mich"). Er wiederholte mehrmals seine Einladung, der Salim leider nicht folgen konnte, bevor er ihn schließlich in Gesellschaft von Kobori Roshi zurückließ.

Dieser verhielt sich seinem Besucher gegenüber erstaunlich freundlich und wies einen seiner Mönche an, Tee und Süßigkeiten zu bringen, die sie sich schweigend teilten. Sie führten dann auf Englisch, das der Meister relativ gut sprach, ein Gespräch, das über zwei Stunden dauerte. Im Laufe der Unterhaltung klagte der Roshi zu Salims Verwunderung unvermutet über seine Mönche, die mageren Ergebnisse bedauernd, die sie trotz ihrer offensichtlichen Entschlossenheit erreichten. Nachdem er mit Rücksicht auf den Meister um Erlaubnis gebeten hatte, sich frei zu äußern, sprach Salim nun über die unterschiedlichen Stufen des Bewusstseins, der Intelligenz und des Seins, die die Menschen voneinander unterscheiden, über das Hindernis, das gewisse unerwünschte Tendenzen bilden, und über die Tatsache, dass sogar von denen, die den Schritt gemacht haben, in ein Kloster einzutreten, die *eigentliche Entscheidung*, sich für eine spirituelle Praxis zu engagieren, noch nicht wirklich gefällt worden sei, ohne dass sie das jedoch erkennen würden.

Kobori Roshi, der aufmerksam zuhörte, zeigte sich sehr offen und interessiert an den erörterten Themen. Am Ende seines Besuches, als sich Salim schon verabschiedet hatte und kaum einige

Schritte gemacht hatte, rief ihn Kobori Roshi zurück und erklärte ihm zu seiner Überraschung mit erstaunlicher Schlichtheit: „I have learnt something from you" („Ich habe etwas von Ihnen gelernt").

Die Tugenden des Zen-Weges anerkennend und die beispielhafte Strenge bewundernd, die in den japanischen Klöstern herrschte, konnte Salim nicht umhin zu bemerken, dass dort der besondere hingebungsvolle Charakter fehlte, dem man in Indien begegnet und der eine wichtige Hilfe ist, um den Sucher bei seinen Übungen zu unterstützen. Denn, sagte er, von Körper, Gefühl und Geist ist es gerade das Gefühl, das sich als stärkste Antriebskraft bei einer spirituellen Suche erweist. Buddha, der in Indien lebte, war in eine wesentlich hingebungsvollere Atmosphäre gehüllt als die, die man in den Ländern des Fernen Ostens findet.

Salim sagte gerne, dass man auf einem spirituellen Weg dahin kommen muss, die japanische *Strenge* mit der tief hingebungsvollen Haltung Indiens zu verbinden.

Nach dem Verlassen des Klosters von Kobori Roshi fuhr Salim mit Frau Kinoshita nach Fujisawa zurück. Als ihm seine Gastgeberin beim Aussteigen aus dem Zug sagte, dass sie hungrig sei, lud Salim sie ein, in einem nahen Restaurant mit ihm zu essen. Sie bestellte zwei Suppen mit Gemüsen, Algen und Nudeln. Kaum hatten sie den Tisch verlassen, als Salim begann, die ersten Symptome einer Darmkrise zu fühlen, die sich ankündigte und die er leider nur allzu gut kannte. Sobald sie im Taxi saßen, gab er Frau Kinoshita zu verstehen, dass er krank sei, aber sie konnte nicht begreifen, was diese Fahrt für ihn bedeutete, die ihm endlos erschien, während ihm Krämpfe den Bauch zerrissen. Sie bestand darauf, mit ihm zu reden und ihm mit Hilfe des Wörterbuches, das sie mitgebracht hatte, Fragen zu stellen, aber er hörte sie kaum, so heftig waren seine Schmerzen.

In all den Jahren, in denen er ähnliche Situationen erleben musste, begegnete ihm so viel Unverständnis von Seiten der Personen, mit denen er zu tun hatte, dass er es später für notwendig hielt, bei seinen Schülern auf der Wichtigkeit zu bestehen zu lernen, für einander zu fühlen. Diese Fähigkeit der Empathie, die beinhaltet, einen gewissen Abstand zu sich selbst zu schaffen, um sich dem anderen zuzuwenden, erfordert ein besonderes Bemühen, das bewusst kultiviert werden sollte.

Laufendes Experimentieren

Als er eines Tages im Tempel von Fujisawa aus seiner Meditation auftauchte, erkannte er mittels einer direkten Wahrnehmung, die nicht in die übliche Sprache übersetzt werden kann, dass die ständigen Veränderungen, die sich im Dasein und im Menschen fortwährend vollziehen, in Wirklichkeit ein laufendes Experimentieren darstellen, das ohne Wissen der Menschheit pausenlos abläuft –Versuche, die der GÖTTLICHE GEIST anstellt, um mit seiner SCHÖPFUNG ein Ergebnis zu erzielen, das für gewöhnlich nur schwer zu begreifen ist.

Und Salim sagte sich: „Sollte sich der Mensch nicht fragen, wohin dieses seltsame KOSMISCHE SPIEL geht? Auf welche Verwirklichung bewegt es sich zu? Um was zu erreichen? Warum existiert im UNIVERSUM diese fortlaufende Folge von Geburten und Toden?"

Er versuchte später, seinen Schülern verständlich zu machen, dass ein Sucher, wenn er die Antwort auf all diese Fragen durch direkte Erfahrung erkennen möchte und sich nicht damit begnügen möchte, sie aus irgendeinem Buch (seine eigenen eingeschlossen) zu ziehen, durch eine beharrliche Arbeit an sich selbst dazu kommen muss, sein GÖTTLICHES WESEN zu erkennen, bevor ihn der Tod ereilt.

Nun, im Gegensatz zur Involution, die durch das unerbittliche Gesetz der Schwerkraft nur in einer passiven und absteigenden Bewegung bestehen kann, muss eine echte Evolution aktiv und freiwillig erfolgen.

„Es ist nämlich notwendig", fügte er hinzu, „dass der Mensch seiner URSPRÜNGLICHEN QUELLE bei diesem geheimnisvollen Experimentieren, das für den vernünftigen Geist derart rätselhaft und unbegreiflich ist, hilft, indem er durch seine persönlichen Bemühungen dem entspricht, was SIE von ihm zu bekommen sucht: das Erkennen ihrer HEILIGEN GEGENWART im UNIVERSUM – aber ein bewusstes Erkennen, das sich im Menschen ohne seine Zustimmung oder seine aktive Teilnahme nicht vollziehen kann.

Ende des Aufenthalts in Japan

Nach einigen Wochen hatte Salim genügend Fortschritte im Japanischen gemacht, um den Austausch, den er mit seinen Gastgebern pflegte, mit Überlegungen über das Dasein erweitern zu können, die ihr Interesse weckten. Ab und zu spielte er eine Partie Schach mit Herrn Kinoshita, der entzückt war, jemanden zu haben, mit dem er spielen konnte, oder mit dem jüngsten Kind, das neun Jahre alt war und dem er verschiedene Taktiken des Spiels zeigte. Die ganze Familie hatte ihn schließlich „adoptiert". Als sich daher sein Aufenthalt dem Ende näherte, baten ihn die verschiedenen Familienmitglieder zu seiner Verwunderung, bei ihnen zu bleiben.

Der Vater von Herrn Kinoshita, der eine Zuneigung zu ihm gefasst hatte und sich in seiner Wohnung in Kobe langweilte, bot ihm Gastfreundschaft an. Gleichzeitig schlugen ihm die Eheleute Kinoshita mit überraschender Großzügigkeit vor, sich auf Dauer bei ihnen niederzulassen, ohne dass er sich um finanzielle Probleme zu kümmern brauche. Obwohl er sehr gerührt war, konnte er nicht annehmen, denn trotz der Annehmlichkeit, die er bei seinem Aufenthalt in Japan vorgefunden hatte, zog er es vor, statt nach Indien, nach dem sich sein Herz immer sehnte, nach Frankreich zurückzukehren, um seine Schüler dort wiederzutreffen.

Als der Zeitpunkt der Abreise kam, waren alle sehr bewegt, besonders der kleine Junge, mit dem er Schach gespielt hatte und der sich weinend an sein Gepäck klammerte, das er nicht mehr loslassen wollte. Fast die ganze Familie begleitete ihn zum Flugplatz.

Salims erstes Buch, „The Way of Inner Vigilance", 1979-1983.

Als er aus Japan zurückgekehrt war, versuchte ich erneut, ihn zu bewegen, schriftlich niederzulegen, was er mich lehrte; aber er brachte stets vor, dass er aufgrund der Behinderung, die sein fehlender Schulunterricht für ihn darstellte, nicht einmal wisse, wie man ein Buch beginne, ganz davon zu schweigen, wie man es beende! Trotzdem zeigte er mir einige Notizen, die er im Laufe der Jahre gemacht hatte, wobei er mir gestand, dass er sich absolut nicht vorstellen könne, wie man daraus etwas Publizierbares machen könne. Da er natürlich Englisch gewählt hatte, um diese Anmerkungen für den persönlichen Gebrauch zu machen, legte ich ihm nahe, diese Sprache weiterhin zu verwenden, um bestimmte Themen zu entwickeln, ohne sich um irgendeinen Plan zu kümmern, indem er einfach die verschiedenen Aspekte seiner Arbeit, die er darlegen wollte, einen nach dem anderen, in Angriff nahm. Obwohl das Niveau meines Englisch weit davon entfernt war, einer Aufgabe wie dieser zu genügen, versprach ich ihm, mein Möglichstes zu tun, um ihm zu helfen. Ich sagte ihm, dass ich, wenn es nötig sein sollte, jemand finden würde, der mich unterstützte.

Nach einigem Zögern begann Salim, einige Abschnitte zu verfassen. Da er ohne Worte dachte, musste er einen Wortschatz finden, der ihm erlaubte, die Verständnisse, Intuitionen und unausdrückbaren inneren Erfahrungen zu übertragen. Er musste sich geduldig und mit großer Mühe Wort für Wort ein Werkzeug schmieden, indem er das, was ihm nicht klar genug erklärt oder ausreichend beschrieben schien, unzählige Male strich und zurücknahm. Weit davon entfernt, das Englische vollkommen zu meistern, war er gezwungen, auf Wörterbücher zurückzugreifen, in denen er mühsam stundenlang nach Ausdrücken suchte, die ihm am geeignetsten erschienen, um im Rahmen des Möglichen jedes Risiko eines Missverständnisses vonseiten des Lesers auszuschließen.

Er arbeitete in einem Rhythmus, dem ich nicht folgen konnte. Er konnte sechzehn bis achtzehn Stunden in einem Stück an seinem Tisch sitzen bleiben, hartnäckig darum kämpfend, die geeigneten Worte zu finden, um das auszudrücken, was er unter so vielen Schwierigkeiten zu vermitteln versuchte. Diese Aufgabe stellte für ihn, der keinerlei intellektuelles Training besaß, eine herkulische Herausforderung dar!

Die Tatsache, dass ich selbst keine genügende Expertin im Englischen war, erleichterte uns die Aufgabe nicht. Ich übersetzte alles, was er mir vorlegte, ins Französische, um den Aufbau zu überprüfen; dann kamen wir unter Verwendung von Wörterbüchern zu einer ersten Version, die ich auf der Maschine tippte (damals gab es noch keinen PC) und einem befreundeten Englischlehrer vorlegte; seine Korrekturen zogen weitere Abänderungen vonseiten Salims nach sich, bis der Text schließlich allmählich Form annahm. All das erforderte natürlich sehr viel Zeit. Ich war bereits sehr ausgelastet, sowohl mit zeitraubenden beruflichen Verpflichtungen, die häufige Reisen mit sich brachten, als auch mit meinen Kindern, damals

Jugendliche, die das Interesse, das ich dieser Arbeit entgegenbrachte, nicht verstehen konnten.

Es bedurfte nicht weniger als sechs Versionen (mindesten 500 zu tippende Seiten), bis der Text genügend feststand, und wir ihn in 48 Kapitel unterteilen konnten. Nach vier Jahren beharrlicher Arbeit sandte Salim das Werk mit dem Titel „*The Way of Inner Vigilance*[39]" an ein Londoner Verlagshaus, das ihm ein Freund empfohlen hatte. Aber der Verleger, der glaubte, dass es immer noch zu viele Fehler im Englischen enthalte, teilte ihm mit, dass es unerlässlich sei, den gesamten Text noch einmal von einem Profi durchsehen zu lassen, den er selbst vorschlug.

Dieser Mann war sicher gut mit der Sprache und den Regeln des Satzbaus vertraut, aber er interessierte sich überhaupt nicht für den Inhalt des Buches oder für eine spirituelle Suche. Er erklärte Salim ständig: „Es müssen gebräuchlichere Worte und eine vertrautere Formulierung gefunden werden", während dieser gerade nicht eine gewöhnliche und banale Sprache wollte, um das auszudrücken, was sich auf das höchste, menschliche Streben bezieht!

Oft musste Salim, da er mit den durchgeführten Änderungen nicht einverstanden war, jedes kleine Detail diskutieren. Schließlich flog er nach all der Arbeit, die dieses Buch erfordert hatte, zu dessen Erscheinen nach London. Als er zurückkam und mir ein Exemplar aushändigte, waren wir sehr bewegt, die Frucht all dieser Jahre harter Arbeit endlich in unseren Händen zu halten.

Lehren

Salim fühlte stark das Gewicht der Verantwortung, die ihm durch das Weitergeben der Früchte seiner spirituellen Arbeit zufiel. Er wollte in der Wahl seiner Worte mit ganzem Herzen wahr und peinlich genau sein. Daher zeigte er beim Schreiben dieses ersten Buches größte Gewissenhaftigkeit. Um zu einer Wahrheit des Seins in einer Qualität zu kommen, die für gewöhnlich unerreichbar ist, muss es, sagte er, in einem immer weniger von einem selbst geben und immer mehr vom UNENDLICHEN, damit dieses seinen legitimen Platz in dessen Wesen einnehmen kann.

---

[39] Das Buch ist auf deutsch unter dem Titel *Der Weg der inneren Wachsamkeit* erhältlich.

Er wendete dieselbe Gewissenhaftigkeit bei seiner Arbeit mit seinen Schülern an, die er stets einzeln empfing. Nach und nach unterrichtete er nicht mehr Hatha-Yogastellungen, sondern Konzentrationsübungen, die bestimmt waren, den Suchern zu helfen zu erkennen, worin ein Zustand wahren Selbstgegenwärtigseins besteht – was für ihn die Grundlage war, auf der sich eine Praxis aufbauen muss, da eine echte spirituelle Arbeit für einen Aspiranten nicht beginnen kann, bevor er zwischen den beiden Aspekten seiner Natur unterscheiden kann.

Wer lehrt, sagte er, muss imstande sein, sich seiner selbst gewusst und mit seiner INNEREN QUELLE verbunden zu bleiben, während er den Schüler anleitet, um aus dieser höheren unpersönlichen Perspektive klar wahrnehmen zu können, wann dieser wirklich gegenwärtig ist und in welchem Grad. Er muss den Sucher ständig überraschen, wenn dieser es am wenigsten erwartet, und ihn sofort aufmerksam machen, wenn diese spezielle Wachheit wieder nachgelassen hat. Dieses Verfahren muss er beharrlich und geduldig immer wieder neu beginnen, bis der Schüler die Implikation dieses geheimnisvollen Schlafes, in dem er unaufhörlich verschwindet, wirklich versteht, ebenso wie die außerordentliche Bedeutung der nach innen gekehrten Bewegung, die entsteht, wenn er von Neuem jäh aufgeweckt wird.

Er zeigte dem Schüler, wie er den Nada erkennen kann, den inneren Ton, der ihm auf seiner eigenen Suche so sehr geholfen hatte. Wenn er mit jemand meditierte, half er ihm, durch eine direkte Übertragung eine Klarheit des Seins und des Bewusstseins zu ahnen, die für jenen ungewohnt war, wobei jeder diese direkte Hilfe Salims gemäß seinem Grad der Empfänglichkeit und seiner Stufe des Seins spürte.

Und schließlich löste er bei seinen Schülern eine psychische Kraft aus, die Shakti, die in ihm bei der kraftvollen Erleuchtungserfahrung erwacht war, die er im Alter von dreiunddreißig Jahren gemacht hatte. Er machte ihnen aber klar, dass, wenn das Erwachen dieser Shakti bei jemand ausgelöst wird, die Erfahrung nicht die gleiche Intensität haben kann. Der, bei dem diese Shakti durch einen äußeren Eingriff erweckt wurde, hatte nicht den Preis dafür bezahlt. Er hatte nur die Möglichkeit zu fühlen, dass in ihm etwas existiert, das sich nicht auf das Berührbare bezieht. Das ist schon viel und wird ihm helfen, aber wenn er keine ernsthafte spirituelle Praxis durchführt, wird die Shakti in ihren latenten Zustand zurückfallen, wo sie vor dem herbeigeführten Erwachen gewesen war. Eine seriöse spirituelle Praxis beinhaltet eine spezifische Konzentrationsarbeit während der Meditation und im aktiven Leben, nicht zu vergessen den Kampf mit den unerwünschten Tendenzen; daher stellt das bloße Erwachen der Shakti an sich noch keine Errungenschaft dar.

Salim musste versuchen, Worte zu finden, die für Anfänger verständlich waren, und jeder Person, entsprechend ihrem Niveau des Seins, des Bewusstseins und der Intelligenz, mitfühlend zu helfen. Das Hauptproblem, das sich bei Suchern im Abendland stellt, ist, wie er feststellte, dass man in einer solchen spirituellen Unwissenheit lebt, dass man im Grunde nicht weiß, was man sucht. Man kann einen unbestimmten inneren Ruf vernehmen, aber man weiß nicht, wie man darauf antworten soll.

Er betonte die Tatsache, dass „von Spiritualität sprechen" und „eine spirituelle Praxis leben" zwei Sachen sind, so verschieden wie Tag und Nacht. Das gleiche gilt für „Gegenwärtigkeit denken" und „gegenwärtig sein", wobei Letzteres eine ungewohnte Anstrengung erfordert. Er erinnerte seine Schüler daran, dass er in Indien, einschließlich in Ashrams, mehrmals Leute gesehen hatte, die zwar brillant über Spiritualität redeten, aber auf eine Weise handelten, die mit den spirituellen Wahrheiten, von denen sie nur ein intellektuelles Wissen hatten, nicht vereinbar war. Er bestand auch auf der Tatsache, dass Menschen, die keine spirituelle Praxis durchführen, eine Stufe des Seins und Qualitäten besitzen können, die höher sind, als die eines Aspiranten.

Manchmal waren Schüler erstaunt, sich anstrengen zu sollen sich zu konzentrieren, wo sie doch anderswo gehört hatten, dass man überhaupt keine Anstrengungen machen brauche. „Schließlich", sagte man zu ihm, „hat nicht Buddha den Mittleren Weg gepredigt? Das bedeutet doch sicher, dass es besser ist, sich nur mäßig anzustrengen!"

Salim antwortete ihnen: „Eine solche Auslegung der Worte Buddhas kommt Leuten gelegen, die vergessen, dass dieses große Wesen diese Worte nach Fastenübungen und übermäßigen Entbehrungen aussprach, die er seinem Körper auferlegt hatte und die ihn physisch und psychisch so geschwächt hatten, dass es ihm unmöglich geworden war, mit der Meditation fortzufahren. Der Mittlere Weg bezieht sich ausschließlich auf die Weise, in der man den Körper behandelt; mit anderen Worten, er empfiehlt, nicht zu viel und nicht zu wenig zu essen, nicht zu viel und nicht zu wenig zu schlafen, keine übermäßigen körperlichen Anstrengungen zu machen, aber auch nicht inaktiv zu bleiben, und so weiter. Das Prinzip des Maßhaltens bezieht sich sicher nicht auf die Bemühungen, die man im Laufe von Meditationsübungen und spirituellen Übungen machen muss. Ganz im Gegenteil, Buddha hat seine Schüler unaufhörlich zu immer größeren Anstrengungen angehalten, indem er sagte: „Macht die intensivsten Anstrengungen, zu denen ihr fähig seid, und seid unablässig wachsam."

Wenn man jungen Leuten, welche Musikkomposition oder Klavier studieren, nahelegt, auf ihr Lernen den „Mittleren Pfad" anzuwenden, kann man sicher sein, dass sie immer nur mittelmäßige Musiker sein werden. Es genügt, sich mit dem Leben großer Komponisten (wie Beethoven oder Gustav Mahler) oder großer Maler (wie Michelangelo, Rembrandt und andere) zu beschäftigen, um zu erkennen, dass das, was ihre Größe bedingte, von der Tatsache herrührte, dass sie extreme Wesen waren. Die Leben Milarepas, Dogens, Ramana Maharshis, Madame Guyons, Theresa von Avilas und anderer großer Mystiker sind Vorbilder für jeden Aspiranten. Auch diese Ausnahmewesen waren extreme Wesen.

Ich habe so oft spirituelle Lehrer in Indien – und sogar im Westen – zu ihren Schülern sagen hören: „Keine Anstrengungen, alles ist schon da", oder auch: „Ihr seid bereits Buddha, die Anstrengung kommt vom Ego, das danach greifen will." Solche Aussagen kommen schlichtweg einem Betrug gleich oder zumindest einer gefährlichen spirituellen Unwissenheit. Es ist wahr, dass „ALLES da ist", aber kennt man wirklich dieses ALLES, das da ist? Und selbst wenn man, dank anhaltender Bemühungen durch eine echte direkte Erfahrung dahingekommen ist, dieses ALLES, das da ist, in seiner ganzen Unermesslichkeit zu erkennen, kann man deswegen auch bei diesem ALLES, das da ist, bleiben und in es eingehen?"

Mehrere Jahre lang fuhr Salim regelmäßig nach Belgien, [um auch dort zu unterrichten[40]]. Während der drei Tage, die er dort blieb,

---

[40] Anm. der Übersetzerin

aß er nichts oder nur sehr wenig und fühlte sich ständig eiskalt, besonders im Winter. Er musste sich damit begnügen, öfters eine Tasse Tee zu trinken, um sich aufzuwärmen.

Das Tagesprogramm erlaubte ihm, mit den Leuten gleichzeitig individuell und kollektiv zu arbeiten. Er stand immer um drei Uhr morgens auf, um meditieren und seine Hatha-Yoga-Stellungen durchführen zu können, bevor die Schüler um sechs Uhr aufwachten. Nach einem kleinen Frühstück, das schweigend eingenommen wurde, versammelten sich alle im Meditationssaal zu einer Sitzung von einer Stunde. Salim gab zunächst ein paar Instruktionen, dann leitete er die Meditation während zwanzig bis fünfundzwanzig Minuten; die Schüler übten anschließend für etwa zehn Minuten langsames Gehen, während dessen sie eine Reihe von Mudras durchführten, um konzentriert zu bleiben. Dann meditierten sie erneut etwa zwanzig Minuten.

Während sie sich der Zubereitung der Speisen und dem Abwasch widmeten, wobei sie weiter Konzentrationsübungen machen mussten, die ans aktive Leben angepasst waren, empfing Salim jeweils einen von ihnen, um etwa fünfzehn bis dreißig Minuten alleine mit ihm zu arbeiten. War die Lektion beendet, rief der Schüler nach dem nächsten, der seinen Platz einnahm, was Salim erlaubte, den Schwierigkeitsgrad der Übungen der Aufmerksamkeit eines jeden anzupassen. Die individuellen Sitzungen folgten einander bis um zehn Uhr dreißig, dem Moment, da sich alle wieder vereinten, um Instruktionen zu erhalten, gefolgt von einer Meditation in zwei Blöcken, unterbrochen durch langsames Gehen, das mit Mudras verbunden war. Um elf Uhr dreißig empfing er nacheinander weitere Schüler bis zum Mittagessen um dreizehn Uhr.

Das Mittagessen verlief schweigend. Um vierzehn Uhr dreißig vereinte eine Meditation von einer Stunde erneut alle, dann folgten individuelle Lektionen bis zum Abendessen, unterbrochen von einer weiteren gemeinsamen Meditation von einer Stunde. Ab und zu brachte man eine Tasse Tee für Salim, der sich den ganzen Tag im Meditationssaal aufhielt, mit Ausnahme der Mahlzeiten, während derer er seinen Schülern spirituelle Texte vorlas, um sie anzuspornen.

Nach dem Abendessen, während andere das Geschirr wuschen, nahm Salim noch ein paar Personen einzeln entgegen, bevor sich alle zu einer letzten, kurzen Meditation versammelten, an die sich ein

Austausch von Fragen und Antworten anschloss. Um dreiundzwanzig Uhr zog er sich in sein Zimmer zurück, um bis vor dem Schlafengehen gegen Mitternacht zu meditieren.

Manchmal erzählte er im Laufe des Nachmittags oder am Abend eine Geschichte mit spiritueller Bedeutung, die er dann reihum jeden wiederholen ließ. Diese spezielle Arbeit war dazu bestimmt, die Schüler deutlich die Kraft spüren zu lassen, die die Schwere im Leben der Erscheinungen ausübt, denn beim Nacherzählen der Geschichte konnte man überrascht feststellen, wie leicht sich Verzerrungen einschlichen. Jeder hatte gehört, was er gerne hören wollte oder gewisse, bedeutungsvolle Details vergessen oder unwillkürlich noch ein Element ohne Bezug zur ursprünglichen Geschichte hinzugefügt und so fort! Alle konnten daher *ganz konkret* merken, welche Schwierigkeiten jeder hat, genau zu sein.

Von dieser einfachen Übung ausgehend, war leicht zu beobachten, wie die Weitergabe einer Wahrheit unweigerlich Verzerrungen unterworfen wird, die sich nach und nach einschleichen, einschließlich in heiligen Texten, die in weit zurückliegenden Zeiten mündlich übertragen wurden – Verzerrungen, die zwangsläufig zu Missverständnissen, Unverständnis und Reibungen zwischen den Menschen führen.

Nach diesen drei Tagen hinterließ Salim Instruktionen und gab die spirituelle Arbeit an, die bis zu seinem nächsten Kommen im aktiven Leben durchgeführt werden sollte. Endlich machte er sich erschöpft auf den Rückweg.

Obwohl er oft schon vor der Abfahrt krank war, sagte er nie seine Reise ab. Er zwang sich ständig, seine Grenzen zu überschreiten, um seine Schüler, die auf ihn warteten, nicht zu enttäuschen und auch, weil er glaubte, dass die Bemühung, die man an sich selbst macht, in einer spirituellen Praxis wesentlich ist.

Sri Lanka. Nyanaponika Théra.

Sieben Jahre waren vergangen, seit Salim Indien 1976 verlassen hatte, und er sehnte sich immer danach, die Atmosphäre dieses Landes wiederzufinden, das ihm so sehr fehlte. Daher beschlossen wir bald nach unserer Heirat, eine kurze Reise dorthin zu machen.

Wir wollten zunächst durch Sri Lanka fahren, das als Hochburg des Théravada-Buddhismus galt. Wir kamen daher an Weihnachten in Colombo an und fuhren nach einer Nacht im Gasthaus mit dem Zug nach Kandy. Salim, der entzückt die üppige Pflanzenwelt betrachtete, schätzte natürlich das tropische Klima, besonders nach der Kälte des Pariser Winters.

Wir blieben eine Woche in einem einfachen Hotel in Kandy, das nicht weit von dem berühmten „Tempel von Buddhas Zahn" lag. Wir hatten die Absicht, ein Kloster zu besichtigen, das uns die Gesellschaft für singhalesische buddhistische Publikationen empfohlen hatte. Nachdem wir uns ein Auto mit Fahrer gemietet hatten, brachen wir auf. Als wir schließlich unser Fahrtziel erreichten, fanden wir nur ein paar schlichte, praktisch verlassene Gebäude vor. Der Verantwortliche dieses Ortes war anscheinend auf Reisen, und

Nyanaponika Théra

die Atmosphäre, die dort herrschte, war in keiner Weise die eines Klosters mit strengen Regeln; daher erwies sich dieser Besuch als enttäuschend.

Nyanaponika Théra, ein Eremit deutschen Ursprungs, lebte in einer Einsiedelei ganz nahe bei Kandy; wir baten um ein Treffen. Um Zugang zu bekommen, brauchten wir eine Genehmigung vom Zentrum für buddhistische Publikationen. Sein Häuschen stand mitten in einem exotischen Wald, geschützt vor jeder äußeren Störung. Der Zufahrtsweg wurde sogar von einem Waldhüter bewacht. Der gelehrte Einsiedler empfing uns wohlwollend in einem Zimmer, das vom Boden bis zur Decke mit Büchern gefüllt war. Er war in der buddhistischen Welt durch seine Übersetzungen berühmt geworden, besonders die der berühmten Satipatthana Sutta über die Entwicklung der Aufmerksamkeit.

Madras. Chinmayananda.

Als wir in Madras ankamen, wünschte sich Salim, den Ort wiederzusehen, an dem er mehrere Jahre gewohnt hatte. Jedoch, das

Bevölkerungswachstum, das Indien erfährt und das die Städte mit rasanter Geschwindigkeit verwandelt, hatte Bésant Nagar so sehr verändert, dass es ihm schwerfiel, seine Straße wiederzufinden.

Wir besuchten eines Abends eine Vorstellung des Bharata-Natyam im „Kalakshetra", dem Zentrum für indischen Tanz, das Salim sehr bewegt wiedersah. Da wir wussten, dass unser Aufenthalt nicht lange dauern würde, hatten wir zwar einen Wasserfilter und etwas zum Sterilisieren der Früchte mitgebracht, aber wir waren nicht, wie bei Salims früheren Reisen, genügend zum Kochen ausgerüstet. Wir mussten daher zeitweise und unter den größten Vorsichtsmaßnahmen auswärts essen. Nach einem Versuch in einem chinesischen Restaurant, das ebenso stark gewürzte Speisen wie die indische Küche anbot, begnügten wir uns schließlich damit, mittags und abends im Hotelrestaurant das gleiche, ungewürzte Gericht zu bestellen, das aus einem Löffel frittierter Zwiebeln und Kartoffeln bestand, die in ein Crêpe gewickelt waren. Zu meiner Verzweiflung wurde Salim jedes Mal davon krank.

Wir hörten, dass Satya Sai Baba zu einem Vortrag auf der Durchreise sei. Da Salim mir seinen Wunsch mitgeteilt hatte, den berühmten Guru wiederzusehen, begaben wir uns zum Schauplatz, fanden dort aber nur noch die Menge, die sich zerstreute.

Und schließlich hatten wir noch die Möglichkeit, Chinmayananda zu treffen, der berühmt war für seine Kommentare über die Bhagavad Gîta.

Als Salim sich nach Sri Lanka und Madras begeben hatte, hatte er in erster Linie die Atmosphäre Indiens wiederfinden wollen; darüber hinaus hatte er aber gehofft, eine Gelegenheit für einen interessanten Gedankenaustausch auf spirituellem Gebiet zu finden. So gesehen, brachte ihm die Reise nichts von dem, was er sich erwartet hatte.

Karlfried Graf Dürckheim

Als ich Salim 1974 begegnete, praktizierte ich mit einem Schüler von Karlfried Graf Dürckheim Zenmeditation in einem Dojo, nicht weit von der Rue Octave Feuillet, wo Dürckheim manchmal abstieg, wenn er in Paris auf der Durchreise war. Ich richtete es daher damals ein, dass Salim ihn bei einem seiner Besuche treffen konnte.

Als ich Salim ein paar Jahre später mit mir nahm, damit er sich in den Bergen etwas erholen könne, machten wir einen Abstecher nach Rütte, um das Zentrum zu besuchen, das der damals schon erblindete Dürckheim im Schwarzwald besaß. Er und Salim riefen sich gemeinsam Indien in Erinnerung und Dürckheim erzählte uns bei dieser Gelegenheit von seinen Begegnungen mit Ma Ananda Moy und Muktananda vor einigen Jahren. Er sprach auch von dem Buch, das er über das Hara geschrieben hatte, mit dem französischen Titel: „Hara, Centre Vital de l'Homme"[41], das mich zu der Zeit, als ich es las, begeistert hatte.

Als Salim ihm sagte, dass es sich seiner Meinung nach um eine neutrale Kraft handle, die man entwickeln könne, ohne notwendigerweise eine Erleuchtung erfahren zu haben, war ich sehr

Karlfried Graf
Dürckheim

interessiert, Dürckheim erklären zu hören, dass er seit der Zeit, da er das Buch geschrieben hatte, zur gleichen Schlussfolgerung gekommen sei! Sie sprachen dann über die Psychoanalyse von Jung und Freud, die Dürckheim als eine mögliche Etappe auf der spirituellen Suche ansah, vielleicht notwendig für manche Menschen, die zu sehr gestört waren; er zeigte jedoch eine deutliche Zurückhaltung gegenüber der Verwirrung, die manchmal in Bezug auf eine spirituelle Praxis und den Begriff der „Individuation" von Jung herrscht. Salim

konnte nur zustimmen, denn, sagte er, in der westlichen Psychologie ziele eine Therapie, gleich welche, nicht darauf ab, den Menschen zu einer höheren Bewusstseinsebene zu führen, die in ihm existiere, während doch das erfahrungsmäßige – und nicht intellektuelle – Erkennen dieser höheren Bewusstseinsebene das sei, was die Erleuchtung ausmache.

Erschütternde spirituelle Erfahrungen

Salim beschrieb in seinen Büchern gewisse spirituelle Erfahrungen, um besser verständlich zu machen, worin eine Praxis besteht, und

---

[41] "Hara, die Erdmitte des Menschen", O. W. Barth Verlag, 1954

auch, um seine Schüler zu ermutigen. Natürlich hatten die meisten derer, die ihn aufsuchten, den Wunsch, selbst solche mächtigen spirituellen Erfahrungen zu machen, ohne indessen zu realisieren, dass man auch bereit sein muss, sie zu ertragen. Salim warnte sie, indem er ihnen erklärte: „Da diese Erfahrungen mit nichts Bekanntem in dieser Welt verglichen oder in Verbindung gebracht werden können, können sie hinterher beunruhigend und störend sein.

Wenn ein Sucher die GNADE erlangen möchte, ist es unerlässlich, dass nicht nur seine unerwünschten Neigungen dank einer beharrlichen Arbeit an sich selbst umgewandelt werden, sondern auch, dass seine Stufe des Seins und des Bewusstseins hoch genug sind, weil er sich sonst durch diese HEILIGEN MANIFESTATIONEN überwältigt, ja sogar zerschmettert finden würde."

Die meiste Zeit vermied Salim es, über mystische Phänomene zu sprechen, die ihm widerfahren waren, denn für einen Aspiranten ist es eine Versuchung, diese wieder suchen zu wollen, statt neu und offen für die Gegenwart zu bleiben. Daher werden die meisten Erfahrungen, die er erlebt hat, wie er es ausdrückte: „ein Geheimnis zwischen GOTT und ihm bleiben."

Es geschah ihm oft, dass er Gedanken von Personen auffing, die ihm nahe standen, besonders von seinen Schülern, oder dass er im Geist sah, was sie gerade machten oder zu tun im Begriff waren, oder dass er im Voraus den Inhalt eines Briefes kannte, den er bekommen würde und der noch nicht einmal geschrieben war. Auf der Straße, auf öffentlichen Plätzen oder anderswo fing er beunruhigenderweise ebenfalls Gedanken der Personen auf, die um ihn herum waren. Das war nicht besonders angenehm. Er empfing oft die Art Bilder, die im männlichen Geist entstehen, wenn eine junge Frau vorbeigeht. Er konnte nicht umhin zu denken, dass diese Frau, wenn sie die Rohheit der Fantasien ahnen würde, die im Kopf des Mannes auftauchten, und wenn sie wüsste, auf was sie in diesem Augenblick reduziert wurde, sich weder von seinem Blick geschmeichelt fühlen würde, noch sich wünschen würde, seine Aufmerksamkeit auf sich zu ziehen.

Salim betonte, dass ein Mann unter diesen Umständen die Schwere des Unrechts nicht begreift, welches er der Frau und sich selbst zufügt, indem er solche Vorstellungen nährt. „Er darf nicht vergessen", fügte er hinzu, „das der Mensch ein Gewohnheitstier ist und durch Wiederholung der Art Gedanken, die er in seinem Geist zulässt, ohne sich dessen bewusst zu sein, deren Furchen sich immer tiefer in sein Wesen eingraben lässt. Wenn sich nun aber diese Gedanken mit seinem spirituellen Streben als unvereinbar erweisen, schließt sich, ohne dass er es weiß, die Pforte, die zum GÖTTLICHEN LICHT in ihm führt.

Salim hatte wiederholt spirituelle Erfahrungen gemacht, die mit der Nahrung zusammenhingen und die ihn die Bedeutung des täglichen Aktes des Essens besser verstehen ließen.

Ein Tages, als er an sich arbeitete und im Begriff war, ein paar Weinbeeren zu essen, wurde er von einem undefinierbaren Gefühl ergriffen. Er blieb einen Augenblick bewegungslos und betrachtete die Trauben vor sich, als plötzlich zwischen ihm und den Früchten schweigend ein rätselhafter Kontakt hergestellt wurde. Auf eine Weise, die unmöglich zu beschreiben ist, fühlte er das Wesen dieser Weinbeeren und spürte ihre Angst in sich. Sie waren sich auf ihre Weise erstaunlich dessen bewusst, dass für sie die Stunde gekommen war, ihr Leben zu verlieren. Sie lagen vor ihm, ohnmächtig und unfähig zu fliehen, und für Salim war ihre Angst angesichts des bevorstehenden Todes offensichtlich und unbestreitbar.

Er blieb lange in der gleichen Haltung erstarrt, während ihm unaussprechliche Gedanken über das unergründliche Geheimnis der Schöpfung und des Daseins durch den Kopf gingen. In diesem Augenblick war für ihn kein Zweifel möglich, dass jede Nahrung, die ein Mensch zu sich nimmt, eine Form des Bewusstseins besitzt, die für gewöhnlich nicht erfasst werden kann, und dass sie folglich das Leben spürt und den Tod fürchtet.

Leider findet sich der Mensch in einer Lage, wo er gezwungen ist, lebende Elemente auszulöschen, um seinen eigenen Organismus zu unterhalten. Aber, wie Salim die Bestätigung bekam, als er eines Tages eine Tomate zerschnitt, oder bei einer anderen Gelegenheit, als er dabei war, Reis zu kochen, diese Lebensmittel wissen auf ihre Weise, was der Tod ist und fürchten ihn. „Das ist der Grund", sagte er, „warum man dahin kommen muss, sie durch eine ganz besondere innere Haltung und aus Respekt vor der Art Sensibilität, die diese lebenden Wesenheiten besitzen, über den Schmerz zu beruhigen, den sie unvermeidlich fühlen müssen, bevor man ihrem Leben ein Ende setzt, um sich von ihnen zu ernähren. Einige Momente bewegungslos in schweigendem Gebet zu verharren und sich mit der Nahrung zu verbinden, die gekocht und gegessen werden wird, hilft dem Aspirant, gegenwärtig zu werden und auf eine andere Weise in sich „platziert" zu werden als gewöhnlich. Außerdem weckt das in ihm einen Sinn für Verantwortung und Achtung vor den Elementen, die kurz davor stehen, geopfert zu werden, um den Erhalt seiner körperlichen Existenz zu gewährleisten. Und endlich erlaubt diese Haltung, die Gefühle der Nahrung zu beruhigen, die in diesem Augenblick ihr Leben und ihre Individualität im Interesse des Suchers verliert, und hilft, ihre Angst und ihren Schmerz zu lindern, so gut es geht."

Man darf jedoch nicht schlussfolgern, dass es, weil alle Kreaturen leiden, wenn man ihnen das Leben nimmt, auf das Gleiche hinauskommt, ob man Fleisch isst oder sich mit vegetarischer Nahrung begnügt. Wie Salim in „*Der Weg der inneren Wachsamkeit*" erinnerte, ist das Niveau des Leidens einer Pflanze nicht das gleiche wie das eines Säugetiers oder eines Fischs. Übrigens, wenn die Leute, die Fleisch essen, ohne an das Leiden des Tieres denken zu wollen, dieses selbst schlachten müssten, wie wäre ihre Einstellung dann? Wären sie bereit, das zu tun, was sich hinter den Mauern der Schlachthöfe abspielt?

Salim schrieb zu diesem Thema: „Aber wegen des Entsetzens, des körperlichen Schmerzes und der seelischen Qual, die diese stummen Geschöpfe unweigerlich erdulden müssen, wenn sie ihrem grausamen und vorzeitigen Tod von menschlicher Hand entgegentreten, ist es besser, nach Möglichkeit ganz darauf zu verzichten, Fleisch zu essen, denn der wiederholte Verzicht auf Fleisch bedeutet auf lange Sicht ein Tier weniger, das zum Schlachthaus gehen wird."

„In dieser qualvollen Situation werden diese unglücklichen Geschöpfe intensiv wachsam und konzentriert. Das Entsetzen, die Hilflosigkeit und die Verzweiflung, die sie in diesen furchtbaren Augenblicken empfinden – ganz zu schweigen von der Wut und dem Hass gegen die Menschen, von denen sie geschlachtet werden –, sind, entsprechend der Gewalt dieser Momente, extrem stark. Diese entsetzlichen letzten Gefühle, die sie beim Sterben mitnehmen, übertragen sich unweigerlich auch auf das Fleisch und bleiben in diesem hochaktiv; und wenn es von Menschen verzehrt wird,

381

besonders auf die achtlose Weise, in der normalerweise gegessen wird, wird es zwangsläufig ihre innere Verfassung ungünstig beeinflussen und sie mit der Zeit mit Empfindungen erfüllen, die denen entsprechen, die diese unglücklichen Wesen im Moment ihres Todes in sich trugen."

Als er im Orient war, machte Salim Erfahrungen, die in jeder Hinsicht unerträglich waren. Er sah mit an, wie Männer Büffeln und anderen Tieren auf einem öffentlichen Platz die Kehle durchschnitten und sich anschließend unbekümmert unterhielten, während sie dem langen Todeskampf dieser unglücklichen Tiere beiwohnten, ohne das mindeste Mitleid für sie zu zeigen.

„Mitgefühl! Man muss Mitgefühl empfinden", rief Salim aus, „für all die lebenden Kreaturen, die, obwohl sie weder die gleiche Ebene des Bewusstseins noch die gleiche Fähigkeit zur Reflexion besitzen wie der Mensch, den Schmerz in seiner ganzen Realität nicht weniger kennen und die wissen, was der Tod bedeutet."

Salim war sprachlos, als ihm jemand erklärte, dass ein Fisch nicht leide, wenn ihm ein Angelhaken den Gaumen zerreiße und er aus dem Wasser gezogen werde. Er machte mehrmals schmerzliche Erfahrungen, bei denen er das Entsetzen und das Leid dieser stummen Geschöpfe fühlte. „Selbst wenn man keine Wahrnehmungen dieser Art hatte", sagte er, „genügt es zu beobachten, wie sich ein Fisch mit aller Kraft in alle Richtungen dreht und wendet, wenn er seiner wässrigen Wohnung entrissen und auf den Boden geworfen wird, wo er Qualen erleidet, bevor er stirbt, um zu erkennen, dass es unvorstellbar ist, dass dieses Tier für Schmerz, Angst und Tod unempfindlich sein soll."

Er erzählte mir eines Tages von einem merkwürdigen Erlebnis, das er zu der Zeit gehabt hatte, als er gerade in sein winziges Zimmer in der Rue du Cherche-Midi eingezogen war. Nelly Caron, die Freundin, die seine Musik sehr liebte und durch die er diese unverhoffte Unterkunft bekommen hatte, hatte ihn besucht. Sie hatte ihm, in Papier eingewickelt, etwas zu essen mitgebracht, das sie in eine Ecke des Zimmers gelegt hatte. Nachdem sie gegangen war, öffnete er das Päckchen und bemerkte zu seinem großen Kummer, dass sich unter den Nahrungsmitteln, die es enthielt, ein Stück Fleisch befand. Salim erklärte mir, dass ihn der Zustand, in den er sich beim Anblick des Fleischstückes getaucht fand, das rein zufällig in seine

Hände geraten war, völlig unvorbereitet traf. Er wurde von einem ungeheuren Gefühl des Mitleids für das Tier ergriffen, von dem er schweigende Rufe von solcher Angst zu vernehmen schien, dass er beunruhigt und unfähig war, sich zu bewegen. Es war, als ob das arme Tier wollte, dass man ihm das schreckliche Leiden erleichtere, das es durchgemacht hatte, als man ihm das Leben genommen hatte.

Salim wusste nicht genau, wie lange er in diesem abwesenden Zustand gewesen war, erfüllt von Mitgefühl für die unglückliche Kreatur, während dieser geheimnisvolle Ton, der Nada, in seinen Ohren so durchdringend vibriert hatte, dass er den Eindruck gehabt hatte, sein Kopf könne ihn nicht länger aushalten.

Als er sozusagen wieder zu sich gekommen war, war mindestens eine halbe Stunde verflossen und zu seinem Erstaunen war die Scheibe Fleisch, die er die ganze Zeit in seinen Händen gehalten hatte, hart wie Stein geworden; es war, als ob sie mumifiziert worden sei. Als er ein paar Stunden später Nelly Caron zeigte, was aus dem Fleisch geworden war, das sie ihm gekauft hatte, war sie dermaßen überrascht und bewegt, dass sie ihn bat, diese seltsame Reliquie aufbewahren zu dürfen, die er ihr sofort aushändigte, mit der Bitte, ihm in Zukunft kein Fleisch mehr zu bringen. Er sprach auch zu Herrn Adie von diesem beunruhigenden Ereignis, der ihm nach einem Moment des Schweigens erklärte:

„Es passieren manchmal Dinge im Leben, die man absolut nicht verstehen oder erklären kann." Dann betrachtete er Salim lange und nachdenklich.

Was dieses Phänomen betrifft, pflegte Salim zu betonen, dass es unabhängig von seinem Willen aufgetreten war, dass er absolut nicht danach gesucht hatte und dass er selbst nicht verstand, auf welche Weise sich das Fleischstück mumifiziert in seinen Händen befunden hatte.

Ein andermal kam er gerade von der Kirche Saint-Eustache zurück, sehr betrübt darüber, wie ihn der Priester der Kirche empfangen hatte, der es für unangemessen hielt, ein Messe aufführen zu lassen, die von einem Nicht-Katholiken geschrieben war. Gedankenverloren durchquerte er das alte Viertel Les Halles, als sein Blick plötzlich auf eine große Halle fiel, die sich zur Straße hin öffnete und in der die Kadaver von Kühen und Ochsen zu

Hunderten aufgehängt waren. Sozusagen mit seinem geistigen Auge, hatte er auf einmal die Vision der von Panik erfassten Geister dieser Tiere, die, ohne zu verstehen, was mit ihnen geschehen war, verzweifelt versuchten, ihre eigenen Körper unter all diesen sterblichen Überresten wiederzufinden, die die stämmigen, mit blutbefleckten Kitteln bekleideten Arbeiter mit der größten Gleichgültigkeit und Gefühllosigkeit behandelten.

Allgemeine Illusionen

Viele, die Salim zum ersten Mal trafen, kamen voller Illusionen, sowohl über das Wissen, das sie zu besitzen glaubten, als auch über ihre Ziele. Trotz allem, was er in seinem ersten Buch dargelegt hatte, hofften sie schnell, die Erleuchtung und die Befreiung zu erlangen, ohne sich allzu sehr anzustrengen.

Unter den aufsehenerregenden Versprechungen und unwahren Offenbarungen, die von Pseudomeistern verkündet werden, gibt es eine, die die Leute besonders fasziniert und die vergangene Inkarnationen betrifft. Salim bekam eines Tages Besuch von einer jungen Frau, die mit ihm arbeiten wollte und die ihm erklärte, jemand habe „gesehen", dass sie in einem früheren Leben Kleopatra gewesen sei. Wenn man das außergewöhnliche Schicksal dieser ägyptischen Königin bedenkt, die eine so bemerkenswerte Frau gewesen war, die sieben Sprachen sprach, die sich unaufhörlich für ihr Land aufopferte und tragisch endete, indem sie im Alter von dreißig Jahren Selbstmord beging, wie sollte man da nicht solche Behauptungen anzweifeln, die darauf abzielen, leichtgläubige Menschen zu beeindrucken?`

Salim betonte seinen Schülern gegenüber immer, dass ihn frühere Inkarnationen nicht interessierten. Nur die Gegenwart war wichtig und zählte in seinen Augen, denn, sagte er, „die Gegenwart ist unausweichlich das Ergebnis dessen, was man gestern, vorgestern, das letzte Jahr etc. war, und die Weise, in der das Heute gelebt wird, wird ebenso unausweichlich bestimmen, was das Morgen, das kommende Jahr und das gesamte zukünftige Dasein sein werden, welche Form es auch immer annehmen mag."

Er selbst hatte, ohne sie gesucht zu haben, beunruhigende Erfahrungen in Bezug auf vergangene Existenzen, aber er verstand, dass selbst wenn es ihm gelingen sollte, sich so tief in sich zu versenken, dass er geheime Regionen seines Bewusstseins erreichen und sich an einige seiner früheren Leben erinnern könnte, diese Erinnerungen viel zu zusammenhanglos und wirr wären. Es wäre ihm unmöglich gewesen, die Gesamtheit seiner vergangenen Handlungen sowie die Konsequenzen, die sie auf sein Wesen gehabt hatten und weiter haben würden, oder, da alles miteinander verknüpft ist, die geheimnisvollen Spuren, die sie auf diesem Planeten zurückgelassen haben konnten, zu visualisieren und zu sehen, auf welche Weise sie diesen Globus beeinflussen konnten und immer noch beeinflussten, zum Besseren oder zum Schlechteren.

Das Schreiben eines neuen Buches. Das Dhammapada. Tibeter in Frankreich.

Wegen des Unverständnisses, auf das er bei seinen Schülern traf, beschloss Salim, ein neues Buch zu schreiben, jedoch, angesichts der Schwierigkeiten, die wir bei der Ausarbeitung der englischen Version des ersten Buches gehabt hatten, sah er, dass es künftig vorzuziehen sei, direkt auf Französisch zu schreiben; auf diese Weise musste ich nicht mehr übersetzen, sondern brauchte nur noch seine Grammatik korrigieren.

Da er sich immer beklagte, dass die französischen Übersetzungen, die er von dem buddhistischen Text „Das Dhammapada" finden konnte, nicht das Niveau des englischen Exemplars erreichten, das er besaß, beschloss er zur gleichen Zeit, mit meiner Hilfe eine Übersetzung anzufertigen.

Wir hatten die Möglichkeit, in Paris einen Vortrag mit dem Thema „Mitgefühl im Buddhismus" zu hören, gehalten von Kalu Rinpoche. Die Ausstrahlung, die dieser bemerkenswerte Mann hatte, machte einen starken Eindruck auf uns.

Es war zweifellos der Buddhismus, dem sich Salim am nächsten fühlte. Obwohl diese Lehre, je nach dem Land, wo sie angesiedelt ist, äußerlich beträchtliche Veränderungen durchgemacht hat, sind die grundlegenden Punkte des Dharma (der Lehre) immer noch lebendig: die Notwendigkeit zur Meditation und Konzentration, das Bestehen auf Mitgefühl und Toleranz, eine Lebensweise, die mit dem erhabenem Streben in Einklang steht, und endlich das Erwachen, das der Mensch nur durch persönliche Bemühungen erreichen kann. Alle diese Aspekte des Achtfachen Pfades hatte Salim bereits in die Praxis umgesetzt, noch bevor er mit Buddhas Lehre in Kontakt gekommen war.

Eingedenk des Unverständnisses darüber, was ein authentischer spiritueller Weg beinhaltet, auf das er manchmal bei Personen stieß, die zu ihm kamen, erinnerte sich Salim an eine Überlegung, die ein alter Tibeter verschmitzt an die Westler gerichtet hatte, die ihn in Indien aufgesucht hatten: „Wenn es einen leichten Weg gäbe, hätte Buddha ihn gefunden. Wer kann zu denken wagen, er sei schlauer als Buddha?"

Das innere Leben nähren

Nur auf die eigenen Ressourcen bauen zu können, um die Mittel zu finden, das innere Leben zu pflegen und die spirituellen Übungen zu nähren, stellte für Salim eine ständige Herausforderung dar.

Die einzigen spirituellen Werke, in die er tiefer eindringen konnte und die er regelmäßig las, waren das Dhammapada (der klassische buddhistische Text, den wir übersetzt haben), die Bhagavad-Gîta (in der Übersetzung von Sri Aurobindo), Die Übung der Gegenwart Gottes von Bruder Lorenz von der Auferstehung, die Evangelien und das Tibetanische Totenbuch (in der englischen Version, übersetzt und herausgegeben von W.Y. Evans-Wentz und dem Lama Kazi Dawa-Samdup), in dem er, als er es entdeckte, Bestätigungen der spirituellen Erfahrungen fand, die sich auf den Tod beziehen und die er Jahre vorher gemacht hatte. Später fand er in Living Time von Maurice Nicoll ein Echo seiner Fragen über die Zeit, die in besonders bewegten; und endlich wurde er von allem gefesselt, was mit dem Kosmos und dem Universum zusammenhing; er sah sich sehr gerne Dokumentarfilme über dieses Thema an, das ihn faszinierte.

Neben seiner Sadhana, die ganz offensichtlich den ersten Platz in seinem Leben einnahm, blieb die Musik seine Hauptstütze. Er hörte gerne Aufzeichnungen indischer und tibetischer Musik, die er von seinem Aufenthalt in Indien mitgebracht hatte; für ihn drückten sie das HEILIGE aus und hatten etwa Außerzeitliches. Bhajans drückten für ihn immer ein intensives hingebungsvolles Gefühl aus, während die indische Flöte oder die seltsamen pentatonischen tibetischen Harmonien in seinem Geist die weiten Räume der Hochebenen des Himalaya heraufbeschworen.

Was die abendländische Musik betrifft, so war es für ihn wichtig, etwas anderes zu suchen, als technisches Können. „Wenn man hört", sagte er, „was die meisten Komponisten zu sagen haben, handelt es sich, und das, obwohl sie ihr Metier gut verstehen und ihre Werke angenehm zu anzuhören sind, meistens um Unterhaltungsmusik. Es gibt so wenig Musik, die sich an den Menschen richtet, um von einer anderen Welt zu sprechen, die ihm für gewöhnlich nicht zugänglich ist. Der Komponist muss eine lebenswichtige Botschaft zu überbringen haben, um im Zuhörer den starken Wunsch zu erwecken, das Geheimnis der Existenz zu durchdringen."

Im Laufe der Jahre wurden die Komponisten, denen sich Salim gerne zuwandte, immer weniger; er mochte seine Aufmerksamkeit nur noch einer hoch verinnerlichten Musik schenken.

Er hörte Kassetten, was ihm erlaubte, die Musik selbst zusammenzustellen und Auszüge aus Werken, die er liebte, sorgfältig aneinander zu reihen. Er hörte täglich das Benedictus aus Gounods Sankt Cecilia Messe, das wegen seines außergewöhnlich hingebungsvollen Charakters zu „seinem Gebet" geworden war, wie er es ausdrückte.

Wenn er bestimmte Auszüge aus Beethovens Werk hörte, wie den langsamen Satz seines fünften Klavierkonzerts, fühlte er deutlich, dass der große Mann dem Zuhörer mit unendlicher Zartheit sagte: „Ja, ich weiß, ich weiß, mein Freund, dass du die Einsamkeit kennst und ich sympathisiere mit dir." Andere Passagen seiner Musik strahlen eine solche Kraft und eine solche Güte aus, dass sie nur der Ausdruck dessen sein können, was Beethoven in sich selbst war.

Salim kam immer wieder auf die außergewöhnliche Liebe zurück, die César Francks Musik ausdrückt, besonders sein Werk „Psyché", sowie auf die liebende Weite von Brahms Symphonien, auf die heroische Dimension von Richard Strauss Alpensymphonie und auf Chaussons Symphonie. In anderen Momenten hatte er das Bedürfnis, Gustav Mahlers Symphonien wegen der Tiefe und des Mitgefühls zu hören, die davon ausgehen, oder den langsamen Satz der dritten

Symphonie Saint-Saëns wegen der außerordentlichen Zartheit, die diese Musik vermittelt.

Kontinuität war für ihn ebenfalls ein Element von großer Bedeutung, deshalb hörte Salim gerne bestimmte Werke von Respighi sowie Saties Gymnopaidien, orchestriert von Debussy, oder Elgars Konzert für Violoncello.

Wenn er gesundheitlich zu schwere Prüfungen durchmachte, zog er es vor, sich einer beschreibenden Musik zuzuwenden, die ihm sehr am Herzen lag; von Miklos Rosza für den Film Ben Hur geschrieben, veranschaulichen gewisse Sequenzen die Gegenwart Christi. Obwohl es sich nur um eine Komposition fürs Kino handelt, strahlt es eine Liebe von solch erhabener Natur und ein Gefühl so außergewöhnlichen Mutes aus, dass Salim großen Trost daraus zog.

Infolge außerordentlicher Erfahrungen, die er gemacht hatte und die sich auf Dimensionen jenseits von Raum und Zeit bezogen, schätzte es Salim sehr, ein Werk Gustav Holsts mit dem Titel „Die Planeten" zu hören (das so geheimnisvoll Bilder von einem unendlichen Sternenraum wachruft), sowie „La Peri" von Paul Dukas und mehrere Werke Debussys, darunter „Sirènes" für Frauenchöre und Orchester, „La cathédrale engloutie" in der Orchesterversion und „Le Martyr de Saint Sèbastien". In den Schöpfungen dieser Komponisten spürte er das, was er selbst in seiner Musik durchscheinen zu lassen versucht hatte, den Ausdruck für die Existenz rätselhafter und unsichtbarer Universen, die den Hörer anregen, sich zu wünschen, die Grenzen der greifbaren Welt zu überschreiten und sich über das Geheimnis von Leben und Tod Fragen zu stellen.

Der Sinn für das Geheimnisvolle

Salim war vom Geheimnis von Ursprüngen fasziniert: Woher sind wir gekommen? Wohin gehen wir nach dem Tod? Er spürte, kultivierte und nährte stets einen deutlichen Sinn für das Geheimnisvolle angesichts der Rätsel des Lebens und des Universums. Erstaunt stellte er bei seinen Schülern das Fehlen des Sinnes für das Geheimnisvolle fest.

Im Westen verweist die wissenschaftliche Rationalität, so wie sie an der Schule gelehrt wird, metaphysische Fragen auf die Ebene von

Kindergeschichten. Wissenschaftliche Entdeckungen sollten in der Menschheit eigentlich ein fasziniertes Staunen hervorrufen angesichts der unvorstellbaren INTELLIGENZ, die der Ursprung der Gesetze ist, welche die Organisation der Materie und das Entstehen eines Bewusstseins erlaubt haben, das fähig ist, sich über sich selbst Fragen zu stellen. Aber statt dieses entzückten Staunens, dem Fragen folgen, was diese HÖCHSTE INTELLIGENZ von ihrer SCHÖPFUNG erwartet, werden wissenschaftliche Entdeckungen sofort vom Standpunkt der Nützlichkeit aus betrachtet und gierig für Profit, Herrschaft und Zerstörung verwendet.

Die allgemeine Geistesverfassung im Westen ist die, dass die Religion veraltet und nutzlos ist, dass das Universum von Zufall und Notwendigkeit regiert wird und dass es sinnlos ist, einen fordernden GOTT um Gnade anzuflehen. Auf die Spiritualität wird herabgeblickt, ja sie wird sogar argwöhnisch abgelehnt. Die größten Wissenschaftler wissen jedoch sehr wohl, dass das Geheimnis überall hinter den unveränderlichen Gesetzen der SCHÖPFUNG ist.

In einem Text mit dem Titel „Mein Glaubensbekenntnis"[42], das er 1932 an die Liga für Menschenrechte richtete, sagte Albert Einstein:

„Das Schönste und Tiefste, was der Mensch erleben kann, ist das Gefühl des Geheimnisvollen. Es liegt der Religion sowie allem tieferen Streben in Kunst und Wissenschaft zugrunde. Wer dies nicht erlebt hat, erscheint mir, wenn nicht wie ein Toter, so doch wie ein Blinder. Zu empfinden, dass hinter dem Erlebbaren ein für unseren Geist Unerreichbares verborgen sei, dessen Schönheit und Erhabenheit uns nur mittelbar und in schwachem Widerschein erreicht, das ist Religiosität. In diesem Sinne bin ich religiös. Es ist mir genug, diese Geheimnisse staunend zu ahnen und zu versuchen, von der erhabenen Struktur des Seienden in Demut ein mattes Abbild geistig zu erfassen."

Salim bewahrte sich angesichts der geheimnisvollen Entfaltung des Universums stets einen Zustand lebendigen Fragens. Er liebte es,

---

[42] "Mein Glaubensbekenntnis", von Albert Einstein 1932 in Caputh geschrieben und für die Deutsche Liga für Menschenrechte auf Schallplatte gesprochen.

Hubert Reeves Werk „*Sternenstaub*"[43] zu betrachten, illustriert mit faszinierenden Bildern von Sternen und Galaxien. Er hatte sich sogar eine Passage über die Unendlichkeit des Universums kopiert, die ihn besonders beeindruckte:

> „Hier eine computerbasierte Rekonstruktion der Anordnung der Galaxien in den Milliarden Lichtjahren von Raum, die uns umgeben. Jeder dieser leuchtenden Punkte ist eine Galaxie wie die unsere, mit ihren Hunderten von Milliarden von Sternen, ihren Nebeln, ihren Planeten und vielleicht ihren Zivilisationen. Schwindelerregende Dokumente, die uns wie kein anderes Bild die Unermesslichkeit unseres UNIVERSUMS zeigen. Und das ist nur ein Tropfen Wasser im weiten Ozean. Unsere Beobachtungen deuten darauf hin, dass das UNIVERSUM unendlich ist, dass die Zahl der Galaxien unendlich ist.

> „Nennen Sie eine Zahl, so groß wie Sie wollen", sagen die Mathematiker, „die Unendlichkeit ist immer größer." Wie viele Galaxien gibt es? Eine Milliarde Milliarden Milliarden…Milliarden? Noch mehr. Immer mehr. Solange unsere Reise auch dauern wird, so weit wir im Raum gehen, das UNIVERSUM wird für uns immer das Gleiche bleiben. In der Luke unseres Raumschiffes folgt eine Galaxie auf die andere, ohne Ende…

> Wie ist Ihre Seelenverfassung angesichts dieses Schauspiels? Unwohlsein, Angst, Erhebung, Gleichgültigkeit? Jeder erlebt auf seine Weise, mit seiner Sensibilität, die Situationen, die sein Fassungsvermögen übersteigen."

---

[37] Poussières d'Étoiles von Hubert Reeves, Points, Paris, 1988

Chacun de ces points lumineux est une galaxie comme la nôtre, avec ses centaines de milliards d'étoiles, ses nébuleuses, ses planètes, et peut-être ses civilisations. Documents vertigineux qui nous rendent comme anéantis suite à l'image de l'immensité de notre univers. Et ce n'est qu'une goutte d'eau dans le vaste océan. Nos observations suggèrent que l'univers est infini, que le nombre de galaxies l'est infini.

« Nommez un chiffre aussi grand que vous le voulez, disent les mathématiciens, l'infini, c'est encore plus grand. » Combien y a-t-il de galaxies ? Un milliard de milliard de milliards... de milliards ? Encore plus. Toujours plus. Aussi longtemps que durera notre voyage, aussi loin que nous allions dans l'espace, l'univers restera toujours semblable à lui-même. Dans le hublot de notre vaisseau spatial, les galaxies se succèdent indéfiniment... Devant ce spectacle, quel est votre état d'âme ? Malaise, angoisse, exaltation, indifférence ?

Chacun vit à sa façon, avec sa sensibilité, les situations qui le dépassent.

Fragen über die Zeit, ist sie kreisförmig oder linear?

Aufgrund unerklärlicher Phänomene, die ihm auf seiner spirituellen Wanderung wiederholt widerfuhren und von denen einige in diesem Buch berichtet wurden, stellte sich Salim fortwährend Fragen über die Natur der Zeit, die man für gewöhnlich akzeptiert, ohne sie zu hinterfragen.

Sich mit der beunruhigenden Frage der Zukunft beschäftigend, die ihm seltsamerweise schon zu existieren schien und die von einem bestimmten Aspekt seiner selbst offenbar gekannt werden konnte, versuchte er, das Rätsel der zahlreichen vorwarnenden Träume zu ergründen, die er gehabt hatte und in denen er bei Ereignissen oder Szenen zugegen gewesen war, die er erst viel später erlebte, oder auch von Träumen anderer Art, in denen ihm gewisse zukünftige Situationen symbolisch enthüllt worden waren. Als ich ihn fragte, warum diese Art von Vorwarnungen bevorzugt in nächtlichen Träumen und nicht im wachen Zustand vorkämen, antwortete Salim mir, dass man im Lauf des Tages zu sehr damit beschäftigt sei, dem Ruf des äußeren Lebens zu folgen; man sei daher selten genügend verfügbar und innerlich offen, um diese rätselhaften Botschaften empfangen zu können, und erst im nächtlichen Schlaf könne der GROSSE WISSENDE im Menschen ein Mittel finden zu kommunizieren, was er so geheimnisvoll zu übermitteln versuche und was sich als lebenswichtig für den Menschen erweise.

Übrigens blieb er, dank einer außersinnlichen Wahrnehmung, die er eines Tages bei einer Konzentrationsübung gehabt hatte und die ihn erschüttert hatte, überzeugt, dass die Handlungen und die Ereignisse, die in der sichtbaren Welt stattgefunden haben, fortfahren sich in anderen Dimensionen, von deren Existenz man gewöhnlich nichts ahnt, zu wiederholen. „Sollte daher ein Aspirant", fuhr Salim fort, „der weiß, dass nichts je verloren geht und dass seine Gedanken und seine Taten im Begriff sind, sich quasi ohne Ende in Raum und Zeit zu wiederholen, nicht alles hinterfragen, was er gerade in der Gegenwart denkt und tut?"

Er teilte mir oft seine Beunruhigung bezüglich wiederholter Erfahrungen mit, die in den am wenigsten erwarteten Momenten auftraten; plötzlich, während eines kurzen Augenblicks, geschah etwas Geheimnisvolles in ihm und er wurde während einer seltsamen inneren Stille von der unausdrückbaren Gewissheit erfasst, dass er dabei war, etwas zu tun oder zu erleben, das schon in einer Vergangenheit stattgefunden hatte, die zu seinem derzeitigen Leben keinen Bezug hatte. Verblüfft fragte er sich immer: „Da ich weiß, dass ich diese Handlung noch nie ausgeführt habe oder diese Situation in meinem jetzigen Leben nicht erlebt habe, wo oder wann ist mir das also widerfahren?"

Infolge dieser verwirrenden Erfahrungen gewann Salim die tiefe Überzeugung, dass die Zeit kreisförmig ist und dass man, ohne sich das gemeinhin klar zu machen, in der Wiederkehr der Existenz gefangen ist.

Die buddhistische Tradition sagt, dass sich Buddha, als er sein endgültiges Erwachen erreichte, an mehrere seiner früheren Leben erinnerte; auch Salim hatte Erinnerungen an Situationen und Ereignisse, die weder zu diesem Leben noch zu Orten gehörten, die er kannte. Übrigens sind die Arbeiten von Ian Stevenson über Kinder, die sich an ein früheres Leben erinnern, sehr beunruhigend. Die veröffentlichten Fakten sind über einen Zeitraum von zehn Jahren mit größter wissenschaftlicher Strenge gesammelt worden und behandeln Tausende von Fällen in sehr verschiedenen Kulturen und Ländern. Diese Kinder, die sich an ein früheres Leben erinnern, geben manchmal erstaunliche Details von Umständen an, die erlauben, die Spur der Person zurückzuverfolgen, die sie in ihrer früheren Inkarnation gewesen zu sein behaupten.

Wie lassen sich diese Daten, die sich auf eine lineare Zeit beziehen, mit Salims Erfahrungen von der Wiederkehr vereinbaren, die eine kreisförmige Zeit vermuten lassen – so zahlreiche und kraftvolle Erfahrungen, dass er sie nicht ignorieren konnte? Wir sprachen lange darüber.

Da die Wahrnehmung der Zeit direkt mit dem Niveau des Bewusstseins verknüpft ist, ist das sicher eine schwindelerregende Frage, die nicht leicht verstanden werden kann und die nicht der gewöhnlichen binären Logik unterliegt. Wenn bei jemand ein Interesse für etwas zu dominieren beginnt, schafft die Spur, die es in seinem Wesen hinterlässt, vielleicht die Bedingungen für die Wiederkehr. Man ist beeindruckt von der Selbstsicherheit, mit der sich große Wesen, Musiker, Wissenschaftler oder Mystiker, in das stürzen, was ihnen am meisten am Herzen liegt – als ob sie es schon einmal gemacht hätten; was sich erklären ließe, wenn sie in einer kreisförmigen Zeit wären, anders gesagt, in der Wiederkehr derselben Existenz. Die Intensität ihres Wesens hat etwas in ihnen kristallisiert, das den Tod überquert hat, im Gegensatz zu den meisten Leuten, die den Zufälligkeiten der linearen Zeit unterworfen bleiben.

Zu diesem Thema ist anzumerken, dass die von Stevenson gesammelten Fälle nie markante Persönlichkeiten waren, sei es auf wissenschaftlichem, künstlerischem oder spirituellem Gebiet. Umgekehrt ist man unwillkürlich überrascht von den Aussagen des großen Dirigenten Karajan, der wiederholt erklärte, dass ihm die Natur in einem neuen Leben einen zweiten Körper bereit stellen müsse, um ihm genügend Zeit zu geben, sich auszudrücken[44]. Sein brennender Wunsch, wiedergeboren zu werden, um seiner musikalischen Arbeit weiter nachgehen zu können, musste in ihm geradezu die Bedingungen für seine Wiederkehr schaffen.

Daher könnte man die Hypothese vorbringen, dass sich, je mehr ein vorherrschendes Interesse verfestigt ist, die Spur, die im Wesen einer Person zurückbleibt, desto tiefer eingraben und die notwendigen Bedingungen für die Verwirklichung dessen anziehen wird, was ihr am teuersten ist. Indem er also absichtlich sein Interesse für eine spirituelle Suche kultiviert, hinterlässt ein Aspirant eine Spur in sich und schafft sich die Bedingungen für die Wiederkehr.

Seine Hoffnung liegt in der Möglichkeit, dass der Kreis der Zeit, dank ausdauernder spiritueller Übungen und der Transformation seiner selbst für ihn zu einer Spirale wird. Aus dieser Perspektive erweist sich die Wiederkehr als das notwendige Mittel, den Menschen zu einer höheren Ebene der Evolution zu führen, so hoch, dass der gewöhnliche Sterbliche nicht die geringste Vorstellung davon hat.

Salim gelangte zu der Schlussfolgerung, dass der Ablauf der Zeit nicht für jeden gleich ist, dass sie sich gemäß dem Grad der Evolution des Menschen ändert, der dank der spirituellen Bemühungen, die er macht, eines Tages dahin kommen muss, den UNPERSÖNLICHEN ASPEKT seiner Natur zu entdecken, der alleine ihm erlauben kann, die Ketten zu zerbrechen, die ihn in der Zeit festhalten.

---

[44] Vgl. Mein Nachfolger muss sich selbst hervortun – SPIEGEL-Gespräch mit dem Dirigenten Herbert von Karajan, DER SPIEGEL 23, 1979

Erneute Sendung von Salims Messe

Im Herbst 1988, nach fünfundzwanzig Jahren des Vergessens, trat ein völlig unerwartetes Ereignis ein, das Salim mit Freude erfüllte. Seine Messe wurde von Radio France-Musique im Laufe der Sendung „Avis de Recherches" ausgestrahlt, nachdem *„Kamaal"*, ein anderes seiner Werke für Rezitation und Orchester, in der gleichen Sendung ein Jahr zuvor vorgestellt worden war.

Salim entdeckt die Ursache seiner Darmprobleme

In den vielen Jahren, in denen ich ohnmächtig das Martyrium miterlebt hatte, das Salim mit seinen Darmproblemen erduldete, hatten wir medizinische Kapazitäten um Rat gefragt, eine Menge Untersuchungen durchführen lassen, Diäten, Kuren, allopathische, homöopathische, natürliche und andere Medikamente ausprobiert, ohne je ein Resultat zu erzielen.

Erst 1989 geschah etwas, das auf seine Gesundheit entscheidende Auswirkungen hatte. Eines Nachts, gegen zwei Uhr morgens, als er von einer dieser akuten Krisen gequält wurde, die ihn, wie immer völlig erschöpft zurückließ, streckte er sich auf seinem Bett aus und schaltete das Radio ein, um sich etwas von seinen krampfartigen Schmerzen abzulenken, die ihm den Bauch zerrissen, denn im BBC kamen manchmal Sendungen über Kosmos, Galaxien und Sterne. Durch ein glückliches Zusammentreffen von Umständen hörte er einen englischen Arzt von einer Krankheit sprechen, die dieser „Sprue" nannte und die anscheinend ein Holländer während des Zweiten Weltkrieges entdeckt hatte. Es handelte sich um eine *Allergie auf Gluten*, ein Protein, das in den meisten Getreiden (Weizen, Roggen, Gerste, Dinkel, Hafer) enthalten ist und bei dem Betroffenen schreckliche Durchfälle auslöst, die ihn zunehmend so schwächen, dass er schließlich stirbt, wenn er, in Unkenntnis der Ursache seiner Krankheit, weiter Gluten zu sich nimmt. Der Arzt machte deutlich, dass die geringste Spur Gluten in einem Gericht genüge, um diese Anfälle hervorzurufen.

Da kein Doktor je von dieser Allergie gesprochen hatte, sagte sich Salim, dass diese nicht auf seinen Fall zutreffen könne. Indessen, die Beschreibung der Symptome entsprach so genau dem, was er erlebte, dass er diese Hypothese nicht verwerfen konnte. Als er mir am nächsten Morgen berichtete, was er über diese Krankheit im Radio gehört hatte, beschlossen wir, jedoch ohne allzu große Hoffnung, aus seiner Ernährung alle Nahrungsmittel zu streichen, die Gluten enthielten, z. B. Nudeln, Zwieback, etc., die sein Arzt ihm angeraten hatte, weil sie für seinen empfindlichen Darm leicht verträglich seien.

Das Ergebnis war überraschend, denn zum ersten Mal seit fünfzig Jahren verspürte Salim eine Erleichterung, deren Ursache man identifizieren konnte. Diese Krankheit, die ihn all die Jahre heimgesucht hatte und die für alle Ärzte, die er um Rat gefragt hatte, ein Rätsel gewesen war, entpuppte sich schließlich als eine schwere Allergie auf Gluten, die man auch Zöliakie nennt.

Als wir dem Spezialisten, in dessen Obhut Salim war, davon erzählten, zeigte sich dieser wenig beeindruckt. Er führte an, dass es völlig unmöglich sei, achtundsechzig Jahre mit dieser Allergie zu leben, denn wenn er wirklich davon betroffen wäre, hätte er schon vor langem sterben müssen! Der Arzt ahnte nichts von der außergewöhnlichen Kraft, die eine intensive spirituelle Praxis verleihen kann.

Sein Darm, geschädigt durch diese endlosen Durchfälle, die er so viele Jahre durchgemacht hatte, blieb natürlich hochempfindlich und anfällig. Eine vorhersehbare Komplikation der Zöliakie ist die Entstehung von Darmkrebs, der sich tatsächlich später entwickelte und dem Salim 2006 erlag.

Da die Grundnahrung in Asien aus Reis besteht, erscheint es rückblickend erklärlich, dass er während seiner Kindheit und Jugend im Nahen Osten, als er praktisch kein anderes Getreide aß, nicht unter diesem Problem gelitten hatte, und dass sich später in Indien seine Gesundheit gebessert hatte, ohne dass man den Grund wirklich verstand. Als er dagegen in die englische Armee eingetreten war, hatte ihn die westliche Ernährung, die Brot, Mehl und Nudeln enthält, sehr krank gemacht.

Nach dieser schicksalhaften Entdeckung konnte Salim es endlich wagen, relativ beruhigt aus dem Haus zu gehen, ohne wie in der Vergangenheit von der Angst gequält zu werden, von einem dieser Anfälle überrascht zu werden.

Vorgefasste Meinungen über Spiritualität

Es ist gängig zu hören, dass einem Menschen, den man auf dem spirituellen Weg glaubt, alles glücken müsse, „da GOTT mit ihm sei"!

Salim hatte wiederholt mit Leuten zu tun, die aufgrund seiner Gesundheitsprobleme die Authentizität seines spirituellen Weges anzweifelten. Sollte, ihnen zufolge, wahre Spiritualität nicht zwangsläufig von Reichtümern, Gesundheit, Glück, etc. begleitet sein? Wenn man die furchtbaren Umstände betrachtet, unter denen CHRISTUS diese Welt verließ, ER, der sagte: "Aber des MENSCHEN SOHN hat nicht, wo er sein Haupt hinlege"[45], sollte man, einer derartigen Argumentation Glauben schenkend, daraus schließen, dass GOTT nicht mit IHM gewesen sein konnte?

Eine Schülerin sagte eines Tages zu Salim „Ich habe gerade ein wunderbares Buch über positives Denken gelesen; warum lehren Sie uns das nicht?"

Salim erwiderte ihr, dass die Ausübung der Konzentration und der Meditation per se *positiv* seien und dass kein Gedanke positiver sein könne als der, das Absolute in sich zu suchen.

Sie teilte ihm mit, dass in dem Buch, das sie gelesen hatte (offenbar von einem amerikanischen Evangelisten geschrieben) behauptet wurde, dass es durch die Macht des „positiven Gedankens" möglich werde, von materiellen Reichtümern umgeben zu werden, einen Zustand ständigen Glücks zu erreichen und sogar bei guter Gesundheit zu sterben. Warum hatte Salim Gesundheitsprobleme? War es nicht gerade deswegen, weil er nicht positives Denken anwandte?

Salim antwortete ihr, dass die Art positiven Denkens, die von diesem Autor in seinem Buch gepredigt werde, wahrscheinlich für Leute nützlich sei, die ihre Zeit damit verschwendeten, über Negativitäten zu brüten.

Indessen, bevor sie auch nur auf teilweise Resultate hoffen können, müssen sie sich klarmachen, dass die Leute, die „positives Denken" empfehlen, von der völlig irrigen Annahme ausgehen, dass der Mensch genügend Meister seiner selbst sei, um seinen Geist nach

---

[45] Matt 8,20

Belieben lenken zu können. Es bedarf einer langen Konzentrationspraxis, um es zu schaffen, einen Gedanken immer in die gleiche Richtung fokussiert zu halten. Ist es nicht besser, die nötigen Anstrengungen zu machen, um sich spirituelle Reichtümer zu erwerben, die alleine sich nach dem Tod als nützlich erweisen werden, statt auf eine zweckorientierte Konzentration zu setzen, damit die Welt dem nachkomme, was man sich für gewöhnlich aneignen möchte, wie z. B. irdische Güter?

BUDDHA, der erklärte, dass das Leben Leiden sei, müsste nach dieser vereinfachten Theorie ein Pessimist gewesen sein, der wahrscheinlich besser daran getan hätte, sich dem positiven Denken zu widmen!

Was die physische Unverwundbarkeit angeht, die man alleine durch geistige Kraft erreichen zu können vermeint, so zirkulieren auch in Indien Berichte, die bis in den Westen gelangt sind und den Eindruck vermitteln, die großen Yogis verließen dank übernatürlicher Fähigkeiten, die sie entwickeln, diese Welt in vollkommenster Gesundheit und sogar zu dem Zeitpunkt, den sie selbst gewählt hätten. Dieser Glaube beruht auf der geheimen Hoffnung, die jeder nährt, zu sterben ohne zu leiden, darauf vertrauend, dass die Meister ein leicht anwendbares Rezept finden werden.

Die Tatsache, dass der berühmte Ramana Maharshi, wie Ramakrishna, an Krebs gestorben ist oder dass Sri Aurobindo infolge einer Urämie gestorben ist, hat selbst in Indien Kritik ausgelöst. Und selbst unter den Buddhisten gibt es einige, die glauben, dass sie, wenn sie nur genug üben, ihren Körper für immer gesund erhalten können.

Salim versuchte, den Personen, die ihn aufsuchten zu erklären, dass das, was ein Sucher spirituell erreicht hat, nicht dazu bestimmt ist, für irdische Zwecke benutzt zu werden. Die westliche Psychologie hat zugegeben, was die orientalischen Traditionen schon lange versichern, nämlich dass Körper und Geist eng miteinander verbunden sind und sich zwangsläufig gegenseitig beeinflussen. Man darf jedoch nicht in das Extrem verfallen zu glauben, dass der Schüler, wenn sein Geist erst einmal von allen negativen Gedanken gereinigt ist, ewig in einem Körper leben kann, der nicht mehr der Auflösung unterworfen ist, die jede greifbare Form unausweichlich erwartet. Mit anderen Worten, wie Salim es gerne ironisch formulierte: „Man stirbt nicht an guter Gesundheit!"

Er sagte, das Ziel einer spirituellen Praxis bestehe darin, in sich selbst das zu finden, was unkonditioniert ist, jenseits des Greifbaren, was weder Geburt noch Tod unterworfen ist, und nicht darin, das Gesetz der Auflösung zu überwinden, welches unerbittlich für alles gilt, was auf der stofflichen Ebene manifestiert ist. Das Wort an seine Schüler richtend, erklärte BUDDHA ihnen:

„Es gibt, ihr Mönche, ein Nichtgeborenes, ein Nichtgewordenes, ein Nichtgeschaffenes, ein Nichtgestaltetes. Wenn es, ihr Mönche, dieses Nichtgeborene, Nichtgewordene, Nichtgeschaffene, Nichtgestaltete nicht gäbe, so wäre für das Geborene, das Gewordene, das Geschaffene, das Gestaltete kein Ausweg zu erkennen. Aber da es, ihr Mönche, ein Nichtgeborenes, ein Nichtgewordenes, ein Nichtgeschaffenes, ein Nichtgestaltetes gibt, ist für das Geborene, das Gewordene, das Geschaffene, das Gestaltete ein Ausweg zu erkennen." (Udhâna, VIII)

Außerdem muss man verstehen, dass ein Sucher in dem Maß, wie er spirituelle Fortschritte macht, seine Sensibilität immer feiner werden sieht. Das ist einer der Gründe, warum manche Yogis es vorziehen, sich aus der Welt zurückzuziehen und an einsamen Orten Zuflucht zu suchen, um nicht mehr dem Druck der geistigen Verschmutzung ausgesetzt zu sein, der unweigerlich an Orten mit einer hohen Bevölkerungsdichte herrscht.

Es ist auch vorgekommen, dass wohlmeinende Leute zu Salim sagten: „GOTT lässt die leiden, die er liebt." Salim, der solche willkürlichen Behauptungen nicht akzeptierte, erwiderte mit Humor: „Bitten Sie ihn doch, dass er mich weniger liebt!"

Er erinnerte daran, dass die moderne Wissenschaft demonstriert habe, dass die Welt auf der physischen Ebene von einer verblüffenden Komplexität sei; wie viel mehr muss sie es auf spirituellem Gebiet sein! Die geheimnisvollen Ursachen, die bestimmte Sucher in manchmal dramatische Situationen bringen, liegen jenseits des üblichen Verständnisses.

Vielleicht, sagte er, hat ein Mensch auf eine Weise, die für gewöhnlich unerklärlich ist, im Voraus ein Schicksal „gewählt", das schwer zu ertragen ist, mit dem Ziel, seine Entwicklung zu beschleunigen. Und vielleicht konnte er durch das, was er durch seine Leiden lernen konnte, Fähigkeiten entwickeln, die ihm später erlauben würden, anderen Suchern in einer Weise zu helfen, die ihm anders nicht möglich wäre. Jedoch ist das Leid, ebenso wie die Prüfungen, nicht weniger real.

Gerade, weil er so viele Jahre physisch in seinem Körper gelitten hatte, konnte Salim nicht akzeptieren, was er in Indien oft gehört hatte: es genüge, sich zu sagen, dass man nicht sein Körper sei, um befreit zu sein. Er betonte, dass keine intellektuellen Gedankengänge dem Menschen erlaubten, sich von dem Glauben – der sich von dem Tag an, als sich seine Augen für die Welt der Erscheinungen öffneten, tief in seinem Unterbewusstsein verfestigt hat – zu lösen, dass er der Körper sei, den er bewohnt. Er kann sich von diesem Glauben, der von seinen frühesten Vorfahren genetisch auf ihn übertragen wurde, nur befreien, wenn es ihm dank intensiver Meditationsübungen gelingt, sich von der Identifikation mit seiner körperlichen Hülle zu lösen, um das UNPERSÖNLICHE in sich zu finden, das frei von der Zeit und dem Greifbaren ist und das sich als seine WAHRE NATUR erweist.

Die anderen Bücher Salims

Weil er die Schwierigkeiten seiner Schüler sah, und um ihre Fragen zu beantworten, fand Salim es notwendig, die Verständnisse, die er auf seinem eigenen Weg gewonnen hatte, in größerem Umfang mit ihnen zu teilen, sowie anderen die Übungen zu zeigen, die er gemacht hatte, ihnen die Schwierigkeiten darzulegen, auf die er gestoßen war, und einige seiner spirituellen Erfahrungen, die zu machen er privilegiert gewesen war, preiszugeben. Wenn er inspiriert war, an einem Thema zu arbeiten, schrieb er einen ersten Entwurf, zeigte ihn mir, wir korrigierten zusammen das Französisch, ich tippte den Text, er überarbeitete ihn usw., sechs-, zehn- oder gar zwölfmal, bis er eine endgültige Version erhielt, von der er für jede Person, die ihn aufsuchte, eine Kopie anfertigte. So kam ein Text zum anderen, bis er nach einigen Monaten oder Jahren genügend Material gesammelt hatte, um ein neues Buch zusammenzustellen.

Wenn ich andere spirituelle Bücher las, fand ich manchmal Passagen, die völlig mit dem übereinstimmten, was Salim schrieb. Wenn ich ihm diese Sätze zeigte, war er sehr glücklich und wir nahmen die Gewohnheit an, seine Texte mit Zitaten von Mystikern aller Traditionen zu veranschaulichen.

Mitgefühl und Paarbeziehung

In seinem Buch La Quête Suprême widmete Salim einen bedeutenden Platz dem Thema Mitgefühl, dessen grausames Fehlen er bedauerte, und zwar nicht nur in der Welt, sondern auch bei seinen Schülern, besonders in ihren Paarbeziehungen. Was das betrifft, so sah er es nie als unter seiner Würde an, sich an den häuslichen Aufgaben zu beteiligen, sei es Kochen (was er sehr gut konnte), Einkaufen oder Hausarbeit, wobei er diese Tätigkeiten als Teil seiner spirituellen Übungen ansah.

Er wiederholte oft, dass man Liebe durch Taten und nicht nur durch Worte zeigen muss. „Kein Gedanke und keine Handlung", fügte er hinzu, „darf von der spirituellen Arbeit eines Suchers getrennt sein."

Was die Ehe betrifft, zitierte Salim die Worte des großen Mystikers Ramakrishna. Als einer von dessen Schülern sich beklagte, dass er, gemäß den indischen Gebräuchen, verheiratet werden sollte, obwohl er ledig bleiben wollte, um seiner Sadhana nachgehen zu können, fragte ihn Ramakrishna, der selbst verheiratet war: „Was ist eins und eins?" Erstaunt erwiderte der Mann: „Zwei natürlich!" Aber zu seiner Überraschung erklärte Ramakrishna: „Keineswegs, eins und eins ist elf! Ein Paar kann eine enorme Kraft darstellen, von der jeder profitiert." „Aber eine solche Art Beziehung ist nur denkbar", betonte Salim, „wenn jeder lernt, für den anderen zu fühlen; wenn man diesen einfachen Grundsatz anwenden würde, wäre die Welt verwandelt."

Es gibt keine einzige Zeile in Salims Büchern, die er nicht zuerst selbst in die Praxis umgesetzt hätte. Ich sah, wie er sich ständig bemühte, vor allem, seine Schüler zu empfangen, selbst wenn er krank war, ohne sich etwas anmerken zu lassen, oder wie er gegen sich selbst ankämpfte, indem er sich zum Beispiel mit mehr als siebzig Jahren zwang, seinen Hatha-Yoga zu machen.

Er machte diese Anstrengungen niemals aus einem blinden Zwang heraus, sondern weil er sie machen wollte, wie ein Künstler, der mit seinem Instrument arbeitet, weil er von dem, was er macht, begeistert ist.

Er achtete stets mit größter Sorgfalt darauf, mich nicht mit seinen Leiden zu belasten. Als er vor der Entdeckung seiner Glutenallergie praktisch täglich seine Darmkrisen durchmachte, fand er trotzdem die Kraft, über seine Schmerzen zu scherzen, indem er sagte, dass hunderttausend Rothäute in seinem Bauch einen Kriegstanz aufführten und mit ihren Tomahawks auf seine Eingeweide einschlügen, und, um mich zum Lachen zu bringen, imitierte er ihren Kriegsschrei. Tatsächlich lachte Salim gerne und viel, machte Späße und erzählte seinen Schülern oder Freunden oft lustige Geschichten von Mullah Nasrudin.

Der Drache mit den vielen Köpfen

Um seinen Schülern zu helfen, kam Salim wiederholt auf die besonders verhängnisvolle Tendenz im Menschen zurück, aus Faulheit immer alles auf später verschieben zu wollen, was sofort erledigt werden sollte, ohne sich um die Probleme (oder gar Schäden) zu kümmern, die die Verzögerung verursachen mochte, und zwar sowohl für einen selbst als auch für die anderen. Er versuchte ihnen begreiflich zu machen, dass dieses „später" nie endet, denn man findet immer Ausflüchte, um das, was in der Gegenwart getan werden sollte, auf den letzten Moment zu verschieben; und das ist besonders wahr, wenn es um eine spirituelle Praxis geht. Unter den vielen lehrreichen Geschichten, die er ihnen erzählte, gibt es eine, die diesbezüglich besonders bedeutungsvoll ist:

Es war einmal ein Sucher, der eines Tage eindringlich einen spirituellen Ruf in sich vernahm. Er beschloss daher, die Angelegenheiten zu regeln, die ihn an die Welt banden, und sich auf die Suche nach jemand zu machen, der imstande war, ihn zu anzuleiten. Er hatte von einem großen Meister gehört und da er dessen Lehren folgen wollte, begab er sich zu ihm. Sich ihm zu Füßen werfend, fragte er ihn demütig, ob er sich als seinen Schüler ansehen dürfe. Der Meister überlegte einen Moment, dann erwiderte er:

„Ich werde dich als Schüler annehmen, aber unter einer Bedingung. Nicht weit von hier lebt ein Drache. Morgen bei Sonnenaufgang sollst du gehen und ihn auf den Mund küssen." Der andere, überrascht über eine Prüfung, mit der er überhaupt nicht gerechnet hatte, antwortete voller Angst: „Er wird mich aber fressen."

Der Meister gab zurück: „Wenn du nicht bereit bist zu tun, was ich sage, will ich dich nicht haben". Da er glühend wünschte, sein Schüler zu werden, hatte der Aspirant keine andere Wahl, als zu tun, was von ihm verlangt wurde. Er machte sich daher beim ersten Tagesschimmer auf den Weg zur Höhle des Drachen. Als er aber dessen gigantische Größe bemerkte, die blutige Zunge, die aus seinem Maul schoss, das mit furchterregenden Zähnen geschmückt war, fühlte er seine Beine unter sich nachgeben. Er lief so schnell er konnte zum Meister zurück, warf sich ihm zu Füßen und gestand ihm mit zitternder Stimme, dass sich die Aufgabe, die er ihm auferlegt hatte, als unmöglich erwies. Sein Gegenüber war jedoch unnachgiebig und wiederholte, dass er, wenn er das Monster nicht küsste, niemals in den Genuss seiner Lehre kommen könne.

Der arme Sucher verbrachte eine Nacht voller Albträume, verfolgt von der Vision des fürchterlichen Mauls, das er küssen sollte. Er versuchte, sich alle möglichen Listen auszudenken, um sich dem Drachen zu nähern, um ihn herumzugehen und diese entsetzliche Aufgabe blitzschnell auszuführen. Endlich rötete sich der Himmel und kündigte an, dass die Stunde gekommen sei, erneut diesem Monster gegenüberzutreten. Aber ach, ein schrecklicher Anblick erwartete ihn, denn statt eines einzigen Mauls, das ihm eine Zunge entgegenschleuderte, die schon bedrohlich genug war, boten sich seinem Blick jetzt drei Köpfe. Er wich entsetzt zurück und lief zum Meister, um ihm unter Tränen von der Verwandlung zu berichten, die mit dem Tier geschehen war.

Der Meister begnügte sich damit, ihm schlicht zu erklären, dass es, da der Drache jetzt drei Köpfe habe, drei Köpfe seien, die er zu küssen habe, da er ihn sonst nicht als Schüler annehmen könne. Der arme Aspirant kehrte nach Hause zurück, warf sich niedergeschlagen auf sein Bett und schlummerte ein. In seinen Träumen sah er immer wieder die drei schreckeinflößenden Mäuler, die sich vor ihm erhoben, um ihn zu verschlingen. Aber schon brach der neue Tag an und er musste sich wieder auf den Weg zu der verhängnisvollen Höhle machen.

O weh, dreimal o weh, ein noch schrecklicheres Bild bot sich ihm! Jedes der drei Häupter hatte sich von neuem geteilt und das Monster besaß jetzt neun Köpfe, die ihn mit vernichtenden Blicken ansahen...

Mit dieser orientalischen Geschichte wollte Salim seinen Schülern zu verstehen geben, dass, wenn sie eine Aufgabe auf morgen verschöben, die sie noch am selben Tag erledigen sollten, diese sich als schwieriger erweisen würde, und zwar mit jedem weiteren Tag mehr. Dies gilt besonders für ihre spirituellen Übungen; wenn sie ständig die Anstrengung aufschieben, die in der Gegenwart von ihnen verlangt wird, wird diese verhängnisvollerweise immer schwieriger zu machen sein, bis sie sich eines Tages von ihr überwältigt fühlen werden, weil sie nicht bereit gewesen waren, sie auf der Stelle zu machen.

Meditation

Wenn Salim meditierte, badete die ganze Wohnung in einer unbeschreiblichen Stille, die man spüren konnte.

In einem seiner Bücher beschrieb er, was er erlebte:

„Er fand sich in einen Zustand tiefer Versenkung getaucht, mit diesem seltsamen und von nun an vertrauten Gefühl, erneut zu seiner HÖCHSTEN QUELLE zurückgekehrt zu sein. Der weite heilige Friede, in den er versunken war, erschien ihm gleichzeitig wie eine schallende Stille. Mit seinem WAHREN SEIN vereint, fühlte er sich von äußerster Zartheit erfüllt und sah sich in erhabene Höhen in sich selbst versetzt, während der rätselhafte Nada wie immer ununterbrochen sein unaussprechliches Lied in seinen Ohren sang. Das ganze Zimmer war in ein glänzendes Licht gebadet, wie das eines geheimnisvollen Feuers ohne Flamme, in unglaublichem Glanz leuchtend. Alle Gegenstände um ihn herum schienen die außergewöhnlichsten phosphoreszierenden Farben zu haben und von einer hauchfeinen übernatürlichen goldfarbenen Aura umgeben zu sein. Es herrschte eine große kosmische Stille."

404

„Der verlorene Horizont"

Mit lebhafter Gemütsbewegung vernahm Salim 1993 die Ankündigung der Sendung eines alten, amerikanischen Films im Fernsehen, der, als er noch sehr jung war und noch nie von einem spirituellen Weg gehört hatte, in seinem Leben eine besonders wichtige Rolle gespielt hatte; es handelte sich um „Lost Horizon" („Der verlorene Horizont") von Frank Capra.

Er erzählte mir, dass ihm dieser Film während des Krieges, etwa 1943, als er von Soldaten ohne jedes höhere Streben umgeben gewesen war, einen Hauch aus einer anderen Welt gebracht hatte – einer geheimnisvollen Welt, die in ihm, er weiß nicht welche, Erinnerungen wachgerufen hatte, die ihn erschütterten.

Die Geschichte, angelehnt an einen Roman von James Hilton, erzählt das seltsame Schicksal eines Mannes, der sich unfreiwillig aus seiner materialistischen Umgebung gerissen und plötzlich an einen paradiesischen Ort namens Shangri-la versetzt sieht, einen Ort, der durch die unbezwinglichen gebirgigen Barrieren des Himalaya vor der menschlichen Verrücktheit geschützt wird.

Selbst wenn es dort nicht um spirituelle Übungen im eigentlichen Sinne geht, wird dieser in Tibet gelegene Hafen des Friedens von Güte regiert und von einem alten, belgischen Priester geleitet, der Lama geworden ist. Dem Einfluss gegnerischer Kräfte nachgebend, sieht sich der Held gezwungen, mit zerrissenem Herzen sein Eden zu verlassen. Als er zu spät seinen tragischen Irrtum erkennt, muss er mit leidenschaftlicher Hartnäckigkeit und unglaublichem Mut kämpfen, um eine Menge Hindernisse aller Art zu überwinden, bevor er sein verlorenes Paradies wiedergewinnen kann.

Der Film stand an sieben aufeinanderfolgenden Tagen auf dem Programm des Kasernenkinos, damit ihn alle Soldaten sehen konnten, und dank der Hilfe seines Freundes Padre Strover wusste Salim es so einzurichten, dass er keine Vorführung versäumte. Die Beschreibung Tibets, des Lebens eines Lamas, eines verborgenen Paradieses ... faszinierte ihn auf eine Weise, die er sich nicht erklären konnte.

Mit unbeschreiblicher Freude entdeckte er einige Zeit nach dem Krieg, als er Herrn Adie noch nicht kannte, ein Plakat desselben

Films, als er im Bus an einem Kino vorbeifuhr. Nachdem er sich am nächsten Tag von allen Verpflichtungen freigemacht hatte, ging er zu diesem Kino und schaute sich alle Aufführungen an. Zum Erstaunen des Kassierers kam er auch an allen folgenden Tagen, bis das Programm geändert wurde. Von diesem Moment an hielt er ständig ungeduldig in den Zeitungen nach weiteren Vorstellungen dieses Films in den Londoner Kinos Ausschau und begab sich dann dorthin, nachdem er jedes Mal alle für diese Woche vorgesehenen Aktivitäten abgesagt hatte. Er musste den Film mindestens schon dreißigmal gesehen haben, aber, obwohl er ihn auswendig kannte, konnte er nicht anders, als ihn immer wieder sehen zu wollen, um in sich diese unerklärliche schweigende Erinnerung aufsteigen zu lassen, die ihn zu Tränen rührte. Diese Geschichte gab einen Hinweis auf die Existenz eines anderen Universums, von dem zu dieser Zeit keiner in seiner Umgebung die leiseste Vorstellung zu haben schien.

Was ihn übrigens am meisten beeindruckt hatte, waren der leidenschaftliche Wille und die unerschütterliche Entschlossenheit, die dieser Mann an den Tag legen musste, um sein verlorenes Paradies wiederzufinden, ein Wille und eine Entschlossenheit, die er nie vergaß und die später seine musikalische Arbeit und seine spirituellen Übungen entscheidend beeinflussten.

Fast fünfzig Jahre nach der Entdeckung dieses Films, fühlte Salim, trotz der durch Hollywood bedingten Mängel, die ihm damals nicht aufgefallen waren, und obwohl er sein Shangri-la inzwischen in sich selbst gefunden hatte, eine Gefühlsbewegung, die nicht weniger intensiv war, als er diesen Film wieder ansah. Als er noch dazu den Helden der Geschichte bei seiner Ankunft in dieser paradiesischen Gegend erklären hörte, dass ihm alles seltsam vertraut erschien, als ob er die Orte und die Leute schon kannte, war er bestürzt und überrascht von diesen Worten, die in ihm seine eigenen Erfahrungen über die Zeit und die Möglichkeit der Wiederkehr des in Erscheinung getretenen Daseins wachriefen.

Ein spezielles spirituelles Verstehen

„Wenn ein Mensch altert", sagte Salim, „und es ihm gelingt, seinem Körper gegenüber eine gewisse Distanz einzunehmen, verfügt er über eine Möglichkeit, sich ein Verständnis zu erwerben, das für ihn von höchster Bedeutung ist und zu dem er nicht kommen kann, solange er noch jung ist und sich übermäßig mit seinen körperlichen Empfindungen identifiziert, die dann eine zu große Anziehungskraft auf sein Wesen und seinen Geist ausüben."

Er vertraute mir diesbezüglich an, dass es ihm oft geschah, sich in einem merkwürdigen, inneren Zustand wiederzufinden, in dem er beim Betrachten seines alten, verbrauchten Körpers stark überzeugt war, von diesem völlig „getrennt" zu sein und ihn nur vorübergehend zu bewohnen! „Dieser Körper ist nicht Teil von mir, ich bin „etwas anderes", das jener physisch trägt", und er fügte hinzu : „Auf eine im Allgemeinen völlig unerklärliche Weise sehe ich sozusagen mit meinem geistigen Auge die unsichtbare Seite meines Wesens, die sich in diesen unaussprechlichen Augenblicken als die einzige Wirklichkeit herausstellt, die für mich im gesamten Universum existiert."

Er verweilte manchmal lange Zeit bewegungslos in diesem Zustand, den er nur äußerst zögernd verließ, denn sein Bewusstsein war in einem Grad erweitert, der unmöglich zu beschreiben ist. Der Nada vibrierte mit solcher Intensität in seinem Kopf, dass ihm schien, im ganzen KOSMOS existiere nichts anderes als dieser URTON und dieses überklare BEWUSSTSEIN.

In anderen Situationen wurde er spontan von einem derart beunruhigenden Gefühl ergriffen, welches in ihm eine merkwürdige Ehrfurcht hervorrief, denn, sagte er:

„Wie ein geheimnisvoller Baum, dessen Wurzeln sich in einer schwindelerregenden Unendlichkeit verlieren, habe ich die unerklärliche Empfindung, der letzte Erbe einer ganzen Linie von Vorfahren zu sein, deren Geschichte sich in die Tiefen einer so unfassbar weit entfernten Vergangenheit erstreckt, dass ich vor der Unmöglichkeit, mir deren Beginn vorzustellen, nur tief verwirrt bleiben kann!..."

„Und wenn ich meine spirituellen Übungen mache, habe ich das Gefühl, dass ich sie nicht nur zu meinem Nutzen und dem der sichtbaren Welt, die mich umgibt, ausführe, sondern auch für all die unsichtbaren Wesenheiten, die mich bewohnen und die ebenfalls auf ihre Erlösung warten. Ich kann dann nicht anders, als die Schwere der Verantwortung zu fühlen, die mir zufällt.

Verliert die Zeit vor diesem unergründlichen Geheimnis nicht jede Realität? Findet man sich dann nicht vor dem merkwürdigen

Phänomen eines „ewigen Jetzt", in dem die Vergangenheit und die Zukunft für immer zusammenlaufen?"

Letzte Reise nach Indien – Poona 1994

Seit seiner Rückkehr aus Indien war Salim mit einem befreundeten Mediziner, der in Poona wohnte, in Kontakt geblieben; er sehnte sich immer nach der spirituellen Atmosphäre Indiens und besonders Poonas, wo die zwei Jahre, die er dort verbracht hatte, spirituell gesehen entscheidend für ihn gewesen waren. Als ihm daher Doktor Barucha, wie jedes Jahr, eine Karte schickte, in der er seine Einladung wiederholte, ihn in Poona zu besuchen, beschlossen wir, das Abenteuer zu wagen. Aber man badet nicht zweimal im gleichen Fluss, mehr als 25 Jahre waren vergangen, besonders in einem Land wie Indien, wo der Druck des demographischen Wachstums so stark ist; Poona unterschied sich sehr von dem, welches Salim gekannt hatte.

Zunächst Bombay, in den Straßen ein ohrenbetäubender Verkehr und auf den Gehsteigen eine Menge, eine Menge, die endlos dahinströmte. An jeder Ampel streckten die Elenden ihre Hand durchs Taxifenster, ein Mann ohne Beine, der auf einem Karren saß und der sich, um sich ein paar Rupien zu erbetteln, gefährlich einen Weg mitten durch die Autos bahnte, die nicht einmal langsamer fuhren, ein anderer mit entstelltem Gesicht, zitternd, eine Frau mit verzweifelten Augen mit einem Kind auf dem Arm, ein kleines Mädchen, das uns mit ihren großen hungrigen Augen ansah, was tun angesichts dieses erdrückenden Elends?

Der Zug, der uns nach Poona brachte, war in einem unwahrscheinlich heruntergekommenen Zustand. Wir fuhren fast zwei Stunden an verfallenen Behausungen vorbei, zwei- oder dreistöckige Gebäude, die kurz vor dem Einsturz zu stehen schienen, obwohl sie vor weniger als drei Jahrzehnten gebaut worden waren. Nach diesen Gebäuden kilometerlange Slums, Barackensiedlungen, die kein Ende nahmen, Leute, die in Rinnsteinen mit ekelerregendem Wasser hockten, Elend in einem unvorstellbaren Ausmaß. Man begegnete Zügen, die überfüllt waren mit Leuten, die sich an die Türen klammerten, Bahnhöfen, deren Bahnsteige mit Leuten vollgestopft waren, überall Menschen. Gleich nach dem Verlassen des Bahnhofs war Salim über das rege Treiben überrascht, das noch um neun Uhr abends in einer Stadt herrschte, die er nicht wiedererkannte. Doktor Barucha, inzwischen 82 Jahre, gestand uns desillusioniert: „Wir sind zahlreicher als die Mücken!"

Am nächsten Morgen machten wir uns mit unserem Guide auf Entdeckungsreise, um zu sehen, was aus Poona geworden war. Salim hatte eine Gartenstadt gekannt, wir kamen in einen Ameisenhaufen mit zweieinhalb Millionen Einwohnern, mit einem höllischen Verkehr, vor allem Rikschas, Roller, Motorräder, Lastwagen und relativ wenige Autos. Überall die Menschenmenge, die Armut, das Elend der Slums in gewissen Gebieten, jedoch weniger als in Bombay. Als er fragte, wo die Mahatma Gandhi Road sei, eine große schattige Allee, wo er einkaufen wollte, konnte Salim seinen Augen nicht trauen, als er an ihrer Stelle eine enge, überfüllte Straße voller Geschäfte fand.

Am nächsten Tag nahmen wir eine Rikscha, um zum Ashram Indira Devis zu fahren. Nachdem wir mehrmals nach dem Weg gefragt hatten, fanden wir ihn schließlich. Salim hatte den Ashram noch isoliert von allen anderen Gebäuden gekannt, von Bäumen umgeben, jetzt fand er ihn zwischen Häuser eingezwängt wieder, in einem völlig zugebauten Viertel.

Indira Devi empfing uns, umringt von an die zwanzig Personen (darunter einige Abendländer), die auf dem Boden saßen, um den Diwan geschart, auf dem sie saß; sie begrüßte uns herzlich, Salim war tief bewegt. Sie war 74 Jahre alt, schien aber viel jünger, ihre Haare waren noch schwarz und ihr Gesicht ohne Falten. Leute kamen, grüßten sie, sie empfing sie wohlwollend, andere gingen, um ihren Segen zu erbitten; sie sprach aufmerksam und interessiert zu ihnen. So empfing sie jeden Tag Menschen und am Abend sang man Bhajans im Tempel des Ashrams, der während des Tages geschlossen war. Sie wechselte mit Salim ein paar Worte über die Veränderung Poonas in den letzten fünfundzwanzig Jahren und erwähnte lobend seine Bücher. Sie litt sehr unter Asthma und benutzte mehrmals einen Bronchodilatator. Sie verließ diese Welt ein paar Monate nach unserem Besuch.

Wir besuchten auch Herrn Dady, er war 71 Jahre alt; zierlich und groß, wirkte auch er nicht so alt. Er wohnte immer noch in dem gleichen schönen Haus, umgeben von einem großen Garten und genügend weit vom Stadtzentrum entfernt, um von dem allgemeinen

Getriebe verschont zu bleiben. Er sagte uns, dass die Leprastation glücklicherweise immer weniger Menschen beherberge, da die Lepra in Indien zurückging. Jeden Nachmittag, an sieben von sieben Tagen, kümmerten sich er und seine Schwestern um eine Tierklinik. Die medizinische Behandlung wurde von einem praktischen Arzt übernommen; Herr Dady beschäftigte sich damit, die aufgenommenen Tiere zu füttern und zu pflegen: Hunde, Esel, Kühe, etc. Dieser Mann war eine Art Heiliger. Er sagte uns, dass er, seit er sich um die Tiere kümmere, in seinem Haus mindestens 65 Hunde aufgenommen habe, die eine Weile bei ihm lebten, bevor sie einen schönen Tod starben und in seinem Garten begraben wurden. Er hatte immer sieben oder acht Hunde bei sich, die er aus der Tierklinik geholt hatte und die im Allgemeinen schlecht aussahen. Er lud uns zu einer Zusammenkunft am kommenden Mittwoch ein, wo er, wie jede Woche, einer Gruppe von etwa zehn Leuten spirituelle Texte vorlas.

Noch am selben Abend wurden wir zum Abendessen bei Freunden von Doktor Barucha eingeladen, die Salims Buch „*Der Weg der inneren Wachsamkeit*" gelesen hatten und ihm viele Fragen über Spiritualität stellten. Am nächsten Tag nahm uns Doktor Barucha zu einem „Heiligen" von etwa 85 Jahren mit. Jeder Quadratzentimeter der Wände des einzigen Zimmers des kleinen Hauses, in dem er sich aufhielt, war mit Fotos und Bildern von Heiligen bedeckt; zwei mit Blumen geschmückte Sessel symbolisierten die Throne von Krishna und Rada, seiner Gefährtin.

Die Frau des „Heiligen" war anwesend, sie wurde auf 90 Jahre geschätzt. Eine Broschüre zeigte den alten Mann, auf naiv indische Weise mit einem übernatürlichen Licht versehen. Die anwesenden Inder schienen, ohne jeden kritischen Gedanken, alles zu glauben, was er erzählte.

Wir kehrten zurück, um Herrn Dady zu sehen, der seine kleine Gruppe empfing. Salim sprach ein bisschen über seinen Weg zu Leuten, die nur intellektuelles Wissen über eine spirituelle Praxis hatten und fasziniert waren, jemanden zu sehen, der das erlebt hatte, was sie gelesen hatten.

Der Zug zurück nach Bombay war noch schmutziger als der nach Poona, und als es zu regnen anfing (denn es war am Ende des Monsuns und regnete jeden Tag), drang der Regen ins Abteil und das Wasser rann über den Sari der Reisenden neben uns. Ein Mann mit verkümmerten Beinen und deformierten Händen schleppte sich bettelnd durchs Abteil. Als wir ihm einen Geldschein gaben, legte er ihn sich auf die Brust, ohne uns anzuschauen, und schleppte sich weiter. Die Passagiere aßen und tranken unaufhörlich, da die Boys pausenlos kamen und gingen und Getränke und Essen anboten, ohne dass ihnen jemand auch nur einen Cent gab.

Das Ziel unserer Reise – eine Art Pilgerfahrt – wurde in gewisser Weise erreicht, da Salim die Plätze und die Leute wiedersah, die ihn vor fünfundzwanzig Jahren so berührt hatten. Indien war für ihn künftig eine bloße Erinnerung.

Die Welt ist erstaunlich vollkommen in ihrer Unvollkommenheit

Selbst wenn man Naturkatastrophen, Krankheiten, die Unerbittlichkeit der Natur und die Wechselfälle des existentiellen Lebens außer Acht lässt, ist angesichts der schrecklichen Leiden, die durch ständige Kriege entstehen, ausgelöst durch machthungrige Menschen, jeder versucht, sich mit Recht aufzulehnen und sich die ewige Frage zu stellen: „Wenn der ALLMÄCHTIGE SCHÖPFER in seinem WESEN vollkommen ist, warum herrscht dann diese tragische Unvollkommenheit in seiner ganzen Schöpfung?"

Salim antwortete: „Aufgrund eines höchst paradoxen Phänomens hat braucht der Mensch, der von seiner GÖTTLICHEN QUELLE abgeschnitten ist, alle diese unglücklichen Umstände, um empfinden zu können, dass er existiert."

Und Salim fügte hinzu: „Im rechten Geist und mit einer positiven inneren Haltung betrachtet, ist es unmöglich, angesichts der tiefen Weisheit, die sich hinter all den Problemen und den zufälligen Ereignissen des Lebens verbirgt, nicht mit Staunen und ehrfürchtiger Bewunderung erfüllt zu werden. Wegen der menschlichen Neigung zur Trägheit ist das Leben mit seinen scheinbaren Unvollkommenheiten in Wirklichkeit barmherzigerweise vollkommen. In seinem üblichen Zustand, ohne diese harten Bedingungen, die mitfühlend versuchen, ihn aufzuwecken und zu zwingen, über sich selbst und die äußeren Erscheinungen hinauszusehen, auf das, was hinter all diesen Ungewissheiten und der Unbeständigkeit seiner physischen Existenz verborgen ist, wäre er verloren und dazu verurteilt, ein erbarmungswürdiges, verlassenes Geschöpf zu bleiben."

„Leid treibt die Leute an, nach dem Sinn des Lebens zu fragen, über sich selbst hinauszuwachsen und für andere zu fühlen. Die Leichtigkeit erzeugt eine Tendenz zur Oberflächlichkeit, zur Unbekümmertheit gegenüber den Leiden der anderen und zur Charakterschwäche."

„Die SCHÖPFERISCHE QUELLE kann die Regeln, die sie im UNIVERSUM aufgestellt hat, nicht ändern. SIE hat dem Menschen die Wahl gelassen, diesen Gesetzen zu gehorchen, eine Wahl, die SIE nicht an seiner Stelle treffen kann. Wenn er von Anfang an vollkommen geschaffen worden wäre, hätte der Mensch nicht die Möglichkeit, seine Vollkommenheit zu erkennen, die er sich durch eigenes Üben erwerben muss."

„Die Dualität hat einen Grund für ihr Bestehen; ohne sie hätte der Mensch kein Mittel zum Vergleich; denn ihr ist es zu verdanken, dass er den GÖTTLICHEN ASPEKT seiner Doppelnatur zu erkennen vermag – so wie es ihm nicht möglich wäre, den Tag zu schätzen und zu verstehen, wenn es die Nacht nicht gäbe, das Leben, wenn es den Tod nicht gäbe, das Glück, wenn es das Unglück nicht gäbe. Man kann das Licht der Gestirne am Himmel nur dank der Dunkelheit, die sie umgibt, sehen und begreifen. Dies ist der Grund, warum auch der niedere Aspekt des Menschen seinen Platz in der SCHÖPFUNG hat und nicht blind verachtet oder negativ als ein nutzloses Hindernis auf dem Weg des Suchers angesehen werden darf; vielmehr muss er zu einem Mittel werden, um ihn jedes Mal, wenn er in diesem Aspekt seiner Doppelnatur versinkt, zu erinnern, dass er auch seinen HIMMLISCHEN ASPEKT in sich trägt, den er entdecken muss, um eines Tages in IHN einzugehen."

„Alles, was in Zeit und Raum geschaffen ist, kann nicht vermeiden, in der Dualität zu leben. Paradoxerweise ist es nur möglich, die Dualität zu überwinden, indem man ihre Existenz als eine Notwendigkeit im UNIVERSUM und in der SCHÖPFUNG akzeptiert; denn es ist nicht vorstellbar, eine Sache wahrnehmen zu können, ohne sie ihrem Gegenteil gegenüberzustellen. Wenn es nicht die Einatmung gäbe, könnte man sich nicht die Ausatmung vorstellen, wenn es keine Geburt gäbe, könnte man sich nicht die

Realität des Todes vorstellen; und innerhalb der SCHÖPFUNG wäre es unmöglich, die Auflösung zu begreifen."

„Damit der Aspirant die Dualität überwinden kann, muss er damit beginnen, sie zu verstehen und den Grund ihres Vorhandenseins in der Welt der Erscheinungen zu erkennen. Als Mittel des Vergleichs zweier Welten erweist sie sich als unerlässlich, um ihm zu helfen, sich seiner selbst auf eine Weise bewusst zu werden, die sich vollkommen von der unterscheidet, in der er sich für gewöhnlich seiner selbst bewusst ist, um eines Tages durch beharrliche Bemühungen, die zu machen er bereit sein muss, in der Unermesslichkeit dieses geheimnisvollen KOSMOS den ihm bestimmten Platz zu finden."

„Die Dualität ist nur eine Etappe, die erst dann wirklich verstanden und überwunden werden kann, wenn es dem Aspiranten gelingt, durch eine direkte Erfahrung in sich den GÖTTLICHEN ASPEKT seiner Doppelnatur zu erkennen. Er muss eines Tages dahin kommen, den totalen Verlust seiner gewöhnlichen Individualität während der Meditation zu akzeptieren, um in seine GÖTTLICHE ESSENZ verwandelt zu werden. Nach dieser höchsten Entdeckung wird er mit Seinesgleichen nicht mehr argumentieren, sei er Mann, Frau, Christ, Jude, Moslem, Hindu, Engländer, Deutscher, Franzose, etc. Er wird auf eine Weise, die ihn für immer erschüttern wird, erkennen, dass er in den Tiefen seines Wesens wirklich das GÖTTLICHE ist. Blasphemie? „Oh nein", insistierte Salim, „es ist eine HEILIGE REALITÄT, die auf immer in ihm das Gefühl auslöschen wird, von den anderen getrennt und verschieden zu sein." Und er fügte hinzu: „Hat man wirklich die so rätselhaften und beunruhigenden Worte verstanden, die CHRISTUS aussprach, um der Welt zu helfen, als ER sagte: ‚Auf dass sie alle eins seien, gleichwie du, VATER, in mir und ich in dir[46]‘"?

Die Schranken der Individualität überschreiten

Seit seiner ersten Begegnung mit Herrn Adie im Jahr 1949 hatte Salim zahlreiche spirituelle Erfahrungen gemacht, dank derer sich seine Sicht von der Welt grundlegend verändert hatte.

---

[46] Joh 17,21

Es kam regelmäßig vor, dass er die Schranken der Individualität überschritt. Er hatte sich daher einen besonderen Reichtum erworben, der mit den vergänglichen Gütern dieser Welt nichts zu tun hatte. Als Ergebnis seiner Bemühungen, intensiv seiner selbst bewusst und selbstgegenwärtig zu bleiben, gelang es ihm, das, worauf sein Blick fiel, wirklich zu sehen. Indem er diese bewusste Weise, zum Beispiel eine Blume zu betrachten, lange genug aufrechterhielt, stellte er zwischen sich und ihr eine sehr subtile Verbundenheit her, durch die er die Art des Bewusstseins und der besonderen Empfindung, die diese Blume hatte, die Art Freude und Angst, die sie fühlte, ihre Weise, auf die Bedrohung eines bevorstehenden Todes zu reagieren usw., erfasste. In diesen außergewöhnlichen Momenten stellte er fest, dass sogar ein anscheinend lebloser Stein eine Form des Bewusstseins kannte. In Wirklichkeit, sagte Salim, gibt es im UNIVERSUM nichts, das nicht lebt.

Neue spirituelle Erfahrungen halfen ihm, noch weiter zu gehen. Er verfolgte seine Arbeit mit einem kämpferischen Geist, aber mit Feingefühl, indem er von Augenblick zu Augenblick immer wieder herausfand, welchen Teil seiner Anstrengungen er weiterführen musste und welcher Teil zum HÖHEREN ASPEKT seiner selbst gehörte, dem er sich überließ.

Er war an einem Punkt angekommen, wo er dermaßen mit diesem anderen Zustand des Seins und Bewusstseins verbunden war, den er durch unablässige Bemühungen in sich gefunden hatte, dass er, selbst wenn er ihn vergessen wollte, das nicht mehr konnte, denn, sagte er, diese neue Empfindung war von nun an zu einem wesentlichen Bestandteil seiner Natur geworden.

„Ich glaube nicht mehr blind an eine äußere Gottheit, denn ich sehe jetzt das UNAUSSPRECHLICHE in mir, sozusagen mit meinem geistigen Auge, und ich fühle es so deutlich und so intensiv, dass mein ganzes Wesen davon erschüttert und von einem Gefühl grenzenloser Verwunderung und Ehrfurcht erfüllt wird."

Als er auf sein Leben zurückblickte, merkte er, dass die einzigen Momente, die sich unauslöschlich in sein Gedächtnis eingegraben hatten, diejenigen waren, in denen es ihm gelungen war, sich mit ganzem Herzen seinen spirituellen Übungen hinzugeben; der Rest seines Daseins erschien ihm dagegen wie ein Traum ohne Sinn und ohne Wirklichkeit.

Er ermutigte seine Schüler unaufhörlich, sich weder in die Zukunft zu projizieren noch Vorstellungen in Bezug darauf zu hegen, was sie spirituell erreichen könnten, denn, wie er in seinem Buch *„Inneres Erwachen und Praxis des Nada-Yoga"* schrieb:

„Obwohl es auf einem spirituellen Weg – um zu versuchen, das Unerklärliche inadäquat zu erklären – oft notwendig ist, von einem Ziel zu sprechen, das es zu erreichen gilt, muss sich ein ernsthafter Sucher daran erinnern, dass, was seine spirituellen Übungen betrifft, das Ziel immer in der Gegenwart liegt.

In gewisser Weise kann man sagen, dass, wenn er einmal den PFAD betreten hat, es sich für ihn nicht darum handeln kann, eines Tages ein letztes Ziel zu erreichen, an dem alles zum Stillstand käme – wie es bei den gewöhnlichen Dingen oder Tätigkeiten der Welt ist –, denn das würde bedeuten, dass das Ziel ein „Ende" in einer Art ewigem Tod wäre und dass es danach nichts mehr gäbe. In Wirklichkeit sind Ziel und Gegenwart bei einer spirituellen Arbeit untrennbar; jeder Augenblick muss für den Sucher zum Ziel werden, da er sonst riskiert, sich allen möglichen Rechtfertigungen hinzugeben, von einem Ziel zu träumen, das in einer fernen Zukunft liegt, und inzwischen, ohne sich dessen bewusst zu sein, nur eine halbherzige spirituelle Praxis auszuführen, die zu nichts führen wird."

Ein anderes Empfinden von sich selbst aufrechthalten

Salim fasste die Essenz seiner Lehre so zusammen: „Im Menschen existiert ein sehr besonderes Bewusstsein, mit dem verglichen sein gewöhnliches Bewusstsein nichts als Finsternis ist. Es ist entscheidend für ihn, dieses leuchtende Bewusstsein, das er in den Tiefen seines Wesens trägt, zu entdecken, bevor sich der Tod seiner bemächtigt. Es handelt sich um ein unpersönliches Bewusstsein von größter Feinheit, welches das gesamte UNIVERSUM durchdringt; übrigens ist das UNIVERSUM hinter seinem greifbaren Aspekt in Wirklichkeit nichts als ein WEITES EWIGES GÖTTLICHES BEWUSSTSEIN."

„Die Vervollkommnung seines Wesens kann erst erfolgen, wenn der Aspirant dahin kommt, diesen GÖTTLICHEN ASPEKT seiner Natur zu finden und damit verbunden zu bleiben; denn, von sich aus kann er nichts tun. Aus diesem Grund muss er unaufhörliche Bemühungen machen, um eines Tages diese GÖTTLICHE QUELLE in sich erkennen und schließlich kontinuierlich mit ihr verbunden bleiben zu können, ohne SIE je wieder zu verlieren."

Salim ermunterte seine Schüler unaufhörlich, sich zu fragen: „Auf welche Weise bin ich für gewöhnlich für mich verloren, ohne es zu wissen? Was, das für mich wertvoll ist, ist in den Momenten verloren, in denen ich mich selbst vergesse? Weiß ich das wirklich?"

Und Salim fügte hinzu: „Der Mensch stirbt jeden Augenblick, ohne es je zu merken. Es gibt nichts in ihm, das von einem Moment zum anderen fortbesteht. Wie kann er dann erwarten, dass etwas von ihm nach seinem physischen Tod weiterbesteht?"

„Weiß man übrigens in dem Zustand, in dem man im Allgemeinen lebt, dass man existiert? Ist man sich wirklich dessen *bewusst,* dass man existiert? Wenn der Sucher sich diese Frage ernsthaft und in eindringlicher Aufrichtigkeit stellt, beginnt in ihm plötzlich eine völlig andere Empfindung von sich selbst und von seiner Existenz zu entstehen. Er muss erkennen, dass es von entscheidender Bedeutung für ihn ist zu versuchen, unaufhörlich diese ungewohnte Empfindung von sich selbst aufrechtzuerhalten, die das Mittel ist, ihm die Entdeckung seines HIMMLISCHEN SEINS zugänglich zu machen! Aus diesem Grund muss er zusätzlich zu seiner täglichen Meditation, wenn er damit beschäftigt ist, den Erfordernissen des äußeren Lebens nachzukommen, gleichzeitig innerlich damit beschäftigt sein, die Empfindung von sich selbst in einem fortwährenden Jetzt zu halten. Es ist nötig für ihn zu begreifen, dass diese neue, in einem andauernden Jetzt gehaltene Empfindung in Wirklichkeit Leben und Kraft für ihn ist!"

„Wenn er wirklich wissen möchte, worin eine echte spirituelle Arbeit besteht, kann der Aspirant mit glühender Aufrichtigkeit versuchen, sich noch im selben Augenblick vorzustellen, dass er tatsächlich gerade seinen letzten Augenblick auf der ERDE lebt; welche Art Empfindung und welcher Bewusstseinszustand, die ihm ungewohnt sind, steigen dann in seinem Wesen auf? Genau dieses neue Empfinden, begleitet von einem seltsamen inneren Erwachen, das er in einem solchen Moment erleben wird, muss er in sich aufrechtzuerhalten versuchen."

„Man hört oft von Erleuchtung oder von erleuchteten Wesen sprechen, ohne dass die, die diese Ausdrücke verwenden, wirklich verstehen, was diese alles umfassen. In den Köpfen vieler Aspiranten herrscht tatsächlich Unklarheit bezüglich der Erleuchtung, denn entweder glauben sie, dass sie leicht zu erlangen ist – ohne am Anfang ihres Weges zu erkennen, was eine solche Arbeit wirklich beinhaltet –, und wenn sie auf zu viele Schwierigkeiten treffen, die sie sich nicht erwarteten, werden sie schließlich entmutigt und geben ihr Streben auf, oder sie messen ihr bei ihrer Suche paradoxerweise keine große Bedeutung bei und suchen daher nicht nach ihr."

„Es ist sehr wichtig, die Tatsache zu sehen, dass es verschiedene Grade der Erleuchtung gibt, von einer kleinen Veränderung des Seins- und Bewusstseinszustandes, die einem Sucher am Anfang ihrer Manifestation in ihm entgehen kann, bis hin zur höchsten und derart seltenen Erfahrung, in deren Verlauf er ohne jeden möglichen Zweifel das UNAUSSPRECHLICHE erkennt, das er in sich trägt."

„Die Erleuchtung kann sich, nach einer mehr oder weniger langen Meditationspraxis, manchmal sehr plötzlich und völlig unerwartet manifestieren (alles hängt von der Stufe des Seins und des Bewusstseins des Meditierenden ab), oder aber langsam, in Etappen, als subtile Modifikation des Seins- und Bewusstseinszustandes, anfangs begleitet von einem inneren Erwachen, das vom Aspiranten zunächst unverstanden bleiben kann."

Frühling 1996 – Tod eines seiner Schüler

Einer seiner Schüler mit dem Vornamen Christian, den Salim einige Zeit nicht gesehen hatte, nahm wieder Kontakt zu ihm auf und erklärte ihm verzweifelt, dass er, kaum über vierzig, im Sterben liege und ihn für diesen, einer Einweihung gleichkommenden, Übergang brauche. Als er ein paar Tage später in die Klinik eingewiesen wurde, konnte Salim per Telefon mit ihm sprechen; er erinnerte ihn daran zu versuchen, den Zustand der Klarheit und der ungewohnten Bewusstheit seiner selbst, den er in der Vergangenheit mit Hilfe bestimmter Übungen in ihm hervorzurufen versucht hatte, wiederzufinden und zu halten. Außerdem betonte er die Wichtigkeit, in Frieden und in einem Zustand des Wohlwollens gegenüber der gesamten Welt zu gehen.

Einige Stunden vor dessen Ende hatte Salim die Möglichkeit, ihm übers Telefon leise ein paar wertvolle Worte mitzuteilen, die in diesem entscheidenden Moment unentbehrlich waren. Ihn mit seinem Namen ansprechend, sagte er zu ihm: „Christian, überlasse dich, wehre dich nicht. Akzeptiere, überlasse dich vertrauensvoll…" Die Person, die sich neben dem Bett des Sterbenden befand, wiederholte die gleichen Worte bis zum Ende, das heiter und ruhig war.

Salim setzte seine Hilfe noch mehrere Monate fort, indem er seinen Schüler glücklich, lächelnd, in Frieden, in ein göttliches Licht gebadet, visualisierte, solange, bis er fühlte, dass er getan hatte, was ihm möglich war, um ihm zu helfen.

Oktober 1996 – Traumbotschaft für Salim

In jener Nacht hatte ich einen Traum: Ich befand mich im Haus Christians, Salims Schülers, der vor ein paar Monaten gestorben war, das Telefon klingelte, ich zögerte zu antworten, denn ich war hier nicht zu Hause. Da ich alleine im Zimmer war und niemand abhob, beschloss ich zu antworten und hörte dann im Telefonhörer Christians Stimme, die zu mir sagte: „Nein lass, das ist für mich." Ich erzählte Salim am nächsten Morgen diesen Traum. Er dachte den ganzen Vormittag darüber nach, indem er sich fragte, ob diese Botschaft nicht für ihn bestimmt war, um ihm den Tod von jemand anzukündigen. Er hatte nämlich festgestellt, dass, wenn er von einem Toten träumte, dies die Ankündigung eines anderen Todes bedeutete. Am Nachmittag, zu einer für ihn ungewohnten Stunde, hörte er France-Musique. Durch Zufall, der eigentlich keiner war, hörte er ein Sonderprogramm mit der Musik Berthold Goldschmidts, der am Morgen des vergangenen Tages im Alter von 94 Jahren gestorben war.

Der Traum war von einer erstaunlichen Genauigkeit. Ich war im Haus eines Schülers, das heißt, im Haus von Salim als Schüler, und dieser Telefonanruf, der nicht für mich war, kündigte ihm den Tod seines ersten Kompositionslehrers an, von dem wir erst kürzlich in einer Reportage über ihn gehört hatten, dass er noch am Leben sei. Salim hatte ungefähr vier Jahre bei Berthold Goldschmidt studiert und viel bei ihm gelernt. Er konnte das Handwerk des Komponisten von Grund auf und hatte in Bezug auf Perfektion einen hohen Anspruch. Wie Salim hatte er die Fähigkeit, beim Lesen einer Partitur innerlich die verschiedenen Instrumente des Orchesters, die Harmonie und die Rhythmen in den kleinsten Details zu hören. Er war ein bemerkenswerter Dirigent und Pianist, der jedes Werk aus dem Stegreif und mit Leichtigkeit vom Blatt spielen konnte. Manchmal spielten Salim und er zu ihrem eigenen Vergnügen Werke für Geige und Klavier. Er war ein hochsensibler Mann, der sehr unter seiner kulturellen

Berthold Goldschmidt mit 93 Jahren

Entwurzelung und unter dem Trauma seiner Flucht aus Nazi-Deutschland gelitten hatte; er wusste, dass er ein großes Talent hatte und es machte ihn traurig, in England nicht gespielt zu werden, nachdem so viele seiner Werke in Deutschland zerstört worden waren. Er hatte wie Salim die Diktatur der seriellen Musik erlebt und war nach und nach der Entmutigung erlegen und hatte an die zwanzig Jahre lang nicht mehr komponiert. Auf höchst wunderbare Weise gewährte ihm in den 1980iger Jahren das Aufkommen eines neuen Interesses für jüdische Komponisten, die Opfer der Nazis waren, die Freude, vor seinem Tod mehrere seiner Werke zu hören, davon zwei seiner Opern.

Salim war von diesem Tod berührt, der ihn an viele Dinge aus der Vergangenheit erinnerte, mit denen er sich als Musiker verbunden fühlte, denn selbst wenn er nicht mehr komponierte, war und blieb er bis zum letzten Atemzug Musiker.

Das Verlassen der Tonalität in der zeitgenössischen Musik

Nachdem er in der Vergangenheit gekämpft hatte, um Schönheit in seiner Musik zu schaffen, konnte Salim nur unendliche Traurigkeit empfinden, wenn er im Radio (besonders in France-Musique) Äußerungen aller Art hörte, die dazu bestimmt waren, das Aufgeben der Tonalität zu rechtfertigen. Diesen Personen zufolge waren die modernen Komponisten es sich schuldig, die Gesetze der Harmonie zu brechen, um neu zu sein, denn, versicherten sie, die Möglichkeiten der Tonalität seien erschöpft.

Auf solches Gerede reagierte Salim, indem er erwiderte: „Solange es menschliche Wesen mit Sehnsüchten und verschiedenen Temperamenten gibt, werden sie immer etwas Neues entdecken, um sich auszudrücken. Eines der bedeutsamsten Beispiele in dieser Hinsicht ist Gustav Mahler, der bis zum Ende seines Lebens nicht aufhörte, andere Wege zu finden, dieselben Dur- und Moll-Akkorde zu verwenden, die Beethoven in seiner Musik benutzt hatte. Je größer die Zahl der Komponisten ist, die aufeinander folgen, desto schwieriger erweist es sich offenbar, neue Ausdrucksmittel zu finden. Aus dieser Sichtweise war Debussy sozusagen ein „Fluch" für seine Nachfolger, denn da sie seine Höhe nicht erreichen konnten oder nicht mehr als blasse Nachahmer waren, versuchten sie, ein System zu ersinnen, das keine Vergleiche mehr mit den großen Komponisten der Vergangenheit erlaubte."

Salim erinnerte sich, den Bericht über einen Vortrag am Collège de France mit dem Titel „Die große Spaltung der zeitgenössischen Musik" von André Lavagne, einem Komponisten und zweiten Träger des Grand Prix de Rome (der die Kolumne „Die Woche des Musikliebhabers" in der französischen Zeitschrift Le Figaro schrieb), gelesen zu haben; im Laufe seiner Darlegung hatte sich dieser auf Entdeckungen aus der Medizin gestützt, um zu zeigen, dass das tonale Prinzip alles andere als ein austauschbares System ist, da es auf einer biologischen Grundlage beruht. Der Referent hatte ferner aufgezeigt, mit welcher erbarmungslosen Logik die Musik, zunächst atonal, dann fortschreitend seriell, konkret, elektronisch-seriell und stochastisch, zu einer Musik des Zufalls wird, zur Musikkollage, und schließlich ins Absurde mündet – ein solches Werk besteht aus der Simultanaufzeichnung von acht Radiosendern! „Es handelt sich", hatte er gefolgert, „um eine Zivilisationskrise mit dramatischen Folgen, und der Mensch wird sein Bild in der Musik nur wiederfinden, wenn er ein eisiges Universum, eine Welt der Zusammenhanglosigkeit und der Angst zerbricht, um wieder einen Sinn für sein eigenes Leben zu finden, aus dem sich der *transzendentale Sinn* jeder künstlerischen Schöpfung herleitet."

„Gerade", sagte Salim, „weil die heutigen Komponisten leider nicht mehr die Bedeutung des Wortes „Transzendenz" kennen, flüchten sie sich in elektronische Klänge, Zufallskompositionen oder einfache Geräuschkulissen, die sie als „Musik" bezeichnen. Da es ihnen an Geistesgröße fehlt, versuchen sie, „genial" zu sein. Sie verstehen nicht mehr, wie wichtig es ist, in sich ein inneres Schweigen zu erzeugen, das nötig ist, um die Inspirationen aufzufangen, die aus einer höheren Welt kommen."

Gustav Mahler sprach vom Komponieren als einem „wesensmäßig mystischen" Akt: „Das Schaffen und die Entstehung eines Werkes sind mystisch vom Anfang bis zum Ende, da man, sich selbst unbewusst, wie durch fremde Eingebung etwas machen muss, von dem man nachher kaum begreift, wie es geworden ist."[47]

Brahms vertraute eines Tages Joachim, dem berühmten Violinisten, für den er sein Concerto komponiert hatte, an, er habe nie eine Note geschrieben, die ihm nicht gegeben worden sei.

Und Beethoven erklärte: „Höheres gibt es nicht, als der Gottheit sich mehr als andere Menschen zu nähern, und von hier aus die Strahlen der Gottheit unter das Menschengeschlecht zu verbreiten."[48]

Salim konnte nicht umhin zu denken, dass die Welt krank und verrückt geworden sei, sich an der Hässlichkeit zu erfreuen, welche Menschen, denen jeder ästhetische Sinn fehlt, über die Menschheit ergießen, sei es auf dem Gebiet der Malerei, der Musik oder der Architektur.

Alle diese so schwierigen Jahre in der Rue du Cherche-Midi blieben für immer lebendig in ihm; die Kälte, die ihn im Winter erstarren ließ und ihm endlose Erkältungen brachte, die heftigen Darmkrisen, die ihm den Bauch zu zerreißen schienen, obwohl er sich zu einem Schüler begeben musste (mangels Geldes meist zu Fuß), der Hunger, der ihn quälte …

Das Geld, das zu verdienen ihm gelang, genügte oft nicht, um 32-zeiliges Notenpapier zu kaufen. Wenn er eine Lektion gegeben hatte, betrachtete er die kleine Summe, die er verdient hatte, hin- und hergerissen von dem Dilemma, das in ihm entstand. Der zweite Satz

---

[47] Erinnerungen an Gustav Mahler, Natalie Bauer-Lechner, E.P.Tal & Co. Verlag Leipzig Wien Zürich, 1923

[48] Originalbriefe Ludwig van Beethoven's an den Erzherzog Rudolph, Herausgeber Köchel, Verlag Beck, Wien, 1865

des unfertigen Stückes sagte zu ihm: „Erst ich", aber sein Magen verlangte: „Nein, erst muss ich gesättigt werden, du hast mir seit über zwei Tagen nichts zu essen gegeben!" Wenn das entstehende Werk schrie: „Ich möchte leben!", protestierte sein Bauch: „Aber ich habe Hunger!" Dieser Disput endete meistens mit dem Sieg der Musik, und statt seinen Hunger zu stillen, machte er sich auf, um sich die linierten Blätter zu beschaffen, die er so nötig brauchte.

Wenn Salim über diese so harte Zeit nachdachte, kam er zu dem Schluss, dass der Komponist, der kämpft, um die Augenblicke der Erhebung, die er erlebt, in Musik umzusetzen, sich einen unschätzbaren Reichtum erwirbt, der seine Opfer rechtfertigt, selbst wenn sein Werk nie aufgeführt werden wird, denn letztlich macht er die Erfahrung, es geschrieben zu haben, und das ist es, was am meisten zählt; sein Wesen wurde auf eine Weise bereichert, wie es Menschen dieser Welt nie verstehen können.

Intensiv auf den Nada hören

Eines Tages betrat ich, wie jeden Morgen, Salims Zimmer. Wie es schien, war er dabei, eine Musikkassette anzuhören, mit dem Kopfhörer auf den Ohren, den Blick auf den Boden gerichtet. Er hörte mich nicht. Nachdem ich nachdrücklich meine Anwesenheit signalisiert hatte, hob er schließlich den Blick. Er erklärte mir, dass er eine Konzentrationsübung mache, die darin bestand, sich so auf den Nada zu konzentrieren, dass er die Musik nicht mehr hörte, die im Kopfhörer immer noch mit hoher Lautstärke spielte. Er erzählte mir, dass er diese Übung intensiv geübt hatte, als er in Poona war. Etwa 1970, auf der Durchreise in Paris, bevor er nach Madras aufbrach, war er von einer Gruppe Personen eingeladen worden, die seine Messe hören wollten. Beim Anhören des Werkes (das 36 Minuten dauert), war er mit solcher Intensität, von Sekunde zu Sekunde, auf den Nada konzentriert geblieben, dass er keine einzige Note von seiner eigenen Musik gehört hatte, die ihm so am Herzen lag – er, ein Musiker, und noch dazu von seiner Messe! Nur Personen, die versucht haben sich zu konzentrieren, können erkennen, welche Intensität das bedeutet. Es ist dieses Konzentrationsvermögen, durch das Salim so außergewöhnliche Erfahrungen gemacht hat.

Als er, dank Indira Devi die Bhagavad-Gîtâ entdeckte, fand er dort einen Vers, der ihn tief berührte: *„Unter Tausenden bemüht sich ein*

Einziger hier und da um Vollkommenheit, und unter denen, die sich um Vollkommenheit bemühen und sie erreichen, erkennt ein Einziger hier und da MICH in all den Prinzipien MEINER EXISTENZ. " (Kap 7, 3)

Später würde er zu seinen Schülern sagen: „Ich möchte einer von denen sein, die das ABSOLUTE in all den PRINZIPIEN SEINER EXISTENZ erkennen. Ich frage mich nicht, ob ich dahin kommen werde, ich denke nicht darüber nach, ich gebe mich voll und ganz, das ist alles."

Schmiede des Schicksals

Unter den verschiedenen Erinnerungen, die sich Salim in meiner Gegenwart ins Gedächtnis zurückrief, vertraute er mir eine besonders quälende an. Sie hing mit einer Sache zusammen, die sich kurz nach dem besagten Nachmittag ereignet hatte, an dem die Musikkritiker ihm endgültig die Tür zur musikalischen Welt verschlossen hatten.

Zu dieser Zeit bewohnte er immer noch die winzige Zelle in der Rue du Cherche-Midi. Es war sehr kalt, denn es war noch Winter. Er hatte eine schlaflose Nacht verbracht, heimgesucht von einer Darmkrise, die ihn bis in den späten Vormittag ohne Pause gequält hatte. Er war äußerst erschöpft und geschwächt. Er blieb ausgestreckt auf seinem Bett liegen und starrte mit brennenden Augen die Decke an, während er sich sagte: „Zu wem kann ich sprechen? Wer kann mein Gefühl verstehen? Ich fühle mich alleine und verloren in einer Welt, die gegenüber allem Edlen und Schönen im Leben gefühllos geworden ist."

Trotz seiner Niedergeschlagenheit hörte er in seinen Ohren unaufhörlich die himmlische Musik, die aus einer anderen Welt stammte und die ihn aufrief, ihr ins Leben zu verhelfen.

Zwischen der Musik, die ständig in ihm erklang und ihn eindringlich rief, seinem hohlen Magen, der ihn daran erinnerte, dass er kein Geld mehr hatte, um sich etwas zu essen zu beschaffen, und den furchtbaren Eingeweideschmerzen, die ihm keinen Augenblick der Ruhe ließen, fühlte er sich so elend, dass er schließlich die Augen schloss und versuchte, alles zu vergessen, im gegenwärtigen Moment zu leben und zu versuchen im Liegen zu meditieren.

Er hatte den Eindruck, dass eine lange Zeit verstrichen war, als er plötzlich ein leises Pochen an seiner Tür gehört zu haben glaubte. Seine Zelle war so schmal, dass es genügte, im Liegen den Arm auszustrecken, um die Tür zu öffnen, wobei er sich fragte, wer ihm an einem so kalten Tag einen Besuch abstatten könne.

Zu seiner Überraschung befand sich sein Freund René Zuber, der Filmemacher der Gurdjieffgruppen, auf dem Treppenabsatz. Er kam, um ihn zu fragen, ob Salim ihn vielleicht zu einem kleinen Vorführsaal begleiten wolle, um sich dort einen Kurzfilm über die Eisenverhüttung anzusehen, den er gerade produziert hatte; er brauchte eine kleine Klangkulisse zur Veranschaulichung, um eine Filmpassage hervorzuheben, und hatte gedacht, dass Salim, der eine orientalische Tambur (genannt Zarb) besaß, für ihn eine Schlagsequenz improvisieren könne. Er fügte hinzu, dass er glücklich sei, ihn für diesen Dienst zu bezahlen.

Salim blieb einen Augenblick stumm, dann, ohne zu merken, was er tat, packte er fest die Arme seines verdutzten Freundes, während er versuchte, ihn nicht die Tränen sehen zu lassen, die ihm in die Augen stiegen. Aus Furcht, seine Stimme würde seine Bewegung verraten, signalisierte er einfach mit einem Kopfnicken, dass er glücklich sei, ihm nützlich sein zu dürfen.

Obwohl ein enger Freund, war René Zuber weit davon entfernt, die Schwierigkeiten zu ahnen, mit denen Salim kämpfte, und wenn es nur ums Essen ging. Da Salims Ausdrucksweise die Musik war, fiel es ihm schwer, auszudrücken, was er fühlte, und er legte seine Situation praktisch niemandem offen. René Zuber, der sich nicht im mindesten vorstellen konnte, wie willkommen sein Vorschlag war, da dieser Salim erlauben würde, endlich etwas Geld zum Essen zu verdienen, konnte den Grund für sein seltsames Benehmen nicht verstehen. Er sah ihn einen Moment erstaunt an, dann schlug er vor, unverzüglich aufzubrechen, da sie dringend im Studio erwartet würden.

Frierend und durch die Prüfung der letzten Nacht furchtbar geschwächt, betrat Salim den Saal, der zu seiner großen Freude geheizt war, so gut sogar, dass er ihm wie ein Paradies erschien!

Die Vorführung begann sofort. Während die Bilder an Salim vorüberzogen und er in einer bestimmten Filmszene sah, wie eine riesige Metallzange einen Stahlblock ergriff, um ihn langsam zu einem schrecklich glühenden Schmelzofen zu dirigieren, fühlte er sich plötzlich von einer unausdrückbaren mystischen Gefühlsbewegung erfüllt und dachte: „Aber das tut weh... tut diesem Metallstück entsetzlich weh!" Nachdem sie ihn einige Minuten im Ofen gelassen hatte, packte die Zange wieder den Block, der nun zur Weißglut erhitzt war und blaugelbe Funken versprühte. Dann fiel ein gewaltiger, hydraulischer Hammer nieder und begann, ihn unerbittlich zu schlagen. Erneut konnte Salim nicht anders, als sich zu sagen: „Aber das ist schrecklich, wie weh das tut!" Es war, als ob er selbst den Schmerz des Metalls fühlte. Schließlich, nachdem er eine Reihe Hammerschläge durchgemacht hatte, wurde der Stahl, der sich gekrümmt hatte und nun eine elegant gebogene Form vorstellte, ähnlich einem U, ins Wasser geworfen, wahrscheinlich, um ihn zu härten.

Der eigenartige Zustand, der Salim während des Films überkommen hatte, hatte ihm eine Art Lehre von unschätzbarem Wert erteilt, die in der Folge eine bedeutende Auswirkung auf seine gesamte spirituelle Arbeit haben sollte. Während er beobachtet hatte, was sich auf der Leinwand abspielte, hatte er mit durchdringender Klarheit verstanden, dass auch er, wie der Stahlblock, bereit sein musste, ständig durch das brennende Feuer einer beharrlichen spirituellen Praxis zu gehen, wenn er auf eine gültige Veränderung in seinem Wesen hoffen wollte.

Als er heimkehrte, fand er sich nicht nur erhoben, sondern sogar in einen ekstatischen Zustand versetzt, ganz entgegengesetzt der Niedergeschlagenheit, die er beim Fortgehen empfunden hatte. Als René Zuber, der ihn zurückgebracht hatte, ihn für die akustische Begleitung, die er improvisiert hatte, bezahlen wollte, dachte Salim, dass es eher an ihm sei, ihn für die wertvolle Erfahrung zu entlohnen, die er durch diese kleine Aufzeichnung hatte machen dürfen.

Als er wieder einmal zu mir über diesen Dokumentarfilm sprach, den er durch einen geheimnisvollen, unverhofften Zufall gerade dann gesehen hatte, als er ihn am meisten brauchte, gestand Salim mir: „Das Feuer, durch das dieses Stück Metall gegangen ist, und die Schläge, die es bekommen hat, waren für es nur eine Sache von einigen Minuten, während der Schmelzofen des existentiellen Lebens, durch den ich gegangen bin, und die Schläge, die ich erhalten habe, mein ganzes Leben gedauert haben!"

„Aber", fügte er gleich hinzu, „wenn mir die Möglichkeit geboten würde, wieder zurückzukommen und mein Leben neu zu beginnen, wobei ich eine leichtere Existenz wählen könnte, ohne die Dramen und die Leiden, die ich durchmachen musste, dazu die Berühmtheit als Musiker, mich dafür aber die Leichtigkeit hindern würde, mir das Wissen zu erwerben, das ich brauche, um meine spirituelle Entwicklung zu beschleunigen, würde ich ohne zu zögern erwidern, dass ich es vorzöge, tausendmal von Neuem die Prüfungen zu erleiden, durch die ich gegangen bin, mit allem, was sie mir an Launen des Schicksals, physischen Schmerzen und seelischer Einsamkeit beschert haben, viel eher, als nie die unschätzbaren spirituellen Erfahrungen und Verständnisse gewonnen zu haben, die kennenzulernen ich privilegiert war und für die ich einen so hohen Preis bezahlt habe."

Aufzeichnungen seiner Unterweisungen

Zwischen 1998 und 2002 versammelte Salim regelmäßig einige Schüler, um sie bei ihrer Praxis anzuspornen. Manche Unterweisungen wurden auf Video aufgezeichnet. Nachfolgend einige Auszüge. (Salim hat sehr oft „ich" statt „ihr" gesagt, wenn er sich an seine Schüler wandte, denn er wollte nach Möglichkeit Ausdrücke vermeiden, die zwischen ihm und den anderen unbewusst eine Barriere errichten könnten.)

Dezember 1998 – Eine Spur in sich hinterlassen

„Eine Spur in sich hinterlassen, damit, was immer meine zukünftige Existenz sein wird, die Spur, die ich in mir hinterlassen habe, mich schneller dem näher bringt, was mir am teuersten ist, das heißt, einer spirituellen Praxis."

„Eine Spur hinterlassen... Gedächtnis bedeutet Evolution, Vergessen bedeutet Involution. Ihr müsst so ernsthaft sein, dass das zur einzigen Motivation in eurem Leben wird. Wenn ihr euch einer spirituellen Praxis widmet, müsst ihr dahin kommen, so genau zu sein, und vor allem, so ganz. Wenn ihr nicht einen Augenblick schmeckt, wo ihr ganz seid, wenigstens einmal im Leben, werdet ihr nie wissen, was es sagen will, sich dem UNENDLICHEN, das in euch wohnt, zu geben."

(Salim liest einen Auszug aus *„S'éveiller, une question de vie ou de mort"*, Kap 13)

„Der glühendste Wunsch eines Suchers muss sein, sich in einer zukünftigen Existenz nie mehr als der wiederzufinden, der er in der Gegenwart ist, mit seinen gewohnheitsmäßigen Gedanken, die sich unkontrolliert in seinem Geist drehen, mit seinen veränderlichen Wünschen, die an ihm nagen, seiner Sinnlichkeit und seinen Interessen für gewöhnliche Dinge des Lebens, die ihn beschweren und ihm den Weg zu seiner Befreiung versperren.

„Wenn er das Ziel seiner Suche erreichen möchte, muss die Wiederkehr der Bemühungen, die er in der Gegenwart macht – und die nur eine Spur in ihm hinterlassen können, wenn sie ausdauernd und aufrichtig genug sind – stärker werden, als die Wiederkehr seiner unerwünschten und noch nicht transformierten Neigungen; andernfalls wird die karmische Vorliebe, die er für das samsarische Dasein noch empfindet, weiter maßgebend sein und ihn an sich gekettet halten."

Und Salim kommentierte weiter: „So konnte dieser Klavierwunderknabe (Evgeny Kissin) im Alter von elf Monaten das nachsingen, was seine Schwester auf dem Klavier vorspielte. Mit einem Jahr und ein paar Monaten setzte er sich ans Klavier und begann mit einem Finger zu spielen. Und später, wenn er von der Schule heimkam, zog er nicht einmal seinen Mantel aus, nur eines zählte für ihn: das Klavier.

„Eine Spur aus einem früheren Leben war in ihm zurückgeblieben. Er war sieben, als er sein erstes Konzert gab.

„Ich sage euch alle diese Dinge, damit ihr versteht, dass es so wichtig ist, dass ich eine Spur in mir hinterlasse."

April 2001 – der letzte Gedanke

„In einem zukünftigen Dasein, welche Form es auch immer annehmen mag, möchte ich mich um jeden Preis ausschließlich an diese spirituelle Suche und an nichts anderes erinnern. Es ist wirklich notwendig, dass, wenn wir sterben, unser einziger und alleiniger Wunsch unsere spirituelle Vollendung ist.

„Ich möchte diesen Wunsch mitnehmen, ganz gleich, wie meine Zukunft sein wird, welche Form ich annehmen werde und an welchem Ort dies geschehen wird, damit ich schon etwas in mir habe, an das mich dieser Wunsch erinnern wird: meine spirituelle Vollendung.

„Die Leute sind von Sinnesfreuden versklavt, sie werden wiedergeboren werden, um diese Sinnesfreuden wiederzufinden. Das möchte man nicht, auch nicht für ein künstlerisches Ziel. Ich möchte das nicht, ich möchte nicht für die Musik wiedergeboren werden, sie hat ihren Zweck erfüllt, ich möchte nicht, dass sich das wieder fortsetzt. Deswegen habe ich seit langem aufgehört, Musik zu schreiben.

Salim 1990

„Ein einziges Ziel, ich muss ein einziges Ziel haben, meine spirituelle Vollendung, vor allem diese. Und dazu muss ich meine Versklavung durch die Sinne besser verstehen. Ohne dass ich die Gewohnheit von diesem und von jenem. Man möchte mehr, immer mehr, ich hingegen muss immer mehr spirituelle Vollendung wollen, das vor allem anderen.“

Auszug aus *„S'éveiller – une question de vie ou de mort“*, *Kapitel zwei:*

„Jeden Abend nach seiner Meditation soll sich der Aspirant auf sein Bett setzen und eine Weile verharren, um sich vor dem Schlafen vorzubereiten, und zwar wegen der Wichtigkeit des letzten Gedankens, den er mit sich in den Schlaf nehmen wird und der unweigerlich bestimmen wird, was das Morgen spirituell für ihn sein wird.

„Zu seiner Todesstunde, bevor er in seinen letzten und längsten Schlaf eintreten wird, um wie viel entscheidender wird da sein letzter Gedanke sein, den er in diesem schicksalhaften Augenblick mit sich nehmen wird, ein letzter Gedanke, der nicht nur den Zustand

428

bestimmen wird, in dem er sich befinden wird, wenn er diese Welt verlassen wird, sondern auch das, was sein zukünftiges Schicksal und sein zukünftiges Dasein sein werden, welche Form dieses auch immer annehmen wird und an welchem Ort es sich auch immer abspielen mag.

„Jeden Abend muss er sich fragen, was er wirklich vom Leben erwartet, was diese spirituelle Arbeit für ihn bedeutet und welche Bedeutung er ihr beimessen soll. Er muss die Entscheidung erneuern, sich mit ganzer Seele dem zu geben, der ihn innerlich ruft, und die Gelegenheit schätzen, die sich ihm bietet, spirituell an sich arbeiten zu können. Er muss sich vergegenwärtigen, dass der Tag kommen wird, wo es diese Möglichkeit nicht mehr geben wird."

„Was ich da geschrieben habe, mache ich selbst jeden Abend vor dem Schlafen.

„Da man ohne diese Daseinsform nicht an sich arbeiten kann, ist es nur diese Daseinsform, die uns in Umstände versetzt, die die Tendenzen, die man in sich hat, die wenig wünschenswerten Wünsche oder manchmal sogar Wünsche zum Vorschein bringt, die gut sind und von denen man nicht weiß, dass man sie in sich trägt. Man braucht dieses Dasein für die Durchführung einer Sache, die man normalerweise nicht kennt, deswegen darf man dieses Dasein nicht fliehen, sondern muss sich ihm stellen, stets stellen, und an sich arbeiten, um bestimmte Tendenzen umzuwandeln, um „wahrer" in sich zu sein, „denn, wenn der gewaltige Moment kommen wird, wird es kein Morgen mehr für ihn geben."

„Ja, es wird kein Morgen mehr für ihn geben. Wie der Zustand, in dem er sich befindet, oder die Bedingungen, in die er gestellt ist, auch immer sein mögen, muss er unter allen Umständen erkennen, dass nichts von Dauer ist. Ich darf auf keinen Fall mit dieser Arbeit aufhören…

„Ich kann auf einem spirituellen Weg nicht die gleiche Art Anstrengungen machen, die im äußeren Leben genügen. Warum? Weil die Anstrengungen im äußeren Leben aus mir herausgelockt werden, während die Anstrengungen, die ich auf einem spirituellen Weg machen muss, gemacht werden müssen, weil ich sie machen will, weil ich ihre Bedeutung und ihre Notwendigkeit verstehe.

„Ich muss ständig das Feuer unter einem Wort schüren, das „mein Interesse" heißt. Das ist der Grund, warum alles, was ich im äußeren Leben tue, von nun an zu meinem spirituellen Interesse in Beziehung stehen muss.

Erinnert euch immer an diese Worte:

Ich möchte niemals diese kostbaren Momente vergessen, in denen mein Geist auf etwas gerichtet ist, das viel höher als das gewöhnliche Dasein ist. Ich möchte die Erinnerung an diese Momente in meinen Tod mitnehmen."

Mai 2001 – Der Sinn für das Geheimnisvolle

„Was will ich? Was versuche ich zu verstehen? Ich muss mein ganzes Leben immer weiter versuchen zu verstehen. Man hat nie verstanden, nie genug, es gibt immer mehr und noch mehr zu verstehen. In dem Augenblick, wo ich aufhöre, zu versuchen zu verstehen, beginne ich durch ein unumgängliches kosmisches Gesetz psychisch zu sterben.

„Euch fehlt der Sinn für das Geheimnisvolle. Man muss wirklich erkennen, dass das Geheimnisvolle überall ist. Dies ist das erste Mal seit unserem Treffen, dass ich mit dem Auto weggefahren bin. Die Blätter an den Bäumen sind sehr frisch, grün. Es ist ein Wunder, wie weiß der Baum, dass nach dem Winter für den Saft die Zeit gekommen ist, in alle Zweige zu steigen und jedes Blatt zu schaffen?

„Innerhalb der Umzäunung unseres Grundstücks gibt es Glyzinien, meine Lieblingsblumen, so schön! Was für ein Wunder! Es ist einzigartig, dass die Pflanze weiß, in welcher Farbe die Blüten wachsen sollen, zu welchem Zeitpunkt sie welchen Duft ausströmen und ich bin hingerissen von dieser Schönheit, eine vorübergehende, vergängliche Schönheit.

„Das Leben muss zu einem Wunder werden, denn es ist wahr, dass wir von Wundern umgeben sind, sie aber nicht sehen. Alles ist für mich geheimnisvoll. Durch mein Fenster sehe ich die Wolken sich bewegen, die Zweige des Baumes sich im Wind wiegen, manchmal Vögel, die mit einer solchen Geschwindigkeit vorbeischießen. Der Vogel bewegt kaum seine Flügel und flitzt so schnell, kein Mensch kann so schnell laufen.

An einem anderen Tag sah ich einen Vogel, der sich vor meinem Fenster niederließ; wie war es dem Vogel, der blitzschnell daherkam, gelungen, flügelschlagend zwischen die Zweige zu gleiten, ohne sich zu verletzen? Für mich war es ein Wunder, weil es viele Zweige und viele Blätter an den Zweigen dieses Baumes gibt.

„Wenn wir blind wären und jemand machte uns plötzlich Augen, dann den blauen Himmel zu sehen, mit seinen riesigen Wolken, die sich bewegen und verwandeln, welches Wunder, wenn man sie tatsächlich zum ersten Mal sähe; so sollte man die ganze Zeit sein, dahin muss man kommen, dann beginnt man wirklich zu leben, das Geheimnis des Daseins zu verstehen. Wenn man den blauen Himmel wirklich wie zum ersten Mal im Leben sähe und dann, plötzlich ein Wunder, einen Vogel, der so schnell fliegt, auch ihn wie zum ersten Mal in meinem Leben sehen.

Wisst ihr, was es wirklich heißt zu leben? Wir haben diese Fähigkeit, wirklich zu sehen, wirklich zu hören, verloren.

„Wenn unsere Praxis nicht jeden Augenblick mit einem Sinn für das Geheimnisvolle angegangen wird, wird sie platt.

„Mein ganzes Leben muss ich rege bleiben, ich möchte verstehen, ich möchte noch mehr verstehen, ich habe mein ganzes Leben lang nie genug verstanden."

März 2002 – Das Bild, das man von sich hat

„Ohne sich dessen bewusst zu sein, hat jeder ein Bild von sich, das er/sie nicht aufgeben möchte und das ihm/ihr die Tür der Evolution zu einer anderen Daseinsebene verschließt.

„Was meine ich mit Bild?

(Salim weist der Reihe nach auf zwei Personen): „Wenn ich die Fähigkeit habe, Sie in Soundso zu verwandeln, akzeptieren Sie das? Umgekehrt, wenn ich Soundso frage, ich kann Sie in diese Person verwandeln, akzeptieren Sie das? Antworten Sie nicht, denken Sie nur darüber nach.

„Ich habe ein Bild von mir; ohne es zu wissen, bin ich leidenschaftlich in dieses Bild verliebt. Jeder, ohne Ausnahme, hat dieses Problem.

„Dieses Bild, das man von sich hat, ist direkt mit der Eigenliebe verknüpft. Man sieht dies nicht, das ist das Tragische. Wenn man zu jemand etwas sagt, das diese Eigenliebe, dieses Selbstwertgefühl, verletzt, dann verbringt der Mensch seine Zeit damit, sich wie ein Hund seine Wunde zu lecken, mit anderen Worten, über die Verletzung, die sein Ego erhalten hat, ständig zu grübeln, verstehen Sie? Er kann in seiner Verblendung nicht die Eigenwertschätzung sehen, die in ihm ist und die ein Hindernis für seine spirituelle Praxis darstellt.

„Wie kann man dieses Bild erkennen, das man von sich hat? Man hält sich unbewusst – all das ist unbewusst –, man hält sich für jemand Besonderen. „Ich bin besonders", es genügt, die Fotos von Persönlichkeiten in den Zeitschriften zu betrachten: „Ich bin jemand Besonderes".

„Ja, man liebt sich, man hat ein Bild von sich, das man nicht loslassen möchte, man ist besonders. Es gibt niemand, der nicht dieses Problem hat. Man hält sich für jemand Einzigartigen, und man muss einfach werden, ein absolut einfaches Wesen, muss dieses Bild von sich selbst verlieren.

„Ich habe in der Vergangenheit an diesem Selbstbild gelitten. Man griff meine Musik an, ich hatte ein Bild von mir selbst, ein Selbstwertgefühl, eine Eigenliebe, wie konnte es sein, dass man meinen Beitrag nicht sah? Bei Treffen mit anderen Komponisten sagten die ultramodernen Komponisten verächtlich: diese Musik ist noch tonal. Dann litt auch ich darunter, wie Sie alle. Als ich sah, wie das den Weg blockierte, fing ich an, mit unsichtbaren Scheren, jedes Mal, wenn ich diese Manifestation der Eigenliebe sah, schnipp zu machen." (Salim mimt, etwas mit der Schere abzuschneiden).

„Als ich in der Rue Turgot wohnte, gab es gegenüber im Erdgeschoss einen Hutladen. Eine Tages ging eine Frau vorbei, die einen kleinen Hund hinter sich her zog, und plötzlich sah sie einen Hut im Schaufenster. An der Hundeleine ziehend, machte sie auf der Stelle kehrt. Sie betrachtete den Hut, dann ging sie wieder los, den Hund mit sich ziehend. Und schließlich kehrte sie erneut um, trat in den Laden, immer an dem Hund ziehend (den das alles überhaupt nicht interessierte) und als sie wieder herauskam…, der Hut hatte die Dame gekauft. Sie ging, indem sie sich in den Schaufenstern bewunderte: ich bin ein Hut…

„An einem anderen Tag gingen wir gerade spazieren, das ist jetzt sehr lange her, da kam ein junger Mann auf uns zu, er hatte sehr lange Haare, war stolz auf sich: ich bin die Haare...

„Das Bild, das man von sich hat..., er vergaß, dass er eines Tages alt werden würde, seine Haare weiß werden würden, er ohne Energie sein würde, wie ich heute... Wenn man das Leben eines Menschen im Zeitraffer sehen könnte, von der Geburt bis zum Tod, das weinende Baby, Heirat, Kinder, das war es, Schluss.

„Auf einer anderen Ebene, für das UNENDLICHE, ist unser Leben von unserer Geburt bis zu unserem Tod nur ein Fingerschnippen, ein Blitz. Am UNIVERSUM gemessen ist man nur ein Virus.

„Dieses Bild, das man von sich hat, diese Eigenliebe, ist die Ursache allen Unglücks, das die Menschheit heimsucht. Wenn man abwesend zu sich selbst ist, gibt es nur Reaktion und Eigenliebe.

„Im Hinduismus wird gesagt, dass der Aspirant für seine Befreiung selbstlos werden müsse, da er sonst keine Befreiung erreichen könne. Was ist die Befreiung? Man versteht nicht, wovon man sich befreien muss, ich muss mich von mir selbst befreien, von meinen mechanischen Reaktionen, dann erreiche ich das ABSOLUTE; was für ein Paradox ist das Ganze, mich von mir selbst befreien..."

September 2002 – Letzte Unterweisung

Wegen seines Gesundheitszustandes, der sich zu sehr verschlechtert hatte, hörte Salim im September 2002 auf zu unterweisen. Er arbeitete jedoch bis zu seinem letzten Tag an seinen Büchern.

Hier einige Auszüge aus seiner letzten Unterweisung:

„Jeder von Ihnen sollte sich fragen: Womit bin ich seit unserem letzten Treffen beschäftigt..., aber er soll sich das mit seiner ganzen Aufrichtigkeit fragen. Was für Gedanken sind in meinem Kopf gekreist und haben meine Aufmerksamkeit seit unserem letzten Zusammensein beansprucht? Waren diese Gedanken spirituell gesehen der Mühe wert?

„Welche Art von Wünschen hatte ich? Können diese Wünsche mir spirituell helfen? Konnten sie mir spirituell helfen?"

433

„Der Tod wartet auf mich, man muss sich das sagen, der Tod wartet unerbittlich auf mich. Wie habe ich für diese monumentale Stunde vorgesorgt? Was werde ich mit mir bringen, wenn diese schicksalhafte Stunde für mich kommen wird? Man sieht die Zweige des Baumes sich biegen, aber man sieht die Ursache nicht. Was ist die Ursache, die die Zweige eines Baumes sich biegen lässt? Hat man je den Wind gesehen? Man sieht die Wirkung und schenkt der Wirkung Glauben, aber der unsichtbaren Ursache? Genauso ist es mit meinem Leben und der gesamten SCHÖPFUNG, dem UNIVERSUM, dieser unglaublichen kosmischen Manifestation mit den Abermilliarden von Galaxien, die Abermilliarden Sterne und Planeten enthalten. Und auch unser Planet mit all den verschiedenen Tieren, die er enthält, den Bäumen, Blumen, Tieren, Menschen, mit Ihnen, mir, man sieht die Wirkung und denkt nicht an die Ursache, die rätselhafte Ursache, die Erschaffer dieser Wirkung ist.

„Man schenkt dem Sichtbaren Glauben, dem, was man fühlt, was man mit den Sinnen wahrnimmt, was unsere ganze Aufmerksamkeit beansprucht; das Äußere fasziniert unsere Psyche und man vergisst die Ursache. Man muss dahin kommen, anfangs wenigstens intellektuell, diesen Glauben, den man dem schenkt, was man mit den Sinnen wahrnehmen kann, auf das Unsichtbare zu übertragen. Ich muss unbedingt die QUELLE kennen, aus der ich aufgetaucht bin und in die ich nach dem Tod wieder eingehen werde, jetzt, in diesem Leben; nach dem Tod wird es zu spät sein.

„Selbst wenn es mir gelingt, diese QUELLE zu erkennen, werde ich sehen, wie schwer es ist, in dieser QUELLE zu bleiben, wie sehr die Faszination für das Äußere weiter Kraft auf meine Psyche ausübt.

Ich werde Ihnen ein Zitat des Heiligen Thomas vorlesen:

Die Schüler sagten zu Jesus:
Sage uns, wie wird unser Ende sein?
Jesus sagte:
Habt ihr also den Anfang entdeckt (das heißt, die QUELLE, aus der ihr entsprungen seid),
dass ihr das Ende sucht,
denn da, wo der Anfang ist (die QUELLE, aus der ihr entsprungen seid),
wird das Ende sein (es ist dieses, in welches ihr eingehen werdet).

Glücklich ist der, der am Anfang stehen wird (stehen wird soll heißen, bleiben wird, vorausgesetzt, er hat ihn entdeckt),
er wird das Ende kennen (er wird wissen, in was er wieder aufgenommen werden wird, wenn der Tod ihn einholt)
und wird den Tod nicht schmecken.[49]

„Christus misst der Entdeckung dessen, was er den Anfang, die QUELLE, nennt, eine solche Bedeutung bei und danach sagt er: *Glücklich wird der sein, der am Anfang stehen,* das heißt, bleiben *wird, und er wird den Tod nicht schmecken.*

Das Tibetanische Totenbuch, ich zitiere:

O Edelgeborener, die Zeit ist jetzt für dich gekommen, den Pfad zu suchen. Dein Atem ist kurz davor aufzuhören. Dein Guru hat dich in der Vergangenheit von Angesicht zu Angesicht mit dem KLAREN LICHT gestellt, und du bist jetzt im Begriff, es in seiner Wirklichkeit im Bardo-Zustand zu erfahren; in diesem Bardo-Zustand sind alle Dinge wie der wolkenlose Himmel und der makellose nackte Geist gleicht einer durchscheinenden Leere ohne Umkreis oder Mittelpunkt. In diesem Augenblick erkenne dich selbst und bleibe in diesem Zustand.“[50]

In diesem Augenblick erkenne dich selbst und bleibe in diesem Zustand.

Der letzte Satz Christi… *Glücklich ist der, der am Anfang stehen wird.*

Wenn gesagt wird: *Alle Dinge sind wie der wolkenlose Himmel und der makellose nackte Geist gleicht einer durchscheinenden Leere ohne Umkreis oder Mittelpunkt.*

„Diese Leere ist nicht ein Nichts und es ist das, was Sie entdecken müssen, es ist die QUELLE, aus der Sie hervorgegangen sind, diese Leere besteht aus einem unermesslichen, unermesslichen ISTHEITS-BEWUSSTSEIN, ohne Anfang, ohne Ende, ohne Ufer, erfüllt vom Atem des UNENDLICHEN…

„Man nennt sie eine Leere in Bezug auf das Greifbare, das Sie kennen, aber sie ist kein Nichts.

---

[49] The Gospel of Thomas. Übersetzung ins Englische von Marvin Meyer. HarperSanFrancisco, 1992

[50] The Tibetan Book of the Dead, Herausgeber W.Y. Evans-Wentz, Übersetzung ins Englische mit Hilfe von Lama Kazi Dawa-Samdup, London, Oxford University Press.

„Aber wenn man dieses ISTHEITS-BEWUSSTSEIN nicht zu Lebzeiten gekannt hat, wird man nach dem Tod Angst vor ihm haben. Wie es das Tibetanische Totenbuch sagt, man wird diesen Zustand fliehen wollen und das Greifbare wiedersuchen, das man gekannt hat.

„Denken Sie daran, es ist Ihr Hauptziel zu kämpfen, mit Ihrem ganzen Sein, mit Ihrer ganzen Aufrichtigkeit zu kämpfen, wenn Sie meditieren, wenn Sie eine spirituelle Übung machen, sei es auf der Straße oder zu Hause, mit Ihrem ganzen Sein, um dahin zu kommen, sich genügend von dieser sekundären Identität loszumachen, die sich in Ihnen eingepflanzt hat, in uns allen, und die diese Essenz überdeckt, dieses ISTHEITS-BEWUSSTSEIN, das vom Atem des UNENDLICHEN erfüllt ist, nennen Sie es, wie Sie wollen, man kann es Nirvana nennen, man kann es meine Buddha-Natur nennen, man kann es Dharmakaya nennen, aber das ist das Gleiche, diese RÄTSELHAFTE QUELLE, aus der ich entsprungen bin und in die ich nach dem Tod wieder eingehen werde.

„Denken Sie daran, dass es vor allem auf die Qualität der gemachten Bemühungen ankommt und nicht nur auf die Quantität.

„Etwas anderes, was ich Ihnen sagen möchte und was dermaßen wichtig ist, ist die Frage der Hingabe. Man braucht die GNADE. Man leistet seinen Teil, aber man benötigt auch die GNADE, man kann es nicht ganz alleine. Etwas in mir muss DEM in mir zugewendet sein, das das Höchste ist, das man nicht benennen kann, und zwar mit einem tief hingabevollen Gefühl.

„Man muss sich stets daran erinnern, dass alles geheimnisvoll ist, nehmen Sie nichts als gegeben hin, alles ist geheimnisvoll. Wir sind geheimnisvoll. Der KOSMOS ist dermaßen schwindelerregend, wir können ihn uns mit unserem äußerst begrenzen Geist nicht einmal vorstellen; obwohl er sichtbar ist, ist er geheimnisvoll wegen des UNSICHTBAREN, das die Ursache dieser fantastischen SCHÖPFUNG ist. Es macht einen schwindlig, wenn man wirklich zu verstehen beginnt; es ist einem schwindlig und wir müssen diesen Schwindel vor dem UNERMESSLICHEN fühlen, um ermuntert zu werden.

„Wenn Sie eine spirituelle Übung oder eine Meditation beginnen, müssen Sie natürlich einen Timer einstellen und sich sagen, so wie dieser Salim, der vor Ihnen sitzt, sich in der Vergangenheit gesagt hat

436

– selbst wenn hunderttausend Skorpione über mich laufen, bewege ich mich nicht, bevor dieser Wecker geläutet hat, um meine Meditation zu beenden, oder, wenn es sich um eine spirituelle Übung handelt, auf der Straße oder zu Hause, während ich koche, mich wasche oder was auch immer tue, ich beende meine Übung nicht, bevor die Zeit, die ich festgesetzt habe, abgelaufen ist; selbst wenn hunderttausend Skorpione über mich laufen, das habe ich mir früher gesagt. Sagen auch Sie das, wenn Sie wollen, aber sagen Sie etwas, das Sie berührt.

„Alles, was ich Ihnen heute gesagt habe, läuft auf den einen Punkt hinaus: Ich möchte die QUELLE erkennen, aus der ich hervorgegangen bin und in die ich wieder aufgenommen werden werde, ich möchte sie noch zu Lebzeiten erkennen, um ruhig zu sein, wenn der Tod kommt, damit ich nicht widerstrebe. In der Meditation kann man an einen Punkt kommen, an dem man fühlt: Ich werde in eine unverständliche Leere getaucht sein, ich muss dieses Eintauchen annehmen. In diesem Moment wird man entdecken, dass diese Leere nicht ein Nichts ist. Es gibt nichts Berührbares, es gibt keine Bewegung mehr, wie man sie kennt, es gibt eine andere Art von Bewegung, derart fein, man sagt, dass der GÖTTLICHE GEIST nie schläft, dermaßen fein, dermaßen voller Leben, ISTHEITS-BEWUSSTSEIN, ohne Anfang, ohne Ende, unermesslich, ohne Begrenzung, die einen schwindlig macht, erfüllt vom Atem des UNENDLICHEN.

„Es gibt einen Grund für die SCHÖPFUNG; das UNENDLICHE möchte, dass man seine HEILIGE GEGENWART erkennt, aber der Mensch, so, wie er für gewöhnlich ist, mit seiner begrenzten Intelligenz und seinem begrenzten Niveau des Seins, kann das nicht.

„Man kann sagen, wenn aus der SCHÖPFUNG nicht Wesen hervorgehen, die mit einer außergewöhnlichen Intelligenz und einem Niveau des Bewusstseins, das man normalerweise nicht kennt, begabt sind, um seine HEILIGE GEGENWART zu erkennen, dann ist es so, als ob das UNENDLICHE nicht existierte.

„Seit unserer Geburt sind so viele Sachen um uns herum passiert, so viele Personen, die wir gekannt haben, traurige oder angenehme Ereignisse, Personen, die uns verletzt haben, solche, die wir lieben und solche, die wir nicht lieben; ohne es zu merken, tragen wir all das in uns und es nimmt einen Platz in unserem Wesen ein und lässt keinen Platz für etwas anderes. Ich muss beginnen, in bestimmten Momenten genügend aufzuwachen, mich von dem loszureißen, was ich für gewöhnlich bin, um diese ungeheure Menge zu sehen, die ich in mir trage – ich spreche gerade zu Ihnen, nicht wahr? – jeder von Ihnen muss anfangen aufzuwachen, um die immense Menge zu sehen, die er in sich trägt, eine Menge, die kreischt, die lacht, die protestiert.

„Ich möchte sie alle sehen, ich möchte anfangen, mich davon zu befreien und ich kann das nicht, wenn ich mich nicht während des Tages von dem freimache, was ich bin, und wenn ich mir nicht mit Worten sage: „Sammle dich", denn „sammle dich" zu denken, genügt nicht, man kann „sammle dich" denken und es oberflächlich oder überhaupt nicht machen.

„Man muss es sich in Worten sagen, ich spreche aus persönlicher Erfahrung von früher, ich war gezwungen, es mir zu sagen, ich habe gesehen, dass „mich sammeln" zu denken, wenn ich in nutzlosen Gedanken, nutzlosen Bildern verloren war, „sammle dich, komm zu dir zurück" zu denken, oberflächlich oder gar nichts war; das ist, als ob man glaube, der Gedanke genüge, aber er genügt nicht. Man muss sich sagen: „Sammle dich", es sich freundlich sagen, natürlich innerlich. „Sammle dich", man wird dann sehen, dass etwas möglich wird, und wenn ich es wiederhole, „sammle dich", wird es anfangen zu wirken…

„Wenn jemand etwas sagt, denkt oder tut, wird er, wenn es einmal gesagt, gedacht oder getan ist, nicht umhin können, es erneut sagen, denken oder tun zu wollen; nun wird man wieder anfangen zu sagen: „Sammle dich, sammle dich", und Sie werden sehen, wenn Sie in den Gedanken verloren sind, die sich in ihrem Geist drehen, wenn Sie von sich entfernt sind, wird es plötzlich eine Bewegung zurück zu sich selbst geben."

„Was ich Ihnen sage, ist lebenswichtig, es ist eine Frage von Leben oder Tod. Ich muss am Morgen von meinem nächtlichen Schlaf erwachen, um zu erkennen, dass ich geschlafen habe, und ich bin – so glaube ich – aufgewacht. Nun, in Bezug auf meinen nächtlichen Schlaf bin ich aufgewacht, aber ich schlafe auf eine andere Weise und ich weiß nicht, auf welche Weise ich schlafe, und mein Leben vergeht, nutzlos, sinnlos, ohne dass ich für die Stunde meines Todes vorgesorgt habe.

„Wenn Sie dahin kommen, genügend lange in einem Zustand der inneren Stille bei sich zu bleiben, werden Sie eines Tages entdecken, dass diese Rückkehr zu sich selbst nichts anderes ist als die Rückkehr zum UNENDLICHEN, das ich in mir trage, die Rückkehr zu meiner BUDDHA-NATUR, zu dem NIRVANA, von dem ich nicht wusste, dass ich es bereits in mir trage, diese RÄTSELHAFTE QUELLE, die aus diesem ISTHEITS-BEWUSSTSEIN besteht, das mit dem Atem des ABSOLUTEN erfüllt ist."

Und Salim schließt mit dem Boddhisattvagelübde, das er folgendermaßen formulierte: „Ja, ich möchte ein Buddha sein, ich möchte ein Christus sein, ich möchte wie er sein, er hat alles akzeptiert, um der Menschheit zu helfen."

> *If one can continually hold on to the feeling of being with oneself, one will eventually come to find God in oneself.*
>
> *All spiritual practice can be reduced to the following few words: Each time one has, after a moment of inner absence, become inwardly aware and present again, one has, perhaps without truly understanding it at first, come back to oneself; or, in other words, one has found oneself again.*
>
> *The problem is that, in the beginning of one's spiritual practice, one does not really realise that this coming back to oneself is, in very fact, coming back to God in oneself.*

Wenn man kontinuierlich diese <u>Empfindung</u> des Bei-sich-Seins aufrechthalten kann, wird man schließlich <u>GOTT in sich finden.</u>

Jede spirituelle Praxis kann mit den folgenden Worten zusammengefasst werden:

Jedes Mal, wenn man nach einem Moment der inneren Abwesenheit erneut bewusst und <u>gegenwärtig</u> geworden ist, ist man, ohne es anfangs vielleicht wirklich verstanden zu haben, <u>zu sich selbst zurückgekommen,</u> oder, mit anderen Worten, man hat sich von Neuem gefunden.

Das Problem ist, dass man am Anfang einer spirituellen Praxis nicht wirklich erkennt, dass <u>diese Rückkehr zu sich selbst</u> in Wirklichkeit <u>die Rückkehr zu GOTT in einem selbst</u> ist.

Das Ende des Weges

Salims Gesundheitszustand hatte sich in den letzten Jahren sehr verschlechtert, tatsächlich hatte er Dickdarmkrebs bekommen, der, nicht diagnostiziert, zu einem vollständigen Verschluss geführt hatte und operiert wurde, einen Monat, nachdem er mit den Unterweisungen aufgehört hatte. Wir zogen in den Süden Frankreichs, in die Nähe meiner Tochter, die unsere Tochter geworden war, nachdem Salim sie gesetzlich adoptiert hatte, und die er liebevoll Vidji nannte. Salim musste sich weiteren Operationen unterziehen und sein Körper wurde ihm, mehr als in der Vergangenheit, zur Bürde. Eine ungeheure Müdigkeit und ein ständiges körperliches Leiden waren die Hindernisse, denen er sich mit allen Mitteln seiner Übungspraxis entgegenstellen musste.

Man könnte meinen, dass es hart und bedrückend war, mit Salim zu leben, aber so war es nicht, er lachte gerne und spielte mir sogar unschuldige Streiche, die ihn erheiterten. Einmal zum Beispiel, als wir schon auf dem Land lebten und es auf einem benachbarten Grundstück Esel gab, hatte er ohne mein Wissen das I-A-en eines Esels aufgezeichnet, das er perfekt imitiert hatte, denn das war etwas, was er aus seiner Kindheit gut kannte. Er spielte die Aufnahme ab, ohne dass ich es merkte, und als ich mich über die Anwesenheit eines Esels in unserem Garten wunderte, fing er an, wie ein Kind zu lachen.

Einige Wochen vor seinem Weggang aus dieser Welt wurden wir über das Internet von einer Theravada Nonne aus der Waldtradition der Thai Mönche kontaktiert, Ajahn Sundara, die uns mitteilte, dass ihr Meister Ajahn Sumedho, Gründer mehrerer Klöster seiner Tradition in England, das Hören auf den inneren Ton lehre und dass er sich auf das erste Buch Salims bezöge (das einzige, das er auf Englisch geschrieben hatte: The Way of Inner Vigilance). Salim war sehr glücklich zu hören, dass sein Buch hatte helfen können, diese wertvolle Stütze, die sich für ihn als eine so große Hilfe erwiesen hatte, bekannt zu machen.

Trotz des Verfalls seines Körpers machte Salim neue spirituelle Erfahrungen und gewann neue Verständnisse, für die er keine Worte hatte. Er war nun permanent in einem anderen Zustand des Seins und des Bewusstseins; der Unterschied zwischen seiner Meditation und den anderen Zeiten des Tages war nur noch sehr gering.

Er bedauerte, dass Aspiranten die Bedeutung ihrer Suche für andere nicht erkannten, während dieses Verständnis dem spirituellen Abenteuer eine ganz andere Dimension verleiht. „Der Mensch", sagte er, „ist, ohne es im Allgemeinen zu ahnen, so tief mit dem UNIVERSUM verbunden, von dem er ein unlösbarer Teil ist, dass der Kampf, über sich selbst hinauszuwachsen, auf eine höchst rätselhafte Weise der Kampf des UNIVERSUMS selbst ist. Daher ist die Evolution zu einer höheren Ebene des Seins und Bewusstseins – der Masse der Menschheit für gewöhnlich unbegreiflich –, in Wirklichkeit eine Evolution des UNIVERSUMS."

Einmal teilte mir Salim sehr schlicht mit, dass er in seiner Meditation einen Zustand erfahren habe, in dem er das ALL geworden sei. Das lässt einen an die Worte des Johannes vom Kreuz denken:

Um zu erlangen, ALLES zu sein, suche in nichts, etwas zu sein (…), denn um ganz zum Ganzen zu kommen, ist ganz das Ganze zu lassen.[51]

Und auch an den Anfang des Thomasevangeliums:[52]

„Jesus sprach:

Möge der, der sucht, nicht aufhören zu suchen,
bis er findet,
und wenn er findet,
wird er erschrocken sein,
und, indem er erschrocken ist,
wird er sich verwundern,
und er wird über das ALL herrschen.
(logion 2, 1-8)

Salim hat diese Erfahrung in seinem Werk „Dans le silence de l'insondable" so ausgedrückt:

---

[51] Johannes vom Kreuz: Aufstieg zum Berg Karmel. Quelle: Ich will Gott schauen von Marie-Eugène (de l'Enfant-Jésus)

[52] The Gospel of Thomas, siehe Fußnote 41

Erst wenn man in tiefer Meditation versunken ist, kann man sich verlieren; und indem man sich auf die erstaunlichste Weise verliert, FINDET man sich WIEDER! Oh, Wunder aller Wunder!

Außerdem, nur, wenn man in eine tiefe Meditation getaucht ist, kann es einem gelingen, zu sich selbst zu sterben; und indem man zu sich selbst stirbt, zu dem, was man für gewöhnlich ist, wird man neu geboren und vereint sich wieder mit dem UNENDLICHEN, mit GOTT, dem ABSOLUTEN, dem NIRVANA in sich und erkennt es! Oh, Wunder aller Wunder!

Zudem kann man nur während einer tiefen Meditation seine falsche Identität verlieren, die in einen eingepflanzt ist; und diese falsche Identität verlierend, verschmilzt man mit dem UNENDLICHEN und wird EINS MIT IHM! Oh, Wunder aller Wunder!

Und endlich, nur wenn man in einer intensiven Meditation versinkt, wird man das verlieren, was man an Wissen, Wünschen, die einen nicht in Ruhe lassen, und an Glaubensvorstellungen besitzt, und wird leer werden; und indem man leer wird, wird man gerade dadurch das ALLES! Oh welche Hoffnung! Oh Wunder aller Wunder! Oh Wunder!

Salim hatte ein tief religiöses Wesen und blieb vor dem Geheimnis des UNENDLICHEN, das sich ihm offenbart hatte, stets in einem Zustand staunender Anbetung.

Trotz der niederdrückenden Bürde eines Körpers, der eigentlich nicht mehr konnte, hörte er nie auf, an sich zu arbeiten. Übrigens hätte er es nicht anders machen können, denn es war ihm zur zweiten Natur geworden. Um von seinem Zustand der Erschöpfung, der eine unwiderstehliche Schläfrigkeit mit sich brachte, nicht überwältigt zu werden, wiederholte er, um durchzuhalten, verschiedene Mantras, die er erfand, oder Sätze bzw. Gebete.

Er zog sich zunehmend von den Ereignissen dieser Welt zurück und hatte nur noch einen Wunsch: anderen zu helfen, solange er noch am Leben war. Er fuhr fort zu scherzen, sein Bestes zu tun, um mir zu helfen, die Musik, die er liebte, und die Arbeit an seinen Büchern zu teilen und sich für alles zu interessieren, was den KOSMOS, die Sterne, das UNIVERSUM berührte.

Er sagte: „Trotz der spirituellen Erfahrungen und der Verständnisse, die zu haben ich privilegiert war, und trotz der langen Arbeit, die ich in so vielen Jahren an mir ausgeführt habe, kann ich nur auf der Tatsache bestehen, dass es Geheimnisse gibt, die in dieser Existenzform nicht in ihrem vollen Umfang erfasst werden können. Auf diesem Gebiet, das das menschliche Fassungsvermögen übersteigt, muss man, solange man atmet, immer weiter gehen, es gibt immer noch mehr zu erkennen und mehr zu verstehen."

„Man muss dahin kommen, in der Stunde seines Todes mit sich und dem ABSOLUTEN alleine zu sein, alleine mit sich, in einem Zustand der Stille und der tiefen inneren Andacht. Man muss dahin kommen, in einem solchen Zustand zu verharren, ich kann bescheiden sagen, dass ich das in einem großen Maß erreicht habe…"

Er war natürlich, wie er immer gesagt hat, „tragisch menschlich", und manchmal machte er sehr schwierige Zeiten durch. Übrigens wollte er diesen sterblichen Körper verlassen, aber er sagte: „ohne Zweifel muss noch etwas von mir gewollt werden, da ich noch da bin."

Bei seinem letzten Krankenhausaufenthalt sagte er den Pflegehelferinnen und den Krankenschwestern unaufhörlich, wie sehr er sie liebe, was diese unendlich berührte, so sehr, dass sie wissen wollten, wer er sei. Es handelte sich nicht um eine emotionale Haltung vonseiten Salims, sondern er liebte sie wirklich, mit einer spirituellen Liebe und einem unendlichen Mitgefühl für ihr armes Leben, dem das Wesentliche fehlte.

Er wusste, dass dieser Krankenhausaufenthalt sein letzter war und dass er dem wichtigsten Augenblick seines Lebens entgegentreten musste. Er hatte wiederholt in seinen Büchern geschrieben, dass der Tod eine Einweihung sei, denn der Sterbende findet die ursprüngliche QUELLE, aus der er bei seiner Geburt hervorgegangen ist, in ihrer ganzen Reinheit wieder.

Salim hatte diesen Zustand schon während seiner Erleuchtung im Alter von 33 Jahren erfahren und hatte seitdem nicht aufgehört, seiner Übungspraxis mit der leidenschaftlichsten Aufrichtigkeit nachzugehen, um einen permanenten Zustand des Erwachtseins zu erreichen. Trotzdem, sagte er demütig, hatte er die letzte Befreiung nicht erreicht. Und der Tod war die Tür, die ihm die Möglichkeit bot, das Letzte Ziel zu erreichen.

Dies verlangt eine übermenschliche Anstrengung und eine unbeirrte Konzentration, wie das Bardo Thödol sagt:

444

Diese LEERE ist nicht von der Leere des Nichts, sondern eine LEERE, deren wahre Natur dich einschüchtern wird und vor der dein Geist klar und leuchtender erstrahlt. In dem Zustand, in dem du existierst, erlebst du mit einer unerträglichen Intensität LEERE und KLARHEIT als untrennbar... Lass dich nicht ablenken. Hier verläuft die Trennungslinie zwischen den BUDDHAS und den lebenden Wesen.[53]

Diese Grenzlinie wollte Salim aus ganzer Seele überschreiten. Er wollte in diesem schicksalhaften Moment, der so wichtig für ihn war, von nichts und niemand abgelenkt oder gestört werden. Er hatte uns diesbezüglich sehr genaue Instruktionen gegeben.

Vidji hatte das große Buddha-Foto mitgebracht, das sein Zimmer schmückte und das wir gegenüber seinem Bett aufstellten; andächtige Musik, die Salim liebte (Faurés Requiem und Brahms' weltliche Gesänge), spielte ganz leise in einer Endlosschleife, das Pflegepersonal ließ uns vollkommen in Ruhe. In dieser friedvollen Atmosphäre verharrten wir in der Meditation, bis zu dem Augenblick, da Salims Atem anhielt.

Es ist etwas dermaßen Geheimnisvolles in einem Atem, der aufhört. Im Abendland ist es üblich, dass man nie jemanden sterben sieht, was jedoch eine wesentliche Lektion des Lebens darstellt. Dieses Anhalten des Atems eines Lebenden ist ein heiliges Geheimnis, das wir tief empfinden.

Die ganze Nacht war das Zimmer in eine intensive spirituelle Atmosphäre gebadet. Der Körper Salims wurde drei Tage später verbrannt und erst dann gab ich, gemäß seinen Instruktionen, die

---

[53] The Tibetan Book oft he Dead, siehe Fußnote 42

Nachricht von seinem Hinscheiden den Personen bekannt, die ihn kannten; auf diese Weise vermied ich, dass dieser für ihn so wichtige Moment durch emotionale Reaktionen gestört wurde.

Salims Leben war ein ständiges Wunder des Willens und der inneren Kraft gewesen, die er aus etwas anderem als den gewöhnlichen menschlichen Fähigkeiten bezogen hatte. In all den Jahren, in denen ich ihn gekannt hatte, war er so tief in sich selbst geeint gewesen, dass er in allen Situationen der gleiche blieb, sei es beim Unterrichten seiner Schüler, beim Kochen, Musikhören oder Scherzen. Innerlich dauerhaft mit dem HÖHEREN ASPEKT seiner Natur verbunden, wurde er frei vom Blick der anderen, unbekümmert, ein Bild von sich selbst aufrechtzuerhalten. Das Einzige, was für ihn zählte, war, seinen Schülern zu helfen zu verstehen, auf welche Weise man unwissentlich in sich schläft, und wie man durch Vergleichen einen anderen Zustand des Seins und des Bewusstseins erkennen und schätzen kann. Ohne ihnen die Schwierigkeit dieses inneren Erwachens zu verhehlen, ermutigte er sie unaufhörlich:

„Man gewinnt spirituell Tropfen für Tropfen. Man kehrt zu sich zurück, man verliert sich, keine Entmutigung, sich niemals entmutigen lassen, noch ein Tropfen, noch ein Tropfen, und eines Tages ist die Schwelle überschritten. Danach kann uns nichts mehr anhalten; im Gegenteil, die Tropfen werden schneller und schneller fallen, bis es eines Tages überfließt. Und in diesem Augenblick gibt uns das ABSOLUTE unsere Belohnung in einem Wolkenbruch, das kann ich Ihnen versichern…

„Keine aufrichtige Anstrengung geht je verloren, aber, am Anfang, Anstrengung, Anstrengung… immer mit Verstehen. Das Leben ist ein grandioses Abenteuer, aber alles hängt von der Achtung ab, die man ihm zollt, von der Weise, in der man es betrachtet und von dem Gebrauch, den man von ihm macht.

„Hinter all dem Kummer des existentiellen Lebens, hinter all den Sorgen, hinter all den unaufhörlichen Bewegungen und Veränderungen, hinter all den seelischen und physischen Leiden existiert eine UNVERÄNDERLICHE WIRKLICHKEIT.

„Diese WIRKLICHKEIT zu erkennen, bevor sich die Nebel des Todes auf einen herabsenken und dem Leben ein Ende setzen, stellt den kostbarsten Schatz dar, den ein Mensch finden kann.

Ein einziger Augenblick, der von dieser WIRKLICHKEIT erfüllt ist, ein einziger, in dieser WIRKLICHKEIT gelebter Moment, eine einzige Sekunde, in der das Bewusstsein des Suchers auch nur den Saum dieser WIRKLICHKEIT berührt hat, ist mehr wert als alle Freuden und alle Reichtümer dieser Welt, abertausendmal multipliziert – selbst wenn diese Freuden und Reichtümer eine Ewigkeit dauern könnten!"

Bücher von Edward Salim Michael, deutsche Übersetzung

DER WEG DER INNEREN WACHSAMKEIT

INNERES ERWACHEN UND PRAXIS DES NADA-YOGA

Die Suche. Vorwort. Einführung. – 1. Tagschlaf und Nachtschlaf. – 2. Bewusste Bemühungen und Entsagung. – 3. Nada-Yoga. – 4. Spirituelle Praxis im aktiven Leben. – 5. Geistige Passivität und Trägheit. – 6. Geistige Disziplin und Strenge. – 7. Die Aufmerksamkeit und ihre entscheidende Rolle im Leben des Aspiranten. – 8. Introversion und Extraversion. – 9. Sich überlassen. – 10. Befreiung und Wahl.

Bücher auf Französisch, die noch nicht übersetzt sind

LA QUÊTE SUPRÊME

LES OBSTACLES À L'ILLUMINATION ET À LA LIBÉRATION

LES FRUITS DU CHEMIN DE L'ÉVEIL

S'ÉVEILLER, UNE QUESTION DE VIE OU DE MORT

DANS LE SILENCE DE L'INSONDABLE

DU FOND DES BRUMES

Die französischen Bücher sind alle bei Èditions Guy Trèdaniel veröffentlicht.

Die musikalischen Werke von Edward Michael

mit Herausgeber, Name des Werkes, Spieldauer, Datum der Aufführungen.

Editions RICORDI 22, rue Chauchat 75009 Paris:

– *Messe* für gemischte Chöre, zwei Streichorchester, Celesta, Harfe, Glockenspiel und Schlaginstrumente. 36' –1955

1956. R.T.F. Orchestre national, dirigiert von Eugène Bigot.

1963. R.T.F. Orchestre national, dirigiert von Eugène Bigot.

1967. Radio Berlin.

1968. Zweimalige Wiederausstrahlung der Aufführung von 1963.

1988. France Musique, Wiederausstrahlung der Aufführung von 1963.

– *Fata Morgana*, symphonisches Gedicht für Orchester. 8'30 –1958

1960. Radio Liège. Dirigent Victor Clovez.

1961. Radio Lille. Dirigent Victor Clovez.

1962. Radio-Lyon. Dirigent Raymond Chevreux.

– *La Vision de Lamis Helacim*, symphonisches Gedicht für großes Orchester (Thema und Passacaglia). 10' –1961

1962. Théatre des Champs Elysées. Orchestre national, dirigiert von Manuel Rosenthal.

– *Le Jardin de Tinajatama*, für Orchester. Fünf Sätze. 10' –1958

1960. Radio-Lille. Dirigent Victor Clovez.

1961. Radio-Lyon. Dirigent Raymond Chevreux.

1962. Radio Bruxelles. Dirigent Louis de Froment.

1965. Hamburg, Deutschland

1968. O.R.T.F. Orchestre de Nice, dirigiert von Paul Mule.

1969. O.R.T.F. Orchestre de Nice, dirigiert von Victor Clovez.

– *Sonatine* für Flöte und Klarinette. 11' –1964

– *Elégie* für Orchester. 5'30"

1959. Radio-Lille. Dirigent Victor Clovez.

1960. Radio-Lyon. Dirigent Victor Clovez.

1961. Radio Bruxelles. Dirigent Victor Clovez.

– *Elégie*, verkürzte Version für Ondes Martenot und Klavier. –1957

Editions CHOUDENS 38, rue Jean Mermoz 75008 Paris:

– *Rapsodie Concertante* für Violine und Orchester (eine Art kleines Konzert). 14' –1946

1967. O.R.T.F. Orchestre de Lille, dirigiert von Raymond Chevreux.

– *La Reine des Pluies*, choreographisches Gedicht für großes Orchester. 8' – 1962

1963. Radio Lille. Dirigent Raymond Chevreux.

1963. Australie.

– *Le Festin des Dieux* für Orchester. 6' –1962

1967. O.R.T.F. Orchestre de Lille.

– *Chant d'Espérance* für Violoncello und Klavier. 18'30

1971. Cité des Arts, Salle Edmont Michelet mit Frédéric Lodéon (Violoncello).

1998. Brüssel und Liege, mit Isabelle Aubier, Klavier, und Didier Poskin, Violoncello.

1999. Paris und Belgien, zahlreiche Konzerte (CD).

2000. Belgien, zahlreiche Konzerte.

– *Initiation* für Streichorchester (eine Art Symphonie).

Drei Sätze. 18'30 –1959

1968. Orchestre de Lille, dirigiert von Victor Clovez.

1969. O.R.T.F. Orchestre de Nice, dirigiert von Paul Mule.

– *Petite Suite Antique* für Flöte, Violine, Violoncello und Klavier.

Ensemble de Paris, Suisse.

Vier Sätze. 19' –1960

1962. Ensemble de Paris, Schweiz.

1971. Cités des Arts, Salle Edmont Michelet.

– *Trois Rituels* für zwei Oboen (oder zwei Ondes Martenot) und Schlaginstrumente. 12' –1962

Editions TRANSATLANTIQUES 151 avenue Jean Jaurès 75019 Paris:

– *Kamaal*, märchenhafte Erzählung für Rezitation und Orchester. 40' –1956

1958. Ecole Normale de Musique, dirigiert vom Komponisten.

1961. Radio-Strasbourg. Dirigent Marius Briançon.

1962. Salle des étudiants, rue du Docteur Blanche, Paris.

1987. France Musique, in der Sendung Avis de Recherches. Wiederausstrahlung der Aufführung von 1961.

– *Les Soirées de Tedjlah* für Mezzosopran (Koloratur), zwei Flöten, Klavier und Streichorchester. Fünf Sätze. (Prix Vercelli). 20' –1959

1960. Öffentliches Konzert unter der Leitung des Komponisten.

1961. Salle de l'école Normale de Musique, unter der Mitwirkung von Noémie Perugia und der Leitung des Komponisten.

– *Nocturne* für Flötensolo und Orchester, oder auch Ondes Martenot Solo und Orchester (Lili Boulanger Preis). 6'30 –1955

1959. Radio-Paris. Dirigent Raymond Chevreux.

1960. Radio-Lille. Dirigent Victor Clovez.

1961. Radio-Lyon. Dirigent Raymond Chevreux.

1961. Radio-Bruxelles. Dirigent Raymond Chevreux.

1968. O.R.T.F. Orchestre de Lille, dirigiert von Victor Clovez.

1969. O.R.T.F. Orchestre de Nice, dirigiert von Paul Mule.

– *Trois Tableaux*, symphonisches Werk für Orchester. 11'30 –1961

1962. Radio-Lyon. Dirigent Raymond Chevreux.

– *Le Rêve d'Himalec* für Orchester. 13' –1946

1964. O.R.T.F. Orchestre de Lille, dirigiert von Victor Clovez.

– *Chant Arabe* für zwei Ondes Martenot. 5' –1958

Zahlreiche Aufführungen in Radio und Fernsehen zwischen 1958 und 1971.

– *A Travers un Vitrail* für Ondes Martenot und Klavier. 4'30 –1958

Zahlreiche Aufführungen in Radio und Fernsehen zwischen 1963 und 1971.

– *Psaume* für Männerchor (Vercelli Diplom). 8' –1956

– *Kleine Suite* für Frauenchöre (oder zwei Soprane und zwei Altstimmen). 6' –1956

Unveröffentlichte Werke:

– *L'Oracle*, Archaische Symphonie für Streichorchester. Vier Sätze. – 33' –1959

– *La Quête de Koussouda* für Harfe und Streichorchester. Fünf Sätze. – 12'30"

– *Scherzo* für Orchester („Les Dionysies"). 12'30 –1942

– *La Légende de Gampong* für Rezitation und Orchester (Text und Musik von Edward Michael). 30' –1962

– *Au Seuil de Persépolis* für Orchester. 6' –1962

– *Trois Mondes*, symphonisches Werk für großes Orchester. Drei Sätze. 14' –1962

– *Les Eléments* für großes Orchester. Vier Sätze. 11' –1962

– *Symphonie* für großes Orchester. Drei Sätze. 30' –1948

– *Concerto* für Violine und Orchester. Drei Sätze. 30' –1948

– *Suite Druze* – Drei Stücke nach alter Weise, für Orchester. 11'

Kammermusik:

Ende 1998 in Belgien Herausgabe einer CD mit folgenden Stücken:

– *Les Pléiades* für Sopran und Klavier (8 Sätze), zu Gedichten von A.E. Hausmann. 12'

– *Cinq Stèles Antiques* für keltische Harfe und Klavier. 12'

– *La barque enchantée* für Klavier. 6'

– *La légende de la fée d'un ruisseau* für Klavier. 3'20

– *Sonate* für Violine und Klavier. 19'

(sowie *Chant d'espérance* für Violoncello und Klavier, bei Editions Choudens)

Für alle diese Werke

1998 Brüssel und Liège, zahlreiche Konzerte (CD).

1999 Paris und Belgien, zahlreiche Konzerte.

2000 Belgien, zahlreiche Konzerte.

– *Sur l'océan de la fatalité* für Sopran und Klavier. Gesungene Version von La barque enchantée. 6'

– *Au Pays de Bharata* für Klavier. Acht Sätze. 25' –1970

– *Verschiedene Stücke* für Klavier, Ondes Martenot, Flöte, Klavier, etc.

– *Mystische Beschwörung* für Soloflöte oder Ondes Martenot. 4' –1962

– *Gurumati* (kurze Suite) für Ondes Martenot, Klavier und Schlaginstrumente. Drei Sätze. 10' –1961

– *Zwei englische Volkslieder* für Sopran und Klavier, harmonisiert von Edward Michael. 6' –1973 (englische und französische Version)

– *Sechs englische Volkslieder* für Sopran und Klavier, harmonisiert von Edward Michael. 16' –1950

– *Drei englische Volkslieder* für gemischte Chöre, harmonisiert von Edward Michael. 8' –1949

– *Rite de la Lune* für Oboe oder Ondes Martenot Solo. 10' –1960

– *Deux Esquisses* für Flöte (oder Ondes Martenot) und Klavier. 8 ' –1960 Arrangement nur für Klavier

– *Danse Méditative* für Klavier.

– *Deux Danses Sacrées* für Klavier.

– *Danse d'amour* für Klavier. 3' –1960

– *Suite de Noël*, drei leichte Stücke für Bratsche und Violoncello 10' –1953

Beschreibende Musik für eventuelle Dokumentarfilme, Filme oder Fernsehsendungen

In England registriert:

– *Quatre rituels* für Orchester.

1967. Hilversum. Orchestre de Hollande, dirigiert vom Komponisten.

– *Sur le Mont Gelboe* für Orchester.

1965. O.R.T.F. Orchestre de Lille, dirigiert von Paul Bonneau.

1966. O.R.T.F. Orchestre de Lille, dirigiert von Raymond Chevreux.

– *Sept préludes symphoniques* für Orchester.

1967. Hilversum. Orchestre de Hollande, dirigiert vom Komponisten.

– *Nathan le Prophète*, beschreibende Musik für Orchester.

1964. Aufzeichnung, dirigiert vom Komponisten.

– *Quatorze Esquisses Pittoresques*, beschreibende Musik für Orchester.

1967. Aufzeichnung, dirigiert vom Komponisten.

In Frankreich registriert:

– *La Tragédie de Masada*, dramatische beschreibende Musik für großes Orchester.

1969. Radio-France. Orchestre symphonique de l'ORTF, dirigiert von Alain Kremski.

Musik für Rundfunksendungen:

– *Les Récits de Belzébuth*. Hörspiel, gesendet 1957, unter der Leitung von Louis de Froment.

– *L'Eclosion*. Hörspiel, gesendet 1963.

Printed in Poland
by Amazon Fulfillment
Poland Sp. z o.o., Wrocław